KB216582

고리오 영감

세계문학전집
259

Honoré de Balzac : Le Père Goriot

고리오 영감

오노레 드 발자크 장편소설

이철의 옮김

문학동네

일러두기

1. 번역 대본으로는 "Le Père Goriot"(Honoré de Balzac, *La Comédie humaine*, t. Ⅲ
〔Bibliothèque de la Pléiade, n° 30〕, Editions Gallimard, 1976)를 사용했다.
2. '원주' 표시가 없는 주석은 모두 옮긴이주다.
3. 본문 중 고딕체는 원서에서 이탤릭체나 대문자로 강조한 부분이다.

위대하고 저명한 조프루아 생틸레르*께,

그의 업적과 천재성에 경의를 표하며.

드 발자크 바침.

---

* 당대의 유명한 박물학자. 이 헌사는 1843년 퓌른판 『인간극』 전집이 발간될 때 붙인 것
으로, 그 전해에 발표된 『인간극』 서문에서 발자크는 "인간계와 동물계의 상동구조"를 언
급하며 조프루아 생틸레르의 동물계 분류를 자신의 사회 분류에 적용하겠다고 천명한다.

결혼 전 성姓이 '드 콩플랑'인 보케르 부인*은 파리의 카르티에 라탱과 포부르 생마르소 사이 뇌브생트즈느비에브가에서 서민 하숙집을 사십 년째 운영하는 나이든 여자다. '메종 보케르'라는 이름으로 통하는 이 하숙집은 남녀노소 가리지 않고 다 받지만, 그간 풍기가 문란하다는 비방 한 번 없이 좋은 평판을 유지해왔다. 그러나 그 말인즉 지난 삼십 년 동안 그 하숙집에 젊은 여자라곤 눈을 씻고 봐도 없었다는 말이고, 설혹 젊은 남자가 들었다 해도 필시 가족이 그에게 보잘것없는 하숙비밖에 보내지 못하는 빈한한 형편이라는 뜻이기도 하다. 그런데 이 드라마가 시작되는 때인 1819년 그 하숙집에는 가련한 젊은 처자

* 변변찮은 서민 하숙집을 운영하는 여인의 과거에 '드 콩플랑'이라는 귀족식 성을 부여함으로써 발자크는 격변기 사회변동의 양상을 한 자락 내비친다.

하나가 들어 있었다. 고통의 신음을 뱉는 문학이 판치는 이 시대에 드라마라는 말이 무분별하고 잔혹한 방식으로 헤프게 쓰여서 본래의 뜻을 잃고 만 것도 사실이지만, 그래도 여기서는 그 단어를 써야겠다. 이 이야기가 진정한 의미에서 극적이라는 뜻이 아니라, 작품을 다 읽고 덮을 즈음이면 파리 성벽 안에서든 바깥에서든 독자들이 이미 어느 정도 눈시울을 적신 다음일 거라는 의미로 말이다. 이 이야기가 파리 밖에서도 이해될 수 있을까? 그런 의문도 일리가 있다. 관찰된 모습들과 지역 색채로 빼곡히 구성된 이 장면의 독특한 풍경들은 몽마르트르 언덕과 몽루즈 언덕 사이, 집집이 회벽이 당장이라도 떨어져내릴 것 같고 거리는 시커먼 시궁창으로 뒤덮인 그 유명한 저지대에서만 접할 수 있는 것들이다. 생생한 고통과 대개는 위장에 불과한 기쁨이 우글거리는 그곳 저지대는 너무나도 무시무시하게 들끓고 요동쳐 어느 정도라도 지속적인 감동을 자아내려면 형용할 수 없는 엄청난 분투가 필요할 정도다. 그렇지만 악덕과 미덕의 집적이 만들어내는 크고 장중한 고통은 성벽 안에도 바깥에도 있기 마련이다. 그런 고통을 접하면 세상없는 이기심이나 사리사욕도 작동을 멈추고 연민을 느끼게 된다. 그러나 그런 느낌은 순식간에 먹어치울 수 있는 달콤한 과일 같은 것. 문명의 수레는 힌두교의 신 자간나트*의 신상을 실은 그것과 같아서 간혹 남보다 강인한 어떤 사람에게 바퀴가 걸려 잠시 멈칫하기도 하지만, 이내 그

---

* 인도 오리사주 푸리에 있는 사원에 모셔진 힌두교 비슈누파(派)의 신으로 '우주를 주관하는 신'이라는 의미를 지닌다. 해마다 라타 야트라 축제 때 자간나트 신상들을 실은 수레가 도시를 행진하고, 수레에 깔리면 천국으로 갈 수 있다는 믿음에서 열성 신도들은 수레바퀴 밑에 몸을 던진다.

를 짓밟고 오불관언 의기양양하게 제가 가던 길을 계속 간다. 그러기에 여러분은, 새하얀 손으로 이 책을 집어들고 푹신한 안락의자에 몸을 파묻은 채 "이거 재밌겠는걸"이라고 중얼거릴 것이다. 고리오 영감의 남모를 불행을 다 읽고 나서 여러분은 아무런 감흥도 일어나지 않는 것을 저자 탓으로 돌리며, 저자를 과장이나 일삼는 자로 낙인찍고 감상에 빠진 자라 비난하고는 맛있게 저녁식사를 들 것이다. 아! 그러나 이것만은 알아주시길. 이 드라마는 허구도 아니요, 소설도 아니다. All is true, 이 드라마는 정녕 사실이니 누구나 그런 일들이 자기 집안에서도, 그리고 어쩌면 자신의 마음속에서도 벌어지는 일이라고 인정할 것이다.

서민 하숙을 치는 집은 보케르 부인 소유다. 그 집은 뇌브생트즈느비에브가의 낮은 쪽, 라르발레트가로 이어지는 내리막에 터를 잡고 있는데, 경사면이 급하고 험해서 말들도 좀처럼 오르내리지 않는 그런 곳이다. 발드그라스병원과 팡테옹 사이에 낀 그 좁은 길들은 거대한 두 건물이 누런 색조로 주변을 물들이고 그 커다란 돔이 드리우는 칙칙한 그늘로 주위를 온통 음울하게 가라앉히며 분위기를 수시로 변화시켜서 늘 깊은 정적이 감도는데, 그러한 지형이 그 무거운 정적에 한몫 거든다. 그곳 포석들은 바짝 말랐고, 길가 봇도랑에는 폐수 찌꺼기도 없고 물도 흐르지 않았으며, 담벼락을 따라 잡초가 자랐다. 제아무리 무심한 이라도 그곳을 지나갈 땐 누구랄 것 없이 우울한 기분이 들수밖에 없으며, 마차라도 한 대 지나가는 소리가 나면 그게 사건이 될정도이다. 집들은 우중충하고, 담장들은 교도소 같은 분위기를 풍긴다. 파리 토박이가 어쩌다 길을 잃고 그곳에 들어서면 그의 눈에 보이는 것이라곤 서민 하숙집들과 학교들, 궁핍과 권태의 분위기, 다 죽어가는 노인과 공부에 얽매인 발랄한 청춘뿐일 것이다. 파리의 어떤 지역도 그곳보다 끔찍하지 않을 것이며, 이렇게 말하면 어떨지 모르겠지만, 그곳보다 더 꼭꼭 숨겨진 곳은 없을 것이다. 그곳에서도 특히 뇌브생트즈느비에브가는 이 이야기에 딱 어울리는 유일한 청동 액자와도 같은 곳으로, 칙칙한 갈색 색조에 인이 박여 심각하게 생각을 고쳐먹고 제아무리 이해하려 다짐해도 막상 접하면 적응이 안 되는 그런 장소이다. 여행객이 카타콤*으로 한 걸음 한 걸음 계단을 밟아 내려가는데 빛은 점점 사위어가고 안내원의 목소리는 허공중에 흩어져 사라질 때 드는 느낌이 그러할지니. 실감나는 비교! 메말라버린 가슴과 텅 빈 해골 중 어느 쪽이 보기에 더 끔찍한지 과연 누가 단정지을 수 있겠는가?

전면이 작은 뜰을 향하도록 앉힌 하숙집은 뇌브생트즈느비에브가와는 측면을 접하고 있어서, 길에서는 길과 직각을 이루는 건물 전면 안쪽이 가려져 보이지 않는다. 집과 작은 뜰 사이에는 건물 전면을 따라 폭이 2미터 남짓한 자갈밭이 펼쳐져 있고, 그 앞에 모래가 깔린 작은 길 양쪽으로는 제라늄과 협죽도와 석류나무를 심은, 흰 바탕에 푸른색 문양이 그려진 커다란 도기 화분이 늘어서 있다. 모랫길은 크지도 작지도 않은 정문으로 이어지는데, 정문 위 현판에는 큰 글씨로 '메종 보케르'라 씌어 있고, 그 아래 '남녀 공용 및 기타 서민 하숙'이라는 설명이 붙어 있다. 낮 동안 정문은 살문으로만 닫아두는데, 요란한 소

---

* 로마의 지하 무덤을 본뜬 이름으로 불리는 파리의 지하 납골당.

리를 내는 초인종이 달린 살문 틈새로 보면 작은 자갈밭 끝, 길에서 마주보이는 벽면에 그 동네 웬 예술가가 녹색 대리석 아케이드처럼 보이게 색칠한 공간이 있다. 그림으로 흉내낸 그 가짜 아케이드 벽감 밑에는 큐피드를 형상화한 조각상이 하나 서 있다. 큐피드상의 칠이 벗겨진 것을 두고 상징 애호가들은 파리의 사랑이 병들어 거기서 몇 걸음 안 가 나오는 병원에서 치료받는다는 하나의 신화를 만들어낼지도 모른다. 큐피드상 받침대의 반쯤 지워진 명문銘文은 1777년 파리로 돌아온 볼테르*를 향한 환호를 반영한 것으로, 그 조각상이 세워진 시기가 꽤 오래전으로 거슬러올라간다는 점을 드러낸다.

네가 누가 되었든 여기 너의 주인이 있느니라.
그는 지금 너의 주인이거나, 과거에 그랬거나, 앞으로 그럴 것이니라.

어둠이 내리면 정문은 살문에서 꽉 막힌 온전한 문으로 바뀐다. 집의 전면만한 가로 폭에 세로로 길쭉한 형태의 앞뜰은 길가 담과 이웃집 벽면으로 둘러싸였는데, 이웃집 벽면을 완전히 뒤덮은 담쟁이덩굴이 그림 같은 파리 풍경의 한 장면을 연출해 행인들의 눈길을 끈다. 각각의 담장들마다 포도나무를 과수장果樹墻으로 심었는데, 열매가 시원

---

* 현실 권력과 불화를 겪던 계몽사상가 볼테르는 1759년 프랑스와 제네바 공국의 접경 지역에 있는 페르네에 자리를 잡고 이십여 년간 은거하다 1778년(1777년은 발자크의 착오) 지지자들의 열렬한 환호 속에 파리로 돌아오며, 그해 과로와 요독증으로 인해 83세를 일기로 사망한다. 인용된 이행시는 실제로 볼테르가 쓴 것이다.

치 않고 먼지를 잔뜩 뒤집어써서 해마다 보케르 부인의 걱정거리이자 그녀가 하숙인들과 나누는 대화의 단골 소재가 된다. 담장을 따라 난 좁다란 산책로는 보리수나무 그늘로 이어지는데, 보케르 부인은 지체 높은 콩플랑가 출신이라고 하면서도, 그리고 하숙인들이 늘 틀렸다고 지적하는데도 보리수나무를 고집스럽게 '보리똥나무'라고 부른다. 뜰 가장자리의 조붓한 두 길 사이에 만들어진 네모난 아티초크 밭 한편에는 방추형으로 전지한 과수들이 늘어서 있고, 둘레에는 상추나 수영이나 파슬리 같은 채소들을 심어놓았다. 보리수나무 그늘 밑에는 초록색으로 칠한 원탁 하나와 의자들이 놓여 있다. 뜨거운 여름날이면 커피를 마실 만한 형편이 되는 하숙인들이 그 그늘 밑으로 찾아와 달걀도 부화시킬 법한 열기 속에서 커피를 음미한다. 지붕 밑 다락방을 빼고 모두 4층인 건물 전면은 석회암 석재를 쌓아올린 다음 파리의 거의 모든 집을 특색 없게 만들어버린 그 획일적인 누런색을 칠해놓았다. 2층부터 4층까지 층마다 다섯 개씩 작은 격자무늬 창들이 나 있는데, 창마다 붙어 있는 미늘 덧창들은 같은 방식으로 열린 게 하나도 없어서 서로 어울리지 못하고 제각각 따로 논다. 1층에 난 두 개의 창문에는 쇠막대로 격자 형태의 방범 창살을 쳐놓았다. 건물 뒤편 폭이 6미터쯤 되는 안마당에는 돼지와 닭과 토끼들이 사이좋게 어울려 사는 우리가 있고, 한구석에는 장작을 쟁여놓은 헛간이 있다. 이 헛간과 부엌 창문 사이 벽에 찬장이 하나 매달려 있는데, 개수대에서 나온 구정물이 그 아래로 흘러내렸다. 안마당에서 뇌브생트즈느비에브가로 쪽문이 하나 나 있는데, 식모가 악취와 오물을 제거하기 위해 그 시궁창 바닥에 물을 퍼부어 청소하면서 집안의 온갖 쓰레기를 길에다 내다버리는 통로로 쓰인다.

　애초부터 서민 하숙집 운영을 위해 설계된 1층에는 길을 향해 난 두 창문으로 빛이 드는 공간이 있는데, 그곳이 앞뜰에서 창문 겸 출입문으로 쓰이는 문을 통해 집안으로 들어가면 맨 처음 만나는 방이다. 이 응접실은 식당과 이어져 있고, 식당은 도색된 나무와 타일 재질에 닳고 닳아 반들반들해진 층계가 놓인 계단실을 두고 부엌과 분리된다. 유광과 무광 줄무늬가 번갈아 난 말총으로 직조한 천을 씌운 안락의자와 걸상들이 덩그러니 놓인 이 응접실보다 더 쓸쓸해 보이는 곳은 어디에도 없을 것이다. 한가운데 생탄 대리석* 상판을 얹은 원탁이 자리를 차지하고, 그 위에는 요즘 어디서나 흔하게 보이는 백자 차제구茶諸具가 장식물로 놓여 있는데, 테두리의 금선이 반쯤 지워진 상태다. 바닥에 깔린 마루는 상태가 엉망이고, 벽은 허리춤 높이까지만 내장 패널로 마무리되어 있다. 패널 윗부분에는 『텔레마코스의 모험』**의 주요 장면들을 재현한 그림을 전사한 유광 벽지가 발려 있는데, 그중 중심인물들은 채색이 되어 있다.*** 창살을 댄 두 창문 사이 패널에는 하숙인들

---

* 벨기에산이며 주로 회색 바탕에 흰 문양이 섞인 대리석이다.

** 17세기 프랑스의 대주교이자 문인이었던 페늘롱이 1699년 발표한 작품. 이타카의 왕자인 텔레마코스가 스승 멘토르와 함께 트로이전쟁이 끝났는데도 돌아오지 않는 아버지 율리시스(오디세우스)를 찾아 나서며 겪는 모험담을 그린다. 부정(父情)에 관한 이야기이자 소년의 성장기로서 '교육소설'의 전범으로 꼽히며, 『고리오 영감』과 주제가 일정 부분 겹친다.

*** 원본 그림은 델틸의 연작화인데, 1825년경부터 이 그림들을 전사한 벽지가 제작돼 팔렸다고 한다. 소설의 무대가 1819년으로 설정된 것을 고려하면, 벽지와 관련한 이 묘사는 주제를 환기하려는 발자크의 의도에도 불구하고 고증 측면에서 얼마간 오류를 담고 있다.

보란 듯이 칼립소가 율리시스의 아들에게 베푼 성대한 잔치를 그린 벽지가 발려 있다. 지난 사십 년 동안 그 그림은 젊은 하숙인들의 야유를 받아왔으니, 다들 가난 때문에 어쩔 수 없이 감내해야 하는 식사를 그렇게 조롱함으로써 속으로는 자신이 현재의 처지보다 우월한 존재라고 믿는 심정을 표현하는 것이다. 돌로 만든 벽난로는 화구가 항상 깨끗한 것으로 보아 특별한 경우가 아니고서는 불을 피우지 않는다는 것을 알 수 있다. 그 위에 장식품으로 놓은 꽃병 두 개에는 오래 묵어 퇴색한 조화가 수북이 꽂혀 있고, 꽃병 사이에는 최악의 심미안을 보여주는 푸르스름한 대리석 추시계가 놓여 있다. 이 첫번째 방에서는, 아직까지 마땅히 붙일 이름이 없어 그냥 하숙집 냄새라고나 해야 할 그런 냄새가 난다. 고린내이기도 하고, 곰팡내이기도 하고, 썩은 내이기도 한 냄새. 한기를 자아내며, 코끝에 축축하게 다가오고, 옷에 스며드는 그런 냄새. 음식을 먹고 난 방에서 나는 그런 냄새. 주방 옆 찬방, 거기 보관된 식기나 식탁보, 그리고 요양원 등에서 풍기는 역한 냄새. 더하여 젊었든 늙었든 하숙인마다 뿜어내는 고유의 체취와 고약한 호흡기 염증 냄새까지 뒤섞였으니, 누군가 공기중에서 구역질을 불러일으키는 기본 요소들을 추출하는 기법을 고안해내야 비로소 그 응접실 냄새를 정확하게 묘사할 수 있을 것이다. 아! 하지만 그런 저속하고 퀴퀴한 냄새에도 불구하고, 그 옆에 붙어 있는 식당에 비하면 응접실은 규방처럼 세련되고 향기로운 곳이라는 생각이 들 정도다. 식당 벽 전체에 둘린 널판은 한때 페인트칠이 되어 있었겠지만 지금은 무슨 색깔인지 가늠이 안 될 정도이며, 바닥에는 켜켜이 낀 묵은 때가 갖가지 괴상망측한 형상을 연출한다. 벽에 붙박이로 설치해 찬장으로 쓰는, 기름때로 끈적끈적한 선반들 위엔 물때가 껴 뿌연 유리 호리병들, 물결 무늬가 아롱거리는 둥근 양은그릇들과 함께 파랗게 테두리를 칠한 두툼한 투르네*산山 도기 접시들이 무더기로 포개져 있다. 식당 구석 칸칸이 번호표가 달린 상자에는 각 하숙인들의 냅킨이 보관되어 있는데, 모두 음식물이나 포도주로 얼룩진 상태다. 세상 모든 곳에서 추방된 불멸의 가구들, 구빈원**에 문명의 잔해들이 수용되는 방식으로 굴러들어온 가구들을 이곳에서 볼 수 있다. 비가 오면 프란체스코회 수도사 인형이 모습을 드러내는 기압계, 하나같이 금줄 테두리를 두르고 니스칠이 된 검은색 나무 액자에 끼워져 있지만 있던 식욕도 없애버릴 만큼 형편없는 판화들, 구리 상감 자개로 제작한 벽시계 케이스, 녹색 법랑을 입힌 주물 난로, 먼지와 기름이 뒤엉켜 들러붙은 아르강***식 남포등들, 기다란 식탁과 밀랍을 하도 두껍게 입혀 숙박은 하지 않고 식사만 하는 어떤 이가 장난기가 발동해 손가락을 펜처럼 놀려 자기 이름을 새겨놓은 식탁보, 온전치 않은 의자들, 늘 올이 풀리지만 그렇다고 완전히 빠지는 일은 없는 고리버들로 짠, 보기 민망할 정도로 작고 엉성한 조그만 신발 매트들, 구멍 부분은 깨지고 경첩은 떨어지고 나무 부분은 새카맣게 탄 초라한 각로들. 이것들이 얼마나 낡았고, 금이 갔고, 썩었고, 흔들거리고, 좀먹었고, 멀쩡한 구석이 없고, 짝이 안 맞고, 파손되어 못 쓰게 된 것들인지 충분히 설명하자면 이야기의 흥

---

* 18세기부터 도자기 주산지로 널리 알려진 벨기에 남부 도시.
** 프랑스에서는 남녀를 구분하여 수용하는 구빈원이 17세기 중반부터 설치되었다. 그곳에는 불치병 환자뿐만 아니라 노동력을 잃은 극빈자들도 함께 수용되었다.
*** 제네바의 물리학자이자 화학자 에메 아르강. 1782년 최초로 기름 램프를 발명했다.

미를 너무나도 지연시키는 묘사를 계속 이어가야만 할 테니, 성미 급한 독자들은 그런 장황한 묘사를 용납하지 않을 것이다. 바닥의 붉은 타일은 심하게 긁히거나 여러 차례 덧칠을 해대서 온통 울퉁불퉁하다. 요약하자면, 식당에 만연한 것은 시적 정취라고는 아예 없는 궁핍함, 쩨쩨하고 남루하기 그지없는 농축된 궁핍함이다. 그 궁핍함은 아직 추접한 지경에 이르지 않았지만 여기저기 오점으로 얼룩졌다. 그것은 아직 구멍이 나거나 누더기가 되진 않았지만 머지않아 썩어 문드러질 그런 궁핍함이다.

오전 일곱시 무렵 보케르 부인의 고양이가 주인보다 한발 앞서 등장해서는 찬장 위로 폴짝 뛰어올라 접시로 덮어놓은 여러 개의 우유 사발에 차례로 코를 들이대고 냄새를 맡다가 특유의 가르랑 소리로 아침을 알리면 식당은 아연 활기를 띠기 시작한다. 곧이어 아무렇게나 뒤집어쓴 얇은 망사 모자 밑으로 헝클어진 가발 한 타래를 늘어뜨린 채 낡고 구겨진 실내화를 질질 끌며 과부가 식당에 모습을 드러낸다. 늙수그레하고 투실투실한 얼굴과 그 한가운데 튀어나온 앵무새 부리 같은 코, 작고 포동포동한 손, 교회 쥐처럼 피둥피둥 살찐 몸매, 터질 듯 부풀어올라 출렁거리는 상반신이 불운이 스멀스멀 피어오르고 일확천금의 투기 심리가 웅크리고 있는 이곳과 더없는 조화를 이루니, 보케르 부인은 역한 냄새가 코를 찌르는 실내 공기를 구역질 한번 하지 않고 들이마신다. 가을날 첫서리처럼 서늘한 표정이며, 무용수들이 애써 짓는 미소와 어음할인업자의 신랄한 찌푸림이 번갈아 나타나는 주름진 눈매, 한마디로 그녀의 모든 면면은 하숙집을 드러내 보여주고, 하숙집은 그녀의 됨됨이를 내포해 보여준다. 간수 없는 감옥은 굴러갈 수 없고 감옥 없는 간수는 있을 수 없는 법, 그녀와 하숙집 둘 중 어느 한쪽이 없는 경우는 상상조차 안 된다. 이 작은 여자의 병색 어린 비만은 티푸스 감염이 병원에서 풍기는 오염된 공기의 산물인 것처럼 이 하숙집에서 살아온 삶의 소산이다. 낡은 가운을 수선해 만든 겉치마, 겉치마 밑으로 보이는 모직 니트 속치마, 속치마의 해진 틈으로 삐져나온 솜이 그 자체로 응접실과 식당과 작은 앞뜰을 요약하고, 부엌이 어떨지 알려주며, 하숙인들이 어떤 사람들인지 짐작하게 한다. 그녀가 거기에 있음으로써 비로소 이 광경이 완성된다. 나이가 대략 쉰 줄에 접어든 보케르 부인은 인생이 불행의 연속이었다고 하는 그런 여자들과 딱 닮았다. 백내장으로 눈동자는 부옇고 표정은 수더분해 보이지만, 그것은 더 많은 돈을 받을 수 있다면 이내 표독스럽게 변해버릴 뚜쟁이의 수더분함으로, 그녀는 자신의 팔자를 고치기 위해서라면 무슨 짓이든지 할 태세가 되어 있는, 이를테면 조르주나 피슈그뤼*가 아직 안 잡히고 살아 있다면 그들을 얼마든지 밀고할 준비가 되어 있는 그런 여자다. 그렇지만 그녀도 알고 보면 속은 착한 여자라는 것이 하숙인들의 중론이니, 그녀가 앓는 소리를 하고 기침하는 소리를 듣고는 자기들처럼 박복한 신세라고 여겨서다. 보케르 씨는 어떤 사람이었을까? 그녀는 죽은 남편에 대해 일언반구도 없었다. 남편은 어떤 일로 재산을 다 잃었을까? 불행의 연속 탓이었다고 그녀는 답했다. 남편은 자기에게 잘해주지 않았으며, 남겨준 것이라곤 눈물이 마를 새 없

---

* 방데 반란군의 지휘자인 조르주 카두달과 대혁명 시기 장군이었다가 왕당파로 전향한 샤를 피슈그뤼는 나폴레옹을 제거하려는 음모를 함께 꾸민 혐의로 경찰의 추적을 받다가 체포되었다.

는 눈과 먹고살아가게 해줄 이 집, 그리고 어떤 불행에도 눈썹 하나 까 딱하지 않아도 되는 권리뿐이라는 얘기였다. 왜냐하면, 그녀의 말에 따르면, 자기는 고생이란 고생은 하나도 안 빼고 죄다 겪었기 때문이라는 것이다. 주인이 종종걸음을 치는 소리가 들리면 부엌데기인 뚱보 실비가 화급히 나타나 숙식을 겸하는 내부 하숙인들의 아침식사 준비를 서둘렀다.

식사만 하는 외부 하숙인들은 보통 저녁식사만 먹었는데, 그 가격이 월 30프랑이었다. 이 이야기가 시작될 무렵 내부 하숙인들은 모두 일곱 명이었다. 2층에 있는 숙소 두 개가 하숙집에서 가장 좋은 곳이었다. 보케르 부인이 그중 좀 덜 좋은 곳을 썼고, 더 좋은 곳은 쿠튀르 부인이라는, 생전에 프랑스 제1공화국 군대 경리 담당관이었던 사람의 아내가 썼다. 그 부인은 빅토린 타유페르라는 아주 젊은 처자와 함께 지내며 어머니처럼 그녀를 보살폈다. 그 두 여자의 하숙비는 연 1800프랑에 달했다. 3층에 있는 숙소 두 개 중 한 곳에는 푸아레라는 이름의 늙은 남자가, 다른 한 곳에는 대략 마흔 줄로 보이는 남자가 들어 있었는데, 검은 가발에 구레나룻을 물들이고 다니는 그 남자는 자신이 도매상을 하던 사람이며 이름이 보트랭이라고 했다. 4층에는 한 칸짜리 방만 네 개고 그중 하숙인이 들어 있는 방은 두 곳이었다. 하나는 마드무아젤 미쇼노라 불리는 나이든 미혼 여성의 방이었고, 다른 하나는 왕년에 국수와 이탈리아 파스타와 전분 등을 만들어 팔던 사람의 방으로 그는 남들로부터 고리오 영감이라고 불렸다. 나머지 두 방은 철새로 통하는 뜨내기 하숙인들, 그러니까 고리오 영감이나 마드무아젤 미쇼노처럼 식대와 방세로 매월 45프랑밖에 낼 수 없는 가난뱅이 대학생들의 차지였다. 그렇지만 보케르 부인은 그런 학생들의 하숙을 그리 달가워하지 않아서 달리 대안이 없을 때만 마지못해 받았는데, 그들이 빵을 너무 많이 먹는다는 것이 그 이유였다. 당시 두 방 중 하나에는 법과대학에 다니느라 앙굴렘 인근에서 파리로 상경한 젊은이가 살고 있었는데, 식구가 많은 시골집은 그에게 매년 1200프랑을 보내기 위해 극도의 내핍 생활을 해야만 하는 형편이었다. 외젠 드 라스티냐크는, 그것이 그 젊은이의 이름이었는데, 가난한 집안 형편으로 인해 공부에 매달려야 하는 부류의 젊은이, 부모가 자신에게 거는 기대를 어려서부터 깨달아 학업을 통해 도달할 수 있는 목표를 일찌감치 설정하고 예상되는 앞으로의 사회 변화에 그 방향을 맞추어 장차 출세의 선두주자로 우뚝 서고자 하는, 그런 찬란한 미래를 준비하는 부류의 젊은이였다. 그의 호기심 어린 관찰과 파리의 살롱을 드나들 수 있던 수완이 없었더라면 이 이야기는 진실한 색조를 띠지 못했을 것인데, 그 진실함은 모종의 끔찍한 상황, 그것을 획책한 자들은 물론이고 그걸 겪은 사람에 의해서도 철저하게 은폐되기 마련인 어떤 끔찍한 상황의 비밀을 파고들어가는 그의 명민한 지능과 열의 덕분에 얻어진 것이기 때문이다.

4층 위 지붕 밑에는 빨래를 너는 헛간 하나, 그리고 크리스토프라 불리는 허드렛일을 하는 사내아이와 식모인 뚱보 실비가 각각 묵는 다락방 두 개가 있었다. 숙식을 함께하는 이 일곱 명의 내부 하숙인 말고도, 보케르 하숙집에는 해마다 수가 들쑥날쑥하지만 평균해서 법과대학이나 의과대학에 다니는 대학생 여덟 명, 그 구역에 거주하는 주민 두세 명 등, 모두 저녁식사만 먹으러 드나드는 외부 하숙인들이 있었다. 그래서 저녁식사 때면 식당에는 열여덟 명이 들어찼는데, 경우에 따라선 스무 명 정도까지 들기도 했다. 하지만 아침엔 일곱 명의 하숙인밖에 모이지 않아 흡사 가족끼리의 식사 자리처럼 보였다. 일곱 명 모두 편안한 실내화를 신은 채로 내려와서 외부 하숙인들의 옷차림이나 생김새, 그리고 전날 저녁에 일어났던 일들에 대한 자기들끼리만의 은밀한 촌평들을 한통속이라는 믿음에서 나오는 친밀한 어조로 무람없이 주고받았다. 이 일곱 하숙인은 보케르 부인의 응석둥이 같은 존재들로서, 부인은 그들이 내는 하숙비의 액수에 맞추어 그들 하나하나에 베풀 관심과 대접의 정도를 천문학자처럼 정확하게 계산했다. 서로 아무런 인연이 없는 그들이 같은 집에 모여 살게 된 이유는 동일했다. 3층의 두 하숙인이 내는 하숙비는 매월 72프랑에 불과했다. 포부르 생마르셀,* 그중에서도 라부르브**와 라살페트리에르*** 사이의 동네에서나 가능한 그 저렴한 하숙비는, 쿠튀르 부인을 제외하고는 그 집 하숙인들 모두 정도의 차이는 있을지언정 하나같이 생활고에 시달리는 사람들이란 점을 분명하게 보여준다. 그렇기에 이 집 내부가 보여주는 그 딱한 광경은 너나없이 누추한 하숙인들의 옷차림에서도 그대로 반복되었다. 남자들이 입은 프록코트는 원래 색깔이 무엇인지 알 수 없는 정도였고, 신발은 잘사는 동네의 후미진 구석에 버려져 있을 만한

---

* 오늘날 파리 남동부 5구, 13구, 14구의 접경지. 당시 '고통의 구역'이라는 별칭으로 불렸다.

** 포르루아얄 수도원의 분원 수녀원. 대혁명 때 폐쇄되었다가 공포정치 시대에 감옥으로 사용되었다.

*** 17세기에 건립된 노인 여성 병원. 오늘날 피티에살페트리에르 대학종합병원의 전신이다.

상태의 것이었으며, 내의의 깃이나 소맷동은 나달나달했고, 다른 옷가지들도 그것이 한때 번듯한 옷이었다는 것을 겨우 알려주는 그런 형편없는 수준이었다. 여자들이 입은 유행이 한참 지난 드레스는 염색을 다시 했어도 그 염색이 또 빠져 후줄근했고, 낡은 레이스는 그나마 여기저기 기운 것이었으며, 장갑은 하도 오래 써서 반들반들했고, 목덜미 주름 장식은 땟국에 절어 있었으며, 어깨에 두른 숄도 올이 풀려 나달나달했다. 차림새는 그랬지만, 그들 대부분은 튼실한 뼈대와 세상 풍파에 단련된 건장한 체격을 지녔으며, 얼굴 표정은 더이상 유통되지 않게 된 은화처럼 닳고 닳아 냉랭하고 강퍅해 보였다. 그들의 입은 생기를 잃었지만, 갈구하는 이로 단단히 무장되어 있었다. 이 하숙인들은 저마다 삶의 드라마를 겪었거나 겪는 중이라는 걸 온몸으로 드러내 보여주었다. 다만 그 드라마는 다채로운 무대장식 위에서 휘황한 조명을 받고 공연되는 그런 것이 아니라, 소리 없는 웅변의 살아 있는 드라마, 서늘하지만 가슴을 뜨겁게 울리는 드라마, 결코 막을 내리지 않는 그런 드라마다.

나이든 여자 미쇼노의 두 눈은 늘 피곤해 보였으며, 그 위에 땟국에 전 챙모자를 눌러쓰고 다녔는데, 초록색 타프타 원단에 놋쇠 줄로 테두리를 잡은 그 챙모자는 자비의 천사가 보더라도 혼비백산하고 달아날 그런 꼴이었다. 눈물겨울 정도로 빈약하고 초라한 술이 달린 그녀의 숄은 워낙 메마르고 각진 형체를 감싼 탓에 무슨 해골을 덮고 있는 것처럼 보였다. 대체 어떤 신산 고초가 여성스러웠던 그녀의 모습을 그렇게 녹여버렸을까? 그녀도 분명 한때는 예뻤고 몸매도 괜찮았을 것이다. 방탕이었을까? 슬픔이었을까? 탐욕이었을까? 과도한 사랑에 빠졌던 것일까? 한때 방물장수*였을까? 아니면 그저 매춘부였을까? 물밀듯이 밀려드는 쾌락에 거칠 것 없이 빠져들며 기고만장했던 젊은 날을, 옆을 지나는 사람들이 몸을 사리고 외면할 만큼 추레한 노년의 모습으로 속죄하는 것일까? 흰자위가 두드러진 그녀의 눈길은 냉랭한 인상을 주었고, 뒤틀리고 얽은 얼굴은 위협을 안겼다. 목소리는 겨울이 다가올 즈음 덤불숲에 웅크려 우는 매미처럼 가녀렸다. 그녀가 말하길, 전에 심한 방광염에 걸려 고생하는, 재산이라곤 한푼도 없는 줄 알고 자식들이 거들떠보지도 않던 웬 늙은 남자를 간병했다고 한다. 그런데 그 늙은이가 죽으면서 자신에게 1000프랑의 종신연금을 물려주었고, 그 사실을 안 자식들이 상속자임을 주장하며 주기적으로 분쟁을 걸어오면서 자기를 중상모략한다는 것이었다. 비록 온갖 수난을 당해 얼굴이 피폐해졌지만, 살결에는 한때 곱고 뽀얗던 흔적이 아직 어려 있었으니, 아마 그녀의 몸에도 아름다움의 자취가 어느 정도는 남아 있을 것이었다.

푸아레 씨는 일종의 기계 부속 결합체 같은 인간이었다. 머리에 낡고 후줄근한 작업모를 쓰고, 누렇게 바랜 둥근 상아 손잡이 지팡이를 손가락 끝으로 쥐는 둥 마는 둥 간신히 잡은 채, 부피감이 거의 없는 빈약한 반바지로 덮인 허벅지와 술 취한 사람처럼 후들거리는 푸른색 긴 양말에 감싸인 종아리를 다 가리지도 못하는 낡고 바랜 프록코트 자락을 펄럭거리고, 꾀죄죄한 흰색 조끼며 칠면조 목 같은 목둘레에 두른 타이와 어설프게 결합한, 오그라들고 성긴 모슬린 가슴 장식을

---

* 장신구나 옷을 사고파는 여자로서 대개 뚜쟁이나 포주를 겸했다.

드러내 보이며 식물원 산책로를 따라 마치 회색 그림자가 번지듯 걸어가는 그의 모습을 목격한 사람들은 중국 그림자 인형극의 형상 같은 그 인물이 과연 이탈리아대로*를 배회하는 이아페토스**의 후손에서 이어진 저 대담무쌍한 종족에 속하는 존재인지 의구심을 품을 정도였다. 대체 어떤 노동이 그를 그렇게 형편없이 쪼그라뜨렸단 말인가? 대체 어떤 정염이, 캐리커처로 그렸다면 도무지 실재하지 않는 것으로 여겨질 만큼 둥글둥글한 그의 얼굴을 그처럼 거무죽죽하게 만들었단 말인가? 그는 과거에 무슨 일을 했을까? 어쩌면 법무부에 속한 공무원으로서, 사형집행인들이 존속살해범들에게 씌울 검은 두건이나 단두대에 잘린 머리를 담는 바구니에 채울 톱밥, 단두대 칼날을 매달 줄 따위를 구매하고 그 명세서와 비용 청구서를 보내면 그걸 받아 처리하는 부서에서 일했는지도 모른다. 아니면 어떤 도축장 입구에서 수금원으로 일했거나 위생국의 말단 감독관으로 일했는지도 모른다. 요컨대 이 남자는 사회라는 커다란 방앗간의 연자매를 돌리는 숱한 당나귀 중 하나, 교활한 베르트랑의 정체를 알지도 못한 채 이용당하기만 하는 파리의 숱한 라통*** 중 하나, 불행하고 추악한 세상사들이 굴러가도록 역할을

---

* 당시 파리에서 가장 붐볐던 도로로 멋쟁이 젊은이들이 모이는 장소였다.
** 그리스신화에서 가이아와 우라노스 사이에서 태어난 타이탄족 중 하나로 프로메테우스의 아버지. 보통 '이아페토스의 후손'이라고 하면, 프로메테우스뿐 아니라 그의 후손들인 모든 인류를 가리킨다. "이아페토스의 후손에서 이어진 저 대담무쌍한 종족"은 호라티우스의『송가』중 한 구절을 인용한 것으로 보인다. 한편 이아페토스는 성서「창세기」에 나오는 노아의 세 아들 중 하나로서 유럽 백인들의 시조로 통하는 야벳을 가리키기도 한다.
*** 라퐁텐의 우화「원숭이와 고양이」에서 고양이 라통은 원숭이 베르트랑의 부추김에 위험을 무릅쓰고 화로에서 군밤을 꺼내지만 결국 원숭이의 배만 불릴 뿐 제 잇속은 차리지 못한다.

해온 어떤 굴대 같은 존재, 그러니까 직접 대면하게 되면 '그래도 이런 사람이 꼭 필요하긴 하지'라고 생각하게 하는 그런 사람 중의 하나였을 것이다. 아름다운 파리는 정신이나 육체의 고통으로 쇠잔해진 이런 사람들의 존재를 알지 못한다. 그렇지만 파리는 말 그대로 하나의 대양이다. 거기에 수심측정기를 던져보라, 그래도 그 대양의 깊이는 도무지 알 수 없을 것이다. 파리를 남김없이 답사하고 묘사하겠다고? 파리를 답사하고 묘사한다고 제아무리 공을 들인들, 이 바다의 탐험가들이 제아무리 수가 많고 관심이 높은들, 나중에 항상 또다른 신천지가, 또다른 미지의 존재가, 꽃들이, 진주들이, 괴물들이, 문학의 잠수사들이 잊고 있던 엄청난 어떤 것이 눈앞에 떡하니 나타날 것이다. 보케르 하숙집은 이러한 흥미를 자극하는 괴이쩍은 곳 중 하나다.

보케르 하숙집에 상주하거나 저녁식사 때면 뻔질나게 드나드는 하숙인 중 두 사람은 나머지 대다수와 뚜렷한 대조를 이루었다. 둘 중 하나인 마드무아젤 빅토린 타유페르는 악성 빈혈에 걸린 소녀처럼 병색이 완연하고 낯빛이 창백하지만, 그리고 만성적인 우울한 표정과 뭔가 불편한 태도, 가련하고 불쌍한 외모 때문에 하숙집 풍경의 저변을 형성하는 만연한 비참함과 한몸인 양 보이지만, 그럼에도 그녀의 얼굴은 나이들지 않았으며 몸놀림과 목소리 또한 민첩했다. 이 불행한 젊은 여인은 맞지 않는 토양에 갓 옮겨 심어져 이파리가 노랗게 메말라버린 나무 같았다. 그녀의 다갈색을 띤 본래 피부, 황갈색이 도는 금발, 가느다란 허리에는 오늘날 시인들이 중세의 조각상에서 발견한 그런 우아함이 깃들어 있었다. 검은색이 섞인 회색 눈은 기독교도다운 온유와 체념을 내비쳤다. 별로 비싸 보이지 않는 수수한 옷차림으로, 오히려 젊은 몸매가 고스란히 드러났다. 그러한 대비 때문에 그녀는 예뻤다. 만약 그녀가 행복했다면 눈부시도록 매혹적이었을 것이다. 화장이 여인의 치장이듯이 행복은 여인의 시정이니까. 그 창백한 낯빛에 무도회의 흥겨움으로 발그레한 분홍빛이 어렸다면, 유복한 삶에서 오는 온화함 덕분에 살짝 팬 그녀의 두 뺨이 도톰하게 차오르고 주홍빛으로 물들었다면, 사랑이 그 구슬픈 두 눈을 깨워 반짝이게 했다면, 빅토린은 세상에서 가장 아름다운 아가씨들과 자웅을 겨룰 수 있었으리라. 하지만 그녀에겐 여자를 거듭 태어나게 하는 두 가지, 예쁜 옷과 연애편지가 없었다. 그녀가 살아온 이야기를 쓰자면 책 한 권 분량이 될 것이다. 그녀의 아버지는 그녀를 자기 딸로 인정하지 못할 합당한 이유가 수두룩하다고 믿었기에, 그녀를 자기 집에 데리고 있기를 거부하고 일 년에 고작 600프랑만 보내주었는데, 이미 그는 자신의 재산을 하나뿐인 아들에게 몽땅 물려주려고 그녀의 상속 자격을 박탈해놓은 상태였다. 예전에 남편에게 쫓겨난 빅토린의 어머니가 빅토린과 함께 먼 친척인 쿠튀르 부인 집에 몸을 의탁하러 찾아왔다가 끝내 낙담하여 목숨을 거두자, 쿠튀르 부인은 혼자 남겨진 아이를 친자식처럼 보살폈다. 그러나 불행하게도 이 프랑스 제1공화국 군대 경리 담당관의 아내에게 남은 것이라곤 죽은 남편의 재산 일부에 대한 권리와 연금뿐이었다. 게다가 부인은 경험도 가진 것도 없는 이 가엾은 아이를 언젠가는 모진 세파에 홀로 남겨둘지도 모를 일이었다. 선량한 부인은 만일을 생각해서 빅토린을 신심 돈독한 처자로 만들기 위해 주일마다 미사에 데려갔고, 보름마다 고해성사를 하도록 했다. 부인의 생각이 옳았다. 신앙심이 버림받은 이 아이에게 어떤 미래를 그리며 살아가도록 했으니,

여전히 아버지를 사랑하는 그녀는 어머니의 용서를 구하기 위해 매해 아버지의 집을 찾아갔다. 하지만 그때마다 매정하게 닫힌 아버지 집의 대문과 마주해야 했다. 유일한 중재자였던 그녀의 오빠는 사 년 동안 단 한 번도 그녀를 찾아보러 오지 않았을 뿐 아니라 어떠한 도움도 주지 않았다. 그녀는 하느님께 아버지의 눈을 뜨게 해달라고, 오빠의 마음을 누그러뜨려달라고 간청했고, 그들을 비난하기는커녕 그들을 위해 기도를 바쳤다. 쿠튀르 부인과 보케르 부인은 그들의 무도한 처사를 비난하느라 욕설이란 욕설을 있는 대로 동원했으나 성에 차지 않았다. 두 부인이 저 파렴치한 백만장자를 저주할 때마다 빅토린은 상처 입은 산비둘기의 울음처럼 고통에 찬 외침임에도 사랑이 담긴 그런 온화한 말로 응답하곤 했다.

외젠 드 라스티냐크는 하얀 낯빛에 검은 머리, 푸른 눈 등 전형적인 남프랑스인의 얼굴을 지녔다. 용모며 행동거지, 평소 태도로 보아 어린 시절부터 우아한 가풍을 유독 강조하는 교육을 받고 자란 귀족 집안의 자제라는 점을 알 수 있었다. 그는 옷차림에 돈을 아끼고 평소에는 지난해 입었던 옷을 닳도록 입는 편이지만, 때때로 멋쟁이 젊은이처럼 차려입고 외출할 줄도 알았다. 그렇지만 보통은 낡은 프록코트와 볼품없는 조끼, 대학생 티가 나게 대충 묶은 빛바래고 조악한 검은색 넥타이에, 마찬가지로 그저 그런 허름한 바지, 그리고 몇 번이나 밑창을 간 부츠 차림으로 다녔다.

이 두 젊은이와 다른 사람들 사이에서 가교 구실을 하는 인물이 구레나룻을 물들인 마흔 살가량의 남자 보트랭이었다. 그는 흔히들 "정말 대단히 정력적인 사나이로군!"이라 평하는 그런 인물이었다. 어깨가 넓고 상체가 매우 발달했으며, 탄탄한 근육질의 몸매가 두드러진데다, 두툼하고 각진 두 손은 뼈마디 사이마다 강렬한 다갈색 털이 무성한 다발을 이루며 자라 있어 유난히 눈에 띄었다. 나이에 비해 일찍 주름이 진 그의 얼굴은 나긋나긋하고 상냥한 행동거지와 달리 딱딱한 인상을 안겨주었다. 바리톤과 베이스 중간에 해당하는 목소리는 그의 농밀한 쾌활함과 조화를 이뤄 귀에 전혀 거슬리지 않았다. 그는 친절하며 잘 웃었다. 자물쇠가 말을 듣지 않으면 그는 바로 그것을 분해하고 손을 보고 기름을 치고 줄질을 한 다음 재조립하면서 "이런 건 내 전공이지"라고 말했다. 선박, 바다, 프랑스, 외국, 사업, 사람, 사건, 법, 관청, 감옥에 이르기까지, 정말이지 그는 모르는 게 없었다. 누군가 어떤 일로 심히 괴로워하면, 그는 그 사람에게 즉시 도움을 베풀었다. 그는 보케르 부인과 몇몇 하숙인에게 여러 차례 돈을 빌려주기도 했다. 하지만 그에게 돈을 빌린 사람들은 그 돈을 갚지 않느니 차라리 죽는 편이 낫다고 생각할 정도로 그는 호인다운 인상과 달리 모종의 깊고 결연함 가득한 눈길로 상대에게 두려움을 안겨주었다. 그가 침을 뱉는 모양을 보면 불확실한 상황에서 빠져나오기 위해서는 어떤 범죄도 마다하지 않는 불굴의 냉혹함을 짐작할 수 있었다. 준엄한 재판관처럼 그의 눈초리는 모든 문제, 모든 생각, 모든 감정의 근저를 꿰뚫는 듯했다. 그는 아침식사 후 외출해서 저녁식사 때 돌아왔다가 밤늦게까지 집을 비운 뒤 자정 무렵에야 귀가하곤 했는데, 그러한 생활 습관은 보케르 부인이 그에게 따로 만능 열쇠를 맡겼기에 가능했다. 하숙인 중에서 오직 그만이 이런 혜택을 누렸다. 또한 그는 그 과부 하숙집 주인의 허리를 끌어안으며 엄마라고 부를 정도로 그녀와 막역하게 지냈는데, 그런 아양은 그와는 좀처럼 어울리지 않는 행위였다! 무던한 주인은 그걸 예사롭게 여겼지만, 사실 하숙인 중에서 보트랭만이 그녀의 육중한 허리를 힘주어 안을 수 있을 만큼 팔이 길었다. 그의 독특한 면모 하나는 식사 후 마시는 글로리아* 값으로 매달 15프랑을 선선히 지불한다는 점이었다. 소용돌이치는 파리의 삶에 휩쓸리느라 여념 없는 젊은이들이나 자기에게 직접 영향을 미치지 않은 일에는 무심한 그런 노인네들만큼은 아니겠지만 그래도 피상적인 관찰자들은 보트랭이 안겨주는 수상스러운 느낌에 특별한 주의를 기울이지 않았을 것이다. 그는 주변 인물들의 일을 훤히 꿰고 있거나 알아맞히는 반면, 그의 생각이나 관심사를 간파할 수 있는 사람은 아무도 없었다. 그는 평소에는 호인다운 겉모습과 변함없는 배려와 쾌활함을 내세워 자신과 다른 사람들 사이에 일종의 장막 같은 것을 쳤지만, 가끔은 소름 끼치도록 무서운 깊은 내면의 성격을 내비치기도 했다. 이따금 그는 유베날리스**를 방불케 하는 독설을 퍼부으며 법을 비웃고 상류사회를 질타하고, 상류사회가 얼마나 표리부동한지 까발렸는데, 그런 모습을 보면 그가 사회에 원한을 품고 있음을, 그의 인생 깊은 곳에 어떤 불가사의가 은밀하게 감추어져 있음을 짐작하고도 남았다.

마드무아젤 타유페르는, 아마 자신도 모르게 그랬을 텐데, 이 사십 대 사나이의 힘과 젊은 대학생의 미모에 끌려 두 남자를 향해 번갈아 은밀한 눈길과 내밀한 생각을 보냈다. 하지만 두 남자 중 누구도, 설사

---

* 증류주나 럼주를 탄 커피.
** 2세기 무렵 로마에서 활동한 시인. 귀족들과 사회상을 통렬하게 공격한 풍자시로 유명했다.

언젠가 우연의 장난으로 그녀의 처지가 바뀌어 돈 많은 결혼 상대가 된다 하더라도 그녀에게 관심을 보일 것 같지가 않았다. 하기야 이 집 하숙인들은 그들 중 누군가 호소하는 불행이 사실인지 아닌지 관심을 가지고 확인하는 수고를 하지 않았다. 각자 처지가 처지인 만큼 모두 서로를 불신하며 무관심한 태도를 보였다. 자신이 남의 고통을 덜어줄 주제가 안 된다는 것을 스스로 알고 있었으니, 그저 다들 혼잣말로 안 됐다고 중얼거리며 그로써 애도의 뜻을 다 표했다고 여겼다. 늙은 부부 사이가 그렇듯이 그들에겐 서로 주고받을 얘기가 남지 않은 상태였다. 요컨대 그들 사이에 남아 있는 것이라곤 기계적인 인간관계, 기름이 말라붙은 톱니바퀴의 작동뿐이었다. 그들 모두 길에서 맹인을 만나도 못 본 척 가던 길을 계속 가고, 남의 불행을 듣고도 아무런 동요를 느끼지 않으며, 죽음을 가난이라는 문제의 해결책으로 보는 것을 당연하다 여길 만큼 숨이 끊어지는 고통의 장면을 접해도 무심했다. 이 피폐한 영혼들 가운데 가장 행복한 존재가 바로 보케르 부인이었으니, 그녀는 이 개방 요양원을 굽어보며 흐뭇해했다. 냉기와 정적이 흐르고 메마른 곳과 축축한 곳이 섞여 중앙아시아의 초원처럼 황량한 이 작은 정원이 그녀에게만은 미소를 절로 자아낼 만큼 아름다운 브르타뉴의 전원 풍경처럼 다가왔다. 침울하게 가라앉은 빛바랜 집, 가게 좌판의 곰팡내를 풍기는 이 집이 오직 그녀에게만은 즐거운 안식처였다. 그녀가 감옥의 독방 같은 이 방들의 주인이었다. 그녀는 무기징역을 선고받고 수감된 죄수들을 먹여 살리며 그들의 추앙을 받고 권력을 행사했다. 이 불쌍한 존재들이 파리 어느 곳에서 그 가격에 그녀가 그들에게 제공하는 거룩하고 푸짐한 양식을 일용할 수 있겠으며, 세련되고 편안하지는 않을지언정 적어도 깨끗하고 위생적인 거처를 독차지하며 살수 있겠는가? 설령 그녀가 말도 안 되는 부당함을 행사했더라도, 그들은 항변 한마디 없이 그 처사를 감내했을 것이다.

이러한 소규모 집단은 전체 사회의 구성 요소들을 축약해서 보여주기 마련인데, 실제로 그랬다. 저녁식사 자리에 모인 열여덟 명 중에는 학교나 사교계에서 그렇듯 따돌림을 당하는 불쌍한 존재가, 짓궂은 괴롭힘이 집중되는 놀림감이 하나 있었다. 외젠 드 라스티냐크가 하숙집에 기거한 지 두 해를 막 넘길 무렵, 앞으로 두 해는 더 눌러앉아 함께 지내야 할 하숙인 중 그런 놀림감이 된 인물 하나가 유난히 눈에 띄었다. 그 천덕꾸러기는 고리오 영감이라 불리는 은퇴한 제면업자로, 화가라면 역사가가 하듯이 그 인물의 머리에 화폭의 모든 빛을 집중시켜 그렸을 것이다. 어떤 계기가 있었기에 그렇게 반쯤은 악의에 찬 경멸이, 연민을 표방한 학대가, 약자를 향한 무례가 그곳에서 가장 오래 하숙해온 사람을 향해 쏠렸던 것일까? 일반적으로 악행보다 더 용서받기 힘들다고 하는 우스꽝스럽고 별난 행태에 속하는 모습을 보였다는 것이 그가 그런 취급을 받는 까닭일까? 이는 사회의 숱한 부당함과 밀접하게 연관된 문제다. 혹시 아주 고분고분하고 무기력하게, 또는 아무렇지도 않은 듯 모든 고통을 겪는 사람에게 무엇이든 기꺼이 감내하라고 요구하는 성향이 인간의 본성에 내재한 것은 아닐까? 우리 모두 누군가를, 또는 무언가를 희생해서 우리의 힘을 입증하고 싶어하지 않는가. 가장 나약한 자, 조무래기에 불과한 아이도 얼어붙을 듯 추운 날 덜덜 떨며 온 동네 집의 대문을 두드리거나, 아니면 티 없이 깨끗한 기념물에 자기 이름을 써넣는답시고 기어오르는 법이다.

나이가 얼추 예순아홉에 달하는 늙은이인 고리오 영감은 사업을 접고 1813년에 보케르 부인의 하숙집으로 은퇴했다. 애초에는 쿠튀르 부인이 기거하는 거처를 쓰며 1200프랑의 하숙비를 냈는데, 당시 그에게 5루이 정도 더 내고 덜 내는 건 아무것도 아니었다. 보케르 부인은 그에게서 손실 보증금을 미리 받아 그 거처에 딸린 방 셋을 새로 꾸몄는데, 기껏 꾸몄다는 것이라야, 사람들 말에 따르면 누런 옥양목 커튼과 위트레흐트 비로드를 씌운 니스칠 된 나무 소파 몇 개, 벽에 건 템페라화 몇 점, 변두리 카바레에서도 쓰지 않는 벽지 등 조잡한 가구와 치장이었다고 한다. 그 무렵에 고리오 선생이라는 정중한 호칭으로 불리던 고리오 영감은 자신의 발목을 잡게 만든 그 무신경한 헤픈 씀씀이로 인해 돈거래에 대해 아무것도 모르는 얼간이 취급을 받게 되었는지도 모른다. 고리오는 으리으리한 옷장을 하나 갖고 하숙집에 들어왔는데, 그 안에는 무엇 하나 버리지 않는 습성을 가진 도매상인이 사업에서 은퇴하며 모조리 챙겨온 근사한 옷가지가 그득했다. 보케르 부인은 고급 리넨 셔츠가 열여덟 벌이나 되는 것을 보고 입을 다물지 못했다. 셔츠 자체도 고급스럽거니와 셔츠의 잔잔한 앞섶에 가는 사슬로 연결된, 커다란 다이아몬드가 박힌 두 개의 장식 핀이 꽂혀 있었기에 놀라움은 더욱 증폭되었다. 평소 연푸른색 코트를 즐겨 착용하는 그는 매일 흰색 누비 조끼를 갈아입었는데, 조끼 밑으로 표주박처럼 불룩 튀어나온 배가 출렁댔고, 그로 인해 장신구가 주렁주렁 매달린 육중한 금사슬도 덩달아 출렁거렸다. 그의 코담뱃갑 역시 금제품으로, 머리카락 뭉치가 담긴 투명한 원형 부조 장식이 표면에 붙어 있어서 대단한 염복艶福을 누리는 사람이라는 의혹을 사게 했다. 하숙집 주인 여자가 바람둥이 아니냐고 짐짓 힐난하면, 그는 자신의 취향이 남들의 부러움을 사는 것을 보고 즐거워하는 부르주아의 미소를 입가에 흘렸다. 그가 가져온 몇 개의 장식장(그는 장식장이라는 단어를 하층민처럼 그런 식으로 발음했다)은 살림살이할 때 쓰던 수많은 은식기로 빼곡했다. 과부는 신바람이 나서 돈 많은 홀아비를 도와 짐을 풀고, 국자며 스튜 스푼이며 포크와 나이프며 각종 양념통이며 소스 보트며 다양한 접시들이며 금도금한 조식용 집기들이며, 그렇게 앞서거니 뒤서거니 아름다움을 과시하는 갖가지 은식기들을 정리하다가, 상당히 무게가 나가는 그것들을 그가 하나도 처분하지 않고 전부 갖고 왔다는 사실에 두 눈이 휘둥그레졌다. 그 물건들이 그에겐 무슨 기념품처럼 가정을 꾸리고 살던 시절의 영광을 떠올려주는 모양이었다. "이건," 그는 접시 하나와 뚜껑에 서로 부리를 맞대고 있는 멧비둘기 한 쌍이 그려진 사발을 소중하게 들어 보이며 보케르 부인에게 말했다. "우리 결혼기념일에 아내가 나에게 처음으로 준 선물이외다. 착해빠진 가엾은 사람! 이 선물을 마련하느라 아내는 결혼 전에 모은 저금을 다 바쳤어요. 아시겠죠, 부인? 나로선 이것과 헤어지느니 차라리 평생 비굴한 짓을 하며 사는 게 낫습니다. 하느님께서 굽어살피사, 난 남은 삶 동안 매일 아침이 사발에 커피를 따라 마실 수 있겠지요. 날 불쌍히 여길 필요는 없습니다. 오래도록 충분히 잘 먹고살 만한 형편은 되니까요." 아닌 게 아니라 보케르 부인은 짐 정리를 돕다가 몇 장에 이르는 국채증권이 있는 것을 이미 은근슬쩍 훔쳐본 참이었으니, 그 국채증권을 얼추 계산해보아도 고리오라는 이 범상치 않은 인간이 대략 8000 내지 1만 프랑의 연금소득 소유자라는 것을 알 수 있었다. 그날부로, 결혼 전 성이 드 콩플랑이요. 당시 실제 나이가 마흔여덟 살이었지만 서른아홉 살밖에 안 됐다고 우기던 보케르 부인은 꿍꿍이셈을 품었다. 비록 고리오가 양쪽 눈꺼풀이 뒤집히고 부풀어오르고 늘어졌지만, 그래서 과할 정도로 연신 눈을 비벼대야 했지만, 그녀는 그런 그의 모습이 마음에 쏙 들었고 나무랄 데가 없다고 생각했다. 게다가 두툼하고 툭 불거진 그의 장딴지는 각진 긴 코와 함께 과부가 좋아할 만한 내면의 자질을 짐작하게 해주었으며, 순박한 노인네의 보름달처럼 둥글고 물정 모르는 것 같은 고지식한 얼굴이 그 짐작을 확실하게 뒷받침해주었다. 이자는 감정에 빠지면 완전히 정신을 못 차릴 수도 있는, 체격만 건장한 짐승 같은 자임이 틀림없어…… 비둘기 양날갯죽지 모양으로 다듬은 그의 두발이, 매일 아침 에콜폴리테크니크*의 이발사가 와서 분을 발라주는 그 머리칼이 좁은 이마 위로 오각형의 경계선을 만들었는데 그 모습이 얼굴 모양과 그럴싸하게 잘 어울렸다. 약간 촌스럽긴 하지만 옷차림에 매우 공을 들인 모습이며, 담뱃갑이 항상 마쿠바 담배**로 가득차 있다는 것을 한껏 자랑하듯 담뱃가루를 아낌없이 집어들어 코로 흡입하는 모습을 보고, 보케르 부인은 고리오 씨가 자신의 집에 정착한 당일 밤 과부 보케르라는 신분에서 벗어나 고리오 부인으로 팔자를 고치겠다는 타오르는 열망에 사로잡혀 돼지비계에 돌돌 말린 꿩고기처럼 맛있게 무르익어가는 공상으로 입맛을 다시며 잠자리에 들었다. 그와 결혼하고, 하숙집은 팔아버리고, 돈 많은 최고 부르주아의 팔짱

---

* 프랑스의 대표적인 고등교육기관으로, 1794년 설립 이후 1976년까지 소설의 무대가 되는 보케르 하숙집 근처 뇌브생트즈느비에브 언덕 위에 자리잡고 있었다.
** 프랑스령 마르티니크의 마쿠바 플랜테이션에서 생산되던 최고급 담배.

을 긴 채 동네에서 유명한 부인으로 행세하고, 극빈자를 위해 모금 활동을 벌이고, 슈아지, 수아시, 장티이* 등지에서 일요일마다 조촐한 야유회를 열고, 그동안은 하숙인 몇몇이 매해 7월** 초대권을 갖다줘 겨우 공짜 관람을 했지만 이젠 그런 걸 기다릴 필요 없이 지정석을 사놓은 극장에 마음 내키는 대로 다니고…… 그녀는 이렇게 파리의 소시민 부부가 누릴 수 있는 엘도라도의 모든 것을 꿈꾸었다. 자신이 그간 한푼 한푼 모아 4만 프랑이나 되는 돈을 소유하고 있다는 사실을 아무에게도 털어놓지 않았다. 당연히 그녀는 재산이라는 관점에서 자신이 그렇게 뒤처지는 편은 아니라고 생각했다. "나머지도 내가 그 영감에게 꿀릴 게 없지!" 뚱보 실비가 아침마다 빈말로 칭찬하는 매력이 실제로 자신에게 있다고 스스로를 설득하려는 듯, 부인은 침대에서 몸을 뒤채며 이렇게 중얼거렸다. 이날부터 얼추 석 달 동안 과부 보케르는 고리오 씨의 이발사를 통해 머리를 단장했고, 얼마간 몸을 꾸미는 비용을 지불했는데, 자신의 하숙집에 점잖은 사람들을 주로 들이려면 그들과 잘 어울리도록 집에 어느 정도 치장을 해야 한다는 논리로 그 지출을 정당화했다. 그녀는 어떤 점에서든 가장 특출난 사람만을 하숙인으로 받겠다는 주장을 공공연히 하면서 자기 하숙집의 인적 구성을 바꾸고자 무진 애를 썼다. 낯선 사람이 하숙에 들겠다고 찾아오면 그녀는 자기 집이 파리에서 가장 유명하고 가장 존경받는 도매상인으로 꼽히는 고리오 씨가 가장 좋다고 인정하고 선택한 하숙집이라며 자랑했다. 맨 위에 대문짝만하게 "메종 보케르"라고 써넣은 전단도 돌렸다.

---

* 당시 이름난 파리 근교의 유원지들.
** 여름은 극장 관객이 가장 뜸한 시기다.

전단에는 그녀의 집이 "카르티에 라탱에서 가장 유서 깊고, 가장 평판 좋은 서민 하숙집"에 속하며, "고블랭 천변* 중 가장 쾌적한 경관(4층에서 하천이 보임)을 조망할 수 있는 위치"에 "아름다운 정원을 갖추었고, 정원 한쪽에 보리수나무 산책로가 조성"되어 있다는 점이 강조되어 있었다. 분위기가 좋고 조용한 곳이라는 점도 덧붙였다. 그 전단에 이끌려 랑베르메닐 백작부인이라는 서른여섯 살의 여자가 하숙인으로 들어온 적이 있었다. 그녀는 전쟁터에서 전사한 장군의 아내라는 자격으로 자신에게 귀속되는 연금 액수의 결정과 지급을 기다리는 중이라고 했다. 보케르 부인은 음식 제공에 특별히 신경을 쓰고 반년 가까이 응접실에 불을 피우는 등 전단에 써넣은 약속을 제대로 지키느라 자기 돈을 꽤 썼다. 그렇게 공들인 결과, 백작부인은 보케르 부인을 소중한 친구라 부르게 되었고, 자신의 친구들인 보메를랑 남작부인과 백작인 죽은 피쿠아조 대령의 아내가 마레 지구에서 메종 보케르보다 비싼 하숙집에 묵고 있는데 계약기간이 곧 끝나니 그들의 하숙을 메종 보케르로 옮기도록 하겠노라고 입버릇처럼 말했다. 앞으로 보훈처 일이 잘 마무리되면 그 두 부인의 형편은 아주 풍족해질 거라고도 했다. "그런데," 그녀는 그 말끝에 늘 토를 달았다. "보훈처 일이 영 끝나지를 않네요." 두 과부는 저녁식사를 마친 뒤 보케르 부인의 방으로 올라가 카시스주와 함께 하숙집 안주인의 주전부리용 과자를 집어먹으며 잡담을 나누

---

* 프랑스 궁정의 태피스트리를 제작하던 공장이 있던 지역으로, 오래전부터 그곳에 터를 잡고 작업장을 운영해온 고블랭 집안에서 유래한 명칭이다. 20세기 초 복개되어 지금은 안 보이지만, 당시에는 쾌적한 전망을 보여주기는커녕 직조 공장과 염색 공장의 폐수와 폐기물, 그리고 인접 병원의 오염수가 흘러드는 일종의 커다란 하수구 같은 하천이었다.

곤 했다. 랑베르메닐 부인은 고리오에 대한 하숙집 주인의 견해와 계획을 높이 사며, 자기는 하숙집에 온 첫날부터 이미 그런 속내를 눈치 챘노라고 말했다. 자기가 보기에 고리오는 완벽한 남자라는 것이었다.

"아! 맞아요, 친애하는 부인, 내 시력만큼이나 정정한 남자예요." 보케르 부인이 말했다. "그 나이치곤 완벽하리만치 꼿꼿한 남자죠. 여자에게 아직 상당한 즐거움을 줄 수 있어요."

백작부인은 보케르 부인의 옷차림이 그 원대한 포부와 어울리지 않는다며 몇 가지 조언까지 하는 아량을 베풀었다. "옷차림에도 전투태세를 갖추어야 해요." 백작부인이 그렇게 말했다. 두 과부는 수많은 전략 회의 끝에 함께 팔레루아얄로 나가 '갈르리 드 부아'*에서 화려한 깃털 장식 모자와 보닛을 하나씩 샀다. 이어 백작부인은 친구를 '라 프티트 자네트'**로 데려가 드레스 한 벌과 스카프 하나를 더 사도록 했다. 그렇게 군수품이 확보되고 과부 여주인이 확보된 무기들로 무장했으니, 그 모습이 영락없이 '뵈프 아 라 모드'***식당의 간판에 그려진 황소 꼴이었다. 그렇지만 그녀는 자신의 변신한 모습이 너무나 마음에 들어 백작부인에게 신세를 갚아야겠다 생각했고, 그리하여 20프랑짜리 모자 하나를 사서는, 좀처럼 선심 쓰는 성격이 아닌데도, 백작부인에게 선물을 받아달라고 간청했다. 사실 그녀는 백작부인에게 자기 대신 고리오의 의중을 떠보고 그에게 자기 말을 좋게 해달라고 부탁할 심산

* 1781년 팔레루아얄의 정원에 지어진, 목조 회랑으로 된 상점 거리. 1828년 석조 회랑으로 개축되어 '갈르리 도를레앙'이라는 이름으로 바뀌었다.
** 상업지구인 쇼세당탱에 있던 유명한 유행품점.
*** 팔레루아얄 근처에 있던 레스토랑. 숄을 두르고 모자를 쓴 황소 간판으로 화제가 되었다.

이었다. 랑베르메닐 부인은 그 얄팍한 술수에 흔쾌히 응하여, 늙은 제면업자에게 집요히 접근한 끝에 마침내 단둘이 이야기를 나눌 기회를 잡았다. 그러나 말할 것도 없이 이는 자신이 그를 유혹해 가로채겠다는 속셈이었고, 그 음험한 욕망에서 나온 이런저런 과감한 시도들에 대해 그가 저항까지는 하지 않았어도 지나치게 몸을 사리며 소극적인 반응을 보이자 무시당했다는 생각에 분개하며 방을 뛰쳐나왔다.

"이봐요." 그녀는 자신의 절친한 친구에게 말했다. "당신은 저 남자한테서 아무것도 얻어낼 수 없을 거예요! 저자는 웃기지도 않게 의심이 많은데다 쩨쩨하고 답답하고 어리석기 그지없어 짜증만 유발할 거라고요."

고리오 씨와 그런 일이 있었기에 랑베르메닐 백작부인은 더는 그와 한집에 머물 필요가 없어져버렸다. 다음날, 그녀는 밀린 여섯 달 치 하숙비도 내지 않고 5프랑이나 나갈까 싶은 헌 옷가지 하나만 허물처럼 남겨놓은 채 도주해버렸다. 보케르 부인이 아무리 수소문하며 추적해보아도 파리에서 랑베르메닐 백작부인에 대한 어떤 단서도 얻을 수 없었다. 그녀는 종종 이 고약한 사건을 입에 올리며, 자신이 원래 고양이보다도 더 의심이 많은 여자인데 그만 사람을 너무 쉽게 믿어버렸다고 한탄하곤 했다. 하지만 그녀는 가까운 사람들은 불신하면서 처음 보는 사람에게는 쉽게 넘어가는 그런 많은 이들 중 하나였다. 그것은 의아하지만 실제로 흔히 나타나는 정신 현상으로, 인간의 마음속에서 그 뿌리를 쉽게 찾아낼 수 있다. 같이 사는 이들한테서 더는 얻어낼 게 없다고 여기는 이들이 있다. 자기 마음의 밑바닥까지 가까운 이들에게 다 털어 보여주었으므로 그들에게서 당연히 가차없는 평가를 받을 수밖에 없다는 걸 내심 느끼게 된다. 하지만 듣기 좋은 온정적인 말이 그리운 건 어쩔 수 없어서, 그리고 있지도 않은 자질을 지닌 양 보이고 싶은 욕심에 사로잡혀, 그들은 언젠가는 위신이 실추되고 말리라는 것을 알면서도 낯선 이들한테 칭찬과 동조를 받기를 바란다. 요컨대 친구들이나 가까운 이들이 자기에게 잘해주는 것은 당연하다고 여겨 그들에게 어떠한 선의도 베풀지 않는, 타고나기를 제 이익만 좇는 그런 자들이 있는 법이다. 반면, 그들은 낯선 사람에게 친절을 베풂으로써 자존심의 승리를 만끽한다. 애정이 미치는 반경이 가까우면 가까울수록 그들은 사랑에 소홀하고, 반경이 멀면 멀수록 더 살갑게 군다. 보케르 부인은 본래 야비하고 교활하며 구역질나는 그 두 성향이 몸에 밴 여자일 터였다.

"그때 내가 여기 있었더라면," 그 얘길 듣고 보트랭이 말했다. "그런 불행은 닥치지 않았을 텐데! 나라면 그 사기꾼 여자의 정체를 백일하에 벗겨냈을 겁니다. 나는 그런 자들의 낯짝을 훤히 꿰뚫어보거든요."

편협한 정신의 소유자들이 다 그렇듯 보케르 부인은 벌어진 사건의 범위 바깥을 살펴보지 못하고, 그 원인이 무엇인지 파악하지도 못하는 인물이었다. 그녀는 자신이 저지른 잘못인데도 남을 탓하기에 급급했다. 그런 손해를 입자 그녀는 정직한 제면업자를 자기 불행의 원인으로 지목하고, 그때부터 그에 대한 환상이 깨지기 시작했노라고 떠들어댔다. 그녀는 자신의 교태와 치장에 쓴 비용이 쓸모없어졌다는 것을 깨닫자마자 지체 없이 그 탓을 어디로 돌릴지 따져보았다. 그리고 자신의 하숙인에게 이미 몰래 교제하는 여자가 있는 거라고 스스로 말을 만들어 단정지어버렸다. 그제야 비로소 그렇게 애지중지 공들인 자신의 희망이 애초부터 신기루처럼 허망한 것이었다는 점이, 백작부인의 단호한 말마따나 그 남자로부터 아무것도 얻어내지 못할 거라는 점이 납득되었고, 백작부인이 무슨 대단한 전문가처럼 여겨졌다. 당연히 그녀는 그와 사이좋게 지내는 방향으로 나아가기보다는 그를 증오하는 방향으로 더 멀리 나아갔다. 그 증오는 사랑했었기 때문이 아니라 기대했던 희망이 배반당했기 때문에 커졌다. 애정의 봉우리를 향해 오를 때는 때로 쉬어가기도 하지만, 증오의 감정이 만든 가파른 내리막길을 곤두박질칠 때는 멈추는 경우가 좀처럼 드물다. 하지만 고리오 씨는 그녀의 하숙인이었기 때문에 과부는 마치 수도원장에게 학대받은 수사처럼 상처받은 자존심의 폭발을 억눌러야 했고, 실망에서 나오는 한숨을 참아야 했으며, 복수를 향한 열망을 삼켜야 했다. 졸렬한 정신의 소유자들은 끊임없이 되풀이되는 졸렬한 처신으로 좋은 감정이든 나쁜 감정이든 자신들의 감정을 만족시키는 법이다. 과부는 자기가 제물로 삼은 자를 암암리에 박해할 방식을 고안하느라 모든 간교함을 동원했다. 우선 하숙집에 반입되는 식품 중 없어도 된다 싶은 것들을 빼는 일부터 시작했다. "앞으로 오이 피클과 안초비는 들이지 말아라. 없어도 그만인 것들이니까!" 과거의 운영 방식으로 되돌아가기로 한 날 아침, 그녀는 실비에게 그렇게 말했다. 고리오 씨는 자수성가한 사람들의 특징인 절약 정신이 퇴행성 질환처럼 몸에 밴 검소한 사람이었다. 예전부터 수프와 삶은 고기와 채소 한 접시가 그가 가장 좋아하는 저녁 식단이었고, 그건 앞으로도 변치 않을 터였다. 그래서 보케르 부인으로서는 자기 하숙인을 괴롭히기가 매우 어려웠는데, 어떤 수를 써도 그의 입맛을 떨어뜨릴 수 없었던 것이다. 난공불락의 상대를 만나 낙담한 그녀는 그를 음해하기 시작했고, 그렇게 고리오에 대한 자신의 반감을 다른 하숙인들에게도 퍼뜨렸는데, 그들은 장난삼아 그녀의 복수에 동참했다. 고리오가 하숙집에 들어온 첫해가 끝나갈 무렵, 연금 수익이 7000에서 8000리브르나 되고 엄청난 은식기와 화류계 여성이 지니는 아름다운 패물을 가진 부유한 도매상인이 무슨 까닭으로 재산에 비하면 약소하기 짝이 없는 하숙비를 내고 자기 집에 들어와 사는지 의심적은 생각이 들 정도로 과부의 의혹은 점점 강도를 더해갔다. 그 첫해엔 거의 내내 고리오는 일주일에 한두 번 정도 밖에서 저녁 식사를 하고 들어왔다. 그러다가 그 빈도가 서서히 줄어들더니 시내에서 저녁식사를 하는 횟수가 한 달에 겨우 두 번밖에 되지 않았다. 잘난 고리오 씨의 수상한 외식 나들이는 보케르 부인의 이익에 너무나 부합했기에, 그녀는 이 하숙인이 하숙집에서 식사하는 횟수가 늘어나자 영 못마땅했다. 그러한 변화는 재산이 조금씩 축난 탓이기도 하지만, 하숙집 주인인 자기를 일부러 골탕 먹이려는 의도 탓에 일어난 것이기도 하다, 그녀는 그렇게 여겼다. 릴리퍼트* 주민처럼 좁쌀만한 자들이 보여주는 가장 못된 습성 중 하나는 다른 사람들도 자기처럼 옹졸하리라 단정하는 짓이다. 불행하게도 고리오 씨는 온 지 두 해째가 지날 무렵 보케르 부인에게 3층으로 방을 옮기고 하숙비도 900프랑으로 낮춰달라고 부탁함으로써 자신을 둘러싼 쑥덕공론이 사실로 굳어지도록 스스로 빌미를 제공했다. 그는 최대한 생활비를 줄여야 했기에 방을 옮긴 후 겨우내 난방도 하지 않았다. 과부 보케르가 하숙비를 선불로 받

---

* 18세기 영국 소설가 조너선 스위프트의 장편소설 『걸리버 여행기』에 나오는 소인국.

기를 원했고, 고리오 씨는 별수없이 요구에 따랐는데, 그때부터 그녀는 그를 고리오 영감이라 불렀다. 하숙집 사람들은 저마다 그가 몰락하게 된 원인에 대해 한마디씩 했다. 하지만 풀기 어려운 문제였으니! 가짜 백작부인이 말했듯이 고리오 영감은 입이 무겁고 음험했다. 사소한 일이라도 발설하지 않고는 못 배기기 때문에 하나같이 입이 싼, 머릿속이 텅 빈 사람들의 논리대로라면, 자기 일에 대해 말하지 않는 사람들은 틀림없이 못된 짓을 하고 있는 것이다. 그런 논리에 따라 그 훌륭한 도매상인은 일개 사기꾼으로 전락했고, 돈 많은 바람둥이는 괴팍한 늙은이가 되어버렸다. 어떤 때는, 이건 그 무렵 메종 보케르에 들어와 살던 보트랭의 의견인데, 고리오 영감은 파산하고 나서 증권거래소에 나다니며, 금융계 용어 중 꽤 역동적인 표현을 빌리자면 국채를 단타 매매하며 푼돈이나 챙기는 그런 인간으로 규정되었다. 그러다 어떤 때는 매일 밤 도박장에 출근해 10프랑을 걸고 잔돈푼이나 따는 잔챙이 도박꾼이 되는가 하면, 어떤 때는 비밀경찰 조직에 복무하는 밀정으로 둔갑하기도 했다. 그러나 보트랭만은 그가 밀정이 되기에는 그리 약삭빠르지 못하다고 주장했다. 그런가 하면 고리오 영감은 일수놀이를 하는 수전노가 되기도 했고, 복권을 뽑을 때마다 같은 번호에 돈을 곱으로 태우는 인간이 되기도 했다. 주변 사람들은 그를 사악함, 치사함, 무능함에서 비롯한 도저히 납득할 수 없는 짓거리를 가리지 않고 다하는 인간으로 만들어버렸다. 다만, 그의 품행이나 악습이 역겨울지언정 그에 대한 반감이 그를 내쫓는 지경까지 이어지진 못했다. 그도 자기 하숙비를 내는 번듯한 하숙인이었기 때문이다. 그리고 나름의 쓸모가 있었으니, 각자 그를 희롱하고 공격하며 자신의 좋거나 나쁜 기분을 배설했던 것이다. 보다 신빙성이 있고 널리 받아들여진 견해는 보케르 부인의 것이었다. 그녀의 말에 따르자면, 나이에 비해 젊으며 사지육신 멀쩡한데다 함께 어울리는 상대에게 여전히 많은 재미를 안겨줄 수 있는 그 남자는 야릇한 취향을 가진 호색한이었다. 과부 보케르가 자신의 말이 중상모략이 아니라는 근거로 내세우는 사실들은 이렇다. 반년이나 그녀를 등쳐먹고 요령껏 살았던 그 고약한 백작부인이 도주하고 몇 달이 지난 어느 날 이른아침, 아직 잠자리에 누워 있던 그녀의 귀에 실크 드레스가 계단을 스치는 소리와 함께 젊고 날씬한 여인이 사뿐한 발걸음으로 미리 내통이 있었던 듯 방문이 열려 있던 고리오의 방으로 들어가는 소리가 들리더라는 것이었다. 곧이어 뚱보 실비가 주인에게 와서, 여신처럼 차려입고 흙 한 점 묻지 않은 모직 앵클부츠를 신은, 정숙하기에는 너무나도 예쁘게 생긴 여자가 길에서 자기가 있던 부엌으로 뱀장어처럼 미끄러지듯 들어오더니 고리오 씨가 묵는 방이 어디냐고 물었다는 말을 전했다. 보케르 부인과 식모는 방문에 귀를 대고 엿듣다가 방안에서 나직하게 주고받는 말 몇 마디를 주워들었는데, 그 두 사람의 대화는 어느 정도 지속되었다. 이윽고 고리오 씨가 자기를 찾아온 여인을 데리고 하숙집을 나서자 뚱보 실비는 이 연인을 미행하기 위하여 황급히 바구니를 챙겨들고 장을 보러 가는 척했다.

"마님," 이후 실비가 돌아와 주인에게 보고했다. "자기 여자에게 하는 걸 보면 고리오 씨는 아무튼 말도 못하게 부자인 게 틀림없어요. 글쎄, 레스트라파드가街 모퉁이에서 기다리고 있던 으리으리한 마차에 그 여자가 올라타더라니까요."

그날 저녁식사 때, 햇살이 눈에 직접 떨어져 고리오가 불편해하자 보케르 부인은 일어나 커튼을 쳤다.

"고리오 씨, 미녀들에게 사랑을 받더니 햇살도 당신을 쫓아다니네요." 아침나절에 그에게 여자가 찾아온 것을 빗대며 그녀가 입을 열었다. "대단하세요! 취향도 고상하시고, 그 여자 엄청 예쁘던데요."

"그앤 내 딸이오." 그가 좀 우쭐대듯 대답했는데, 하숙인들은 그 모습을 체면을 차리려는 늙은이의 오만함으로 해석했다.

그 일이 있고 한 달이 지나 고리오 씨는 또 한 차례 방문을 받았다. 처음 왔을 땐 아침나절 차림이었던 딸이 이번에는 저녁식사 시간이 지난 뒤, 사교계에 가는 듯한 치장을 하고 들렀다. 응접실에 모여 잡담을 나누고 있던 하숙인들은 허리가 잘록하고 우아한 금발 미녀를 볼 수 있었는데, 고리오 영감 같은 사람의 딸이라고 하기에는 믿을 수 없을 만큼 너무나도 돋보이는 모습이었다.

"두 명째네!" 그녀를 알아보지 못한 뚱보 실비가 말했다.

며칠 후, 이번에는 키가 크고 몸매가 좋으며 구릿빛 피부에 머리는 검고 눈빛이 형형한 또다른 여자가 와서 고리오 씨를 찾았다.

"세 명째네!" 실비가 말했다.

이 두번째 여자도 첫번째 여자처럼 처음에는 아침에 아버지를 만나러 왔다가 며칠 후 다시 찾아왔을 때는 저녁 무도회에 가는 차림으로 마차를 타고 왔다.

"네 명째네!" 보케르 부인과 뚱보 실비는 성장盛裝한 이 귀부인에게서 처음 왔던 날 아침 수수하게 차려입고 있던 여자의 흔적을 전혀 알아채지 못하고 말했다.

고리오가 아직 하숙비로 1200프랑을 내던 시기였다. 보케르 부인은 부유한 남자라면 정부 너더댓쯤 거느리는 거야 당연하다고 여겼으며, 고리오가 이들을 딸이라고 둘러대는 것도 아주 똑똑한 처신이라고 생각했다. 그가 그 여자들을 메종 보케르에 불러들이는 것에도 전혀 불만이 없었다. 다만, 그런 잦은 방문이 자신에 대한 이 하숙인의 무관심을 증명했던지라, 그녀는 두번째 해가 시작될 무렵 그를 늙은 정력꾼이라 부르기로 했다. 그러다 마침내 그가 900프랑짜리 하숙인으로 전락하자 그녀는 어느 날 고리오를 찾아오는 여러 여인 중 하나가 계단을 내려오는 것을 보고 옳거니 하며 그에게 자기 집을 어떻게 생각하기에 이러느냐고 아주 무례하게 따졌다. 고리오 영감은 부인에게 그 여인은 자기 첫째 딸이라고 대답했다.

"그러니까, 당신 딸이 서른여섯 명은 된답니까?" 보케르 부인이 신랄하게 되받았다.

"나한테는 딸이 둘밖에 없소." 하숙인은 비참한 처지에 몰려 한없이 고분고분해진 파산자처럼 공손한 어조로 대꾸했다.

하숙집에 들어온 지 세 해가 지날 무렵, 고리오 영감은 더욱 지출을 줄여 4층으로 방을 옮기고 하숙비로 월 45프랑을 내기로 했다. 그는 담배를 끊었고, 가발 관리인도 오지 말라고 했으며, 머리에 분칠도 하지 않았다. 고리오 영감이 처음으로 머리에 분을 칠하지 않고 나타나자 하숙집 여주인은 그의 본래 머리카락 색깔을 접하고 놀라서 비명을 내질렀는데, 녹색이 감도는 지저분한 회색이었다. 남모를 내면의 근심으로 하루하루 서서히 침울함을 더해가는 그의 표정은 식탁을 둘러싼 모든 이들 중 가장 침통해 보였다. 그러자 더이상 의심의 여지가 없었다. 고리오 영감은 성병에 걸려 약을 썼는데 의사의 적절한 치료가 없었더라면 독한 약의 부작용으로 시력을 상실하고 말았을 늙은 바람둥이가 되었다. 그의 머리카락 색깔이 혐오스럽게 변한 것도 방탕한 짓과 그 짓을 계속하기 위해 무분별하게 복용한 약물 때문이라는 얘기였다. 노인네가 보여주는 육체와 정신 상태는 그러한 억측에 신빙성을 더해주었다. 그는 가지고 있던 근사한 리넨 내의가 다 닳아 못쓰게 되자 대신 1온*당 14수밖에 안 하는 광목 내의를 샀다. 다이아몬드, 금제 코담뱃갑, 장식 사슬, 각종 패물도 하나씩 하나씩 없어졌다. 연푸른색 코트와 각종 고급스러운 의상도 이미 오래전에 처분하여, 여름이고 겨울이고 투박한 밤색 프록코트와 염소 털 조끼, 그리고 가죽처럼 보이는 모직 바지로 구성된 단벌로 때웠다. 그는 점차 야위어갔다. 튼실했던 장딴지는 온데간데없어졌고, 풍족한 부르주아의 삶에 대한 만족감으로 의기양양했던 얼굴은 말도 못하게 쭈글쭈글해졌으며, 이마도 주름투성이에 각진 턱선도 그대로 드러났다. 뇌브생트즈느비에브가에 기거한 지 사 년 만에 그는 예전의 모습을 찾아볼 수 없을 만큼 완전히 변했다. 예순두 살 나이에 마흔 살도 안 되어 보일 만큼 멀쩡했던 제면업자가, 옷차림과 거동도 원기왕성해 마주치는 사람들을 흐뭇하게 만들고 미소 지을 때면 청년 같은 묘한 매력을 주던, 살찌고 기름기가 줄줄 흐르며 짐승처럼 기운찼던 그 부르주아가, 넋이 빠져 생기 없이 휘청대는 창백한 일흔 줄의 늙은이처럼 바뀌었다. 그토록 활기찼던 파란 두 눈은 흐릿해져 침침한 회색빛을 띠었고, 퀭하게 변해 눈물도 말라붙었으며, 되려 눈가는 붉게 변해 꼭 피를 흘리는 것 같았다. 그러한

---

* 1온은 1.188미터.

그의 모습은 누군가에겐 공포를, 누군가에겐 연민을 불러일으켰다. 젊은 의과대학생들은 그의 아랫입술 처짐에 주목하고 안면각을 측정하는 등 한동안 그를 관찰한다고 부산을 떨었지만 결국 아무런 결론도 내지 못하고 그냥 치매에 걸렸다고 선언했다. 어느 날 밤, 저녁식사를 마친 보케르 부인이 그에게 조롱하듯 말을 걸었다. "아니! 당신 딸들이라고 하는 그 여자들은 이제 당신을 만나러 오지 않는 거요?" 부녀 관계를 의심하는 하숙집 여주인의 말에 고리오 영감은 쇠꼬챙이로 찔린 듯 소스라쳤다.

"가끔 옵니다." 그가 떨리는 목소리로 대답했다.

"아하! 아직도 간간이 만난다고요!" 대학생들이 환성을 질렀다. "브라보, 고리오 영감님!"

하지만 노인은 자신의 대꾸가 유발한 농지거리가 들리지 않는 듯 다시 골똘한 상태로 빠져들었고 별생각 없이 그를 바라보던 사람들은 그 모습을 두고 인지능력 상실에서 비롯한 노인성 무기력 증세로 간주했다. 만약 그들이 노인을 잘 알았다면, 아마 그의 육체와 정신 상태가 제기하는 문제에 깊은 관심을 가졌을지도 모른다. 그러나 그런 일은 애당초 일어나지 않았다. 고리오가 실제로 제면업자였는지 조사하고 그의 재산이 얼마나 되는지 알아내는 것이야 하자고 덤비면 쉬운 일이었겠지만, 그런 관심을 보일 만한 노인네들은 동네를 벗어나는 일 없이 갯바위에 붙은 굴처럼 기식처에 틀어박혀 지냈다. 그 외의 다른 사람들로 말할 것 같으면, 파리의 바쁜 삶에 치이고 볶여 뇌브생트즈느비에브가를 벗어나자마자 자기들이 조롱하던 그 불쌍한 늙은이의 존재를 까맣게 잊어버렸다. 편협한 사고방식의 소유자들이나 남의 사정에 무관심한 젊은이들이 보기에는 고리오 영감의 돈이 마른 비참한 형편과 천치 같은 행동거지는 재산이든 그 밖의 어떤 능력을 지닌 사람의 모습이라고 볼 여지가 아예 없었다. 그가 자기 딸들이라고 말한 여자들에 대해서는 모두가 보케르 부인의 의견에 동의했는데, 그녀는 저녁 모임 내내 수다를 떠느라 바쁜 늙은 여자들이 으레 그렇듯 무엇이든 넘겨짚고 보는 버릇에서 생긴 자신만의 엄격한 논리를 내세워 이렇게 이야기한 터였다. "만약 고리오 영감에게 그를 찾아왔던 모든 여인만큼이나 부유한 딸들이 있다면, 그런 사람이 내 하숙집에, 그것도 매달 45프랑을 내며 4층에 머물 리가 없으며, 가난뱅이처럼 입고 다니지도 않을 거예요." 사실 그런 추론이 틀렸다고 반박할 만한 근거도 아예 없는 형편이었다. 그리하여 이 드라마가 터져나온 때인 1819년 11월 말경, 하숙집의 모든 사람은 다들 그 불쌍한 늙은이에 대해 확고부동한 견해를 가지고 있었으니, 그에겐 애초에 아내도 딸도 없었다는 확신이 바로 그것이었다. 쾌락의 남용이 그를 일종의 달팽이 같은 존재, 보다 정확히 말하자면 인간의 형상을 한 연체동물문[州] 작업모강綱*으로 분류할 만한 그런 존재로 만들었다고, 저녁식사만 하는 외부 하숙인 중 하나였던 박물관 직원이라는 자가 이죽거렸다. 후줄근한 작업모를 쓰고 다니는 푸아레도 고리오에 비하면 독수리요 신사였다. 푸아레는 말도 하고, 따지기도 하며, 대꾸도 했기 때문이다. 사실을 이야기하자면, 푸아레는 입으로야 말하거나 따지거나 대꾸하거나 했지만 정작

---

* 고리오가 더는 부르주아 중절모를 쓰지 못하고 푸아레처럼 작업모나 쓰는 신세로 전락한 것을 두고 당시 태동하던 생물분류학을 흉내내 자연사박물관 직원의 입을 빌려 장난스럽게 표현한 말.

의미 있는 말은 한마디도 못했으니, 그는 단지 다른 사람들이 말하는 것을 표현을 바꿔 습관적으로 되풀이할 뿐이었다. 그럼에도 그는 어느 정도 대화에 이바지했으며, 숨을 쉬고 감각을 가진 사람으로 보였다. 반면에 고리오 영감은, 다시 그 박물관 직원이 말한 대로라면, 한결같이 레오뮈르 온도계의 영도零度*에 속하는 그런 존재였다.

외젠 드 라스티냐크는 뛰어난 재능을 타고난 젊은이나 어려운 처지를 극복하며 엘리트의 자질을 갖추게 된 젊은이라면 의당 체득하고 있을 그런 마음가짐을 회복한 상태였다. 파리에 유학 온 첫해에 그는 대학 학부 초급과정을 다니며 공부 압박을 크게 받지 않았기 때문에 물질적인 파리가 제공하는 가시적인 즐거움을 자유롭게 맛볼 수 있었다. 파리에서 대학생이 모든 극장의 공연 프로그램을 꿰차고, 파리라는 미로의 출구들을 탐구하고, 각종 관행을 습득하고, 특유의 어법을 배우며 수도만이 제공하는 특별한 쾌락에 익숙해지기를 원한다면, 그러니까 고상한 곳과 음습한 곳을 두루 뒤지며 다니고, 재미있는 강의를 수강하고, 각종 박물관이 소장한 귀중품들의 목록을 작성하고자 한다면, 그에겐 그리 시간이 많지 않다. 그런 대학생은 하찮은 것들에도 열광하는데, 그에겐 그것들도 대단해 보이기 마련이다. 그에겐 존경하는 위인도 생긴다. 높은 강단에 걸맞게 많은 급여를 받는 콜레주드프랑스의 교수 같은 인물 말이다. 그는 오페라코미크극장의 일등 칸막이석에 앉은 여성의 눈에 잘 띄게끔 넥타이를 한껏 치켜 매고 자세를 가다듬는다. 그렇게 일련의 입문 과정을 거치며 그는 나무로 비교하자면

---

* 프랑스 과학자 르네 레오뮈르는 1730년경 최초로 0도에서 80도까지 눈금자가 있는 알코올 온도계를 만들었다.

여릿한 백목질 상태에서 탈피하고 삶의 지평을 확장하여, 마침내 사회를 구성하는 다양한 인간 계층을 이해하게 된다. 그가 어느 화창한 날 샹젤리제 거리를 줄지어 달리는 마차들을 경탄의 눈으로 바라보기 시작했다면, 그는 머지않아 그 마차들을 부러워하고 시기하게 될 것이다. 문학사와 법학사 학위과정에 입학하고 첫 방학을 맞이하여 고향에 내려갈 즈음, 외젠은 자기도 모르는 사이에 그런 파리의 수련 과정을 이수한 상태였다. 그의 어릴 적 꿈과 지방에서 품은 관념은 이미 사라지고 없었다. 세상을 보는 눈이 변하고, 야심도 한껏 고양된 그의 눈에 시골 귀족인 아버지의 집과 가족의 삶이 적나라하게 들어왔다. 아버지와 어머니, 두 남동생, 두 여동생, 그리고 가진 재산이라곤 연금뿐인 당고모 한 분이 변변치 않은 라스티냐크 영지에 의존해 살고 있었다. 대략 3000프랑의 연수익이 나오는 영지지만 모든 포도 농사의 소출을 쥐락펴락하는 불확실성에 종속되어 있기는 마찬가지여서 그 액수가 들쑥날쑥한데, 그래도 매년 어김없이 1200프랑을 떼어 그의 유학 비용으로 보내야만 하는 형편이었다. 지금껏 그에게 넉넉한 척 숨겨져온 이 벗어날 기약 없는 고향집의 곤궁함, 어렸을 때는 너무나도 예뻐 보였던 수수한 누이들과 꿈에 그리던 미의 표본을 눈앞에서 펼쳐 보여주는 파리 여인들 사이의 현격한 차이, 그에게 모든 기대를 걸고 희생하는 식구 많은 가족의 불확실한 미래, 그의 눈에 들어온, 아무리 형편없는 포도라도 남김없이 쥐어짜고 압착기에 남은 찌꺼기마저 식구들이 마실 음료로 활용하는 광경, 요컨대, 여기 일일이 다 옮겨 적을 필요까지는 없는 그 무수한 광경이 그의 출세욕을 엄청나게 증폭시켰고, 성공해서 두각을 나타내야 한다는 열망에 불을 질렀다. 고귀한 영혼의 소유자들이 그렇듯 그는 성공을 위해 오로지 자신의 능력을 믿을 뿐, 다른 어떤 것에도 기댈 생각이 없었다. 하지만 그는 기질상 영락없는 남프랑스인이었다. 망망대해에서 힘을 어느 방향으로 집중해야 할지, 돛은 어느 정도의 각도로 펼쳐야 할지 갈피를 못 잡는 젊은이를 잡고 뒤흔들어 표류하게 만드는 망설임, 남프랑스 출신인 그의 결심은 실행 단계에서 매번 그런 망설임에 부딪혀 이리저리 흔들리기만 했다. 처음에 그는 온 힘을 다해 공부에 매진하고자 했다가, 이내 연줄을 만들어야 한다는 생각에 끌려서는 여자들이 사회생활에 미치는 막대한 영향력을 새삼스레 깨달은 양 사교계에 진출해 자신을 후원해줄 여자들을 손아귀에 넣겠다는 결심에 갑자기 빠져들었다. 지성과 열정에 더하여 금상첨화로 우아한 맵시, 그리고 여자들이 기꺼이 몸을 허락할 만한 정력적인 아름다움까지 갖춘 뜨겁고 똑똑한 젊은 남자에게 필요한 것은 바로 그런 여자들이 아니겠는가? 그는 두 누이와 함께 산책하던 중 들판 한가운데서 불현듯 이런 상념에 빠져들었는데, 예전에는 자기들과 흥겹게 산책하던 오빠가 그런 모습을 보이자 두 누이는 오빠가 아주 많이 변했다고 생각했다. 그의 당고모인 마르시야크 부인은 예전에 궁정에 출입했었는데, 거기서 최고 권위의 귀족들과 인연을 맺었다. 갑자기 이 젊은 야심가는 어릴 적 당고모가 때때로 자기를 재우며 들려주었던 이런저런 이야기를 떠올리고, 적어도 자신이 법과대학에서 이루려는 성공 못지않게 중요한 여러 차원의 사회적 성공을 위해 반드시 필요한 요건들이 바로 그 이야기 안에 들어 있었다고 생각했다. 그는 당고모에게 아직도 연줄이 닿는 친척 귀족이 있는지 물었다. 노부인은 집안의 족보를 사돈의 팔촌까지 샅샅이 훑어보면서 부자로 행세깨나 하는 이기적인 일가붙이들 중에서 그래도 자기 조카에게 도움이 될 만한 인물들을 빠짐없이 추려낸 뒤, 그중에서도 보제앙 자작부인이 그나마 가장 덜 완고하리라고 판단했다. 당고모는 그 젊은 부인에게 옛날 문투로 편지 한 통을 써서 외젠에게 건네며, 자작부인과 이야기가 잘되면 그녀가 그를 위해 다른 친척들도 만나도록 다리를 놓아줄 것이라고 말했다. 파리에 돌아오고 며칠이 지난 뒤 라스티냐크는 당고모의 편지를 보제앙 부인에게 보냈다. 자작부인은 답장으로 다음번 자신의 집에서 열리는 무도회에 라스티냐크를 초대했다.

이상이 1819년 11월 말, 그 서민 하숙집의 전반적인 상황이었다. 며칠 뒤 외젠은 보제앙 부인의 무도회에 갔다가 한밤중인 두시경 돌아왔다. 이 근면한 대학생은 춤을 추면서도, 허비한 시간을 벌충하기 위해 밤을 새워 공부하겠노라고 스스로 다짐한 터였다. 사교계의 휘황찬란함을 보며 거짓된 활력이 주는 매력에 푹 빠져 있었으니, 이제는 이 조용한 동네 한가운데에서 처음으로 밤을 지새울 생각이었다. 그는 보케르 부인의 하숙집에서 저녁도 먹지 않고 나갔었다. 하숙인들은 그러므로 그가 전에 프라도* 축제나 오데옹 무도회**에 갔다가 돌아올 때 그랬듯 다음날 동이 틀 무렵 비단 양말에 흙을 묻히고 무도화는 구겨진 상태로 돌아오겠거니 생각했을 수 있다. 크리스토프가 빗장을 지르기 전에 출입문을 활짝 열어놓고 길을 살폈다. 바로 그때 라스티냐크가 나

---

* 1791년 시테섬에 문을 연 극장. 1807년 나폴레옹 정부가 파리의 극장 수를 제한하는 법령을 내림에 따라 폐쇄되고, 그 대신 겨울철에 대중을 대상으로 한 무도장으로 활용되었는데 주로 대학생들이 이용했다.
** 1818년 화재로 전소되고 이듬해 9월 다시 문을 연 오데옹극장은 때때로 무도회장으로도 쓰였다. 그러므로 라스티냐크는 재개장 후 처음 열리기 시작한 무도회에 간 것이다.

타났고, 덕분에 그는 아무 소리도 내지 않고 자기 방에 올라갈 수 있었는데, 크리스토프가 엄청나게 쿵쾅거리며 그의 뒤를 따랐다. 외젠은 외출복을 벗고, 실내화로 갈아신고, 초라한 프록코트를 걸치고, 토탄 난롯불을 지핀 다음 서둘러 공부할 태세를 갖췄는데, 이런 일련의 준비과정은 그리 소란스럽지 않았지만 그마저도 크리스토프의 커다란 신발이 바닥에 부딪히는 소리에 파묻혔다. 외젠은 법전에 몰두하기 전에 잠시 생각에 잠겼다. 조금 전 보제앙 자작부인에게서 파리의 유행을 선도하는 여왕의 모습을 확인한 참이었다. 자작부인의 집은 포부르 생제르맹에서도 가장 화려한 저택으로 꼽혔다. 또한 그녀는 가문으로 보나 재산으로 보나 귀족계급 내에서도 최정상의 위치에 있는 인물 중 하나였다. 마르시야크 당고모 덕분에 가난한 대학생은 그런 귀부인의 집에 그것이 얼마나 큰 혜택인지도 모르는 채 초대를 받은 것이다. 그 금빛 찬란한 살롱에 출입을 허락받았다는 사실은 대귀족의 일원이라는 보증서와 같았다. 가장 배타적인 사교계에 발을 디딤으로써 그는 어디든 갈 수 있는 권리를 획득한 셈이었다. 휘황찬란한 모임에 압도되고 자작부인과는 몇 마디나 겨우 나눠본 상태였지만, 외젠은 그 성대한 연회에 참석한 수많은 파리의 여신 가운데 무엇보다 젊은 남자라면 찬양해야 마땅한 부류에 속하는 여인 하나를 찾아냈다는 것에 특별한 의미를 부여했다. 아나스타지 드 레스토 백작부인은 키가 크고 신체 비율도 뛰어나 파리에서 가장 아름다운 몸매를 지닌 여인 중 하나로 꼽혔다. 커다란 검은 눈동자와 우아한 손, 조각같이 다듬어진 발, 몸동작에서 발산되는 뜨거운 기운. 롱크롤 후작이 순수 혈통의 말이라 일컬은 여인을 머릿속에 그려보시라. 신경이 예민해 보였지만

54

그 때문에 그녀의 장점이 조금이라도 훼손되거나 하지는 않았다. 풍만하고 둥글둥글한 편이었지만, 그렇다고 뚱뚱하다고 흠잡힐 수준은 아니었다. 순수 혈통의 말, 족보 있는 여자, 이런 표현들이 하늘의 천사, 오시안의 정령 같은 표현들을 대체하기 시작했으니, 예로부터 전해온 사랑의 신화가 오늘날의 댄디즘에 밀려난 격이다. 어쨌건 라스티냐크에게 아나스타지 드 레스토 부인은 아주 매력적인 여인이었다. 그는 부인의 부채에 기록하는 댄스 파트너 명단에 두 차례나 이름을 적어넣어, 첫 카드리유*가 진행되는 동안 그녀에게 말을 걸 수 있었다. "마담, 다음번엔 어디서 당신을 만날 수 있을까요?" 그가 여자들이 좋아할 수밖에 없는 열정 넘치는 말투로 불쑥 물었다. "그야," 부인이 대답했다. "불로뉴 숲이든, 부퐁극장이든, 우리집이든, 어디든 가능하죠." 그러자 대담무쌍한 남프랑스인은 이 매력적인 백작부인을, 카드리유나 왈츠를 출 때 젊은 남자에게 허용되는 한도 내에서 최대한 가까이 끌어당겼다. 그러곤 자신이 보제앙 부인의 친척이라고 말해 그녀의 초대를 받았다. 그렇게 그는 대귀족 부인으로 보이는 여인의 집을 방문할 특권을 손에 넣었다. 자리를 옮기며 자신을 향해 미소 짓는 그녀를 보면서, 라스티냐크는 자신의 방문을 반드시 지켜야 할 약속이라고 믿었다. 그는 곧이어 어떤 남자를 우연히 만나게 되었는데, 다행인지 불행인지 그 남자는 그의 무지를 비웃지 않았다. 무도회에 참석한 당대의 이름난 무뢰한들 사이에서 그런 무지는 치명적인 결점으로 통하는 것이었다. 그 무뢰한들이란 몰랭쿠르, 롱크롤, 막심 드 트라유, 드 마르

---

* 네 사람이 한 조가 되어 사방에서 서로 마주보며 추는 춤.

세, 다주다핀투, 방드네스 등 하늘을 찌를 듯한 오만한 자의식으로 똘똘 뭉친 젊은이들로, 파리에서 가장 기품 있는 여인들로 통하는 레이디 브랜던, 랑제 공작부인, 케르가루에 백작부인, 세리지 백작부인, 카리글리아노 공작부인, 페로 백작부인, 랑티 부인, 데글몽 후작부인, 피르미아니 부인, 리스토메르 후작부인, 데스파르 후작부인, 모프리뇌즈 공작부인, 그랑리외 공작부인 등과 어울리고 있었다.* 어쨌든 운좋게도 순진한 대학생은 랑제 공작부인의 연인이자 여타 무뢰한들과는 달리 어린아이처럼 순박한 장군인 몽리보 후작과 마주쳤으니, 그 남자가 그에게 레스토 백작부인의 집이 뒤엘데가에 있다고 알려주었다. 젊고, 사교계를 갈구하고, 여자를 열망하는 판국인데 두 저택의 문이 열리다니! 포부르 생제르맹에서는 보제앙 자작부인 댁에 발을 걸치고, 쇼세당탱**에서는 레스토 백작부인 댁에 무릎까지 들이밀 수 있게 되다니! 눈앞에 도열한 파리의 살롱들을 깊숙이 들여다보고 거기서 마음을 얻은 여인의 도움과 보호를 받기에 충분할 만큼 멋진 청년이라는 자신감! 절대로 떨어지지 않으리라는 곡예사의 확신으로 무장하고 건너야 하는 팽팽한 밧줄 위에서 멋들어진 발놀림을 보여줄 만큼 담대하다는 자긍심! 거기다 자신은 매력적인 여인이라는 최고의 평행봉을 이미 갖추고 있지 않은가! 펼쳐진 법전과 가난한 형편 사이에서 갈등하는 처지에 이런 생각들이 떠오르고 눈앞 토탄 난롯불 곁에는 숭고한 자태의

---

* 여기서 거명된 남녀는 모두 '인간극'에 등장하는 주요 인물들로, 대부분 '인간극'의 세계가 확장되면서 그 이름이 작품에 추가되거나 수정되었다.

** 포부르 생제르맹이 센강 좌안에 있는 전통 귀족의 거주지인 반면, 쇼세당탱은 센강 우안의 상업 및 금융 중심지이다.

그 여인이 나타나 어른거리면, 누군들 외젠처럼 곰곰이 자신의 미래를 그려보지 않았겠는가? 누군들 그 미래를 성공으로 화려하게 장식하지 않았겠는가? 제멋대로 떠돌던 그의 상념이 예정된 미래의 환희를 빛내듯이 앞당겨서 미리 만끽하는 식으로 광포하게 질주하다가 급기야 바로 곁에 레스토 부인이 있다는 착각으로까지 발전하던 그때, 성 요셉의 단말마*와 흡사한 한숨소리가 밤의 적막을 깨뜨리고 젊은이의 심장을 강타했으니, 그 소리는 빈사에 처한 병자의 마지막 숨이 넘어가는 소리를 방불케 했다. 그가 방문을 살그머니 열고 복도로 나가자 고리오 영감의 방문 밑으로 새어나온 한줄기 빛이 눈에 들어왔다. 외젠은 자기 이웃이 아픈 게 아닌가 걱정되어서 눈을 자물쇠 구멍에 붙이고 안을 들여다보았다. 노인은 무슨 일을 하느라 여념이 없었는데, 그 일이라는 것이 범죄의 냄새를 물씬 풍겨 그로서는 자칭 제면업자라는 저 노인이 한밤중에 무슨 짓을 획책하고 있는지 자세히 지켜보는 것이야말로 사회에 봉사하는 길이라는 생각이 들 정도였다. 고리오 영감은 뒤집어놓은 탁자의 가로대에 금도금한 은접시 하나와 은제 수프 그릇 같은 것을 대고 화려하게 문양이 새겨진 그 물건들을 노끈 같은 것으로 칭칭 동여매고 있었는데, 어찌나 힘을 주어 묶는지 그것들을 우그러뜨려 주괴鑄塊로 만들 작정인 듯했다. "저런! 뭐하는 사람이람!" 라스티냐크는 노끈을 이용해 아무 소리도 내지 않고 금도금한 은을 마치 밀가루 반죽 주무르듯 짓이기고 있는 노인의 힘줄이 불거진 팔뚝을 보며 중얼거렸다. "도대체 정체가 뭐야? 도둑이나 장물아비인데, 보

---

* 성모마리아의 약혼자인 요셉은 힘든 일을 하는 목수로 알려져 있다.

다 안전하게 밀거래를 하려고 바보 멍청이 흉내를 내며 거지처럼 살았던 거야?" 외젠은 잠시 몸을 일으키고 중얼거렸다. 대학생은 다시 한쪽 눈을 자물쇠 구멍에 붙였다. 고리오 영감은 노끈을 풀고 은 덩어리를 집어들더니 탁자에 보를 씌운 다음 그 위에 덩어리를 놓고 손으로 밀어가며 둥근 방망이 형태로 만들었는데, 그 일을 놀라울 정도로 수월하게 해내는 것이었다. "저 사람, 폴란드 왕 오귀스트* 못지않게 힘이 장사인가보네?" 둥근 방망이 형태가 거의 완성될 즈음 외젠이 다시 중얼거렸다. 고리오 영감은 처연한 표정으로 자신의 작품을 바라보았다. 그의 두 눈에서 눈물이 흘러내렸다. 그는 금도금 은식기를 덩어리로 만드느라 켜둔 촛불을 입으로 불어 껐다. 외젠의 귀에 노인이 한숨을 내쉬며 자리에 눕는 소리가 들렸다. '저 사람 미친 거야.' 대학생은 그렇게 생각했다.

"불쌍한 것 같으니!" 그 순간 고리오 영감이 큰 소리를 토해냈다.

이 말을 접한 라스티냐크는 자기가 본 것에 대해 입을 다무는 편이, 자신의 이웃을 경솔하게 범죄자로 단정하지 않는 편이 현명하겠다고 판단했다. 그러곤 막 자기 방으로 돌아가려는데, 뭐라 표현하기에 좀 모호한, 아마도 여러 사람이 투박한 실내화를 신고 층계를 올라오는 듯한 소리가 들렸다. 귀를 기울여보니, 아닌 게 아니라 두 사람의 호흡이 번갈아가며 교차하는 소리가 들려왔다. 문 여는 소리도 발소리도 들리지 않았는데, 3층 보트랭 씨의 방에서 갑자기 희미한 불빛이 새어나왔다. "서민 하숙집에는 정말 불가사의한 일들이 많군!" 그가 혼잣

---

* 폴란드 왕 프레데리크 오귀스트 1세. 프랑스 왕 루이 16세의 모친인 마리조제프 드 삭스의 조부로, 헤라클레스처럼 힘이 장사였던 것으로 알려졌다.

말을 했다. 몇 계단 더 내려가 귀를 기울이자 금화 부딪치는 소리가 귓전을 때렸다. 잠시 후 불이 꺼졌고, 문 여닫히는 소리가 나지 않았는데 두 사람의 숨소리가 다시 들려왔다. 이윽고 두 남자가 층계를 내려갔고, 발소리도 점점 멀어져갔다.

"거기 누구요?" 보케르 부인이 자기 방 창문을 열고 소리쳤다.

"접니다, 지금 들어왔소이다, 보케르 엄마." 보트랭이 예의 걸쭉한 목소리로 말했다.

"거참 이상하군! 크리스토프가 아까 분명히 문을 잠갔는데." 외젠이 자기 방에 들어가며 중얼거렸다. "파리에서는 늘 깨어 있어야 자기 주변에서 무슨 일이 일어나는지 제대로 알 수 있겠군." 이 자질구레한 사건들로 인해 야심만만하게 펼쳐지던 사랑의 상념에서 벗어난 그는 다시 공부하기 위해 자세를 가다듬었다. 그러나 이내 고리오 영감에 대해 스멀스멀 피어오르는 의혹에 정신을 팔다가, 그보다는 마치 찬란한 운명의 전령처럼 시도 때도 없이 떠오르는 레스토 부인의 모습에 훨씬 더 정신을 팔다가, 결국 그는 자리에 드러누워 깊이 잠들어버렸다. 젊은 사람들은 밤새워 공부하겠노라 다짐하지만, 그런 다짐으로 맞이하는 열 번의 밤 중 일곱 번의 밤을 잠에 바치기 마련이다. 밤새워 공부하려면 스무 살은 넘어야 한다.

다음날 아침 파리 전역에 짙은 안개가 깔렸는데, 갈수록 넓어지고 짙어져 아무리 시계같이 정확한 사람이라도 몇 시쯤 되었는지 가늠하지 못할 만큼 지독한 안개였다. 그런 날은 사업상 잡은 약속도 어긋나고 만다. 누구나 오전 여덟시라고 믿고 있는데 정오 종소리가 울리는 식이다. 그날 아침 아홉시 반이 넘도록 보케르 부인은 잠자리에서 일어나지 않았다. 크리스토프와 뚱보 실비도 꾸물거리다가 하숙인들 몫의 우유 위에 엉긴 크림 층을 몰래 걷어내 섞은 커피를 자기들끼리 먼저 조용히 마셨는데, 실비는 자신이 부당하게 징수한 그 십일조를 보케르 부인이 눈치채지 못하게끔 우유를 오래도록 끓여놓았다.

"실비," 크리스토프가 토스트 첫 조각을 커피에 적시며 입을 열었다. "보트랭 씨 말이야, 좋은 사람이긴 하지만 지난밤에도 두 사람을 또 집안에 들였어. 주인마님이 언짢아할 테니까 아무 말도 말아야겠지?"

"그 사람이 너한테 뭐라도 좀 쥐여줬어?"

"달마다 100수씩 줘. 입 다물고 가만히 있으라는 거지."

"그 사람이랑 쿠튀르 부인은 구두쇠가 아니니까. 그 둘만 빼고 다른 사람들은 새해 첫날 오른손으로 우리에게 준 것을 나중에 왼손으로 뺏어가려고 하잖아." 실비가 말했다.

"애초에 뭘 줬다고!" 크리스토프가 맞받았다. "푼돈에 지나지 않는, 고작 100수짜리 동전 한 닢일 뿐이잖아. 이 년 전부터 고리오 영감은 자기 신발을 손수 닦아 신어. 저 자린고비 푸아레는 구두약도 안 바르지. 다 떨어진 자기 신발에 구두약을 바르느니 차라리 입으로 마셔버릴 위인이야. 쩨쩨한 대학생으로 말할 것 같으면, 40수를 내놓지. 근데 40수는 내가 해주는 구둣솔질 값도 안 되거든. 게다가 그 대학생은 자기 낡은 옷을 내다파는 신세야, 말도 마. 뭐 이런 데가 다 있어!"

"흥!" 실비가 커피를 몇 모금 홀짝거리면서 대꾸했다. "그래도 여기가 아직은 이 동네에서 제일 나은 편이야. 어쨌든 잘 먹고살잖아. 그런데 크리스토프, 그 뚱뚱한 보트랭 아저씨 말이야, 그 사람에 대해 무슨 얘기 들은 적 있어?"

"응. 며칠 전 길에서 어떤 신사 양반을 우연히 마주쳤는데, 그 양반이 나에게 묻더라고. 당신 집에 구레나룻을 염색한 덩치 큰 남자가 살지 않소? 내가 누군데, 이렇게 대답했지. 아니요, 선생님, 구레나룻을 기른 사람은 있는데 염색은 안 했어요. 그렇게 흥겨운 남자는 염색할 틈이 없죠. 그리고 그 이야기를 보트랭 씨에게 했더니 그가 말했어. 이 친구, 참 잘했구먼. 앞으로도 그렇게 대답하게. 우리 약점을 남에게 흘리는 짓보다 더 고약한 건 없지. 그러다가 혼사를 망쳐버릴 수도 있거든. 이렇게 말이야."

"그랬구나! 나는 말이야, 시장에 갔는데 어떤 자가 나를 막 구슬려서 보트랭 아저씨가 셔츠 갈아입는 걸 본 적이 있는지 알아내려고 하더라고. 허튼수작이지! 아 참." 실비가 잠시 말을 멈추었다. "발드그라스병원 종소리가 울리잖아. 벌써 열시 십오분 전인데 아무도 안 일어나네."

"무슨 소리! 모두 다 나갔네요. 쿠튀르 부인이랑 젊은 처자는 여덟시부터 생테티엔성당에서 성체를 모신다고 나갔어. 고리오 영감은 무슨 보따리 하나를 들고 나갔고. 대학생은 강의가 끝난 뒤에나, 그러니까 열시에 돌아오겠지. 계단 청소를 하다가 그 사람들 나가는 걸 다 봤어. 고리오 영감이 들고 있던 보따리가 나를 툭 쳤는데 쇳덩이처럼 단단하더라고. 그 노인 양반, 대체 뭔 일을 하는 걸까? 다른 하숙인들은 그 양반을 팽이 돌리듯 구박하는데, 알고 보면 착한 사람이거든. 다른 모두를 합친 것보다 더 낫지. 별로 주는 건 없지만 가끔 나를 부인들한테 심부름 보내는데, 그 부인들이 굉장히 많은 수고비를 준다고. 게다가 그 부인들은 옷도 끝내주게 입어."

"그 노인네가 자기 딸들이라고 하는 여자들 말이지? 한 열댓 명 되잖아."

"나는 딱 두 사람 집에만 가봤어, 여기 왔었던 그 두 여자 말이야."

"주인마님이 일어났네. 동동거리면서 야단법석을 떨겠군. 난 가봐야 해. 우유 잘 지키고 있어, 크리스토프, 고양이 때문에 말이야."

실비가 주인 방으로 올라갔다.

"뭐야, 실비, 벌써 열시 십오분 전인데 내가 곯아떨어져 잔다고 깨우지도 않고 말이야. 이런 일은 한 번도 없었잖아."

"안개 때문이에요. 이걸 그냥 칼로 싹둑 베어버려야지."

"아침식사는?"

"그거요! 우리 하숙인들한테 악마라도 씌었나봐요. 모두 꼭찌새벽부터 줄행랑치듯 나갔지 뭐예요."

"똑바로 말해야지, 실비." 보케르 부인이 말을 이었다. "그럴 땐 꼭 뚜새벽이라고 하는 거야."

"아! 마님, 다음부턴 마님이 하라는 대로 할게요. 아무튼, 그러니까 열시에 아침식사를 해도 된다는 겁니다. 여자 미쇼네트와 남자 푸아로는 아직 안 일어났어요. 집에는 그들 둘밖에 없거든요. 둘은 나무 그루터기처럼 생겨가지고 꼭 생긴 대로 꿈쩍도 안 하고 자고 있어요."

"실비, 넌 그 둘을 하나로 묶어서 말하는구나. 마치……"

"마치, 뭐요?" 실비가 걸쭉한 웃음을 거침없이 터뜨리며 되받았다. "그 둘은 암수 한 쌍이에요."

"그런데 실비, 이상하구나. 어젯밤 분명 크리스토프가 문을 잠갔는데 보트랭 씨는 어떻게 집안으로 들어왔다는 거냐?"

"그 반대예요, 마님. 크리스토프가 보트랭 씨 소리를 듣고 문을 열어주려고 내려간 거죠. 그래서 마님이 생각한 것 같은 상황은……"

"내 캐미솔 좀 다오. 그리고 얼른 내려가서 아침식사를 차려야지. 어제 남은 양고기에 감자를 곁들여 차리도록 해라, 시럽에 졸인 배도 몇 개 내놓고. 개당 얼마 안 하는 것들이니까."

잠시 후 보케르 부인이 내려왔을 때 마침 그녀의 고양이가 우유 사발 위에 얹어둔 접시를 앞발로 밀치고 우유를 허겁지겁 핥아먹는 중이었다.

"미스티그리!" 그녀가 고양이를 불렀다. 고양이는 냉큼 달아났다가 이내 그녀의 다리로 와 몸을 비벼댔다. "오냐오냐, 어디 맘껏 아양을 떨어봐라, 요 겁쟁이 녀석!" 그녀가 고양이를 상대로 말했다. "실비! 실비!"

"예! 왜요, 마님?"

"고양이가 뭘 먹었는지 봐라."

"저 바보 같은 크리스토프 잘못이에요. 아까 분명 뚜껑을 덮어놓으라고 말했는데. 근데 애는 어디 갔담? 걱정하지 마세요, 마님. 고리오 영감의 커피일 거예요. 제가 거기다 물을 채워놓을게요. 노인네는 눈치 못 챌걸요. 요즘 아무것도 못 알아차리더라고요. 심지어 자기가 뭘 먹고 있는지도 몰라요."

"그 중국인*은 대체 어디 갔다니?" 보케르 부인이 식탁 위에 접시를

---

* 당시 이미 상대에 대한 조롱이나 경멸을 담은 이 멸칭이 사전에 등재될 정도였다.

놓으면서 말했다.

"누가 알겠어요? 그 노인네 요즘 수상해요. 몰래 온갖 나쁜 짓을 하고 다니나봐요."

"내가 너무 많이 잔 것 같구나." 보케르 부인이 말했다.

"그래도 마님은 장미꽃처럼 싱그러운걸요……"

그때 초인종이 울리더니 보트랭이 예의 걸쭉한 목소리로 노래를 부르며 응접실로 들어왔다.

나 오랫동안 세상을 두루 돌아다녔다네,
날 모르는 사람 없다네, 세상 어디에도……

"오! 안녕하세요. 보케르 엄마!" 그가 하숙집 주인을 보고 능글맞게 두 팔로 그녀를 끌어안았다.

"아유, 그만둬요."

"나쁜 남자라고 말해봐요!" 그가 되받았다. "어서 말해보라니까요. 솔직히 그렇게 말하고 싶죠? 자, 이 몸이 당신과 함께 식탁을 차리도록 하지요. 아! 나라는 사람, 참 친절도 하지 않나요?"

이 여자 저 여자 가리지 않고 쫓아다니며,
사랑하다, 한숨짓다……

"조금 전 이상한 걸 봤어요."

……내키는 대로 살아온 거지.*

"뭔데요?" 과부가 물었다.

"고리오 영감이 여덟시 반에 도핀가의 가게에 있더군요. 옛날 식기들이며 장식줄, 금은세공품을 매입하는 가게 말이에요. 그가 거기서 금도금한 은제 살림살이를 상당한 금액에 팔던데, 전문가가 아닌 사람이 보더라도 꽤나 그럴듯하게 주괴로 만들어놓았더라고요."

"허! 정말요?"

"그렇다니까요. 나는 국영 운송회사 교통편을 통해 해외로 이주하는 친구를 배웅하고 집으로 돌아오는 길이었어요. 고리오 영감을 만나려고 기다렸는데 웃기는 장면을 목격하게 되었다니까요. 그가 데그레가의 그 동네 있잖아요, 그리로 올라가더라고요. 거기서 곱세크라는 유명한 고리대금업자의 집으로 들어가는 게 아니겠어요? 곱세크는 자기 아버지의 유골로 도미노게임 골패를 만들 수 있는 지독한 놈이에요. 유대인이라는 말도 있고, 아랍인, 그리스인, 보헤미아인이라는 말도 있어서 그자를 벗겨 먹으려면 엄청 애를 먹을걸요. 그자는 자기 돈을 은행에 맡겨놓죠."

"고리오 영감은 도대체 뭘 하는 걸까요?"

"그는 아무 일도 하지 않아요." 보트랭이 말했다. "오히려 멀쩡한 일을 망가뜨리는 인간이죠. 여자들을 사랑하다 파산할 만큼 분별없는 바보 멍청이지요. 그 여자들은……"

---

* 아카데미 회원인 샤를기욤 에티엔이 가사를 쓰고 니콜로 이주아르가 곡을 붙인 희가극 〈모나리자 혹은 모험을 좇는 사나이들〉에 나오는 아리아의 일부.

"그가 와요!" 실비가 말했다.

"크리스토프," 고리오 영감이 소리쳤다. "나랑 위층으로 올라가자."

크리스토프는 고리오 영감을 뒤따라 올라갔다가 곧바로 다시 내려왔다.

"너 어디 가니?" 보케르 부인이 하인에게 물었다.

"고리오 씨 심부름을 하러요."

"무슨 심부름인데?" 보트랭이 크리스토프의 손에 들린 편지 한 통을 빼앗아 겉봉을 소리 내어 읽었다. "'아나스타지 드 레스토 백작부인께'라. 그래, 어디로 가는 거냐?" 그가 편지를 크리스토프에게 돌려주며 재차 물었다.

"뒤엘데가로요. 이걸 반드시 백작부인에게 직접 전달하라고 신신당부했어요."

"안에 뭐가 들어 있는 거지?" 보트랭이 편지를 들어 햇빛에 비춰보며 말했다. "은행권인가? 아닌데." 그는 봉투를 살짝 열어보았다. "수취인 지정 수표네." 그가 외쳤다. "아이고! 호색한일세. 젊어 보이려고 혈안이 된 늙은이 같으니라고. 가봐라, 약은 녀석," 그가 큼지막한 손으로 크리스토프의 머리를 감싸쥐고 주사위처럼 팽그르르 돌리면서 말했다. "수고비 좀 두둑이 챙기겠구나."

식탁이 다 차려지고, 실비가 우유를 끓였다. 보케르 부인은 보트랭의 도움을 받아 난로에 불을 지폈고, 그러는 중에도 보트랭은 연신 콧노래를 흥얼거렸다.

나 오랫동안 세상을 두루 돌아다녔다네,

날 모르는 사람 없다네, 세상 어디에도……

식사 준비가 모두 끝날 즈음 쿠튀르 부인과 마드무아젤 타유페르가 돌아왔다.

"아침 일찍부터 어디 다녀오시는 거예요, 부인?" 보케르 부인이 쿠튀르 부인에게 물었다.

"생테티엔뒤몽성당에 가서 기도드리고 왔어요. 오늘 타유페르 씨 댁에 가기로 되어 있는 날이잖아요. 어린것이 불쌍도 하지, 사시나무 떨듯 떨고 있네." 쿠튀르 부인은 난롯가에 앉아 김이 모락모락 피어오르는 신발을 화구 앞에 댔다.

"몸 좀 녹여요, 빅토린." 보케르 부인이 말했다.

"마드무아젤, 당연히 하느님께 당신 아버지의 마음을 열어달라고 기도드려야겠죠." 보트랭이 고아 신세인 처자에게 의자를 밀어주며 입을 열었다. "하지만 그것만으로는 충분하지 않아요. 당신에겐 그 추악한 인간에게 입바른 소리를 해줄 친구가 필요할 거예요. 사람들이 그러던데, 당신 아버지라는 사람은 재산이 300만 프랑이나 되면서 당신한테는 지참금을 주지 않는 야만인이라면서요. 요즘 세상에는 아리따운 처자에게도 지참금이 필수잖아요."

"불쌍해서 어째," 보케르 부인이 거들었다. "기운 내요. 악독한 당신 아버지는 천벌을 받을 거예요."

이 말을 들은 빅토린의 두 눈에 눈물이 그렁그렁 차올랐고, 과부는 쿠튀르 부인이 눈치를 주자 말을 멈추었다.

"우리 둘이 그 사람을 만나볼 수만 있다면, 내가 그 사람에게 할 말을 할 수 있다면. 자기 부인이 마지막으로 쓴 편지도 직접 전달할 수 있다면 좋으련만." 홀로된 군대 경리 담당관 아내가 말을 이었다. "그 편지를 무모하게 우편으로 부칠 수는 없었어요. 그 사람은 내 필체를 아니까요……"

"오, 고난과 박해를 받는 착한 여인들이여."* 보트랭이 큰 소리로 끼어들었다. "이 표현이 바로 당신들이 처한 상황을 대변하는군요! 며칠 안에 내가 그 일에 개입해보지요. 그러면 모든 게 다 잘 풀릴 겁니다."

"오! 선생님," 빅토린이 눈물이 그렁그렁하면서도 불같이 타오르는 눈길로 보트랭을 바라보았지만, 보트랭은 아무런 반응도 보이지 않았다. "만약 제 아버지를 만날 방도를 아신다면, 제게는 아버지의 사랑과 어머니의 명예가 세상 그 어떤 부유함보다 값진 보물이라고 그분께 꼭 전해주시기 바랍니다. 선생님께서 그분의 완고함을 조금이나마 누그러뜨려주신다면 선생님을 위해 하느님께 기도하겠습니다. 믿어주세요, 제 감사의 마음……"

"나 오랫동안 세상을 두루 돌아다녔다네." 보트랭은 비꼬는 듯한 목소리로 흥얼거렸다.

그러는 사이, 아마도 실비가 남은 양고기를 새것처럼 조리하느라 루**를 넣고 볶는 고소한 냄새에 이끌린 듯 고리오, 마드무아젤 미쇼노, 푸아레가 내려왔다. 그렇게 일곱 명의 하숙인이 서로 아침 인사를 주고받으며 식탁에 앉을 때 열시를 알리는 종소리가 울렸고, 길에서

* 당시 유행하던 멜로드라마 〈고난과 박해를 받는 착한 아내 혹은 귀 얇고 난폭한 남편〉을 패러디한 인용.
** 밀가루에 고깃기름이나 버터를 섞어 볶아 만든 걸쭉한 소스.

대학생의 발걸음소리가 들려왔다.

"아! 마침 잘 왔어요, 외젠 씨." 실비가 말했다. "오늘은 모두 함께 아침식사를 하겠네요."

대학생은 하숙인들과 인사를 나눈 뒤 고리오 영감 옆자리에 앉았다.

"조금 전 뜻밖에도 참 이상한 일을 겪었어요." 그가 양고기를 듬뿍 뜨고 빵을 한 조각 자르며 입을 열었는데, 그 와중에도 보케르 부인은 항상 그래왔듯이 하숙인들이 얼마만큼 빵을 자르는지 주시했다.

"뜻밖의 일이라!" 푸아레가 대꾸했다.

"어허! 왜 그리 놀라는 거요, 모자쟁이 양반?" 보트랭이 푸아레에게 쏘아붙였다. "대학생 양반은 뜻밖의 일을 겪으면 안 됩니까."

마드무아젤 타유페르가 수줍어하며 젊은 대학생을 슬쩍 곁눈질했다.

"무슨 일을 겪었다는 건지 얘기해봐요." 보케르 부인이 채근했다.

"어제 저는 제 친척인 보제앙 자작부인 댁의 무도회에 갔었어요. 자작부인의 저택은 으리으리하고 방마다 비단으로 치장되어 있었죠. 성대한 향연이 펼쳐졌는데 진짜 재미있더라고요, 마치 왕이라도 된 기분……"

"벌이겠지." 보트랭이 말을 싹둑 자르며 끼어들었다.

"이보세요." 외젠은 기분이 상한 듯 되받았다. "무슨 말씀을 하시는 거예요?"

"벌이라고 그랬소. 왕벌들이 진짜 왕보다 훨씬 더 재미있게 놀거든."

"맞아요. 나도 진짜 왕보다는 차라리 아무 걱정 없는 그 조그만 곤충이 되고 싶어요, 왜냐하면……" 따라쟁이 푸아레가 거들었다.

"됐고요." 대학생이 그의 말을 자르며 하던 말을 계속했다. "저는 무도회에서 가장 아름다운 축에 드는 한 여인과 춤을 췄어요. 매혹적인 백작부인인데, 이제까지 제가 본 중 가장 우아한 여자였지요. 머리는 복사꽃으로 장식하고, 허리춤에는 둘도 없이 아름다운 부케를 달고 있었어요. 다 향기나는 생화였지요. 아! 여러분이 직접 그 여자를 봤어야 하는 건데. 춤에 몰입해 생기발랄하게 움직이는 모습을 제대로 묘사해낼 수가 없네요. 그런데 말이에요, 오늘 아침 아홉시경 데그레가를 지나가다가 천사 같은 그 여자를 우연히 또 본 거예요. 오! 가슴이 쿵쾅거리더군요. 제 생각엔……"

"그 여자가 여기로 온다고 생각했나보군." 보트랭이 대학생에게 의미심장한 시선을 던지며 말했다. "그 여자는 모르긴 해도 고리대금업자인 파파 곱세크의 집으로 가는 길이었을 거요. 당신이 언제 한번 파리 여인들의 가슴속을 헤집어볼 기회가 있다면, 거기서 애인보다 고리대금업자를 먼저 발견하게 될 거요. 당신이 말한 백작부인의 이름은 아나스타지 드 레스토고, 뒤엘데가에 살지."

그 이름을 듣자 대학생은 보트랭을 뚫어져라 응시했다. 고리오 영감 또한 갑자기 고개를 들더니 다른 하숙인들이 깜짝 놀랄 만큼 두려움 가득한 눈빛을 반짝이며 두 사람을 바라보았다.

"크리스토프가 너무 늦게 도착했나보군. 그애가 거기 간 걸 보면." 고리오가 괴로워하며 탄식했다.

"내 예상이 맞았어요." 보트랭이 보케르 부인의 귀에 대고 말했다.

고리오는 자신이 무얼 먹는지도 모른 채 기계적으로 음식을 입에 넣었다. 그가 이제까지 그보다 더 멍청하고 넋 빠진 모습을 보인 적은 없었을 것이다.

"귀신이 곡할 노릇이군. 보트랭 씨, 대체 누가 당신에게 그 여자의 이름을 알려준 겁니까?" 외젠이 물었다.

"아! 아! 이봐요." 보트랭이 대답했다. "고리오 영감도 잘 알고 있는데! 내가 모를 까닭이 있겠소?"

"고리오 씨." 대학생이 외쳤다.

"그랬군!" 가엾은 노인이 입을 열었다. "그래, 그애가 어제 정말 아름다웠소?"

"누가요?"

"레스토 부인 말이오."

"저 늙은 철면피 좀 보게." 보케르 부인이 보트랭에게 말했다. "두 눈이 저리도 이글거리다니."

"그럼 이 노인이 그 부인과 그렇고 그런 사이인 거예요?" 마드무아젤 미쇼노가 대학생에게 나직이 물었다.

"오! 그럼요, 부인은 엄청나게 아름다웠어요." 외젠이 대답했고, 고리오 영감은 그런 외젠을 탐욕스럽게 바라보았다. "만약 보제앙 부인만 그 자리에 없었다면 그 천사 같은 백작부인이 무도회의 여왕이 되었을 겁니다. 젊은 남자들이 목을 빼고 그 여자만 바라보는 통에 나도 그녀의 춤 상대 리스트에 열두번째로 겨우 이름을 올렸다니까요. 그녀는 카드리유 차례가 올 때마다 춤을 추었어요. 다른 여자들이 몹시 불쾌해할 정도였죠. 어제 정말 행복했던 한 사람을 꼽으라면 바로 그 여자입니다. 돛을 펼친 범선과, 달리는 말과, 춤추는 여인, 이 셋보다 더 아름다운 것은 없다고들 하는데, 정말 맞는 말이에요."

"어제는 웬 공작부인의 저택에서 의기양양하게 만인의 추앙을 받다가," 보트랭이 말했다. "오늘 아침엔 바닥으로 굴러떨어져 어음할인업자의 집에 들어가는 신세구나. 그게 파리의 여인들이지. 만약 남편이 아내의 고삐 풀린 사치 행각을 감당할 수 없는 형편이라면, 그 여자들은 스스로 몸을 팔 거야. 몸을 팔 방도를 못 찾으면, 제 어미의 배를 갈라서 뭐라도 반짝이는 것을 끄집어내고 말 테지. 결국 그 여자들은 미친듯이 온갖 수단을 다 동원할 거야. 뻔하지, 뻔해!"

대학생의 말을 들으며 맑은 날 태양처럼 환해졌던 고리오 영감의 얼굴이 보트랭의 잔인한 지적에 돌연 어두워졌다.

"아! 그건 그렇고," 보케르 부인이 입을 열었다. "당신이 말한 그 뜻밖의 일은 그래서 어떻게 되었어요? 그 부인과 이야기를 나누었나요? 그 부인에게 법에 대해 알고 싶으면 당신한테 물으러 오라고 말했나요?"

"그 부인은 날 보지 못했어요." 외젠이 말했다. "아무튼, 아침 아홉 시에, 데그레가에서, 파리에서 가장 아름다운 그런 여성을 우연히 마주치다니, 그것도 새벽 두시에 무도회에서 귀가한 것이 분명한 여인을 마주치다니 정말 이상한 일 아닙니까? 그런 뜻밖의 일들이 일어나는 곳은 파리밖에 없어요."

"후훗! 그보다 훨씬 더 괴이한 일들도 일어나지." 보트랭이 크게 말했다.

마드무아젤 타유페르는 귀에 거의 아무 말도 들어오지 않았다. 그만큼 그녀는 조금 있다가 자신이 헤쳐나가야 할 일에 정신을 빼앗긴 상태였다. 쿠튀르 부인이 그녀에게 그만 일어나 나갈 채비를 차리자는 신호를 보냈다. 두 여자가 자리를 뜨자 고리오 영감도 그 둘을 뒤따랐다.

"야! 정말, 저 노인네 표정 보았어요?" 보케르 부인이 보트랭과 다른 하숙인들에게 말했다. "저 노인네는 그 여자들 때문에 망한 게 틀림없어요."

"누가 뭐래도 전 절대 믿을 수 없어요." 대학생이 소리쳤다. "그 아름다운 레스토 부인이 고리오 영감의 여자라니요."

"아니." 보트랭이 그의 말을 가로막았다. "우리가 군이 당신더러 그렇게 믿으라고 하려는 건 아니오. 당신은 파리를 속속들이 알기에는 아직 너무 어리지. 당신은 시간이 좀 지나야 우리가 주색잡기에 빠진 인간들이라 부르는 자들의 실상을 접하게 될 거요." (주색잡기라는 말에 마드무아젤 미쇼노가 이심전심의 표정으로 보트랭을 바라보았다. 진군나팔 소리를 들은 군대의 기마를 떠올리면 그 표정이 어떤 것인지 금세 짐작할 수 있으리라.) "아하!" 보트랭이 말을 멈추고 그녀에게 의미심장한 시선을 던지더니 다시 입을 열었다. "우리도 다 그런 소소한 열정에 빠진 경험들이 있지 않소?" (이 말에 나이든 여자는 성모상 앞에 선 수녀처럼 눈을 내리깔았다.) "좋았어!" 그가 계속 말을 이었다. "그런 자들은 한 가지 생각에만 꽂혀서 절대 헤어나오질 못하오. 그들은 특정한 샘에서 길어온 특정한 물만 갈구하지, 그런데 그 물은 대개 썩은 물이라오. 그 썩은 물을 마시기 위해서라면 그들은 마누라도 팔고 자식도 팔 거요. 그뿐인가, 영혼도 악마에게 팔아넘길걸. 어떤 자들에겐 그 샘이 도박이거나, 증권시장이거나, 그림 또는 곤충 수집이거나, 음악 같은 것이오. 또 어떤 자들에겐 자기들이 좋아하는 맛있는 것을 만들어 제공해줄 여자고. 그런 자들에게 지구상의 모든 여자를 다

가져다 바쳐봤자 거들떠보지도 않을 거요. 그들은 자신들의 열정을 만족시켜줄 특정한 여자만 원하거든. 그런데 대개 그 여자는 그들을 조금도 사랑하지 않지. 그저 그들을 함부로 막 다루고, 그들에게 파편 쪼가리 같은 만족감이나 안겨주면서 그 대가로 아주 비싼 값을 부르는 거요. 하! 그런데도 그 웃기는 자들은 절대 멈추는 법이 없소. 자기에게 남은 마지막 담요 한 장마저 전당포에 맡기고 그렇게 마련한 마지막 한푼까지 그 여자에게 갖다 바친다니까. 고리오 영감은 그런 사람 중의 하나요. 백작부인은 그가 뒤탈이 안 나는 남자니까 마음 놓고 그를 벗겨먹는 것이고. 참 아름다운 세상이지! 저 불쌍한 노인네는 오로지 그 여자만 생각하는 거요. 보다시피 열정만 빼면 그저 한 마리 짐승 같은 존재일 뿐이오. 이 열정을 주제로 그에게 얘기를 시켜보시오, 그의 표정이 다이아몬드처럼 반짝일 거외다. 그 비밀을 짐작하기란 어렵지 않소. 그는 오늘 새벽 금도금한 은식기들을 주괴로 만들었소. 그리고 난 그가 데그레가에 있는 파파 곱세크의 집으로 들어가는 걸 봤지. 자, 계속 따라가봅시다! 하숙집에 돌아와서 그는 크리스토프를 레스토 백작부인 집으로 심부름 보냈는데, 그 바보 같은 크리스토프가 편지의 주소를 우리에게 보여주었고, 편지 안에는 수취인 지정 수표가 들어 있었소. 한편 백작부인은 백작부인대로 늙은 고리대금업자를 찾아갔는데, 그것은 그녀에게 분명 굉장히 다급한 일이 있다는 뜻이지. 고리오 영감은 그녀의 환심을 사기 위해 기꺼이 돈을 대주기로 한 거요. 그 두 사람의 생각을 맞대 꿰맞춰볼 필요도 없이 속사정이 명확하게 드러난 셈이지. 이제 알겠소, 애송이 대학생 양반? 당신의 그 잘난 백작부인은 무도회 내내 웃고, 교태를 부리고, 머리에 꽂은 복사꽃을 살랑거리고, 손가락 끝으로 드레스 자락을 맵시나게 모아쥐며 춤추었지만, 속으로는 부도난 약속어음에 골몰하느라, 아니면 자기 애인의 약속어음이 부도났는지 모르지만, 어쨌든 그런 생각에 골몰하느라, 실상은 흔히 하는 말마따나 꽉 끼는 신발을 신은 채 몹시 불편한, 그런 상태였던 거요."

"당신 말을 듣고 보니 진실을 알고 싶어 견딜 수가 없군요. 내일 레스토 부인 집에 가서 알아봐야겠어요." 외젠이 소리쳤다.

"그래요." 푸아레가 따라 말했다. "내일 레스토 부인 집에 꼭 가봐야 해요."

"가서 보면 아마 그 양반 고리오도 와 있을 거요. 그 여자의 환심을 사는 데 들인 금액을 환수하러 왔겠지."

"나 참." 외젠이 역겹다는 표정을 지으며 말했다. "당신이 말하는 파리는, 그러니까 진흙구덩이란 거군요."

"그것도 아주 묘한 진흙구덩이라오." 보트랭이 대꾸했다. "마차 타고 그 진흙구덩이를 다니다 더럽혀진 자는 정직한 사람으로 통하고, 걸어서 다니다 더럽혀진 자는 사기꾼으로 통한다오. 불운하게도 거기서 뭐 하찮은 거 하나라도 슬쩍하다 걸려보시게, 그러면 목에 칼이 채워지고 말뚝에 묶여 법원광장에 구경거리로 공시*될 거요. 하지만 100만 프랑을 도둑질해보시게, 그러면 당신은 사교계의 살롱이란 살롱에서 온통 덕성의 상징으로 회자될 거요. 그리고 당신은 법과 질서의 유지라는 그 도덕률을 강화해달라고 경찰과 법원에 3000만 프랑이라는 거금

---

* 이 형벌은 훗날 1848년 2월혁명 후 임시정부에 의해 폐지되었다.

을 희사할 테고. 참 멋진 세상이지!"

"대체 어떤 사정이 있기에," 보케르 부인이 목소리를 높였다. "고리오 영감은 은식기를 주괴로 만들 생각까지 했을까요?"

"뚜껑에 멧비둘기 한 쌍이 그려진 그 식기 말이죠?" 외젠이 말했다.

"맞아요."

"노인은 그 물건에 아주 애착을 보이더군요. 사발과 접시를 우그러뜨리면서 눈물을 짓더라고요. 우연히 그 광경을 목격했어요." 외젠이 말했다.

"그 영감, 그것을 자기 목숨처럼 아꼈어요." 과부가 맞장구쳤다.

"그 노인네가 얼마나 열정에 사로잡혀 있는지 확실히 알았지요?" 보트랭이 목소리를 높였다. "그 여자가 영감의 영혼을 홀리는 법을 제대로 아는 게지."

대학생은 자기 방으로 올라갔다. 보트랭은 외출했다. 얼마 후 쿠튀르 부인과 빅토린이 실비가 정류소에 가서 불러온 삯마차를 타고 떠났다. 푸아레는 마드무아젤 미쇼노와 팔짱을 끼고 내려와 둘이서 햇살 화창한 두어 시간 동안 근처 식물원에서 산책을 하러 나갔다.

"저것 봐요! 저 두 사람, 거의 부부 같다니까요." 뚱보 실비가 말했다. "오늘 처음으로 함께 외출하는 건데 말이에요. 둘 다 너무 말라서 서로 비벼대면 부싯돌처럼 불이 붙을 거예요."

"마드무아젤 미쇼노의 숄을 조심해야겠구나." 보케르 부인이 웃음을 터뜨리며 말했다. "저기에 부싯깃처럼 불똥이 옮겨붙게 생겼다."

오후 네시경, 밖에 나갔다 귀가한 고리오는 그을음이 피어오르는 두 개의 램프 불빛 사이로 울어서 눈시울이 붉어진 빅토린의 모습을 보았다. 보케르 부인이 쿠튀르 부인으로부터 오전에 타유페르 씨를 방문했으나 아무런 소득이 없었다는 이야기를 듣고 있었다. 타유페르는 자기 딸과 이 늙은 여자를 만나기 싫었지만, 두 여자에게 자기 입장을 분명히 밝힐 기회라고 생각하고 그들의 방문을 막지 않았던 터였다.

"내 말 좀 들어보세요, 부인." 쿠튀르 부인이 보케르 부인에게 이야기하는 중이었다. "글쎄 상상이 되나요, 그 인간이 빅토린에게 앉으라고도 하지 않았다니까요. 그래서 애는 내내 서 있었어요. 그 인간은 화도 내지 않고 아주 냉정하게 나를 향해서만 말했는데, 우리가 더는 자기를 찾아오는 수고를 할 필요가 없다는 거예요. 자기 딸을 딸이 아니라 마드무아젤이라고 부르면서, 이렇게 자꾸 찾아오면 자기도 괴롭지만(일 년에 한 번뿐인데, 괴물 같은 놈!) 마드무아젤의 정신도 피폐해질 거라고 하더군요. 그리고 빅토린의 어머니는 무일푼으로 시집을 왔기 때문에 재산상 주장할 몫이 하나도 없다고 했어요. 결과적으로 이 불쌍한 어린것을 눈물범벅이 되도록 만드는 최악의 통보였죠. 그러자 이 어린것이 용감하게도 제 아버지 발밑에 몸을 던져, 자기는 오로지 어머니를 위해 이러는 거라고, 자신은 군말 없이 아버지의 뜻을 따르겠지만 그래도 불쌍한 고인의 유서만은 읽어달라고 애원에 애원을 거듭했어요. 그러고는 어머니가 쓴 편지를 꺼내 그 인간에게 보여주면서, 이 세상에서 가장 아름답고 가장 감동적인 말로 간청했지요. 이애가 그런 말을 어디서 배워 했겠어요? 하느님께서 이애를 통해 말씀하신 거죠. 이 불쌍한 것에게 나타난 하느님의 계시가 어찌나 생생하던지, 듣고 있던 나도 속절없이 눈물을 철철 흘릴 정도였다니까요. 그런데 그 소름 끼치는 인간이 어쩌고 있었는지 아세요? 글쎄, 손톱을 깎고 있다가 가련한 타유페르 부인이 눈물로 적셔가며 적어 내려간 그 편지를 받아들더니 그만하라면서 벽난로에 던져버렸어요. 그 인간이 자기 딸을 일으켜세울 때 이 아이가 그의 두 손을 잡고 입을 맞추려 했지만, 그는 자기 손을 빼버렸어요. 정말 악랄한 짓 아니에요? 그때 바보 중의 바보인 그 인간의 아들이라는 녀석이 들어왔는데, 제 누이에게 인사도 하지 않더군요."

"정말 사람도 아닌 것들이군요." 고리오 영감이 옆에서 거들었다.

"그러더니," 쿠튀르 부인은 영감의 탄식에 아랑곳없이 말을 이었다. "아버지와 아들은 나에게 인사하고, 실례한다며 나가버리더라고요. 바쁜 일이 있다고 하면서요. 이상이 우리의 방문 결과예요. 어쨌든 그자는 자기 딸을 만난 거잖아요. 그런데 어떻게 딸이 아니라고 부인할 수 있는지 나로선 이해가 안 돼요. 자기와 빼다박은 듯 닮았는데 말이에요."

그날 저녁, 저녁식사만 매식하는 외부 하숙인들과 상주 하숙인들이 하나둘씩 도착해 서로 인사를 나누고 시시껄렁한 이야기들을 주고받느라 떠들썩했는데, 노골성이 기본 요소를 이루며 특히 몸짓이나 말투를 통해 그 특성이 잘 드러나는 파리 특정 계급의 익살스러운 정서를 제대로 이해하려면 바로 그런 시시껄렁한 이야기들을 관찰하면 된다. 그런 종류의 은어는 늘 변화에 변화를 거듭한다. 은어의 핵심인 장난스러운 말투나 몸짓은 수명이 한 달을 넘기는 일이 없다. 정치 사건, 중죄 재판소의 재판, 거리의 노래, 배우의 익살 등, 모든 것이 재치 겨루기의 소재로 쓰이며, 그중에서도 백미는 사람들의 생각과 말들을 라켓으로 셔틀콕을 치듯 주거니 받거니 하는 장면이다. 최근 파노라마보다 더 심한 착시를 일으키는 디오라마*가 발명되자 몇몇 화실에서는 말 끝마다 '라마'를 붙이는 장난이 유행했으니, 저녁을 먹으러 오는 한 젊은 화가가 보케르 하숙집에도 이 장난스러운 말버릇을 퍼뜨렸다.

"어이구! 푸아레 씨이이," 박물관 직원이 말했다. "별고 없으시죠, 당신의 건강라마?" 그러곤 푸아레의 대답을 기다리지도 않고 쿠튀르 부인과 빅토린을 향해 말을 건네는 것이었다. "여인들이시여, 우수에 가득차 계시는구려."

"그럼 식사아를 해볼까요." 라스티냐크의 친구로서 의과대학생인 오라스 비앙숑이 외쳤다. "내 귀여운 위장이 뚝 떨어질 정도로 아사 직전인지라."

"날씨 한번 지독하게 춥따라마!" 보트랭이 말했다. "좀 비켜요, 고리오 영감! 제기랄! 당신 발이 난로 화구를 온통 차지하고 있잖소."

"고명하신 보트랭 씨," 비앙숑이 말했다. "왜 춥따라마라고 발음하시는 거죠? 잘못하신 것 같아요. 춥다라마가 맞잖아요."

"아니오," 박물관 직원이 말했다. "발음 규칙으로 보면 춥따라마가 맞아요. 나는 발이 춥따, 그러잖아요."

"아하!"

"여기 딴짓하기 법률 분야의 박사님이신 라스티냐크 후작 각하 납시오." 비앙숑이 외젠의 목을 감고 조르듯이 꽉 껴안으며 소리쳤다.

---

* 1787년 스코틀랜드인 로버트 바커가 발명한 '파노라마'는 19세기 전반 서구를 주름잡은 대중공연 양식이다. 바깥의 빛이 완전히 차단된 거대한 원형건물 한가운데 객석이 있고 객석 둘레에 빛을 투사하는 회전 캔버스를 설치한 파노라마를 개량하여 다게르가 캔버스를 고정하는 대신 객석을 회전하게 하는 '디오라마'를 만들어 1822년 파리에서 처음으로 선을 보였다.

"어이, 여러분들, 여기 보라니까!"

마드무아젤 미쇼노가 소리 없이 들어와 식탁에 앉은 사람들에게 조용히 눈인사만 건네고 세 여자 곁에 가서 앉았다.

"저 늙은 박쥐 같은 여자만 보면 소름이 돋는다니까요." 비앙숑이 마드무아젤 미쇼노를 가리키며 보트랭에게 소곤거렸다. "나는 갈*의 골상학을 연구하고 있는데, 저 여자한테서 유다의 두개골 형태가 보여요."

"당신이 그런 걸 안다고?" 보트랭이 물었다.

"배반자 유다를 모르는 사람이 어디 있습니까?" 비앙숑이 대답했다. "내 명예를 걸고 단언컨대, 저 핏기 없이 창백한 노처녀가 종국에는 들보를 갉아 무너뜨리는 그런 좀벌레 짓을 하고 말 것입니다."

"내 말이 바로 그거라니까, 젊은이." 이 사십대 남자는 구레나룻을 쓸며 대답한 뒤 흥얼거렸다.

장미여, 그대는 장미의 한평생을
하루 아침나절에 다 살았구나.

"이야! 기막힌 수포라마가 나오는군." 크리스토프가 조심스럽게 수프 그릇을 들고 들어오자 푸아레가 말했다.

"미안해요, 푸아레 씨," 보케르 부인이 말했다. "이건 그냥 '수프오

---

* 두개골의 모양을 보고 정신 능력을 측정하고자 한 골상학의 창시자 프란츠 요제프 갈. 발자크는 일찍부터 그의 골상학에 관심이 많았는데, 이는 육체와 정신, 안과 밖, 보이는 것과 보이지 않는 것 사이의 관계를 천착한 노력과 일맥상통한다.

슈', 그러니까 배추 수프일 뿐이에요."

모든 젊은이가 폭소를 터뜨렸다.

"한 방 먹었소, 푸아레!"

"푸아아아레트, 한 방 먹었소!"

"보케르 엄마 2점 획득." 보트랭이 말했다.

"오늘 아침 안개 낀 거 본 사람 있소?" 박물관 직원이 말했다.

"정말이지," 비앙숑이 답했다. "전례없는 광란의 안개였소. 비통하고, 음울하고, 검푸르고, 천식 환자처럼 숨을 헐떡이는 안개. 이를테면 고리오 안개라고나 할까."

"고리오라마로군." 화가가 말했다. "한 치 앞도 보이지 않으니까."*

"이봐요, 가오리오트 나리, 지금 사람들이 다앙신 이야기를 하고 있소."

식탁 맨 끝, 부엌과 통하는 문 가까운 자리에 앉은 고리오는 이따금 발현되는 오랜 직업적 습관에 따라, 냅킨으로 싼 빵 한 조각에 코를 대고 킁킁거리며 냄새 맡다가 고개를 들었다.

"아니, 이봐요!" 보케르 부인이 스푼과 접시가 부딪치며 나는 소리며 사람들 말소리에 떠들썩한 분위기를 압도하는 목소리로 날카롭게 소리질렀다. "빵이 좋지 않다는 거예요, 뭐예요?"

"그 반대요, 부인." 그가 대답했다. "최고의 품질을 자랑하는 에탕프산産 밀가루로 만든 빵이군요."

"그걸 어떻게 압니까?" 외젠이 물었다.

---

* 앞서 고리오는 노화로 인한 안질환을 앓고 있는 것으로 묘사되었다.

"흰빛과 향으로 알지요."

"냄새로 아는 거겠지. 냄새는 맡을 줄 아니까." 보케르 부인이 말했다. "당신은 인색해지다못해 결국 음식냄새를 들이마셔 배를 채우는 방법을 터득하고 말 거요."

"그걸로 발명 특허를 내세요." 박물관 직원이 외쳤다. "그러면 돈깨나 벌 수 있을걸요."

"그만하시죠, 저 노인은 왕년에 자신이 제면업자였다는 사실을 보여주려고 저러는 거 아닙니까." 화가가 말했다.

"당신의 코는, 그러니까 일종의 추출기군요." 박물관 직원은 아랑곳없이 말을 이었다.

"추, 뭐라고요?" 비앙숑이 물었다.

"추-남."

"추-임새."

"추-노꾼."

"추-간판."

"추-라치."

"추-상화."

"추-풍낙엽."

"추-라마."

여덟 번의 대꾸가 식당 여기저기서 속사포를 쏘아대듯 연달아 터져 나왔고, 불쌍한 고리오 영감이 낯선 언어를 알아들으려 애쓰는 사람처럼 멍청한 표정으로 좌중을 둘러보니, 그러잖아도 웃음을 머금고 있던 사람들은 결국 한바탕 폭소를 터뜨렸다.

"추, 뭐라는 겁니까?" 고리오가 자기 옆에 앉은 보트랭에게 물었다.

"추, 당신 발에 매달린 추 말이오, 이 양반아!" 보트랭이 고리오의 머리를 툭 치며 대답했는데, 그 바람에 고리오가 쓰고 있던 모자가 내려와 눈을 덮었다.

가엾은 노인은 이 느닷없는 공격에 어안이 벙벙하여 잠시 꿈적도 못하고 얼어붙었다. 크리스토프는 노인이 수프를 다 먹은 줄 알고 접시를 치워버렸고, 그래서 고리오가 모자를 다시 밀어올린 뒤 스푼으로 수프를 떠먹으려 했을 땐 빈 식탁만 두드리는 꼴이 되었다. 식탁에 앉은 사람들 모두 폭소를 터뜨렸다.

"이봐요." 노인이 말했다. "당신 참 고약한 장난꾸러기군. 한 번만 더 그런 식으로 나를 때리면……"

"아! 그래요? 그러면 어떻게 할 건데요, 영감?" 보트랭이 그의 말을 자르며 말했다.

"아! 정말이지! 당신 언젠가 대가를 톡톡히 치를 거요……"

"지옥에 떨어지겠죠, 그렇지 않아요?" 화가가 거들었다. "못된 아이들을 가두어둔다는 그 좁고 깜깜한 구석방에 말입니다!"

"아이고! 마드무아젤," 보트랭이 빅토린에게 말했다. "식사를 통 못하시네. 아빠가 고집불통이었나보죠?"

"끔찍했어요." 쿠튀르 부인이 대신 답했다.

"그 사람 정신 좀 차리게 해줘야겠는데." 보트랭이 말했다.

"그런데," 비앙숑과 꽤 가까운 자리에 앉아 있던 라스티냐크가 입을 열었다. "마드무아젤은 하숙비 식대에 대해서는 소송을 제기할 수 있지 않나? 통 식사를 하지 않으니까. 저런 저런! 고리오 영감이 마드무아젤 빅토린을 살펴보는 모습 좀 봐요."

노인은 식사하는 것도 잊은 채, 표정에서 진정한 고통, 그러니까 아버지를 사랑하지만 아버지로부터 인정받지 못하는 자식의 고통이 물씬 묻어나는 이 가련한 처자를 물끄러미 쳐다보고 있었다.

"이봐, 친구," 외젠이 낮은 목소리로 말했다. "우리는 고리오 영감을 잘못 알고 있어. 그는 멍청한 사람도 아니고 무신경한 사람도 아니야. 저 노인에게 자네 특기인 갈의 골상학을 한번 적용해보고 어떤 유형인지 좀 말해줘. 오늘 새벽 저 노인이 금도금 접시를 마치 밀랍이라도 되는 양 우그러뜨리는 것을 목격했는데, 그때 노인의 표정에서 뭔가 특이한 감정이 엿보였어. 내 보기에 저 노인의 인생은 너무나도 불가사의해서 일부러라도 연구해볼 만한 가치가 충분해. 좋아, 비앙숑, 웃으려면 웃어, 하지만 난 농담하는 게 아니야."

"저 사람이 하나의 의학적 사례이긴 해." 비앙숑이 말했다. "알았어, 저 영감이 동의한다면 한번 분석해보지."

"아니, 그의 골상을 자네 손으로 직접 만져봐."

"아! 그것참, 저 아둔함이 전염되는 것이면 어쩐담."[*]

다음날 라스티냐크는 아주 멋들어지게 차려입고 오후 세시경 레스토 부인 댁으로 향했다. 가는 내내 그는 젊은이들의 삶을 설레는 장밋빛으로 물들이는 그런 걷잡을 수 없이 부풀어오르는 기대에 푹 빠졌다. 이럴 때 젊은이들은 난관이나 위험 같은 것은 안중에도 없고 오로

[*] 1835년 초판본에서는 여기서 1장 '서민 하숙집'이 끝나고 이어서 2장 '두 번의 방문'이 시작된다.

지 성공만이 눈앞에 어른거리게 되는데, 그러다 계획이 무산되면 좌절한 욕망이 도리어 더욱 미친듯이 타올라 자기 자신을 불행하거나 처량한 존재로 단정하고 만다. 젊은이들이 그렇게 무지하고 소심한 존재가 아니라면, 사회라는 것도 존재하지 않으리라. 외젠은 장화나 옷이 진흙으로 더럽혀지지 않도록 온 신경을 곤두세워 걸음을 옮기면서도 레스토 부인에게 뭐라고 말할 것인지 궁리하고, 정신을 가다듬고, 예상되는 대화에서 써먹을 재치 있는 응답을 고안해내고, 세련된 단어나 탈레랑*식의 문장을 준비하며 자신의 미래가 걸린 이 진술에 도움이 될 만한 유리한 정황들을 하나하나 꼼꼼히 가정하고 검토했다. 그러다 이 법과대학생은 흙탕물 세례를 받았으니, 팔레루아알에 들러 장화를 왁스로 닦고 바지를 솔로 털어내지 않을 수 없었다. '내가 만일 부자라면,' 그는 만일을 대비해 지니고 다니던 30수짜리 동전을 교환하면서 중얼거렸다. '마차를 타고 편안하게 생각하며 갈 수 있었을 텐데.' 마침내 그는 뒤엘데가에 도착해 레스토 백작부인을 만나러 왔노라고 말했다. 대문 바깥에서 마차 소리도 나지 않았는데 그가 걸어서 안마당을 가로질러오자 하인들이 무시하는 눈초리로 그를 쳐다보았지만, 그는 언젠가는 승리하리라는 확신에 찬 사람답게 분노를 삭이며 그 시선을 받아냈다. 사실 안마당에 들어오면서 이미 열등감을 느끼던 참이었으니, 그것이 하인들의 눈초리가 그에게 더욱 민감하게 다가온 까닭이었다. 안마당에는 돈을 물 쓰듯 쓰며 사치하는 삶을 과시하는 동시에 파리가 제공하는 온갖 종류의 즐거움을 누리는 인생을 압축해서 보여

---

* 프랑스의 정치인이자 외교관. 대혁명에서 나폴레옹 제정을 거쳐 복고왕정과 7월왕정에 이르기까지 대단한 정치·외교 수완을 발휘한 인물로 알려져 있다.

주는 하나의 표상이라고 할, 즉 맵시나는 카브리올레* 한 대가 서 있었고, 그 마차를 끄는 화려하게 치장한 근사한 말이 앞발로 땅을 구르고 있었던 것이다. 그는 평정심을 잃고 기분이 엉망이 되었다. 기지로 가득차 있으리라 기대한 뇌 속의 서랍들이 열리다가 갑자기 닫혀버린 듯 아무 생각도 안 났다. 백작부인에게 방문객의 이름을 전하는 하인이 답을 가져오기를 기다리며, 외젠은 대기실 창문 문고리에 팔꿈치를 기댄 채 한 발로 서서 무심한 눈으로 안마당을 바라보았다. 시간이 너무 오래 걸린다는 생각이 들었다. 직진하며 돌진할 땐 경이로운 힘을 발휘하는 남프랑스인의 집요함을 물려받지 않았더라면 그는 당장 자리를 박차고 떠나버렸을 것이다.

"손님," 하인이 와서 말했다. "부인께서는 지금 내실에 계시는데 몹시 바쁘십니다. 제게 아무런 회답을 주시지 않았습니다. 그래도 손님께서 원하신다면 응접실에 가 계셔도 좋습니다만, 이미 다른 분이 먼저 와 계십니다."

라스티냐크는 말 한마디로 제 주인을 헐뜯거나 평가하는 하인들의 놀라운 능력에 속으로 새삼 감탄하면서 방금 하인이 나간 문을 일부러 벌컥 열어젖혔는데, 아마도 그 무례한 하인들에게 자신이 이 집 주인들과 잘 아는 사이임을 보여주려는 의도였을 것이다. 그러나 그 문이 램프며 찬장이며 목욕 수건을 데우는 기구 따위가 늘어선 방으로 통하고, 그 방은 다시 어두컴컴한 복도와 음침하게 숨어 있는 계단으로 이어지자 그는 순간 몹시 당황했다. 대기실에서 들려오는 숨죽인 웃음소

---

* 말 한 마리가 끄는, 접이식 덮개가 있는 2~3인승 이륜마차.

리에 당혹감은 극도에 달했다.

"손님, 응접실은 이쪽입니다." 하인이 짐짓 공손하게 말했는데, 가장된 그 어조가 그를 한껏 더 조롱하는 것처럼 들렸다.

외젠은 발을 돌려 황급히 되돌아 나오다가 그만 욕조에 부딪치고 말았다. 그러나 떨어지는 모자를 다행히 적시에 움켜쥘 수 있어서 목욕물에 빠뜨리는 참사는 피했다. 그때, 작은 램프 하나로 불을 밝힌 긴 복도 끝의 문이 열리더니 레스토 부인의 목소리와 고리오 영감의 목소리, 그리고 입맞춤 소리가 들려왔다. 하인을 따라 식당을 가로질러 부속 응접실에 당도한 라스티냐크는 안마당 쪽으로 났으리라 짐작되는 창문 앞에 자리를 잡았다. 조금 전의 고리오 영감이 정말로 자기가 아는 그 고리오 영감이 맞는지 확인하고 싶었다. 가슴이 이상하게 두근거리면서 도무지 믿기 어려웠던 보트랭의 추측이 머릿속에 떠올랐다. 하인은 응접실 문 앞에서 외젠을 기다렸다. 그때 그 문이 벌컥 열렸고, 이어 멋쟁이 젊은이 한 명이 불쑥 튀어나와 신경질을 내며 말했다. "난 가겠네, 모리스. 백작부인에게 내가 삼십 분도 넘게 기다리다 갔노라고 전하게." 그럴 만한 권리가 충분히 있다는 듯 거침없이 말을 내뱉은 젊은이는 이탈리아 룰라드로 들리는 노랫가락을 흥얼거리면서, 안마당도 내다볼 겸 대학생의 얼굴도 살펴볼 겸 외젠이 있는 창가 쪽으로 다가왔다.

"그래도 백작님께서는 조금 더 기다리시는 편이 좋을 것 같습니다. 부인께서 볼일을 마치셨습니다." 모리스가 대기실로 돌아가며 말했다.

바로 그때, 고리오 영감이 짧은 계단으로 이어진 보조 출입구를 통해 집안에서 나와 마차가 드나드는 대문으로 향하는 모습이 보였다. 노인은 대문 앞에서 우산을 꺼내 펼치느라 여념이 없어, 가슴에 약장을 단 정장 차림의 어떤 젊은이가 모는 틸버리*가 들어오도록 대문이 활짝 열린 것도 몰랐다. 고리오 영감은 겨우 뒤로 몸을 젖혀 마차에 깔릴 뻔한 위기를 가까스로 모면했다. 우산이 펼쳐지자 깜짝 놀란 말이 층계 기단 쪽으로 갑자기 방향을 살짝 틀었던 것이다. 마차 위의 젊은이는 화난 표정으로 고개를 돌려 고리오 영감을 쳐다보다가 영감이 대문 밖으로 나가기 직전 인사를 건넸는데, 그 표정은 급전이 필요해 고리대금업자에게 억지로 격식을 차릴 때, 혹은 곧 얼굴이 화끈거릴 것을 알면서도 강요 때문에 어쩔 수 없이 경멸하는 이에게 존경심을 보일 때 짓는 그런 것이었다. 고리오 영감은 호의를 듬뿍 담은 친절한 인사로 짤막하게 화답했다. 모두 전광석화처럼 순식간에 벌어진 일이었다. 자신이 혼자가 아니라는 사실을 잊을 정도로 몰두해서 그 광경을 바라보던 외젠의 귀에 갑자기 백작부인의 음성이 들려왔다.

"아! 막심, 그냥 가시겠다니요." 질책과 약간의 원망이 섞인 목소리로 그녀가 말했다.

백작부인은 틸버리가 들어왔다는 사실에 신경도 쓰지 않았다. 라스티냐크가 황급히 몸을 돌리자, 아침나절 파리의 여인들이 다 그렇듯 장미 매듭을 단 흰색 캐시미어 실내복 차림에 머리는 아무렇게나 빗어 넘긴 요염한 백작부인의 모습이 눈에 들어왔다. 몸에서는 향기가 났고, 자고 일어나 목욕을 했는지, 그래서 뭐랄까, 한결 나긋나긋해졌다고나 할 그녀의 아름다움이 더한층 관능미를 풍겼다. 그녀의 두 눈은 촉촉이 젖어 있었다. 젊은 남자들의 눈은 모든 것을 볼 수 있게 되

---

* 말 한 마리가 끄는, 승객석 덮개가 없는 가벼운 형태의 1인승 이륜마차.

어 있다. 그들의 의식과 감각은 마치 식물이 대기중에서 자신에게 필요한 물질을 빨아들이듯 여인이 발산하는 광휘와 결합한다. 그렇기에 외젠은 그 여자의 손에서 피어나는 싱그러움을 직접 만져볼 필요도 없이 생생하게 느낄 수 있었다. 실내복 캐시미어 너머로 그녀의 발그레한 상반신 속살이 비치고, 살짝 벌어진 앞섶 사이로 간간이 맨살이 드러나 보이는 바람에 그는 시선을 뗄 수가 없었다. 백작부인에겐 코르셋의 가슴 살대도 필요가 없었으니, 허리띠 하나만으로도 그 낭창낭창한 허리가 살아났으며, 요염한 목선은 사랑을 불렀고, 실내화 속 두 발은 앙증맞기 그지없었다. 막심이 그녀의 손을 잡고 입을 맞추려 할 때 비로소 외젠은 막심의 존재가 눈에 들어왔고, 동시에 백작부인도 외젠이 와 있다는 것을 알아차렸다.

"아! 당신이군요, 라스티냐크 씨, 만나서 참으로 반가워요." 분별력이 있는 남자라면 마땅히 복종해야 하는 그런 어조로 그녀가 말했다.

막심은 불청객을 떼놓으려는 의도를 역력히 드러내며 외젠과 백작부인을 번갈아 쳐다보았다. '나 참! 내 사랑, 나를 위해 이 애송이 녀석을 당장 내쫓아버렸으면 좋겠어!' 백작부인인 아나스타지가 막심이라고 부르는, 무례할 정도로 자신만만한 그 젊은이의 시선에 담긴 의미를 알아듣기 쉽고 명확하게 번역하자면 저런 문장이 될 것이다. 백작부인은, 한 여자가 감춘 속내를 자신도 모르는 사이에 상대에게 전부 드러내 보이는 그런 고분고분한 태도로 그의 눈치를 살폈다. 라스티냐크는 이 젊은이에 대해 격렬한 증오를 느꼈다. 무엇보다 막심의 적당히 곱슬곱슬한 아름다운 금발에 비하면 자신의 머리 상태는 너무나도 초라하고 한심했다. 그리고 막심의 장화는 세련되고 깨끗한 반면, 자신의 장화는 그렇게 조심조심 걸었는데도 진흙 자국이 옅게 묻어났다. 마지막으로, 막심은 허리를 우아하게 잡아주는 프록코트를 입어 날씬한 여인 같은 모습이었지만, 자신은 두시 삼십분*이라는 시각에 그 흔해빠진 검은 예복을 입고 왔던 것이다. 키 크고 늘씬하며 반짝이는 눈에 피부까지 하얀 이 멋쟁이가, 불쌍한 고아도 인정사정없이 파멸로 몰아넣을 수 있는 인간에 속하는 이 멋쟁이가 옷까지 근사하게 차려입었으니, 샤랑트현의 영재는 열등감을 느끼지 않을 수 없었다. 외젠의 대답을 기다리지도 않고 레스토 부인은 나비가 날갯짓하듯 말렸다 풀리기를 반복하는 실내복 자락을 펄럭이며 다른 방으로 순식간에 사라졌다. 막심이 그녀의 뒤를 따랐다. 화가 치민 외젠은 막심과 백작부인을 뒤쫓아갔다. 세 사람은 커다란 응접실 한가운데서 벽난로를 사이에 두고 서로 마주하게 되었다. 법과대학생은 자신이 이 불쾌한 막심이라는 자를 방해하는 존재임을 잘 알았다. 하지만 레스토 부인을 언짢게 하는 한이 있더라도 그 멋쟁이를 훼방할 작정이었다. 그러다가 불현듯 보제앙 부인이 연 무도회에서 이 젊은이를 보았다는 걸 기억해내고 레스토 부인에게 막심이 어떤 존재인지 감지했다. 이어 엄청난 바보짓을 저지르게 되든지, 아니면 엄청난 성공을 거두게 되든지, 둘 중의 하나로 귀결되는 젊은이다운 객기가 발동하여 속으로 생각했다. '이자가 나의 연적이다. 내 이자를 이기고 말리라.' 경솔한 생각일지니! 막심드 트라유 백작이 모욕을 받으면 결투에서 먼저 총을 발사하여 상대를 죽이고 마는 사람이라는 사실을 그는 몰랐던 것이다. 외젠은 솜씨

---

* 라스티냐크는 오후 세시에 하숙집을 나왔다. "두시 삼십분"이라는 시각은 착오가 아니라면 출발하기 전에 옷을 갖춰 입은 때를 말하는 것으로 보인다.

좋은 사냥꾼이긴 하지만 사격 연습 때 스물두 개의 표적 중 스무 개 이상 명중한 적이 없었다. 젊은 백작은 벽난로 옆 안락의자에 털썩 주저앉아 부젓가락을 집어들고 불속을 헤집었는데, 그 동작이 매우 거칠고 퉁명스러워 아나스타지의 아름다운 얼굴이 일순 어두워졌다. 젊은 부인은 외젠 쪽으로 몸을 돌려 '왜 안 가고 거기 있느냐?'라고 따져 묻듯 냉랭한 시선을 그에게 던졌다. 분별력을 갖춘 사람이라면 즉시 그 무언의 눈빛을 당장 나가달라는 신호로 해석하고도 남았다.

외젠은 상냥한 표정을 지어 보이며 입을 뗐다. "부인, 제가 부인을 시급하게 뵙고자 한 까닭은……"

그는 갑자기 말을 멈췄다. 문이 벌컥 열렸던 것이다. 이어 틸버리를 몰던 그 남자가 모자는 어디엔가 벗어둔 채 백작부인에게 아는 척도 않고 걱정스러운 눈길로 외젠을 바라보더니 막심을 향해 "안녕하시오"라고 인사하며 악수를 청했는데, 우정 어린 그 표현에 외젠은 당혹감을 감추지 못했다. 지방 출신 젊은이에게 삼각관계가 다정할 수 있다는 것은 상상이 안 될 테니 그럴 만했다.

"레스토 씨예요." 백작부인이 자기 남편을 대학생에게 소개했다.

외젠은 깊숙이 허리를 굽혀 인사했다.

"이분은," 이어서 그녀가 외젠을 레스토 백작에게 소개했다. "라스티냐크 씨인데, 보제앙 자작부인과 마르시야크 가문 쪽으로 연결된 친척이지요. 반갑게도 최근 보제앙 부인이 연 무도회에서 우연히 만나 알게 됐어요."

보제앙 자작부인과 마르시야크 가문 쪽으로 연결된 친척! 자기 집은 명문가 사람들하고만 관계를 맺는다는 사실을 확인시키며 자부심을 느끼는 도도한 안주인이 흔히 그러듯 백작부인이 또박또박 강조하다시피 말한 그 단어들이 마법 같은 효과를 발휘했으니, 백작은 건성으로 아는 체만 하던 태도에서 벗어나 반갑게 이 법과대학생을 맞이했다.

"선생," 그가 말했다. "이렇게 만나게 되어 반갑소이다."

막심 드 트라유 백작도 외젠을 새삼스레 바라보더니 마치 거짓말처럼 무례한 태도를 거두었다. 가문의 이름이라는 강력한 힘이 개입하여 일으킨 이 도깨비방망이 효과가 남프랑스인의 두뇌 속에 있는 서른 개의 서랍을 열어젖혀 사전에 준비해두었던 기지를 되살려냈다. 갑자기 한줄기 빛이 나타나 그때까지 깜깜하기만 했던 파리 상류사회 내면의 분위기를 생생하게 비추는 듯했다. 보케르 하숙집과 고리오 영감은 그의 머릿속에서 아주 멀리 사라졌다.

"마르시야크 가문은 대가 끊긴 줄 알고 있었는데요?" 레스토 백작이 외젠에게 물었다.

"맞습니다. 선생," 외젠이 대답했다. "라스티냐크 기사이신 제 종조부께서 마르시야크 집안의 상속녀와 결혼하셨지요. 두 분은 따님만 한 분 두셨는데, 그 따님께서 클라랭보 원수元帥, 그러니까 보제앙 부인의 외가 쪽 어른과 결혼하신 겁니다. 저희 집안은 지차之次인데다, 부제독을 역임하신 종조부께서 왕명을 받들어 복무하시다가 전 재산을 잃어 가난합니다. 혁명정부는 동인도회사*를 청산하는 와중에 저희 집안의

---

* 16세기 말 이후 서유럽 해상 국가들에서 '인도(les Indes)'라는 명칭은 해외 식민지의 대명사였다. '서인도'는 카리브해와 멕시코만의 제도들을, '동인도'는 인도, 인도네시아, 베트남 등 오늘날 동남아시아 전체를 가리킨다. 프랑스는 1664년 국왕 루이 14세와 재상 콜베르의 주도로 '동인도회사'를 설립하여 번영을 누리지만, 그후 쇠퇴하여 1793년 혁명정부인 국민공회에 의해 완전히 청산된다. 이 과정에서 상당수의 주주는 보상을 받았지

채권 증서를 인정하지 않았거든요."

"종조부님께서 1789년 전에 전함 방죄르호*를 지휘하시지 않으셨습니까?"

"바로 그렇습니다."

"그렇다면 그분께서는 워릭호**를 지휘하셨던 제 조부와 아는 사이셨겠군요."

막심이 레스토 부인을 바라보며 가볍게 어깨를 으쓱이면서 '당신 남편이 저 사람이랑 해군 얘기를 하느라 정신이 팔려 우리는 안중에도 없소'라고 말하는 듯한 표정을 지어 보였다. 아나스타지는 드 트라유 씨의 시선이 담은 뜻을 알아챘다. 여자들이 지닌 특유의 경탄스러운 능력을 발휘하여 그녀는 미소를 지으며 말했다. "이리로 와보세요, 막심, 당신에게 물어볼 게 있어서요. 두 분께서 워릭호와 방죄르호를 타고 나란히 항해하시도록 우린 자리를 비켜드리죠." 그러곤 자리에서 일어서며 막심에게 짜릿한 배반을 획책하는 장난기 어린 신호를 보냈고, 막심은 그녀를 따라 내실로 향했다. 프랑스어로는 적당한 대체어가 없어서 그럴듯한 독일어 표현을 빌리자면 모르가나티슈*** 커플이라 할 이 남녀가

만 받지 못한 주주들도 많았다.

* 1680년 건조된 프랑스 전함으로 미국독립전쟁 등 영국과의 해상 전투에서 여러 차례 활약했다. 대혁명 시기에 '인민의 원수를 갚는 자'(방죄르Vengeur)라는 이름으로 불렸는데, 1794년 영국 함대에 의해 격침되었다.

** 1756년 마르티니크 근해에서 프랑스 전함에 나포된 적이 있던 영국 전함. 이로 미루어 레스토 백작의 조부는 구체제하에서 영국 해군에 복무했거나, 워릭호를 나포된 기간 동안 관리한 것으로 추측된다.

*** 게르만 민법의 용어로 신분 높은 남자와 평민 출신 여자의 혼인, 곧 이른바 귀천상혼(貴賤相婚)이라 불리는 결합을 뜻한다. 이런 결합의 경우 아내와 자식은 남편의 지위나

막 문을 열고 나가려는 찰나, 백작이 외젠과 나누던 대화를 중단했다.

"아나스타지! 잠깐만 있어봐요, 여보," 백작이 언짢은 기색으로 소리쳤다. "당신도 알다시피……"

"금방 돌아올게요, 곧 돌아와요." 그녀가 남편의 말을 잘랐다. "막심에게 부탁하려는 게 있어서, 그 말만 잠깐 하고 올 거예요."

그녀는 정말 곧바로 돌아왔다. 마음 내키는 대로 행동하기 위해 남편의 성격을 면밀히 살펴야만 하는 아내들이 남편의 소중한 신뢰를 잃지 않기 위해 어느 선까지 가다 멈춰야 하는지 분별할 줄 아는 것처럼, 그렇기에 부부 생활의 지극히 사소한 일에서도 남편의 기분을 절대로 거스르지 않는 것처럼, 백작부인은 백작의 억양을 통해 내실에 오래 있어서는 결코 무사하지 못하리라 생각했던 까닭이다. 이렇게 일이 틀어져버린 것은 외젠 탓이다, 이렇게 생각한 백작부인은 분한 마음이 가득한 표정과 몸짓으로 법과대학생을 지목하며 막심에게 무언의 하소연을 했고, 막심은 백작과 부인과 외젠을 향해 완전히 비꼬듯 말했다. "여보십시오, 세 분께서 긴히 나눌 얘기가 있으신 것 같으니 저는 이만 물러납니다. 안녕히들 계십시오." 그러곤 자리를 피했다.

"막심! 가지 마시오!" 백작이 소리쳤다.

"이따 다시 와서 함께 저녁식사 하기로 해요." 백작부인이 다시 한번 외젠과 백작을 남겨두고 부속 응접실로 막심을 따라가며 말했다. 그곳에서 두 사람은 레스토 씨가 외젠을 돌려보내리라 믿고 꽤 긴 시간을 함께 머물렀다.

재산을 상속받지 못한다. 아나스타지와 막심의 관계는 귀천상혼에 해당하지 않지만, 법적 혼인 관계가 아닌 내연관계라는 점을 강조하기 위해 이 말을 쓴 것으로 보인다.

라스티냐크의 귀에 이 남녀가 웃음을 터뜨리다가 대화를 나누고, 그러다가 다시 침묵을 지키기를 반복하는 소리가 들려왔다. 그러거나 말거나 심술이 난 대학생은 백작부인을 다시 만나 그녀와 고리오 영감이 무슨 관계인지 알아낼 요량으로 레스토 씨와 흥겹게 대화를 이어나가며 그의 비위를 맞추고 그를 토론으로 끌어들였다. 저 부인은 막심을 사랑하는 게 틀림없어, 그리고 자기 남편을 맘대로 조종하며 늙은 제면업자와도 비밀리에 내연관계를 맺고 있는 거야. 법과대학생에게 부인의 정체는 그야말로 수수께끼였다. 그는 그 불가사의를 꿰뚫고 싶었다. 그렇게 하면 파리 여인의 탁월한 대표라고 할 저 여자 위에 군주처럼 군림할 수 있으리라는 기대에 부풀었다.

"아나스타지." 백작이 다시 한번 자기 아내를 불렀다.

"자, 사랑하는 나의 막심." 그녀가 젊은 남자에게 말했다. "이제 그만해야 해, 오늘밤에 다시……"

"부탁인데, 나지." 그가 그녀의 귀에 대고 속삭였다. "저 애송이 청년이 당신 곁에 얼씬거리지 못하도록 해줘. 아까 보니까 당신 실내복 앞섶이 살짝 열렸을 때 저자의 눈이 타오르는 석탄 덩어리처럼 이글거리더군. 저자는 당신한테 사랑을 고백할지도 몰라, 당신은 말려들겠지, 만약 그러면 나는 저자를 죽여버리고 말 건데 그건 당신이 떠민 탓이니 그리 알아."

"제정신이야, 막심?" 그녀가 입을 열었다. "저런 애송이 대학생들은 오히려 뛰어난 피뢰침 구실을 하지 않나요? 그러니까 내 말은, 레스토가 저 애송이를 극도로 경계하도록 유도해 우리 관계의 방패막이로 삼겠다는 뜻이야."

막심이 한바탕 웃음을 터뜨린 뒤 방을 나갔고, 백작부인은 그를 따라가다가 창가에 멈춰 서서 그가 마차에 올라타 말을 어르고 채찍을 휘두르는 모습을 지켜보았다. 그녀는 대문이 닫히고서야 비로소 응접실로 돌아갔다.

"이것 봐요, 부인," 그녀가 들어오자 백작이 소리 높여 말했다. "이분 가족이 사는 영지가 샤랑트현 베르퇴유에서 그리 멀지 않군. 이분 종조부와 내 조부께서는 서로 아는 사이였답니다."

"아는 지방 사람이라니 반갑네요." 백작부인이 건성으로 대꾸했다.

"부인이 생각하는 것 이상으로 잘 알지요." 외젠이 나직한 목소리로 말했다.

"그게 무슨 말이죠?" 그녀가 정색하고 말했다.

"무슨 말이냐면," 대학생이 되받았다. "조금 전 이 댁에서 어떤 남자분이 나가는 것을 보았는데, 그 사람과 나는 같은 하숙집에서 이웃한 방을 쓰고 있는 사이거든요. 고리오 영감이라고 하죠."

영감이라는 단어를 한껏 돋보이게 발음한 그 이름을 듣자, 부젓가락으로 벽난로의 불을 쑤시던 백작이 마치 손을 데기라도 한 양 부젓가락을 냅다 불속에 내던지고 벌떡 일어났다.

"이보시오, 당신은 고리오 씨라고 말할 수도 있었을 텐데!" 그가 소리쳤다.

백작부인은 남편의 발끈한 반응에 하얗게 질렸다가 이내 얼굴을 붉혔다. 당황한 것이 틀림없었다. 그녀는 평소의 목소리를 되찾으려 애를 쓰며, 그리고 아무렇지도 않다는 표정을 가장하며 대답했다. "우리가 지난날 더 많이 사랑했던 어떤 분인데 당신이 알 리 없죠……" 그녀는 말을 멈추고 피아노로 시선을 돌리더니 마치 어떤 환영이 떠오르기라도 한 것처럼 입을 열었다. "음악 좋아하세요?"

"아주 많이요." 뭔가 심각한 바보짓을 저질렀을지도 모른다는 당혹감에 멍해진 외젠은 얼굴을 붉힌 채 대답했다.

"노래도 부르세요?" 그녀가 흥분한 목소리로 물으며 피아노로 가 앉더니 낮은음부터 높은음까지 모든 건반을 누비며 강하게 두드렸다. 라라라!

"아니요, 부인."

레스토 백작은 응접실 안을 종횡으로 서성였다.

"유감이군요, 당신은 성공을 위한 커다란 방책 하나를 스스로 내팽개친 거예요. 카-로, 카-로, 카-아-아-로, 논 두-비타-레.* " 백작부인이 노래를 불렀다.

고리오 영감이라는 이름을 발설함으로써 외젠은 또 한번 도깨비방망이를 흔든 셈이었지만, 그 효과는 보제앙 부인의 친척이라는 말이 가져왔던 것과 정반대였다. 특별한 호의를 받아 골동품 애호가의 집에 초대되어 갔다가 실수로 그만 조각상들이 가득 들어찬 장식장을 잘못 건드려 그중 약하게 붙어 있던 조각상의 머리 서너 개를 떨어뜨린 꼴이었다. 외젠은 쥐구멍에라도 들어가 숨고 싶었다. 레스토 부인의 낯빛은 무뚝뚝하고 싸늘했으며, 냉담해진 눈은 순식간에 불운해진 대학생의 눈을 외면했다.

"부인," 그가 입을 열었다. "부군이신 레스토 씨와 이야기를 나누셔

---

* 당시 절찬리에 공연된 도메니코 치마로사의 오페라부파 〈비밀 결혼〉에 나오는 두 주인공의 듀엣 중 한 대목을 발자크가 다소 부정확하게 옮겼다.

야 할 테니 저는 이만 인사를 드리고 물러날까 합니다만……"

"언제든 또 와주시면," 백작부인이 몸짓으로 외젠의 이야기를 끊고 서둘러 말했다. "우리에게, 그러니까 레스토 백작과 저에게는 당연히 더할 나위 없는 기쁨이 될 겁니다."

외젠은 부부에게 공손히 인사하고 응접실을 나왔는데, 그가 그럴 필요 없다고 간곡히 사양했지만 레스토 씨가 뒤따라 나와 대기실까지 그를 배웅했다.

"저 사람이 또 오면," 백작이 하인 모리스에게 일렀다. "올 때마다 부인도 나도 집에 없다고 하여라."

현관 앞 층계에 발을 내디뎠을 때 외젠은 비가 온다는 사실을 깨달았다. "이걸 어쩐다?" 그가 혼잣말로 중얼거렸다. "기껏 와서 왜 이렇게 됐는지도 모르고, 어디까지 파장이 미칠지도 모르는 서툰 짓을 저지르고 말았구나. 설상가상으로 비를 맞아 옷과 모자까지 버리게 생겼어. 방구석에 처박혀 법전이나 파고 있었어야 했어, 대쪽 같은 법조인이 되는 일만 생각했어야 했어. 사교계에서 그럴듯하게 처신하려면 카브리올레며 반들반들하게 광을 낸 장화며 금목걸이, 그 밖의 필수품들을 일습으로 갖추어야 하는데, 특히 아침에는 6프랑이나 하는 흰색 스웨이드 가죽장갑을, 저녁에는 또 노란색 장갑을 껴야 하는데, 내가 과연 그런 사교계에 출입할 수 있겠어? 재수없는 늙다리 고리오 영감, 꺼져버려라!"

그렇게 거리로 나와 현관 처마 밑에서 비를 긋고 서 있는데, 아마도 방금 근처에 신혼부부를 내려준 듯 보이는 전세 마차 마부가, 검은 예복 안에 흰 조끼를 받쳐 입고 노란 장갑에 광을 낸 장화를 신은 채 우산도 없이 서 있는 외젠을 발견하고는 고용주 몰래 손님을 태워 돈을 벌 절호의 기회라고 생각하여 그에게 마차를 타지 않겠느냐는 신호를 보냈다. 구렁텅이에 빠진 젊은이를 잘하면 거기서 벗어날지도 모른다는 희망으로 발버둥치게 만들다가 결국은 점점 더 깊은 수렁으로 밀어 넣는 어렴풋한 분노, 외젠은 바로 그런 상태에 사로잡혀 있었다. 그는 고개를 까딱해 마부의 제안에 응했다. 호주머니 속엔 고작 22수밖에 남지 않았지만 그는 마차에 올라탔다. 오렌지 꽃잎 몇 장과 금색 자수실 몇 오라기가 떨어져 있어 조금 전 신혼부부가 거쳐간 자리임을 알려주었다.

"어디로 모실까요?" 마부가 물었다. 끼고 있던 흰 장갑은 이미 벗어버린 상태였다.

'제기랄!' 외젠은 생각했다. '어차피 나락으로 떨어진 거, 마차 탄 김에 뭐라도 보탬이 되도록 해야 하지 않겠는가!' 그러고는 목소리를 높여 대답했다. "보제앙 저택으로 갑시다."

"어느 쪽 저택요?" 마부가 되물었다.

뜻밖의 반문에 외젠은 혼란에 빠졌다. 이 풋내나는 멋쟁이는 보제앙 저택이 두 곳이라는 사실을 몰랐다. 가난한 자기 따위는 안중에도 없을 친척들의 수에서만큼은 자신이 얼마나 풍족한 존재인지 알지 못했던 것이다.

"보제앙 자작의 저택, 그러니까……"

"드그르넬가에 있는 저택 말씀이군요." 마부가 고개를 끄덕이며 외젠의 말을 끊었다. "아시다시피 보제앙 백작의 저택과 후작의 저택이 생도미니크가에 또 있으니까요." 그가 마차 발판을 들어올리며 덧붙였다.

"물론 익히 알고 있소이다." 외젠이 무뚝뚝하게 대꾸했다. '오늘은 모든 사람이 나를 조롱하는구나!' 그는 앞쪽 쿠션 위에 모자를 던지며 생각했다. '나로서는 왕의 몸값만큼이나 비싼 돈이 드는 탈주가 되겠어. 그렇지만 소위 사촌이라는 사람의 집을 방문하는데, 적어도 귀족답게 빈틈없이 격식은 차려야 하지 않겠어? 고리오 영감 때문에 벌써 최소한 10프랑은 낭비했군, 빌어먹을 늙은이 같으니라고! 오늘 내가 겪은 일을 보제앙 부인에게 이야기해야겠다. 모르긴 해도 내 얘기가 부인을 즐겁게 해줄 테니. 그 꼬리 없는 늙은 쥐 같은 자와 그 아름다운 여자의 범죄적인 관계의 비밀을 부인은 알게 되겠지. 재미있어할 거야. 그 부도덕한 여자와 어떻게 해보려고 용쓰는 건 내게 너무 많은 희생이 따르는 일이니, 차라리 사촌의 마음에 드는 편이 더 낫다. 아름다운 자작부인의 이름만으로도 이렇게 강렬한 효과를 발휘하니, 그 부인의 존재 자체가 주는 무게감은 대체 얼마나 되겠어? 꿈을 크게 갖자. 하늘에 있는 어떤 것을 얻으려 돌진하자면 하느님을 겨냥해야 하는 법!'

그의 머릿속을 떠도는 천일야화같이 끊이지 않는 생각을 간단한 공식으로 줄이자면 저런 말이 될 것이다. 외젠은 내리는 비를 바라보며 평정심과 자신감을 어느 정도 되찾았다. 수중에 남은 소중한 100수짜리 동전 두 개를 낭비하게 되었지만 그건 자신의 예복과 장화와 모자를 빗물로부터 보호하는 데 유용하게 쓰이는 것이라고 자위했다. 그러던 중 마부가 "문을 여시오!"라고 외치는 소리를 듣고 뿌듯함을 느끼지 않을 수 없었다. 스위스 용병을 연상케 하는 붉은색과 황금색 복장의 문지기가 육중한 돌쩌귀 소리와 함께 저택의 대문을 열었고, 라스티냐크는 자신이 탄 마차가 드높은 현관 밑을 지나 안마당을 돈 다음 저택의 출입구 계단 차양 밑에 서는 것을 흡족한 표정으로 지켜보았다. 넓은 소매끝을 붉은 자수로 장식한 커다란 푸른색 외투 차림의 마부가 먼저 내려 발판을 펼쳤다. 마차에서 의기양양하게 내리는 외젠의 귀에 저택의 회랑에서 새어나오는 숨죽인 웃음소리가 들려왔다. 하인 서넛이 마차가 들어올 때부터 이미 이 조잡한 신혼 마차를 보며 비웃던 터였다. 안 그래도 자신이 타고 온 마차와 그 옆에 서 있는, 파리에서 가장 멋진 축에 드는 쿠페*를 비교하던 대학생은 그 웃음소리에 정신이 번쩍 들었다. 쿠페를 끄는 두 마리 늠름한 말은 귀에 장미꽃 장식을 단 채 재갈을 잘근잘근 물어뜯고 있었고, 머리에 분칠하고 근사하게 넥타이를 맨 마부는 말들이 달아나기라도 할까봐 녀석들의 고삐를 바투 움켜쥐고 있었다. 쇼세당탱의 레스토 부인 집 안마당에는 스물여섯 살 청년이 모는 맵시나는 카브리올레가 서 있었다. 그런데 이곳 포부르 생제르맹에는 대영주의 사치품이, 3만 프랑을 주고도 구할 수 없는 호화로운 마차가 서 있는 것이다.

"대체 누가 타고 온 마차일까?" 외젠은 중얼거렸다. 파리에서 애인을 두지 않은 여인을 만나기란 거의 불가능하다는 사실과, 그런 파리의 여왕 중 하나를 정복하려면 피를 흘리는 것 이상의 희생을 치러야 한다는 사실을 새삼 깨달은 참이었다. "빌어먹을! 내 사촌에게도 필시 자기만의 막심이 있는 거야."

그는 넋이 빠진 채 현관 계단을 올라갔다. 그의 모습이 나타나자 유리문이 열렸다. 하인들은 글겅이로 빗질을 받는 당나귀들처럼 진지한

---

* 승객석이 고정된 덮개로 덮여 있는 사륜마차.

얼굴이었다. 전날 그가 참석했던 무도회는 보제앙 저택의 1층 대연회장에서 열렸다. 초대를 받고 곧장 무도회에 참석하느라 따로 사촌을 만나보지 못했고, 따라서 그는 보제앙 부인이 머무는 안채에는 아직 들어가보지 못했다. 그로서는 최고 명문가 여인의 정신과 품행을 고스란히 드러내 보여주는 우아한 개인공간이 품은 진기한 양상들을 난생처음 접하는 순간이었다. 레스토 부인의 응접실이라는 비교 항이 있는 만큼 그에겐 더욱 흥미진진해지는 연구 대상이었다. 자작부인은 네시 삼십분이 되어서야 손님을 맞는다고 알려져 있었다. 외젠이 오 분만 더 일찍 왔더라면 그녀는 자기 사촌을 들이지 않았을 것이다. 파리 사교계에서 지켜야 할 다양한 예절에 대해 아무것도 모르는 외젠은 전체적으로 하얀 톤에 온통 꽃으로 장식되고 난간은 금빛으로 번쩍이며 바닥에 붉은색 카펫이 깔린 웅장한 계단을 따라 보제앙 부인의 거처로 안내되었는데, 당시 파리의 살롱이라는 살롱에서 매일 밤 귀에서 귀로 퍼 날라지며 살을 붙이는 뜨거운 화제 중 하나였던 보제앙 부인의 이력과 근황에 관해서도 당연히 들은 바가 전혀 없는 상태였다.

공공연한 소문에 따르면, 자작부인은 포르투갈에서 가장 유명하고 가장 부유한 영주에 속하는 다주다핀투 후작과 삼 년 전부터 깊이 교분을 나누는 사이였다. 둘의 관계는 당사자들끼리 더할 나위 없이 만족스러워하여 제삼자의 관여를 절대 용납하지 않는, 그러한 절대 순수의 관계로 통했다. 그렇기에 보제앙 자작은 좋든 싫든 이 내연관계를 존중한다고 표명할 수밖에 없었고, 그렇게 호인의 면모를 보여줌으로써 스스로 대중의 귀감이 되었다. 둘의 우정이 싹트던 초창기, 오후 두시에 자작부인을 만나러 온 사람들은 어김없이 다주다핀투 후작이 그녀와 함께 있는 것을 목격했다. 관례에 크게 어긋나는 일이었기에 방문을 닫고 있을 수 없었던 보제앙 부인은 손님들을 노골적으로 건성으로 대하며 자기 집 천장 장식이나 골똘하게 뜯어보는 것이어서, 그런 대접을 받은 사람은 누구라도 자신이 그녀를 얼마나 방해하는지 모를 수가 없었다. 곧 두시에서 네시 사이에 보제앙 부인을 찾아가면 크나큰 실례가 된다는 사실이 파리에 널리 퍼졌고, 그리하여 부인은 그 시간 동안 온전히 혼자만의 시간을 보내게 되었다. 그녀는 부퐁극장이나 오페라극장에 갈 때면 반드시 보제앙 자작과 다주다핀투 후작을 동시에 대동했다. 그러나 처세에 밝은 보제앙 씨는 자기 아내와 포르투갈인이 좌석에 앉을 때까지만 동행하고 매번 자리를 피해주었다. 그러나 다주다 씨는 이미 다른 사람과의 결혼이 정해진 상태였다. 상대는 로슈피드가의 규수였다. 그런데 상류사회 전체를 통틀어 그 결혼 사실을 모르고 있는 사람이 딱 하나 있었으니, 그 사람이 바로 보제앙 부인이었다. 그녀의 친구 몇몇이 그녀에게 넌지시 그 사실을 귀띔한 적이 있지만, 그녀는 친구들이 자기 행복을 질투하여 훼방을 놓으려 한다고 여겨 그때마다 일소에 부쳤다. 하지만 혼인공시가 곧 나붙을 예정이었다. 잘생긴 포르투갈인은 자신의 입으로 직접 결혼 사실을 알리려고 자작부인을 찾아왔지만, 감히 말을 꺼낼 엄두를 여태 내지 못하고 있었다. 왜 못할까? 한 여자에게 그러한 최후통첩을 직접 전하는 일보다 어려운 일은 세상에 절대 있을 수 없으니까. 어떤 남자들은 비탄의 말을 두 시간 동안 쏟아내다가 죽을 것처럼 혼절하여 소금*을 찾는 여자

---

* 정확하게는 소금 형태의 결정체인 탄산암모늄을 말한다. 19세기에 주로 기절한 사람을 깨우는 용도로 상비약처럼 휴대했다.

를 마주하느니, 전쟁터에서 자신의 심장에 칼을 겨누고 위협하는 적을 마주하는 편이 차라리 편하다고 생각할 정도다. 그러니까 외젠이 보제앙 부인을 찾아왔을 때 다주다핀투 씨는 가시방석에 앉은 기분으로 어떻게든 자리를 뜰 기회를 엿보던 참이었다. 보제앙 부인이 이 소식을 알게 될 텐데, 그래, 편지를 쓰기로 하자, 사랑의 암살이나 다름없는 이런 일은 육성보다는 서신을 통해 전하는 편이 피차 더 좋을 것이다, 그는 속으로 이런 궁리를 하고 있었다. 그래서 자작부인의 하인이 외젠 드 라스티냐크라는 사람의 방문을 알렸을 때, 다주다핀투 후작은 기뻐서 몸이 부르르 떨릴 정도였다. 독자 여러분은 명심해야 할지니, 사랑에 빠진 여자는 다양한 쾌락의 추구에도 능하지만, 의심스러운 일을 재빨리 눈치채는 데 훨씬 더 천재적인 재능을 발휘하는 법이다. 여자는 남자가 자신을 떠나려고 마음먹은 바로 그 순간, 아주 멀리서도 사랑을 알리는 소립자의 냄새를 맡는 베르길리우스의 준마*보다도 더 빨리 남자의 사소한 몸짓이 의미하는 바를 알아채는 것이다. 따라서 보제앙 부인이 후작의 그 의도치 않은, 미세하지만 꾸밈없이 드러난 떨림을 대번에 눈치챘다는 점을 염두에 두시라. 외젠은 파리에서는 누구의 집을 방문하든 반드시 사전에 그 집 사정에 밝은 지인들을 통해 그 집 남편에 관한, 혹은 아내나 자식들에 관한 이야기를 들어봐야 한다는 불문율을 알지 못했다. 그런 불문율은, '수레에 황소 다섯 마리를 매달아 끌어라!'라는, 아마도 수렁에 빠졌을 때 더는 발을 헛디디지 않도록 경계하기 위해서 지어낸 것으로 보이는 폴란드 속담이 생생하

---

* 베르길리우스의 「농경시」에 나오는 대목의 변용.

게 보여주듯, 찾아간 집에서 그 어떤 서툰 말도 해서는 안 된다는 뜻을 담고 있다. 설화舌禍를 경계하는 속담이 프랑스에 아직 하나도 없는 것을 보면, 프랑스에서는 말실수가 한번 발생하면 그에 대한 비방이 걷잡을 수 없이 광범위하게 퍼져나가서 설화 자체가 아예 일어날 수 없다고 여기기 때문인 것 같다. 레스토 부인의 집에서 한 차례 수렁에 빠지고도, 게다가 수레에 황소 다섯 마리를 매달 겨를조차 없이 쫓겨나다시피 한 다음 보제앙 부인의 집을 방문해 다시 황소 치는 목동이라는 본연의 자세를 가다듬을 수 있는 사람은 외젠밖에 없으리라. 레스토 부인과 드 트라유 씨를 지독히 불편하게 만들었던 그가 이번에는 다주다 씨를 곤경에서 구한 셈이었다.

"안녕히 계세요." 외젠이 우아함만으로 최대의 호사스러움을 보여주는 회색빛과 분홍빛이 어우러진 작고 아담한 응접실에 들어서자 포르투갈인이 기다렸다는 듯이 부리나케 출입문 쪽으로 가며 말했다.

"그럼 오늘밤에 봐요." 보제앙 부인이 고개를 돌려 후작을 바라보며 말했다. "함께 부퐁극장에 가는 거 아니에요?"

"못 가게 되었습니다." 그가 문고리를 잡으며 대답했다.

보제앙 부인은 자리에서 일어나더니, 외젠이 있다는 것은 조금도 개의치 않고 후작에게 가까이 다가오라는 신호를 보냈다. 눈부시도록 화려하게 반짝이는 응접실에 압도되어 마치 환상적인 아랍 이야기의 세계 속으로 들어온 듯한 느낌이 든 외젠은 자기가 안중에도 없는 부인을 바라보며 어디에 어떻게 있어야 할지 몰라 그저 우두커니 서 있었다. 자작부인이 오른손 집게손가락을 들어올려 우아한 동작으로 후작에게 자기 앞자리를 가리켰다. 그 동작에 무시무시한 폭정 같은 열정이 넘쳤기에 후작은 문고리를 잡았던 손을 거두고 자작부인 앞으로 왔다. 외젠은 부러움을 감추지 못하고 후작을 바라보았다.

'바로 저 사람이구나,' 외젠은 생각했다. '쿠페를 타고 온 남자가!' 그러니까 파리 여인의 시선을 사로잡으려면 늠름한 말 여러 필과 제복 입은 하인들과 넘쳐나도록 많은 황금을 가져야 한단 말인가? 사치의 악마가 그의 가슴을 물어뜯었고, 성공의 열망이 그를 사로잡았으며, 황금에 대한 목마름으로 그의 목이 타들어갔다. 그해 마지막 석 달을 버틸 돈으로 그의 수중엔 130프랑밖에 남지 않았다. 아버지, 어머니, 두 남동생과 두 여동생, 그리고 당고모까지, 그의 가족은 모두 합쳐 매월 200프랑도 쓰지 못했다. 자신이 처한 상황과 도달해야 할 목표 사이의 어마어마한 차이를 빠르게 확인하자 그는 낙담했다.

"왜죠?" 자작부인이 웃으며 말했다. "왜 이탈리아극장에 갈 수 없다는 거예요?"

"일 때문에요! 영국 대사 관저에서 저녁식사 약속이 있습니다."

"앞으로는 일을 그만두세요."

남자가 속이려 들면 거짓말에 거짓말을 보탤 수밖에 없는 법이다. 다주다 씨는 웃으며 되물었다. "그러길 원하십니까?"

"그럼요, 물론이죠."

"저도 스스로 그러자고 늘 다짐은 하고 있습니다." 그가 다른 모든 여자에게라면 능히 안도감을 안겨주었을 영리한 눈길을 보내며 대답했다. 그러곤 자작부인의 손을 잡아 입을 맞춘 다음 떠났다.

보제앙 부인이 이제 자신을 상대하리라는 생각에, 외젠은 손가락으로 머리카락을 쓸어넘기며 쭈뼛쭈뼛 인사할 기회를 살폈다. 그런데 부인은 갑자기 벌떡 일어나더니 회랑을 질주하듯 통과해 창문으로 달려가서는 마차에 오르는 다주다 씨를 지켜보는 게 아닌가. 이어 어떤 분부가 내려지는지 귀를 기울이는데, 제복 입은 하인이 후작의 말을 마부에게 그대로 반복해 전달하는 소리가 들려왔다. "로슈피드 씨 댁으로." 이 말과 다주다가 마차 속으로 몸을 밀어넣는 방식은 이 여인에게 그야말로 천둥과 벼락이었다. 그녀는 극도의 불안감에 사로잡혀 자리로 돌아왔다. 상류 사교계에서 가장 끔찍한 재앙이란 다른 게 아니라 이런 일을 두고 하는 말이다. 자작부인은 침실로 들어가 책상에 자리잡고 앉아 예쁜 편지지를 꺼냈다.

그녀는 이렇게 써내려갔다. "영국 대사 관저가 아니라 로슈피드가로 가서 저녁식사를 한다는 것에 대해 당신은 내게 해명해야 할 겁니다. 기다리고 있겠습니다."

손이 덜덜 떨려 엉망이 된 몇몇 글자를 고쳐쓴 뒤, 그녀는 클레르 드 부르고뉴*를 뜻하는 첫 글자 C를 적어넣고 종을 울렸다.

"자크," 즉시 대령한 전담 하인에게 그녀가 말했다. "일곱시 삼십분에 로슈피드 씨 댁으로 가서 다주다 후작을 찾아요. 후작이 거기 있다고 하면 이 편지를 후작에게 전해요. 답장은 요구하지 말고. 없다고 하면 그냥 돌아와 편지를 내게 돌려주면 돼요."

"응접실에 마님을 찾아온 분이 계십니다만."

"아! 그렇지." 그녀가 문을 밀며 말했다.

외젠은 자리가 아주 불편해지기 시작한 참이었는데, 마침내 자작부

---

* 보제앙 자작부인의 결혼 전 이름.

인이 들어와 감정의 파동이 느껴지는 그런 음색으로 말을 건넸다. "미안해요, 잠깐 편지를 쓸 일이 있어서. 이젠 온전히 당신과 이야기할 수 있어요." 그녀는 자신이 무슨 말을 하고 있는지도 몰랐다. 다음과 같은 생각에 빠져 있었으니 말이다. '아! 그 사람은 마드무아젤 드 로슈피드와 결혼하려는 거구나. 하지만 그렇게 자기 마음대로 될까? 오늘밤 그 결혼은 깨질 거야, 그러지 않으면 나는…… 아니다, 내일이면 그건 더는 고민할 문제가 아닐 거야.'

"사촌……" 외젠이 말했다.

"뭐라고요?" 자작부인이 대학생을 얼어붙게 만드는 서늘한 시선을 던지며 되물었다.

외젠은 이 반문의 의미를 금세 알아차렸다. 세시 이후로 많은 일을 겪고 배웠기에 바로 주의를 집중하며 자세를 가다듬었다.

"부인," 그는 얼굴을 붉히며 고쳐 부른 뒤 잠시 망설이다가 말을 이었다. "용서하십시오. 후원자가 너무나도 간절한 처지라, 실낱같은 친척관계라도 부여잡으면 잘될 줄 알았습니다."

보제앙 부인은 미소를 지었지만 슬픈 표정이었다. 자신을 둘러싸고 으르렁거리며 좁혀오는 불행을 이미 감지한 것이다.

"부인께서 제 가족이 처한 상황을 아시면," 그가 말을 이었다. "자기 대자들과 대녀들 주변을 지키며 기꺼이 장애물을 제거해주는 동화 속 요정의 역할을 흔쾌히 맡아주시리라 믿습니다."

"아! 그렇군요, 사촌," 그녀가 웃으면 말했다. "내가 어떤 점에서 당신에게 도움이 될 수 있을까요?"

"제가 그걸 알 리 있나요? 아주 먼 친척관계이지만 부인과 연결된다는 점만으로도 제겐 이미 크나큰 행운입니다. 조금 전 부인의 반응 때문에 저는 무척 당황했습니다. 그래서 제가 무슨 말을 하러 왔는지도 생각이 안 납니다. 당신은 제가 파리에서 아는 유일한 분입니다. 아! 저는 당신께 조언을 구하고 싶었어요. 당신 치마에 꿰맨 듯 붙어 있는 아이, 당신을 위해서라면 죽을 수도 있는 그런 가련한 아이처럼 저를 불쌍히 여기시고 받아주시기를 간청도 드리고요."

"나를 위해서 누군가를 죽일 수도 있나요?"

"두 명이라도 죽일 수 있습니다." 외젠이 즉각 응답했다.

"순진한 아이 같군요! 그래요, 당신은 아이군요." 그녀가 살짝 비치는 눈물을 애써 억누르며 말했다. "당신은 사랑한다면 진심으로 사랑할 그런 사람입니다!"

"오!" 그가 머리를 저으며 말했다.

법과대학생의 야심만만한 대답에 자작부인은 깊은 관심을 보였다. 남프랑스인은 난생처음 저울질을 해야 하는 상황과 마주했다. 레스토 부인의 푸른 내실과 보제앙 부인의 분홍빛 응접실 사이에서 그는, 잘만 배우고 실천한다면 성공을 확실히 보장하는 사회의 최고 판례집을 구성하지만 학교에서는 가르쳐주지 않는 파리의 법률에 대해 삼 년 치 과정을 단숨에 이수한 셈이었다.

"아! 말씀드리겠습니다." 외젠이 입을 열었다. "저는 지난번 부인께서 연 무도회에서 레스토 부인에게 관심을 가졌고, 오늘 아침 그 댁에 찾아갔습니다."

"틀림없이 그녀를 곤란하게 만들었겠군요." 보제앙 부인이 미소를 지으며 말했다.

"아! 맞습니다. 저는 경험이 없는 무지한 자라서 당신께서 저의 구조 요청을 거절하신다면 만인이 제게 등을 돌리는 사태를 초래하고 말 것입니다. 파리에서 젊고 아름답고 부유하고 기품 있으면서 누구에게도 속하지 않은 여인을 만나기란 너무나 어려운 것 같습니다. 제겐 당신 같은 분들이 아주 잘 설명해줄 수 있는 것, 그러니까 인생이라는 것을 가르쳐줄 여성이 필요합니다. 저는 가는 곳마다 드 트라유 씨 같은 사람을 만나게 될 테니까요. 그래서 당신께 어떤 수수께끼의 답을 묻고자, 제가 대체 어떤 멍청한 짓을 저질렀는지 말씀해주십사 하고 당신을 찾아온 겁니다. 아까 웬 영감 이야기를 했었는데……"

"랑제 공작부인께서 오셨습니다." 자크가 자기 말을 자르고 끼어드는 바람에 대학생은 느닷없이 기습을 당한 사람처럼 아주 언짢다는 표정을 지어 보였다.

"성공하고 싶다면," 자작부인이 낮은 목소리로 일렀다. "무엇보다도 그렇게 당신의 감정을 직접 드러내지 말아요."

"아! 안녕, 내 친구." 그녀가 일어나 공작부인 앞으로 가서 친자매를 대하듯 최대한의 애정을 표하며 다정하게 두 손을 꼭 붙잡자, 공작부인도 최대한으로 정겹고 상냥하게 화답했다.

'두 사람이 절친한 친구 사이인가보구나.' 라스티냐크는 속으로 생각했다. '그렇다면 이제 나는 일거에 두 명의 귀부인을 후원자로 두게 되겠는걸. 두 여인은 보나마나 똑같은 정서를 가진 게 분명해. 게다가 이쪽도 모르긴 해도 내게 호감을 보일 것 같은데.'

"친애하는 앙투아네트, 반갑게도 이렇게 찾아와주다니, 그 고마운 마음씀씀이에 내가 어떻게 감사를 해야 하지?" 보제앙 부인이 말했다.

"무슨, 로슈피드 씨 댁에 갔다가 다주다핀투 씨를 만나지 않았겠어? 그래서 당신이 혼자 있겠거니 생각했지."

공작부인이 가슴을 후비는 이야기를 하는데도 보제앙 부인은 입술을 앙다물지 않고 얼굴을 붉히지도 않았으며, 눈빛이 흔들리지도 않았고, 이마는 찡그림 없이 환했다.

"손님이 와 계신 줄 알았다면……" 공작부인이 외젠 쪽으로 몸을 돌리며 덧붙였다.

"이분은 외젠 드 라스티냐크 씨, 내 사촌." 자작부인이 말했다. "몽리보 장군 소식은 좀 알아? 어제 세리지가 장군이 요즘 통 안 보인다고 그러던데, 오늘 장군이 당신 집에 가지 않았나?"

공작부인은 열렬히 사랑하던 몽리보 씨에게 버림받았다는 소문이 돌던 참이었기에 그 질문이 송곳처럼 가슴을 찌르는 느낌이었다.[*] 그녀는 대답하면서도 얼굴이 붉어졌다. "그 사람, 어제 엘리제궁에 있었어."

"당직근무중이었군." 보제앙 부인이 받았다.[**]

"클라라, 이 사실은 알고 있겠지?" 공작부인이 심술기가 넘실대는 시선을 던지며 반격했다. "다주다핀투 씨와 마드무아젤 드 로슈피드의 혼인공시가 내일 발표된다는데."

---

[*] 랑제 공작부인과 몽리보 장군의 이야기는 『13인당 이야기』의 두번째 소설 「랑제 공작부인」의 주제다.
[**] 엘리제궁은 당시 샤를 10세의 아들 내외인 베리 공작부부의 거처로서 극우 왕당파 모임의 중심지였다. 랑제 공작부인은 몽리보 장군이 왕정의 실세와 막역하다고 강조하고자 했지만 보제앙 부인은 엘리제궁이 장군의 단순한 근무지라고 되받아친 상황이다. 몽리보 장군은 당시 왕실 근위대 소속이었다.

이 반격은 너무도 통렬해서 자작부인은 얼굴이 창백해졌지만 웃으며 대답했다. "얼간이들이 재미로 퍼뜨리는 뜬소문에 불과해. 다주다 씨가 무엇이 아쉬워 포르투갈에서 가장 고귀한 가문 중 하나인 자기 가문의 이름을 로슈피드 집안에 얹혀놓겠어? 로슈피드 집안은 역사가 일천한 귀족이잖아."

"하지만 소문에 베르트가 20만 프랑의 연금 자산을 가져다줄 거라던데."

"다주다 씨는 아주 부자라서 그런 타산에 움직이는 사람이 아니야."

"그래도 마드무아젤 드 로슈피드는 매력적이잖아."

"아!"

"게다가 어쨌든 그 사람 오늘 그 집에서 저녁식사를 하잖아. 조율이 다 끝난 셈이지. 당신이 그 일에 대해 거의 아무것도 모르고 있다니, 너무 뜻밖이네."

"이봐요, 그러니까 당신 아까 무슨 어리석은 짓을 했다는 거지요?" 보제앙 부인이 라스티냐크 쪽으로 화제를 돌렸다. "친애하는 앙투아네트, 순진한 아이나 다름없는 이 사람은 이제 막 사교계에 발을 들이민 딱한 형편이라 우리가 무슨 말을 하는지 통 모를 거야. 그러니 이 사람을 배려해줬으면 해. 그 문제는 내일 우리끼리 다시 이야기하자고. 당연히 내일이면 모든 것이 공식화되겠지. 그러면 나를 걱정한 당신의 선의도 분명하게 입증될 테고."

공작부인은 몸을 돌려, 머리끝에서부터 발끝까지 상대를 훑으며 기를 죽이고 땅밑으로 꺼지게 만드는 시선으로 외젠을 바라보았다.

"부인, 저는 본의 아니게 레스토 부인의 가슴에 비수를 꽂았습니다.

본의 아니게 그랬다는 것이 바로 제 잘못입니다." 타고난 재능이 적절하게 발휘되어 기지가 되살아난데다 두 여인의 다정한 대화 밑에 감춰진 날 선 독설을 읽어낸 대학생이 그렇게 입을 열었다. "사람들은 자기 눈앞에서 나쁜 짓을 하는 이들을 어쩌면 두려워하면서도 계속 만납니다. 반면에 자기가 얼마나 깊은 상처를 주는지도 모른 채 누군가에게 상처를 입힌 사람은 얼간이 취급을 받습니다. 아무것도 이용할 줄 모르는 어설픈 자니까요. 모두가 그런 자는 경멸합니다."

보제앙 부인은 상대에 대한 인정과 스스로의 위엄을 동시에 담은, 위대한 영혼의 소유자만이 던질 법한 정감 어린 시선으로 대학생을 바라보았다. 보제앙 부인의 시선은 조금 전 관청 수위나 시장 경매인의 눈길로 사람을 평가하듯 훑어보던 공작부인의 시선에 상처를 입은 대학생의 마음을 부드럽게 어루만져주는 향유와도 같았다.

"생각해보십시오." 외젠이 말을 이었다. "그 직전까지 저는 레스토 백작의 환대를 받았거든요. 왜냐하면," 그가 쑥스러워하면서도 뭔가 빈정거리는 표정으로 공작부인을 돌아보며 말했다. "부인, 이건 부인께 꼭 말씀드려야겠는데, 전 불쌍한 일개 대학생 나부랭이일 뿐입니다, 아는 사람 하나 없는 외톨이고, 몹시 가난하고……"

"그런 말 하지 말아요, 라스티냐크 씨. 아무도 관심을 가지지 않는 그런 것 따위, 우리 여자들은 전혀 개의치 않는답니다."

"설마요!" 외젠이 말했다. "전 고작 스물두 살일 뿐입니다. 그래도 마땅히 제 나이 때 겪는 불행을 감당할 줄 알아야 하겠지요. 게다가 지금 저는 제 죄를 고하는 처지입니다. 그런데 여느 고해소와는 달리 유독 아름다운 이곳에서 무릎 꿇고 고해만 하고 있을 수는 없습니다. 여긴 다른 고해소에서 자책할 죄를 저지르는 곳이니까요."

공작부인은 이 발언을 반종교적인 것으로 간주하고 차가운 표정을 지어 보이며 그 안에 내포된 불순한 취향을 내쫓겠다는 뜻으로 자작부인에게 말했다. "이 사람이 온 목적은……"

보제앙 부인은 자기 사촌과 공작부인, 둘을 향해 가소롭다는 듯 거침없이 웃음을 터뜨렸다.

"이봐, 이 사람은 자신에게 순수한 취향을 가르쳐줄 여선생님을 찾으러 온 게지 뭐겠어."

"공작부인," 외젠이 말을 이었다. "우리를 매혹하는 것의 비밀 속으로 한걸음 들어가고 싶은 마음은 자연스러운 게 아닐까요?" ('좋았어,' 그는 속으로 생각했다. '내가 생각해도 지금 이 부인들에게 간드러진 미용사의 어투를 잘 구사하고 있는 것 같군.')

"하지만 레스토 부인은 내가 알기론 드 트라유 씨에게 꼼짝 못하는 학생 같던데." 공작부인이 말했다.

"전 그 점에 대해 아무것도 몰랐습니다, 부인." 대학생이 말을 받았다. "그래서 경솔하게도 그 두 사람 사이에 껴들었습니다. 그래도 전 그 집 남편 쪽과는 말이 꽤 잘 통했고, 아내 쪽도 어느 순간까지는 그런 절 그냥 내버려두더라고요. 그런데 제가 백작 부부를 만나기 직전 어떤 남자가 그 집의 후미진 복도 끝에서 백작부인과 입맞춤을 한 다음 비밀 계단을 통해 나가는 것을 목격한 걸 떠올리고는 그 남자가 아는 사람이라고 굳이 부부에게 말하는 바람에 사태가 급변했지요."

"그 사람이 누군데요?" 두 여자가 동시에 물었다.

"가난한 대학생인 저처럼 포부르 생마르소 구석에서 한 달에 2루이

114

쯤 되는 돈으로 살아가는 노인네입니다. 모든 사람이 놀림감으로 삼는 진짜 불쌍한 사람인데, 우리는 그를 고리오 영감이라고 부르죠."

"이런, 당신 정말 어린아이 같은 짓을 했군요." 자작부인이 외쳤다. "레스토 부인의 결혼 전 성이 고리오예요."

"일개 제면업자의 딸이지요." 공작부인이 말을 받았다. "그 자그만 여자는 어떤 제과업자의 딸과 같은 날 궁정에서 국왕을 알현했어요. 그거 기억나지 않아, 클라라? 국왕께서 한바탕 웃음을 터뜨리고는 라틴어로 밀가루에 관한 재미있는 말씀을 하셨지. 무슨 사람들이라고 하셨는데, 뭐더라? 무슨 사람들이었는데……"

"에유스뎀 파리네."* 외젠이 말했다.

"바로 그거예요." 공작부인이 말했다.

"아! 그녀의 아버지였군요." 대학생은 낭패라는 몸짓을 지어 보이며 말을 받았다.

"그렇고말고요, 그 노인에겐 딸이 둘 있는데, 두 딸 모두 자기 아버지를 부인하다시피 하지만 그 노인은 두 딸이라면 반쯤 미치죠."

"둘째 딸은," 자작부인이 랑제 부인을 쳐다보며 말했다. "뉘싱겐 남작이라고 독일식 이름을 가진 은행가와 결혼하지 않았나? 이름이 델핀인가 그렇지? 오페라극장 측면 지정석을 가지고 있고 부퐁극장에도 종종 오는, 늘 너무 크게 웃어서 뭇시선을 끄는 금발 여자 맞지 않나?"

공작부인이 빙긋이 웃으며 말했다. "이봐, 친구, 정말이지 난 당신이 경탄스러워. 대체 뭐하러 그런 사람들에게 그리 관심을 둬? 마드무아

---

* Ejusdem farinæ. '똑같은 밀가루 반죽으로 빚어낸'이라는 뜻의 라틴어 성구. 주로 비하의 의미로 사용된다.

젤 아나스타지에게 푹 빠져 밀가루를 뒤집어썼다면 그건 미치도록 사랑했었다는 얘기야. 레스토가 그랬지. 오! 그런데 레스토는 훌륭한 장사꾼은 못 될 거야! 아나스타지는 드 트라유 씨 손아귀에 잡혀 있는 상태인데다 드 트라유는 끝내 그녀를 파멸로 이끌고 말 테니."

"딸들이 자기 아버지를 부인하다니요." 외젠이 공작부인의 말을 반복했다.

"그러게요. 자기들 아버지를, 하늘 같은 아버지요 하나뿐인 아버지를 말이에요." 자작부인이 말을 받았다. "들리는 말에 의하면, 두 딸을 결혼시키면서 행복하게 살라고 각각 50만 프랑인가 60만 프랑씩 주고 자기 몫으로는 8000에서 1만 리브르 정도의 연금만 남겨놓은 좋은 아버지라던데. 딸들이 영원히 자기 딸들일 거라고, 두 딸의 집에서 두 개의 인생을 살게 되었다고, 딸들에게 칭송받고 사랑받는 두 개의 집이 생겼다고 믿었던 거예요. 하지만 이 년 만에 두 사위가 그를 마치 불가촉천민처럼 자기들 사회에서 추방해버렸다네요……"

외젠의 눈에서 눈물 몇 방울이 흘러내렸다. 고향에서 순수하고 숭고한 가족의 정을 새삼스럽게 느끼고 온 지 얼마 되지 않았고, 아직 젊은이다운 풋풋한 신념을 간직하고 있는데다, 파리라는 낯선 문명의 전쟁터에서 이제 겨우 첫날을 보내는 중이었던 것이다. 진실한 감정은 쉽게 전염되는 법이어서, 세 사람은 한동안 말없이 서로를 쳐다보았다.

"아! 말도 안 되죠," 랑제 부인이 입을 열었다. "맞아요. 정말 끔찍하죠. 그렇지만 우린 이런 일을 날마다 접해요. 이런 일에는 이유가 있지 않을까요? 친애하는 내 친구, 말 좀 해줘, 사위란 어떤 존재인지 언제 생각해본 적 있어? 사위라는 사내에게 갖다 바치기 위해 당신이나 나 같은 우리 여자들은 도무지 떼려야 뗄 수 없는 소중하고 귀한 딸을 낳고 키우겠지. 십칠 년 동안 집안의 기쁨이요, 라마르틴의 말마따나 집안을 정화하는 순백의 영혼으로 자라날 그 아이는 사위라는 자에게 가서 끝내 집안의 재앙으로 변하고 마는 거야. 사위라는 이름의 그 사내는 우리에게서 딸을 앗아가자마자 제 아내의 사랑을 도끼 삼아 휘두르기 시작하는데, 이는 그 천사의 심장과 생살에서 가족과 연결된 모든 감정을 잘라내고 도려내기 위해서지. 결혼 전 딸은 우리의 전부이고 우리는 딸의 전부이지만, 결혼한 다음에는 딸이 우리의 원수로 돌변하는 거야. 우리 눈앞에 매일같이 그러한 비극이 펼쳐지지 않나? 이쪽에서는 며느리가 아들을 위해 모든 것을 희생한 시아버지에게 더이상 무례할 수 없는 행패를 부리고, 저쪽에서는 사위라는 자가 제 장모를 문밖으로 내쫓지. 오늘날 우리 사회에 무슨 엄청난 드라마가 있냐고 묻는 소리를 듣는데, 사위의 드라마야말로 어마어마하게 충격적이지, 이미 엄청난 바보짓이 되고 만 결혼은 논외로 치더라도 말이야. 난 그 늙은 제면업자에게 닥친 일이 전적으로 내 일 같아. 듣자 하니, 그 포리오라는 자는……"

"고리오입니다, 부인."

"알아요, 그 모리오라는 자는 대혁명 시기에 자신이 속한 구역*의 위원장이었대. 그래서 그 유명한 식량 부족 사태**의 비밀을 훤히 꿸 수 있었고, 밀가루를 당시 시가보다 열 배나 비싸게 팔아 돈을 쓸어담기 시작했대. 그는 밀가루를 자기가 원하는 대로 다 사쟀다는 거야. 우

---

* 혁명정부는 파리를 48개의 구역으로 나누어 통치했다.
** 대혁명 직후 국민공회 시대인 1793년에 파리를 중심으로 일어난 사태.

리 할머니의 집사도 엄청난 돈을 받고 그에게 밀가루를 넘겼대. 그 고리오라는 자는 당시 모든 사람이 그랬듯 분명 공안위원회와 내통*하고 있었을 거야. 집사가 우리 할머니한테 그랑빌리에 영지에 그냥 머물러 있는 편이 가장 안전할 수 있다고 말했던 것이 기억나. 할머니의 밀이 더할 나위 없이 훌륭한 공민증이었기 때문이지. 그건 그렇고, 아무튼 사람들의 목을 베던 자들에게 밀을 팔던 그 로리오라는 자에겐 단 하나의 열정밖에는 없었다는 거야. 사람들이 그러는데, 그는 자신의 두 딸을 말도 못하게 사랑한대. 그래서 첫째 딸은 레스토 가문에 올려다 얹어놓았고, 둘째 딸은 뉘싱겐 남작이라고 왕당파로 행세하는 웬 부유한 은행가에게 갖다 접붙여놓았다는 거야. 쉽게 이해할 수 있겠지만, 제정 치하에서 두 사위는 이 늙은 93년의 주역이 자신들 집에 있는 것에 대해 그리 언짢아하지 않았대. 그편이 아직은 부오나파르테**에게 잘 보일 수 있는 일이었을 테니까. 그러나 부르봉 왕가가 복귀하자 영감은 레스토 씨에게 걸림돌 같은 존재가 되었고, 은행가에게는 그 정도가 훨씬 더 심했겠지. 그때까지만 해도 두 딸은 아직 아버지를 사랑하고 있었던 듯 아버지와 남편을 염소와 배추 다루듯 어느 한쪽도 거스르지 않고 잘 대하려고 했나봐. 두 딸은 집에 아무도 없을 때만 그

---

* 랑제 공작부인의 말은 역사적 사실과 괴리가 있다. 당시 국민공회는 식량 부족과 가격 폭등을 해결하기 위해 '물가 및 임금 최고가격제' 등 강력한 조치를 내리고, 사정기관인 공안위원회는 매점매석을 일삼는 투기 세력을 근절하기 위해 일전을 불사한다. 그러한 대책의 실효성과 운영의 난맥상에 대한 지적과는 별도로 공안위원회를 투기 세력과 한통속으로 단정하는 정통 왕당파 랑제 공작부인의 발언은 소설 담론의 차원에서 그 자체로 흥미롭게 살펴볼 대목이다.
** 보나파르트 가문의 코르시카어 표기이지만 왕정복고 시기에 급진 왕당파는 나폴레옹 보나파르트의 멸칭으로 사용했다.

118

고리오를 오라고 했다네. 애정을 핑계삼아 둘러대는 거지. '아빠, 지금 오세요, 우리 둘밖에 없으니 더 좋을 거예요!' 이런 식으로 말이야. 그런데, 친구, 내 생각엔 말이지, 참된 감정은 눈과 머리를 가지고 있는 것 같아. 이 가련한 93년의 주역은 그러니까 피를 토하는 심정이었겠지. 자기 딸들이 자기를 부끄러워한다는 사실을 눈치챈 거야. 자기 딸들이 남편을 사랑한다는 것, 그리고 자기는 사위들에게 해를 끼치는 존재라는 사실도 말이야. 그는 희생을 자처해야만 했던 거야. 그는 자신을 희생했지. 왜냐하면 아버지니까. 그렇게 그는 스스로 추방당하는 편을 택했어. 자기 딸들이 흡족해하는 모습을 보고 그는 잘한 일이라고 위안을 삼았지. 아버지와 자식들은 그런 작은 범죄의 공범자였던 거야. 그런 일은 어디서나 목격되지. 그 도리오 영감이라는 자는 자기 딸들의 응접실에서 일종의 더러운 기름때 같은 존재가 아니었을까? 그 자신도 아마 불편하고 쓸쓸했을 거야. 그 아버지에게 닥친 일은 사랑해 마지않는 남자와 함께하는 가장 예쁜 여자에게도 일어날 수 있어. 그녀의 사랑에 권태를 느끼면 남자는 떠나가버리지. 그녀에게서 달아나기 위해 별 비겁한 짓을 다 하는 거야. 모든 사랑의 감정은 그것으로 귀결돼. 우리의 마음은 보물창고 같아. 좋다고 그 창고를 단숨에 비워봐. 그러면 파산하고 마는 거야. 우리는 수중에 땡전 한푼 없는 남자를 용납할 수 없는 것 못지않게 자신의 감정을 완전히 드러내 보이는 짓을 용서하지 못해. 그 아버지는 모든 것을 다 주었어. 스무 해 동안 자신의 간도, 쓸개도, 사랑도 다 주어버렸다고. 레몬즙을 완전히 쥐어짜내자 딸들은 구석진 길바닥에 레몬껍질을 내던져버린 거야."

"세상은 추악해." 자작부인이 어깨에 두른 숄의 올을 풀어내며 눈도

들지 않은 채 말했다. 랑제 부인의 이야기 속에서 자기를 겨냥한 말들이 폐부를 찔렀기 때문이다.

"추악하다고? 글쎄." 공작부인이 대꾸했다. "세상은 그저 변함없이 제 갈 길을 가는 거야, 그뿐이지. 내가 당신에게 이렇게 말하는 건, 난 세상에 속지 않겠다는 뜻을 보여주고자 함이야. 나도 당신처럼 생각해." 그녀가 자작부인의 손을 꽉 잡으면서 말했다. "세상은 진흙구덩이가 맞아. 그러니 우린 거기에 발이 빠지지 않게끔 최선을 다해 높은 곳에 머물러 있자고." 그녀는 자리에서 일어나 보제앙 부인의 이마에 입을 맞추며 말했다. "나의 친구, 이 순간 당신은 참으로 아름다워. 이제껏 내가 보아온 것 중 혈색이 가장 좋아." 그러고서 공작부인은 사촌이란 사람에게 고개를 가볍게 까딱인 다음 자리를 떴다.

"고리오 영감은 숭고하구나!" 외젠은 지난밤 고리오 영감이 금도금한 은식기를 주괴로 만들던 장면을 떠올리며 말했다.

보제앙 부인은 아무 소리도 안 들리는 듯 깊은 생각에 잠겨 있었다. 그렇게 얼마간 침묵의 순간이 흘렀다. 뜻밖의 상황에 가련한 대학생은 내색도 못하는 채로 자리를 뜰 수도, 머물러 있을 수도, 말을 꺼낼 수도 없는 딱한 처지에 놓였다.

"세상은 추악하고 적의로 가득차 있어." 마침내 자작부인이 입을 열었다. "한 가지 불행이 닥치기가 무섭게 저의를 품고 득달같이 달려와 그 사실을 전하고, 우리 가슴에 비수를 꽂으며 우리더러 그 비수의 손잡이를 찬양하라고 하는, 그런 친구인 척하는 자가 늘 있기 마련이지. 벌써 헐뜯는 소리가, 온갖 빈정거리는 소리가 쟁쟁하게 들리는군! 아! 난 나 자신을 지키겠어." 그녀는 평소처럼 귀부인답게 꼿꼿이 고개를 들고 자부심 가득한 두 눈을 빛냈다. "아!" 순간 그녀는 외젠을 발견하고 말했다. "당신 거기 있었군요!"

"아직요." 그가 애처롭게 말했다.

"그래! 좋아요! 라스티냐크 씨, 이 세상을 생긴 그대로 대하도록 해요. 성공하고 싶다고 했죠? 내가 당신을 도와주겠어요. 당신에게 여성의 타락 정도가 얼마나 심각한지 그 깊이를 측정하도록 해주겠어요. 남자들의 하찮은 허영심이 얼마나 광범위한지 그 폭을 재도록 해주겠어요. 내 비록 그간 세상이라는 이름의 책을 부지런히 읽어왔지만 아직 모르는 페이지들이 여전히 많았어요. 그런데 이제 모든 것을 알았어요. 냉철하게 계산하면 할수록 당신은 더 앞으로 나아가게 될 거예요. 인정사정 볼 것 없이 때려요. 그러면 당신은 두려움의 대상이 될 거예요. 남자들과 여자들을 받아들이되, 기진맥진할 때까지 쓰고 역참에 도착할 때마다 버리는 그런 역마처럼만 그들을 대해요. 보다시피 당신에게 관심을 보이는 여자를 찾지 못하면 당신은 이곳 파리에서 전혀 무가치한 사람이 되고 말아요. 당신에게는 젊고 재산이 많고 우아한 여자가 있어야 해요. 반대로 당신이 만약 진솔한 감정을 품고 있다면 그것을 보물처럼 감춰요. 그 감정을 남이 결코 알아차리지 못하도록요. 안 그러면 당신은 패배하고 말 거예요. 더는 사형집행인이 아니라 사형수가 되고 말 거예요. 언젠가 사랑을 하게 된다면 당신의 비밀을 마음속 깊이 간직하도록 해요! 누구에게 마음을 열어야 할지 확실히 알기 전까지는 비밀을 누설하지 말아요. 아직 존재하지 않는 그 사랑을 미리 지키고 싶다면 이 세상을 불신하는 법부터 배워야 해요. 내 말 명심해요, 미겔…… (그녀는 순진하게도 상대의 이름을 착각했다는 것조차 모르는 상태였다.) 두 딸에 의해 아버지가 버림받은 일도 끔찍하지만, 나아가 그 두 딸이 제 아버지가 죽기를 바라는지도 모를 일이지만, 그보다 더 끔찍한 사실이 있어요. 그건 두 딸이 서로 경쟁하는 사이라는 거예요. 레스토는 전통 귀족이에요. 그의 아내는 결혼으로 전통 귀족의 일원이 되었고 국왕을 알현하기까지 했어요. 그러나 그녀의 동생은, 그 부자 동생은, 델핀 드 뉘싱겐 부인이라고 하는데, 미모를 갖춘데다 부자 남편을 두었지만, 속상해 죽을 지경이지요. 언니에 대한 질투로 속이 문드러지는 거예요. 신분으로 보면 언니와 천양지차거든요. 자매는 더이상 자매 사이가 아니에요. 두 여자는 아버지를 부인하는 것만큼이나 서로를 부인하는 사이랍니다. 그렇기에 뉘싱겐 부인은 우리집 살롱에 들어오기 위해서라면 생라자르가와 드그르넬가 사이의 진창을 두말없이 모두 핥아먹을 그런 여자예요. 그녀는 드 마르세가 자신이 그 목표에 도달하게 해주리라 믿고 스스로 드 마르세의 노예가 되기로 했고, 지금도 귀찮을 정도로 그에게 매달리고 있죠. 그런데 드 마르세는 그 여자에게 거의 아무런 관심도 없어요. 당신이 그녀를 내게 소개해주면 당신은 그녀의 벤야민*이 될 거고, 그녀는 당신을 숭배할 거예요. 그런 다음 할 수 있다면 그녀의 애인이 되는 거예요. 아니면 그냥 그녀를 이용하던지요. 대연회가 열리는 날 밤, 사람들로 북적일 때 내가 그녀를 한두 번 정도 만나주겠어요. 하지만 오전중에는 절대로 집안에 들이지 않을 거예요. 나는 그냥 그녀에게 인사만할 거예요. 그게 답니다. 당신은 고리오 영감의 이름을 발설함으로써

---

* 구약에 나오는 야곱의 열두 아들 중 막내로 아버지의 총애를 받은 인물. 보통 '총아'라는 의미로 쓰인다.

백작부인의 집 출입문을 스스로 잠가버린 꼴이요. 그래요, 친구, 당신은 레스토 부인의 집에 스무 번이고 갈 것이고, 스무 번이나, 그러니까 갈 때마다 그녀가 부재중이라는 통보를 받을 거예요. 당신은 그 집의 출입금지자 명단에 이름이 올랐거든요. 그래요, 고리오 영감이 당신을 델핀 드 뉘싱겐 부인과 연결해주도록 만드는 거예요. 미모의 뉘싱겐 부인은 당신에게 일종의 간판 같은 존재예요. 그녀에게 각별한 남자가 되는 거예요. 그러면 뭇 여성들이 당신을 향해 달려들 거예요. 그녀의 경쟁자들이, 친구들이, 절친한 여자들이 그녀에게서 당신을 뺏고 싶어할 거예요. 전통 귀족인 우리가 쓰는 모자를 쓰고 우리 방식을 따라 하려 애쓰는 안쓰러운 부르주아 여성들이 있듯이, 다른 여자가 이미 점찍은 남자를 사랑한다고 달려드는 여자들이 있어요. 그렇게 당신은 성공할 거예요. 파리에서는 성공이 전부예요, 권력의 열쇠지요. 여자들이 당신을 명석하고 재능 있다고 판단하면, 남자들도 당신이 그들을 실망시키지 않는 한 당신을 인정할 거예요. 그렇게 되면 당신은 무엇이든 원할 수 있고 어디든 갈 수 있어요. 그때 당신은 비로소 사교계라는 것의 정체를, 그곳이 속고 속이는 자들의 집합소라는 사실을 알게 될 거예요. 이쪽 편에도 서지 말고 저쪽 편에도 서지 말아요. 내 이름을 이용해도 좋아요. 사교계라는 미궁에 들어가는 당신에게 내 이름이 아리아드네의 실*이 될 거예요. 다만 내 이름을 더럽히지는 말아

---

* 그리스신화에 나오는, 크레타섬 미노스왕의 딸. 아리아드네의 실타래 덕에 미노타우로스를 물리치고 미궁에서 빠져나올 수 있었던 테세우스는 그러나 결국 아리아드네를 버린다. 다주다핀투에게서 버림받는 보제앙 부인 역시 아리아드네의 운명을 피하지 못한 셈이다.

요." 그녀가 고개를 돌려 대학생에게 위엄이 넘치는 여왕의 눈길을 던졌다. "잘 쓰고 깨끗한 상태로 내게 돌려주기만 하면 돼요. 자, 이만 가봐요. 우리 여자들도 여자들대로 벌여야 할 전투가 있답니다."

"전투중 폭약을 설치하고 발파하는 임무를 믿고 맡길 만한 남자가 필요하시지 않겠습니까?" 외젠이 그녀의 말을 끊으며 물었다.

"아! 그렇다면요?" 그녀가 되물었다.

그는 자기 가슴을 두드리며 사촌의 미소에 미소로 대답하고 물러났다. 오후 다섯시였다. 외젠은 배가 고팠다. 저녁식사 시간에 맞춰 하숙집에 도착하지 못할까봐 걱정되었다. 그 걱정은 마차에 실려 빠르게 파리를 가로지르는 사이 안도감으로 바뀌었다. 그렇게 일신이 편안해지자 그는 밀려드는 생각에 온전히 몸을 내맡겼다. 그 또래의 젊은 남자가 모멸감을 느끼면 분노에 휩싸여 소리지르고 사회 전체를 향해 주먹질해대며 복수심에 불타다가 한편으론 자기비하에 빠지기도 하는 법이다. "당신은 백작부인의 집 출입문을 스스로 잠가버린 꼴이에요." 귓전을 맴도는 그 말이 라스티냐크를 몹시 괴롭혔다. "나는 가고야 말겠어." 그가 중얼거렸다. "보제앙 부인의 말이 맞지만, 출입금지자 명단에 올랐다지만, 나는…… 레스토 부인은 어느 귀족 저택의 살롱에 가든, 가는 곳마다 나를 만나게 될 거야. 나는 싸우는 법을 배울 거야. 권총 쏘는 법도 배워서 그녀의 막심을 쏘아 죽일 거고! 그리고 돈도 벌어야지!" 그러자 그의 의식이 소리쳤다. '그런데 넌 어디서 돈을 벌 건데?' 부를 과시하던 레스토 부인의 집이 갑자기 눈앞에 휘황찬란하게 떠올랐다. 금붙이들이나 누가 봐도 값비싸 보이는, 결혼 전 고리오 양이 애지중지했을 사치품들. 하나같이 벼락부자의 몰취미한 사치벽이

나 부자 애첩의 무분별한 낭비벽을 보여주는 그런 것들이었다. 그 매혹적인 광경은 보제앙 부인의 웅장한 저택을 접하고 순식간에 산산조각이 났다. 파리 사회의 상층부로 이동한 그의 상상력이 두뇌와 의식의 용량을 키우는 한편 마음속에 온갖 불순한 생각을 불러일으켰다. 그는 있는 그대로의 세상의 모습을, 곧 법과 도덕은 부자들에게 무력하며 재산이야말로 울티마 라티오 문디*임을 보았다. "보트랭의 말이 옳다. 재산이 곧 미덕이다!" 그는 중얼거렸다.

뇌브생트즈느비에브가에 도착하자 외젠은 부리나케 자기 방으로 올라갔다가 내려와 마부에게 10프랑을 내준 다음 곧바로 역한 냄새를 피우는 그 식당에 들어갔는데, 거기에는 꼴 시렁에 매달린 짐승들처럼 열여덟 명의 회식자들이 배를 채우고 있었다. 궁핍이 뚝뚝 묻어나는 광경과 누추한 공간의 면모가 그에게 역겹게 느껴졌다. 풍경의 변화가 너무나 급작스럽고 양쪽의 대비가 더이상 뚜렷할 수 없을 정도라, 그의 야심은 극도로 팽창하지 않을 수 없었다. 한편에는 가장 우아한 사회가 보여주는 신선하고 매력적인 이미지, 진귀한 예술품들과 호사품들로 둘러싸인 젊고 활기찬 이들과 시정으로 가득찬 열정적인 얼굴이 있는 반면, 다른 한편에는 누추함이 수를 놓은 음울한 그림들과 열정이라고는 형해밖에 남지 않은 면상들이 진을 치고 있었다. 보제앙 부인이 버림받은 여인의 분노를 삭이며 설파한 가르침이, 귀에 솔깃했던 그녀의 제안이 다시금 뇌리에 떠올랐고, 눈앞에 펼쳐진 누추한 장면이 그 가르침과 제안에 훈수를 두며 부추겼다. 라스티냐크는 재산을 일구

---

* ultima ratio mundi. 세상의 최종 심급(審級).

기 위해 평행하게 놓인 두 개의 참호를 열어젖히겠노라고, 학문과 사랑에서 동시에 성공하겠노라고, 박식한 학자인 동시에 유행의 첨단을 걷는 인물이 되겠노라고 결심했다. 그렇게 그는 아직 어리숙하기만 했다! 그 두 노선은 한없이 가까워지는 것처럼 보이지만 결코 서로 만날 수 없는 점근선인 것을.

"당신 표정이 몹시 어둡군, 후작 나리." 보트랭이 말을 붙이며 가장 내밀하게 감춘 마음속 비밀을 꿰뚫어보는 듯한 시선으로 그를 바라보았다.

"지금은 나더러 후작 나리 운운하는 이들의 농지거리를 받아줄 기분이 아닙니다." 라스티냐크가 대답했다. "이 나라에서 진짜 후작이 되려면 10만 리브르의 연금소득은 가지고 있어야 해요, 보케르 하숙집에 사는 처지에 부의 여신의 총애를 받는다 말할 수는 없지요."

보트랭은 아버지같이 자애로우면서도 한편으론 경멸 섞인 표정을 지으며 라스티냐크를 물끄러미 바라보았는데, 꼭 '애송이 같으니라고! 한입거리도 안 되는 주제에!'라고 말하는 것 같았다. 잠시 후 그가 입을 열어 대꾸했다. "기분이 좋지 않으시군. 아름다운 레스토 백작부인과 일이 잘 풀리지 않은 모양이야."

"그녀의 아버지가 우리와 같은 집에서 식사하는 분이라고 말했다가 문밖으로 쫓겨났어요." 라스티냐크가 소리쳤다.

모든 회식자가 서로 얼굴을 쳐다보았다. 고리오 영감은 고개를 숙이고 몸을 돌려 눈을 훔쳤다.

"당신이 내 눈에 담배 연기를 뿜었소." 고리오 영감이 옆 사람에게 말했다.

"지금부터 고리오 영감을 괴롭히는 사람은 나를 공격하는 것으로 간주할 겁니다." 외젠이 전직 제면업자의 옆자리에 앉은 사람을 쳐다보며 말했다. "이분은 우리 모두보다 훌륭해요. 여성분들까지 포함해서 하는 이야기는 아닙니다." 그가 마드무아젤 타유페르를 돌아보며 덧붙였다.

그로써 사태는 일단락되었다. 외젠이 좌중의 입을 다물게 하는 표정으로 말했던 것이다. 보트랭만이 빈정거리며 대꾸했다. "고리오 영감을 당신이 전적으로 보살피려면, 그리고 그를 책임지는 대변인을 자임하려면 검도 잘 다루고 권총도 잘 쏠 줄 알아야 할 텐데."

"그렇게 할 겁니다." 외젠이 대꾸했다.

"그러니까, 오늘부터 전투에 돌입한 거요?"

"어쩌면요." 라스티냐크가 대답했다. "하지만 나는 다른 이들이 밤중에 무슨 일을 하는지 알려고 애쓰는 그런 사람이 아닌 만큼, 내 일에 대해서도 누구에게 일일이 보고할 의무가 없습니다."

보트랭이 라스티냐크를 가소롭다는 표정으로 바라보았다.

"이보시게, 꼭두각시놀음에 속지 않으려면 적의 소굴로 불시에 쳐들어가야지 태피스트리 뒤에서 구멍으로 훔쳐보며 할일을 다 했다고 하면 안 되네. 이만하지." 외젠이 발끈하며 대들려는 모습을 보며 그가 덧붙였다. "원한다면 함께 남은 얘기를 마저 나눌 수도 있고."

저녁식사 분위기는 어둡고 냉랭했다. 고리오 영감은 대학생의 말이 불러일으킨 극심한 고통을 곱씹느라 사람들의 정서가 자기에게 호의적으로 바뀌었다는 사실도, 자기를 괴롭히는 분위기를 일거에 잠재운 젊은이가 자기를 지켜줬다는 사실도 깨닫지 못했다.

"그렇다면." 보케르 부인이 목소리를 낮춰 말했다. "고리오 씨가 지금 백작부인의 아버지라는 거예요?"

"또다른 남작부인의 아버지이기도 하고요." 라스티냐크가 답했다.

"저 사람 영락없어." 비앙숑이 라스티냐크에게 말했다. "내가 영감의 두개골을 만져보았거든. 부성의 돌기, 그거 하나밖에 없더군. 그는 영원한 아버지의 표본이 될 거야."

외젠은 비앙숑의 농담을 듣고 웃기에는 너무나도 진지한 상태였다. 그는 보제앙 부인의 조언을 이용하고 싶었으며, 어디서 어떻게 돈을 구해야 할지 궁리하고 있었다. 눈앞에 펼쳐진, 텅 빈 동시에 꽉 찬, 세상이라는 사바나를 바라보며 그는 수심에 잠겼다. 저녁식사가 끝나자 모두 떠나고 식당에 그만 홀로 남았다.

"그러니까 내 딸을 만났다는 거요?" 고리오가 떨리는 목소리로 그에게 물었다.

노인의 말에 상념에서 깨어난 외젠이 그의 손을 붙잡고 측은한 눈길로 바라보며 답했다. "당신은 선량하고 존경받아 마땅한 분입니다. 두 따님에 대해서는 나중에 이야기를 나누기로 하죠." 그는 고리오 영감의 말에 귀기울일 기분이 아니었기에 자리에서 일어나 자기 방으로 올라가 자신의 어머니에게 다음과 같은 편지를 썼다.

어머니, 저를 위해 내어주실 세번째 젖가슴이 있지 않은지 한번 살펴봐주셨으면 해요. 저는 지금 하루속히 돈을 마련해야 하는 처지입니다. 필요한 금액은 1200프랑이며 무슨 일이 있어도 반드시 있어야 합니다. 아버지께는 제 부탁에 대해 일절 말씀하시지 않았으면 해요, 아마도 반대하실 테니까요. 그 돈이 없으면 저는 절망의 구렁텅이에 빠져 권총으로 머리를 쏠지도 몰라요. 무슨 일인지는 만나뵙고 자세히 설명해드리도록 할게요. 제가 처한 상황을 설명하려면 편지가 한없이 길어질 테니까요. 어머니, 저는 도박 같은 건 하지 않았어요. 빚도 전혀 없고요. 하지만 어머니가 주신 목숨을 제가 보전하길 원하신다면 제게 그 금액이 꼭 있어야 합니다. 각설하고, 저는 보제앙 자작부인 댁에 출입하게 되었습니다. 자작부인은 저를 후원해주시기로 했습니다. 이제 사교계에 다녀야 하는데 제겐 깨끗한 장갑을 살 푼돈조차 없습니다. 저는 빵만 먹고 물만 마시며 살 수 있고, 필요하다면 굶고 살 수도 있어요. 하지만 이 지역에서 포도밭을 일굴 때 사용하는 그런 도구들 없이는 살아남을 수 없어요. 제게는 제 갈 길을 나아가느냐 진창에 빠져 오도 가도 못하느냐 하는 중차대한 문제입니다. 저는 식구들이 제게 거는 모든 기대를 잘 알고 있습니다. 그래서 하루속히 그 기대에 보답하고 싶습니다. 어머니, 옛날부터 가지고 계신 보석 중에서 일부라도 팔아 돈을 마련해주세요. 그 보석은 제가 곧 다시 마련해드리겠습니다. 저는 우리 가족이 처한 상황을 잘 알기에 그것이 얼마나 큰 희생인지도 익히 압니다. 제가 그 돈을 공연히 부탁드리는 것이 아니라는 점을 믿어주셨으면 해요. 허투루 부탁드리는 거라면 전 갈데없는 괴물이겠지요. 저의 간청은 오로지 절박한 필요성에서 나온 비명임을 알아주세요. 우리 가족의 미래는 온전히 그 지원금에 달려 있습니다. 그걸 가지고 저는 전투를 개시해야 합니다. 왜냐하면, 이곳 파리에서의 삶은 영원한 전쟁이니까요. 만약 어머니의 보석을 처분해서도 액수를 다 마련하지 못

해 당고모님이 가지고 계신 레이스까지 팔 도리밖에 없다면, 당고모
님께 나중에 그보다 더 아름다운 레이스를 보내드리겠노라고 저 대
신 전해주세요. 운운.

그는 두 누이에게도 따로따로 편지를 써서 저금한 돈이 있으면 보내
달라고 부탁했다. 오빠를 위해서라면 희생을 기꺼이 치르고도 남을 누
이들이지만, 그런 돈까지 뜯어내는 꼴이니 누이들이 다른 식구들에게
는 아무 말도 하지 않기를 바라며, 그는 늘 팽팽하게 당겨져 있어 긍지
와 자부심에 강하게 반응하는 순진한 젊은이 특유의 심금을 울리는 글
귀로써 누이들의 섬세한 마음씨에 호소했다. 그렇게 편지들을 다 쓰고
나자 뜻하지 않은 동요가 일었다. 심장박동이 빨라지고 몸이 떨렸다.
이 젊은 야심가는 고독 속에 파묻힌 영혼의 때묻지 않은 고귀함을 아
직 간직하고 있는 두 여동생에게 자신의 부탁이 얼마나 큰 고통을 안
겨줄지 모르지 않았으며, 다른 한편으로는 두 여동생의 기쁨이 얼마나
클지도, 자신들이 가장 사랑하는 오빠의 비밀을 공유할 수 있게 되어
골방에 숨어 얼마나 기뻐할지도 짐작할 수 있었다. 의식이 뚜렷해지면
서 자신들이 모은 약소한 주화를 은밀히 세는 두 여동생의 모습이 눈
앞에 펼쳐졌다. 그 돈을 오빠에게 익명으로 보내자며 소녀들 특유의 짓
궂은 표정으로 머리를 맞댄 채 궁리하는 모습, 숭고한 목표를 위해 난
생처음 거짓말을 꾸미는 모습이었다. "누이의 마음은 순정한 다이아몬
드요, 궁극의 애정이로구나!" 그가 중얼거렸다. 편지를 쓴 것이 부끄러
워졌다. 두 누이의 염원은 얼마나 강렬하며, 하늘나라를 향한 그들 영
혼의 용약은 얼마나 순수한가! 두 누이는 어떤 열락에 휩싸였기에 기

꺼이 자기희생을 감수하는 걸까? 만약 돈을 다 보낼 수 없는 상황에 처했다면 어머니는 얼마나 상심이 크실까? 가족의 이 아름다운 감정과 놀라운 희생이 머지않아 델핀 드 뉘싱겐에게 다다르는 사다리 역할을 하리라. 성스러운 가족의 제단에 피우는 최후의 향처럼 눈물 몇 방울이 그의 눈에서 흘러내렸다. 그는 흥분과 절망이 뒤섞인 상태로 방안을 서성였다. 고리오 영감이 빼꼼 열린 방문 틈으로 그의 모습을 발견하고 방안으로 들어와 물었다. "이보시게, 무슨 일이오?"

"아! 이웃사촌이시군요. 노인장께서 아버지이시듯 전 아직 아들이요 오라비라 그럽니다. 아나스타지 백작부인 때문에 걱정이 돼서 벌벌 떠시는 것도 당연합니다. 부인은 부인을 파멸로 이끌 막심 드 트라유라는 자에게 묶여 있으니까요."

고리오 영감은 방에서 나가며 뭐라고 몇 마디 중얼거렸지만 외젠은 무슨 말인지 알아듣지 못했다. 다음날 라스티냐크는 우체국에 가서 편지를 부쳤다. 마지막 순간까지 망설였지만, 그는 마침내 우체통에 편지를 던지며 내뱉었다. "나는 성공하고야 말 것이다." 도박꾼의 말, 대장군의 말, 그로 인해 구한 목숨보다는 죽은 목숨이 더 많은 치명적인 말. 그로부터 며칠 후 외젠은 레스토 부인 댁을 찾아갔고, 문전박대를 당했다. 세 번 더 찾아갔으나, 막심 드 트라유 백작이 없는 시간이었는데도 그는 세 번 다 문전박대를 당했다. 자작부인의 말이 옳았다. 법과 대학생은 더이상 공부에 관심을 기울이지 않았다. 강의실에 나갔지만 그건 출석을 부를 때 답하기 위해서였고, 출석이 확인되면 곧바로 강의실에서 빠져나왔다. 그는 대학생 대다수가 그렇듯 자기합리화를 했다. 나중에 시험을 치러야 할 때가 되면 그때 가서 공부하겠다는 것이 그의 복안이었다. 그는 2학년과 3학년 때 들어야 할 법학 과목들을 차곡차곡 등록해놓았다가 마지막 순간 한꺼번에 몰아서 부지런히 배우겠노라고 결심했다. 그리하여 그는 파리라는 대양을 항해하며 여인들과의 교제에 몰두하거나 재산을 낚아올리는 일에 쓸 열다섯 달의 여유 시간을 확보했다. 그주에 보제앙 부인을 두 번 찾아갔는데, 두 번 모두 다주다 후작의 마차가 나갈 때를 기다렸다가 들어갔다. 포부르 생제르맹에서 가장 뛰어난 지성과 감성을 갖춘 인물로 통하는 이 저명한 여인은 첫 며칠 동안 자기 뜻대로 상황을 주도하며 마드무아젤 드 로슈피드와 다주다핀투 후작의 혼사를 유예시켰다. 그러나 최근 그 행복이 끝날지도 모른다는 불안감이 엄습하며 이제까지는 없었던 극심한 격동의 나날들이 이어졌으니, 그로 인해 파국이 임박한 징조가 더욱 뚜렷해졌다. 이미 로슈피드가와 모든 일을 상의하고 있던 다주다 후작은 거듭되는 불화와 화해를 상황이 순리대로 풀리는 과정으로 간주했다. 후작과 로슈피드가는 보제앙 부인이 결국 그 결혼을 받아들이고 남자들 세계에서 펼칠 후작의 장래를 위해 매일 낮 후작과 맺어온 관계를 스스로 단념하리라고 보았다. 다주다 씨는 날마다 하느님의 이름을 걸고 새로운 약속을 되풀이했지만 사실은 연극을 하고 있었던 것이며, 자작부인도 덩달아 속은 척 연기했다. "의연하게 창밖으로 몸을 던지는 대신 계단으로 굴러떨어지는 길을 택한 셈이지." 그녀의 절친한 친구인 랑제 공작부인은 그렇게 말했다. 그렇긴 했지만 그 마지막 불꽃은 꽤 오래 타올랐으니, 자작부인이 한동안 파리에 머물며 젊은 친척에게 맹목적이라 할 만한 애정을 품고 그가 파리에서 자리잡는 데 도움을 주기에 충분한 시간이었다. 아무에게도 진심 어린 동정과 위로를 받지 못하는 여인의 처지가 된 자작부인에게 외젠은 정성을 다해 헌신하는 모습을 보여주었다. 한 남자가 여성에게 달콤한 말을 한다면, 그것은 그에게 다른 속셈이 있다는 것을 의미한다.

뉘싱겐 집이라는 해안에 배를 대기 전에 라스티냐크는 자신이 참전할 전쟁터를 완벽하게 파악하려는 생각으로 고리오 영감의 과거 이력을 수소문하고자 했고, 그 결과 몇 가지 확인된 정보를 수집했는데, 요약하자면 다음과 같다.

장조아생 고리오는 대혁명 전에는 그저 절약 정신이 몸에 밴 숙련된 일개 국숫가게 종업원이었지만, 그의 주인이 어쩌다 1789년 첫 소요에 휩쓸려 사망하자 곧바로 주인의 자산을 인수했을 정도로 적극성을 갖춘 인물이기도 했다. 그는 곡물 거래시장* 인근의 쥐시엔가에 자리를 잡고 자신이 속한 구역의 위원장 자리를 수락하는 대단한 수완을 발휘했는데, 이는 그 위험했던 시대에 막강한 영향력을 지닌 인사들의 비호를 받으며 장사를 이어가기 위함이었다. 이 현명한 결정이 재산 형성의 시발점으로 작용한바, 그의 재산은 바로 악명 높은 식량난 시절, 진짜로 식량이 부족했는지 투기 세력의 농간 때문이었는지 모르지만 아무튼 파리에서 곡물 가격이 천정부지로 치솟던 그때 형성되기 시작했던 것이다. 당시 민중이 빵가게 앞에서 죽어나가는 동안 몇몇 사람은 아무런 소동도 겪지 않고 식료품점에 가서 이탈리아 파스타를 구했다. 그 시절 시민 고리오는 자본을 축적했고, 그렇게 축적된 자본은 이후 거금을 소유한 자가 누리는 온갖 우월성으로 발휘되어 그의 사

---

* 파리 중앙시장 인근의 원형 돔 건물. 개조되어 2016년부터 박물관으로 사용되고 있다.

업 번창을 이끌었다. 그에게는 가진 것이라곤 그저 그런 능력밖에 없는 사람들에게 틀림없이 일어나는 그런 일이 일어났다. 그의 평범함이 난국에 그를 구한 것이다. 게다가 그의 재산 규모는 부자라는 점이 더는 위험하게 여겨지지 않게 된 때가 되어서야 비로소 알려졌기 때문에 그는 누구의 질시도 불러일으키지 않았다. 곡물 거래가 그의 지적 능력을 모조리 빨아들이는 것 같았다. 밀, 밀가루, 사료용 곡물 등에 관해서, 그리고 그런 것들의 품질과 원산지를 알아보고, 저장 방식을 궁리하고, 시세를 예측하고, 풍작과 흉작을 내다보고, 곡물을 싼 가격에 구매하고, 시칠리아와 우크라이나 등지에서 확보하는 일 등에 있어 고리오는 타의 추종을 불허하는 인물이었다. 누구라도 그가 자기 사업을 운영하고, 곡물 수출입 관련법들을 설명하며, 그 법들의 취지를 연구하고 결함을 집어내는 모습을 보았다면 그가 일국의 장관이 될 만한 능력을 갖추었다고 생각했을 것이다. 끈기 있고, 적극적이고, 활력 넘치고, 일관성이 있으며, 일처리도 신속하고 날카로운 통찰력을 지닌 사람, 모든 것을 미리 해결하고, 모든 것을 예견하고, 모든 것에 정통하며, 모든 것을 은폐하는 사람. 일을 꾸미는 데는 외교관이요, 실행에 옮기는 데는 군인인 사람. 그러나 자기 전문 분야를 벗어나면, 그러니까 쉬는 시간에 수수하고 어두침침한 가게에서 나와 문설주에 어깨를 기대고 서 있을 때면, 그는 다시 아둔하고 투박한 노동자, 말귀를 잘 알아듣지 못하고 일체의 정신적 쾌락에 둔감한 사람, 극장에서 잠자는 사람, 오로지 멍청한 짓에만 강점을 보이는 파리의 돌리방* 같은 자로

---

* 18세기 말에 공연된 희극작품 속 주인공. 자신의 사위에게 농락당하는 인물이다.

돌아왔다. 그런 성향을 지닌 자들은 거의 모두 서로 닮았다. 그들 거의 모두가 마음속에 숭고한 감정을 품고 있다. 제면업자의 가슴을 독차지한 것은 두 종류의 배타적인 감정이었으니, 곡물 거래가 두뇌의 지적 능력을 모조리 소모했듯 이 감정들이 그의 체액을 빨아들였다. 브리 지방*에 사는 부유한 농부의 외동딸인 아내는 그에게 종교적 숭앙과 무한한 사랑의 대상이었다. 고리오는 자신과 너무나도 극명히 대비되는, 연약하면서도 강인하고, 예민하면서도 상냥한 아내의 천성을 흠모했다. 남자가 가슴에 품고 태어난 감정이 하나 있다면, 그것은 자신이 연약한 존재를 언제든 보호해주는 존재라는 우쭐함이 아닐까? 거기다 자신들이 누리는 행복의 원천에 대해 모든 솔직한 영혼이 표시하는 생생한 감사의 마음인 사랑을 덧붙여보시라. 그러면 그 수많은 기이한 심리 상태가 이해될 것이다. 아무런 근심 없이 보낸 결혼생활 칠 년 만에 고리오는, 대단히 불행하게도 아내와 사별했다. 죽은 아내는 그때부터 감정의 영역 바깥에서 그를 지배하기 시작했다. 어쩌면 그녀가 그의 무기력한 천성을 일깨웠거나, 세상사와 삶의 이치에 대한 이해를 그에게 불어넣어주었는지도 모를 일이다. 그런 상황에서 고리오의 부성애는 비정상적으로 과도하게 증폭했다. 아내의 죽음으로 길을 잃은 애정이 두 딸에게로 옮겨간 것이니, 두 딸도 처음에는 그의 감정을 하나도 남김없이 충족시켰다. 그에게 재취 자리로 자기 딸들을 내어주고 싶어 안달이 난 상인들이나 농장주들이 눈이 휘둥그레질 온갖 제안을 해왔지만, 그는 재혼할 마음이 없었다. 그가 흉금을 털어놓던 유일

---

* 파리 인근 남동부 지역.

한 사람인 그의 장인은 고리오가 비록 사별했지만 아내에게 불충한 짓은 하지 않겠노라 맹세했다고, 자신은 그 말을 똑똑히 들어 알고 있다고 주장했다. 중앙시장 사람들은 그 숭고한 광기를 납득할 수 없어 조롱거리로 삼고는 고리오에게 다소 기괴한 별명을 붙이기도 했다. 그들 중 한 명은 장터에서 포도주를 한잔하던 중 처음으로 그 별명을 입 밖에 내어 불렀다가 제면업자로부터 어깨에 주먹 한 방을 맞고 나가떨어져 오블랭가*의 도로경계석에 머리부터 처박히기도 했다. 두 딸을 향한 맹목적인 헌신과 과민하고 안절부절못하는 사랑은 너무나 유명해서, 어느 날 이를 잘 아는 경쟁자 하나가 밀가루 시세를 제 마음대로 주무를 심산으로 고리오가 자리를 비우게끔 만들 방도를 궁리하다 델핀이 마차 사고를 당해 크게 다쳤다고 거짓말하는 꼼수를 썼다. 그 말을 듣자마자 사색이 된 제면업자는 혼비백산 중앙시장을 떠나 집으로 갔다. 그리고 그 허위 통보로 인해 받은 충격의 여파로 며칠 동안 앓아누웠다. 이번엔 그 경쟁자의 어깨를 죽어라 가격하진 않았지만, 대신 그자를 위기 상황으로 몰아 파산할 수밖에 없게끔 만들어 아예 중앙시장에서 내쫓아버렸다. 두 딸의 교육에 물심양면으로 쏟아붓는 그의 정성은 당연히 상상을 초월했다. 연금 수익이 6만 프랑도 넘는 부자이지만 자기 자신을 위해서는 일 년에 1200프랑도 쓰지 않은 고리오는 딸들의 변덕과 허영을 만족시켜주는 것이 유일한 낙이었다. 그는 딸들에게 최고로 뛰어난 교사들을 붙여 좋은 교육을 받은 티가 나게끔 재능을 갖추게 했으며, 전담 동무 역할을 하는 시녀도 하나 두었다. 다행스럽게

* 곡물 거래시장으로 이어지는 옛길. 1934년 중앙시장이 확장하면서 사라졌다.

도 이 시녀는 재능과 안목을 겸비한 여자였다. 두 딸은 승마를 하고 전용 마차도 소유하는 등, 옛날 부유한 늙은 영주의 애첩들이 누렸을 법한 그런 삶을 살았다. 두 딸은 아무리 비싼 것일지라도 가지고 싶다고 말만 하면 되었다. 아버지가 허겁지겁 그 욕심을 채워주었기 때문이다. 그렇게 해준 대가로 딸들의 포옹을 한번 받으면 그에겐 충분했다. 고리오는 자기 딸들을 천사의 반열에 올려놓았을 정도니, 그런 딸들을 위해서라면 자신을 희생하고도 남을 가련한 위인이었다! 그는 심지어 딸들이 자신에게 준 아픔까지도 사랑했다. 결혼할 나이가 된 딸들은 자기들 취향대로 남편감을 고를 수 있었다. 각자 아버지 재산의 절반을 지참금으로 가져가게 되었으니 말이다. 미모 덕분에 레스토 백작의 구애를 받은 첫째 딸 아나스타지는 귀족적 성향을 지니고 있어서 아버지의 집을 벗어나 상류사회로 도약하는 길을 택했다. 둘째 딸 델핀은 돈을 좋아했다. 그래서 그녀는 신성로마제국*의 남작 칭호를 얻은 독일계 은행가 뉘싱겐과 결혼했다. 고리오는 변함없이 제면업자로 남았다. 그때껏 평생 해온 일이었음에도, 그의 두 딸과 두 사위는 그가 여전히 그 장사를 이어가는 것에 화를 냈다. 다섯 해에 걸친 그들의 거듭된 간청 끝에 그는 사업을 접는 것에 동의했는데, 소유한 자산에서 나온 수익과 최근 몇 년간의 영업이익이 수중에 남았다. 그가 처음 하숙집에 왔을 때 보케르 부인이 8000 내지 1만 리브르 정도의 연금 수익에 해당한다고 추산한 재산이 바로 그것이었다. 그는 두 딸이 남편의 압력을 받아 자기를 집에 모시지 않을 뿐 아니라 대놓고 박대하기까지 하

---

* 962년 오토 1세가 프랑크왕국의 후계를 자처하며 세운 복합체 왕국으로, 1806년 나폴레옹에 의해 해체되었다.

는 모습에 절망하여 결국 그 하숙집에 몸을 의탁하기로 했던 것이다.

이상의 정보가 고리오 영감으로부터 사업을 인수한 뮈레라는 사람이 알고 있던 전부였다. 라스티냐크가 들은, 고리오 영감에 대한 랑제 공작부인의 추측은 그렇게 사실로 확인되었다. 여기까지가 바로 잘 알려지지 않은, 그러나 놀랄 만큼 끔찍한, 파리를 무대로 펼쳐지는 이 비극의 도입부다.*

12월 첫 주가 끝나갈 무렵, 라스티냐크는 두 통의 편지를 받았다. 하나는 어머니가, 다른 하나는 바로 아래 누이동생이 보낸 편지였다. 너무나도 익숙한 필체가 그를 안도감으로 두근거리게 하는 동시에 두려움으로 떨게 했다. 그 얇은 두 장의 종이는 자신의 희망에 숨을 불어넣어주거나 아니면 숨을 끊어버리는 선고, 둘 중의 하나를 담고 있을 터였다. 부모의 곤궁한 형편을 떠올리며 모종의 두려움에 휩싸이기도 했지만, 그는 자신에 대한 부모의 전폭적인 애정에 이미 너무도 익숙해 있던 터라 자신이 그들의 고혈을 마지막 한 방울까지 빨아먹는 것은 아닐까 하는 걱정은 애당초 들지 않았다. 어머니의 편지에 담긴 내용은 이랬다.

사랑하는 아들아, 네가 부탁했던 것을 보낸다. 이 돈을 필요한 데 잘 쓰도록 해라. 네 목숨이 달린 문제라 할지라도 그처럼 엄청난 액수를 네 아버지 모르게 나 혼자서 또다시 마련할 수는 없을 거다. 그

---

* 1835년 초판본에서는 여기서 2장 '두 번의 방문'이 끝나고 3장 '사교계 입성'이 시작된다.

랬다가는 우리 집안에 분란이 야기될 거야. 그만한 돈을 다시 마련하려면 우리의 땅을 담보로 잡아야 할 테니 말이다. 내가 알지도 못하는 네 계획에 대해 뭐라고 왈가왈부할 수는 없다만, 대체 그 계획이 무엇이기에 내게 털어놓는 것조차 꺼리는지 모르겠구나. 그것을 설명한다고 구구절절 장문의 편지를 써야 할 필요는 없다. 우리 엄마들에게는 그저 단 한 마디면 충분하다. 그리고 그 한마디만 해줬으면 무슨 일인지 몰라서 생기는 근심은 대번에 사라졌을 것이다. 네 편지를 읽고 받은 고통스러운 느낌을 도무지 숨길 수가 없구나. 사랑하는 아들아, 내 마음에 그토록 무서운 생각을 안겨줄 수밖에 없었다니 대체 어떤 심정이길래 그런 것이냐? 넌 내게 편지를 쓰면서 분명 무척 괴로워했을 거야. 네 편지를 읽으면서 나도 무척 괴로웠었거든. 대체 어떤 일에 뛰어들려는 것이냐? 너의 목숨, 너의 성공은 지금의 너를 부정하고 달리 보이도록 해야 하는 것과 관련되어 있단 말이냐? 스스로 감당할 수도 없는 큰돈을 쓰지 않으면, 공부에 전념해야 할 귀중한 시간을 허비하지 않으면 접할 수조차 없는 사교계로 들어가야만 구해지는 그런 것이란 말이냐? 착실한 나의 외젠, 이 엄마의 진심을 믿어주기 바란다. 올바르지 않은 길은 어떤 경우에도 위대한 결과로 이어지지 않는단다. 끈기와 인내만이 너 같은 처지의 젊은이들이 갖출 덕목이어야 한다. 나는 지금 너를 꾸짖는 게 아니란다. 그리고 네게 보내는 우리의 봉헌물에 어떤 쓴소리도 담고 싶지 않단다. 이건 선견지명을 지닌 만큼 자식을 믿는 엄마의 말이다. 너도 네 의무가 무엇인지 잘 알겠지만, 나도 네 마음이 얼마나 순수한지, 네 뜻이 얼마나 고결한지 잘 안단다. 그래서 아무 거리낌 없이 사랑하는 내 아들, 가라, 전진하라! 라고 말할 수 있는 거야. 다만 엄마이기에 떨리는 거란다. 그렇지만 네가 발걸음을 내디딜 때마다 우리가 다정히 보내는 염원과 축복이 늘 너와 함께할 거야. 신중하기 바란다, 사랑하는 아들. 어른답게, 현명하게 처신하렴. 네가 사랑하는 우리 다섯 식구*의 운명이 너에게 달려 있다. 그렇다, 너의 행복이 우리의 행복이듯이 우리의 전 재산은 바로 너란다. 하느님께서 네가 계획한 일을 잘 보살펴주시길 우리 모두 기도한단다. 마르시야크 고모님께서 이번 일에 놀라운 마음씀씀이를 보여주셨단다. 네가 장갑에 대해 말한 것까지 자상하게 신경을 써주셨지. 당신께서는 맏이에게 늘 약하다고 유쾌하게 말씀하시더구나. 내 아들 외젠, 네 고모님을 공경하기 바란다. 이번에 고모님께서 너를 위해 어떤 일을 하셨는지는 네가 성공한 뒤에 말해주마. 지금 얘기하면 그 돈에 네 손가락이 데고 말 테니까. 너희 자식들은 추억이 깃든 물건을 포기한다는 것이 얼마나 큰 희생인지 알지 못한다! 그렇지만 너희를 위해 무언들 희생하지 못하겠니? 고모님께서 너의 이마에 입맞춤을 보낸다고 전해달라시는구나. 그 입맞춤이 종종 행복이라는 힘으로 네게 전달되기를 바란다면서 말이다. 이토록 다정하고 훌륭하신 고모님이니, 만약 손가락 통풍만 아니었다면 네게 직접 편지를 쓰셨을 거야. 네 아버지도 잘 계신다. 1819년에 거둔 수확은 우리의 기대 이상이었지. 잘 지내라, 사랑하는 아들. 네 누이들 얘기는 한마디도 안 하련다. 로르가 네게 따로 편지를 쓴다는구나. 집안의 사소한 일들에

---

* 라스티냐크의 가족은 아버지, 어머니, 당고모, 그리고 두 남동생과 두 여동생까지 모두 일곱이다. 그러므로 어머니가 두 남동생은 빼고 말한 것일 수도 있다.

대해 재잘거리는 즐거움은 그애에게 남겨주어야지. 네가 성공했으면 좋겠다! 오! 그래, 꼭 성공해라, 내 아들 외젠, 네 편지는 내게 너무도 극심한 고통을 안겨주었단다. 나로선 그런 고통을 또다시 이겨낼 자신이 없구나. 자식에게 줄 재산을 갈망하다보니 가난이라는 게 어떤 것인지 알겠더구나. 그럼, 잘 있어라. 여기 식구들에게 종종 소식 전하는 거 잊지 말고. 이 엄마의 입맞춤을 여기 담아 보내마.

편지를 다 읽은 외젠은 눈물범벅이 되었다. 그의 머릿속에 금도금 식기를 주괴로 만들어 팔아서 딸의 약속어음을 갚아주러 가는 고리오 영감의 모습이 떠올랐다. "어머니는 당신의 패물을 주괴로 만들었다!" 그는 중얼거렸다. "고모도 당신이 지닌 유물 몇 점을 팔면서 아마 눈물을 떨구었을 것이다! 네가 무슨 권리로 아나스타지를 비난한단 말인가? 너는 그녀가 자신의 애인을 위해 했던 짓을, 너의 장래를 위한다는 이기심에서 그대로 따라 한 자다! 그녀와 너 둘 중에 누가 더 낫단 말인가?" 속에서 참을 수 없는 뜨거운 열기가 치밀어 오장육부가 녹아내리는 느낌이었다. 그는 사교계를 포기하고 싶었다, 어머니가 보낸 돈을 받지 않고 싶었다. 남자들이 동류의 남자들을 판단할 땐 좀처럼 그 진가를 알아보지 못하는, 마음속 깊은 곳에서 비밀스레 일어나는 고결하고 아름다운 회한이 그를 엄습했다. 그런 회한을 보이면 지상의 판관에 의해 유죄를 선고받은 죄인도 하늘의 천사에 의해 대개 그 지은 죄를 용서받게 된다. 라스티냐크는 누이동생이 보낸 편지를 펼쳤다. 편지 안에 담긴 티 없이 밝은 표현들이 울적한 그의 심정을 달래주었다.

사랑하는 오빠, 아주 적절한 시점에 오빠의 편지를 받았어. 아가트와 내가 그동안 모은 돈을 어디에 쓸지 이리저리 궁리했지만 결국 무엇을 살지 마음의 결정을 내리지 못하던 참이었거든. 오빠의 편지는 에스파냐 왕이 아끼던 시계들을 모조리 엎어버린 하인의 행동과 비교할 만해. 그 편지로 우리가 의견의 일치를 보았으니 말이야. 정말이지 그 돈으로 하고 싶은 일이 워낙 많아서 그중 무엇을 선택해야 하는지를 두고 매번 말다툼을 벌이고, 우리의 그 모든 바람을 아우르는 사용처를 도무지 찾아내지 못하는 상태였어, 외젠 오빠. 아가트는 뛸 듯이 기뻐했지. 말하자면 우리 둘 다 온종일 미친 사람처럼 날뛰었는데, 그 모습이 하도 장관이라(고모님 말투) 엄마가 근엄하게 정색을 하고 "아니, 이애들이 대체 무슨 일이지?" 하고 말할 정도였다니까. 그렇게 조금 혼나긴 했지만, 그래서 우리의 기쁨이 훨씬 커진 거 같아. 여자는 자기가 사랑하는 사람을 위해 고통을 겪을 때 엄청난 희열을 느끼는 법이거든! 그런데 기뻐하는 중에도 나는 혼자 생각에 잠겨 좀 우울하기도 했어. 나는 모르긴 해도 나중에 나쁜 아내가 될 거 같아. 낭비벽이 너무 심하거든. 벌써 허리띠 두 개랑 코르셋에 구멍을 낼 예쁜 송곳 하나를 샀어, 바보 같은 짓이지. 그 바람에 난 저 뚱뚱보 아가트보다 가진 돈이 적어. 걘 절약이 몸에 배서 개미처럼 악착스레 돈을 모으는 애야. 200프랑이나 가지고 있더라고! 난, 부끄러워 고개를 못 들겠네. 50에퀴밖에 안 돼. 난 제대로 벌받은 거지 뭐야. 허리띠를 우물에 던져버리고 싶어. 그걸 매고 다닐 때마다 늘 고통스러울 거야. 난 오빠 돈을 훔친 셈이야. 아가트는 참 마음씨가 고와. 내게 이렇게 말하더라. "우리 둘이 합쳐서 오빠에게 350프랑을 보내자!" 그런데 그다음에 일어난 일들을 일어난 그대로 오빠에게 얘기해주지 않고는 못 배기겠어. 우리가 오빠의 분부를 받들기 위해 어떻게 했는지 알아? 우린 우리의 자랑스러운 돈을 꺼내들고 함께 길을 나섰지. 일단 큰길에 당도하자 뤼펙을 향해 내달렸어. 뤼펙에 가서는 우편취급소를 운영하는 그랭베르 씨에게 아주 공손히, 가져간 돈을 보내달라고 맡겼지! 집으로 돌아오는 길에 우린 제비처럼 가뿐한 느낌이었어. "행복감 때문에 몸이 가벼워진 걸까?" 아가트가 그렇게 묻더라고. 그리고 둘이서 엄청나게 많은 이야기를 나누었는데, 이 자리에서 다 옮기지는 않겠지만 온통 파리 신사 양반이 된 오라버니 이야기였다니까. 아! 오빠, 아가트와 나는 오빠를 정말 사랑해, 그 외에 무슨 말이 더 필요하겠어. 비밀이 있는데, 고모님 말씀에 따르면 우리 같은 앙큼한 아가씨들은 무슨 일이든 할 수 있대, 입을 꼭 다무는 일까지도. 엄마는 고모와 함께 비밀리에 앙굴렘에 다녀오셨어. 우리 둘은 물론 남작 나리까지 내쫓은 상태에서 긴 숙의 끝에 결행된 그 행차의 깊은 뜻에 대해서는 두 분다 일절 말씀이 없으셔. 그래서 지금 라스티냐크 왕국에서는 온갖 추측이 난무하지. 여왕 마마를 위해 이 공주들이 모슬린 드레스에 영롱한 꽃들을 수놓고 있는데, 그 작업만이 완전히 깊은 침묵 속에 진척되는 상태야. 이제 작업해야 할 양이 두 폭밖에 안 남았어. 베르퇴유 쪽으로는 담을 세우지 않기로 결정했어. 대신 생울타리가 들어설 거야. 하층민이야 그러면 과수장도 과일도 잃겠지만 우린 외지인들에게 보여줄 멋진 전망을 얻게 되겠지. 만약 우리 집안 왕위 계승

자께서 손수건이 필요하시다면, 마르시야크 가문의 상속녀께서 물려받은 폼페이와 헤르쿨라네움*이라는 명찰이 붙은 수장고와 트렁크를 뒤지시다가 생각지도 않았던 아름다운 네덜란드산 포목 한 필을 발견하셨다는 사실을 고지해드리는 바요. 하명만 하신다면 아가트 공주와 로르 공주가 실과 바늘을 들고 늘 그렇듯이 두 손이 발개지도록 부지런히 일해 대령하겠나이다. 어린 두 왕자, 동 앙리와 동 가브리엘 님은 농축 포도잼을 목이 미어지도록 먹고, 공주 누님들을 화나게 만들고, 공부할 의사는 전혀 없이 새 둥지나 털고 다니는가 하면, 국법이 엄히 금하는데도 작대기를 만든답시고 버드나무를 흔들고 꺾는 등 못된 악습을 버리지 못하고 있어. 교황대사께서는, 속칭 신부님이라 불리는 분 말이야, 걔들이 계속 거룩한 문법 교과서는 내팽개치고 호전적인 딱총나무 화살이나 붙들고 다니면 파문해버리겠다고 위협하는 실정이야. 잘 지내, 사랑하는 오빠. 편지로는 오빠의 행복을 기원하는 그 많은 염원을, 차고 넘치는 사랑을 절대로 다 담아낼 수 없어. 나중에 오빠가 집에 오면 우리에게 들려줄 얘기가 무척 많겠지! 나한테는 모두 다 말해줘야 해, 내가 언니니까. 고모 말을 듣자니, 오빠는 사교계에서 벌써 성공했을 거라는 생각이 들어.

귀부인 이야기만 하고 나머지에 대해선 입을 닫노라.**

---

* 79년 활화산인 베수비오산 폭발로 파묻힌 고대 이탈리아의 대표적인 두 도시.
** 17세기 프랑스 비극을 대표하는 피에르 코르네유의 극작품 「시나」의 한 구절.

우리와 늘 상의하도록 해! 그러니까 말이야, 외젠 오빠, 만약 오빠에게 손수건이 필요하다면 우린 손수건쯤 없어도 잘 지낼 수 있고, 더하여 셔츠도 지어 보낼 수 있어. 그 점에 대해서는 바로 답장해줘. 만일 정성 들여 바느질한 아름다운 셔츠가 급히 필요하다고 하면, 우린 지체 없이 셔츠 만드는 일에 착수해야 하니까. 혹시 파리에 우리가 알지 못하는 스타일이 있다면 견본을 보내주면 돼, 특히 소맷부리 부분 말이야. 안녕, 안녕! 오빠 왼쪽 이마에, 오직 나만이 입맞출 수 있는 그쪽 관자놀이에 입맞춤을 보내. 편지지 다른 한쪽은 아가트를 위해 남겨둘게. 아가트는 내가 쓴 부분을 절대로 읽지 않겠다고 약속했어. 하지만 혹시 모르니 아가트가 오빠에게 편지를 쓰는 동안 옆에서 지키고 있을 생각이야. 오빠를 사랑하는 오빠의 누이,

로르 드 라스티냐크 보냄

"오! 그렇다." 외젠이 중얼거렸다. "그렇다, 무슨 수를 써서라도 성공해야 한다. 재물만으로는 이 헌신에 다 보답할 수 없을 것이다. 우리 식구 모두에게 더할 나위 없는 행복을 안기고 싶다. 1550프랑이로구나!" 그는 잠시 생각에 잠겼다가 다시 중얼거렸다. "주화 한 닢 한 닢 절대로 허투루 쓰여서는 안 된다! 로르 말이 맞다. 여자란 참 대단하지! 내겐 정말 투박한 셔츠밖에 없잖아. 젊은 여자는 남의 행복을 위해서라면 도둑만큼 영악해지는구나. 로르는 순진무구한 마음으로 썼겠지만 나에겐 선견지명 같은 말이군. 그애는 지상의 죄악이 뭔지도 모른 채 그 죄악을 용서하는 하늘의 천사 같은 존재다."

사교계가 마침내 그의 손아귀에 들어왔다! 이미 재단사를 불러 협상한 끝에 합의를 본 상태였다. 라스티냐크는 드 트라유라는 사람을 보고 젊은이들의 삶에 재단사들이 미치는 막강한 영향력을 실감한 터였다. 하지만 안타깝구나! 재단사란 양극단만 있을 뿐 중간이란 아예 없는 그런 존재다. 재단사는 청구서의 결제 여부에 따라 철천지원수가 되거나 친구가 되거나 둘 중 하나일 뿐인 것이다. 그런데 외젠이 만난 재단사는 자기 일이 아버지의 마음 같은 면을 지녔다는 점을 아는 데다. 스스로를 젊은이들의 현재와 미래를 잇는 가교 같은 존재로 자처하는 사람이었다. 이에 고마움을 느낀 라스티냐크는 훗날 성공한 후 그의 명언이 된 말을 여기저기 퍼뜨려 그 재단사가 큰돈을 버는 데 일조하게 된다. 그가 하고 다녔던 말은 이랬다. "내가 잘 아는 재단사인데, 그에게 맞춘 바지 두 벌 덕에 연 2만 리브르의 연금을 안겨준 혼인이 성사되었지."[*]

1500프랑에 무제한 맞춤 의상! 그 순간 이 가난한 남프랑스 사나이는 걱정이 말끔히 사라졌으며, 얼마만큼의 목돈을 손에 쥐게 된 젊은이의 얼굴에 번질 법한 뭐라 형언할 수 없는 표정을 지으며 아침식사를 하기 위해 내려왔다. 대학생의 주머니에 돈이 굴러들어오는 순간, 그에게는 마음껏 기댈 든든한 가상의 기둥이 생기는 셈이다. 그는 전보다 더 씩씩하게 걷고, 자신의 지렛대에 받침점이 생겼다고 느끼며,

---

[*] 이 대목은 발자크가 자신의 재단사인 장 뷔송에게 전하는 일종의 감사 표시다. 발자크가 뷔송에게 옷을 맞춰 입고 갚지 못한 옷값은 1832년 말 2229.25프랑에서 1842년 말 1만 4373.75프랑으로 계속 늘어난다. 발자크는 자신의 작품에서 이런 식으로 장 뷔송을 무료로 광고해주며 빚 독촉을 모면하곤 했다.

자신감이 넘치는 시선으로 상대를 똑바로 바라보고, 민첩하게 움직인다. 어제는 자신 없고 소극적이어서 상대에게 공격을 당하는 처지였다면, 다음날은 상대가 수상이라도 공격을 가할 태세다. 내부에서 엄청난 현상이 일어나 그는 무엇이든 원하고 무엇이든 할 수 있으며 닥치는 대로 욕구를 발산하고, 쾌활하고 관대하며 외향적인 성격으로 변한다. 요컨대 날개를 잃었던 새가 되찾은 날개를 한껏 펼치게 된 것이다. 돈이 없는 대학생은 온갖 위기 끝에 뼈다귀 하나를 훔쳐내는 데 성공한 개처럼 어쭙잖은 쾌감 한 조각을 덥석 물고 잘근잘근 깨물어 골수를 쪽쪽 빨아먹은 뒤 다시 다른 쾌감을 좇아 달려간다. 반대로, 곧 사라질 것이라도 호주머니에서 금화 몇 닢이 쩔렁거리는 젊은이는 풍요로운 쾌락을 하나하나 낱낱이 세분하여 음미하고 느긋이 즐기며 천국의 요람 속에서 흔들리는 느낌을 누린다. 그는 가난이라는 말이 무슨 뜻인지 더는 알지 못한다. 파리 전체가 자기 손아귀에 들어왔다고 자신한다. 그 젊은이 앞에는 그야말로 모든 것이 환히 빛나는 시대, 모든 것이 영롱하게 반짝이거나 활활 타오르는 시대가 펼쳐진다! 아무도, 어떤 남자도, 어떤 여자도 누리지 못하는 흥겨운 기운이 넘실대는 시대! 모든 쾌락을 열 배로 튀겨 부풀리는 빛의 시대, 빚이 달고 오는 생생한 공포의 시대! 센강 좌안, 생자크가와 생페르가 사이를 드나든 적 없는 자는 인생을 논할 자격 역시 없나니! "아! 파리의 여인들이 이걸 안다면!" 라스티냐크는 보케르 부인이 내놓은 개당 1리아르짜리 구운 배를 게걸스럽게 삼키며 중얼거렸다. "그러면 다들 이곳에 와서 사랑을 찾고자 할 텐데." 그때 살문에 달린 종이 울리더니 곧이어 우편배달부가 식당으로 들어왔다. 그는 외젠 드 라스티냐크 씨가 누구냐고 묻고는 그에게 수화물 두 자루와 수취인 서명 장부를 내밀었다. 그 순간 라스티냐크는 자기를 쏘아보는 보트랭의 형형한 시선이 마치 채찍질처럼 몸을 후려치는 느낌을 받았다.

"무기 다루는 수업과 사격 연습 비용으로 쓸 돈이 생기셨군." 보트랭이 말을 건넸다.

"보물선이 도착했네요." 보케르 부인도 자루를 바라보며 말했다.

마드무아젤 미쇼노는 돈에 대한 탐욕을 들킬까 두려워 자루 쪽으로 시선을 주지 않으려 했다.

"좋은 어머니를 두셨군요." 쿠튀르 부인이 말했다.

"선생은 좋은 어머니를 두셨군요." 푸아레가 따라 했다.

"그러게요, 엄마는 그러느라 피를 흘렸겠지요." 보트랭이 받았다. "당신 이제 제대로 한번 놀아보겠군. 사교계에 출입하고, 거기서 지참금 낚시도 하고, 머리에 복사꽃을 꽂은 백작부인들과 춤도 추고 말이오. 그렇지만 젊은이, 내 말을 믿으시게나, 사격 연습장에 부지런히 드나드시게."

보트랭은 총으로 적수를 겨냥하는 자세를 취해 보였다. 라스티냐크는 배달부에게 잔술 값이라도 주고 싶어 호주머니를 뒤져보았지만 나오는 것이 없었다. 그러자 보트랭이 자기 호주머니를 뒤져 배달부에게 20수짜리 동전을 던져주었다.

"당신 신용이 좋으니까." 그가 대학생을 바라보며 말을 이었다.

라스티냐크는 보제앙 부인 댁에 다녀온 날 서로 가시 돋친 말을 주고받고부터 이 남자라면 질색이었지만 감사를 표하지 않을 수 없었다. 그 일주일 동안 외젠과 보트랭은 서로 마주쳐도 말없이 상대를 지켜볼

뿐이었다. 대학생은 그 이유를 자문했지만 답을 찾을 수 없었다. 대체로 머릿속 생각은 떠오르는 기세에 비례하는 강도로 발산되는 법이고, 그렇게 발산된 생각은 박격포에서 발사된 포탄의 탄도 공식에 비견되는 정밀한 수학 법칙에 의거해 뇌가 목표한 곳으로 정확하게 날아가서 꽂히는 것이다. 타격의 결과는 목표물이 무엇이냐에 따라 각양각색이다. 날아간 생각에 맞아 대번에 초토화돼버리는 허약한 성격들이 있는가 하면, 타인의 의지를 마치 성벽에 막혀 흩어지는 포탄처럼 무력하게 주저앉혀버리는, 만반의 대비 태세를 갖춘 완강한 성격들, 철옹성을 두른 성격들도 있다. 그런가 하면, 타인의 생각이 침범했다가는 성벽 보루의 질척한 땅에 처박힌 불발탄처럼 속절없이 소멸하고 마는 물렁물렁하고 푹신푹신한 성격들도 있다. 라스티냐크로 말하자면, 머릿속이 화약으로 가득차 있어 조그만 충격에도 폭발해버리는 성격이었다. 그는 너무나도 혈기왕성한 젊은이라 자신을 향한 타인의 생각에 민감하게 반응했으며, 갖가지 기기묘묘한 모습으로 발현되어 우리도 모르는 사이에 우리에게 깊은 영향을 주는 감정의 작용에 쉬이 감염되었다. 그의 심안은 스라소니의 눈을 닮은 그의 육안과 마찬가지로 상대를 명징하게 꿰뚫어보았다. 모든 감각기관에 걸쳐 발휘되는 정신과 육체의 이중 지각능력은 우리의 감탄을 자아내는 천재적인 사람들, 예컨대 어떤 갑옷이라 할지라도 빈틈을 찾아내는 일급의 검객에게서 발견되는 신기할 정도로 넓은 시야와 전광석화처럼 치고 빠지는 유연성을 두루 갖추고 있었다. 게다가 지난 한 달 동안 외젠에게는 단점인 동시에 장점이라고 할 성향들이 상당히 계발된 상태였다. 그의 단점으로 꼽을 만한 것은 사교계 진출과 증폭된 욕망의 실현에 필요한 요건이었다. 그의 장점 중 하나가 난관에 봉착했을 때 좌고우면하지 않고 난관을 향해 돌진하여 격파하는 격정적인 남프랑스인의 기질이었는데, 어떤 불확실한 상황에 갇혀 머뭇거리는 것을 절대로 용납하지 않는 루아르강 이남의 남자가 가진 그런 기질을 북프랑스인들은 단점이라고 규정하는 경향이 있다. 북프랑스인들이 볼 때 그 기질은 뮈라*에게 출세의 원천이기도 했지만 동시에 죽음을 불러온 원인이기도 했던 까닭이다. 이상을 종합하면, 남프랑스인이 북프랑스인의 간계와 루아르강 이남 사람의 대담함을 겸비한다면 완벽한 존재가 되어 스웨덴 왕**의 자리를 유지할 수 있다는 결론이 도출되리라. 그러므로 라스티냐크는 보트랭이 친구인지 적인지 구분하지 못한 채 언제까지고 그의 화력 세례를 받고 있을 수는 없었다. 보아하니 보트랭이라는 이 독특한 인물이 때때로 그의 정염을 꿰뚫어보고 마음을 읽어내는 것 같은데, 정작 자신은 철저하게 속을 감추고 있어서 모든 것을 알고 모든 것을 보지만 아무 말도 하지 않는 스핑크스의 미동 없는 심오함과 마주하는 듯한 느낌이었다. 이제 호주머니도 두둑해졌겠다, 외젠은 그를 한번 도발해보기로 했다.

　"잠깐 앉아 계셨으면 좋겠는데요." 커피를 마지막 한 모금까지 음미한 뒤 일어나 나가려는 보트랭에게 그가 말했다.

---

* 많은 전공을 세운 프랑스 장군 조아생 뮈라. 나폴레옹의 누이동생인 카롤린과 결혼해서 1808년 나폴리왕국의 왕좌에 오르지만 나폴레옹 제정 몰락 후 왕좌에서 쫓겨나고 반란 혐의로 총살당한다.
** 프랑스의 루아르강 이남인 포 태생으로 구체제와 혁명기에 걸쳐 원수(元帥)의 자리까지 오른 장바티스트 쥘 베르나도트를 가리킨다. 1810년 스웨덴 의회에 의해 황태자로 옹립되어 샤를 14세라는 칭호로 스웨덴 국왕에 즉위했다.

"무슨 일이신가?" 사십대 남자가 챙이 넓은 모자를 쓰고 쇠로 만든 단장을 들고 일어서다 되물었다. 그는 자신이 사방에서 도적의 습격을 받더라도 전혀 두려워하지 않는 사람임을 과시하는 양 종종 그 쇠단장을 붕붕 돌리곤 했다.

"갚아드려야죠." 라스티냐크가 서둘러 자루를 풀고 140프랑을 세어 보케르 부인에게 주면서 말을 이었다. "셈이 정확해야 좋은 친구 사이가 유지되는 법이잖아요." 그는 과부를 향해 말했다. "이걸로 성 실베스트르 축일*까지 하숙비 계산은 끝난 거예요. 그리고 이 100수는 잔돈으로 좀 바꿔주세요."

"좋은 친구 사이라면 셈이 정확해야 하는 법이지." 푸아레가 보트랭을 바라보며 라스티냐크의 말을 따라 했다.

"자, 여기 20수 받으시죠." 라스티냐크가 가발을 쓴 스핑크스에게 동전 하나를 내밀었다.

"나한테 빚지는 게 두렵기라도 한 모양인데?" 보트랭이 젊은이의 영혼을 훤히 들여다보는 듯한 시선을 던지며 큰 소리로 말했는데, 조롱과 냉소가 담긴 그 시선에 외젠은 이제까지 백번도 넘게 화가 치밀었었다.

"그게 아니라…… 아, 그렇다고 합시다." 대학생이 자루 두 개를 한 손에 들고 방으로 올라가기 위해 자리에서 일어나며 대답했다.

보트랭은 홀 쪽으로 난 문을 통해 나가는 중이었고, 대학생은 계단실로 난 문을 통해 막 나가려던 참이었다.

---

* 12월 31일, 곧 신년 전야를 일컫는 다른 말.

"그런데 그건 아시려나, 라스티냐코라마 후작 나리? 당신이 내게 한 말은 엄밀히 따지자면 예의에 어긋난다는 것 말이야." 보트랭이 홀의 문을 세차게 밀치고는 자기를 차가운 시선으로 바라보는 대학생에게 다가서며 말했다.

라스티냐크는 보트랭과 함께 식당 문을 닫고 나와 계단 발치, 식당과 부엌 사이의 네모난 공간에 멈춰 섰다. 그곳 한쪽에는 안마당으로 통하는 문이 있었고, 그 문 위로 쇠창살이 쳐진 장방형의 창유리가 나 있었다. 그곳에서 대학생은, 마침 부엌에서 나온 실비를 앞에 두고 이렇게 말했다. "보트랭 선생, 나는 후작이 아니고, 내 이름도 라스티냐코라마가 아닙니다."

"저 두 사람 싸우려나봐." 마드무아젤 미쇼노가 무덤덤한 표정으로 말했다.

"싸우려나봐!" 푸아레가 따라 말했다.

"그럴 리가." 보케르 부인이 주화 더미를 쓰다듬으며 대꾸했다.

"하지만 둘이 보리수나무 밑으로 가는데요." 마드무아젤 빅토린이 일어나 정원을 바라보며 외쳤다. "저 불쌍한 젊은이 말이 맞긴 맞는데."

"애야, 올라가자꾸나." 쿠튀르 부인이 말했다. "우리와는 상관없는 일이다."

쿠튀르 부인과 빅토린이 자리에서 일어나 문 쪽으로 향할 때 뚱보 실비가 문을 열고 들어와 앞을 가로막았다.

"대체 무슨 일이에요?" 실비가 말했다. "보트랭 씨가 외젠 씨에게 이렇게 말했어요. 서로 할 말을 해보자고! 그러고는 외젠 씨의 팔을 잡고 나갔는데, 저기 봐요, 우리 아티초크밭을 막 밟고 가잖아요."

그러고 있는데 보트랭이 들어왔다. "보케르 엄마," 그가 미소 지으며 말했다. "걱정할 거라곤 하나도 없어요. 그냥 보리수나무 밑에서 권총 사격 연습이나 해보려고요."

"어머나! 선생님," 빅토린이 두 손을 모으며 말했다. "왜 외젠 씨를 죽이려고 하는 거예요?"

보트랭이 뒤로 두 걸음 물러서서 빅토린을 빤히 쳐다보았다. "이거 뜻밖의 전개인데." 그가 희롱조로 외치자 이 가엾은 처자의 얼굴이 붉어졌다. "저 젊은 청년, 참 매력적이죠, 그렇지 않소?" 그가 말을 이었다. "그러고 보니 내게 좋은 생각이 떠오르는군. 내가 당신 두 사람을 행복하게 만들어주겠소, 우리 아름다운 아가씨."

그 말이 끝나기도 전에 쿠튀르 부인이 피후견인의 팔을 붙잡고 한쪽으로 데려가면서 귀에 대고 속삭였다. "빅토린, 오늘 아침 도무지 이해할 수 없는 모습만 보이는구나."

"내 집에서 총질을 하는 건 안 돼요." 보케르 부인이 말했다. "온 동네가 발칵 뒤집히고 경찰이 오고 그러지 않겠어요? 그것도 이 시간에 말이지."

"자, 자, 염려 말아요, 보케르 엄마." 보트랭이 대답했다. "저기, 저쪽에서, 쥐죽은듯 조용하게 쏠게요." 그러더니 라스티냐크가 있는 곳으로 다시 가서 허물없는 태도로 대학생의 팔을 붙잡았다. "내가 서른다섯 보 떨어진 거리에서 스페이드 에이스 카드에 연속 다섯 발을 명중시킬 수 있다는 걸 입증해 보인다 한들," 그가 말했다. "그걸로 당신 용기가 꺾일 것 같진 않고 말이야. 당신 좀 화가 난 표정인데, 그러다 멍청이처럼 죽음을 자초할 수도 있소."

"뒤로 물러나시죠." 외젠이 말했다.

"내 화를 돋우지 마시게." 보트랭이 응수했다. "오늘 아침은 그리 춥지 않으니 이리 와 같이 앉읍시다." 그가 초록색 칠을 한 의자들을 가리켰다. "여기면 아무도 우리 말을 못 들을 거요. 내 당신과 할 얘기가 있소. 당신은 풋내나는 젊은이고, 나는 당신을 해칠 마음이 없소. 당신을 좋아하지, 불사……(이런, 젠장!) 아니, 보트랭의 이름을 걸고 진심으로. 내가 당신을 왜 좋아하는지, 그걸 말해주리다. 그전에 이 말부터 하지. 난 마치 당신을 만든 장본인인 것처럼 당신을 잘 알고 있소. 그 점을 증명해 보이겠소. 우선 그 돈 자루나 여기 내려놓으시게." 그가 원탁을 가리키며 말했다.

라스티냐크는 원탁에 돈 자루를 내려놓고, 자기를 죽이겠다고 했다가 느닷없이 보호자 행세를 하는 이 남자의 태도 변화에 극도로 호기심이 발동해 자리에 앉았다.

"내가 누구인지, 무슨 일을 했던 사람인지, 지금은 무슨 일을 하고 있는지 무척 궁금할 테지." 보트랭이 계속 말했다. "이 친구, 너무 흥미가 당기는 모양이군. 자, 자, 진정하고. 지금부터 아주 뜻밖의 이야기를 듣게 될 거요! 난 산전수전 다 겪은 사람이오. 우선 내 말부터 먼저 듣고 그다음에 당신 얘길 합시다. 내 지난 삶은 세 마디로 정리할 수 있소. 나는 누구인가? 보트랭. 나는 무엇을 하는가? 내 마음에 드는 일. 자, 그다음. 내 성격이 어떤지 알고 싶으신가? 나는 내게 잘하는 사람이나 나와 마음이 통하는 사람에겐 좋은 사람이지. 그런 사람들은 내게 뭘 해도 돼. 그들이 내 정강이뼈를 걷어차더라도 난 '조심해!'라는 소리 따윈 안 하지. 그렇지만 나를 귀찮게 하거나 내 마음에 안 드는

154

자들, 그런 빌어먹을 놈들에게 난 악마처럼 사나운 사람이오. 그리고 말이지, 이건 당신에게 알려줘야 좋을 거 같은데, 내겐 사람 하나 죽이는 것쯤은 일도 아니라고!" 그가 침을 찍 뱉으며 말했다. "단지 반드시 그래야 할 때만 제대로 죽이려고 힘을 쓰는 거지. 나는 당신이 예술가라 부르는 그런 존재요. 알다시피 벤베누토 첼리니의 『회고록』도 읽은 사람이야, 그것도 이탈리아어로!* 소문난 낙천가인 그 사람에게서 닥치는 대로 우리를 죽이는 하느님의 섭리라는 것을 모방하는 법과 아름다움이 있는 곳이면 어디에서든 그 아름다움을 사랑하는 법을 배웠지. 게다가 혼자 만인에 맞서 기회를 잡는 것이야말로 해볼 만한 아름다운 승부 아닌가? 나는 당신네 무질서한 사회의 현재 구조에 대해 곰곰이 생각해보았소. 이봐, 친구, 결투는 애들 장난이야, 어리석은 짓이지. 살아 있는 두 사람 중 하나가 없어져야 하는 상황일 때, 그걸 우연에 맡겨 정해버리는 건 멍청한 자나 하는 짓이지. 결투라고? 그냥 동전 던지기에 지나지 않소. 딱 그뿐이라고. 나는 다섯 발을 연발로 발사해 스페이드 에이스를, 그것도 먼젓번 총알에 다음 총알이 박히도록 명중시키는 사람이오. 서른다섯 보 떨어진 거리에서 말이야! 그런 조그만 재주를 가진 경우라야 상대를 쓰러뜨린다고 자신할 수 있지. 아! 그런데 예전에 스무 보 거리에서 어떤 상대에게 총을 쏘았는데 그만 빗나가고 말았소. 그 작자는 평생 권총을 한 번도 다뤄본 적이 없는 자였는데.

---

* 뛰어난 금세공으로 유명한 16세기 피렌체의 조각가 벤베누토 첼리니는 살인을 죄목으로 감옥에 갇히는 등 파란만장한 삶을 살았는데 그의 『회고록』은 1728년 처음 간행되었고 프랑스어로는 1828년 초역되었다. 그러므로 보트랭은 이탈리아어로 읽었을 수밖에 없다.

여길 보시게!" 이 별난 사나이가 조끼 단추를 풀더니 곰의 등판처럼 무성하지만, 야수의 갈기처럼 거칠게 자란 다갈색 털로 두려움과 역겨움이 혼재된 감정을 불러일으키는 가슴팍을 내보였다. "그 풋내기가 내 가슴털을 이렇게 다갈색으로 만든 거요." 그가 라스티냐크의 손가락을 자기 가슴에 난 구멍으로 갖다붙이며 덧붙였다. "그러나 당시엔 내가 어렸지, 스물한 살, 당신 나이 때였으니까. 여전히 뭔가를 믿던 시절이오. 여인의 사랑이라든가, 머지않아 당신을 뒤덮어 허둥대게 할 그런 산더미 같은 바보짓 말이오. 아까 우린 서로 싸웠을 수도 있소. 안 그러오? 당신이 날 죽였을 수도 있지. 그래서 내가 땅에 묻혔다고 가정해보자고. 그러면 당신은 어디 있을까? 달아나야 했겠지, 스위스로 가서 별로 없는 아빠 돈이나 축내고. 내가, 이 몸이 말이오, 현재 당신의 처지를 명확하게 설명해주지. 내가 지금부터 하는 말은 이 세상사를 두루 살펴본 끝에 우리 앞에 놓인 선택지는 어리석은 복종이냐, 아니면 반항이냐 하는 두 가지 길밖에 없다는 점을 터득한 자의 탁월한 식견에서 나온 설명이오. 나는 그 어떤 것에도 복종하지 않소. 이건 분명하지 않소? 지금 당신 같은 처지에서 정말로 필요한 것이 무엇일까? 백만금, 그것도 화급하게. 그것이 없다면 보잘것없는 머리통을 달고 하릴없이 생클루의 그물까지 떠내려가 하느님이 있나 없나 확인하는 신세*가 되겠지? 그 백만금을 말이지, 내가 당신에게 주겠소." 그가 잠시 말을 멈추고 외젠의 얼굴을 살폈다. "이런, 이런! 이 보트랭 아빠에게 그보단 좋은 표정을 보여줘야지. 이런 말을 들으면 '오늘밤에 봐'라는

---

* 당시 파리의 센강 하구 생클루에는 투신한 익사자를 건지는 그물이 쳐져 있었다.

말을 듣고 우유를 핥는 고양이처럼 입맛을 다시며 공들여 화장하는 아가씨 같은, 그런 심정이 들지 않는가. 아무튼, 좋아, 본론으로 들어가자고! 단둘이서 말이오! 젊은이, 당신이 처한 구체적 상황은 이렇소. 저기 고향에 아빠, 엄마, 당고모, 두 누이동생(각각 열여덟 살과 열일곱 살), 두 남동생(각각 열다섯 살과 열 살)이 있소. 당신이 이끌어야 할 함대 병력이 그렇지. 당고모가 누이들 교육을 담당하고 있소. 사제가 방문해 남동생 둘에게 라틴어를 가르치고. 식구들은 흰 빵을 먹을 때보다는 밤으로 쑨 죽을 먹을 때가 더 많고, 아빠는 바지를 수선해서 입고, 엄마는 겨울 드레스 한 벌과 여름 드레스 한 벌로 근근이 버티고, 누이들은 형편에 맞춰 겨우 챙겨 입지. 안 봐도 훤하오, 나도 남부에서 살아봤거든. 당신 집 형편이 그렇소. 당신에게 매년 1200프랑을 보내야 하는데, 변변치 않은 영지에서는 연 3000프랑의 소출밖에 안 나오거든. 부엌일 보는 식모와 하인도 하나씩 두었지. 위신은 세워야 하니까, 아빠가 남작이거든. 그런데 우리로 말할 것 같으면, 우리에겐 야심이 있지. 연합군으로 보제앙 부인 같은 사람들이 있는데, 우린 마차도 없이 걸어다니는 형편이야. 우린 큰 재산을 꿈꾸지만 수중엔 한 푼도 없소. 우린 보케르 엄마의 맛없는 라타투이나 먹는 신세지만 포부르 생제르맹의 근사한 식사를 좋아하지. 우린 초라한 침대에 누워 자는 신세지만, 웅장한 저택에서 살기를 갈망하지! 나는 당신의 열망을 비난하는 게 아니오. 야심을 품는다는 것, 이보게, 그건 아무나 하는 일이 아니잖소. 여자들에게 어떤 남자를 원하느냐고 물어보면 야심가라고 답할걸. 야심가들은 여느 사람들보다 더 강한 허리를 가지고 있고, 피는 더 붉고, 가슴은 더 뜨겁지. 그리고 여자란 자신이 강할 때 행복하다고 느끼고 아름다워지기 때문에, 힘이 엄청난 남자를, 설사 그 남자로 인해 자신이 부서질 위험에 처한다고 할지라도 다른 어떤 남자들보다 더 좋아하는 법이지. 당신에게 질문을 던지기 위해 당신의 욕망을 하나하나 열거해보겠소. 그 질문이란 이런 것이오. 우리는 굶주린 늑대처럼 몹시 배가 고프고 이빨은 날카롭지. 자, 우리의 밥그릇을 채우려면 우린 어떻게 행동해야 할까? 먼저 먹을거리로 떠오르는 것이 법전인데, 그건 재미도 없고 아무것도 가르쳐주지 않아. 하지만 꼭 필요한 것이긴 하지. 자, 따져보자고. 변호사 자격증을 취득하는 거야, 그걸 발판으로 중죄 재판소의 재판관이 되어 우리보다 훌륭한 사람들을 형편없는 악마로 만들고 어깨에 T. F.*라는 낙인을 찍어 갤리선으로 보내버리는 거지. 부자들에게 당신들이 다리 쭉 뻗고 잘 수 있는 좋은 세상이라고 안심시켜주기 위해서 말이야. 그러나 그건 재미있는 일은 아니고, 그렇게 되려면 시간도 오래 걸리지. 우선, 이 년 동안 파리에서 하릴없이 도를 닦아야 하고, 우리 입맛에 착 달라붙는 눈깔사탕은 맛도 못 본 채 멀거니 바라만 보아야 하거든. 충족될 기약이라곤 없이 항상 갈구만 하는 신세는 얼마나 피곤한지. 만일 당신이 데데한 인간이고 성격이 물러터졌다면 그런 것쯤은 아무런 걱정이 안 되겠지. 하지만 우리는 사자같이 뜨거운 피를 지녔고, 하루에 스무 번도 넘게 기상천외한 일을 벌일 만큼 식욕이 왕성한 사람이잖소. 그러니 하느님이 다스리는 지옥에서 우리가 아는 한 가장 잔혹한 형벌인 그런 처지에 놓인다면 당신은 금방 무너지고 말 거요. 당신이 온건하고, 우유나 마

---

* 갤리선을 젓는 도형수들 어깨에 찍는 '강제 노역'을 뜻하는 낙인.

시고, 한탄이나 늘어놓으며 참는 사람이라고 치자고. 당신이 아무리 너그럽다 해도 멀쩡한 개를 미치게 만들 정도의 엄청난 권태감과 박탈감을 겪다보면, 당신도 별수없이 정육점 개에게 수프 한 그릇 던져주듯 나라가 던져주는 1000프랑의 봉급을 받으며 어디 도시 한구석에 처박혀 웬 거지같은 자의 후임자가 되는 길을 밟을 수밖에 없는 거요. 그렇게 도둑의 뒤를 쫓으며 짖고, 부자를 변호하고, 선량한 사람들을 단두대로 보내겠지. 충실한 직무수행! 그런데 밀고 끌어주는 사람이 없으면 어디 지방법원에서 썩고 만다는 얘기요. 서른 살 무렵, 아직 법복을 벗지 않았다면 연 1200프랑을 버는 판사가 되어 있겠지. 마흔 언저리가 되어서는 6000리브르가량의 연금소득을 상속받은 어떤 제분업자의 딸과 결혼하겠고. 고마운 일이지. 그런데 후원자를 물어보시게, 그러면 서른 살에 1000에퀴의 봉급을 받는 검사 자리를 페차고 시장의 딸과 결혼하겠지. 게다가 투표용지에 적힌 후보 이름을, 예컨대 마뉘엘 대신 빌렐로 바꿔치기해서 개표하는 짓(그거 두 이름이 각운도 맞네, 양심의 가책은 받지 않겠군*) 같은 저열한 정치 협잡질에 가담하기라도 하면, 마흔 살에 검사장에 오르고 국회의원이 될 수도 있겠지. 하지만 명심할 것이 있소, 젊은 친구. 그러는 사이 우리의 그 알량한 양심에는 여러 번 생채기가 났을 것이고, 스무 해 동안 볼품없는 삶, 남모르는 궁핍의 삶을 살아야 했을 것이고, 누이들은 스물다섯이 되도

---

* 당시 국회의원 선거는 유권자가 지지하는 후보의 이름을 투표용지에 적는 방식으로 이루어졌는데, 개표 과정에서 적힌 이름을 지우거나 조작하는 일이 잦았다. 빌렐 백작은 왕정복고 후반기에 반동 정치를 이끈 정통파의 수장이며, 자크앙투안 마뉘엘은 좌파 국회의원으로서 자유주의파를 이끈 인물이다.

록 결혼도 못하고 성녀 카타리나*나 섬기는 신세가 돼 있을 테지. 내 소상하게 사정을 알려주지. 프랑스에는 검사장 자리가 스무 개밖에 없어. 그런데 그 자리로 승진하기를 꿈꾸는 자들은 2만 명이나 돼. 그중에는 단숨에 높은 자리에 오르기 위해서라면 자기 가족도 팔아먹을 망나니들이 수두룩하지. 자, 이런 직업이 역겹다면 다른 직업을 알아볼까? 라스티냐크 남작은 변호사가 되고 싶으신가? 오! 좋은 일이지. 그러려면 십 년은 인고의 세월을 보내야 하고, 매달 1000프랑씩 써야 하고, 법전으로 가득찬 서가에다 사무실도 하나 갖춰야 하고, 사교계에 나다녀야 하고, 소송을 수임하기 위해 소송대리인의 법복 자락에 입을 맞추어야 하고, 법정 바닥을 혀로 쓸고 다녀야 하지. 그 직업이 당신을 성공으로 이끌 수도 있어, 내 아니라고는 말 못하겠소. 하지만 나이 쉰에 연 5만 프랑 이상을 버는 변호사가 파리에 다섯이나 될까? 흥! 그렇게 영혼을 갉아먹느니 나 같으면 차라리 해적이 되겠소. 게다가 그런 많은 돈을 어디서 구하나? 뭐 하나 재미있는 게 없어. 우리에겐 여자가 들고 오는 지참금이라는 한 가지 방법이 있긴 해. 그래서 결혼을 할 생각이신가? 결혼이란 목에 돌을 매다는 짓이야. 그리고 말이지, 돈을 보고 결혼한다면 우리의 명예나 품위는 다 뭐가 되겠소? 그보다는 인간 사회의 오랜 관행에 맞서 당장 반기를 드는 편이 낫지. 마누라 앞에서 뱀처럼 설설 기고, 장모의 두 발을 핥아주고, 암퇘지 같은 여자도 진저리를 칠 저열한 짓거리들을 하는 것쯤은 아무것도 아니겠지, 푸하하! 그래서 적어도 행복해질 수만 있다면 말이야. 하지만 그렇게 결혼한

---

* 결혼하지 않은 여자들의 수호신.

여자와 함께 살면 하수구의 돌처럼 불행할 게 뻔하지. 마누라와 싸우는 것보다야 남자들과 전쟁을 벌이는 편이 훨씬 가치 있는 일이오. 젊은이, 당신은 인생의 갈림길 앞에 선 것이오. 선택하시게. 아, 이미 선택했지. 벌써 사촌이신 보제앙 부인 댁에 갔고, 거기서 사치의 냄새를 맡아버렸으니까. 또 고리오 영감의 딸인 레스토 부인 댁에도 갔지, 거기서 파리 여인의 냄새를 맡았고. 그날 하숙집으로 돌아온 당신 이마에는 '출세하자!', 이 말 한마디가 쓰여 있더군. 아주 똑똑히 읽을 수 있었지. 무슨 일이 있어도 출세하자. '브라보!' 나는 쾌재를 불렀소. '나랑 어울리는 호방한 자가 나타났군.' 그때 당신에겐 돈이 필요했소. 근데 돈을 어디서 구한다지? 당신은 누이들의 고혈을 짜내기로 했지. 세상의 모든 남자는, 정도의 차이는 있겠지만 자기 누이를 등쳐먹거든. 100수짜리 동전보다 밤이 더 많은 지방에서 뜯어낸, 어떻게 뜯어냈는지는 하느님만이 아시지! 그 1500프랑은 농작물을 약탈한 병사들처럼 금세 흔적도 없이 사라질 거요. 그다음엔 어떻게 할 거요? 일을 할 텐가? 일이란, 당신이 지금 이 순간 일이라고 생각하는 공부까지 포함해서 말인데. 푸아레 정도의 기력을 가진 자들에게 늘그막에 보케르 엄마 집 같은 거처 하나를 마련해줄 뿐이지. 빨리 돈을 버는 것, 그것이 당신 같은 처지에 놓인 젊은이들 오만 명이 지금 스스로 풀어야 할 숙제가 되었지. 당신도 그중 하나고. 앞으로 기울여야 할 노력과 벌여야 할 치열한 전투를 두고 판단해보시게. 좋은 일자리가 오만 개나 되지는 않기 때문에 당신들은 단지 속에 갇힌 거미들처럼 서로 먹고 먹혀야만 하는 거요. 이곳에서는 어떻게 각자의 길을 헤쳐나가는지 아시는가? 번득이는 천재성 아니면 타락한 술책을 통해서지. 인간들 무리 속으로 대포알처럼 돌진해 들어가든가, 아니면 페스트균처럼 스며들든가. 정직은 아무짝에도 쓸모가 없소. 천재의 힘 앞에 복종하든가, 천재를 증오하든가, 아니면 천재를 모함하려 힘써야지. 왜냐하면, 천재는 절대 나누지 않고 혼자 다 가지니까. 그가 완강히 버티면 복종해야지 별수 있나. 한마디로 천재를 진흙탕에 묻어버릴 수 없으니 무릎 꿇고 그를 경배하는 거지. 그렇게 타락은 번창하고 천재적 재능은 희귀한 법. 그렇게 타락이 우글거리는 범재들의 무기가 되니, 당신으로선 도처에서 당신을 향한 타락의 날카로운 꼬챙이를 느낄 수밖에 없소. 당신은 자기 남편 봉급이 싹싹 긁어모아야 6000프랑인 아내들이 자기 치장에는 1만 프랑도 더 쓰는 광경을 보게 될 거요. 수입이 1200프랑인 하급 관리들이 땅을 사는 것도 보게 될 거고. 길 한가운데를 내달려 불로뉴 숲 롱샹까지 갈 수 있는 프랑스 귀족원 의원 아들의 마차를 타기 위해 몸을 파는 여자들은 또 어떻고. 당신은 바보 얼간이 같은 불쌍한 고리오 영감이 자기 딸이 배서한 어음을 대신 지불해야 하는 처지에 몰린 것을 보았잖소, 그 딸의 남편은 5만 리브르의 연금 수익을 지녔는데 말이지. 사악한 속임수를 만나지 않고 파리에서 단 두 걸음이라도 옮길 수 있을 것 같소? 어느 여자건, 설사 돈 많고 예쁘고 젊은 여자라 할지라도, 마음에 든 여자가 생겼다면 당신은 그 집에서 꼼짝없이 올가미에 걸린 신세가 된 거요. 아니라면 여기 이 샐러드 한 포기와 내 목숨을 바꾸지. 모든 여자가 민법에 의해 고삐가 매이고 멍에를 짊어진 채 사사건건 남편과 전쟁을 벌이고 있거든. 애인들 때문에, 장신구 때문에, 자식들 때문에, 살림살이 때문에, 또는 허영심 때문에 벌어지는 수상한 거래에 대해 당신에게 설명하자면 한이 없을 거요. 부덕婦德을 지키기 위해 그렇게 하는 경우는 거의 없다는 것, 그 점은 당신도 확실히 알아야 하오. 따라서 정직한 남자는 공공의 적이지. 그런데 정직한 남자란 어떤 사람일까? 파리에서 정직한 남자란 침묵을 지키고 의견 나누기를 거부하는 자로 통한다오. 자기 일에 대해 아무런 보상도 받지 못한 채 어디서나 시키는 일을 묵묵히 하는 그 비루한 얼간이들, 내가 하느님의 똘마니들이라고 부르는 그런 무리 얘기가 아니오. 물론 그 어리석음의 정수라 할 만한 부분에 미덕이 없진 않지만, 그건 비루함일 뿐이야. 만약 하느님이 짓궂은 장난을 쳐서 최후의 심판 날에 모습을 드러내지 않는다면 그 선량한 인간들이 지어 보일 우거지상이 눈앞에 선하군. 그러므로 당신이 정말 빠르게 재산을 일구고 싶다면 이미 부자여야 하거나, 아니면 부자처럼 행세해야 한다는 거요. 이곳에서 부자가 되려면 한방 크게 터뜨릴 도박을 거는 것이 중요하오. 안 그러면 푼돈이나 챙기고 감지덕지하는 꼴이 되고 말지. 당신이 선택할 수 있는 수백 개의 직업군에서 빠르게 성공하는 사람들은 열 명 정도 되는데, 바로 대중에게 도둑놈들이라 불리는 이들이오. 자, 이제 결론을 내려보시게. 지금까지 말한 것이 있는 그대로의 삶의 모습이오. 삶은 부엌이 그렇듯 그리 아름다운 것이 아니오, 온통 고약한 냄새를 풍기지. 음식을 만들고 싶으면 손을 더럽혀야 하지, 그저 나중에 손을 깨끗이 씻을 줄만 알면 되는 거요. 바로 여기에 우리 시대의 모럴이 모두 담겼지. 내가 세상에 대해 이렇게 말하는 건, 그럴 만한 권리가 있어서요. 나는 세상을 잘 알거든. 내가 세상을 비난한다고 생각하시나? 전혀. 세상은 언제나 그래왔소. 도덕군자들도 세상을 절대로 바꾸지 못할걸. 인간은 불완전한 존재요. 종종 얼마간은 위선적이기도 하고. 아무엇도 모르는 바보들이나 인간에게 품성이 있네 없네 떠들지. 나는 민중을 위한답시고 부자들을 비난하는 그런 짓은 하지 않소. 인간은 상층이나 하층이나 중간층이나 다 똑같으니까. 이 고등동물의 세계에서는 백만 명당 열 명꼴로 모든 것 위에 군림하는, 심지어는 법조차도 위에서 굽어보는 낙천적인 정력가가 있소. 내가 바로 그런 사람이지. 당신 말인데, 만일 뛰어난 인간이라 자부한다면 고개를 꼿꼿이 쳐들고 거침없이 나아가시게. 하지만 시기와 중상과 저열함, 그러니까 온 세상과 맞서 싸워야 할 거요. 나폴레옹도 오브리라는 국방 장관*을 만나 하마터면 식민지로 좌천이 될 뻔했지. 스스로 잘 살펴보시게! 매일 아침, 전날 밤 자기 전보다 더 의지가 충만한 상태로 일어날 수 있을지 점검하시오. 그런 자신이 선다면 나는 당신에게 그 누구도 거부할 수 없을 제안을 하고자 하오. 잘 들어보시게. 난 말이오, 알다시피 근사한 계획을 세우고 있소. 내 계획은 예컨대 미국 남부 같은 곳에 10만 아르팡** 정도 되는 대규모 영지를 마련하여 족장 같은 삶을 영위하는 거지. 플랜테이션 농장주가 되어 노예들을 거느리고, 거기서 기른 소와 담배와 나무 따위를 팔아 족히 수백만 프랑의 수익을 올리면서, 군주처럼 하고 싶은 대로 다 하며, 허름한 토굴 같은 곳에서 웅크리고 지내야 하는 이곳에서는 꿈도 꿀 수 없는 그런 삶을 영위할 거요. 나는 위대한 시인이오. 다만 나의 시는 글이 아니라, 행동과 느낌으로 쓰이지.

---

* 국민공회파로 정치 경력을 시작하여 로베스피에르의 공포정치를 종식시킨 프랑수아 오브리. 1795년 총사령관(장관이었다는 발자크의 진술은 착오)을 역임하며 보나파르트의 이탈리아 포병부대 지휘권을 박탈한 일화가 있다.
** 옛 측량단위. 10만 아르팡은 약 10만 에이커다.

나는 지금 5만 프랑을 가지고 있는데, 그 돈으로는 기껏해야 마흔 명의 흑인 노예나 살 수 있는 정도요. 내겐 20만 프랑이 필요하오. 족장 같은 삶을 영위하려는 나의 취향을 충족시키려면 이백 명의 흑인 노예가 필요하거든. 흑인 노예들이란, 그거 아시오? 완전히 마음대로 할 수 있는 아이들 같아서 그들만 있으면 원하는 것을 다 할 수 있지. 그런다고 웬 검사가 냄새를 맡고 찾아와 조사하는 일도 없고. 그 검은 자본만 있다면 난 십 년 안에 300만 내지 400만 프랑을 벌 수 있소. 그렇게 성공하면 아무도 내게 '넌 누구냐?'라고 묻지 않겠지. 나는 미스터 400만, 미국의 시민일 테니까. 그때 내 나이 쉰일 테고, 여전히 병든 데 없이 건강할 거고, 내 방식대로 삶을 즐기고 있을 거요. 간단하게 말하지. 만약 내가 당신에게 100만 프랑의 지참금이 나올 만한 자리를 마련해 준다면, 내게 20만 프랑을 주겠소? 20퍼센트의 수수료인데, 어떠오? 너무 비싼가? 당신은 그저 귀여운 아내의 사랑을 한몸에 받을 수 있게끔 처신하면 되오. 그리고 일단 결혼을 하면 보름 정도 걱정거리를 내비치고 자책하는 모습을 보이며 우울한 표정을 짓는 거지. 그러다 어느 날 밤 아내와 어릿광대짓을 좀 하다가 두어 번 키스하는 사이에 '내 사랑!'이라고 말하면서 20만 프랑의 빚을 지고 있다고 고백하는 거요. 그런 통속극은 최고로 잘났다는 자들이 파리에서 매일같이 벌이는 짓이오. 젊은 여자는 자신의 마음을 사로잡은 남자에게 지갑을 닫지 않는 법이거든. 혹시 그 돈을 영영 날리게 된다고 생각하는 거요? 전혀. 그 20만 프랑은 사업을 통해 다시 벌게 될 거요. 그 돈과 머리만 있다면 당신은 원하는 만큼의 엄청난 재산을 모을 수 있다, 이거거든. 그런고로, 불과 여섯 달 만에 당신 자신의 행복과 사랑스러운 당신 아내의 행복, 그리고 이 보트랭 아빠의 행복을 한꺼번에 달성하는 쾌거를 거두는 거지. 겨울이면 장작이 없어 곱은 손가락을 입김으로 호호 불어 녹이는 당신 가족이 누리게 될 행복은 계산에 넣지 않더라도 말이오. 내가 내놓는 제안이나 요구에 대해 놀라지 않았으면 좋겠군! 파리에서 이루어지는 예순 건의 성대한 결혼 중에서 마흔일곱 건이 사실은 그와 비슷한 거래를 하기 위한 구실이고 절차요. 공증인협회가 예전에 어떤 사람에게 압력을 넣었는데……"

"그래서, 내가 해야 할 일이 뭡니까?" 라스티냐크가 보트랭의 말을 자르며 달뜬 목소리로 물었다.

"거의 없지." 사내는 낚싯줄 끝에 물고기가 입질하는 것을 감지한 낚시꾼의 얼굴에 소리 없이 번지는 표정과 비슷한 기쁜 표정으로 대답했다. "내 말 잘 들어보시오! 불행하고 비참한 처지에 놓인 가련한 처자의 가슴은 사랑을 가장 맹렬하게 빨아들이는 스펀지, 사랑의 감정이 한 방울 떨어지자마자 급격히 부풀어오르는 메마른 스펀지요. 자신한테 돌아올 엄청난 재산이 있는 줄은 꿈에도 모른 채 고독과 절망과 가난의 굴레에 놓여 신음하는 젊은 아가씨의 환심을 사는 일! 기막히기도 해라! 그건 바로 카드게임에서 이기는 패를 송두리째 쥔 셈이고, 복권 당첨번호를 미리 아는 것이며, 등락 정보를 사전에 입수하고 국채에 투자하는 거나 마찬가지지. 당신은 튼튼한 반석 위에 절대로 무너지지 않을 결혼이라는 집을 구축하게 되는 거요. 그 아가씨에게 마침내 수백만 프랑이 굴러들어오면, 그녀는 그 거액을 마치 조약돌인 양 당신 발치에 던지며 이렇게 말하겠지. '가져요, 내 사랑! 가져요, 아돌프! 알프레드! 가져요, 외젠!' 아돌프가 됐든, 알프레드가 됐든, 외젠이 됐든, 그녀는 자기를 위해 온몸을 바쳐 희생한 착한 심성을 지닌 남자에게 그리 말할 거요. 지금 말한 희생이란, 오래 입은 정장을 팔아 카드랑블뢰에 가서 그녀와 함께 토스트에 버섯을 얹은 요리를 먹고, 밤에는 앙비귀코미크극장에 가는 것,* 또 그녀에게 숄을 사주기 위해 전당포에 시계를 맡긴다는 것을 뜻하오. 많은 여자가 좋아하는, 사랑을 빙자한 하찮은 짓거리, 예컨대 서로 멀리 떨어져 있을 때 편지지에 눈물처럼 보이는 물방울을 떨어뜨리는 짓 같은 수작을 말하는 게 아니라고. 보아하니 당신은 사랑의 은어에 아주 익숙한 듯해서 하는 얘기요. 알다시피 파리는 일리노이족, 휴런족 등 스무 개쯤 되는 야만족들이 할거하는 신세계의 숲 같은 곳인데, 그 종족들은 서로 다른 사회, 서로 다른 사냥터가 제공하는 사냥감을 먹고 살지. 당신은 수백만 프랑을 쫓는 사냥꾼이오. 사냥감을 잡기 위해서는 당신은 올가미도 놓고, 그물도 설치하고, 미끼도 쓸 줄 알아야지. 사냥 방식에도 여러 가지가 있소. 어떤 자들은 지참금을 사냥하고, 어떤 자들은 상속 유산을 사냥하고, 어떤 자들은 유권자들의 표를 매수하고, 어떤 자들은 자기 신문 구독자들의 손발을 묶어 통째로 최고가 입찰자에게 팔아넘기지. 사냥 가방을 두둑이 채우고 돌아오는 자는 갈채와 환영을 받으며 상류사회의 일원이 되는 거요. 승자를 환대하는 이 친절한 땅의 정당성에 대해서는 우리 인정하자고. 지금 당신은 이 세상에서 승자에게 가장 관대한 도시를 상대하고 있소. 유럽의 다른 모든 수도에 사는 도도한 귀족들은 파

---

* '카드랑블뢰'는 푸른색 시계 간판으로 유명한 레스토랑이고, '앙비귀코미크'는 주로 멜로드라마를 공연하던 극장으로, 모두 당시 번화가였던 탕플대로 근처에 있었으며 부르주아들의 취미를 대표하는 장소였다.

렴치한 백만장자를 자기들 진영에 끼워주지 않지만, 파리는 그를 두 팔 벌려 환대하고, 그가 베푸는 연회에 다투어 달려가고, 그가 제공하는 식사를 받아먹으며 그의 파렴치함에 건배를 바치는 곳이거든."

"하지만 그런 여자를 어디서 찾는단 말이오?" 외젠이 입을 열었다.

"당신 면전에 있잖소. 그 여자는 이미 당신 거야."

"마드무아젤 빅토린을 말하는 거요?"

"바로 그렇지!"

"아니, 어떻게?"

"그녀는 당신을 이미 사랑하고 있소. 당신의 귀여운 라스티냐크 남작부인!"

"그녀는 한푼도 없는 처지요." 어안이 벙벙해진 외젠이 되물었다.

"아! 이제 그 얘길 해야겠군. 한두 마디만 더 하지." 보트랭이 대답했다. "그러면 모든 것이 명확해질 거요. 타유페르 영감은 대혁명 때 자기 친구 하나를 살해했다고 알려진 늙은 악당이오.* 이자는 남의 말은 전혀 안 듣는 독불장군 같은 작자지. 또한 은행가로, 프레데리크 타유페르 은행의 최대 출자자이기도 하고. 이자에게는 외아들이 있는데, 빅토린을 완전히 배제하고 그 아들에게만 재산을 물려주려고 하오. 난 말이지, 이런 부당한 처사를 좋아하지 않소. 난 돈키호테를 닮아서 강자에 맞서 약자를 보호하고자 하지. 하느님의 뜻이 그의 아들을 하늘나라로 데려가는 것이라면 타유페르로서는 자기 딸을 다시 받아들일

---

* 이 이야기는 1831년 발표된 중편 『붉은 여인숙』의 주제다. 이 소설이 발표될 당시 인물 이름들은 달랐으나 1837년 재출간되었을 때 『고리오 영감』에 맞추어 타유페르와 빅토린으로 바뀌었다.

수밖에 없을 거요. 이 작자는 누가 됐든 상속자를 원할 거거든. 어리석은 짓이지만 그건 일종의 본능이지. 그리고 내가 알기로 이자는 자식을 가질 능력이 더는 없어. 빅토린은 온순하고 싹싹해서 아버지 마음을 금방 사로잡고, 감정을 팽이채로 활용하여 제 아버지를 독일 팽이*처럼 쌩쌩 돌릴 거요! 그녀는 당신의 사랑을 너무도 절절히 느껴 당신을 잊지 못할 터, 당신은 그녀와 결혼하게 될 거요. 나는 말이지, 섭리의 역할을 맡겠소. 하느님이 그렇게 원하시도록 만들겠어. 전에 내가 헌신적으로 도와주었던 친구가 한 명 있소. 루아르강 수비대**의 대령이었다가 얼마 전 왕실 경비대로 전속되었지. 그 친구는 내 조언에 따라 과격 왕당파로 변신했소. 그는 자기 의견만 고집하는 얼간이들 무리에 속한 사람이 아니니까. 이보시오, 내가 해줄 조언이 하나 더 있는데, 그건 당신의 견해나 발언을 고수하지 말라는 것이오. 누가 당신에게 견해나 발언을 팔라고 요구하면 그냥 팔아버리시오. 자신의 견해를 한 번도 바꾸지 않았다고 떠벌리는 자는 직진할 줄밖에 모르는 자요, 자신이 무오류의 존재라고 믿는 바보 멍청이지. 원칙이란 것은 없소, 벌어지는 사건들만 있을 뿐. 법이란 것도 없소, 상황만이 있을 뿐. 뛰어난 인간은 사건들과 상황들을 있는 그대로 받아들이고 그것들을 자기가 원하는 방향으로 이끌지. 만약 고정불변의 원칙과 법이란 것이 있다면, 사람들은 셔츠를 갈아입듯이 그렇게 쉽게 원칙과 법을 바꾸지 않을 거요. 한 개인이 한 국가 전체보다 더 현명해야 할 의무는 없

---

* 속에 구멍이 뚫린 팽이로, 돌 때 요란한 소리를 낸다.
** 몰락한 나폴레옹에게 충성하던 장교들이 연합군과 맞서 싸우기 위해 1815년 창설한 부대. 왕정복고 정부에 의해 해산된 후 일부는 다른 부대로 재배치되었다.

소. 프랑스에 거의 아무런 공헌도 하지 못한 자가 어이없게도 매사 붉은 혁명의 관점에서 보았다는 이유로 무슨 물신인 양 맹목적인 숭배의 대상이 되어 있는데, 기껏해야 그자는 라파예트*라는 명찰을 붙여 국립 공예원**에 전시된 여타의 기계장치들 사이에 놓여야 마땅한 자일 뿐이지. 반면 너도나도 돌을 던지는 비난의 대상이 된 어떤 대공_{大公}이 있는데, 인간이 받아 마땅한 만큼의 저주를 인간의 얼굴에 대고 직접 퍼부을 정도로 인간을 경멸하는 그 대공이 정작 빈회의에서 프랑스의 분할을 저지했소.*** 월계관을 씌워주어야 마땅한 이에게 오물을 투척하는 꼴이지. 오! 세상사에 정통한 사람, 그게 나요! 나는 수많은 사람의 비밀을 훤히 꿰고 있소! 이만하면 충분하지 않소? 한 원칙의 적용에 합의하는 세 사람을 만나는 날이 오면, 나는 그때 비로소 부동의 견해를 갖기로 하겠소. 하지만 아마 한없이 오래 기다려야 할 것 같군! 법정에서도 하나의 법조문에 대해 세 명의 판사가 의견의 일치를 보이는 경우가 없거든. 다시 아까 말했던 사람 이야기로 돌아가지. 그는 내가 시키면 예수그리스도를 다시 십자가에 매달기라도 할 사람이오. 자신이 아빠라고 부르는 이 보트랭의 말 한마디면 그는 불쌍한 누이에게 100수를 보내는 것조차 아까워하는 그런 형편없는 작자에게 결투를

* 라파예트 장군은 대혁명 당시 부르봉 왕가에 반기를 든 자유주의파로 활약했다. 발자크는 그를 대표적인 '역사의 유물'로 규정짓고 경멸했다.
** 대혁명 이후 산업기술자를 양성하기 위해 설립된 교육기관.
*** 탈레랑 공을 가리킨다. 구체제의 왕족인 그는 뛰어난 지략과 권모술수, 그리고 외교관으로서의 오랜 활약 덕택에 대혁명 이후 명멸한 모든 체제에서 살아남았다. 나폴레옹 제국의 멸망 후 루이 18세의 귀환에 크게 기여한 그는 빈회의에서 영국 주도의 연합군을 분열시켜 프랑스의 분할을 저지하는 공을 세웠다. 발자크는 자신의 글 여러 곳에서 이 인물에 대한 경의를 표한다.

신청할 테고, 그러고는……" 이 대목에서 보트랭은 벌떡 일어나 결투 자세를 취하더니 한 발을 앞으로 내밀며 공격하는 펜싱 고수의 동작을 해 보이고는 덧붙였다. "그러고는 저승으로 보내버릴 거요!"

"그 무슨 끔찍한 말입니까!" 외젠이 말했다. "지금 농담하는 거죠, 보트랭 씨?"

"워, 워, 워, 진정하시오." 사내가 말을 이었다. "어린애처럼 굴지 말라고. 그러느니, 그래야 직성이 풀리겠다면 화를 내고 들이받든가. 나더러 파렴치한에 흉악범이요 악당이고 강도라고 퍼부으시거나, 하지만 나를 사기꾼이나 염탐꾼이라고 부르면 안 되지! 자, 말해보시오, 포화를 날려보라니까! 그래도 용서하겠소. 당신 나이엔 당연한 일이지! 나도, 이 나도 옛날엔 그랬으니까! 다만 곰곰이 생각해보시오. 이 기회를 놓치면 언젠가는 이보다 더 형편없는 짓을 해야 할 거요. 웬 예쁜 여자 집에 환심을 사러 가서 그 여자에게 돈푼이나 받아내겠지. 얼마 전에도 그럴 생각이었잖소!" 보트랭이 말했다. "그걸 내가 어떻게 알았을까? 자네의 사랑을 할인해서 미리 당겨쓰지 않는다면 무슨 수로 성공할 수 있겠소? 그러니 뻔한 거지. 덕성이란 말이지, 친애하는 대학생 양반아, 세분되는 것이 아니오. 있으면 있고, 없으면 없는 거야. 우리는 우리의 잘못을 뉘우쳐야 한다고들 하지. 회개 행위 하나로 처벌이 면제된다니, 참 훌륭한 시스템이야! 사회의 사다리를 타고 그렇고 그런 지위에 올라서기 위해 여자를 유혹한다든지, 한 집안의 자식들 사이에 불화의 씨를 뿌린다든지 하는 일, 요컨대 개인의 쾌락과 이익을 목적으로 뒷구멍을 통한 은밀한 방법이나 기타 등등의 방법으로 행해지는 온갖 종류의 파렴치한 일들, 당신은 그것들도 믿음과 소망과 사랑의 행위에 속한다고 생각하오? 왜 하룻밤새 한 아이의 재산 절반을 가로챈 댄디에게는 고작 두 달의 구금형이 내려질까? 반면에 왜 1000프랑짜리 어음을 훔친 가난뱅이는 악마라는 딱지가 붙은 채 가중 처벌 조항을 적용받아 도형장으로 보내질까? 이게 당신네의 잘난 법이오. 따져보면 부조리하지 않은 조항은 하나도 없지. 노란 장갑을 끼고 번지르르한 언변을 자랑하는 그 댄디는 여러 건의 살인을 저지른 자요. 물론 사람들이 진짜 피를 흘리고 죽지는 않았지만, 피 같은 돈을 그자에게 다 빼앗겨 죽은 목숨이나 다름없어졌지. 1000프랑짜리 어음을 훔친 다른 살인자는 쇠지레로 문을 따고 침입하다 그랬던 거고. 둘 다 한밤중에 벌어진 사건이오! 내가 지금 당신에게 제안하는 일과 당신이 나중에 언젠가 하고 말 일은 유혈이냐 무혈이냐 라는 점만 빼고 다를 게 없소. 당신은 이 세상에서 고정불변의 어떤 것이 있다고 믿는 가보군! 인간을 믿지 마시게. 그리고 법의 그물망에서 빠져나갈 수 있는 그물코가 어디 있는지 잘 살펴보시게. 명백한 근거가 없는데 막대한 재산을 일궜다면 그 비밀은 바로 범죄에 있는데, 범죄가 발각되지 않고 잊힌 건 깔끔하고 완벽하게 저질러졌기 때문이지."

"그만하시죠, 당신 얘기를 더 듣고 싶지 않소. 더 듣다보면 나 자신을 의심하게 될 것 같군요. 지금은 나의 마음만이 내가 아는 모든 것이오."

"좋을 대로 하시게, 순진한 친구. 당신이 이보다는 더 강한 인간이라고 생각했는데." 보트랭이 말했다. "더는 이야기하지 않겠는데 마지막으로 한마디만 하지." 그는 대학생을 뚫어져라 쳐다보며 덧붙였다. "당신은 나의 비밀 계획을 이미 알아버렸소."

"그 제안을 거절한 젊은이라면 그것을 까맣게 잊고도 남을 거요."

"말 한번 잘하네. 마음에 드는군. 알다시피 조심성 부족한 자가 꼭 있거든. 내가 당신을 위해 하고자 하는 일을 곰곰이 생각해보시오. 보름의 말미를 주지. 받아들일지 내칠지."

"바늘로 찔러도 피 한 방울 안 날 사람이군!" 라스티냐크는 단장을 허리춤에 받쳐들고 아무 일도 없었다는 듯 멀어지는 보트랭을 보며 중얼거렸다. "저 사람은 보제앙 부인이 격식을 차리며 내게 이야기했던 내용을 날것 그대로 말했어. 그가 내 가슴을 쇠갈퀴로 짓이겨놓는군. 나는 무엇 때문에 뉘싱겐 부인 댁에 가려는 걸까? 내가 무언가를 생각하면, 저 사람은 그 동기를 훤히 들여다보듯 바로 알아맞힌다. 간단히 말해서 저 불한당이 덕성에 대해 이제까지 뭇 현인과 책이 이야기한 것보다 더 많은 것을 내게 말해준 거야. 저 사람 말대로 덕성에 중간이라는 것이 없다면, 난 영락없이 내 누이들의 돈을 훔친 게 아닌가?" 그는 탁자에 돈 자루를 던지곤 자리에 털썩 주저앉아 멍한 상태로 생각에 잠겨 한참을 머물렀다. "덕성에 충실한 삶을 살자, 숭고한 순교자가 되자! 하! 누구나 덕성을 믿는다. 하지만 누가 덕성스러운 사람인가? 만백성이 자유를 우상처럼 떠받든다. 하지만 이 지상 어느 곳에 자유로운 백성이 하나라도 있는가? 나의 젊음은 아직 구름 한 점 없는 하늘처럼 푸르다. 높은 자리에 오르거나 부자가 되고자 하는 것, 그것은 거짓말하고, 복종하고, 굽신거리고, 다시 몸을 세우고, 아첨하고, 은폐하기로 결심하는 것 아닌가? 거짓말하고 복종하고 굽신거려서 위대해지고 부자가 된 자들의 하인이 되기로 자처하는 것 아닌가? 그런 자들의 공범이 되려면 그전에 그들을 섬겨야만 한다. 이런, 안 돼. 나는 고결하고 숭고하게 공부하련다. 불철주야 공부하련다. 오로지 내 노력의 대가로 성공하련다. 그것은 성공으로 가는 길 중에서 가장 느린 길이 겠지만, 매일 밤 나는 어떤 삿된 생각도 없이 베개에 머리를 널 수 있을 것이다. 자신의 삶을 명징하게 바라보고 그것이 한 떨기 백합처럼 순수하다는 사실을 확인하는 것보다 더 아름다운 것이 어디 있겠는가? 나와 삶, 이 둘은 젊은 남자와 약혼녀와도 같은 관계다. 보트랭은 십년의 결혼생활 후 무슨 일이 일어날지 나에게 보여주었다. 이런 제장! 머릿속이 뒤죽박죽이군. 아무것도 생각하지 않으련다. 마음이야말로 훌륭한 안내자다."

외젠은 재단사가 왔다고 알리는 뚱보 실비의 목소리에 상념에서 깨어났다. 손에 두 개의 돈 자루를 들고 재단사 앞에 섰지만, 그는 이런 상황이 불쾌하지 않았다. 새로 맞춘 야회복을 입어본 다음 새롭게 아침 단장을 하자 완전히 탈바꿈한 모습이 되었다. "드 트라유 씨와 필적할 만하군." 그가 중얼거렸다. "드디어 신사다운 모습을 갖추었어!"

"이보시게," 그때 고리오 영감이 외젠의 방으로 들어오며 말했다. "일전에 나더러 뉘싱겐 부인이 다니는 집들을 알고 있냐고 물었지요?"

"그랬죠!"

"그래요, 걔는 다음주 월요일에 카리글리아노 원수元帥가 주최하는 무도회에 갑니다. 만약 당신도 거기 간다면, 다녀와서 내 두 딸이 즐거워했는지, 어떻게 차려입었는지 등등 모든 것을 내게 들려주겠소?"

"그걸 어떻게 아셨어요, 영감님?" 외젠이 고리오 영감에게 난롯가 자리를 내주며 물었다.

"그애 시녀가 알려주더군. 나는 걔들이 어떻게 지내는지 테레즈와 콩스탕스*를 통해서 다 알아요." 그가 의기양양한 표정으로 말을 받았다. 마치 정부情婦의 의심을 전혀 사지 않고 정부의 일거수일투족을 꿸 책략을 확보하여 뿌듯해하는 젊은 연인의 모습 같았다. "당신이 걔들 둘을 직접 보게 된다니, 당신이!" 노인은 부러움이 뒤섞인 복잡한 속내를 있는 그대로 드러내며 말했다.

"글쎄요." 외젠이 대답했다. "보제앙 부인 댁에 가서 나를 원수 부인에게 소개해줄 수 있을지 물어봐야죠."

앞으로는 자작부인 댁에 근사하게 차려입고 갈 수 있겠다는 생각이 들자 외젠은 내면에서 기쁨이 샘솟는 것 같았다. 도덕군자들이 도무지 모를 인간 마음의 심연이라 부르는 것은, 기실 자기기만을 일삼는 머릿속 생각이거나 의지와는 무관하게 작동하는 개인적인 이득의 추구가 빚어내는 성향일 뿐 다른 특별한 무엇이 아니다. 수많은 경구警句의 주제가 되어온 우여곡절과 돌발 변수들은, 그렇게 불현듯이 반복 재발하는 것들은 우리의 쾌락을 증대하기 위해 치밀하게 계산된 결과물이다. 근사한 옷을 차려입고, 근사한 장갑을 끼고, 근사한 장화를 신은 자신의 모습을 보며 라스티냐크는 조금 전 자신이 품었던 고결한 결심을 잊었다. 젊음은 불의 쪽으로 기울 때 양심의 거울에 감히 제 모습을 비춰보려 하지 않는 반면, 장년의 나이에 들어선 이는 거기서 자신을 보니, 삶의 두 국면 사이의 모든 차이가 이 점에 있다. 며칠 전부터 두 이웃, 외젠과 고리오 영감은 친한 친구 사이가 되었다. 그들의 비밀스

---

* 각각 델핀과 아나스타지의 안잠자기 시녀.

러운 우정은 보트랭과 대학생 사이의 감정 충돌을 낳은 심리적 이유에서 비롯한 것이었다. 앞으로 물질계에서 우리 감정이 발현되는 양상을 규명하고자 하는 대담한 철학자는, 아마도 우리와 동물들 사이에 입증된 상관관계에 비추어 우리 감정도 실질적으로는 물질에 기반을 두고 있음을 드러내는 증거가 한둘이 아님을 발견하게 될 것이다. 개는 낯선 사람이 자기를 좋아하는지 싫어하는지 바로 알아차리는바, 어떤 관상가가 그보다 더 신속하게 사람 얼굴을 보고 성격을 알아맞힐 수 있겠는가? 누구나 아는 속담 같은 표현인 갈고리 달린 원자들*이라는 말이야말로 어떤 말의 어원을 찾는답시고 거기 결합된 요소들을 이물질 취급하여 키로 까불어 쳐내려는 자들이 골몰하는, 철학이라는 이름으로 자행되는 어리석은 짓들의 허위성을 폭로하기 위해 우리 언어에 아직 살아남아 있는 증거물 중 하나이다. 우리는 사랑받는다는 것을 스스로 느껴 안다. 얼마나 떨어져 있든, 감정은 그 간격을 뛰어넘어 모든 것에 각인된다. 글자 하나는 그대로 하나의 영혼이다. 글자는 아주 예민한 정신이 더없이 풍요로운 사랑의 보물창고에서 골라냈음이 분명히 드러나는, 그런 목소리의 충실한 메아리이다. 고리오 영감은, 그의 본능적인 감정이 그를 경이로운 후각을 지닌 개와 비견되는 경지로 끌어올려놓았던지라, 대학생의 가슴속에서 자신에 대한 동정과 감탄 어린 호의, 젊은이다운 공감이 몽글몽글 퍼지고 있음을 이미 감지한 터였다. 그렇지만 갓 싹트기 시작한 이 인연은 속내 이야기를 나누는 단계로는

---

* 고대 그리스의 데모크리토스가 주장한 원자론에서 세상 만물은 물론 인간의 인식도 무수한 원자의 상호 결합으로 이루어졌다는 뜻으로 사용되던 말. '서로 뜻이 통하는 사이'라는 일상적인 의미로도 쓰인다.

아직은 한 걸음도 진전되지 않은 상태였다. 외젠이 뉘싱겐 부인을 만나고 싶다는 뜻을 피력하긴 했지만, 그렇다고 이 노인네가 자기를 부인의 집으로 안내해주리라 기대한 것은 아니었다. 그래도 무람없이 행동해야 자신에게 도움이 될 거라 생각했다. 그때껏 고리오 영감이 자기 딸들에 관해 이야기해준 것이라곤, 외젠이 하루에 두 번, 보제앙 부인 댁과 레스토 부인 댁을 차례로 방문하고 돌아온 날 여러 사람 앞에서 발설했던 내용을 확인해주는 수준에서 크게 벗어나지 않았다. 그런데 그다음날 영감은 그에게 이렇게 말했다. "이보시게, 당신이 내 이름을 입 밖에 낸 것이 레스토 부인의 화를 돋웠다고 생각하는 모양인데, 어떻게 그런 생각을 할 수 있소? 두 딸은 나를 엄청나게 사랑한다오. 나는 복이 많은 아버지요. 그저 두 사위가 나한테 못되게 굴 뿐이지. 나는 나와 남편들 사이의 불화 때문에 내 새끼들이 괴로운 처지에 놓이는 걸 원치 않았을 뿐이오. 그래서 차라리 걔들을 비밀리에 만나고자 했던 거요. 이런 기묘한 상황은 원할 때면 언제든지 자기 딸들을 만날 수 있는 여느 아버지들은 이해 못할 많은 기쁨을 내게 안겨준다오. 난 말이지, 그들처럼 그럴 수가 없다오. 무슨 뜻인지 아시겠소? 날씨가 화창한 날이면 난 딸들이 외출했는지 걔들 시녀들을 통해 알아본 다음 샹젤리제로 나간다오. 거기서 걔들이 지나가기를 기다리는 거지. 걔들 마차가 도착하면 내 가슴은 두근거린다오. 나는 화려하게 치장한 딸들을 경탄하며 바라보고, 딸들은 지나가면서 나에게 살짝 미소를 지어 보이는데, 그 미소가 마치 찬란한 햇살이 온 천지를 비추듯 눈앞의 자연을 황금빛으로 물들인다오. 그리고 나서도 나는 계속 자리를 지키는데, 그렇게 한참 있으면 걔들이 다시 거길 지나가게 돼 있거든. 그럼

난 걔들을 다시 볼 수 있는 거요! 야외의 공기가 좋아서 그런지, 걔들은 그냥 장미라오. 주변에서 사람들이 말하는 소리가 들려요. '정말 아름다운 여인이로군!' 그 소리가 내 심장을 다시 고동치게 만든다오. 걔들은 내 몸속 피 아니겠소? 나는 걔들의 마차를 끄는 말들도 사랑하오. 그럴 수만 있다면 걔들 무릎 위에 안긴 강아지가 되고 싶소. 나는 딸들의 즐거움을 먹고 사는 사람이라오. 누구나 자기만의 사랑 방식을 가지는 법. 내 방식은 아무에게도 해를 끼치지 않소. 그런데 세상 사람들이 왜 나를 두고 왈가왈부한단 말이오? 나는 내 방식대로 행복하오. 밤에 딸들이 무도회에 가느라 집을 나서는 시간에 맞춰 걔들을 보러 가는 게 무슨 법을 어기기라도 하오? 너무 늦게 도착하는 바람에 하인에게서 '부인은 외출하셨습니다'라는 말을 들었을 땐 얼마나 침울해지는지. 어느 밤엔가는 이틀 동안 보지 못한 나지를 보려고 새벽 세시까지 집 앞에서 기다린 적도 있다오. 그렇게 해서 그애를 봤을 땐 기쁨에 심장이 터져 죽는 줄 알았지! 제발 부탁이오, 내 딸들이 나한테 얼마나 착한 애들인지 말하려는 게 아니라면 나와 관련한 언급은 하지 말아주시오. 걔들은 나를 기쁘게 해주려고 온갖 종류의 선물을 안겨준다오. 내가 그러지 말라고 말리느라 이렇게 말할 정도지. '돈을 잘 지키거라! 내가 그런 선물들을 받아 뭘 하겠냐? 나에겐 아무것도 필요 없단다.' 이보시오, 솔직히 내가 뭐겠소? 보잘것없는 시체, 딸들이 있는 곳이면 어디든 거기에 영혼을 묻는 시체요. 나중에 뉘싱겐 부인을 만나고 오면, 내 두 딸 중 누가 당신 마음에 더 드는지 내게 말해주시오." 영감은 잠시 뜸을 들이다가, 보제앙 부인 댁을 방문할 시간이 될 때까지 튈르리궁 정원이나 산책하려고 나갈 채비를 하는 외젠의 모습을 바라보며 그렇게 말을 이어나갔다.

이날 산책은 대학생의 운명에 결정적인 작용을 했다. 몇몇 여자가 그를 눈여겨본 것이다. 그는 그만큼 멋있었고, 젊었으며, 고급스러운 감각으로 우아함을 뽐냈다! 자신이 경탄에 가까운 주목의 대상이 된 것을 느끼자 그의 뇌리에서는 돈을 보내느라 빈털터리가 된 두 누이와 당고모 생각은 물론, 도의적인 자책마저 까맣게 사라졌다. 그는 천사로 착각하기에 십상인 악마가, 세상에 루비를 흩뿌리고, 궁전 앞에 황금 화살을 쏘아대며, 여인네의 얼굴을 붉게 물들이고, 미천한 태생의 왕좌에 어리석은 광채를 씌워주는, 알록달록한 날개를 단 사탄이 자기 머리 위로 지나가는 것을 보았다. 그는 폭죽처럼 작렬하는 허영, 그 파편이 무슨 권력의 상징인 양 여겨지는 허영의 신에게 귀를 기울였다. 얼마간 냉소적이긴 했지만 보트랭의 설교가, "황금과 사랑이 넘실대길!"이라는 말을 들은 여인의 기억 속에 그 말을 한 방물장수 노파의 추레한 옆얼굴이 아로새겨져 지워지지 않는 것처럼 그의 가슴속에 이미 똬리를 틀고 들어앉아 있었다. 그렇게 건성으로 빈둥거리다가 외젠은 다섯시 무렵 보제앙 부인 댁에 당도했다. 그런데 그를 기다리고 있던 것은 젊은이의 마음이 속수무책으로 당할 수밖에 없는 가혹한 충격이었다. 그때껏 그는 자작부인이 귀족의 소양에서 길러지고 마음에서 우러나 비로소 완성되는 그런 예의바른 정중함과 정감 넘치는 우아함만을 지닌 줄 알고 있었다.

그가 응접실로 들어가자 보제앙 부인은 무뚝뚝한 태도로 짤막하게 말했다. "라스티냐크 씨, 당신을 만날 수 없어요, 적어도 지금은요! 바쁜 일이 있어서……"

관찰자가 볼 때, 라스티냐크도 이미 단시간 내에 관찰자가 되어 있었는데, 그 말과 태도, 시선, 억양 등에는 특권계급의 특성과 관습의 내력이 고스란히 묻어 있었다. 라스티냐크는 벨벳 장갑 속에 감싸인 강철 손, 정중함 밑에 감춰진 유별난 개성과 이기심, 윤나는 겉칠에 덮인 원래 목질을 간파했다. 왕관의 깃털 장식으로부터 시작해 말단 귀족의 투구 장식에서 끝나는 그 소리, "내가 곧 왕이니라"라는 소리가 귓전을 울렸다. 외젠은 자작부인의 말만 듣고 부인의 귀족다운 기품을 아무 생각 없이 너무 쉽게 믿었다. 모든 불행한 사람이 그러듯 그는 은혜를 베푸는 자와 은혜를 입는 자를 공식적으로 맺어주는 계약, 첫번째 조항이 어질고 너그러운 두 마음 간의 완전한 평등에 바쳐지는 그 달콤한 계약을 순진하게 믿고 서명했던 것이다. 두 존재를 온전한 하나로 묶어주는 선의란 천상의 열정으로서, 지상에서는 진정한 사랑만큼이나 희귀하고, 있더라도 세간의 인정을 받지 못하는 것인데 말이다. 그러한 선의와 사랑은 아름다운 두 영혼의 가없는 너그러움으로만 가능한 법이다. 라스티냐크는 카리글리아노 공작부인의 무도회에 가고 싶었다. 그래서 이 돌발적인 분노의 감정을 속으로 삭였다.

"부인," 그가 약간 흥분한 목소리로 말했다. "중요한 일이 아니라면 이렇게 와서 부인을 성가시게 하지도 않았을 겁니다. 은혜를 베풀어, 조금 뒤에라도 부인을 뵐 수 있도록 허락해주시기 바랍니다. 기다리겠습니다."

"아! 그렇다면 이따가 와서 함께 저녁식사를 하도록 해요." 그녀가 자신의 응대가 다소 거칠었다는 사실에 당황하며 대답했다. 말 그대로 너그럽고 선한 여인이었으니까.

이 돌변한 태도에 외젠은 감동했지만, 그래도 물러나면서 중얼거렸다. "굽신거리자, 무슨 일을 당하든 꾹 참자. 최고의 귀부인이 우정의 약속을 한순간에 물거품으로 만들고 이렇게 상대를 헌신짝 대하듯 하는데, 다른 사람들은 어떻겠어? 각자도생이잖아? 보제앙 부인의 집이 상점도 아니고. 그러니 내 필요에 따라 언제든 그녀를 만날 수 있다고 생각한 게 잘못이야. 보트랭 말마따나, 스스로 대포알이 되어야 해." 대학생의 쓰디쓴 상념은 자작부인과 저녁식사를 하며 누릴 기쁨에 대한 기대 앞에서 금세 사라졌다. 그렇게, 그의 삶에서 일어난 사소하기 그지없는 사건들도 보케르 하숙집의 무시무시한 스핑크스가 예측한 길로 그를 떠미는 운명의 손길에 가담한 것처럼 여겨졌다. 그 길에서 그는 전쟁터에서 그러듯 죽지 않기 위해 남을 죽여야 하고, 속지 않기 위해 남을 속일 수밖에 없다 여길 터였고, 또한 양심과 진심은 집 안에 처박아두고 가면을 쓴 채 남들을 무자비하게 농락하며, 라케다이몬*에서처럼 왕관을 머리에 쓰기 위해 남몰래 자신의 운명을 장악하는 것을 당연하다고 여길 터였다. 그가 자작부인 댁을 다시 찾았을 때, 부인의 태도는 예전에 늘 보여주곤 했던 친절함으로 가득했다. 둘은 자작이 먼저 와서 아내를 기다리고 있던 식당으로 향했다. 그곳은 다들 알다시피 왕정복고 치하에서 화려함의 극치를 보여주었던 그 장식들로 눈부셨다. 보제앙 씨는 세상사에 싫증이 난 당시의 많은 인사와 마찬가지로 미식을 탐하는 것 외에는 좀처럼 다른 즐거움을 찾지 못했

* 고대 그리스의 도시국가인 스파르타의 옛 이름. 그리스신화에서는 제우스의 아들 라케다이몬이 에우로타스 왕의 딸인 스파르타와 결혼했고, 아들이 없었던 에우로타스 왕은 사위인 라케다이몬에게 왕국을 넘겨주었다.

다. 실제로 그는 루이 18세와 데스카르 공작*이 주도하는 식도락 모임의 일원이었다. 그의 식탁은 그러므로 이중의 화려함, 식기의 화려함과 식기에 담긴 음식의 화려함을 자랑했다. 일찍이 그토록 어마어마한 광경이 외젠의 두 눈을 강타한 적은 없었다. 사교계에서의 권위가 대대로 세습되어 내려온 이 유서 깊은 집에서 하는 저녁식사는 그로서는 난생처음 겪는 경험이었다. 유행이 바뀌어 군인들이 나라 안팎에서 그들을 기다리는 각종 전투에 대비하여 힘을 충전한다고 무도회를 주름잡던 나폴레옹 제정시대에 무도회의 대미를 장식하던 야식 문화는 최근에 이르러 자취를 감췄다. 외젠은 아직 무도회까지만 참석했을 뿐이었다. 그렇지만 그 무렵부터 전조가 보이기 시작하더니 훗날 그를 대단한 유명 인사로 만들어주게 된 그 뻔뻔함이 발휘되어, 그는 이 화려한 광경 앞에서 바보같이 주눅들거나 하지는 않았다. 그러나 은세공 식기들과 호화로운 식탁을 꾸민 수많은 장식이 눈앞에 펼쳐진 상태에서, 소리 없이 정중하게 이루어지는 식사 시중을 난생처음 접하고 입이 딱 벌어진 상태에서, 그날 아침 다짐했던 청빈한 삶에 대한 신념으로 인해 언제 봐도 우아하기만 한 이 삶을 포기한다는 것은 뜨거운 상상력의 소유자에게 너무도 힘든 일이었다. 그의 생각이 잠시 그를 서민 하숙집으로 옮겨다놓았다. 그는 하숙집이 무서울 정도로 끔찍해서 오는 1월에는 그곳을 떠나겠노라고 결심했는데, 그건 깨끗한 하숙집으로 옮기고 싶어서이기도 하지만 그 못지않게 자신의 어깨 위에 큼직한

---

* 대혁명 전 프랑스 장군으로 루이 18세를 수행하여 망명길에 올랐다가 왕정복고 후 왕실 시종장에 임명되었다. 주군의 미식 취미를 위해 진기한 음식을 개발하는 등 헌신하다가 자신이 만든 새로운 음식을 먹고 식중독에 걸려 사망했다.

손을 얹고 있는 듯한 보트랭을 피해 달아나기 위해서이기도 했다. 표시가 나건 나지 않건 파리에서 저질러지는 수많은 타락의 형태를 생각하면, 양식을 지닌 사람은 국가가 무슨 정신으로 파리에 이런저런 학교를 세우고 젊은이들을 파리로 빨아들이는지, 예쁜 여자들은 어떻게 파리에서 섬김의 대상이 되는지, 환전상들이 펼쳐놓은 금화는 어떤 마술을 부렸기에 그들의 동전 접시에서 사라지지 않는지 궁금해하기 마련이다. 그러나 젊은이들의 범죄 사례가, 심지어 경범죄라 할지라도 거의 없다는 점을 떠올리면, 자기들끼리 서로 치고받다가도 끝내 거의 언제나 승리를 구가하는, 이 인내심 많은 탄탈로스들에 대해 어찌 존경의 마음을 품지 않을 수 있겠는가! 가난한 대학생이 파리와 대결하는 모습이 성공적으로 그려지기만 한다면, 그것은 우리 현대문명에서 극적 흥미가 가장 풍부한 주제 하나를 제시하는 셈이리라. 보제앙 부인은 말을 해보라는 뜻으로 외젠을 쳐다보았지만, 그의 입은 열리지 않았다. 자작이 있는 자리에서는 아무 말도 하고 싶지 않았던 것이다.

"오늘밤 나를 이탈리아극장으로 데려다주겠어요?" 자작부인이 남편에게 물었다.

"당신 뜻을 받들 수 있다면 그렇게 하는 것이 내게 얼마나 큰 낙인지 당신은 추호도 의심하면 안 되오." 자작이 대학생 들으라는 듯 정중하지만 비아냥대는 투로 대답했다. "하지만 오늘밤 바리에테극장에서 만날 사람이 있어서 거기 가야만 하오."

'애인이로군.' 그녀는 속으로 생각했다.

"당신은 오늘밤 다주다 씨와 함께 있기로 하지 않았소?" 자작이 물었다.

"아니요." 그녀가 언짢은 기색으로 대답했다.

"그렇군! 수행할 사람이 꼭 필요하다면 여기 라스티냐크 씨의 팔을 빌리지 그러오."

자작부인이 미소 지으며 라스티냐크를 쳐다보았다.

"당신 평판에 누가 될 텐데요." 그녀가 말했다.

"프랑스인은 위험을 즐긴다, 왜냐하면 위험 속에 영광이 있기 때문이다, 샤토브리앙 씨가 한 말입니다."* 라스티냐크가 허리를 숙이며 대답했다.

잠시 후 그는 빠르게 달리는 쿠페에 올라 보제앙 부인 곁에 몸을 싣고 당대 최고 인기 극장에 당도했다. 곧이어 무대와 마주보는 칸막이 좌석에 들어선 순간, 그리고 극장 안의 모든 오페라글라스가 일제히 더없이 매력적인 차림을 한 자작부인과 그녀를 동반한 자신에게 향하는 광경을 본 순간, 그는 마치 어떤 동화 속 세상에 들어온 것 같았다. 환희의 도가니 속을 걷는 기분이었다.

"나에게 할 말이 있다고요." 보제앙 부인이 그에게 말했다. "아! 저기 봐요, 우리 좌석에서 세 자리 건너에 뉘싱겐 부인이 와 있네요. 그녀의 언니와 드 트라유 씨는 건너편 좌석에 있고요."

이 말을 하면서 자작부인은 마드무아젤 드 로슈피드가 있는 것이 틀림없는 자리를 유심히 바라보았는데, 그 옆에 다주다 씨가 보이지 않자 그녀의 얼굴이 전에 없이 환하게 빛났다.

"참 매력적인 여자입니다." 외젠이 뉘싱겐 부인을 관찰하고 나서 말

---

* 실제 샤토브리앙의 글에서는 이 문장을 찾을 수 없다고 한다.

했다.

"속눈썹이 하얗네요."

"그렇네요. 하지만 몸매가 정말 날씬하고 아름답습니다!"

"손이 큰데요."

"눈이 참 아름다워요!"

"얼굴은 말상이고요."

"하지만 길쭉한 형태가 그녀를 돋보이게 하네요."

"돋보이는 부분이 있다니 그녀로서는 다행이네요. 그녀가 오페라글라스를 눈에 댔다 떼는 모습을 보세요! 동작 하나하나마다 고리오의 피를 물려받은 티가 고스란히 드러나네요." 자작부인의 이 말에 외젠은 소스라치게 놀랐다.

보제앙 부인은 오페라글라스로 극장 안을 여기저기 살피느라 뉘싱겐 부인은 안중에도 없는 것 같았지만, 실은 그녀의 동작을 하나도 놓치지 않고 있었다. 극장 안은 묘하게도 아름다움의 경연장 같았다. 델핀 드 뉘싱겐으로서는 보제앙 부인이 데려온 젊고 잘생기고 우아한 사촌의 관심을 독차지하고 있다는 사실이 여간 기분좋은 일이 아니었다. 그 잘생긴 젊은이가 오직 자기만 바라보고 있었던 것이다.

"그렇게 계속 그녀만 뚫어져라 바라보면 추문에 휩싸일 거예요, 라스티냐크 씨. 그런 식으로 사람들 입에 오르내리면 아무 일에도 성공하지 못할 거고요."

"친애하는 사촌," 외젠이 말했다. "당신은 이미 저를 많이 보살펴주셨습니다. 애를 써주신 김에 마무리까지 지어주실 뜻이 있다면, 당신께는 별로 수고가 되지 않고 저에게는 커다란 도움이 될 일을 하나 해주십사 부탁드리고 싶습니다. 저는 마음을 빼앗겼습니다."

"벌써요?"

"예."

"저 여자에게요?"

"제 부탁을 들어줄 사람이 당신 말고 어디 있겠습니까?" 외젠은 꿰뚫을 듯한 시선으로 사촌을 바라보았다. "카리글리아노 공작부인이 베리 공작부인의 막역한 친구라고 들었습니다." 그가 잠시 뜸을 들이다가 입을 열었다. "당신께서 그분을 만나주시면 좋겠습니다. 제발 저를 그분 댁에 초대받게 해주시고, 그분이 월요일에 여는 무도회에 저를 데려가주시기 바랍니다. 거기서 뉘싱겐 부인을 만나 저의 첫 전투를 개시하려 합니다."

"기꺼이 그러지요." 그녀가 말했다. "그녀에게 벌써 흥미를 느꼈다니, 당신의 연애 사업은 아주 잘 풀리는군요. 저기 갈라티온 대공부인 좌석에 드 마르세가 함께 있네요. 뉘싱겐 부인은 지금 질투로 아주 고통스러울 겁니다. 화도 엄청 나 있을 거고요. 여자에게 접근하기에, 특히 그 여자가 은행가의 아내라면, 이보다 더 좋은 기회는 없어요. 저런 쇼세당탱의 부인들은 어떻게 해서든 복수하려 드는 여자들이니까요."

"그런 경우 당신이라면 어떻게 하시겠습니까?"

"조용히 고통을 삭이겠죠."

그때 다주다 후작이 보제앙 부인의 좌석에 들어왔다.

"당신을 다시 만나려고 일도 제대로 못하고 왔습니다." 그가 입을 열었다. "그게 그냥 사업 손해로 끝나고 말면 안 되니까 당신께 그 점을 알려드리는 겁니다."

자작부인의 얼굴에 화색이 번지는 것을 보며 외젠은 진정한 사랑의 표현이 무엇인지 배웠고, 그것과 파리 사교계에 만연한 거짓 교태를 혼동하지 말아야 한다는 사실을 깨달았다. 그는 자신의 사촌에게 탄복하여 할말을 못 찾다가 한숨을 삼키며 다주다 씨에게 자리를 양보했다. '저렇게 사랑하는 여인은 얼마나 고귀하고 얼마나 숭고한 존재인가!' 외젠은 생각했다. '그런데 저 남자는 인형을 얻기 위해 그녀를 배반하려 하다니! 어떻게 그녀를 배반할 수 있을까?' 가슴속에서 어린애 같은 분노가 일었다. 그는 보제앙 부인의 발치에 구르라면 기꺼이 구르고 싶었다. 독수리가 아직 젖도 떼지 못한 새하얀 어린 염소를 벌판에서 납치해 제 둥우리에서 키우듯, 그녀를 납치해 자기 가슴속에 품기 위해서라면 악마의 힘이라도 빌리고 싶었다. 자신의 그림은 한 점도 없는 이 거대한 미의 박물관에 애인 하나 없이 덩그러니 있다는 사실에 그는 참담함을 느꼈다. '애인이 있다는 것은 왕에 필적하는 지위에 올랐다는 뜻이다.' 그는 생각했다. '그것이야말로 권력의 표상이야!' 그리고 모욕당한 남자가 자신의 적수를 노려보듯 뉘싱겐 부인을 지켜보았다. 자작부인이 그를 향해 몸을 돌리더니 눈을 찡긋하며 그의 분별에 은밀한 감사의 표시를 전했다. 그사이 첫 막이 끝났다.

"당신, 뉘싱겐 부인을 잘 알죠? 여기 라스티냐크 씨를 그녀에게 소개해주었으면 해서요." 보제앙 부인이 다주다 후작에게 물었다.

"이런 분을 보면 그녀는 완전히 반할 겁니다." 후작이 대답했다.

잘생긴 포르투갈인이 자리에서 일어나 대학생의 팔을 붙잡고 나가더니 머뭇거릴 틈도 주지 않고 뉘싱겐 부인 곁으로 안내했다.

"남작부인," 후작이 말했다. "당신께 보제앙 자작부인의 사촌인 외젠 드 라스티냐크 기사를 소개하게 되어 영광입니다. 당신께서 이분에게 너무나도 깊은 인상을 주신 바람에 제가 이분을 자기 우상 곁으로 안내해 그 행복을 완성시켜주고 싶었습니다."

이 말에 담긴 조롱의 기미가 약간의 무례함을 내비친 것은 사실이지만, 그런 속내는 교묘하게 감춰져 여자를 결코 언짢게 만들지 않는 수준에 머물렀다. 뉘싱겐 부인은 미소를 지으며 외젠에게 조금 전에 나간 자신의 남편 자리를 가리켜 보였다.

"제 옆에 머물러 있어달라고는 감히 말씀드리지 못하겠네요." 그녀가 말했다. "보제앙 부인 곁에 있는 행복을 잡았다면, 그 자리에 머무셔야죠."

"무슨 말씀이세요." 외젠이 낮은 목소리로 그녀에게 화답했다. "제가 당신 곁에 있어야 제 사촌도 기뻐할 것 같은데요. 여기 후작께서 도착하기 전에 보제앙 부인과 저는 당신 이야기를 하고 있었어요. 당신의 모습 전체가 눈에 띄게 돋보인다고요." 그의 목소리가 높아졌다.

다주다 씨가 자리를 비켜주었다.

"정말이에요?" 남작부인이 말했다. "정말 저와 함께 있어주실 건가요? 그러면 우린 서로를 잘 알게 되겠네요. 레스토 부인도 당신을 만나고 싶은 마음이 아주 간절하다고 하던데요."

"그렇다면 레스토 부인은 거짓말을 한 겁니다. 그녀는 저를 문전박대했거든요."

"어떻게 그럴 수가?"

"부인, 당신께 거리낄 것 없이 그 까닭을 말씀드리겠습니다. 하지만 그전에 먼저 이런 비밀을 털어놓아도 너그럽게 받아들이겠다고 약속해주시면 좋겠군요. 저는 당신의 부친과 이웃한 방에 삽니다. 하지만 레스토 부인이 그분의 딸인 줄은 몰랐지요. 그래서 아무 생각 없이 그분에 관해 이야기하는 경솔한 짓을 함으로써 당신 언니 되시는 분과 그분의 남편을 화나게 했습니다. 랑제 공작부인과 나의 사촌이 자식 된 도리를 저버린 그 행위를 두고 얼마나 몰상식한 짓이라 여겼는지 당신은 믿지 못하실 겁니다. 그 일을 들려드리자 두 부인은 미친듯이 웃더군요. 그때 보제앙 부인이 당신과 당신 언니를 비교하면서 당신에 대해 아주 좋게 말씀해주셨어요. 당신이 저의 이웃, 그러니까 고리오 씨에게 얼마나 자랑스러운 딸인지 알려주시더군요. 사실 당신 같은 분이 어떻게 아버지를 사랑하지 않으실 수 있겠어요? 아버지께서 당신을 얼마나 열렬히 사랑하시는지 저는 벌써 질투를 느낍니다. 그분과 저는 오늘 아침 두 시간 동안이나 당신 이야기를 했습니다. 그런 다음 당신 아버지께서 들려준 이야기에 가슴이 벅찬 상태로 오늘 저녁 사촌과 식사를 함께하면서, 저는 당신이 아름답다지만 당신의 미모가 아버지에 대한 사랑을 따라갈 순 없을 거라고 말했지요. 그러자 보제앙 부인이 아마도 아주 열렬한 찬사를 끌어내려고 그랬는지 저를 이곳에 데려오셨답니다. 예의 자비로운 어조로 직접 당신을 만나보라고 말씀하시면서."

"어떻게 감사를 드려야 할지." 은행가의 아내가 말했다. "벌써 당신께 빚을 진 기분이에요. 조금만 더 있으면 우린 오랜 친구 사이가 될 것 같아요."

"당신께는 우정이라는 게 별로 통속적이지 않은 감정이겠지요." 라스티냐크가 대꾸했다. "하지만 저로서는 당신의 친구로만 머무를 마음이 조금도 없습니다."

햇병아리들이 즐겨 사용하는 이 말도 안 되게 뻔한 말이 여자들에게
는 늘 매력적인 효과를 발휘한다고 알려져 있으니, 냉정한 눈으로 읽
는 경우가 아니고서는 그 표현의 빈곤함이 좀처럼 드러나지 않는 까닭
이다. 젊은 남자가 보여주는 몸짓과 말투와 눈빛은 그 자체로 여자들
에게 계산할 수 없는 막대한 가치를 지니는 법이다. 뉘싱겐 부인은 라
스티냐크를 매력적인 남자라고 생각했다. 그리하여, 이 대학생의 대꾸
처럼 저돌적인 돌진에 직면한 여자라면 모두 그러하듯 마땅히 답할 말
을 찾지 못하고 엉뚱한 대답을 내놓았다.

"맞아요, 불쌍한 아버지를 그렇게 대하다니 언니의 태도는 잘못되
었어요. 아버지는 우리에게 정말로 하느님 같은 존재였거든요. 오죽하
면 남편인 뉘싱겐 씨가 늘 아버지로 인해 노심초사하는 저를 보다못해
아침나절에만 아버지를 만나라고 명령해야 했을 정도였겠어요. 그 점
에서 저는 결국 뜻을 굽혔죠. 하지만 그로써 오랫동안 불행했답니다.
늘 눈물에 젖어 살았지요. 결혼이라는 돌연한 변화 이후 닥쳐온 그 폭
력이 저희 부부를 가장 괴롭힌 이유 중 하나였답니다. 세상 사람들이
볼 때 저는 분명 파리에서 가장 행복한 여자입니다만, 실제로는 가장
불행한 여자랍니다. 당신께 이런 이야기를 다 하다니 정신이 나갔다고
생각하시겠군요. 하지만 당신은 제 아버지를 잘 아는 분이니까, 그 점
에서 제게 남이 될 수 없답니다."

"당신은 당신께 몸과 마음을 다 바치겠다는 열망으로 저보다 더 뜨
겁게 타오르는 남자를 이제까지 한 번도 만나본 적이 없는 것 같군요."
외젠이 그녀에게 말했다. "당신들 여자들은 모두 무엇을 갈구하나요?
바로 행복이겠죠." 그는 영혼까지 파고드는 목소리로 말을 이었다.

"자, 그렇다고 합시다. 그런데 여자에게 행복이란 사랑받고 칭송받는 것이잖아요. 자신의 욕망과 환상, 슬픔과 기쁨을 털어놓을 수 있는 남자친구를 갖는 것이잖아요. 자신의 영혼을 벌거벗은 상태 그대로, 귀여운 단점이든 아름다운 장점이든 가리지 않고, 배반당할지도 모른다는 걱정 없이 다 보여주는 것이잖아요. 저를 믿으세요. 항상 뜨겁게 불타는 헌신적인 마음은 꿈으로 충만한 젊은 남자에게서만 찾을 수 있습니다. 당신이 손만 까딱하면 목숨도 바치는 남자, 세상에 대해서는 아직 아무것도 모르고, 당신이 그에게는 세상 전부이기에 앞으로도 아무것도 알고 싶지 않은 그런 남자 말입니다. 저는요, 아시다시피, 아, 제 순진함을 비웃으시겠죠, 지방 저 구석 출신입니다. 순박한 사람들만 알고 살아왔을 뿐 그밖에는 아무런 경험도 없는 신출내기로, 애초에는 사랑과 담을 쌓은 채 지낼 생각이었습니다. 그런데 제 사촌 보제앙 부인을 만나게 되었죠. 부인은 제게 본심을 속속들이 보여주었고, 그 부인 덕에 저는 정열적인 사랑이 품은 수많은 보물을 알아보게 되었습니다. 저는 셰뤼뱅*처럼 세상 모든 여자의 연인으로, 언젠가는 그중 한 여인에게 헌신할 수 있기를 고대하고 있습니다. 이 극장에 들어와 당신을 보는 순간, 마치 자석에 이끌리듯 속절없이 당신에게 끌리는 저 자신을 느꼈습니다. 저는 당신이 어떤 사람일까 이미 수없이 머릿속에 그려보았습니다! 그런데 실제로 뵙고 보니 이토록 아름다운 분이라니, 정말 꿈에도 생각하지 못했습니다. 보제앙 부인은 당신을 그렇게 계속 바라보고 있으면 안 된다고 충고하더군요. 당신의 이 아름다운 붉은

---

* 18세기에 활약한 극작가 보마르셰의 희곡 〈피가로의 결혼〉에 나오는 인물. 사랑에 열정적인 십대 소년이다.

입술을, 이 하얀 피부를, 이 온화하기 그지없는 두 눈을 바라보는 것이 얼마나 매혹적인지 그분은 모를 겁니다. 당신에게 이렇게 넋 나간 소리를 하고 있군요. 하지만 제 얘기를 그냥 들어주십시오."

자신을 향해 쏟아지는 이런 달콤한 말을 듣는 것보다 여자들에게 더 기분좋은 일은 없다. 종교 계율을 가장 엄격하게 지키는 여인이라도, 심지어 그런 말에 절대로 반응하지 말아야 하는 순간일지라도 속으로는 바짝 귀를 기울이는 법이다. 일단 그렇게 말문이 터지자 라스티냐크는 묘한 매력을 발휘하는 은근한 목소리로 끝도 없는 묵주신공을 펼쳤다. 뉘싱겐 부인은 미소를 지어 보이며 그런 외젠을 부추기는 한편, 여전히 갈라티온 대공부인 좌석에 머물러 있는 드 마르세 쪽으로 간간이 시선을 돌렸다. 라스티냐크는 뉘싱겐 부인 곁에 바짝 다가앉았다. 얼마 후 그녀의 남편이 돌아와 아내를 부르며 그만 집으로 돌아가자고 했다.

"부인," 외젠이 그녀에게 말했다. "카리글리아노 공작부인의 무도회에 가기 전에 제가 기꺼이 부인 댁으로 모시러 가겠습니다."

"푸인이 탕신가 그러케 약초한 걸 포니," 알자스 출신인 남작이 특유의 발음으로 그에게 말했다. 피둥피둥 살찐 그의 둥근 얼굴은 상대를 위협하는 간교함을 풍겼다. "착업이 학실히 성공을 커두엇군."

'내 사업은 순조롭게 진행되고 있어. 나를 사랑해주겠냐는 물음에 그녀는 질겁을 하지 않았단 말이야. 일단 말에 재갈은 물려놓은 셈이지. 이제 등에 올라타서 길들이고 지배하기만 하면 돼.' 외젠은 이렇게 생각하며 보제앙 부인에게 작별인사를 하러 갔다. 부인은 자리에서 일어나 다주다와 함께 나가려던 참이었다. 딱하게도 대학생은 남작부인의 정신이 딴 데 팔려 있다는 사실을 몰랐다. 그녀는 드 마르세의 답장을, 결정적인 통보가 담겼을 것이기에 기다리는 사람의 영혼을 짓이겨 놓는 편지를 기다리고 있었던 것이다. 사정이 그런 줄도 모르고 성공을 거두었다고 한껏 고무된 외젠은 다들 자기 마차가 오기를 기다리는 곳인 극장 밖 회랑까지 자작부인과 동행했다.

"당신 사촌이라는 친구 말인데, 전혀 다른 사람처럼 보이는군요." 외젠과 헤어진 뒤 포르투갈인이 웃으면서 자작부인에게 말했다. "은행을 날려버리기라도 할 기세예요. 뱀장어처럼 미끈거리고 날렵해요. 앞으로 출세할 것 같은데요. 당신이니까 위로가 절실한 여자를 엄선하여 저 친구에게 소개해줄 수 있었던 거네요."

"그런데," 보제앙 부인이 말했다. "그 여자가 자기를 버린 남자를 아직 사랑하고 있는지 어떤지 알아봐야 할 것 같은데요."

대학생은 달콤하기 그지없는 계획을 머릿속에 그리며 이탈리아극장에서 뇌브생트즈느비에브가까지 걸어서 돌아왔다. 극장에서 그는, 자작부인의 좌석에 있을 때든 뉘싱겐 부인의 좌석에 있을 때든 자신을 유심히 지켜보던 레스토 부인의 모습을 똑똑히 확인했다. 앞으로는 백작부인이 자신을 문전박대하지 않을 것 같았다. 카리글리아노 원수 부인의 마음에 들 자신은 있으니까. 이로써 파리 상류 사교계의 심장부로 이어진 네 개의 주요 인맥이 확보된 셈이었다. 구체적인 방도까지 생각한 것은 아니나 일단 이해관계가 복잡하게 얽혀 돌아가는 그 세계의 상층부에 오르려면 그 기계장치의 톱니바퀴 하나를 확실히 붙잡아야 한다는 점을 간파했고, 자신에게 그 기계장치의 굴대를 멈출 힘이 있음을 느꼈다. '뉘싱겐 부인이 나에게 관심을 보인다면, 나는 그녀에게 남편을 조종하는 법을 가르쳐주겠어. 그녀의 남편은 엄청난 돈벌이를 한다니까 내가 일확천금하도록 도와줄 수 있을 거야.' 그가 이런 생각을 노골적으로 한 건 아니었다. 아직 그는 하나의 상황을 계산하고 검토하여 답을 낼 만큼 충분히 정치적이지는 못했다. 이런 생각은 그저 옅은 구름 형태로 지평선 위를 떠도는 상태였다. 그의 생각이 보트랭 수준의 격렬하고 신랄한 면모를 갖춘 것은 아니지만, 만약 그것을 양심의 용광로에 넣어 정련해보았다면 거기서 정말 순수한 성분은 하나도 나오지 않았을 것이다. 사람들은 그런 식으로 양심과 타협을 거듭해가면서 이 시대가 표방하는 이른바 도덕적 해이에 다다랐으니, 그래서 이 시대에는 악에 절대로 굴복하지 않으며 옳은 길에서 조금이라도 벗어나면 죄를 범했다고 여기는 올곧은 사람들, 열의와 선의를 가진 사람들, 이를테면 두 편의 걸작, 몰리에르의 알세스트*, 그리고 최근에는 월터 스콧의 작품에 등장하는 제니 딘스와 그녀의 아버지**가 우리에게 보여주는 놀라운 성실과 정직의 표상들이 다른 어떤 시대보다 드문 것이다. 그런데 모르긴 해도 그와 반대되는 작품이라고 해서, 그러니까 사교계의 야심가가 겉으로는 안 그런 척하며 자기 목표에 도달하기 위하여 악과 접촉을 시도하면서 자신의 양심을 저버리며 겪는 이런저런 우여곡절을 그린 작품이라고 해서 덜 아름답거나 덜 감동적이지는 않을 것이다. 하숙집 문 앞에 도착했을 때 라스티냐크는 이미 뉘싱겐 부인에게 푹 빠져 있었다. 제비처럼 늘씬하고 날렵한 그녀의 모

---

* 17세기에 활약한 극작가 몰리에르의 희극 〈인간 혐오자〉에 나오는 주인공. 좀처럼 타협하지 않는 성격으로 유명하다.
** 『미들로디언의 심장부』(혹은 『에든버러 감옥』)의 주요 인물들로 엄격한 청교도인.

습이 눈앞에 어른거렸다. 상대를 도취시키는 감미로운 눈, 붉은 피의 흐름이 비쳐 보일 듯 깨끗하고 보드라운 피부, 매혹적인 목소리, 금빛 머리카락, 그 모든 것이 생생하게 떠올랐다. 거기다 아마도 걸어와서 그런지 온몸에 활기차게 피가 돌면서 그 매혹의 강도는 배가되었다. 대학생은 고리오 영감의 방문을 거침없이 두드렸다.

"영감님." 그가 말했다. "델핀 부인을 만났습니다."

"어디서?"

"이탈리아극장에서요."

"그래, 걔는 즐거워하던가요? 어서 들어오시오." 노인네는 내복 차림으로 일어나 문을 열어주자마자 다시 자리에 누웠다. "그애 얘기를 해봐요." 누운 채 그가 부탁했다.

처음으로 고리오 영감의 방에 들어온 외젠은 조금 전 딸의 화려한 치장에 탄복했던 터라 그 아버지가 기거하는 누추한 방을 보고는 당혹감을 감추지 못했다. 창문에는 커튼도 없었으며, 벽에 발린 종이 벽지는 습기가 차서 여기저기 들뜨고 오그라들어 연기에 그을린 누런 석회벽이 드러나 보였다. 노인네가 누워 있는 침대도 형편없어서, 침구라고는 얇은 이불 한 장과 보케르 부인이 버린 낡은 옷들 중 비교적 괜찮은 천 조각들을 잘라내 솜을 넣고 누빈 발 덮개 하나뿐이었다. 타일 바닥은 눅눅하고 먼지투성이였다. 창문 맞은편에는 가운데가 불룩한 형태에 나뭇잎과 꽃의 문양으로 장식하고 포도덩굴 형태로 꼬아 만든 구리 손잡이들이 달린 구식 장미목 서랍장이 놓여 있었다. 벽에 매단 낡은 나무 선반 위에는 대야와 물병, 그리고 면도에 필요한 온갖 도구가 어질러져 있었다. 방 한구석에는 구두가, 침대 머리맡에는 문도 달리지 않고 대리석 덮개도 없는 탁자가 하나 보였다. 불을 피웠던 흔적이라고는 찾을 수 없는 난롯가에 호두나무로 짠 사각 테이블이 있었는데, 바로 그 테이블을 받치는 가로대가 고리오 영감이 금도금한 은식기를 주괴로 만들 때 사용했던 도구였다. 거기에 노인의 모자가 놓인 조잡한 책상, 밀짚 방석을 댄 안락의자 하나, 팔걸이 없는 의자 두 개를 더하면 그 방의 초라한 가구가 망라되는 셈이었다. 헝겊 끈으로 위 천장에 매단 가는 막대가 빨간색과 흰색 체크무늬 천으로 만든 보잘것없는 침대 커튼을 붙들고 있었다. 다락방에 기거하는 세상에서 가장 가난한 심부름꾼이라도 보케르 부인의 하숙집에 기거하는 고리오 영감보다 더 빈약한 가구를 갖추고 살지는 않을 것이다. 그 방을 보고 있노라면 한기가 엄습해오고 가슴이 옥죄여와, 그만큼 그 방은 감옥에서도 가장 음울한 감방에 비견할 만했다. 외젠은 자기 방 촛대를 가져와 침대맡 탁자에 놓았는데, 다행히 고리오는 외젠의 얼굴에 나타난 표정을 보지 못했다. 노인은 턱밑까지 이불을 끌어당긴 채 옆으로 돌아누웠다.

"아! 그런데 당신은 레스토 부인과 뉘싱겐 부인 중 누가 더 마음에 드시오?"

"전 델핀 부인을 더 좋아합니다." 대학생이 대답했다. "왜냐하면 델핀 부인이 영감님을 더 사랑하니까요."

뜨거운 감정이 실린 이 말에 노인은 침대에서 팔을 뻗어 외젠의 손을 꼭 잡았다.

"고맙소, 고마워." 감동한 노인이 화답했다. "그래, 걔가 나에 대해 당신한테 뭐라고 말하던가요?"

대학생은 남작부인이 했던 말을 윤색해서 말해주었다. 노인은 마치

196

하느님의 말씀을 영접하는 양 그의 말에 귀를 기울였다.

"사랑스러운 내 딸! 맞네, 맞아, 걔는 나를 아주 사랑한다오. 그렇지만 걔가 아나스타지에 대해 한 말을 곧이곧대로 믿지는 말아요. 둘은 지금 서로 질투하는 거요, 아시겠소? 그건 오히려 걔들 마음이 따뜻하다는 증거요. 레스토 부인 역시 나를 아주 사랑한다오. 나는 잘 알지. 아버지와 자식의 관계는 하느님과 우리의 관계 같아서, 아버지는 자식의 마음을 꿰뚫어보고 무슨 생각을 하는지 알아맞힌다오. 내 딸들은 둘 다 똑같이 정이 깊다오. 오! 사위들이 착했다면 나는 너무나도 행복했을 텐데. 지상에 완전한 행복이란 없나보오. 내가 딸들 집에 살았다면, 뭐 다른 뜻이 아니라 내가 내 집에서 그애들을 데리고 살았을 때처럼 그저 그애들 목소리를 듣고, 걔들이 거기 있는 것을 확인하고, 걔들이 어딜 가거나 외출하는 것을 지켜볼 수만 있었다면, 난 심장이 벌렁거릴 정도로 기뻤을 거요. 그래, 걔들 옷차림은 근사하던가요?"

"예." 외젠이 대답했다. "그런데 고리오 영감님, 그처럼 부유하게 사는 딸들을 두고서 영감님은 어떻게 이런 움막 같은 방에서 사신단 말입니까?"

"솔직히 말해서," 그가 겉보기에는 무심한 표정으로 말했다. "이보다 더 좋은 곳에서 산다고 해도 내게 무슨 소용이 있겠소? 당신에게 그런 사정을 일일이 설명하기는 좀 어렵소. 나는 단 두 마디도 조리 있게 연결할 줄 모르는 사람이라오. 모든 것은 여기 들어 있지." 그가 자기 가슴을 두드리며 덧붙였다. "내 삶은 말이오, 내 두 딸 안에 있어요. 걔들이 즐거워하고, 행복하고, 근사하게 차려입고 다닌다면, 걔들이 양탄자 위를 걷는다면, 내가 무슨 옷감으로 옷을 해 입은들, 잠자는 곳이 아무리 누추한들 무슨 상관이겠소? 걔들이 따뜻하게 지낸다면 나는 전혀 춥지 않소. 걔들이 웃는다면 절대 쓸쓸하지 않다오. 나는 걔들이 슬플 때만 슬프오. 당신도 나중에 아버지가 되어보시오. 그래서 당신 자식들이 종알거리는 소리를 들으며 얘들이 정녕 나한테서 나왔단 말인가! 하고 되뇌게 될 때, 걔들이 당신의 몸속을 흐르는 피 한 방울 한 방울과 이어져 있다는 느낌이 들 때, 걔들이 그 피에서 피어난 가녀린 꽃이라는 생각이 들 때, 왜냐면 원래 그러니까! 당신은 걔들과 살갗을 맞댄 듯 밀접하게 연결되어 있구나, 걔들의 걸음걸이에 맞춰 몸이 흔들리는구나, 비로소 실감할 거요. 자식들 목소리가 어디서나 내게 화답한다오. 걔들 눈이 슬퍼 보일 때면 그 눈만 봐도 내 피가 멎는 것 같지. 언젠가는 당신도 사람은 자기 자신이 행복할 때보다 자식들이 행복할 때 훨씬 더 행복하다는 사실을 이해하게 될 거요. 나로선 그 까닭을 설명할 능력이 없지만, 내면의 움직임이란 것이 있어 온몸에 편안함을 퍼뜨리는 것 같소. 아무튼, 나는 인생을 세 번 사는 셈이라오. 신기한 이야기를 해줄 테니 들어보겠소? 좋아요! 내가 아버지가 되었을 때, 난 하느님을 이해했다오. 하느님은 어디나 계시지 않는 곳이 없지요. 창조는 그분의 소산이니까. 이보시오, 내가 내 딸들에게 그런 존재라오. 다만 나는 하느님이 세상을 사랑하는 정도보다 내 딸들을 더 극진히 사랑하오. 왜냐면 세상은 하느님만큼 아름답지 않지만 내 딸들은 나보다 더 아름답기 때문이라오. 내 딸들은 나와 영혼으로 너무 긴밀하게 엮여 있어서, 나는 오늘밤 당신이 걔들을 만날 줄 알고 있었다오. 오, 하느님! 여자는 사랑받을 때 진정 행복한 법, 내 귀여운 델핀을 그처럼 행복하게 해줄 남자가 나타나기를. 그런 남자가 나타나면 나는 그의 장화를 윤이 나도록 닦아줄 텐데, 그의 심부름이라면 뭐든 할 텐데. 나는 그애의 시녀를 통해 그 드 마르세라는 오종종한 자가 아주 못된 개자식이라는 걸 알게 되었다오. 그 말을 듣고 그자의 목을 비틀어 죽이고 싶은 충동을 느꼈었지. 보석 같은 여인을, 꾀꼬리 같은 목소리를, 조각처럼 빚어진 애를 사랑하지 않는다니! 그애는 그때 눈에 무엇이 씌었기에 그 돼지 같은 알자스 놈과 결혼했을까? 내 두 딸 모두 젊고 잘생기고 아주 착한 남자들과 맺어졌어야 했는데. 그런데 결국 그애들은 자기들 멋대로 결정을 해버렸다오."

고리오 영감은 숭고해 보였다. 고리오 영감이 부성이라는 열정의 불길로 그토록 환하게 빛나는 모습을 외젠은 이제까지 본 적이 없었다. 특기할 만한 사실이 하나 있으니, 바로 감정이 가진 스며드는 힘이다. 한 인간이 아무리 투미하다 할지라도, 강렬하고 진솔한 감정을 표출하는 순간부터 그는 표정을 변화시키고 동작에 활력을 주며 목소리에 생기를 부여하는 어떤 특별한 유체流體를 뿜어낸다. 그런가 하면, 종종 가장 어리석은 자도 열정에 사로잡히는 경우에는 말로, 혹은 말이 아니라면 생각으로라도 가장 우렁찬 웅변을 터뜨리는 경지에 도달하며, 눈부시게 찬란한 세계로 순간 이동하는 것처럼 보인다. 그 순간 고리오 영감의 목소리와 동작에는 위대한 배우가 빙의한 듯 강한 전달력이 실려 있었다. 아닌 게 아니라 우리의 아름다운 감정은 그 자체로 의지가 써내려간 시 아니던가?

"아! 그렇다면 영감님께서 이 얘기를 들으셔도 속상해하지 않으실 것 같네요." 외젠이 고리오 영감에게 말했다. "델핀 부인은 아마 그 드 마르세라는 자와 결별할 것 같습니다. 젠체하는 그 사내가 갈라티온 대공부인에게 들러붙기 위해 따님을 떠났거든요. 그리고 저로 말씀드리자면, 오늘밤 저는 델핀 부인과 사랑에 빠졌습니다."

"그럴 수가!" 고리오 영감이 말했다.

"맞습니다. 부인도 저를 싫어하지 않더군요. 우리는 한 시간 동안 사랑의 언사를 나누었습니다. 그리고 전 모레 토요일에 부인을 만나러 가기로 했어요."

"오! 이보시오, 당신이 델핀과 좋은 사이가 된다면 나야말로 당신을 너무너무 사랑하게 될 거요. 당신은 다정한 사람이잖소, 델핀에게 절대 고통을 주어서는 안 되오. 만약 당신이 델핀을 배반하면, 내가 먼저 당신 목을 잘라버리겠소. 여자는 진정한 사랑을 평생 단 한 번만 한다오, 아시겠소? 이런! 내가 지금 무슨 소리를 하고 있는 건지, 외젠 씨. 여긴 당신이 있기엔 추울 거요. 오, 하느님! 그런데 그애한테 뭐 들은 말 없소? 걔가 나에게 전해달라고 한 말 없소?"

'아무 말도 안 했는데.' 외젠이 속으로 중얼거렸다. "따님은 이렇게 말했어요." 그가 목소리를 높여 대답했다. "아버지께 딸의 다정한 입맞춤을 보낸다고요."

"잘 가시오, 이웃 양반, 잘 자고, 좋은 꿈 꿔요. 당신이 전해준 그 말로 내 꿈은 다 이루어졌소. 당신이 이루려는 모든 일에 하느님의 가호가 함께하기를! 오늘밤 당신은 나에게 착한 천사나 다름없었소. 딸아이의 숨결을 내게 전해주었으니까."

"가엾은 사람 같으니라고." 외젠은 자리에 누워 중얼거렸다. "목석 같은 사람의 가슴도 울릴 만한 일이야. 그의 딸은 눈곱만큼도 아버지를 생각하지 않았는데."

그날 밤 대화 이후 고리오 영감은 자기 이웃에게서 뜻하지 않은 친구, 속내 이야기를 나눌 상대를 찾아냈다. 그들 사이에 맺어진 이 관계는 노인이 다른 사람과 맺을 수 있는 유일한 관계였다. 정열은 결코 계산 착오를 범하지 않는 법이다. 고리오 영감은 외젠이 남작부인과 친밀해지면서 자신 또한 딸 델핀과 좀더 가까워지고 보다 나은 대접을 받게 되는 모습을 머릿속에 그렸다. 게다가 그는 외젠에게 자신이 가슴 아프게 생각하는 사실 하나를 털어놓았었다. 자신은 뉘싱겐 부인이 행복해지기를 하루에도 수천 번 기도하는데, 그녀는 이제까지 사랑의 감미로움을 한 번도 경험해본 적이 없다는 것이었다. 외젠은, 영감의 표현에 따르면 자기가 지금껏 보아온 젊은이 중 가장 친절한 남자였고, 따라서 그동안 쾌락이 무엇인지 모르고 살아온 딸에게 그 모든 쾌락을 안겨줄 적임자이리라는 것이었다. 이렇게 노인은 점점 더 커지는 우정을 통해 자신을 자신의 이웃과 동일시했는데, 그렇게 발전한 우정을 고려하지 않으면 이 이야기의 결말을 이해하기란 아마도 불가능했을 것이다.

　　다음날 아침식사 시간에, 외젠 곁에 앉은 고리오 영감이 외젠을 쳐다보는 정겨운 눈길과 외젠에게 던지는 몇 마디 말들, 그리고 평소 석고 마스크 같던 그의 표정에 일어난 변화가 하숙인들의 놀라움을 자아냈다. 지난번의 대화 이후 대학생을 처음으로 다시 본 보트랭은 그의 마음속을 읽고 싶어하는 눈치였다. 전날 밤 잠들기 전, 외젠은 자신 앞에 펼쳐진 광활한 벌판을 이리저리 측정하다가 그 사내의 계획을 떠올리고 당연히 마드무아젤 타유페르의 지참금으로 생각을 이어갔던 터라, 착하디착한 젊은이가 부유한 상속녀를 바라보는 표정을 띤 채 빅토린에게서 눈을 떼지 못했다. 그러다 우연히 둘의 눈이 마주쳤다. 불쌍한 그 여자도 새 옷을 근사하게 차려입은 외젠에게서 매력을 느끼지 않을 수 없었다. 둘이 주고받은 눈길이 꽤나 의미심장해서, 라스티냐크로서는 자신이 그녀에게 젊은 처자들이 처음 접한 매력적인 남자에게 푹 빠졌을 때 예외 없이 사로잡히게 되는 그런 막연한 욕망의 대상이 되었다는 사실을 충분히 알아차릴 만했다. '80만 프랑이라고!' 그렇게 외치는 목소리가 그의 내면을 울렸다. 그러나 그는 황급히 전날의 기억 속으로 달아나 뉘싱겐 부인을 향한 자신의 급조된 열정이 이뜻하지 않은 불순한 생각의 해독제가 되어주기를 기대했다.

"어제 이탈리아극장에서는 로시니의 〈세비야의 이발사〉가 공연되었어요. 전 그토록 아름다운 음악을 이제껏 들어본 적이 없어요." 그가 말했다. "세상에! 이탈리아극장에 칸막이 지정석을 가지고 있는 사람은 얼마나 행복할까요."

허공을 울리는 이 말을, 고리오 영감은 마치 주인의 움직임을 하나도 놓치지 않는 개처럼 단숨에 마음에 담았다.

"아주 수탉처럼 놀고먹는 데 도가 텄지." 보케르 부인이 말했다. "당신들 남자들 말이에요. 하고 싶은 건 다 하며 살잖아요."

"그래, 극장에서 어떻게 돌아오셨나?" 보트랭이 물었다.

"걸어서요." 외젠이 대답했다.

"나 같으면," 유혹자가 말을 받았다. "그런 반쪽짜리 즐거움은 사양하겠소. 내 마차를 타고 극장에 가서 내 전용 좌석에서 관람하고, 아주 편안하게 돌아오겠다는 얘기요. 모 아니면 도! 이게 나의 신조지."

"그거 좋은 신조네요." 보케르 부인이 말을 받았다.

"영감님은 뉘싱겐 부인을 보러 가시겠죠." 외젠이 고리오에게 소곤 거렸다. "부인은 분명 두 팔 벌려 영감님을 환대할 겁니다. 영감님을 통해 저에 대해 아주 사소한 부분까지 알아내려고 꼬치꼬치 캐묻겠죠. 보아하니 따님은 제 사촌인 보제앙 자작부인 댁에 출입할 수만 있다면 무슨 일이라도 하려는 것 같더군요. 내가 그녀를 얼마나 사랑하는지, 그래서 그녀의 소원을 얼마나 이뤄주고 싶어하는지, 잊지 말고 꼭 전해주십시오."

라스티냐크는 서둘러 법과대학으로 갔다. 그 지긋지긋한 집에 한시라도 더 머물고 싶지 않았다. 그는 너무나도 강렬한 희망에 부푼 젊은 이들이 겪는 신열에 사로잡혀 거의 온종일 이리저리 쏘다녔다. 그리고 보트랭의 논거가 머릿속을 떠나지 않으면서 사회생활이 무엇인지 곰곰이 생각하게 만들었다. 그러던 중, 뤽상부르공원에서 우연히 친구 비앙숑을 만났다.

"무슨 생각을 하길래 이리 표정이 심각해?" 의과대학생이 묻더니 그의 팔을 붙들고 궁이 있는 쪽으로 향했다.

"자꾸 사악한 생각이 들어서 괴로워."

"어떤 종류인데? 생각이란 말이야, 저절로 치유되는 법이야."

"어떻게?"

"생각에 굴복하는 거지."

"내가 무슨 생각을 하는지도 모르면서 농담을 하는군. 너, 루소를 읽어보았어?"

"그럼."

"그러면 이런 대목을 기억하겠네. 루소는 독자에게 묻지. 만약 파리에서 한 발짝도 움직이지 않은 채 오로지 염력으로만 저멀리 중국에 있는 늙은 고관대작을 죽여 그의 돈으로 부자가 될 수 있다면 어떻게 하겠느냐고 말이야."*

"기억나."

"그러면?"

"흥! 나라면 그런 중국 고관대작은 서른세 명이라도 죽이지."

"농담하지 말고. 자, 성공이 확실히 보장되는 일이고, 자넨 고갯짓으로 동의만 하면 돼. 그러면 그 일을 하겠어?"

"그 고관대작이라는 자가 아주 많이 늙었나? 아니, 말도 안 돼! 젊었든 늙었든, 중풍 환자든 건강하든, 솔직히 말해서…… 빌어먹을! 에잇! 난 안 해."

"비앙숑, 넌 정직한 친구군. 하지만 네가 만일 한 여자를 위해 네 영혼을 까뒤집어 보여주고 싶을 정도로 사랑에 빠졌다면, 그리고 그녀를 만나기 위해 돈이 필요하다면, 그녀의 치장 비용을 대주고, 마차를 마련해주고, 그 외 그녀의 온갖 바람을 충족시키기 위해 그것도 아주 많은 돈이 필요하다면 어쩔 테야?"

"너 지금 내 정신을 빼놓는구나, 그러고서 제정신으로 대답하기를 바라는 거야?"

"아! 맞아, 비앙숑, 난 지금 제정신이 아니야. 날 치료해줘. 나에겐 천사같이 예쁘고 순진한 누이가 둘 있어. 나는 그애들이 행복해지기를 원해. 하지만 지금부터 오 년 안에 걔들 지참금으로 줄 20만 프랑을 어

---

* 연구자들은 루소의 저작에 해당 대목은 나오지 않으며 비슷한 내용이 샤토브리앙의 저술에 나온다고 밝힌다. 발자크가 샤토브리앙을 루소로 착각한 것으로 보인다.

디서 마련한단 말이야? 너도 알다시피, 살다보면 큰돈을 걸어야 할 상황을 만나게 되잖아. 푼돈이나 벌자고 자기 행운을 날려서는 안 될 그런 상황 말이야."

"모든 사람이 인생의 초입에서 하는 질문을 하는군. 게다가 넌 고르디우스의 매듭을 단칼에 베어버리고 싶어해. 이봐, 그건 알렉산더대왕이나 돼야 할 수 있는 일이야. 그런 사람이 아니라면 감옥에 가는 거지. 난 말이야, 나중에 고향으로 내려가 아무 욕심 없이 아버지의 가업이나 이으며 조촐하게 살면 그것으로 행복하다고 생각해. 사람의 마음은 방대한 영역에서나 아주 소소한 구석에서나 똑같이 충만하게 채워질 수 있거든. 나폴레옹이라고 하루에 두 번 저녁을 먹은 것도 아니고, 카푸생병원에서 인턴으로 근무하는 의과대학생보다 더 많은 애인을 거느릴 수 있었던 것도 아니야. 이봐, 우리의 행복은 항상 우리의 발바닥과 후두부 사이 어디쯤 있는 법이야. 그리고 일 년에 100만 프랑을 쓰든 100루이를 쓰든, 그것으로 우리가 얻는 내적 만족도는 똑같은 법이지. 이상이 중국인의 목숨에 관한 나의 결론이야."

"고마워, 아주 좋은 말을 해주었어, 비앙숑! 우린 영원한 친구야."

"그런데 참." 의과대학생이 말을 이었다. "아까 식물원에서 퀴비에*의 강의를 듣고 나오다가 그 미쇼노와 푸아레가 벤치에 앉아 어떤 사람과 이야기하는 장면을 목격했어. 작년 소요사태 때** 국회의사당 근처

---

* 당대의 유명한 지질학자이자 동물학자, 고생물학자 조르주 퀴비에. 대학 시절 그의 비교해부학 강의를 수강한 발자크는 여러 작품에서 그를 만물의 이치를 설명하는 위대한 시인으로 높이 찬양한다.
** 1818년 10월 파리에서는 직전 국회의원 선거에서 승리한 자유주의자들이 주도한 시위가 빈발했다.

에서 본 적이 있는 사람인데, 연금으로 생활하는 성실한 부르주아로 변장한 경찰관 같았어. 미쇼노와 푸아레 커플을 주의 깊게 연구해볼 필요가 있어. 그 까닭은 나중에 설명해주지. 이만 헤어지자고. 오후 네시 병원 호출에 응해야 해."

외젠이 하숙집에 돌아와보니 고리오 영감이 기다리고 있었다.

"자, 받으시게." 노인이 말했다. "그애의 편지요. 하, 글씨도 얼마나 예쁜지!"

외젠은 편지의 봉인을 뜯고 읽었다.

보세요, 아버지를 통해 당신이 이탈리아 음악을 좋아한다는 얘길 들었어요. 당신을 제 칸막이 지정석에 초대하오니 너그러이 받아주신다면 기쁘기 한량없겠습니다. 이번 토요일에 포도르와 펠레그리니*의 공연이 있으니 우리 함께 관람하기로 해요. 제 초대를 거절하지 않으시리라 믿어요. 뉘싱겐 씨와 저는 당신이 우리집에 와서 격의 없이 편안한 저녁식사를 함께 나누었으면 좋겠다는 데 뜻을 모았습니다. 당신이 수락한다면 남편으로서는 저와 동행해야 하는 부부의 의무를 다하지 않아도 되니 아주 좋아할 것입니다. 답장은 하지 마세요, 그냥 오시면 돼요. 이만 줄입니다, 안녕히 계세요.

D. DE N.

---

* 포도르는 당시 인기를 누리던 프랑스 소프라노로, 특히 로시니의 오페라를 탁월하게 해석한 것으로 유명했다. 펠릭스 펠레그리니는 이탈리아 출신 베이스로 포도르와 함께 자주 무대에 올랐다.

"나도 좀 봅시다." 편지를 다 읽자 노인이 말했다. "갈 거지요? 그렇죠?" 그가 편지지에 코를 대고 냄새를 맡더니 덧붙였다. "향기가 참 좋군! 걔의 손가락이 여길 스친 거잖아, 어쨌든 말이야!"

'여자는 이런 식으로 남자에게 자신을 내던지듯 맡기진 않아.' 대학생은 속으로 생각했다. '그녀는 드 마르세를 붙잡기 위해 나를 이용하려는 거다. 이런 일을 하게끔 시키는 것은 원한밖에 없어.'

"아! 거참." 고리오 영감이 말했다. "대체 무슨 생각을 그렇게 하시오?"

외젠은 당시 일부 여성들이 사로잡혀 있던 광적인 허영 의식을 몰랐고, 포부르 생제르맹의 문을 열기 위해서라면 은행가의 아내로서는 어떤 희생도 감수할 수 있다는 점 또한 이해하지 못했다. 그 무렵부터 포부르 생제르맹 사교계의 일원이 된 여성들을 여성 중의 여성으로 보는 경향이 시작되었는데, '프티샤토*의 귀부인들'이라고도 불리는 이 여성들 가운데서도 보제앙 부인과 그녀의 친구 랑제 공작부인, 그리고 모프리뇌주 공작부인 등이 최고의 지위를 차지하고 있었다. 기라성같이 찬란하게 빛나는 최고의 여성들이 진을 치고 있는 이 최상위 클럽에 들어가기 위해 쇼세당탱의 여성들이 벌이는 필사적인 분투를 모르는 사람은 오직 라스티냐크뿐이었다. 그러나 계속 생각을 이어갈 기력이 달렸고, 그게 오히려 그에게는 도움이 되었으니, 덕분에 어느 정도 차분해졌고, 주어진 조건을 감수하는 대신에 조건을 내거는 알량한 힘도

---

* 루브르궁의 일부인 '마르상 별채'를 가리키는 말로, 당시 국왕 루이 18세의 동생이자 샤를 10세의 칭호로 프랑스 국왕이 될 다르투아 백작이 거주하던 곳이다. 앞서 나온 엘리제궁과 더불어, 편협한 귀족 정신으로 무장한 극우 왕당파를 가리키는 대명사로 쓰인다.

되찾았다.

"좋습니다, 가겠습니다." 그가 대답했다.

그렇게 호기심에 이끌린 그는 뉘싱겐 부인 댁을 방문하기로 했다. 만일 여인 쪽에서 자기를 도발했다고 여겼다면, 모르긴 해도 그는 정념에 불이 붙어 행동했을 것이다. 그렇기는 했지만 막상 다음날이 되자 외젠은 출발 시각을 기다리며 초조함을 감추지 못했다. 젊은 남자에게 처음으로 갖는 밀회란 첫사랑 못지않게 설렐 수도 있는 매력을 안겨주는 일이다. 성공에 대한 확신은 헤아릴 수 없는 행복의 원천이 되는바, 남자들은 이를 드러내지 않으려 하고 어떤 여자들은 그 행복감으로 매력 전체가 형성되기도 한다. 욕망은 쉽게 승리할 수 있다는 자신감에서도 생겨나지만, 그에 못지않게 승리를 가로막는 역경에서도 생겨난다. 모든 인간의 정념은 그 두 원인 중 어느 하나 때문에 유발되거나 유지되며, 그로 인해 사랑의 제국은 여러 갈래로 나뉜다. 아마도 이런 나뉨은 다양한 기질이라는 중요한 문제에서 배태된 여러 결과 중 하나일 터, 사람들이 뭐라고 말하든 그것이 사회를 지배한다. 예컨대 우울한 기질에는 교태의 왕성한 기운이 필요한 반면, 예민하고 다혈질인 기질을 지닌 사람들은 저항이 너무 오래 지속될 경우 끝내 철수하고 마는 식이다. 다른 용어로 말하자면, 애수 어린 비가가 본질상 림프성 체질의 산물인 것처럼 격정적인 서정시는 담즙성 체질의 산물이다. 몸치장에 열중하는 동안 외젠은 젊은이들이 혹시나 남들의 비웃음을 살까 두려워 감히 입에 올리지 않는, 그러나 그들의 자존심을 간질이는 소소한 행복감을 유감없이 맛보았다. 그는 아리따운 여인의 눈길이 자신의 검은 머리카락이 만든 우아한 컬 밑을 미끄러지듯 훑는 상상을 하며 머리를 정돈했다. 무도회에 갈 채비에 들뜬 젊은 여인이 하듯 스스럼없이 어린아이처럼 유치한 몸짓을 지어 보기도 했다. 그러곤 옷자락을 펼쳐 보이며 자신의 날씬한 몸매를 기분좋게 감상했다. "이 정도면 내가 최악은 아니겠지." 그가 중얼거렸다. "그건 확실해!" 그러고서 아래층으로 내려왔는데, 하숙집 사람들이 식탁에 자리잡고 있을 때라 모두 그의 멋진 차림새를 보며 괴성을 질러댔고, 그런 환호를 받자 그는 기분이 좋아졌다. 서민 하숙집에서 두드러지는 독특한 행태 중 하나가 바로 공들인 치장이 불러일으키는 야단법석이다. 하숙인 중 하나가 새 옷을 입고 나타나면 어김없이 저마다 한마디씩 보태는 것이다.

"쯧쯧쯧쯧." 비앙숑이 말을 흥분시킬 때 그러는 것처럼 혀를 입천장에 부딪쳐 괴상한 소리를 냈다.

"귀족원 공작 나리 차림샐세!" 보케르 부인이 말했다.

"정복 전쟁에 나서는 모양이네요!" 마드무아젤 미쇼노도 참견했다.

"꼬끼오!" 화가가 외쳤다.

"배우자 되시는 분께 경하를 드립니다." 박물관 직원이 말했다.

"저 양반한테 배우자가 있어요?" 푸아레가 물었다.

"있지, 일종의 다목적 배우자. 완벽 방수에 변색 없음 보증, 가격대는 25수에서 40수, 최신 유행의 체크무늬 도안, 세탁 가능, 마와 면과 모 합성이라 태가 예뻐요, 치통 및 기타 왕립 의술 아카데미가 분류한 질병에 특효, 게다가 애들에게도 효과 만점! 두통이나 과식은 물론 식도, 눈, 귀가 아플 때 더 좋고." 보트랭이 장돌뱅이나 돌팔이 약장수의 어조와 익살스럽고 번지르르한 말투를 흉내내 외쳤다. "이 기막힌 물건이 얼마짜리요, 여러분은 내게 묻겠죠? 단돈 2수? 아니, 전혀 아니죠. 이건 저 무굴제국에서 만든 물건의 유물로서, 저 위이이이이이대한 바덴 공작을 포함해 유럽의 모든 군주가 탐내던 것이라오! 자, 앞으로 곧장 들어가시오! 그다음 거기 작은 책상 있는 데서 계산하시고. 자, 음악 납시시고! 부릉부릉, 라, 라, 따링! 라, 라, 붐, 붐! 어이, 거기 클라리넷 양반, 음이 안 맞잖아." 그가 쉰 목소리로 이어갔다. "내가 가서 자네 손가락을 후려쳐야겠군."

"세상에! 저이는 얼마나 유쾌한지 몰라." 보케르 부인이 쿠튀르 부인에게 말했다. "저이와 함께 있으면 지루한 줄 모르겠다니까."

익살스럽게 펼쳐진 보트랭의 장광설을 신호탄으로 시작된 웃음과 농지거리가 난무하는 중에도 외젠은, 쿠튀르 부인에게 몸을 기울인 채 무어라 귀엣말을 하던 마드무아젤 타유페르가 은근슬쩍 자신을 훔쳐보는 것을 알아차릴 수 있었다.

"마차가 왔어요." 실비가 전했다.

"저 친구 어디서 저녁식사를 한대?" 비앙숑이 물었다.

"뉘싱겐 남작부인 댁이랍니다."

"여기 계신 고리오 씨의 따님 댁이지요." 대학생이 대답했다.

이 이름을 듣자 뭇시선이 전직 제면업자에게로 쏠렸는데, 그는 부러운 듯 외젠을 바라다보고 있었다.

라스티냐크는 생라자르가에 즐비하게 늘어선, 기둥도 두껍지 않고 주랑현관도 그리 거창하지 않아 파리에 전에 없던 예쁘장한 면모를 선보이는 어딘지 좀 경박해 보이는 집들 중 한 집 앞에서 마차를 내렸다. 돈 자랑을 하는 듯한 장식물이며 자연석 효과를 내는 화장 회반죽, 물품들, 대리석 조각을 모자이크 형태로 붙인 계단 층계참 등이 빈틈없이 들어찬 그 집은 갈데없는 은행가의 집이었다. 그는 이탈리아 그림 몇 점이 걸렸고 장식은 거리 카페를 빼닮은 조그만 응접실로 안내되어 뉘싱겐 부인을 만났다. 남작부인은 슬픈 표정이었다. 괴로움을 애써 감추려는 그녀의 모습은 가식의 흔적이 전혀 없어서 그만큼 더 외젠의 주의를 끌었다. 자신의 출현만으로도 그녀가 기뻐하리라 자신했건만, 절망에 사로잡힌 여자를 마주한 것이다. 이 실망감이 그의 자존심을 건드렸다.

"부인, 제젠 부인의 신뢰를 요구할 권리가 없습니다." 그는 그녀의 걱정거리에 관해 몇 차례 지분거리듯 떠보다가 진지하게 말했다. "만약 제가 불편하시다면, 그 마음 충분히 헤아리니, 그렇다고 솔직하게 말씀해주시기 바랍니다."

"저와 함께 있어주세요." 그녀가 말했다. "당신이 가버리면 전 홀로 남아 외로울 거예요. 뉘싱겐은 시내에서 저녁식사를 해요. 저는 혼자 있고 싶지 않아요. 기분전환이 필요하다고요."

"그런데 대체 무슨 일로 이러십니까?"

"당신에게만은 그 얘길 하고 싶지 않아요." 그녀가 외쳤다.

"무슨 일인지 알고 싶습니다. 듣자 하니, 저도 그 비밀에 일정 부분 관련이 있는 것 같은데요."

"그럴지도 모르죠! 아니, 아니에요." 그녀가 말을 이었다. "가슴속 깊이 묻어둬야 할 부부 갈등일 뿐이에요. 그저께 제가 그런 이야기를 하지 않았나요? 저는 전혀 행복하지 못하답니다. 금사슬이 가장 무거운 법이죠."

어떤 여자가 젊은 남자에게 자신이 불행하다고 말할 때, 만약 그 젊은 남자가 영민하고 잘 차려입었다면, 게다가 수중에 1500프랑의 여윳돈까지 있다면, 그는 외젠이 속으로 중얼거렸던 것처럼 생각하며 으쓱해지기 마련이다.

"당신 같은 분께도 뭔가 더 바랄 게 있나요?" 그가 반문했다. "아름답고, 젊고, 사랑받는데다 부자인데요."

"제 얘긴 그만해요." 그녀가 침울한 심정으로 고개를 흔들었다. "우리 둘이서 저녁식사를 함께하고 세상에서 가장 아름다운 음악을 들으러 가기로 해요. 제 모습 어때요? 당신 맘에 드나요?" 그녀가 자리에서 일어나자, 페르시아 문양이 수놓인 흰색 캐시미어 드레스가 영롱하고 우아하기 그지없는 자태를 드러냈다.

"당신 전체가 내 것이었으면 좋겠어요." 외젠이 말했다. "당신은 참으로 매혹적입니다."

"그러면 당신은 슬픈 재산을 소유하게 될지도 몰라요." 그녀가 씁쓸한 미소를 지으며 말했다. "당신이 보기에 이 집안 어디에도 불행의 낌새가 느껴지지 않잖아요. 하지만 그런 외양에도 불구하고 전 절망에 빠져 있답니다. 근심 걱정 때문에 잠도 오지 않아요. 이러다 추하게 변할 거예요."

"오! 그럴 리 없어요." 대학생이 말했다. "하지만 헌신적인 사랑으로도 물리칠 수 없는 그 고통이 어떤 것인지 몹시 궁금한데, 제가 알면 안 될까요?"

"아! 그걸 털어놓으면 당신은 절 피해 달아날 거예요." 그녀가 말했다. "당신은 저를 사랑한다고 하지만, 그건 남자들이 여자의 환심을 사기 위해 관례에 젖어 표명한 말일 뿐이에요. 만일 저를 진심으로 사랑한다면 당신은 아마 끔찍한 절망의 구렁텅이에 빠질지도 몰라요. 제가 왜 침묵을 지켜야 하는지 알겠죠? 그러니 제발." 그녀가 말을 이었다. "우리 이만 다른 이야기를 하기로 해요. 내실로 가서 제 방을 구경하시죠."

"아닙니다. 여기에 그냥 있기로 하죠." 외젠이 벽난로 앞 뉘싱겐 부인이 앉아 있는 이인용 소파로 가서 그녀 곁에 바짝 붙어 앉더니 자신 있게 그녀의 손을 잡았다.

그녀는 잡힌 손을 빼기는커녕 오히려 강렬한 흥분이 드러날 만큼 힘이 들어간 동작으로 젊은 남자의 손을 꼭 쥐었다.

"제 말 잘 들어요." 라스티냐크가 그녀에게 말했다. "근심 걱정이 있으면 반드시 저에게 털어놓아야 해요. 제가 당신을 사랑하는 까닭은 오로지 당신을 위해서라는 점을 증명하고 싶어요. 말해요, 제게 당신의 고통을 없애달라고 명령해요. 그러면 저는 그게 여섯 사람을 죽여야 하는 일일지라도 당신의 고통을 깨끗하게 날려줄 수 있어요. 말하지 않으면 저는 당장 여기서 나가서 다시는 돌아오지 않을 거예요. 어떻게 할래요?"

"아! 좋아요." 그녀가 절망에 사로잡힌 듯 자기 이마를 때리며 탄성을 토해냈다. "지금 당장 당신을 시험해보도록 하죠." 그러고는 속으로 생각했다. '그래, 이 방법밖에 없어.' 그녀는 초인종을 울려 하인을 불렀다.

"주인 양반 마차가 대기하고 있겠지?" 그녀가 시종에게 물었다.

"예, 마님."

"내가 그 마차를 쓰겠네. 주인 양반이 찾으면 내 마차와 말을 쓰시도록 하게. 저녁식사는 일곱시까지만 준비해놓으면 되네."

"자, 가요." 그녀가 외젠에게 말했다. 이 여인과 나란히 뉘싱겐 씨의 쿠페에 앉게 되자 외젠은 꿈을 꾸는 것만 같았다.

"팔레루아얄." 그녀가 마부에게 말했다. "테아트르프랑세 근처로."

마차를 타고 가는 동안 그녀는 약간 동요하는 기색이었고, 외젠의 끊임없는 질문공세에 대답하기를 거부했다. 외젠은 이 빈틈없이 완강한 무언의 저항에 마음만 쓰였지 정작 어떻게 대처해야 할지 알 수가 없었다.

'순식간에 손아귀에서 빠져나가는군.' 그가 생각했다.

마차가 멈추자 남작부인은 미친듯 말을 쏟아내는 대학생에게 그만 입을 다물라는 무언의 압력이 담긴 시선을 던졌다. 그만큼 그는 격분한 상태였다.

"당신은 정말로 저를 사랑하나요?" 이윽고 그녀가 입을 열었다.

"그럼요." 그가 엄습하는 불안감을 애써 감추며 대답했다.

"제가 어떤 요구를 하더라도 저에 대해 일절 나쁘게 생각하지 않을 자신 있어요?"

"물론입니다."

"제게 복종할 각오가 돼 있나요?"

"무조건요."

"혹시 도박장에 가본 적 있나요?" 그녀가 떨리는 목소리로 물었다.

"한 번도 없습니다."

"아! 다행이네요. 당신에게 운이 따르겠군요. 여기 이 돈주머니를 받아요." 그녀가 말했다. "받으라니까요! 100프랑이 들어 있어요. 그게 그토록 행복하다는 이 여자가 가진 돈 전부랍니다. 아무 도박장이나 골라 올라가요. 전 도박장이 정확히 어디 있는지 모르지만, 팔레루아얄에 여럿 있다는 건 알아요. 이 돈 100프랑을 룰렛이라는 도박에 걸어요. 몽땅 잃든지, 아니면 6000프랑을 따서 제게 돌려주든지 마음대로 해요. 당신이 돌아오면 제 근심 걱정이 무엇인지 말해줄게요."

"제가 무슨 짓을 하려는 것인지 조금이라도 알 수만 있다면 악마에게 영혼이라도 팔고 싶은 심정이지만, 어쨌든 무조건 당신 말에 복종하겠습니다." 그는 대답하며 속으로 쾌재를 불렀다. '이 여자는 이제 나와 위험한 관계로 엮였다. 앞으로 이 여자는 내 요구를 하나도 거역하지 못할 것이다.'

외젠은 예쁘장한 돈주머니를 받아들고 근처 옷가게 상인에게 가장 가까운 도박장이 어딘지 물어보고는 9번 팻말이 붙은 곳으로 달려간다. 도박장으로 성큼성큼 올라간다. 모자를 벗어 맡기라고 하니 그렇게 한다. 아무튼 도박장에 들어간다. 룰렛 판이 어디 있는지 묻는다. 도박장 단골들이 술렁이는 가운데 종업원이 새 손님을 긴 테이블 앞으로 안내한다. 구경꾼들이 우르르 외젠의 뒤를 따르고, 외젠은 뻔뻔하다 싶을 정도로 거침없이 어디에 돈을 걸어야 하는지 묻는다.

"여기 서른여섯 개의 번호 중 하나를 골라 1루이를 걸고, 그 번호가 나오면 36루이를 따는 거요." 점잖아 보이는 백발 노인이 그에게 설명한다.

외젠은 자기 나이와 같은 숫자인 21번에 100프랑 전부를 건다. 그가 무슨 일인지 알아차릴 새도 없이 경탄의 함성이 터져나온다. 그가 얼떨결에 당첨된 것이다.

"어서 딴 돈을 가져가시오." 노인이 그에게 말한다. "이런 방식으로 두 번 연속 당첨되는 경우는 일어나지 않소."

외젠은 노인이 건네준 갈퀴를 집어들고 3600프랑을 앞으로 끌어모은 다음, 여전히 도박 규칙에 대해서는 아무것도 모른 채, 이번에는 그 돈 전부를 붉은색 칸*에 다시 건다. 그가 연속해서 돈을 걸자 구경꾼들은 부러운 표정으로 그를 주시한다. 회전판이 돌고, 이번에도 그가 당첨된다. 룰렛 판 딜러가 그에게 다시 3600프랑을 밀어준다.

"당신은 7200프랑을 벌었소." 점잖아 보이는 노인이 그의 귀에 대고 속삭인다. "나를 신뢰한다면, 여기서 그만두고 가시오. 붉은색이 이미 여덟 번 나왔소. 자비로운 분이라면, 내 조언의 기여도를 인정하여 적빈의 상태에 처한 이 퇴역한 나폴레옹 치하 근위 장교의 가난을 덜어주시면 어떻겠소?"

라스티냐크는 얼떨떨한 상태로 백발 노인이 10루이를 챙겨가는 것을 묵인하고, 여전히 도박의 규칙에 대해서는 아무것도 모르지만, 자신에게 닥친 행운에는 깜짝 놀라 나머지 7000프랑을 들고 정신없이 내려온다.

"여기 있소! 이제 나를 어디로 데려갈 건가요?" 마차 문이 닫히자마자 그가 뉘싱겐 부인에게 7000프랑을 보여주며 말했다.

델핀은 미친듯이 와락 그를 껴안고 격하게 키스를 퍼부었지만, 거기에 애정은 담겨 있지 않았다. "당신이 나를 구해주었어요!" 기쁨의 눈

---

* 36개 번호 중 하나에 당첨되면 36배 배당금을 따는 앞의 방식과는 달리 붉은색 칸이나 검은색 칸에 돈을 거는 방식으로, 배당금은 건 돈과 같은 액수이다.

물이 그녀의 두 뺨을 타고 흘러내렸다. "당신에게 다 말할게요, 내 친구. 당신, 내 친구가 돼줄 거죠. 그렇지요? 당신에겐 내가 부자고, 풍족하고, 무엇 하나 없는 게 없고, 아쉬운 것도 없는 듯 보이겠지요! 아! 그런데요, 뉘싱겐 씨는 내가 내 맘대로 한푼도 못 쓰게 한답니다. 그는 집안 살림 비용을 다 자기가 관리해요. 내 마차 비용도, 극장 전용석 비용도요. 그 사람이 나에게 몸단장이나 옷치장을 위해 주는 돈은 부족하기 짝이 없어요. 그 사람은 치밀하게 계산해서 아무도 모르게 나를 궁핍한 지경으로 내몰죠. 하지만 그 사람을 붙들고 애원하자니 내 자존심이 도무지 허락하지 않는답니다. 사실은 내 돈인데 그 사람이 나한테 팔고자 하는 가격에 내가 내 돈을 사야 한다면, 난 인간 말종으로 전락한 꼴 아니겠어요! 70만 프랑이나 되는 지참금을 가진 부유한 내가 어찌 이렇게 다 빼앗기도록 당하고만 있을까요? 자존심에 상처를 입어가며, 격분하며 말이에요. 우리 여자들은 결혼생활을 너무 어리고 너무 순진한 상태에서 시작한답니다! 어쩔 수 없이 남편에게 돈을 달라는 말을 꺼내야 할 때마다 입이 찢어질 것처럼 괴로웠어요. 그래서 차마 그런 말은 꺼내지 못하고 그동안 안 쓰고 모아둔 돈과 불쌍한 내 아버지에게서 받은 돈을 축냈지요. 그다음엔 결국 빚을 지고 말았고요. 결혼생활은 나에게 최악의 실망 그 자체라서 당신에게 말할 수도 없는 지경이에요. 다만, 지금처럼 뉘싱겐과 거처를 분리하여 살지 못하고 만약 함께 살아야만 한다면 차라리 창밖으로 몸을 던져버리겠다는 내 심정만 알아도 사정이 어떤지 넉넉히 짐작될 거예요. 젊은 여자로서 보석이나 뭔가 갖고 싶은 물건들을 사느라(불쌍한 우리 아버지는 뭘 거절한 적이 없어서 우린 원하는 걸 갖는 데 익숙해져 있었죠) 지게 된 빚을 더는 버티지 못하고 남편에게 실토하지 않을 수 없었을 때, 나는 정말이지 죽음과 같은 극심한 고통을 겪었어요. 하지만 마침내 사실대로 말할 용기를 냈죠. 나도 내 재산을 들고 와 결혼한 거 아니에요? 그런데 뉘싱겐은 엄청 화를 냈어요. 내가 자기를 망하게 할 거라고 했는데, 얼마나 끔찍한 말이에요! 할 수만 있다면 땅속 깊이 파묻히고 싶은 심정이었어요. 그가 내 지참금을 다 가져갔잖아요, 그걸로 나에게 드는 비용을 내준 거고요. 그렇지만 그는 내 개인 지출에 대해 딱 액수를 정해놓겠다고 했고, 난 집안의 평화를 위하여 그걸 군말 없이 받아들였어요. 그 일 이후, 나는 당신도 아는 어떤 남자의 이기적인 욕망을 채워주는 선택을 스스로 했던 거예요." 그녀가 스스럼없이 말했다. "비록 그에게 농락당했지만, 고귀하다는 그의 성품을 부정할 수는 없겠네요. 그러나 어찌됐든 그는 비열하게 나를 떠났어요! 극도로 낙담해 있는 여인에게 어느 날 금화 한 뭉치를 던져줘놓고서 그 여인을 버린다니, 사람이 절대 해서는 안 되는 일이잖아요! 사람이라면 의당 그 여인을 영원히 사랑해야 하는 거잖아요! 당신은, 영혼이 아름다운 스물한 살의 당신은, 젊고 순수한 당신은 어떻게 한 여자가 한 남자가 주는 금화 뭉치를 받을 수 있느냐고 묻겠죠? 세상에! 우리가 자신에게 행복을 안겨준 사람과 모든 것을 나누어 갖는 건 너무도 당연한 일 아닌가요? 몸과 마음을 전부 다 바쳤는데, 그 전부의 극히 일부에 불과한 것을 두고 신경쓰는 사람이 어디 있겠어요? 돈을 갖고 왈가왈부하는 것은 서로 마음이 떠났을 때예요. 사랑하는 사람은 평생 하나로 맺어진 것 아닌가요? 우리 여자 중 누가 열렬히 사랑받고 있다고 믿으면서 이별을 내다본답니까? 당신네 남자들이 영원한 사랑을 맹세하는데 어떻게 영원한 사랑과는 무관한 이익을 챙길 수 있단 말입니까? 당신은 오늘 내가 어떤 고통을 당했는지 모를 거예요. 뉘싱겐이 내가 요청한 6000프랑을 못 주겠다고 못을 박았더군요. 매달 그만큼의 돈을 자기 정부인 오페라의 젊은 여배우에게 갖다 바치는 자가 말이지요. 나는 자살하고 싶었어요. 극단적인 생각들이 머리를 스치고 지나갔답니다. 차라리 식모나 내 방 시중을 드는 시녀의 운명이 부러운 적도 여러 번이었답니다. 아버지를 찾아갈까 하는 정신 나간 생각도 했고요! 아나스타지와 나는 그간 아버지를 죽도록 괴롭혔어요. 불쌍한 우리 아버지는, 당신 몸 가격이 6000프랑이 나간다면 몸이라도 팔았을 겁니다. 아버지를 찾아가봤자 뾰족한 수도 없이 그분을 절망하게만 만들었겠죠. 그런데 이제 당신이 나를 치욕과 죽음에서 구해낸 거예요. 난 괴로워서 어쩔 줄 몰랐거든요. 아! 당신, 이렇게 됐으니 이런 사실을 밝히지 않을 수 없네요. 아까 당신과 함께 있었을 때 정말 말도 안 되게 기분이 이상하더라고요. 당신이 나가서 시야에서 사라졌을 때 나는 마차에서 내려 달아나려고 했어요…… 어디로? 그야 모르죠. 파리 여인 중 절반의 삶이 바로 이렇답니다. 겉보기에는 화려하지만, 마음속엔 가혹한 근심이 한가득이죠. 내가 아는, 나보다 훨씬 더 불행한 가엾은 여자들만 해도 수두룩해요. 자신에게 물건을 공급한 상인에게 가짜 계산서를 작성해달라고 부탁할 수밖에 없는 여자들도 있어요. 또다른 여자들은 어쩔 수 없이 남편의 돈을 훔치기도 하고요. 그래서 어떤 남편들은 자기 아내가 산 100루이짜리 캐시미어 숄이 500프랑짜리인 줄 알고, 또 어떤 남편들은 아내의 500프랑짜리 캐시미어 숄이 100루이짜리인 줄 아는 겁니다. 그런가 하면 자기 자식들은 굶기면서 드레스 한 벌을 사기 위해 온갖 수단을 동원해 돈을 긁어모으는 불쌍한 여자들도 있어요. 나는요, 그런 추잡한 속임수와는 아예 거리가 멉니다. 내게 남은 마지막 고민은 이런 거예요. 어떤 아내들은 남편을 자기 뜻대로 부리기 위해 남편에게 자기 몸을 팔지만, 적어도 난 그런 점에선 자유롭습니다. 마음만 먹으면 뉘싱겐이 나를 황금으로 뒤덮게 만들 수도 있어요. 그러나 나는 내가 존경할 수 있는 남자의 가슴에 머리를 기대고 눈물 흘리는 편을 선택할 거예요. 아! 오늘밤 드 마르세 씨는 돈으로 산 여자처럼 나를 다룰 권리를 누리지 못하겠군요." 그녀는 두 손으로 얼굴을 감쌌다. 외젠에게 자신의 눈물을 보여주지 않으려고 그런 것인데, 외젠은 가만히 그녀의 두 손을 내리고 그녀의 얼굴을 그윽이 바라보았다. 그녀는 그 모습 그대로 숭고해 보였다. "돈과 마음을 결부시키다니, 끔찍한 일 아닌가요? 당신은 이런 나를 사랑할 수 없을 겁니다." 그녀가 말했다.

여자를 아주 고결하게 만드는 선한 마음씨, 그리고 현재의 사회구조 때문에 여자가 어쩔 수 없이 저지르게 되는 잘못, 이 둘이 섞인 모습이 외젠의 마음을 뒤흔들었다. 그는 고통스러운 외침을 토해내면서도 경솔함을 있는 그대로 순진하게 드러내는 이 아름다운 여인에게 찬사를 보내며 다정한 위로의 말을 아끼지 않았다.

"지금 한 얘기를 가지고 나를 공격하는 무기로 삼으면 안 돼요." 그녀가 말했다. "그러지 않겠다고 나에게 약속해요."

"아, 부인! 나는 그런 능력이 없습니다." 그가 말했다.

그녀는 외젠의 손을 붙잡고 감사와 상냥함을 가득 담아 자신의 가슴에 갖다댔다. "당신 덕분에 다시 자유롭고 즐거워졌어요. 나는 그간 강철 손아귀에 쥐여 살았거든요. 이제부터는 아무런 낭비도 하지 않고 소박하게 살고 싶어요. 그런 내 모습 그대로 좋아해주겠죠, 내 친구? 나머지는 당신이 가져요." 그녀가 1000프랑짜리 은행권 여섯 장을 챙기며 말을 이었다. "양심에 따라 말하자면 나는 당신에게 1000에퀴를 빚진 셈이에요. 애초에 우리가 반씩 나누어야 한다고 생각했으니까요." 외젠은 아니라고 순진한 소녀처럼 도리질 쳤다. 그러나 남작부인이 "당신이 공범이 되지 않겠다면, 난 당신을 적으로 간주하겠어요"라고 말하자 돈을 받으며 말했다. "이 돈은 혹시 불행에 처할 경우 도박 밑천으로 쓰겠습니다."

"내가 줄곧 두려워했던 얘길 하는군요." 그녀의 낯빛이 창백해졌다. "내가 당신에게 의미 있는 존재가 되기를 원한다면 맹세해줘요." 그녀가 말했다. "다시는 도박장에 가지 않겠다고요. 맙소사! 내가 당신을 타락시키다니! 괴로워서 죽고 싶은 심정이에요."

두 사람은 집에 도착했다. 부인의 궁핍한 속사정과 호화로운 집의 극명한 대조에 대학생은 당황스러웠다. 보트랭이 했던 불길한 말이 귓전을 맴돌았다.

"여기 앉아요." 남작부인이 침실로 들어가 난롯가 소파를 가리켰다. "난 아주 곤란한 편지를 써야 해요! 조언 좀 해줘요."

"아무 말도 쓰지 말아요." 외젠이 그녀에게 말했다. "그냥 은행권을 봉투에 넣고 주소를 적은 다음 시녀를 통해 전달하시죠."

"당신은 정말 사랑스러운 남자예요." 그녀가 말했다. "아! 번듯한 환경에서 번듯이 컸다는 게 바로 이런 것이겠죠! 순수 혈통의 보제앙 집안 사람 그 자체군요." 그녀가 미소 지었다.

'참 매력적인 여자야.' 그녀에게 점점 더 빠져들며 외젠은 속으로 생각했다. 그는 부유한 고급 창녀의 우아한 관능미를 짙게 풍기는 그녀의 침실을 둘러보았다.

"여기 마음에 들어요?" 그녀가 종을 울려 시녀를 부르며 물었다.

"테레즈, 이걸 직접 드 마르세 씨 댁으로 가져가렴. 드 마르세 씨 본인에게 전달해야 해. 만약 그분이 안 계시면 편지를 도로 가져와."

테레즈는 외젠에게 얄궂은 눈길을 던지곤 심부름을 떠났다. 저녁식사가 차려졌다. 라스티냐크가 뉘싱겐 부인에게 팔을 내밀자 부인은 맛있는 냄새가 나는 식당으로 그를 안내했다. 거기서 그는 보제앙 부인 댁에서 보고 감탄했던 화려한 식탁 장식을 다시 한번 마주했다.

"이탈리아극장에서 공연이 있는 날*마다 이리로 와서 나와 함께 저녁식사를 하고 극장에 가기로 해요." 그녀가 말했다.

"이 꿈같은 삶이 계속된다면야 나도 이런 생활에 익숙해지겠죠. 하지만 나는 아직 재산을 일궈야 하는 일개 가난한 대학생입니다."

"일구게 될 거예요." 그녀가 웃으면서 말했다. "봐요, 시간이 지나면 다 잘 풀리게 되어 있어요. 나도 이렇게 행복해지리라고는 기대하지 않았다고요."

불가능성이 입증될 때까지 가능하다고 여기고, 예감으로써 사실을 뒤엎는 것이 여자들이 지닌 속성이다. 뉘싱겐 부인과 라스티냐크가 함께 부퐁극장의 칸막이 좌석에 들어섰을 때 그녀는 득의양양한 표정으로 유난히 아름다워 보였으니, 극장 안 사람들은 저마다 그녀를 겨냥

---

* 당시 이탈리아극장 공연일은 화, 목, 토요일이었다.

한 이런저런 악담을 수군거렸다. 재미삼아 꾸며낸 물의를 그대로 믿게 만들어버리는 그 악담들을 여자들로서는 무방비 상태로 당할 수밖에 없다. 그래서 파리를 좀 아는 사람들은 입에서 입으로 전하는 말들을 절대 믿지 않으며, 벌어진 일들을 입에 올리는 법도 없다. 외젠은 남작 부인의 손을 꼭 잡았다. 둘은 음악이 주는 감흥을 주고받는 한편, 점점 더 밀착한 채로 대화를 나누었다. 두 사람에게는 황홀한 밤이었다. 그들은 함께 극장을 나왔다. 뉘싱겐 부인은 외젠을 퐁뇌프까지 바래다주 겠다고 했는데, 팔레루아얄에서는 그토록 열렬히 키스를 퍼붓더니 가는 내내 외젠의 키스를 한사코 거부했다. 외젠은 그런 모순된 행동을 비난했다.

"아까는," 그녀가 대꾸했다. "뜻하지 않은 헌신에 대한 감사의 표시 였어요. 하지만 지금 것은 언약의 징표가 될 수 있죠."

"그렇다면 당신은 내게 어떠한 언약도 하지 않겠다는 거군요, 야속 하네요." 그가 화를 냈다. 그녀는 연인의 넋을 빼놓는 조바심 어린 몸 짓을 지어 보이며 그에게 입맞춤하라는 뜻으로 손을 내밀었고, 그가 마지못한 척 손을 잡자 더욱 들뜬 기색이었다.

"월요일, 무도회에서 봐요." 그녀가 말했다.

환한 달빛을 받으며 집으로 걸어가면서 외젠은 곰곰 생각에 잠겼다. 그는 행복하면서 동시에 불만족스러웠다. 행복한 까닭은 잘만 하면 그의 욕망의 대상이었던, 파리에서 가장 아름답고 가장 우아한 여인을 애인으로 삼을 수 있는 모험이 시작되었기 때문이요, 불만족스러운 까닭은 그러면 자신이 세운 입신양명의 계획이 어그러질 것이 뻔했기 때문이었다. 며칠 전 그가 골몰했던 막연한 생각들이 눈앞의 현실로 닥친 것이다. 실패는 매번 우리의 요구가 얼마나 강했는지를 반증한다. 파리의 삶이 주는 향락을 즐기면 즐길수록, 외젠은 가난하고 보잘것없는 처지에 더이상 머물고 싶지 않다는 생각이 점점 더 커져갔다. 그는 호주머니 속 1000프랑짜리 은행권을 만지작거리며 온갖 합리화를 동원해서 그 돈이 자기 것이라고 되뇌었다. 그런 생각을 하며 걷다가 마침내 그는 뇌브생트즈느비에브가에 도착했다. 하숙집에 들어가 계단 위에 올라서자 어른거리는 불빛이 눈에 들어왔다. 고리오 영감이, 그의 표현을 그대로 적자면 "딸 만난 이야기를 해달라"고 했는데, 대학생이 혹시라도 그걸 잊을까봐 촛불을 켠 채 문을 열어놓았던 것이다. 외젠은 그에게 하나도 숨김없이 다 말했다.

"아니," 고리오 영감이 시샘으로 몹시 낙담해서 외쳤다. "걔들은 내가 망했다고 생각하는군. 나는 아직 1300리브르의 연금이 나오는 자산이 있는데! 세상에! 어린것이 불쌍도 하지, 걔가 왜 여기로 찾아오지 않았을까! 나에게 말했으면 그 연금 자산을 팔았을 것을. 그 자산에서 필요한 돈을 마련해주고, 난 남은 돈으로 종신연금에 가입해서 살면 되는데. 이웃 양반, 왜 나한테 먼저 와서 그애의 곤란한 처지를 전하지 않았소? 어떻게 그 눈물겹도록 알량한 100프랑을 도박에 걸 위험한 생각을 했단 말이오? 가슴이 찢어질 것 같군. 사위들이 어떤 작자들인지 알고도 남을 일이오! 오! 그놈들을 붙잡기만 한다면 내가 목을 비틀어버릴 거요. 맙소사! 울다니! 걔가 울었단 말이오?"

"제 조끼 가슴팍에 얼굴을 파묻고요." 외젠이 말했다.

"오! 그 조끼를 내게 주시오." 고리오 영감이 말했다. "그래, 여기 내 딸의 눈물이 묻었단 말이지! 어릴 때 한 번도 운 적이 없었던 내 사랑스러운 델핀의 눈물이! 오! 내가 당신에게 다른 조끼를 사줄 테니 이 조끼는 이제 입지 말고 내게 넘기시오. 결혼계약에 따르면 그앤 자기 재산을 쓸 권리가 있소. 아! 내일 당장 소송대리인 데르빌*을 만나러 가야겠군. 데르빌에게 그애 재산을 그애 이름으로 투자하게 해달라고 요구할 작정이오. 나는 법을 잘 알아요. 나는 늙은 늑대지만, 날카로운 이빨을 곧 되찾을 거요."

"이거 받으세요, 영감님. 우리가 딴 돈 중에서 따님이 제게 주려 했던 1000프랑입니다. 따님을 위해 이 돈을 그 조끼 속에 보관해두세요."

고리오는 외젠을 쳐다보다가 손을 내밀어 그의 손을 잡더니, 그 위에 눈물 한 방울을 떨구었다.

"당신은 반드시 성공할 거요." 노인이 그에게 말했다. "하느님은 정의로우시니까, 당신도 알잖소. 나로 말하자면 정직에 대해 조금은 아는 사람이오. 그러니 당신만한 사람이 아주 드물다는 것을 자신 있게 말할 수 있지. 당신도, 그래, 나의 사랑하는 아들이 되어줄 의향이 있소? 자, 이만 가서 주무시오. 당신은 잠을 잘 수 있을 거요. 아직 아버지가 아니니까. 그애가 울었다니, 그걸 난 이제야 알다니, 그런 줄도 모르고 그애가 괴로워하고 있는 동안 바보처럼 태연하게 밥이나 먹고 있었다니. 내가 말이야, 그 두 아이의 눈에서 눈물 한 방울이라도 흐르지 않게 하기 위해서라면 성부와 성자와 성령이라도 팔아넘길 위인인 내가 말이야!"

---

* '인간극'의 여러 작품에 등장하는 유능하고 양심적인 소송대리인. 『곱세크』에서 고리오 영감의 큰사위인 레스토 백작의 상속재산을 지켜내는 데 크게 활약하며, 『샤베르 대령』에서는 나폴레옹 전투에서 사망했다고 알려진 샤베르의 민법상 복권을 위해 동분서주한다.

"명예를 걸고 확신하건대," 외젠은 잠자리에 누우며 혼자 중얼거렸다. "나는 평생 정직한 사람으로 살 거야. 자기 양심의 부름에 따라 사는 사람에게 복이 있나니."

어쩌면 하느님의 권능을 믿는 사람만이 남몰래 선을 행하는지도 모른다. 외젠은 하느님의 권능을 믿었다. 라스티냐크는 다음날 시간에 맞추어 보제앙 부인 댁으로 갔고, 보제앙 부인은 그를 카리글리아노 공작부인에게 소개해주기 위해 무도회로 데려갔다. 그는 원수 부인에게 친절하기 그지없는 환대를 받았다. 무도회에는 뉘싱겐 부인도 와 있었다. 델핀은 모든 사람에게 잘 보이려는 생각으로, 특히 외젠에게 잘 보일 의도로 치장에 공을 들이고 와서 외젠이 자신에게 눈길을 주기를 초조하게, 그러나 그 초조함을 들키지는 않았다고 생각하며 기다렸다. 여자의 심정을 훤히 꿰뚫어보는 남자라면 잘 알겠지만, 이런 순간이야말로 설레는 기쁨으로 충만한 법이다. 입안에 맴도는 생각을 말하지 않고 억누르기, 몰려오는 쾌감을 멋들어지게 감추기, 상대방을 불안하게 만들어놓고 불안해진 상대방의 고백을 기다리기, 걱정하다가도 미소 한 번 지어주면 대번에 마음을 놓을 상대를 지켜보며 즐기기, 번번이 이런 식으로 상대를 애태우며 내심 흐뭇해하던 경험이 없는 남자가 어디 있는가? 그날 밤 무도회를 통해 대학생은 뜻밖에도 자신의 지위에서 오는 힘을 실감했다. 그는 보제앙 부인의 사촌임을 공인받음으로써 사교계에서 하나의 신분을 획득했다는 사실을 깨달았다. 뉘싱겐 남작부인을 정복한 일은 무도회에서 기정사실이 되어 있었으니, 그것이 그를 너무나도 돋보이게 했는지라 거기 모인 젊은 남자들은 다들 부러운 눈으로 그를 쳐다보았다. 그 부러움 섞인 시선을 간파한 그는 처음으로 맘껏 우쭐거리고 싶은 기분을 맛보았다. 이 살롱에서 저 살롱으로 옮겨다니며 사람들이 모여 있는 곳을 지나칠 때마다 그의 행운을 축하하는 인사가 들려왔다. 여자들은 모두 그의 성공을 점쳤다. 그를 잃을까봐 불안해진 델핀은 전날 밤 자신이 그토록 한사코 거부했던 키스를 그날 밤은 거부하지 않겠노라고 그에게 약속했다. 무도회에서 라스티냐크는 여러 건의 만남을 약속받았다. 사촌이 그를 몇몇 부인에게 소개했는데, 모두 우아하기로는 어디 하나 빠지는 구석이 없었으며, 대단히 멋진 저택을 소유한 것으로 명성이 자자했다. 그는 화려함에서 타의 추종을 불허하는 파리 최고의 사교계에 입성한 자신의 모습을 확인했다. 그날 밤 무도회는 그러므로 그에게 눈부신 데뷔였고, 그만큼 매혹적이었으니, 훗날 그는 마치 젊은 여인이 첫 성공을 거둔 무도회를 평생 잊지 못하듯 늙어서까지 그 감흥을 기억할 터였다. 다음날, 아침식사를 하며 그가 하숙인들 앞에서 고리오 영감에게 지난밤 자신이 거둔 성공을 이야기하자, 보트랭이 악마 같은 미소를 지었다.

"그렇다면 여러분 이게 말이 됩니까?" 가차없는 논리를 들이대는 데는 선수인 그 사내가 외쳤다. "최신 유행을 좇는 젊은 남자분께서 뇌브생트즈느비에브가의 이 메종 보케르에 머물다니요? 여러모로 대단히 훌륭한 하숙집인 것은 틀림없으나, 결코 유행을 선도하는 곳이라고는 할 수 없으니까요. 물론 편안하고 없는 게 없을 정도로 풍요로운 곳으로서 라스티냐크 같은 영주의 임시 거처로야 제격이지만, 결정적으로 뇌브생트즈느비에브가에 있는데다 화려함하고는 거리가 멀잖소, 에누리 없는 가부장 체제라마의 하숙집이니까요. 이보게 젊은 친구." 보트랭이 아버지처럼 인자하지만 조롱기가 역력한 표정으로 말을 이었다. "파리에서 두각을 나타내고 싶다면, 말 세 필과 낮에 쓸 틸버리 마차, 그리고 밤에 쓸 쿠페 마차가 필요할 텐데, 그러면 마차값으로만 9000프랑이 들지. 거기다 양복점에 3000프랑, 화장품가게에 600프랑, 구둣방에 100에퀴, 모자점에 100에퀴를 지출할 형편이 안 된다면 당신의 빈한한 운명에 화가 치밀 거요. 세탁부에게는 아마 1000프랑쯤 지출해야 할 거고. 최신 유행을 좇는 젊은이라면 속옷가지들에 대해서도 엄청 신경을 쓰지 않을 수 없겠지. 그거야 더없이 빈번하게 관찰되는 모습 아니겠소? 사랑과 교회 둘 다 자신들의 제단에 씌울 아름다운 제단보를 원하는 법이거든. 자, 이것들만 해도 벌써 1만 4000프랑이오. 도박을 하다가, 내기를 걸다가, 선물을 하느라 날려버릴 돈은 언급하지도 않았소. 게다가 비상금으로 항상 지니고 있어야 할 2000프랑을 계산하지 않을 수 없지. 나도 한때 그런 생활을 해봐서 비용이 얼마나 드는지 잘 안다오. 이 기본적인 지출 말고도 배를 채우는 데 드는 300루이, 몸을 뉘는 데 드는 1000프랑을 추가해야 할 거요. 자, 친애하는 애송이 양반, 매년 약소하지만 2만 5000프랑쯤은 옆구리에 차고 있어야겠지, 아니면 시궁창에 처박히고, 스스로를 조롱거리로 만들고, 미래를, 성공을, 정부들을 잃게 되는 거요! 하인과 마부를 거느리는 돈을 깜빡했군! 혹시 크리스토프더러 연서를 배달하라고 할 생각이오? 당신이 평소 사용하는 종이에 연서를 쓰고? 그건 자살행위나 마찬가지요. 경험이 풍부한 왕년의 용사가 하는 말을 믿으시오!" 그가 저음의 목소리로 린포르찬도* 표시를 따르듯 말을 이어갔다. "아니면 고결함

---

* 여림에서 셈으로 점점 이동하며 부르라는 악보 표시.

을 지키는 지붕 밑 방에 처박혀 일과 결혼하고 살든가, 그것도 아니면 아예 다른 길을 걸으시든가."

　이어 보트랭은 자신이 대학생을 타락시키기 위해 그의 가슴에 뿌려놓았던 유혹의 씨앗을, 그 논지를 상기시키고 요약하려는 듯 눈을 찡긋하며 마드무아젤 타유페르를 가리켰다. 라스티냐크가 방탕하기 그지없는 생활을 한 지 여러 날이 지났다. 그는 거의 날마다 뉘싱겐 부인과 저녁식사를 함께했으며, 그녀를 동반하여 사교계에 드나들었다. 새벽 세시나 네시경에 귀가하는 일이 다반사였고, 정오쯤 잠자리에서 일어나 몸단장을 한 다음 날씨가 좋으면 델핀과 함께 숲을 산책했다. 그렇게 그는 시간이 얼마나 소중한지 망각한 채 자신에게 주어진 시간을 낭비했고, 대추야자 암나무의 꽃이 수정을 위해 갈급하게 꽃받침을 벌려 수나무의 성숙한 꽃이 분비하는 꽃가루를 받아내듯이 사치가 제공하는 모든 종류의 가르침과 모든 종류의 유혹을 열렬히 빨아들였다. 그는 판돈이 제법 큰 도박을 일삼아 많은 돈을 잃기도 하고 따기도 하면서 마침내 파리의 젊은 남자들이 빠지는 허랑방탕한 삶에 완전히 익숙해졌다. 도박에서 처음 딴 돈으로 어머니와 누이에게 1500프랑을 보낼 땐 예쁜 선물을 곁들였다.* 메종 보케르를 떠나겠노라고 일찌감치 통보해두었지만, 1월 말이 되도록 그는 여전히 그곳에 머물렀으며, 어떻게 거기서 나와야 할지도 구체적으로 생각하지 못한 상태였다. 거의 모든 젊은이는 겉보기엔 불가해한 어떤 법칙에 종속되어 움직이는 것 같지만, 알고 보면 그 진짜 이유는 다름 아닌 그들의 젊음 자체, 그리

---

* 앞에서 라스티냐크의 어머니와 두 누이가 그에게 보내준 돈은 모두 1550프랑이었다.

고 쾌락을 향해 미친듯이 돌진하는 그들의 격정에 있다. 부유하든 가난하든 그들은 생활필수품을 구매할 돈은 가져본 적이 없는 반면, 자신들의 변덕을 만족시키기 위한 돈은 항상 챙긴다. 외상으로 구할 수 있는 모든 것을 펑펑 써대면서 즉시 돈을 치르고 구매해야 하는 모든 것에는 몹시 인색하다. 자신들이 가질 수 있는 것을 전부 탕진함으로써 가지지 못한 것에 대해 복수하려는 것 같다. 문제를 보다 명확하게 보여주기 위해 다른 식으로 말해보자. 대학생은 예복보다는 모자에 더 공을 들인다. 예복 가격이 엄청나므로 외상거래를 많이 하는 양복점 주인은 주로 채권자가 되는 반면, 모자 가격은 대단치 않아 현금거래를 하는 모자점 주인은 늘 손님과 담판을 짓기 마련이라 협상 상대 중 가장 까다로운 존재로 통한다. 만약 극장 2층 발코니 관람석에 앉은 젊은 남자가 오페라글라스를 대고 주위를 살피던 아리따운 여인들의 눈이 휘둥그레질 정도로 멋진 조끼를 갖춰 입고 있다면 그가 양말은 제대로 신고 있는지 의심해보아야 한다. 양품점 주인이 그의 지갑을 갉아먹는 바구미 중 하나로 아직 남아 있는 것이다. 당시 라스티냐크의 상태가 바로 그랬다. 보케르 부인에게 하숙비를 내야 할 때는 늘 텅텅 비어 있으나, 허영심을 만족시킬 때는 늘 가득한 그의 돈주머니는 먹고살기 위한 기본적인 지출과는 아무 관련 없는, 주기적으로 발작하는 야욕의 지배하에 놓인 속주머니를 따로 차고 있었다. 기세등등한 그의 자신감을 번번이 무릎 꿇리는 악취나고 역겨운 하숙집을 떠나려면 하숙집 안주인에게 한 달 치 하숙비를 지불하고 멋쟁이의 거처에 어울리는 새 가구들을 들여야 하지 않겠는가? 아무리 생각해도 그건 불가능했다. 라스티냐크는 도박 자금을 마련하기 위해 이전에 도박으로 딴 돈으로 귀금속가게에서 비싸게 구매한 회중시계와 금줄을 젊은이들의 음습하고 과묵한 친구인 전당포에 맡길 줄이나 알았지, 식비와 주거비를 치르거나 우아한 삶을 영위하는 데 없어서는 안 될 도구들을 사거나 하는 문제가 닥치면 기지도 과감함도 자취를 감추었다. 일상생활에서 마주치는 다급한 문제나 생활비를 해결하기 위해 지게 된 빚 따위에는 무감각해졌다. 요행수를 바라는 삶에 익숙한 사람 대다수가 그러듯, 그는 부르주아들이 신성하게 여기는 채권 청산을 최후의 순간까지 미루고 미뤘다. 약속어음 추심이라는, 종교박해에 비견되는 무시무시한 위협을 받고서야 비로소 빵값을 갚은 미라보*처럼 말이다. 그즈음 라스티냐크는 도박에서 돈을 잃고 빚을 진 상태였다. 대학생은 고정 수입 없이는 그런 삶을 지속할 수 없다는 점을 깨닫기 시작했다. 그러나 자신의 불안한 처지로부터 날카로운 공격을 받고 신음하면서도 그런 삶이 주는 엄청난 쾌락을 포기할 수 없을 것 같았고, 무슨 수를 쓰더라도 그 생활을 계속 이어가고 싶었다. 그가 성공을 위해 기대했던 우연의 작용은 신기루가 되어버렸고, 현실적인 장애물은 커져만 갔다. 뉘싱겐 부부의 비밀스러운 가정사에 접근하면서, 그는 사랑을 성공의 도구로 전환하고자 한다면 어떤 수모도 감수해야 한다는 것을, 젊음의 과오에 대한 속죄랍시고 고상한 생각을 내세우는 짓은 하지 말아야 한다는 것을 깨달았다. 겉은 화려하지만 속은 후회가 낳은 온갖 기생충에

* 미라보(1749~1791)는 대혁명 초기 뛰어난 웅변으로 삼부회와 국민의회를 이끈 주역이었다. '자유의 헤라클레스'라는 별명으로 불릴 만큼 혁명 영웅 대접을 받았지만 무절제하고 방탕한 생활로도 유명했다. 해당 일화의 출처는 불분명하지만 아마도 그런 세평과 관련된 것으로 보인다.

갉아먹히는 삶, 순식간에 사라지고 마는 쾌락을 끈질기게 달라붙는 번민이라는 비싼 대가를 치르며 내내 뉘우쳐야 하는 삶, 그는 그런 삶을 부둥켜안은 채, 라브뤼예르의 『성격론』에 나오는 허랑방탕한 인간 유형*처럼 진흙구덩이 속에 자리를 펴고 뒹굴었다.

"그래, 그 중국 고관대작은 죽었나?" 어느 날 식사를 마치고 나오다가 비앙숑이 그에게 물었다.

"아니, 아직." 외젠이 대답했다. "하지만 그자는 빈사 상태에서 숨을 헐떡이고 있지."

의과대학생은 농담으로 받아들였지만, 사실 그 말은 농담이 아니었다. 오랜만에 하숙집에서 저녁식사를 한 외젠은 내내 깊은 생각에 잠긴 모습이었다. 그는 후식을 먹고도 식당에서 나가지 않고 마드무아젤 타유페르 근처에 앉아 이따금 그녀에게 의미심장한 눈길을 보냈다. 몇몇 하숙인이 아직 식탁을 떠나지 않고 호두를 까먹는 중이었고, 다른 하숙인들은 앞뜰을 거닐며 식탁에서 하던 이야기를 이어갔다. 거의 매일 저녁 반복해오던 대로, 그들은 대화중에 느꼈던 흥미의 강도에 따라, 혹은 소화를 시키느라 부대끼는 정도에 따라 차이를 보였지만 각자 하고 싶은 것을 했다. 겨울이면 여덟시 전에 식당이 텅 비는 경우가 드물었으니, 그 시간이면 여자들 넷만 남아 남자들이 득세했던 직전의 식사 자리에서 여자라는 이유로 강요받았던 침묵에 복수라도 하듯 이야기를 나누기 시작하는 것이 보통이었다. 그런데 그날 저녁엔 외젠이 골똘하게 생각에 잠겨 있는 모습을 보고 흥미를 느낀 보트랭이 식사를

---

* 그러나 17세기를 대표하는 모럴리스트인 라브뤼예르의 작품에는 이런 유형의 인간이 나오지는 않는다.

마치고 서둘러 나가려 하다가 그냥 식당에 남았는데, 줄곧 외젠의 눈에 잘 안 띄는 자리에 있었기에 외젠은 그가 이미 나가고 없는 줄 알았다. 그러고 있다가 보트랭은 마지막으로 식당을 나서는 하숙인들을 따라나서지 않고 음험하게 홀에 머물렀다. 그는 이미 대학생의 마음을 읽고, 어떤 결정적인 징후를 예감한 터였다. 아닌 게 아니라, 라스티냐크는 그 순간 수많은 젊은이가 익히 경험했을 혼란스러운 상황에 놓여 있었다. 사랑에 빠진 건지 그저 교태를 부리는 건지, 뉘싱겐 부인은 파리 여인들이 능수능란하게 구사하는 수완을 적절히 동원하여 라스티냐크를 말 그대로 정념의 노예로 만들고 번민에 휩싸이게 했다. 보제앙 부인의 사촌을 자기 곁에 붙잡아두기 위하여 뭇사람 앞에서 평판을 실추시킬 만한 행동을 스스로 했으면서도, 그녀는 그의 권리를 인정하는 듯하면서 실제로는 허용하지 않고 주저하기만 했다. 그녀는 그렇게 한 달 내내 외젠의 욕정을 들끓게 하다가 마침내 애간장이 녹을 지경으로까지 만들었다. 둘의 관계가 시작된 초기에 대학생은 자신이 주도권을 쥐었다고 생각했지만, 뉘싱겐 부인은 외젠을 상대로 파리의 젊은 남자 한 명 속에 들어앉은 두세 사람분의 감정을 좋은 것이든 나쁜 것이든 죄다 들쑤셔놓는 수법을 발휘해 금세 우위를 점했다. 그녀가 계산을 하고 그랬을까? 아니다. 여자들은 늘, 심지어 더할 나위 없이 엄청난 거짓말을 할 때조차 진실하다고 할 수 있는 것이, 그저 어떤 타고난 감정을 따르는 것이기 때문이다. 어쩌면 델핀은 이 젊은이가 느닷없이 자신을 그토록 강하게 압박해 들어오도록 내버려두고 그에게 과도한 애정을 보여주며 장단을 맞추었다가, 어떤 자존심이 발동해 자신이 양보한 부분을 번복하거나 재미삼아 유예하고 있었던 것인지도 모른다. 정념의 포로가 된 순간에도 몸을 내던지기를 주저하거나 조만간 자신의 미래를 맡길 남자의 마음을 떠보거나 하는 것은 파리의 여인에게 너무나 자연스러운 일이다! 뉘싱겐 부인이 품었던 희망은 이미 한번 송두리째 배반당했으니, 한 젊은 이기주의자에게 몸과 마음을 다해 바친 정성이 무참하게 무시당한 것이 불과 얼마 전이었다. 그러므로 그녀가 잔뜩 경계하는 것도 일리가 있었다. 어쩌면 그녀는 사교계에서 빠르게 주목을 받자 다소 거만해진 외젠의 태도에서 야릇하다면 야릇하다고 할 그들의 관계에 대한 일종의 무례함을 읽어냈는지도 모른다. 그녀는 필시 외젠 또래의 남자에게 위엄 있게 보이고 싶었을 것이고, 얼마 전 결국 자신을 버린 남자 앞에서 그렇게 오랫동안 움츠러들어 있었던 만큼 외젠 앞에서는 기를 펴고 싶었을 것이다. 그녀는 자기가 한때 드 마르세의 여자였음을 안다는 이유로 외젠이 자기를 쉽게 정복할 수 있는 상대로 여기는 것을 원치 않았다. 요컨대, 진짜 괴물인 젊은 호색한의 치욕스러운 성 노리개 취급을 당했던지라 그녀는 꽃이 만발한 사랑의 영토를 한가롭게 거닐며 마음껏 감미로움을 맛보고 싶었으며, 그렇기에 그 감미로움 하나하나에 경이로워하고, 두근대는 떨림에 오랫동안 귀기울이고, 부드러운 미풍의 애무에 오랫동안 몸을 맡기는 관계에 강하게 끌렸을 것이다. 진정한 사랑이 사악한 사랑의 대가를 치르는 셈이었다. 불행하게도 이런 어긋남은 배신당한 사랑에서 받은 첫 충격으로 여인의 마음속 꽃밭에서 얼마나 많은 꽃이 꺾여 나가는지 남자들이 알지 못하는 한, 앞으로도 계속해서 빈발할 것이다. 진짜 의도가 무엇이었든, 델핀은 라스티냐크를 가지고 놀며 이를 즐겼는데, 그건 아마도 그녀가 스스로 사랑받는 존재임을 알고 있고 자신이 지닌 여인으로서의 은혜로운 기쁨을 선사하면 언제라도 연인의 근심을 멈출 수 있다는 자신감을 가졌기 때문이리라. 외젠은 자존심 때문에 자신의 첫 전투가 패배로 끝나길 원치 않았고, 그래서 처음으로 맞이하는 성 위베르* 축일에 어떻게 해서든 뇌조 한 마리를 잡겠다고 마음먹은 사냥꾼처럼 한번 시작한 추격을 접지 않았다. 불안감, 상처 받은 자존심, 암담한 심정 등이 진짜 기분인지 가짜 기분인지 몰라도 그를 점점 더 그 여인에게 집착하도록 만들었다. 파리 사람이라면 누구나 뉘싱겐 부인을 그의 애인이라 인정했지만, 그로서는 그녀를 처음 만난 날보다 관계가 더 진척되었다고 볼 만한 부분이 없었다. 한 여자의 교태가 때로는 그녀의 사랑이 선사하는 쾌락보다 더 많은 특전을 제공한다는 사실을 알 리 없는 그는 어리석은 분노를 키워만 갔다. 여자가 사랑을 두고 스스로 옥신각신하는 시기라서 라스티냐크에게 그 시기에 열린 만물 과일이 전리품처럼 주어졌던 것이지만, 풋내나고 새콤달콤한 그 열매는 만물인 만큼 비싸기도 했다. 수중에 한푼도 없고 장래도 암담하기만 한 자신의 처지를 확인하면서, 그는 자기 양심의 목소리에도 불구하고 보트랭이 제시했던 일확천금의 기회, 곧 마드무아젤 타유페르와의 결혼을 그즈음 이따금 머릿속에 떠올려보기도 했다. 그러니까 그때 자신의 비참함이 내지르는 고함에 정신이 멍멍한 상태였던지라 그는 저 무시무시한 스핑크스가 내쏘는 섬광에, 전에도 종종 자신을 홀린 적이 있었던 그 눈빛에 거의 무방비 상태로 사로잡히고 만 것이다. 푸아레와 마드무아젤 미쇼노가 각자 방으로 올라가자

---

* 사냥꾼들의 수호신.

라스티냐크는 자기 주변에 보케르 부인과 난롯가에서 조는 듯 마는 듯 털실로 토시를 뜨고 있는 쿠튀르 부인만 있는 줄 알고 마드무아젤 타유페르를 다정히 바라보았는데, 그 눈길이 어찌나 정겨운지 그녀가 그를 피해 시선을 떨굴 정도였다.

"무슨 근심이라도 있나요, 외젠 씨?" 빅토린이 잠시 침묵을 지키다가 말을 건넸다.

"근심 없는 남자가 어디 있겠어요!" 라스티냐크가 대답했다. "하지만 우리 젊은 남자들은요, 여자를 위해 언제라도 기꺼이 희생할 태세가 되어 있는 우리는 말이지요, 그 희생에 대한 보상으로 여자에게 진심으로 헌신적인 사랑을 받고 있다는 확신만 든다면, 그렇다면 절대 아무런 근심도 없을 겁니다."

마드무아젤 타유페르는 이에 대답하는 대신, 결코 달리 해석될 여지가 없는 그런 시선으로 그를 바라보았다.

"당신이라면요, 마드무아젤, 당신이라면 말이에요, 오늘 당신의 마음을 확실히 안다고 합시다. 그러나 그 마음이 절대 변치 않으리라 대답하실 수 있겠습니까?"

가엾은 여자의 입술 위로 마치 그녀의 영혼에서 솟은 빛처럼 한 가닥 미소가 피어나 어른거렸고, 그 미소로 그녀의 얼굴이 너무도 환하게 빛나는 바람에 외젠은 자기 말이 그처럼 선연한 감정의 분출을 일으킨 것에 적잖이 놀랐다.

"어떨까요! 만약 내일 갑자기 당신이 부자가 되고 행복해진다면요, 당신에게 엄청난 재산이 하늘에서 뚝 떨어진다면요, 그런데 당신에게는 당신이 힘들었던 시절 마음에 두었던 가난한 젊은 남자가 있다면요. 그래도 당신은 그 남자를 여전히 사랑할 수 있나요?"

그녀는 귀엽게 고개를 끄덕여 보였다.

"그 남자가 아주 불행한데도요?"

또다시 같은 끄덕임.

"두 사람, 지금 대체 무슨 실없는 수작을 하는 거요?" 보케르 부인이 큰 소리로 끼어들었다.

"신경쓰지 마세요." 외젠이 대답했다. "우리끼리 하는 말이니까요."

"그러니까, 외젠 드 라스티냐크 기사 나리와 마드무아젤 빅토린 타유페르 사이에 결혼 언약이라도 오간단 말이오?" 보트랭이 갑자기 식당 문 앞에 나타나 예의 그 걸쭉한 목소리로 물었다.

"아이고! 당신 때문에 간 떨어지겠소." 쿠튀르 부인과 보케르 부인이 동시에 말했다.

"나는 더 잘못된 선택이라도 할 수 있소." 보트랭의 목소리를 듣고 이제까지 느꼈던 중 가장 견디기 힘든 감정이 치밀어오르는 것을 느끼며, 그러나 겉으로는 웃어 보이며 외젠이 대꾸했다.

"두 분, 그런 불쾌한 농담은 당장 멈추세요!" 쿠튀르 부인이 말했다. "얘야, 방으로 올라가자."

보케르 부인도 두 하숙인의 뒤를 따라 올라갔다. 그들과 함께 밤을 보냄으로써 자기 촛불과 난롯불을 절약할 심산이었다. 이제 외젠 홀로 보트랭과 맞대면하는 상황이 펼쳐졌다.

"당신이 이렇게 될 줄은 이미 알고 있었지." 그 사내가 한 치의 흔들림도 없이 냉정함을 유지한 채 외젠에게 말했다. "하지만, 잘 들으시게나! 나도 말이지, 누구 못지않게 세심한 구석이 있는 사람이니까. 평정신을 잃은 상태니 지금 당장 뭘 결정하지는 마시오. 당신, 빚을 지고 있군. 당신을 내게로 이끈 것이 정념이나 절망이 아닌 이성이었기를 바라오. 모르긴 해도 당신은 지금 몇천 에퀴 정도 필요할 텐데, 자, 받으시오. 이걸 원하시는 게 아닌가?"

그 악마는 호주머니에서 지갑을 꺼내더니 은행권 석 장을 꺼내 대학생의 눈앞에 대고 팔랑팔랑 흔들었다. 외젠은 당시 최악의 상황에 빠져 있었다. 다주다 후작과 드 트라유 백작에게 카드게임에서 잃은 돈 100루이를 갚겠다고 구두로 약속한 상태였다. 그러나 갚을 돈이 없었다. 그래서 자기를 기다리는 레스토 부인 댁의 저녁 모임에 감히 걸음할 엄두가 나지 않았다. 격식 같은 것 없이 간단하게 다과를 나누는 모임이지만, 운이 없는 사람은 휘스트게임에서 6000프랑을 잃는 경우도 생기는 곳이었다.

"이보시오," 외젠이 극심한 동요를 애써 감추며 말했다. "당신이 내게 당신 계획을 털어놓은 건 털어놓은 거고, 그렇다고 내가 당신에게 무슨 빚이라도 졌다고 여기는 건 말도 안 된다는 점을 명심해야 할 거요."

"아! 그렇고말고, 다르게 말했으면 내가 좀 골치 아프게 됐을 텐데." 유혹자가 대꾸했다. "당신은 잘생긴 젊은이요. 섬세하고 사자처럼 자신만만한가 하면 아가씨처럼 부드럽지. 그러니 악마에게 좋은 먹잇감인 셈이오. 나는 젊은이다운 그런 점을 좋아하지. 거기에 고단수의 정치적 고려를 두세 가지 더 얹어보시게나, 그러면 세상을 있는 그대로 보게 될 거요. 잘났다고 하는 인간이란 세상이라는 무대에서 고귀한 품성을 갖춘 양 소소한 몇몇 장면을 연기하면서 객석의 얼간이들이 보내는 우레와 같은 박수를 받으며 자신의 모든 환상을 충족시키는 자요. 며칠 안 돼서 당신은 우리 편이 될 거요. 아! 당신이 나의 제자가 되고자 한다면 나는 당신이 무엇이든 이루게 해줄 텐데. 명예든 돈이든 여자든, 당신이 무엇을 바라든 바라기만 하면 그 즉시 이루어지지 않는 욕망이 없을 텐데. 당신을 위해 인간 세상 전체에 젖과 꿀이 흐르도록 만들어줄 텐데. 당신은 우리 조직의 돌아온 탕아, 우리 조직의 벤야민, 즉 총아가 될 텐데. 우리 조직원은 모두 당신을 위하여 기꺼이 분골쇄신할 텐데. 당신 앞의 모든 장애물이 말끔하게 제거될 텐데. 아직 망설이는 걸 보니 여전히 나를 극악무도한 자로 생각하는 모양이군? 아! 그런데 말이지, 정직하다고 자부하는 당신 못지않게 정직한 인물인 튀렌 원수도 강도 무리와 사소한 거래를 한 적이 있는데 그러면서 자신이 더럽혀졌다고는 생각하지 않았소.* 당신은 나와 채무 관계를 맺고 싶지 않은 모양이지, 응? 그런 건 신경쓸 것 없소." 보트랭이 미소를 내비치면서 말을 이었다. "이 종이 쪼가리를 받으시게. 그리고 그 위에다가 나를 명의인으로 지정해서 이렇게만 써주면 되오." 그가 증서 한 장을 발행했다. "여기에 가로로 쓰시게. '일 년 만기 상환 조건으로 일금 3500프랑을 정히 영수함.' 그리고 날짜를 적으면 되오! 이자는 혹시 당신이 가질지 모르는 양심의 가책을 일소시키기에 충분할 만큼 세지. 나를 유대인이라 불러도 좋고, 또 스스로 나에게 감사할

---

* 튀렌 원수는 루이 13세와 루이 14세 치하에서 치른 여러 전쟁에서 혁혁한 전공을 세워 나폴레옹 이전 최고의 프랑스 장군으로 추앙받는 인물이다. 그는 암행 순찰중 강도 무리에게 포로로 잡히자 보잘것없는 반지를 지키기 위해 거금을 약속하고 풀려났다. 그리고 다음날 자신을 찾아온 강도에게 약속한 돈을 주고 돌려보내며, 아무리 강도와 한 약속이라 할지라도 약속은 지켜야 한다고 말했다고 전해진다.

건덕지가 전혀 없다고 생각해도 좋소. 오늘은 나를 얼마든지 경멸하시오, 어차피 나중에는 나를 좋아하게 될 테니까. 얼간이들이 악이라고 부르는 까마득한 깊이의 심연을, 그 광대하고 농밀한 감정을 당신은 내게서 발견하게 될 거요. 그러나 나를 결코 비겁하거나 음험하다고 여기지는 못할걸. 요컨대 나는 체스판의 말로 치자면 '폰'이나 '비숍'이 아니라 '룩'이거든, 알겠소, 친구?"

"당신 대체 뭡니까?" 외젠이 소리쳤다. "꼭 나를 괴롭히기 위해 태어난 사람 같군요."

"천만에, 나는 앞날이 창창한 당신이 진창길을 걷지 않게끔 솔선해서 진창길에 들어서려는 좋은 사람이오. 내가 왜 이렇게 헌신적인지 궁금하겠지? 아! 그 얘긴 좀 있다가 아주 정겹게 귓속말로 속삭여주지. 내가 당신에게 사회질서라는 복잡한 차임벨 장치와 그 장치의 작동 방식을 보여주느라 처음부터 당신을 충격에 빠뜨려버렸군. 하지만 그 첫 충격은 전쟁터에 나간 신병이 받은 충격처럼 시간이 지나면서 사라질 테고, 당신은 자신이 상대하는 이들이 결국 스스로 제 머리에 왕관을 씌운 특출한 존재들을 섬기기 위해 죽기를 각오한 병사들에 불과하다는 생각에 점차 익숙해질 거요. 시대가 완전히 바뀌었소. 옛날에는 자객에게 이렇게 말했지. '여기 100에퀴 받게, 나 대신 모※씨를 죽여줘야겠네.' 그렇게 사소한 일로 한 사람을 저승에 보내놓고는 아무 일도 없었다는 듯 저녁식사를 하는 거요. 그런데 오늘 나는 당신에게 아무런 위험부담도 지우지 않고 그저 고갯짓만 한번 까딱하면 상당한 재산을 일궈주겠다 제안하는데, 당신은 망설이고 있고. 세상이 나약해빠졌어."

외젠은 약속어음에 서명을 마치고 그것과 은행권을 맞교환했다.

"아! 됐소. 자, 이제부터는 차분하게 이야기를 나눠보자고." 보트랭이 말을 이었다. "나는 몇 달 뒤 미국으로 떠날 생각이오. 담배 농장을 경영하러 가지. 가서 우정의 엽궐련을 보내주겠소. 내가 부자가 된다면 당신을 후원하겠소. 그때까지도 내게 자식이 안 생기면(그럴 가능성이 농후하지, 나는 이 땅에 내 일부를 꺾꽂이하듯 잘라 심어 번식하는 짓 따위엔 관심이 없으니까), 아! 어쨌든 당신에게 내 재산을 다 물려주겠소. 남자 사이의 우정이라는 게 이런 건가? 아무튼 나는 말이지, 당신을 사랑한다오. 나는 남자에게 헌신하는 열정을 가진 사람이지. 이미 그런 열정에 빠져본 적이 있기도 하고. 이보시오, 보다시피 난 여느 남자들이 머물러 있는 곳보다 더 높은 영역에서 살아가오. 행위를 수단으로 간주하고 오로지 목표만을 겨냥하지. 나에게 상대 인간이란 무엇인가? 이거지!" 그가 엄지손톱을 이빨 밑에 넣어 소리를 냈다. "한 명의 인간은 전부 아니면 전무요. 푸아레라는 이름을 가진 자는 전무도 못 돼. 그런 자는 빈대처럼 으깨버려도 되고, 그러면 납작해져서 악취를 풍기겠지. 그러나 하나의 인간이 당신과 비슷할 경우, 그는 일종의 하느님이기도 하지. 그런 존재는 더이상 피부로 덮인 기계가 아니라 아름다운 감정이 살아 움직이는 하나의 무대요. 그리고 나는 오로지 감정으로만 사는 사람이고. 감정이란 생각 속에 담긴 세계가 아니던가? 고리오 영감을 보시오. 그의 두 딸은 그에게 전 세계요, 그가 세상 속에서 삶을 이어가게 하는 끈인 셈이잖소. 자! 삶을 속속들이 알고 있는 내게는 딱 하나의 실질적인 감정만이 존재하는데, 바로 남자 대 남자의 우정이오. 피에르와 자피에의 우정, 그것이 나의 열정

이란 말이오. 나는 『베네치아 수호』*의 대사를 다 외고 있을 정도지. 당
신은 동지가 '시신 한 구를 묻자!'라고 말했을 때 지루한 설교 따위 늘
어놓지 않고 군말 없이 그 일에 동참할 만큼 용맹한 사람이 많다고 보
시오? 내가 바로 그렇게 했던 사람이오. 나는 아무에게나 이런 말을 하
지 않소. 하지만 당신은 말이지, 당신은 특출한 인간이오. 당신에겐 모
든 걸 다 말해도 되고, 당신은 그 전부를 이해하지. 소인배들이 우리를
에워싸고 득실거리는 이곳 늪지에서 그리 오랫동안 허우적거리지 말
란 말이오. 자! 더이상 왈가왈부하지 말자고. 결혼하시오. 우리 각자
자기 칼날을 세워 찔러보는 거요. 내 건 강철이라 절대 무뎌지지 않지,
하하!"

보트랭은 대학생을 편히 놔둘 셈으로, 뻔히 예상되는 그의 부정적인
대답은 듣지도 않은 채 말을 마치자마자 자리를 떴다. 그 얄팍한 저항
쯤은, 다시 말해 사람들이 비난받을 만한 행동을 해놓고 그걸 정당화
하느라 겉치레로 내세우는 반발쯤은 훤히 꿰뚫고 있는 것 같았다.

"당신 하고 싶은 대로 해봐라, 그래도 내가 마드무아젤 타유페르와
결혼하는 일은 단연코 없을 것이다!" 외젠은 혼자 남아 중얼거렸다.

두려워 피하고 싶은 상대지만 그가 표방하는 관점의 신랄함과 사회
를 대하는 대담한 태도 때문에 겪을수록 존재감이 점점 더 크게 느껴지
는 사람과 금전거래 계약을 맺었다는 생각에서 비롯한 마음의 열병 같
은 것을 얼마간 겪은 뒤, 라스티냐크는 정장을 차려입고 마차를 불러

* 17세기 영국 작가 토머스 오트웨이가 쓴 비극. 에스파냐인들의 베네치아 장악 음모 사
건을 배경으로 신분이 확연히 다른 두 남자, 베네치아 귀족인 자피에와 외국 군인인 피에
르의 우정을 그려냈다.

레스토 부인 댁으로 향했다. 얼마 전부터 레스토 부인은 발걸음을 내디 딜 때마다 상류 사교계의 심장부로 다가서며 언젠가는 두려울 정도의 영향력을 발휘할 것이 틀림없어 보이는 이 젊은이에게 부쩍 더 정성을 쏟고 있던 터였다. 그는 드 트라유 씨와 다주다 씨에게 진 빚을 갚고 밤새 한참 동안 휘스트게임에 뛰어들었고, 그 결과 전에 잃었던 만큼의 돈을 다시 땄다. 앞날을 개척해야 하는 사람들 대다수가 정도의 차이는 있을지언정 얼마쯤은 숙명론자로서 미신에 쉽게 빠지듯이, 그도 자신의 행운을 두고 옳은 길을 꿋꿋하게 걸어가는 자신에게 하늘이 내려주는 보상이라고 해석하려 했다. 다음날 아침, 그는 서둘러 보트랭을 찾아가 아직 약속어음을 지니고 있는지 물었다. 그렇다는 대답을 듣자 그는 기쁜 내색을 유감없이 드러내며 3000프랑을 돌려주었다.

"다 잘 해결됐군." 보트랭이 말했다.

"이제 나는 당신의 공범이 아니오." 외젠이 대꾸했다.

"알아요, 알아." 보트랭이 그의 말을 잘랐다. "당신, 여전히 유치한 소리를 하는군. 하찮은 사랑싸움에나 정신이 팔려서 말이야."*

그로부터 이틀 뒤, 푸아레와 마드무아젤 미쇼노는 식물원의 한적한 오솔길 양지바른 곳 벤치에 앉아 의과대학생이 여러모로 수상해 보인다고 했던 그 신사와 이야기를 나누고 있었다.

"마드무아젤," 공뒤로 씨가 말했다. "당신이 왜 그렇게 머뭇거리는지 모르겠소. 경애하는 왕국 경찰부** 장관 각하께서……"

---

* 1835년 초판본에서는 여기서 3장 '사교계 입성'이 끝나고 4장 '불사조'가 시작된다.
** 대혁명 이후 통령정부 시기에 통치기구 강화 차원에서 규모를 키운 독립된 '경찰부'

"아! 경애하는 왕국 경찰부 장관 각하께서⋯⋯" 푸아레가 따라 말했다.

"그렇소, 각하께서 이 사건에 관심이 많으십니다." 공뒤로가 말했다.

뷔퐁가*에 거주하는 연금생활자로 변장한 신사가 점잖은 얼굴 너머로 예루살렘가**의 치안요원다운 표정을 드러내며 경찰이라는 말을 입에 올리는 순간, 사고능력은 없지만 퇴직한 하급공무원으로서 그래도 서민의 덕목쯤은 지녔을 푸아레가 그 신사의 말을 놓치지 않으려고 귀를 쫑긋 세우는 모습을 두고 개연성이 떨어진다고 보지 않을 사람이 과연 있을까? 그러나 알고 보면 그보다 더 자연스러운 모습은 없다. 몇몇 관찰자가 이미 지적한 바 있지만 지금까지 출판된 적은 없는 다음의 정보를 참고한다면, 거대한 얼간이 무리 중에서도 푸아레가 속해 있는 특이한 족속에 대해 누구라도 잘 이해할 수 있으리라. 프랑스에는 행정직의 그린란드, 그러니까 한대 지역이라 일컬어지는 연봉 1200프랑의 최하위 직급과, 연봉 3000에서 6000프랑으로 다소 온화하며 수당은 열악한 환경이나 특수 재배 방식을 적용해 개화를 맛보기도 하는 온대 지역인 중하위 직급이 존재하며 그 사이에 펜대를 쥔 사무직 공무원층이 빽빽하게 늘어서 있다. 이 하류층 인간들의 기형적인 졸렬함을 가장 잘 보여주는 특징 중 하나가 바로, 그들에게는 '경애하는 장관 각하'라는 세 마디 명칭 아래 알아보기 힘든 필체로 작성된 서명으로

___

는 이른바 '정치경찰'의 임무를 수행하다가 1818년 축소되어 내무부 산하로 편입되었다.
* 식물원을 끼고 있는 거리 이름.
** 오늘날 파리 법원지구가 있는 시테섬의 옛 거리 이름. 당시 파리경시청이 있던 길로, 1871년 법원지구를 확장하면서 사라졌다.

만 알려진 존재인 소속 부처의 달라이라마에 대한 일종의 무의식적이고 기계적이며 본능적인 숭배다. '경애하는 장관 각하'는 바그다드의 칼리프가 썼던 일 본도 카니*라는 마법의 명칭에 비견되는 것으로서 납작 엎드린 백성에게 거역할 수 없는 신성한 권능을 대변한다. 그리스도교 신자들에게 교황 예하가 그렇듯 하급공무원에게 장관 각하는 행정적으로 무류의 존재다. 그가 내뿜는 광휘는 그의 문서에, 그의 담화에, 그의 이름으로 발표된 모든 것에 전달된다. 그는 화려하게 수놓인 자신의 법복으로 모든 것을 뒤덮는다. 그는 자신이 명령한 모든 일을 합법화한다. 그에게 붙은 각하라는 명칭은 그가 품은 의도의 순수성과 의지의 존엄함을 증명하는 것으로서, 그가 아무리 말도 안 되는 의견을 내도 무사통과하게 하는 힘을 발휘한다. 이 한심한 자들은 자신들의 이익을 따졌다면 절대 하지 않았을 일도 각하라는 말이 떨어지기가 무섭게 앞다투어 실행한다. 관청의 각 부서는 군대가 그렇듯이 맹목적인 복종을 철칙으로 삼는다. 그야말로 양심을 마비시키고 인간성을 말살한 다음, 급기야는 한 인간을 정부라는 기계장치의 수나사나 암나사로 만들어버리는 체계다. 그런 연유로, 사람들의 정체를 꿰뚫는 재주를 가진 듯한 이 공뒤로 씨는 푸아레가 관청의 그런 얼간이 중 하나라는 점을 금세 간파하여 자신의 정체를 드러내 그를 꼼짝 못하게 만들어야 할 시점에 각하라는 마법의 힘을 지닌 말을, 다시 말해 데우스 엑스 마키나를 의도적으로 등장시켰던 것이다. 그가 볼 때 푸아레는 남자 미쇼노요, 미쇼노는 여자 푸아레였다.

---

* 당시 공연되던 단막 희가극 〈바그다드의 칼리프〉에서 칼리프 이자운이 한밤중에 변장하고 바그다드 시내를 돌아다닐 때 사용한 이름.

"각하께서 친히 명하시는데, 경애하는 각하께서요! 아! 그렇다면 아주 다른 문제죠." 푸아레가 말했다.

"이분 말 알아들었지요, 당신은 이분 판단을 신뢰하는 것 같으니 새겨들으시오." 변장한 가짜 연금생활자가 마드무아젤 미쇼노를 향해 몸을 돌리고 말을 이었다. "아무튼, 각하께서는 지금 메종 보케르에 기거하는 자칭 보트랭이라는 자가 툴롱 감옥에서 탈옥한 도형수라는, 더는 단호할 수 없는 확신을 가지고 계십니다. 그곳에서 그자는 불사조라는 별명으로 통했소."

"불사조라!" 푸아레가 끼어들었다. "그런 별명이 붙었다면, 정말 운이 따르는 자겠군요."

"그렇소," 경찰부 요원이 받았다. "그자가 이제까지 벌인 대담무쌍한 범죄 행각에서 운좋게 단 한 번도 목숨을 잃을 위험에 처하지 않았기 때문에 붙은 별명이거든. 알다시피 그자는 아주 위험한 자요! 이 세상 사람이 아닌 양 신출귀몰하는 능력을 지녔지. 심지어 그자가 중형을 선고받은 일은 그자 편에서 볼 때 대단한 명예를 안겨준 일대 사건이었는데……"

"그러니까 명예로운 자라는 거군요." 푸아레가 말했다.

"자기 나름으로는 그렇다는 거요. 그자는 다른 이의 죄를 뒤집어쓰기로 했소. 그가 무척 좋아했던 매우 잘생긴 젊은 남자가 저지른 문서 위조죄였지. 도박을 꽤나 좋아하는 이탈리아 청년이었는데, 그 일이 있고 나서 군에 입대했고, 군에서도 완벽할 정도로 훌륭하게 복무했더군."

"그런데 경찰부 장관 각하께서 보트랭 씨가 불사조라 확신하신다면, 왜 나 같은 사람을 필요로 하시는 거죠?" 마드무아젤 미쇼노가 물었다.

"아! 그러게요." 푸아레가 받았다. "정말 장관께서, 당신이 우리에게 친히 말씀해주신 것처럼, 어떤 확신을 갖고 계시다면……"

"확신이라는 표현은 적절하지 않소. 그저 우리가 짐작하기에 그렇다는 얘기지. 당신들도 곧 무슨 뜻인지 이해할 것이오. 자크 콜랭은, 그게 불사조의 본명이오, 다른 세 도형수로부터 전적인 신뢰를 받고 있는데, 그래서 그들은 그자를 자신들의 대리인이자 돈 관리인으로 선택한 것이오. 그자는 그런 종류의 일을 맡아 많은 돈을 벌고 있소. 그런 일이라는 게 어쩔 수 없이 특별히 눈에 띄는 자를 필요로 하기 때문이오."

"아하! 마드무아젤, 이 말장난을 이해할 수 있겠어요?" 푸아레가 말했다. "이분께서 그자를 특별히 눈에 띄는 자라고 칭했는데, 그건 그자의 몸에 도형수의 낙인이 찍혔다는 것을 그렇게 말씀하신 거요."

"보트랭이라는 가명을 쓰는 그자는," 경찰부 요원이 계속해서 말을 이었다. "유력한 도형수들의 자산을 받아 투자하거나 보관하고 있다가, 그들이 탈출했을 땐 자금으로 건네거나, 유서로 그들의 가족을 상속자로 지정했을 땐 그 가족이, 그를 통해 그들의 정부를 수증자로 지목했을 땐 그 정부들이 돈을 쓸 수 있게끔 관리하고 있소."

"정부라니요! 아내라고 말씀하심이 어떨지요." 푸아레가 지적했다.

"아니요. 도형수는 보통 혼외의 아내만을 두지요. 우리는 그런 여자들을 내연녀라 부르지."

"그렇다면 그들이 모두 내연관계란 말입니까?"

"당연하오."

"아! 이런," 푸아레가 말했다. "경애하는 각하께서 절대 용납하지 않으셔야 할 끔찍한 작태로군요. 나리께서는 각하를 친견하시는 분이니까, 그리고 제가 볼 때 박애 정신이 투철하신 분인 것 같으니까, 다른 사회 구성원들에게 몹시 나쁜 사례를 보이는 그런 자들의 비도덕적인 행위를 각하께 소상히 보고할 적임자이십니다."

"이보시오, 정부는 그저 시시콜콜한 미덕의 본보기를 보여주기 위해 그런 자들을 감옥에 가두는 것이 아니오."

"지당하신 말씀입니다. 그렇지만 나리, 제가 드리고자 하는 말씀은……"

"여보, 일단 나리 말씀을 끝까지 들어보죠." 마드무아젤 미쇼노가 끼어들었다.

"당신 말이 맞소, 마드무아젤." 공뒤로가 말을 이었다. "정부는 불법 자금을 적발하는 것에 큰 관심을 두고 있을 거요. 불법 자금 총액이 상당히 늘었다고들 하더군. 불사조는 자신의 동료 몇몇이 소유한 자금뿐 아니라 이른바 '일만회—萬會'라는 곳에서 나온 자금까지 은닉하고 있어 관리하는 돈이 엄청난 수준이오."

"1만 명의 도적들이라고요!" 푸아레가 깜짝 놀라 소리쳤다.

"아니요, 일만회는 거물 도적들, 그러니까 대규모 도적질에 전념할 뿐, 들어오는 돈이 1만 프랑이 안 되는 자질구레한 도적질에는 개입하지 않는 자들의 모임이오. 우리가 관리하는 자들 가운데에서도 중죄 재판소로 직행할 자들, 그중에서도 주모자급으로만 구성되어 있지. 그들은 법을 꿰뚫고 있어서 잡힐 경우 사형선고를 받을 위험이 있는 짓은 절대로 하지 않소. 콜랭은 그들의 절대적 신뢰를 받고 있으며, 그들의 고문 역할을 하고 있소. 그자는 엄청난 자금력을 바탕으로 자신이 지휘하는 사조직 경찰을 만들고, 도저히 뚫고 들어갈 수 없는 비밀의 장막으로 둘러싸인 매우 방대한 조직을 구축했소. 우리는 일 년 전부터 밀정들로 그자를 에워쌌지만 아직 결정적인 움직임을 잡지 못했지. 그러니까 그자의 자금과 교활한 재주가 계속해서 악행을 부추기며 범죄 자금을 대주고, 사회와 영구 전쟁을 벌이는 악한의 무리를 관리하고 있소. 불사조를 체포하고 그가 운영하는 은행을 압수하는 것이야말로 악을 근절하는 위업이라는 뜻이지. 그리하여 이 작전은 고도의 정치적 의미를 지닌 국가 차원의 급선무가 되었고, 성공에 기여한 사람들은 모두 국가의 포상을 받을 거요. 이보시오, 잘하면 당신도 다시 공무원이 될 수 있소. 경찰서장 비서 같은 거 말이오. 게다가 그런 직책을 맡는다 해도 아무 문제 없이 지금 받는 퇴직연금을 계속 받을 수 있을 거요."

"그런데 무슨 까닭으로." 마드무아젤 미쇼노가 끼어들었다. "그 불사조는 돈을 갖고 달아나지 않을까요?"

"오!" 경찰부 요원이 대답했다. "만약 그가 도형수들의 자금을 훔쳐 달아난다면, 어디를 가든 그를 죽이는 임무를 맡은 사람이 그를 추적할 것이오. 그리고 그런 거금은 양갓집 규수를 납치하듯 그리 쉽게 들고 뛸 수는 없지. 게다가 그런 비열한 짓은 콜랭의 생리에도 맞지 않고. 그는 그런 짓을 치욕으로 여길 거요."

"나리." 푸아레가 거들었다. "나리 말씀이 맞습니다. 그자는 더할 수 없이 치욕스러워할 겁니다."

"아무리 사정이 그렇다 해도, 그냥 들이닥쳐 그자를 체포하면 될 텐데 왜 그러시지 않는지 우리로서는 이해가 안 되는군요."

"아! 마드무아젤, 내 답변하리다…… 하지만 그에 앞서," 그가 그녀에게 귓속말로 말했다. "당신 남자가 내 말을 끊지 않도록 해주시오, 안 그러면 얘기가 절대 끝나지 않을 것 같군. 저 늙은이, 어떻게 해서든 끼어들려고 하는데, 그러려면 돈이라도 많든가. 자, 불사조는 이곳에 오면서 어떤 선량한 인물의 신분을 도용해 완전히 딴사람이 되었소. 파리의 선량한 부르주아로 탈바꿈했단 말이오. 그러고는 그저 그런 하숙집을 골라 정착했지. 참으로 빈틈없는 자라니까. 자! 그래서 그자를 불시에 체포하는 건 불가능하오. 그자가 신분을 훔친 보트랭 씨는 꽤 큰 사업을 경영하며 널리 신망받는 사람이오."

"아무렴." 푸아레가 혼잣말을 했다.

"만에 하나 잘못된 정보로 인해 진짜 보트랭을 체포하게 될 경우 파리의 상업계는 물론이고 여론과도 척을 지게 될 것이니, 장관님은 그런 역풍을 원하시지 않소. 경찰청장도 자리가 위태로워질 테고 적들이 생기겠지. 일이 잘못되면 그 자리를 노리는 자들이 청장님을 날려버리려고 자유주의자들의 험담과 아우성을 이용할 거요. 이번 일도 코냐르* 사건 때처럼, 왜 그, 생텔렌 백작으로 행세했던 자 말이오. 아무튼 그때처럼 신중하게 처리하는 게 중요하오. 만일 그때 체포된 자가 진짜 생텔렌 백작이었더라면 우리는 무사하지 못했을 거요. 그러므로 반드시

---

* 1805년 탈옥한 유명한 도형수. 사망한 망명귀족 생텔렌 백작을 사칭하고 다니며 왕정복고 시기 국민군 중령까지 역임했다가 1818년 정체가 발각되어 체포되었다. 보트랭의 모델 중 하나다.

확인을 거쳐야 하오!"

"그렇네요. 한데 그러려면 아름다운 여인이 하나 필요하겠네요?" 마드무아젤 미쇼노가 들뜬 목소리로 물었다.

"불사조는 여자의 접근을 허용치 않을 거요. 비밀을 한 가지 알려주지, 그자는 여자를 좋아하지 않소."

"그렇다면 그 확인 작업에 제가 무슨 소용인지 알 수가 없네요. 제가 2000프랑을 받고 그 일을 하겠다고 동의한다 친다면요."

"그보다 쉬운 일이 없소." 이 수수께끼 같은 인물이 말했다. "내가 당신에게 일종의 뇌출혈을 일으킬 약물이 담긴 앰풀을 줄 거요, 잠깐 졸도만 일으킬 뿐 조금도 위험하지 않은 약물이오. 포도주나 커피에 타서 사용하면 되오. 그자가 졸도하는 즉시 침대로 옮기고 죽지 않았는지 살피는 척하며 옷을 벗기시오. 그러곤 당신만 남는 순간을 기다렸다가 그자의 어깨를 손바닥으로 한 대 치시오. 찰싹! 이렇게. 그러면 숨어 있던 낙인이 나타나는 것이 보일 거요."

"그거 정말 아무 일도 아니군." 푸아레가 거들었다.

"자! 동의하는 거요?" 공뒤로가 미쇼노에게 물었다.

"그런데 말이죠, 나리," 마드무아젤 미쇼노가 대답했다. "낙인이 전혀 나타나지 않는 경우에도 제가 2000프랑을 고스란히 받을 수 있나요?"

"아니요."

"그럴 경우 수고비는 얼만가요?"

"500프랑이오."

"똑같은 일을 하는 건데 그렇게 조금이라니요. 양심에 거리끼기는 마찬가지인데요. 저는 제 양심을 진정시켜야 하잖아요, 나리."

"나리께 확언컨대," 푸아레가 끼어들었다. "마드무아젤은 말귀를 잘 알아듣고 아주 사랑스러운 여자인데다 매우 양심적이기도 하죠."

"좋아요!" 마드무아젤 미쇼노가 말을 이었다. "그자가 불사조라면 제게 3000프랑을 주세요. 반대로 그냥 평범한 사람이라면 한푼도 안 받겠어요."

"좋소," 공뒤로가 말했다. "하지만 내일까지 일을 처리한다는 조건 으로요."

"아직요, 나리, 먼저 제 고해신부에게 의견을 구해야 하거든요."

"의뭉스럽기는!" 경찰부 요원이 자리에서 일어나며 말했다. "아무 튼 내일 봅시다. 그리고 나에게 급히 전할 말이 있으면, 생트샤펠 안뜰 끝에 있는 골목, 생탄가*로 오시오. 아치 밑으로 난 문 하나밖에 없소. 거기서 공뒤로 씨를 찾으면 되오."

식물원에서 진행된 퀴비에의 강의를 듣고 돌아오던 비앙숑은 불사 조라는 꽤 독특한 단어에 귀가 번쩍 뜨였고, 그 유명한 치안경찰 책임 자라는 자의 입에서 나온 "좋소"라는 소리까지 들었다.

"왜 바로 결정을 내리지 않았소? 300프랑의 종신연금이 생기는 일 인데." 푸아레가 마드무아젤 미쇼노에게 말했다.

"왜냐고요?" 그녀가 말했다. "곰곰이 따져봐야 하니까요. 만약 보 트랭 씨가 진짜 그 불사조라면, 그와 협상하는 편이 더 이득일 거예요. 하지만 그렇다고 다짜고짜 돈을 요구한다면 그에게 이 일을 미리 알려

---

* 예루살렘가에 인접한 거리로 당시 파리 경찰 치안국 건물이 있었다. 파리 법원지구 확 장으로 사라졌다.

주는 꼴이 되죠. 그는 돈을 치르지 않고 달아날 위인이잖아요. 그렇게 되면 난 고약하게도 헛물만 켜고 말 테죠."

"그자가 미리 알게 되더라도," 푸아레가 대꾸했다. "아까 그 양반이 우리에게 말했잖아요. 그자는 감시받고 있다고. 당신만 모든 걸 다 놓치는 꼴이죠."

'게다가,' 마드무아젤 미쇼노는 생각에 잠겨 속으로 중얼거렸다. '난 그 사내가 맘에 안 들어! 나한테 기분 나쁜 말만 하잖아.'

"그래도 말이죠," 푸아레가 계속 자기 말을 이어갔다. "이왕이면 옳은 쪽이 좋을 거예요. 아까 그 양반, 옷을 아주 단정하게 차려입은 것도 그렇고 내겐 아주 괜찮은 사람 같아 보이던데, 아무튼 그 양반 말마따나 범죄자로부터, 그 범죄자가 얼마간 훌륭할 수는 있겠지만, 사회를 구하는 일은 나라의 법을 따르는 훌륭한 행위예요. 술도 마셔본 사람이 마신다고, 그 범죄자가 우리 모두를 죽여버리겠다는 망상에 사로잡히기라도 한다면? 아유, 얼마나 끔찍한 일입니까! 우리도 그 살인을 막지 못했다는 점에서 죄가 있는 거죠, 우리가 그 살인의 첫번째 희생자가 될 거라는 점은 차치하고라도 말이에요."

마드무아젤 미쇼노는 혼자만의 생각에 빠져 있느라, 꽉 잠그지 않은 물통 꼭지에서 똑똑 떨어지는 물방울처럼 푸아레의 입에서 주저리주저리 흘러나오는 말에 귀기울일 겨를이 없었다. 한번 말을 뱉어내기 시작한 이 늙은이는 마드무아젤 미쇼노가 제지하지 않자 발동 걸린 원동기처럼 쉴새없이 지껄였다. 첫번째 화제를 꺼내놓고 마무리도 짓지 않은 채 옆길로 새서 전혀 상반된 화제로 넘어가는 식이었다. 메종 보케르에 당도할 무렵, 그는 두서없이 이런저런 사례들이나 인용구들을 연달아 주워섬기다가 자기가 옛날에 피고 변호인 측 증인 자격으로 재판에 출두했던 적이 있는, 라굴로라는 남성과 모랭이라는 여성이 얽힌 사건*에서 했던 증언을 늘어놓는 단계로 넘어가고 있었다. 그러거나 말거나 혼자만의 생각에 잠겨 하숙집에 들어오던 그의 단짝은 외젠 드 라스티냐크가 마드무아젤 타유페르와 식당에서 친밀하게 이야기를 나누고 있는 장면을 놓치지 않았다. 얼마나 흥미진진한 이야기를 나누는지, 젊은 이 남녀는 식당을 가로지르는 늙은 두 하숙인은 안중에도 없었다.

"결국은 이렇게 마무리될 거였네요." 마드무아젤 미쇼노가 푸아레에게 말했다. "일주일 전부터 둘이 서로 마음을 훔쳐내려는 듯 눈짓을 주고받더라고요."

"그래요," 푸아레가 대꾸했다. "그래서 그녀는 유죄판결을 받았죠."

"누가요?"

"모랭 부인요."

"나는 지금 마드무아젤 빅토린에 대해 이야기하고 있는데," 미쇼노는 아무런 거리낌 없이 마치 제 방처럼 푸아레의 방으로 들어서며 말했다. "당신은 나한테 모랭 부인이라고 대답하는군요. 그 여자가 누군데요?"

"마드무아젤 빅토린이 대체 무슨 죄를 저질렀는데요?" 푸아레가 되물었다.

"외젠 드 라스티냐크 씨를 사랑한 죄죠. 그게 자기를 어디로 끌고 갈

---

* 1812년 남편을 여의고 혼자 살던 여성이 한 남성의 재산을 갈취하고 살해하려다 미수에 그친 사건. 여성은 이십 년의 강제노역형에 처해졌다.

지 알지도 못하면서 앞으로 나아가고만 있어요, 세상 물정이라곤 하나도 모르는 가엾은 것!"

그날 오전 내내 외젠은 뉘싱겐 부인 때문에 절망에 빠져 있었다. 마음속으로는 이미 보트랭에게 완전히 제압당하여, 그 수수께끼 같은 인간이 무슨 이유로 자신에게 애정을 보이는지, 그런 동맹이 어디로 향할 것인지 따질 의욕마저 상실한 상태였다. 그는 한 시간 전부터 마드무아젤 빅토린과 세상에 둘도 없는 달콤한 약속을 주고받으면서 이미 깊은 수렁 속에 발을 들이밀었는데, 기적이 일어나지 않고서야 거기서 발을 뺄 방도가 없어 보였다. 빅토린은 천사의 목소리를 듣고 있는 것 같았다. 천국의 문이 그녀를 위해 열리고, 메종 보케르는 으리으리한 극장을 꾸미는 환상적인 색조로 온통 물들었다. 그녀는 사랑했고, 사랑받았다. 적어도 그녀는 그렇게 믿었다! 하숙집에 도사린 그 모든 아르고스*의 날카로운 눈초리를 피한 시간에 라스티냐크의 얼굴을 바라보며 그의 말에 귀를 기울이고 있다면, 그녀처럼 믿지 않을 여자가 어디 있겠는가? 라스티냐크는 양심과 싸우면서, 잘못을 저지르고 있는 줄 뻔히 알면서도 자포자기의 심정으로, 이런 가벼운 죄쯤은 여인이 행복해하면 용서받을 수 있지 않냐고 되뇌고 있었으니, 그 절망감으로 한층 더 멋있어 보였고, 가슴속에서 타오르는 온갖 지옥의 불들로 광채가 났다. 그때 그로서는 다행스럽게도 기적이 일어났다. 보트랭이 쾌활한 모습으로 들어온 것이다. 보트랭은 자신이 악마적인 재능을 교묘하게 발휘해 맺어준 두 젊은이의 속마음을 대번에 들여다보고는 갑

---

* 그리스신화에 나오는 눈이 여럿 달린 괴물.

자기 특유의 조롱 섞인 걸걸한 목소리로 노래를 불러 그들의 기쁨을
어질러놓았다.

　　나의 팡셰트는 매력이 넘치는구나
　　소박하면서도……*

　빅토린은 그때까지 일평생 불행만 겪었던지라 그만큼 더 크게 느껴
지는 행복을 행여 놓칠까봐 꽉 움켜쥐고 자리를 떠나버렸다. 가련한
여자! 마주잡았던 손, 라스티냐크의 머리카락이 스치고 간 그녀의 뺨,
입술의 온기가 그대로 전해질 만큼 그녀의 귀에 바짝 대고 속삭이던
말, 떨리는 팔이 그녀의 허리를 조여오던 느낌, 목덜미에 와닿았던 입
맞춤, 그것들 하나하나가 그녀에겐 뜨거운 사랑으로 치른 언약식이었
던바, 지척에 있는 뚱보 실비가 언제 이 찬란한 식당으로 들어올지 몰
랐기에 그 언약식은 세상에서 가장 유명한 사랑 이야기가 전하는 가장
아름다운 헌신의 증표들보다 더 뜨겁고, 더 짜릿하고, 더 확고하게 느
껴졌다. 우리 조상들이 남긴 기막힌 표현을 빌리자면 사소한 동의에 불
과한 애정 표시들도, 보름마다 성당에 나가 고해하는 신심 깊은 처자
에게는 죄짓는 행위처럼 여겨졌다! 라스티냐크와 함께한 짧은 시간 동
안 그녀는 엄청난 양의 영혼을 쏟아부었으니, 훗날 그녀가 부유하고
행복해진 뒤 자신의 모든 것을 다 바쳐 사랑하게 되더라도 그만큼 많
은 영혼을 바치지는 못할 것이었다.

———————

* 1813년 오페라코미크극장에서 초연된 단막극 〈질투하는 두 연인〉에 나오는 짧은 아리
아의 일부.

"일이 성사됐소." 보트랭이 외젠에게 말했다. "우리의 두 댄디께서 서로 부딪치셨어. 모든 게 계획대로 착착 진행되었지. 서로 시시비비를 다투는 모양새가 된 거요. 우리의 비둘기가 내 매에게 모욕을 주었소. 그 둘이 내일 클리냥쿠르 성벽 보루*에서 만나기로 했소. 내일 여덟시 반이면 마드무아젤 타유페르는 자기 아버지의 사랑과 재산을 물려받게 되는 거요. 여기에서 평온하게 버터 바른 빵을 커피에 적셔 먹고 있는 동안에 말이지. 생각만 해도 재미있지 않소? 그 아들놈 타유페르는 검술에 아주 능한 자인지라 포카드 패를 쥐고 있는 양 자신만만하지. 하지만 그자는 내가 창안한 검술의 일격을 받아 피를 보게 될 거요. 이렇게 검을 치켜세워 이마를 찌르는 방식으로. 내 당신에게도 나중에 그 기술을 전수해주지, 엄청나게 쓸모 있는 기술이거든."

라스티냐크는 어안이 벙벙해서 그냥 듣고만 있었다. 아무런 대답도 할 수 없었다. 그때 고리오 영감과 비앙숑과 다른 하숙인들이 식당에 들어왔다.

"내가 바라던 대로 되었소." 보트랭이 그에게 말했다. "이제부터 어떻게 해야 할지 잘 아시겠지. 좋아, 나의 아기 독수리! 당신은 앞으로 사람들을 지배할 거요, 당신은 강하고 과감하고 용맹한 사람이야. 난 당신을 존중하오."

그가 라스티냐크의 손을 잡으려 했다. 라스티냐크는 격렬하게 손을 뿌리치고 겁에 질려 의자에 털썩 주저앉았다. 눈앞에 피바다가 넘실대는 것 같았다.

---

* 파리 북쪽 몽마르트르 지구에 있던 성벽의 한 관문. 당시 종종 결투 장소로 이용되었다.

"아! 아직도 도덕관념이 덕지덕지 묻어 있는 그 알량한 배내옷을 걸치고 있는 건가?" 보트랭이 나직한 목소리로 말했다. "파파 돌리방이 가진 돈이 300만 프랑이오. 내가 그자의 재산 규모를 잘 알지. 그 지참금이면 세상 사람들은 당신을 순백의 웨딩드레스처럼 결백하다고 여길걸. 당신 스스로가 보기에도 그럴 거고."

라스티냐크는 더이상 머뭇거릴 수 없었다. 그는 그날 밤 타유페르 부자를 찾아가 알려야겠다고 결심했다. 그사이 보트랭이 곁을 떠났고, 고리오 영감이 다가와 그의 귀에 대고 말했다. "이보게, 우울해 보이는군. 내 자네를 즐겁게 해주지. 이리 오게!" 그러고서 늙은 제면업자는 램프 하나를 들고 심지에 불을 붙였다. 외젠은 호기심이 발동해 그의 뒤를 따랐다.

"자네 방으로 가자고," 노인이 실비에게 대학생 방 열쇠를 달라고 한 뒤 말했다. "오늘 아침 내 아이가 자네를 사랑하지 않는다고 생각했겠지?" 노인이 말을 이었다. "걔가 자네를 억지로 돌려보냈지? 자네는 화도 나고 실망도 이만저만이 아니라 그대로 뛰쳐나왔고. 오해하지 말게나! 그애는 나를 기다리고 있었던 거야. 이제 알겠는가? 우리 둘이 주옥같은 보금자리 하나를 구해 꾸미는 일을 마무리짓기로 했거든. 자네가 사흘 후 들어가 살 집 말이네. 나한테 들었다고 하지는 말게. 걔가 자네에게 깜짝 선물을 주고 싶어하거든. 그렇지만 난 좀이 쑤셔서 더는 비밀을 감추고 있을 수가 없구먼. 앞으로 자넨 생라자르가에서 지척인 다르투아가에 사는 거야. 거기서 왕자처럼 지내는 거지. 우리는 자네를 위해 마치 신혼 살림집을 꾸미듯 가구도 갖춰놓았다네. 자네에게 함구한 채 한 달 전부터 아주 많은 것을 준비해왔어. 내 소송대리인이 열심히 활약한 덕분에 내 딸은 자기가 들고 간 지참금의 이자로 매년 3만 6000프랑을 받게 되었고, 나는 그애의 지참금 80만 프랑을 안전한 부동산에 투자하라고 요구할 작정이네."

외젠은 아무 말 없이 팔짱을 낀 채 어질러진 자신의 초라한 방안을 이리저리 서성였다. 고리오 영감은 대학생이 등을 돌린 틈을 타 벽난로 위에 붉은 모로코가죽 상자 하나를 올려놓았다. 상자 겉면에는 라스티냐크의 문장紋章이 금박으로 새겨져 있었다.

"이보시게," 가련한 노인이 입을 열었다. "나는 이 모든 일에 내가 가진 것을 탈탈 털어 다 쏟아부었네. 하지만 자네도 짐작하다시피 나로서는 대단히 이기적인 속셈이 있어서 그랬지. 나는 자네의 이사에 기대하는 바가 있네. 내가 뭔가 부탁한다면, 자네는 거절하지는 않겠지, 응?"

"뭘 원하시는데요?"

"자네가 살 집 바로 위, 그러니까 6층에는 그 집에 딸린 방이 한 칸 있다네. 나는 거기에 들어가 살려고 하는데, 어떤가? 나는 이제 늙었고, 딸들과 너무 멀리 떨어져 살고 있네. 내 절대 자넬 방해하지 않을 걸세. 그저 거기에 살기만 할 거야. 자넨 내게 매일 밤 걔가 어떻게 지내는지 알려주기만 하면 되네. 그렇다고 매번 직접 이야기해달라고 성가시게 하지는 않을 걸세. 자네가 귀가하면 난 침대에 누운 채 자네가 들어오는 소리를 들으며 혼잣말로 중얼거릴 것이네. 나의 귀여운 델핀을 만나고 돌아오는구나, 델핀과 함께 무도회에 다녀오는구나, 저 친구가 있어 델핀은 행복하구나. 만약 내가 앓아눕는다면, 자네가 귀가하고, 이리저리 움직이고, 외출하는 소리에 귀기울이는 것만으로도 마음이 진정될 걸세. 자네에게 내 딸이 고스란히 들어 있을 테니까! 거기 살면 샹젤리제에도 한달음에 갈 수 있겠지. 샹젤리제는 내 딸들이 매일 지나가는 곳이니까 언제나 걔들을 볼 수 있을 거야, 뭐 가끔은 내가 너무 늦게 가는 바람에 못 보기도 하겠지만 말이야. 그리고 아마도 그 애가 자네 집에 오기도 하겠지! 걔 소리를 듣는 거야, 걔가 잠자리에서 일어난 그대로 실내복을 입은 채 마치 고양이처럼 종종거리며 신이 나서 돌아다니는 모습을 내가 보는 거야. 걔는 한 달 전부터 예전처럼 유쾌하고 발랄한 소녀의 모습을 되찾았다네. 상처받은 영혼이 회복되고 있는 게지. 걔가 행복해진 것은 다 자네 덕분이네. 오! 자네를 위해서라면 나는 못할 일이 없어. 조금 아까 만났을 땐 '아빠, 전 아주 행복해요!'라는 말을 입에 달고 있더군. 내 딸들이 예의를 갖춰 나를 '아버지'라 부를 땐 낯설고 서운하다네. 그러나 '아빠'라고 부를 땐 걔들 어릴 적 모습을 다시 보는 것 같고 온갖 기억이 되살아난다네. 그러면 나는 걔들의 아버지라는 느낌이 더욱 생생해지지. 나는 걔들이 여전히 시집을 가지 않은 상태라고 생각한다네!" 노인이 두 눈을 훔쳤다. 그는 울고 있었다. "걔한테 행복하다는 말을 언제 들어보았는지 가물가물하다네, 걔가 나에게 언제 팔을 내주었는지도 그렇고. 오! 그래, 두 딸 중 누구와 나란히 걸어본 게 벌써 십 년은 족히 넘었네. 딸의 드레스가 내 몸을 스칠 때, 딸과 발걸음을 맞추어 걸어갈 때, 딸의 체온을 느낄 때 얼마나 기분이 좋은지! 오늘 아침 나는 델핀을 데리고 온갖 곳을 다 돌아다녔다네. 함께 물건을 사러 여기저기 상점도 드나들었지. 그러고서 난 그애를 집으로 바래다주었다네. 오! 나를 자네 곁에 있게 해주게나. 자네도 때론 시중을 들어줄 사람이 필요하지 않겠나? 그때 내가 거기 있겠네. 오! 그 돼지 같은 알자스 놈이 죽어버리면, 그놈을 괴롭히는 통풍이 발이 달려 위장까지 올라온다면, 불쌍한 내 딸은 참으로 행복해질 텐데! 그러면 자네가 내 사위가 되는 건데, 자네가 떳떳하게 걔의 남편이 되는 건데. 어휴! 걔는 이 세상 쾌락을 한 번도 경험해보지 못한 여자니 얼마나 불행한지 모른다네. 그래서 난 그애가 뭘 해도 다 용서하지. 하느님은 자식을 지극히 사랑하는 이 세상 아버지들 편을 들어주실 게 틀림없어. 걔는 자네를 너무나도 사랑한다네!" 그가 잠시 숨을 고르더니 고개를 주억거리며 말했다. "집으로 가면서 그애는 줄곧 자네 얘기를 했다네. '아버지, 그이는 정말 좋은 사람 아닌가요? 마음씨가 착해요! 그 사람이 내 얘기를 하던가요?' 아, 걔가 다르투아가에서부터 파사주 데 파노라마까지 오면서 내게 그런 말을 얼마나 많이 했는지 모른다네! 걔는 그러니까 내 마음속에 제 마음을 몽땅 쏟아부은 걸세. 그렇게 즐거웠던 오늘 오전 내내 난 더이상 늙은이가 아니었다네. 나는 새털처럼 가벼웠지. 걔한테 자네가 내게 1000프랑짜리 은행권을 주었다고 말했네. 오! 사랑스러운 것, 걔는 그 말을 듣고 눈물까지 흘리며 감동했다네. 저기 벽난로 위에 있는 것이 무엇인지 아나?" 라스티냐크가 내내 잠자코 있자 조바심이 나서 견딜 수가 없었던 고리오 영감이 마침내 먼저 물었다.

외젠은 화들짝 놀라 어안이 벙벙한 표정으로 자기 이웃을 쳐다보았다. 보트랭이 다음날이라 예고한 그 결투가 자신이 가장 소중하게 생각하는 희망의 실현과는 너무나도 동떨어진 것인지라 줄곧 가위눌린 듯 악몽에 시달리고 있던 터였다. 그는 벽난로 쪽으로 몸을 돌렸다. 네모난 작은 상자가 눈에 들어왔다. 상자를 열어보니 종이쪽지 한 장과

그 밑에 브레게 회중시계*가 들어 있었다. 종이쪽지에는 다음과 같은
말이 쓰여 있었다.

　　　당신이 매시간 나만 생각해주기를 바라요. 왜냐하면……

　　　　　　　　　　　　　　　　　　　　　　　　　델핀

　　마지막 단어는 그 두 사람 사이에 있었던 어떤 장면을 암시하는 것
이 분명했다. 외젠은 가슴이 뭉클했다. 그의 문장이 시계 상자 안에도
금박으로 장식되어 있었다. 그토록 오래전부터 갖고 싶었던 보물, 시
곗줄이며 태엽 감는 키, 세공 솜씨, 디자인까지 모두 완벽하게 그가 원
한 것이었다. 고리오 영감은 흡족한 표정이었다. 그는 분명 자기 딸에
게 외젠이 그녀의 선물을 받고 깜짝 놀라 보이는 반응을 하나도 빠짐
없이 알려주겠노라 약속했을 것인바, 당사자도 아니면서 두 젊은이의
감흥에 흠뻑 젖어 있음은 물론 그들에 비해 더하면 더했지 결코 덜하
지 않은 행복한 모습이 그 증거였다. 그는 이미 라스티냐크를 좋아하
고 있었는데, 그건 자기 딸 때문이기도 했지만 그 자신을 위한 감정이
기도 했다.

　　"오늘밤 걔를 만나러 가게나, 자네가 오기를 기다리고 있다네. 그 돼
지 같은 알자스 놈은 자기가 데리고 노는 무희의 집에서 저녁식사를
한다는군. 아! 아! 내 소송대리인이 그간 놈이 저지른 짓을 조목조목
짚어주자 그놈은 정말 당황하더군. 글쎄, 내 딸을 열렬히 사랑한다고

――――――――――
* 아브라함루이 브레게는 스위스의 시계 장인으로 1775년 파리에 정착해 사업을 일궜
다. 그의 이름을 딴 시계는 오늘날에도 최고급 시계로 손꼽힌다.

262

우기지 않겠나? 그애에게 손만 대보라지, 내가 놈을 죽여버리고 말 거야. 내 딸 델핀이 그런 놈과…… (그는 한숨을 쉬었다.) 그 생각만 해도 살인을 저지를 것 같다네. 하지만 그건 살인이 아니야, 돼지 몸통에 소 대가리를 한 괴물을 처치하는 거지. 자네, 나를 데리고 가주겠나? 응?"

"그럼요, 존경하는 고리오 영감님, 제가 영감님을 얼마나 좋아하는지 잘 아시잖아요……"

"알고말고. 자네는 나를 부끄러워하지 않지, 자네는 그런 젊은이야! 자네를 한번 안아봐도 되겠나?" 이어 그는 두 팔로 대학생을 끌어안았다. "자네는 그애를 아주 행복하게 해줄 거야, 그럴 거라고 약속해주게! 오늘 저녁에 그애한테 갈 거지? 그렇지?"

"오, 알겠어요! 그런데 절대 미룰 수 없는 일이 있어서 어디 좀 다녀와야 합니다."

"내가 도울 것은 없고?"

"아, 정말 그러면 되겠군요! 제가 뉘싱겐 부인 댁에 가 있는 동안 영감님께서 타유페르 씨를, 아버지 타유페르 씨 말입니다. 그를 찾아가주십시오. 가서서 제가 극도로 중요한 문제로 드릴 말씀이 있으니 밤에 저한테 한 시간만 내달라고 전해주십시오."

"그렇다면 그게 사실이란 말인가, 젊은이?" 고리오 영감의 낯빛이 확 바뀌었다. "저 밑에서 얼간이들이 지껄이는 것처럼, 자네 그 사람 딸에게 잘 보이려고 그러는 건가? 이게 무슨 날벼락 같은 소리인가! 자네, 고리오 집안의 여자에게 상처를 입히면 무슨 화를 당할지 잘 모르는 것 같군. 자네가 지금 우리를 속이는 거라면, 지금 당장 주먹다짐을 벌여야겠네. 오! 이건 말도 안 돼."

"맹세코 말씀드리지만 저는 이 세상에서 단 한 여인만을 사랑합니다." 대학생이 말했다. "그 사실을 조금 전에야 깨달았어요."

"아, 정말 다행이군!" 고리오 영감이 안도했다.

"그건 그렇고요." 대학생이 말을 이었다. "타유페르 씨 아들이 내일 결투를 벌입니다. 그런데 제가 듣기로는 그가 결투에서 죽을 것이라고 합니다."

"그게 자네와 무슨 상관인가?" 고리오가 물었다.

"아무튼, 그분에게 아들이 결투에 나서는 걸 막으라고 전해야 합니다. 결투에 나서면……" 외젠이 목소리를 높였다.

그 순간, 보트랭의 목소리가 들려와 그는 말을 멈추었다. 보트랭이 외젠의 방문 앞에서 노래를 부르고 있었다.

오, 리샤르, 오 나의 왕이시여!
세상이 그대를 버리나니……*

부룸! 부룸! 부룸! 부룸! 부룸!

나 오랫동안 세상을 두루 돌아다녔다네,
날 모르는 사람 없다네……

---

* 프랑스 극작가 미셸장 스덴이 쓴 가사에 벨기에 작곡가 앙드레 그레트리가 곡을 붙인 희가극 〈사자 왕 리샤르〉에 나오는 유명한 아리아.

트랄랄랄라……

"여러분," 크리스토프가 소리쳤다. "수프가 준비되었습니다. 다들 내려와 식사하세요."

"어이." 보트랭이 그를 불렀다. "내가 보르도 포도주 한 병 줄 테니 와서 받아가거라."

"자네 보기에 회중시계가 어떤가? 멋지지 않나?" 고리오 영감이 물었다. "걔가 참 안목이 뛰어나, 안 그런가?"

보트랭, 고리오 영감, 라스티냐크, 이렇게 셋은 함께 내려갔다. 늦은 바람에 다른 빈자리가 없어 그들은 식탁에 나란히 앉게 되었다. 외젠은 저녁식사 내내 보트랭에게 이루 말할 수 없이 쌀쌀하게 대했지만, 그러거나 말거나 그 사람은 보케르 부인에게 유난히 살갑게 굴며 전에 없이 유쾌한 모습을 보란듯이 과시했다. 각별한 재치로 식탁에 앉은 모든 사람을 들었다 놓았다 하는 것이었다. 아무 일도 없다는 듯한 그 태평함과 냉혹함에 외젠은 아연실색했다.

"대체 오늘 뭘 먹었기에 이러는 거요?" 보케르 부인이 입을 열었다. "방울새처럼 즐겁네요."

"나야 항상 즐겁죠, 특히 사업이 잘될 땐 말입니다."

"사업이라고요?" 외젠이 말했다.

"아! 아무렴, 사업이지. 두둑한 수수료가 보장된 상품 일부를 배달 완료했거든. 마드무아젤 미쇼노," 그가 자신을 주시하고 있는 여자를 향해 불쑥 말을 던졌다. "내 얼굴에 뭐 기분 나쁜 점이라도 있소? 그런 인디언 같은 눈으로 나를 빤히 쳐다보니 말이오. 뭔지 말을 해요! 그래야 당신 마음에 들도록 바꾸든지 말든지 할 거 아니오."

"푸아레, 우리는 이런 걸 가지고 화내는 사람들이 아니지, 안 그러오?" 그가 늙은 퇴역 공무원에게 눈길을 돌리며 덧붙였다.

"이런! 당신은 차력꾼 헤라클레스의 모델로 안성맞춤일 것 같네요." 젊은 화가가 보트랭에게 말했다.

"그것참 좋겠군! 여기 마드무아젤 미쇼노께서 페르라셰즈 묘지의 비너스상 모델로 설 의향이 있다면 말이야." 보트랭이 대꾸했다.

"그럼 푸아레는요?" 비앙숑이 물었다.

"오! 푸아레는 그냥 푸아레로 포즈를 취하면 되지. 정원의 신으로 말이오. 그 이름이 푸아르*에서 유래했으니……"

"물컹한 배!" 비앙숑이 받았다. "그러니까 당신은 배와 치즈 사이** 에 있는 셈이군요."

"온통 허튼소리뿐일세." 보케르 부인이 끼어들었다. "그러지 말고 당신이 갖고 있는 보르도 포도주나 우리에게 내놓지 그래요, 그 포도 주병 코빼기를 내가 봤거든! 그거면 우리 모두 흥이 돋고, 위자앙에도 좋을 거요."

"여러분," 보트랭이 말을 받았다. "주인마님께서 우리에게 경고를 내리셨소. 쿠튀르 부인과 마드무아젤 빅토린, 두 분께서야 여러분의 허튼소리에 불쾌해하시지는 않겠지만, 때묻지 않은 우리 고리오 영감 님은 존중해드려야지요. 내 여러분께 작은 성의로 보르도 포도주라마를

---

* 프랑스어로 배(梨)를 뜻한다.
** '배와 치즈 사이'라는 말은 '식사를 마치고 디저트를 들며 한담을 나눌 무렵'을 뜻하는 관용어구이기도 하다.

한 병 제공하는 바요. 라피트라는 라벨로 유명해진 포도주요, 뭐 정치를 빗대서 하는 이야기는 아니오만.* 야, 이놈!" 그가 꿈쩍도 하지 않고 서 있는 크리스토프를 향해 말했다. "여기다, 크리스토프! 어떻게 넌 네 이름도 못 알아듣냐? 이놈아, 술을 가져오너라!"

"여기 있습니다." 크리스토프가 그에게 포도주병을 가져다주며 말했다.

그는 외젠의 잔과 고리오 영감의 잔을 채운 다음, 두 사람이 마시는 동안 자기 잔에도 조금 따라 맛을 보더니 갑자기 얼굴을 찡그렸다.

"이런 망할! 코르크 냄새가 나잖아. 이건 너나 마셔라, 크리스토프. 내 방에 가서 다른 병을 가져오너라. 오른쪽에 있는 거, 알지? 우리가 모두 열여섯이니까 여덟 병을 가져오너라."

"이렇게 한턱내시니까," 화가가 말했다. "나도 밤톨 백 알을 내겠소."

"오! 오!"

"부우우우!"

"푸르르르!"

저마다 내지르는 탄성이 폭죽처럼 터져나왔다.

"자, 보케르 엄마, 샴페인 두 병 내와요." 보트랭이 외쳤다.

"으잉, 그런 거였군! 왜, 집을 통째로 내놓으라고 하시지 않고? 샴페

---

* 유서 깊은 보르도 포도원인 샤토 라피트(Château Lafite, 1868년 로스차일드 가문이 인수하여 오늘날에는 '샤토 라피트 로스차일드'로 불린다)와 당시 프랑스 최고의 막강한 은행가이자 유명 정치인으로 1830년 7월혁명의 주역이었던 자크 라피트(Jacques Laffite)를 연결시킨 말장난.

인 두 병이라니! 12프랑인데! 나한테 이득도 하나 없고 말이야! 하지만 외젠 씨가 돈을 내시겠다면 카시스주를 제공하리다."

"저 여자의 카시스주는 설사약처럼 장을 청소한다네." 의과대학생이 나직하게 읊조렸다.

"입 좀 다물어주겠나, 비앙숑?" 라스티냐크가 소리쳤다. "설사약 소리만 들어도 가슴이 울렁…… 좋아, 샴페인을 마십시다. 내가 돈을 내지." 대학생이 덧붙였다.

"실비," 보케르 부인이 말했다. "비스킷과 조그만 케이크를 내오너라."

"당신의 조그만 케이크는 늘 너무 큰데." 보트랭이 말했다. "거기다가 식상하기까지 하고. 하지만 비스킷이라면 다르지, 가져오시오."

순식간에 보르도 포도주가 돌았다. 회식자들 사이에 흥이 오르며 즐거움이 배가되었다. 거친 웃음소리가 난무하는 와중에 갖가지 동물을 흉내내는 소리가 터져나왔다. 박물관 직원이 파리 장사꾼들의 호객 소리랍시고 발정난 고양이 울음 비슷한 소리를 내지르자 이를 신호로 여덟 명이 한꺼번에 고래고래 소리를 질러댔다. "칼 갈아요, 칼!" "쩍쩍 귀여운 새들에게 줄 모이, 별꽃이 왔어요!" "숙녀 여러분, 맛있는 과자 고프레요, 고프레가 왔어요!" "깨진 그릇들 수선합니다!" "배를 타시오, 배!" "방망이가 왔어요, 마누라들을 패시오, 옷들 먼지도 털고!" "헌옷, 헌 견장, 헌 모자 팔아요!" "체리가 왔어요, 잘 익은 체리가!" 그중 영예의 대상은 코맹맹이 소리로 "어이, 우산장수!"라고 외친 비앙숑에게 돌아갔다. 귀청이 떨어질 듯한 소동, 횡설수설이 난무하는 난장판, 요컨대 보트랭이 오케스트라 지휘자처럼 이끄는 갈데없는 한

편의 오페라가 눈 깜짝할 사이에 펼쳐졌다. 그 와중에도 보트랭은 외젠과 고리오 영감을 주시했는데, 둘은 이미 취한 것 같았다. 두 사람모두 술은 더이상 들어갈 것 같지 않은지 의자에 등을 기댄 채 심각한표정으로 이 익숙지 않은 난장판을 물끄러미 쳐다보고 있었다. 둘 다그날 밤 해야 할 일이 머릿속을 맴돌았지만 일어날 기력이 없었다. 곁눈질로 흘끔거리며 두 사람의 안색이 변해가는 과정을 내내 지켜보던 보트랭은 그들의 눈동자가 풀리고 곧 감길 것 같은 순간을 포착하여 외젠의 귀에 입을 대고 말했다. "애송이 양반, 당신 같은 조무래기는 보트랭 아빠와 맞붙어 싸울 만큼 단수가 높지 않아. 그리고 그분은당신을 너무나도 사랑해서 당신이 어리석은 짓을 하도록 놓아두지 않으시지. 내가 일단 무슨 일을 하기로 마음먹으면, 내 앞길을 막을 만큼 강한 존재는 하느님밖에 없어. 아! 타유페르 영감에게 고자질하려고 했겠다. 당신, 아주 초보적인 실수를 저지른 거야! 화덕은 달구어져있고, 밀가루 반죽도 끝나서 빵을 굽기만 하면 돼. 내일이면 당신은 잘익은 그 빵을 물어뜯으며 부스러기를 머리 위로 흩날릴 텐데, 화덕 속에 빵 반죽을 못 집어넣게 하겠다고?…… 아니지, 아냐, 모든 게 잘 구워질 거야. 이 조무래기 양반아, 뭔가 어쭙잖은 후회가 밀려오나본데, 그런 후회일랑 먹은 걸 소화시키는 동안 날려버리시지. 당신이 단잠을자는 동안 프란체시니 백작 대령이 뾰족한 검 끝으로 당신을 위해 미셸 타유페르의 상속 절차를 개시할 테니. 자기 오빠의 유일한 상속인이 될 빅토린은 약소하지만 1만 5000프랑의 연금 수익을 가지게 될 거야. 그리고 내가 이미 다 알아봤는데, 그녀 어머니의 상속 지분은 30만프랑이 넘고……"

외젠은 대답할 기력이 없어 듣고만 있었다. 혀가 입천장에 달라붙은 느낌이었고, 밀려오는 수마에 속절없이 포로가 되었다. 식탁도 참석자들의 얼굴도 뿌연 안개 너머로 어른거렸다. 곧이어 소란이 잦아들고 하숙인들이 하나둘 자리를 떴다. 이윽고 자리에 보케르 부인, 쿠튀르 부인, 마드무아젤 빅토린, 보트랭, 그리고 고리오 영감만 남았을 때, 라스티냐크의 눈에 마치 꿈속의 한 장면처럼 보케르 부인이 술병마다 남은 술을 비워 다른 병에 채우는 모습이 들어왔다.

"아! 다들 미쳤어, 다들 젊으니까!" 여주인이 구시렁댔다.

그것이 외젠이 알아들을 수 있었던 마지막 말이었다.

"이런 난장판을 만들 줄 아는 사람은 보트랭 씨밖에 없지." 실비가 말했다. "아이고, 크리스토프는 화통을 삶아 먹었나, 요란하게 코를 고는군."

"그럼 이만, 엄마," 보트랭이 말했다. "난 마르티 씨*를 구경하러 극장에 가려고요. 『은둔자』를 각색해서 만든 〈미지의 산〉**이라는 걸작 멜로드라마예요. 원하신다면 엄마하고 여기 계신 숙녀분들도 모시고 함께 갈까 하는데."***

"고맙지만 사양하겠습니다." 쿠튀르 부인이 말했다.

---

* 장바티스트 마르티는 당대의 대배우로서 대중 극장의 통속극에서 활약하며 엄청난 인기를 누렸다.

** 당대를 풍미한 베스트셀러인, 샤를빅토르 프레보(일명 다를랭쿠르 자작)의 통속소설 『은둔자』를 길베르 픽세레쿠르가 각색하여 무대에 올린 멜로드라마.

*** 이 부분은 오류로 보인다. 언급된 소설과 극은 모두 1821년에 출간되고 초연되었다. 보케르 하숙집에서의 이 장면은 1820년 2월 14일에 벌어진 것으로 추정되는데, 이 때는 샤를 10세의 아들인 베리 공작이 암살된 직후라 그 애도의 표시로 파리의 모든 극장이 폐관중이었다.

"뭐라고요, 부인?" 보케르 부인이 목소리를 높였다. "『은둔자』를 각색한 건데 보러 가지 않겠다니요? 아탈라 드 샤토브리앙이 쓴 그 소설을 우리 모두 엄청나게 좋아하며 읽었잖아요. 이야기가 하도 아름다워서 우리 둘이 지난여름 보리똥나무 아래에서 여주인공 엘로디를 생각하며 펑펑 울었잖아요. 당신네 아가씨에게 인생의 길잡이가 될 수도 있는 아주 교훈적인 작품인데요?"*

"그런 희극을 보러 가는 것은 우리에게 금지되어 있답니다." 빅토린이 대답했다.

"저런, 이치들은 완전히 곯아떨어졌군." 보트랭이 고리오 영감의 머리와 외젠의 머리를 장난스럽게 흔들었다.

편하게 자라고 대학생의 머리를 의자에 누이며 보트랭은 그의 이마에 뜨겁게 입을 맞추고 노래를 읊조렸다.

　　잘 자요, 내 소중한 사랑!
　　나 그대를 위해 항상 깨어 있으리니.**

"이분, 병이라도 나지 않을까 걱정되네요." 빅토린이 말했다.

"그러면 여기 남아 보살피도록 하시오." 보트랭이 대꾸했다. "그

---

* 대중성과 문학성을 동시에 갖춘 새로운 소설을 집필하길 꿈꾼 발자크는 『은둔자』를 대문호 샤토브리앙의 작품이라고 착각하는 보케르 부인의 발언을 통해 이른바 통속문학과 고급문학에 대한 전통적인 구분을 의도적으로 교란하는 한편, 보케르 부인이 매우 무식한 인물임을 풍자한다.
** 아메데 드 보플랑이 쓴 연가의 한 대목. 당시 인기를 끈 보드빌(풍자적인 통속 희극) 〈몽유병자〉에 삽입되어 널리 알려졌다.

게." 그가 그녀의 귀에 대고 속삭였다. "얌전한 여인으로서의 의무요. 이 젊은이는 당신을 열렬히 사랑한다오. 내가 자신 있게 예언하는데, 당신은 그의 사랑받는 부인이 될 것이오. 아무튼," 그가 이번에는 목소리를 높여 말을 이었다. "그들은 온 나라의 축복을 받으며 아들딸 많이 낳고 오래도록 행복하게 살았답니다. 모든 사랑 이야기는 다 이렇게 끝나게되어 있소. 자, 엄마." 그가 보케르 부인에게 몸을 돌리고는 그녀를 껴안으며 말했다. "모자를 쓰시고 꽃무늬 드레스를 입으시고 백작부인의 스카프를 두르세요. 내 당신을 위해 친히 마차를 불러오지요." 그러고서 그는 노래를 부르며 나갔다.

> 태양이여, 태양이여, 신성한 태양이여,
> 세상의 호박을 무르익게 하는 그대여……

"세상에나! 쿠튀르 부인, 저 남자는 집 없이 한데서 살아도 나를 행복하게 만들어줄 거 같지 않나요. 어라." 그녀가 제면업자가 있던 쪽으로 몸을 돌렸다. "고리오 영감이 저기 나가네. 저 구두쇠 영감탱이는 나를 어데도 데려갈 생각을 한 적조차 없는데. 근데 저 영감 저러다 넘어지겠네. 아이고! 저 나이에 정신을 잃으면 그거야말로 큰일인데! 가진 적도 없는데 뭘 잃겠냐고들 하겠지만요. 실비, 저 양반을 방까지 부축해드려라."

실비가 노인의 겨드랑이 밑으로 손을 넣어 부축해 계단을 걸어올라간 다음, 노인을 입은 옷 그대로 침대 위에 무슨 짐짝 던지듯 부려놓았다.

272

"가엾은 젊은이 같으니라고." 쿠튀르 부인이 눈 위로 흘러내린 외젠의 머리카락을 쓸어올려주며 연신 중얼거렸다. "젊은 여자처럼 생겼네, 방종이라는 게 무엇인지도 모르는 얼굴이야."

"아! 그거 하나만큼은 자신 있게 말할 수 있답니다. 내가 하숙집을 한 지 삼십일 년이 되었는데," 보케르 부인이 말했다. "그간 흔히 말하듯 내 손을 거쳐간 젊은 남자들이 무수히 많았지만, 외젠 씨만큼 점잖고 품위 있는 젊은이는 한 번도 본 적이 없어요. 잘 때도 멋있죠? 그러니 그의 머리를 당신 어깨에 기대게 하세요, 쿠튀르 부인. 어허! 마드무아젤 빅토린의 어깨에 머리를 기댔군요. 아이들에게만 통하는 하느님이 있나봐요. 조금만 더 가까이, 자칫 의자 모서리에 머리를 찧겠어요. 저렇게 둘이 짝이 되면 참 아름다운 커플이 되겠어요."

"이봐요, 부인, 제발 그 입 좀 다무세요." 쿠튀르 부인이 소리쳤다. "당신 지금……"

"에이!" 보케르 부인이 대꾸했다. "저 젊은이는 지금 못 들어요. 자, 실비, 이리 와서 나 옷 좀 입혀다오. 오늘은 꽉 조여주는 제대로 된 코르셋을 입어야겠다."

"에구머니나! 저녁식사까지 하고서 코르셋이라뇨, 마님," 실비가 말했다. "싫어요, 다른 사람을 찾아 조여달라고 하세요. 전 마님 목숨을 빼앗은 그런 살인자가 되고 싶지 않거든요. 마님, 지금 목숨을 대가로 무모한 짓을 벌이시는 거라고요."

"상관없다. 보트랭 씨에게 경의를 표해야 하니까."

"마님은 그래 상속자들을 그토록 사랑하지 못해서 안달이 나신 거예요?"

"어서, 실비, 잔말 말고." 과부가 나가며 말했다.

"저 나이에." 식모가 빅토린에게 제 주인을 가리키며 투덜댔다.

쿠튀르 부인과 그녀의 대녀, 그리고 그 대녀의 어깨 위에 머리를 괴고 잠든 외젠, 이렇게 셋만 식당에 남았다. 크리스토프의 코 고는 소리가 조용한 집안에 울려퍼져 어린아이처럼 사랑스럽게 잠든 외젠의 평온한 모습이 한층 돋보였다. 여자의 감정을 남김없이 쏟아붓고, 젊은 남자의 심장이 자신의 심장에 포개져 뛰는 느낌을 아무런 죄의식 없이 만끽하게 하는 자애로운 사랑이 발휘되어 행복해진 빅토린의 얼굴은 모성애적 보호본능에서 우러나오는 자부심으로 가득했다. 그녀의 가슴속에 피어오르는 수많은 상념들 사이에서 젊고 순수한 체온의 교환이 불러일으키는 격렬한 관능의 충동이 솟구쳤다.

"가엾고 사랑스러운 아이 같으니라고!" 쿠튀르 부인이 빅토린의 손을 잡으며 말했다.

노부인은 천진하면서도 애처로운 그 얼굴에 행복의 후광이 어려 있는 것을 보고 찬탄을 금치 못했다. 빅토린은, 중세의 소박한 그림 속 인물, 담황빛 색조지만 금빛 광채를 발하는 하늘이 반영된 듯 보이는 그 얼굴을 그리기 위해 화가가 일체의 부수적인 장식은 배제하고 차분하고 자신감 넘치는 신묘한 붓질로만 표현한 그림 속 인물과 닮아 있었다.

"이분은 두 잔밖에 안 마셨어요. 아주머니." 빅토린이 손가락으로 외젠의 수북한 머리숱을 빗질하듯 쓸어넘기며 말했다.

"그러게, 얘야. 방탕한 사람이었다면 남들처럼 술을 많이 마셨겠지. 이 사람이 취했다는 건 오히려 칭찬받을 일이야."

바깥에서 마차 소리가 울려퍼졌다.

"아주머니," 젊은 여자가 말했다. "보트랭 씨가 오나봐요. 외젠 씨를 부축해서 나가요. 그 사람 눈에 띄기 싫어요. 그 사람 말투는 영혼을 더럽히고, 여자를 바라보는 눈빛은 마치 옷을 벗기려 드는 것 같아 몹시 거북해요."

"아니다." 쿠튀르 부인이 말했다. "네가 잘못 생각하고 있는 거야! 보트랭 씨는 선량한 사람이야. 작고한 쿠튀르 씨와 약간 비슷한 유형이지. 좀 퉁명스럽지만 착하고, 무뚝뚝하지만 마음씀씀이가 넓은 사람 말이야."

그때 보트랭이 소리 없이 들어오더니 젊은 남녀와 그들을 어루만지듯 감싸고 있는 램프 불빛이 빚어낸 그림 같은 장면을 물끄러미 바라보았다.

"아, 보기 좋군!" 그가 팔짱을 낀 채 입을 열었다. "고명하신 베르나르댕 드 생피에르가 쓴 『폴과 비르지니』*의 아름다운 페이지들에 영감을 준 장면이라고 해도 손색이 없겠는걸. 젊음이란 정말 아름답죠, 쿠튀르 부인. 가엾은 녀석, 잘 자렴," 그가 외젠을 그윽이 바라보았다. "좋은 일은 종종 잠든 사이에 오는 법이니. 부인," 이어 그는 쿠튀르 부인을 향해 말했다. "내가 이 젊은이에게 애착을 갖는 건, 그에게 내 마음이 움직인 건, 그의 영혼이 이 잘생긴 얼굴과 조화를 이룰 만큼 아름답다는 점을 알기 때문이죠. 보세요, 천사의 어깨 위에 올라탄 아기

---

* 1788년 발표된 일종의 전원시라 할 만한 소설. 문명과 동떨어진 자연 속에서 펼쳐지는 소년 폴과 소녀 비르지니의 순수한 사랑을 그려 19세기 초 낭만주의 문학에 상당한 영향을 주었다.

천사 같지 않습니까? 이 젊은이는 사랑받아 마땅해요! 내가 만약 여자라면 그를 위해 죽을(아니지, 무슨 바보 같은 소리람!) 그를 위해 살아갈 겁니다. 이렇게 경이로운 두 젊은이를 보고 있자니, 부인," 그가 몸을 숙여 그녀의 귀에 대고 속삭였다. "하느님이 이 둘을 서로의 것이 되게 하려고 지으셨다는 생각을 금할 수가 없군요. 섭리는 절대 보이지 않지만 닿지 않는 곳이 없어 깊디깊은 사람의 속마음까지 헤아리지요. 내 자녀들아, 너희 둘이 똑같이 닮은 순수함이 서로 통하여, 인간으로서 가질 수 있는 모든 애정이 통하여 이렇게 하나가 되어 있는 것을 보니, 너희가 앞으로도 헤어질 일은 결코 없으리라는 생각이 드는구나. 하느님은 언제나 옳으시지요. 그런데," 그가 빅토린을 향해 말했다. "전에 언뜻 당신 손금에서 대운을 본 것 같은데. 내게 손을 보여주지 않겠소, 마드무아젤 빅토린? 내가 손금을 좀 볼 줄 아오, 그래서 종종 운명을 알아맞혔지. 자, 어서, 겁먹지 말고. 오! 내가 뭘 본 거지? 내 명예를 걸고 말하건대, 당신은 조만간 파리에서 가장 부유한 상속녀가 될 운명이오. 당신은 당신을 사랑하는 남자에게 넘치는 행복을 안겨줄 거요. 당신 아버지가 당신을 불러 곁에 둘 거라오. 당신은 작위를 가진, 젊고 잘생기고 당신을 열렬히 사랑하는 남자와 결혼하게 될 거요."

그때 교태를 부리며 계단을 내려오는 보케르 부인의 둔중한 발소리가 보트랭의 예언을 멈춰 세웠다.

"우아, 벼어얼처럼 아름답고, 당근처럼 늘씬하게 빼입은 보케에르 엄마잖아! 이거 숨도 제대로 못 쉬는 거 아닙니까?" 그가 그녀의 가슴을 조인 코르셋 살대에 손을 얹으며 말했다. "앞가슴이 너무 눌렸어요, 엄마. 연극을 보다 울기라도 하면 둑이 터지듯 홍수가 나겠어요. 하지만 걱정 마요, 내가 흩어진 유물들을 고고학자처럼 정성스럽게 수습할 테니까요."

"저 사람은 정말 프랑스식 감언이설에 능하다니까요!" 그녀가 몸을 숙여 쿠튀르 부인의 귀에 대고 속삭였다.

"잘 계시오, 나어린 젊은이들." 보트랭이 외젠과 빅토린을 향해 말을 이어갔다. "내 그대들에게 축복을 내리노라." 그는 그들의 머리 위에 자신의 두 손을 얹었다. "나를 믿어요, 마드무아젤, 정직한 사람의 염원은 특별한 것이니, 행복을 가져다주게 되어 있소, 하느님이 그 염원을 들어주시니까."

"잘 있어요, 다정한 친구." 보케르 부인은 쿠튀르 부인에게 인사를 건넸다. "그거 아세요?" 그러고는 낮은 목소리로 덧붙였다. "보트랭 씨가 내게 무슨 꿍꿍이속이 있는 거 같아요."

"어허, 그런가요!"

"아! 아주머니," 다 나가고 둘만 남자 빅토린이 한숨을 쉬며 자기 손바닥을 바라보고 말했다. "저 선한 보트랭 씨가 한 말이 맞으면 좋으련만!"

"하지만 그러려면 한 가지가 필요하단다." 노부인이 대답했다. "괴물 같은 네 오빠가 말에서 떨어져야지."

"아! 아주머니."

"하느님 맙소사, 원수에게 흉한 일이 일어나기를 바라는 것도 죄악이겠지. 좋아! 지은 죄에 대해서는 고해성사를 받겠어. 솔직히 말하자면 나는 그의 무덤에 기꺼이 꽃을 바칠 생각이다. 속이 시커먼 자잖니! 네 오빠는 법을 악용하여 너에게 돌아갈 어머니의 유산을 가로챘을 뿐 아니라 어머니를 대변할 용기도 내지 못했지. 내 사촌, 그러니까 네 어머니에겐 상당한 재산이 있었단다. 그런데 네게 불행을 안기려고 그랬는지 결혼계약에서 네 어머니의 지참금에 관한 내용이 전혀 다루어지지 않았단다."

"제 행복이 누군가의 목숨을 빼앗는 것이라면, 저로선 그 행복을 감당할 수 없어 자주 고통스러울 겁니다." 빅토린이 말했다. "그리고 제가 행복해지기 위해 오라버니가 사라져야 한다면, 전 차라리 죽을 때까지 여기 머물겠어요."

"오 하느님, 저 선한 보트랭 씨 얘기 들었잖니. 그래, 너도 보았다시피 신앙심이 돈독한 그 사람 말이다." 쿠튀르 부인이 말을 이었다. "그 사람이, 입으로만 하느님을 떠벌릴 뿐 악마보다 하느님에 대한 존경심이 없는 그런 믿음 없는 사람들 같지 않다는 걸 알고 난 정말 기뻤단다. 우리가 어떤 방식으로 처신해야 하느님 보시기에 좋을지 그 누가 알겠니?"

두 여자는 실비의 도움을 받아 겨우 외젠을 방으로 옮겨 침대에 눕혔다. 편안히 자도록 겉옷을 벗기는 일은 실비가 맡았다. 방을 나서기 전, 빅토린은 자신의 대모가 등을 돌리는 사이 외젠의 이마에 입을 맞추며 그 도둑 키스가 주는 짜릿한 행복감을 만끽했다. 그녀는 그의 방을 둘러보면서, 이렇게 말하면 적당할 텐데, 그날의 가없는 행복감을 단 하나의 생각 속에 갈무리해 가져왔고, 그것으로 그린 한 폭의 그림을 그윽이 바라보며 파리에서 가장 행복한 여인이 되어 잠들었다. 보트랭이 외젠과 고리오 영감에게 마취제를 탄 술을 먹이기 위해 일부러 벌인 술판은 결과적으로 보트랭 자신의 몰락을 불러왔다. 반쯤 취한 비앙숑이 마드무아젤 미쇼노에게 불사조에 대해 묻는다는 걸 잊고 만 것이다. 만일 그가 불사조라는 말을 입 밖에 냈다면, 보트랭의, 아니 이제 그의 본명을 돌려줘야 온당할 테니, 도형수 세계의 유명 인사 자크 콜랭의 경각심을 필시 일깨웠을 터였다. 마드무아젤 미쇼노는 콜랭의 후한 씀씀이를 기대하고 그에게 미리 알려 밤사이에 도망가게 하는 것이 자신에게 더 이득이 되지 않을까 저울질하다가, 콜랭이 자신에게 '페르라셰즈 묘지의 비너스'라는 별명을 붙이자 그를 경찰에 넘기기로 마음을 굳혔다. 그녀는 술판이 파하는 틈을 타 푸아레를 대동하고 생 탕가라는 음습한 골목에 있는 예의 치안경찰대장을 만나러 가면서도 자신이 그저 공뒤로라는 이름의 관료를 상대하는 줄 알고 있었다. 사법경찰국장*은 그녀를 반갑게 맞았다. 대화를 통해 행동 방침을 하나하나 면밀하게 주고받은 뒤, 마드무아젤 미쇼노는 콜랭 몰래 그의 몸에 있을 낙인을 확인하는 데 필요한 수면제를 요구했다. 음습한 생탕가 골목의 거물이 그 요구에 아주 만족스러운 표정으로 책상 서랍에서 앰풀을 찾는 모습을 보며 마드무아젤 미쇼노는 이 체포 작전에는 그저 한 도형수를 붙잡는 것 이상으로 중요한 무엇인가가 있음을 짐작했다. 머리를 굴리고 굴린 끝에 그녀는 경찰이 도형장의 배신자들로부터 얻은 몇몇 정보에 근거하여 뭔가 엄청나게 중요한 사건을 적시에 적발하고자 하는 게 아닐까 생각했다. 마드무아젤 미쇼노가 자신의 추측을 그 교활한 요원에게 얘기하자 그는 슬며시 미소를 지으며 이러한 의구

---

* 당시 경찰은 치안을 담당하는 '사법경찰'과 정치 사건을 다루는 '정치경찰'로 나뉘어 불렸다. 공뒤로로 행세하는 이 인물은 자크 콜랭처럼 도형수 출신이면서 사법경찰국장직에 오른 비비뤼펭이다. 그는 『매춘부의 영광과 비참』에서 콜랭과 다시 한번 대적한다.

심의 방향을 돌리려 했다.

"잘못 생각했소," 그가 대답했다. "콜랭은 이제까지 있었던 그 어떤 도둑보다도 위험한 도둑, 도둑들의 소르본이오. 그게 전부요. 악당들은 그자를 잘 안다오. 그자는 그들의 깃발, 그들의 지주, 요컨대 그들의 보나파르트요. 그들 모두 그자를 좋아하지. 그 흉악한 작자는 결코 순순히 잡혀 제 대갈통을 그레브광장*에 갖다 바칠 인물이 아니오."

마드무아젤 미쇼노가 이해하지 못하는 눈치를 보이자, 공뒤로는 자신이 사용한 두 은어에 대해 설명해주었다. 소르본과 대갈통은 도둑들 사회의 언어 중 강한 위력을 지닌 표현으로, 도둑들이 먼저 인간의 머리를 두 양상으로 구분할 필요성을 느껴 사용하기 시작했다고, 소르본은 살아 있는 사람의 두뇌, 분별력, 생각을 뜻한다고, 반면 대갈통은 일종의 경멸적인 단어로서 사람의 머리라는 것이 일단 몸통에서 잘리고 나면 얼마나 보잘것없는지 표현하기 위해 쓰인다고 말이다.

"콜랭은 우리를 갖고 노는 자요." 그가 말을 이었다. "영국제 강철봉처럼 막강한 자들과 마주했는데 체포 과정에서 조금이라도 저항하려 한다면 우리는 그 자리에서 즉시 죽여버리는 방안을 가지고 있소. 우리는 내일 아침 법 절차를 거치지 않고도 콜랭을 즉결 처분할 만한 몇 가지 상황이 벌어지길 기대하고 있소. 그래야 소송이며 구금 비용이며 식량 낭비를 피할 수 있고, 그게 사회를 구하는 길이지. 재판, 증인 신청, 증인에게 줄 수당, 사형집행 등, 우리가 그런 악당들로부터 합법적으로 벗어나는 데 필요한 모든 절차를 갖추려면 당신이 포상금으로 받

---

* 파리시청 앞 광장으로, 중세부터 공개 사형이 집행되던 곳. 특히 대혁명 시기인 1792년 최초로 단두대 기요틴이 설치되어 사형집행이 이루어진 곳으로 유명하다.

을 수천 에퀴를 훌쩍 넘는 비용이 들거든. 게다가 시간도 절약되오. 불사조의 몸통에 총검을 명중시킴으로써 우리는 다른 범죄 백여 개를 예방할 수 있고, 갖은 술수를 써서 경범죄 재판소 주변에서 죗값을 타협하려는 악랄한 놈 쉰여 명이 펼칠 매수공작도 물리칠 수 있소. 이상이 바로 올바른 경찰이 할 일이오. 진정한 박애주의자들의 말에 따르면 그것이야말로 범죄를 예방하는 길이지."

"아무렴요, 그것이야말로 나라에 봉사하는 길이지요." 푸아레가 거들었다.

"아! 좋소." 국장이 대꾸했다. "당신 오늘밤 꽤 쓸 만한 말을 하는군. 맞소, 분명히 우리는 나라에 봉사하고 있는 거요. 그러니까 세상이 우리 경찰을 대하는 태도가 아주 부당하다고 할 수 있지. 우리는 사회에 무지하게 큰 봉사를 하는데 아무도 그걸 알아주지 않는단 말이오. 결국 편견을 딛고 올라서는 것이야말로 뛰어난 사람의 운명이고, 선이란 선입견의 입맛에 맞추어 결정되는 것이 아닐지니 그 선을 행하려다 당하게 되는 온갖 불행을 묵묵히 감수하는 것이야말로 기독교도의 운명인 것이오. 파리는 파리요, 안 그렇소? 이 말이 나의 삶을 요약해 설명해준다오. 마드무아젤, 이제 헤어져야겠소. 나는 부하들과 함께 국왕의 정원*에 대기하고 있겠소. 크리스토프를 공뒤로 씨 댁으로 보내시오, 내가 머물렀던 집 말이오. 그리고 푸아레 씨, 당신도 언제든 날 찾아오시오. 뭔가를 도둑맞았다면 나를 이용하시오, 그 잃은 것을 되찾게 해줄 테니. 언제든 당신을 돕겠소."

---

* 식물원의 다른 이름.

"아! 정말," 푸아레가 밖으로 나와 마드무아젤 미쇼노에게 말했다. "경찰이란 단어만 들어도 정신이 아득해지는 그런 얼간이들이 있죠. 저 양반은 아주 친절하네요. 그가 당신에게 요구하는 것은 더없이 간단한 일이고요."

다음날은 메종 보케르의 역사상 유례없이 특별한 날로 기록될 것이다. 내내 평온했던 그 하숙집에서 그때껏 가장 이채로웠던 사건이라고 해봐야 가짜 랑베르메닐 백작부인이 유성처럼 홀연히 나타났다 사라진 일이었다. 그러나 그 엄청났던 하루, 훗날 보케르 부인의 이야기 속에서 두고두고 등장하게 될 그날의 사건에 비하면 다른 모든 것은 새발의 피였다. 먼저, 고리오와 외젠 드 라스티냐크가 열한시까지 잠을 잤다. 개테극장*에 갔다가 자정에야 돌아온 보케르 부인도 열시 삼십분까지 침대에서 일어나지 못했다. 보트랭이 주는 술을 다 받아 마신 크리스토프의 긴 잠이 하숙집의 일과를 모두 지연시켰다. 푸아레와 마드무아젤 미쇼노는 아침식사가 늦어지는 것에 불평하지 않았다. 빅토린과 쿠튀르 부인도 늦잠을 잤다. 보트랭은 여덟시 전에 외출했다가 늦은 아침식사가 차려질 즈음에야 돌아왔다. 그러니까 열한시 십오분경, 실비와 크리스토프가 모든 방문을 일일이 두드리며 식사가 준비되었다고 알렸을 때 불만을 표하는 사람은 아무도 없었다. 실비와 하인이 자리를 비운 사이 제일 먼저 식당에 내려온 마드무아젤 미쇼노는 보트랭이 쓰는 컵에 물약을 탔는데, 다른 컵들과 함께 중탕냄비에 들어 있는 그 컵 안에서는 커피크림이 데워지고 있었다. 마드무아젤 미쇼노는

---

* 탕플대로에 있던, 보드빌이나 멜로드라마를 주로 공연하던 극장.

매일 아침 반복되는 하숙집의 독특한 관행을 노려 제 임무를 수행한 것이었다. 얼마간 어려움이 없지 않았지만 마침내 하숙인 일곱 명 모두 식탁에 모였다. 외젠이 기지개를 켜며 마지막으로 내려왔고, 그때 심부름꾼이 그에게 뉘싱겐 부인의 편지를 배달했다. 편지에는 이렇게 쓰여 있었다.

　나의 친구, 당신에게 헛되이 자존심을 세울 마음도, 분노를 표출할 생각도 아니에요. 어젯밤 새벽 두시까지 당신을 기다렸어요. 사랑하는 사람을 기다리는 심정이란! 그런 애끊는 고통을 겪어본 사람이라면 남에게 같은 고통을 결코 안기지 않는답니다. 물론 잘 알아요. 당신은 사랑이 처음이지요. 대체 무슨 일일까? 걱정이 엄습했어요. 불안한 제 속마음이 들킬까 두렵지만 않았다면 당신에게 무슨 일이 일어난 건지, 좋은 일인지 나쁜 일인지 알아내기 위해 당장 달려갔을 거예요. 하지만 그 시간에, 걸어서든 마차를 타고서든 집 밖으로 나간다는 건 스스로 신세를 망치는 일이잖아요? 그 순간 제가 여자라는 사실이 불행하게 느껴졌어요. 저를 안심시켜줘요. 아버지가 당신에게 분명히 전했을 텐데, 대체 무슨 일 때문에 못 왔는지 설명해줘요. 나는 화가 날 테지만, 당신을 용서할 거예요. 아픈 건가요? 왜 그렇게 먼 곳에 사세요? 제발 한마디만 해줘요. 곧 만나요, 그럴 수 있죠? 바쁜 일이 있다면 한마디만으로도 충분해요. 내 바로 달려가리다, 이렇게요. 아니면 난 괴로워 죽을 거예요. 당신 건강이 안 좋다면 아버지가 내게 그런 사정을 전하러 왔을 텐데요! 대체 무슨 일이 있는 거예요?……

"그래, 이게 대체 무슨 일이지?" 외젠이 편지를 다 읽지도 않고 손아귀에 움켜쥔 채 식당으로 구르듯 달려 들어오며 소리쳤다. "지금 몇 시예요?"

"열한시 삼십분이오." 보트랭이 커피에 설탕을 넣으며 말했다.

그렇게 말하면서 탈옥한 도형수는 상대를 싸늘하게 사로잡는, 뛰어난 최면 능력을 지닌 극히 일부 사람들이 지닌 장기로, 흔히 말하길 정신병원의 미쳐 날뛰는 광인들도 잠재운다는 시선을 외젠에게 던졌다. 외젠은 온몸이 부들부들 떨렸다. 그때 바깥에서 마차 소리가 들리더니 제복을 입은 하인이 황망한 표정으로 식당에 들어왔으니, 쿠튀르 부인은 그가 타유페르 씨 댁의 하인임을 금방 알아보았다.

"마드무아젤," 하인이 소리쳤다. "아버님께서 찾으십니다. 엄청난 불행이 닥쳤어요. 프레데리크 나리가 결투에서 쓰러지셨습니다. 이마에 정통으로 칼을 맞았는데, 의사들은 살아날 가망이 없다고 합니다. 아씨께서 임종 인사를 할 시간도 빠듯할 거예요. 나리는 의식을 잃었습니다."

"불쌍한 젊은이로고!" 보트랭이 외쳤다. "3만 리브르는 족히 되는 연금이 있는데 대체 왜 결투를 하는 걸까? 정말이지 젊은 혈기는 올바로 처신할 줄 모른다니까."

"이보세요!" 외젠이 그에게 소리쳤다.

"아! 그래, 무슨 일이오, 다 큰 어린이께서?" 보트랭이 태연하게 커피를 마저 마시며 물었다. 마드무아젤 미쇼노는 그의 일거수일투족을 주의 깊게 눈으로 좇느라 모든 사람을 아연실색하게 만든 이 돌발 상황에 아무런 반응도 보이지 않았다. "파리에서는 매일 아침 결투가 벌어지지 않소?"

"나랑 같이 가자, 빅토린." 쿠튀르 부인이 말했다.

곧바로 두 여자가 숄도 걸치지 않고 모자도 쓰지 않은 채 황급히 떠났다. 두 눈 가득 눈물이 홍건한 빅토린은 떠나기 전 외젠에게 눈길을 주었는데, 그 눈은 이렇게 말하고 있었다. 우리의 행복이 눈물을 흘리게 만들 줄은 몰랐어요!

"우아! 당신 정말 족집게 예언가시네, 보트랭 씨?" 보케르 부인이 말했다.

"난 세상만사를 다 꿰고 있으니까요." 자크 콜랭이 말했다.

"그것참 이상하지!" 보케르 부인이 이 상황과 별 관련도 없는 말을 주저리주저리 늘어놓았다. "죽음은 우리와 의논 한마디 없이 우리를 데려간다오. 젊은이들이 늙은이들보다 먼저 가는 경우도 왕왕 있고. 우리 여자들은 결투를 하지 않아도 되니 다행이지만, 동시에 남자들은 모르는 다른 아픔을 겪는다오. 바로 출산을 한다는 사실이지. 게다가 어머니의 아픔은 오랫동안 지속되고! 빅토린은 무슨 횡재람! 이제 아버지가 그녀를 받아들이지 않을 수 없게 됐군."

"바로 그거요!" 보트랭이 외젠을 바라보며 말했다. "어제까지 한푼도 없는 신세였다던 사람이 오늘 아침 수백만 프랑을 소유한 갑부가 되었다고."

"이봐요, 외젠 씨." 보케르 부인이 소리쳤다. "당신 정말 땡잡은 거요."

이 돌연한 외침에 고리오 영감이 대학생을 쳐다보았고, 그가 손에 움켜쥐고 있는 편지를 발견했다.

"편지를 다 읽지도 않았군! 그래, 무슨 내용인가? 자네도 다른 사람들과 같은 부류인가?" 노인이 대학생에게 물었다.

"부인, 내가 마드무아젤 빅토린과 결혼하는 일은 절대 없을 겁니다." 외젠이 보케르 부인을 돌아보며 끔찍하고 구역질난다는 표정으로 말하자 그 자리에 있던 사람들은 깜짝 놀랐다.

고리오 영감이 대학생의 손을 붙들고 꽉 움켜쥐었다. 그 손에 입이라도 맞출 기세였다.

"오, 오!" 보트랭이 끼어들었다. "이탈리아 사람들이 하는 썩 괜찮은 말이 있지, 콜 템포*라고."

"답장을 기다리고 있습니다만." 뉘싱겐 부인의 심부름꾼이 라스티냐크에게 말했다.

"곧 가겠다고 전하시오."

심부름꾼이 떠났다. 외젠은 몹시 격분한 상태라 신중하게 처신할 수 없었다. "뭘 해야 하지?" 그는 목소리를 높여 혼잣말을 했다. "증거가 하나도 없잖아!"

보트랭이 빙긋이 미소 지었다. 그 순간 뱃속에 흡수된 약물이 효과를 나타내기 시작했다. 그렇지만 이 튼튼한 도형수는 벌떡 일어나 라스티냐크를 쳐다보며 굵직하게 울리는 목소리로 말했다. "젊은이, 좋은 일은 잠든 사이에 우리 곁에 온다고."

말을 마친 그는 시체처럼 쓰러졌다.

---

* '시간이 지나면' 혹은 '두고 보면 알지'라는 뜻.

"하느님이 심판을 내리셨군." 외젠이 말했다.

"아! 이 사람은 대체 왜 이렇게 됐지? 친애하는 불쌍한 보트랭 씨가 말이야."

"뇌졸중이에요." 마드무아젤 미쇼노가 소리쳤다.

"실비, 얘야, 어서 가서 의사를 불러오너라." 보케르 부인이 말했다. "아! 라스티냐크 씨, 빨리 비앙숑 씨에게 달려가주시겠어요? 실비가 우리 주치의인 그랭프렐 씨를 만나지 못할 가능성도 있어서요."

라스티냐크는 이 끔찍한 소굴을 빠져나갈 핑계가 생겨 기쁜 마음으로 냅다 달려갔다.

"크리스토프, 넌 약사한테 가서 뇌졸중에 쓰는 약을 좀 달라고 해라."

크리스토프가 나갔다.

"이봐요, 고리오 영감, 그렇게 있지만 말고 이 사람을 저기 위, 방으로 옮기는 것 좀 도와줘요."

보트랭은 사람들 손에 들려 조심스럽게 계단을 통해 옮겨져 자기 방 침대에 눕혀졌다.

"나는 당신들에게 아무 도움도 안 되니 딸이나 보러 가겠소." 고리오 씨가 말했다.

"이기적인 노인네 같으니!" 보케르 부인이 소리쳤다. "가라고, 가서 개죽음이나 당해라."

"집에 에테르가 있는지 어서 찾아보세요." 푸아레의 도움을 받아 보트랭의 옷을 풀어헤치던 마드무아젤 미쇼노가 보케르 부인에게 말했다.

보케르 부인은 자기 방으로 서둘러 내려갔고, 그로써 마드무아젤 미쇼노는 전쟁터를 완전히 장악했다.

"자, 이제 이 사람의 셔츠를 벗기고 빨리 돌아눕혀봐요! 내가 이자의 알몸을 적나라하게 보지 않도록 뭐라도 좀 도움이 돼야 하지 않겠어요? 거기서 어버버거리며 우두커니 서 있지만 말고."

보트랭의 몸이 돌아가자 마드무아젤 미쇼노는 환자의 어깨를 한 차례 세게 때렸다. 그러자 손자국으로 붉어진 자리에 숙명적인 두 글자가 흰색으로 나타났다.

"좋아, 당신은 3000프랑의 포상금을 순식간에 벌었구려." 푸아레가 보트랭의 상체를 일으켜세우며 소리쳤다. 그사이 마드무아젤 미쇼노는 보트랭에게 셔츠를 입혔다. "우아! 이거 엄청 무겁네." 푸아레가 보트랭을 다시 눕히며 말했다.

"입 좀 다물어요. 금고 같은 거 없어요?" 여자는 벽이라도 뚫을 기세로 두 눈을 번득이며 날카롭게 쏘아붙이고는 방안의 아주 하찮은 가구까지 하나하나 탐욕스럽게 살펴보다가 말을 이었다. "이 책상 서랍을 열 수 있을까요? 무슨 핑계를 대서라도요."

"그건 나쁜 짓일 텐데." 푸아레가 대답했다.

"아니에요. 훔친 돈은 모두의 돈이고, 그러니 누구의 돈도 아니에요. 한데 시간이 없군요. 보케르 여편네가 올라오는 소리가 들려요."

"여기 에테르 가져왔수." 보케르 부인이 말했다. "이게 무슨 일이람, 오늘 같은 날을 두고 운수 사나운 날이라고 하는가보네. 세상에나! 이 사람은 아플 수가 없는 사람인데, 털 벗긴 닭처럼 허여멀겋잖아."

"털 벗긴 닭처럼요?" 푸아레가 따라 말했다.

"심장은 규칙적으로 뛰는데." 과부가 보트랭의 가슴에 손을 얹었다.

"규칙적으로요?" 푸아레가 놀라 물었다.

"상태가 아주 괜찮아."

"그렇게 생각하세요?" 푸아레가 물었다.

"그럼요! 그냥 잠든 것 같아요. 실비가 의사를 불러올 거요. 이것 봐요, 마드무아젤 미쇼노, 이 사람 에테르에 킁킁하며 반응을 보이는데. 아! 그냥 들락날락 숨쉬는 거네(꼭 경련 반응 같군). 맥박도 정상이고. 이 사람은 튀르크족처럼 강인하지. 이것 좀 봐요, 마드무아젤, 가슴팍에 털도 얼마나 무성한지. 백 살까지 거뜬히 살 거야! 가발은 어쨌든 무사하군. 자, 봐요, 딱 붙어 있잖우. 이 사람은 원래 붉은 머리니까 이건 가발인 거지. 머리카락이 붉은 사람은 아주 좋은 사람이거나 아주 나쁜 사람이거나 둘 중 하나라고들 하잖아요! 그러니까 이 사람은 좋은 사람인 거지, 응?"

"교수대에 매달기 딱 좋은 사람이죠." 푸아레가 말했다.

"당신은 예쁜 여자의 목에 매달린다는 얘기를 그런 식으로 하는군요." 마드무아젤 미쇼노가 다급하게 소리쳐 화제를 돌렸다. "자리 좀 비켜줘요, 푸아레 씨. 당신네 남자들이 아플 때 돌보는 것은 우리 여자들이 할 일이에요. 뭐, 당신이 잘하는 것을 하고 싶다면 나가서 산책해도 돼요." 그녀가 덧붙였다. "친애하는 우리 보트랭 씨는 보케르 부인과 내가 잘 보살피고 있을게요."

푸아레는 주인의 발길질에 내쫓긴 강아지처럼 군말 없이 슬그머니 밖으로 나갔다. 라스티냐크는 걸으면서 바람이나 쐬려고 일찌감치 밖으로 나선 터였다. 숨이 막히는 것 같았다. 예고된 시간에 벌어진 범죄, 전날 밤에 그는 그 범죄를 막아보려 했다. 무슨 일이 일어난 건가?

무슨 일을 해야만 하나? 자신이 이 범죄의 공범이라는 사실에 치가 떨렸다. 보트랭의 냉혹함이 그를 더욱 몸서리치게 했다.

'하지만 만약 보트랭이 아무 말도 없이 죽어버린다면?' 라스티냐크는 생각했다.

그는 사냥개 무리에 쫓기기라도 하는 양 뤽상부르공원 산책로를 황급히 가로질렀다. 실제로 개 짖는 소리가 들리는 것 같았다.

"어이!" 그때 비앙숑이 그를 불렀다. "너 〈르 필로트〉 읽어봤나?"

〈르 필로트〉는 티소 씨가 발행하는 급진파 신문으로 당일 조간신문들이 나오면 몇 시간 뒤 그날의 뉴스를 갈무리해서 바로 지방에 배포했기 때문에 각 지역에서는 배달에 하루가 걸리는 여타 신문들보다 스물네 시간 먼저 해당 뉴스를 접할 수 있었다.*

"거기 화제의 기사가 실렸어." 코셍병원의 인턴이 말을 이었다. "아들 타유페르가 전직 근위대원인 프란체시니 백작과 결투를 벌였는데, 백작이 칼로 그의 이마에 2인치 깊이의 상처를 냈대. 그래서 그 집 딸 빅토린이 파리에서 가장 부유한 신붓감으로 등극하게 되었다는 거야. 아! 그 사실을 미리 알았더라면! 죽음이란 삽시간에 판이 뒤집히는 도박 같아! 빅토린이 너를 호감 어린 눈으로 보아왔다는데 사실인가?"

"입 다물어, 비앙숑, 난 그녀와 절대로 결혼하지 않을 거야. 매력적

---

* 〈르 필로트〉는 콜레주드프랑스 교수였으나 왕정복고 시기에 해임된 피에르프랑수아 티소가 1821년 창간해 1827년까지 발행한 자유주의파 일간지로, 배달에 하루가 걸리는 다른 신문들보다 빠르게 지방으로 소식을 전했다. 젊은 시절 발자크의 친구들도 〈르 필로트〉의 제작에 참여했기에 '인간극' 이전 그의 청년기 작품들을 소개하는 기사가 이 신문에 종종 실렸다. 1821년 창간한 신문이라서 1820년 초를 무대로 하는 작품에서 언급된 것은 오류라 할 수 있다.

인 어떤 여인을 사랑하고 있거든, 그녀의 사랑도 받고 있고, 난……"

"너, 무슨 부정한 행실을 하지 않으려고 안간힘을 쓰는 사람처럼 말하는군. 그렇다면 타유페르 나리의 엄청난 재산과 맞바꿀 만한 그 여인을 내게 좀 보여주든가."

"악마란 악마는 죄다 내 뒤만 따라오는 건가?" 라스티냐크가 소리쳤다.

"대체 누가 누구를 따라온다는 거야? 너 돌았어? 내게 손 좀 내밀어봐." 비앙숑이 말했다. "맥박 좀 재보게. 너 몹시 흥분한 상태군."

"잔말 말고 보케르 아줌마한테나 가봐." 외젠이 말했다. "그 악당 같은 보트랭이 조금 전 시체처럼 쓰러졌어."

"아!" 비앙숑이 라스티냐크를 두고 떠나며 말했다. "내가 의심 가는 구석이 있어 확인해보려던 차였는데, 네가 그걸 확실하게 뒷받침해주는군."

법과대학생의 긴 산책은 자못 엄숙했다. 어떤 면에서 그는 산책을 하며 제 양심을 점검한 셈이다. 몇 번이나 되짚어보고, 이리저리 살펴보고, 주저하기도 했지만, 모질고 가혹한 검토를 거쳤어도 적어도 그의 성실성만큼은, 마치 아무리 변형시키려 해도 꿈쩍하지 않고 저항하는 쇠막대처럼 고개를 쳐들었다. 그는 전날 고리오 영감이 자신에게 털어놓은 속마음을 떠올리고, 자신을 위해 델핀이 사는 곳 근처인 다르투아가를 골라 마련해준 집을 머릿속에 그려보았다. 그는 그녀의 편지를 꺼내 다시 읽고 거기 입을 맞추었다. '이런 사랑이 내 구원의 동아줄이야.' 그가 생각했다. '그 불쌍한 노인은 마음이 몹시 고통스러웠을 거야. 그는 자신의 괴로움에 대해 일절 이야기하지 않았어, 하지만 그 누가 그의 괴로움을 짐작하지 못할까? 아! 내가 그분을 아버지 모시듯 모시겠다. 그분께 한없는 즐거움을 안겨드리겠다. 그녀가 나를 사랑한다면 그녀는 그분 곁에서 하루를 보낸다는 구실로 내 집에 종종 들를 거야. 귀족이라는 레스토 백작부인은 비열한 여자, 자기 아버지를 문지기 취급할 여자다. 사랑스러운 델핀! 그녀가 노인을 위해서는 더 낫다. 그녀는 사랑받을 자격이 충분해. 아! 그러니까 오늘밤 나는 행복을 만끽할 거야!' 그는 회중시계를 꺼내들고 찬미하듯 바라보았다. '모든 일이 순조롭게 잘 풀렸다! 영원히 서로 사랑하는 사이라면 서로 돕는 게 당연하지. 나는 이 선물을 받을 만해. 게다가 나는 기필코 출세할 것이다. 출세해서 이 모든 것을 백배로 갚을 수 있을 거야. 이 관계에는 범죄라 할 것도 없고, 가장 엄격한 도덕군자의 눈살을 찌푸리게 할 만한 구석도 하나 없어. 정직한 사람들도 얼마나 많이 이와 비슷한 결합을 맺는가! 우리는 아무도 속이지 않아, 우리를 타락시키는 것은 거짓말이다. 거짓말한다는 것은 곧 포기하는 것이 아니던가? 그녀는 오랫동안 남편과 별거중이야. 게다가 나는, 이 몸은, 그녀의 남편에게, 그 알자스인에게 단도직입으로 말할 작정이다. 당신이 행복하게 해줄 능력이 없는 여자를 내게 양보하라고.'

라스티냐크의 싸움은 오랫동안 이어졌다. 승리는 결국 젊은이다운 덕성 쪽으로 귀착될 일이었지만, 그것과 상관없이 그는 네시 삼십분, 땅거미가 질 무렵, 호기심을 물리칠 수가 없어, 영원히 떠나겠노라고 스스로 다짐했던 메종 보케르 쪽으로 발걸음을 돌렸다. 보트랭이 죽었는지 살았는지 궁금했다. 그때는 이미 비앙숑이 보트랭에게 토사제를 투약하는 게 좋겠다고 생각하고는 화학 검사를 위해 그의 토사물을 병

292

원으로 보낸 뒤였다. 마드무아젤 미쇼노가 그 토사물을 그냥 버리자고 주장하는 것을 보며 그의 의심은 더욱 짙어졌다. 게다가 보트랭이 너무나 빨리 회복되었기 때문에 비앙숑으로서는 하숙집 분위기를 주도하는 이 유쾌한 인물을 겨냥한 모종의 음모를 의심하지 않을 수 없었다. 그래서 라스티냐크가 귀가했을 때 보트랭은 식당 난롯가에 서 있었다. 아들 타유페르의 결투 소식 때문에 평상시보다 일찍 식당에 모여 앉은 하숙인들이 사건의 자초지종과 그 사건이 빅토린의 운명에 미친 영향을 궁금해하며 결투와 관련된 이야기를 나누고 있었는데, 고리오 영감만이 그 자리에 보이지 않았다. 식당에 들어선 순간 외젠은 한 치의 동요도 없는 보트랭과 서로 눈이 마주쳤고, 그 시선이 너무도 깊숙이 그의 가슴을 파고들어 불편한 감정선을 난폭하게 헝클어놓는 바람에 전율을 금치 못했다.

"어이! 젊은 친구." 탈옥한 도형수가 그에게 말했다. "저승사자는 앞으로도 오랫동안 나랑 볼일이 없을 거요. 여기 계신 숙녀분들이 그러는데, 나는 소도 꼼짝없이 쓰러뜨릴 뇌출혈을 거뜬히 이겨냈다는군."

"아! 싸움소라고 해도 돼요." 과부 보케르가 외쳤다.

"그래, 내가 살아 있어서 불만인가?" 보트랭이 라스티냐크의 속생각을 훤히 읽는다는 투로 그의 귀에 대고 말했다. "당신 상대는 악마보다도 더 강한 사람일 거요."

"아! 맞다!" 비앙숑이 말했다. "마드무아젤 미쇼노가 엊그제 불사조라는 별명을 가진 남자에 관한 이야기를 하던데. 그 별명이야말로 당신에게 잘 어울리겠군요."

그 말이 보트랭에게 벼락을 맞은 것과 같은 효과를 일으켰다. 그는 창백해지며 순간 휘청거렸다. 상대를 단번에 휘어잡는 시선이 강렬한 햇살처럼 마드무아젤 미쇼노에게로 향했고, 그 의지의 분출에 그녀는 오금이 굳어버렸다. 미쇼노는 의자에 쓰러지듯 털썩 주저앉았다. 그녀가 위험에 처한 것을 직감하고 푸아레가 그녀와 보트랭 사이에 황급히 끼어들었다. 인자한 가면을 벗어던지고 감춰져 있던 진짜 모습을 드러내자 도형수의 표정이 누가 보더라도 확연히 사나워졌던 것이다. 이 극적인 반전에 영문을 모르는 하숙인들은 그저 어안이 벙벙할 뿐이었다. 그때 여러 사람의 발소리와 함께 병사들이 소지한 소총이 거리의 포석에 부딪치는 소리가 들렸다. 콜랭이 반사적으로 창문과 벽을 쳐다보면서 탈출구를 찾는 순간, 네 사람이 홀 출입문으로 들이닥쳤다. 한명은 치안경찰대장이었고, 나머지 세 명은 간부 경관들이었다.

"법과 국왕의 이름으로……" 경관 중 하나가 입을 열었는데, 다음 말은 놀라서 수군대는 소리에 파묻혔다.

순식간에 식당이 정적에 휩싸였다. 하숙인들은 세 경관이 지나가도록 길을 열어주었다. 요원들은 하나같이 옆구리 호주머니에 손을 넣은 자세였는데, 장전된 권총을 손에 쥐고 있던 터였다. 그들을 뒤따라온 헌병 중 둘이 홀 출입문을 막아섰고, 다른 두 명은 계단으로 통하는 문을 지켰다. 집 앞을 따라 깔린 울퉁불퉁한 포석 위로 병사 여럿의 발소리와 소총이 부딪쳐 내는 소리가 울려퍼졌다. 불사조에게 탈출의 희망은 그렇게 봉쇄되었다. 모두의 시선이 어쩔 수 없이 그에게로 고정되었다. 치안대장이 곧장 다가와 그의 머리를 사정없이 냅다 휘갈겼고, 그 바람에 가발이 날아가 콜랭의 무서운 두상이 있는 그대로 드러났다. 힘과 계략이 겸비된 무시무시한 인상을 풍기는 붉은 벽돌색 짧은 머리카락으로 덮인 그의 두상과 얼굴이 두툼한 상반신과 조화를 이루며 마치 이글거리는 지옥의 불이 비춘 듯 형형하게 빛났다. 그 모습을 통해 모두 보트랭의 진면목을, 그의 과거와 그의 현재와 그의 미래를, 그의 무자비한 견해를, 종교의 수준에 다다른 그의 쾌락 추구를, 냉소주의에 경도된 그의 사상과 행동이 그에게 부여하는 절대적 권위를, 무엇이든 해치울 그의 막강한 체력을 대번에 알아차렸다. 피가 그의 얼굴로 치솟았고, 두 눈은 스라소니의 것처럼 불타올랐다. 그가 가공할 에너지를 뿜어내는 동작으로 제자리에서 펄쩍 뛰며 벼락같이 포효하자 하숙인 모두 공포의 비명을 내질렀다. 사자를 연상시키는 동작과 포효에 놀라, 그리고 그로써 벌어진 일대 소동을 잠재울 요량으로 경관들이 일제히 권총을 꺼내 겨눴다. 총마다 공이치기가 번득이는 것을 보고 콜랭은 자신이 어떤 위험에 처했는지 깨닫고 돌연 태도를 바꿔 인간 능력이 도달할 수 있는 최고의 경지를 증명해 보였다. 그야말로 소름 끼치면서도 장엄한 광경이었다! 그의 표정이 드러내는 모습은, 태산이라도 옮길 듯 엄청난 수증기로 팽배해 있지만 냉수 한 방울에 눈 깜짝할 사이 압축된 수증기를 방출하는 증기기관에나 비견될 그런 현상이었다. 그의 분노를 차갑게 식힌 물방울은 번개처럼 빠른 머리 회전이었다. 콜랭은 미소를 짓더니 벗겨진 자기 가발을 쳐다보았다.

"자네 일진이 도무지 공손하게 대할 기분이 아닌 게로군." 그가 치안대장에게 말했다. 그러더니 고갯짓으로 헌병들을 불러 그들에게 자기 두 손을 내밀었다. "헌병 여러분, 내 양 팔목이든 두 엄지손가락이든 어서 쇠고랑을 채우시오. 내가 아무런 저항도 하지 않았다는 사실을 여기 있는 사람들이 증언해주리라 믿소." 용암과 불기둥을 내뿜다가 순식간에 집어삼키는 그 인간 화산을 보고 경탄하는 수군거림이 식당 안에 울려퍼졌다. "어때, 더 할 말 있으신가, 죄수 청부업자 나리?" 도형수가 이름난 사법경찰국장을 바라보며 말을 이었다.

"잔말 말고 옷이나 벗어." 생탄가 골목의 사나이가 경멸 가득한 표정으로 그에게 대꾸했다.

"왜지?" 콜랭이 말했다. "숙녀분들도 계시는데. 나는 아무것도 부인하지 않고 순순히 항복했는데."

그는 잠시 말을 멈추더니 폭탄선언을 앞둔 연사처럼 회중을 둘러보았다.

"받아 적으시오, 파파 라샤펠." 서류철에서 체포 조서 양식을 꺼내놓고 식탁 끄트머리에 앉아 있던 왜소한 백발 노인을 향해 그가 말했다. "나는 이십 년 강제노역형을 선고받은, 일명 불사조, 자크 콜랭 본인임을 인정한다. 그리고 나는 조금 전 내가 그 별명을 사칭하지 않았음을 입증해 보였다. 만일 내가 그저 손 한번 들어올리는 동작을 취하기라도 했다면." 그가 하숙인들을 향해 말을 이었다. "저기 있는 저 세 경찰 정보원은 보케르 엄마가 애지중지하는 집안 바닥을 내 진홍색 즙액으로 흥건히 적시게 했을 것이오. 저 불한당들은 함정을 파놓고 나를 죽일 궁리를 하고 있었소!"

보케르 부인은 그 말을 들으며 정신이 아득해졌다. "에구머니나! 이거 미치고 환장할 일일세. 내가 저 사람과 어제 개테극장에 함께 있었다니." 그녀가 실비에게 말했다.

"생각이라는 걸 좀 하고 사쇼, 엄마." 콜랭이 대꾸했다. "어제, 개테극장에 가서 내가 돈 낸 자리에 앉아 구경한 것이 불행한 일이야?" 그가 소리쳤다. "당신이 우리보다 더 훌륭해? 우리 어깨 위의 낙인은 치욕스러운들 당신네 가슴속에 우글거리는 파렴치함에 비하면 약과야, 썩어빠진 사회에 기생하는 무기력한 종자들 같으니라고. 당신네 중 최고로 훌륭한 자라도 내 상대론 어림없어." 그의 눈길이 라스티냐크에게 멈췄고, 그러자 그는 험악한 표정과 묘한 대조를 이루는 인자한 미소를 지었다. "우리의 조그마한 거래는 여전히 유효하오, 나의 천사여, 어쨌든 당신이 수락한다면 말이지! 알겠소?" 그는 노래를 불렀다.

> 나의 팡셰트는 매력이 넘치는구나
> 소박하면서도……

"당황할 것 없소." 그가 말을 이었다. "나는 받을 돈은 반드시 받아내니까. 사람들은 나를 너무나 두려워해서 나를, 이 나를 감히 후릴 엄두를 못 내지!"

그 나름의 풍속과 언어, 유쾌함에서 잔혹함으로의 갑작스러운 표변, 놀라운 위대함과 친밀함은 물론 저열함까지 두루 보여주는 도형장 세계가 저 외침 속에, 그리고 그 외침의 주인공에 의해 단번에 재현되었으니, 이 순간 그는 더이상 하나의 개인이 아니라 몰락하는 어떤 민족 전체, 야만적이면서도 논리적이고, 난폭하면서도 온순한 종족 전체의 전형이었다. 순식간에 콜랭은 단 하나의 감정, 그러니까 뉘우침을 제외한 인간의 온갖 감정이 담긴 지옥의 시편이 되었다. 그의 시선은 영원한 전쟁을 벌이고자 하는 타락한 대천사의 그것이었다. 라스티냐크는 범죄자와의 공모를 인정하며 자신이 품었던 사악한 생각에 대한 속죄의 심정으로 시선을 떨구었다.

"누가 나를 밀고했지?" 콜랭이 그 무시무시한 눈초리로 회중을 돌아보며 말했다. 그러더니 마드무아젤 미쇼노에게 눈길을 딱 멈추고 일갈했다. "너지, 이 더러운 늙은 년, 네년이 내게 가짜 뇌출혈을 일으켜 쓰러지게 만들었구나, 이 추악한 밀고자! 내 말 한마디면 일주일 안에 너 같은 것쯤은 목을 두 동강 나게 만들 수도 있어. 하지만 널 용서하지, 나는 기독교인이니까. 게다가 나를 팔아넘긴 장본인은 네년이 아니니까. 그렇다면 누구지?—아하! 저 위를 뒤지시는군." 그가 사법경찰 경관들이 자기 방 옷장을 열어 각종 유가증권을 압수하는 소리를 듣고 외쳤다. "새들은 이미 둥지를 떠났다네, 어제 훨훨 날아갔지. 당신들은 아무것도 찾을 수 없을 거야. 내 거래 장부는 여기에 다 들어 있거든." 그가 자기 이마를 두드렸다. "이제야 누가 나를 팔아넘겼는지 알겠군. 명주실, 그 썩을 놈일 수밖에 없지. 안 그렇소, 잘난 체포 대장 영감?" 그가 치안대장에게 말했다. "저 위에 은행권을 보관하던 시기를 따져보면 너무 정확하게 들어맞거든. 하지만 지금은 없어, 딱한 정보원들. 명주실 그자를 당신은 수족들을 죄다 동원하여 경호하겠지만, 우리가 보름 안에 그자를 묻어버릴 거야.* 그리고 이 여자, 미쇼네트**에게는 얼마를 주었나?" 그가 경찰들을 향해 물었다. "고작 1000에퀴 정도? 내가 그것보다는 훨씬 값어치가 큰 사람인데. 이 썩어 문드러진

---

* '명주실'은 도형수 조직 일만회의 일원에 붙은 별명. 콜랭은 조직을 배신한 명주실이 곧 처단될 거라고 말하지만, 그는 '인간극'에서 셀레리에라는 본명으로 『매춘부의 비참과 영광』에 다시 등장해, 카를로스 에레라라는 에스파냐 사제로 활동하는 보트랭을 또 한번 밀고한다.

** 미쇼노를 경멸적으로 지칭하는 말.

니농*, 누더기를 걸친 퐁파두르**, 페르라셰즈 묘지의 비너스 같으니라고. 네년이 나한테 먼저 고했더라면 6000프랑은 거뜬히 챙겼을 거다. 아! 너 같은 건 짐작도 못했겠지. 몸이나 파는 늙은 년, 이러지 않았다면 내가 최우선으로 챙겨줬을 텐데. 그래, 이렇게 짜증나고 돈도 많이 드는 여행을 피하기 위해서라도 잘 챙겨줬을 거야." 그가 손목에 수갑이 채워지는 동안 줄곧 말을 쏟아냈다. "이자들은 무한정 나를 붙들어 들들 볶아댈 수 있겠다고 희희낙락대겠지. 만일 날 즉시 도형장에 보낼 경우, 난 오르페브르 강변로***의 얼간이들이 그렇게 애썼음에도 곧바로 내 본업으로 돌아가는 셈이야. 거기 있는 자들 모두 영혼을 탈탈 털어 그들이 모시는 장군을 탈출시킬 거거든. 그 장군이 누구겠어, 바로 여기 계신 훌륭한 불사조님이지! 당신들 중 당신들을 위해서라면 모든 걸 무릅쓰겠다는 각오가 되어 있는 형제가 만 명도 넘는 나 같은 사람이 하나라도 있을까?" 그가 자부심에 차서 물었다. "여기엔 대단한 것이 들어 있어." 그가 자기 가슴을 두드리며 말을 이었다. "나는 한 번도 누구를 배신한 적이 없다고! 자, 이 더러운 것, 저들을 봐라." 그가 미쇼노를 향해 말했다. "저들은 나를 두려운 눈으로 쳐다보지. 하지만 넌 저들에게 구역질이나 일으키는 존재일 뿐이야. 땅바닥에서 네년의 몫이나 주워먹어라." 그는 하숙인들을 둘러보며 잠시 숨을 골랐다. "당신들도 어리석긴 마찬가지야! 도형수를 한 번도 본 적이 없나? 여

---

* 니농 드 랑클로는 유명한 문인으로 그녀가 연 살롱은 당대를 풍미했다. 유명 인사들의 정부로도 이름을 떨쳤다.
** 루이 15세가 총애했던 정부.
*** 오늘날 파리 법원지구가 있는 센강변의 도로 이름. 앞서 나온 인근의 예루살렘가와 생탄가를 포함해서 19세기 전반 파리경시청이 있던 자리를 가리키는 지명이다.

기 있는 콜랭 같은 기질의 도형수는 당신들처럼 비겁하지 않아. 더 나아가 장자크가 말한 대로, 난 그의 제자라고 자부하는데, 사회계약의 그 뿌리 깊은 기만성에 항거하는 사람이지. 한마디로 나는 정부와 맞서 홀로 싸우는 존재, 정부가 거느린 사법, 공권력, 조세 기구 무리에 홀로 대적하는 존재라고."

"우아!" 화가가 말했다. "지금 저 양반 모습을 그리면 기가 막히겠는데."

"이봐, 말해, 학살자 황태자의 시종, 과부(도형수들이 단두대를 이르는, 시정이 넘치는 기막힌 표현) 양육자 양반," 콜랭이 치안경찰대장 쪽으로 몸을 돌려 덧붙였다. "어린애처럼 착하게 굴어야지, 나를 팔아넘긴 자가 명주실인지 아닌지 말해! 난 그자가 다른 자 대신 엉뚱하게 대가를 치르길 원하지 않거든. 그러면 공정하지 않잖아."

그때 콜랭의 방을 이 잡듯이 수색해 빠짐없이 압수 목록들을 작성한 요원들이 내려와 기록관에게 낮은 목소리로 보고했다. 조서 작성이 끝났다.

"여러분," 콜랭이 하숙인들을 향해 입을 열었다. "저자들이 나를 끌고 갈 것이오. 여러분 모두 내가 여기 머무는 동안 나에게 잘 대해주었소. 앞으로도 내내 감사할 겁니다. 작별인사를 받아주시오. 괜찮다면 내가 여러분에게 프로방스 지방의 특산물 무화과를 보내드리리다."*
이어 몇 걸음 옮겨 라스티냐크 쪽으로 다가갔다. "아듀, 외젠." 조금

---

* 콜랭은 자신이 탈옥했던 지중해 연안의 툴롱 감옥에 가리라 예상하고 이렇게 말했으나, 훗날 『매춘부의 영광과 비참』에 따르면 프랑스 서부 대서양 연안의 로슈포르 감옥에 수감되어 지내다가 재탈출한다.

300

전 일장연설을 할 때와는 딴판인 온화하고 애처로운 목소리였다. "자네가 곤경에 처할 경우를 대비해 내가 자네에게 헌신할 친구 하나를 남겨놓았네." 수갑이 채워졌음에도 불구하고 그는 검술의 방어 자세를 취하더니 이어 펜싱 사범처럼 "하나, 둘!" 하고 구령을 붙이고 다리를 쭉 뻗어 찌르기 동작을 취했다. "난관에 봉착하게 되면 그리로 연락하게나. 사람이면 사람, 돈이면 돈, 자넨 뭐든 갖다 쓸 수 있을 것이네."

이 독특한 인물이 어릿광대의 연기처럼 그럴싸하게 내뱉은 마지막 말은 라스티냐크와 그 자신만이 이해할 수 있는 것이었다. 헌병들과 병사들과 경찰 요원들이 하숙집에서 완전히 철수하자, 기운이 빠진 여주인의 양쪽 관자놀이에 식초를 발라 문지르던 실비가 놀란 채 얼어붙어 있는 하숙인들을 쳐다보았다.

"아!" 실비가 입을 열었다. "그분은 그래도 좋은 사람이었어요."

이 말이, 조금 전 겪은 일로 만감이 밀려들어 뒤엉키는 바람에 마법에 걸린 양 꼼짝도 못하던 사람들을 일제히 깨웠다. 하숙인들은 그제야 주변을 돌아보다가 너나없이 미라처럼 삐쩍 마르고 온기가 느껴지지 않는 마드무아젤 미쇼노에게 시선을 고정했다. 그녀는 모자챙의 그늘이 자신의 눈빛을 가릴 만큼 충분히 짙지 않을까 두려운 듯 난롯가에 웅크리고 앉아 있었다. 그녀의 그런 표정은 이미 오래전부터 왠지 모르게 하숙인들의 불쾌감을 자아낸 터였는데, 이제 그 까닭이 단번에 설명되었다. 한 치 어긋남도 없이 이구동성으로 혐오를 드러내는 소리가 웅성웅성 울려퍼졌다. 마드무아젤 미쇼노는 그 소리를 듣고도 가만히 있었다. 제일 먼저 비앙숑이 옆 사람에게 몸을 기울이며 의견을 표명했다.

"저 여자와 계속 저녁식사를 해야 한다면 나는 이 집을 떠나겠소."
그가 목소리를 낮춰 말했다.

푸아레를 제외한 모두가 이심전심으로 의과대학생의 제안에 동의했고. 압도적인 지지에 힘을 얻은 그는 늙은 하숙인에게 다가갔다.

"당신이 마드무아젤 미쇼노와 각별한 사이니까," 의과대학생이 푸아레에게 말했다. "그녀에게 얘기하시오, 지금 당장 이 집에서 나가야 한다는 사실을 알리라고요."

"지금 당장?" 푸아레가 화들짝 놀라 되물었다.

그러고서 그는 미쇼노 곁으로 가더니 그녀의 귀에 대고 몇 마디 속삭였다.

"천만에, 나는 이미 하숙비를 치렀고. 그러니 다른 사람들과 똑같이 내가 낸 돈에 해당하는 기간 동안 여기 있을 자격이 있어." 그녀가 하숙인들을 표독스러운 눈초리로 쏘아보며 말했다.

"그건 상관없소, 우리끼리 십시일반 돈을 모아 당신에게 하숙비를 돌려줄 테니까." 라스티냐크가 대꾸했다.

"저 사람은 콜랭과 한패야." 그녀가 대학생에게 추궁하는 시선을 던지며 악에 받쳐 반격했다. "왜 그런지는 어렵지 않게 알 수 있지."

이 말에 외젠은 여자에게 달려들어 목을 조를 기세로 벌떡 일어났다. 그녀의 시선에 담긴 불순한 의도를 모르는 바 아니었으나, 사악한 불길 같은 그 시선이 안 그래도 께름칙했던 그의 영혼을 들쑤셨던 것이다.

"그녀를 상대하지 마시게." 하숙인들이 다 함께 외쳤다.

라스티냐크는 팔짱을 끼고 입을 다물었다.

"마드무아젤 유다 문제에 대해 결론을 내립시다." 화가가 보케르 부인을 향해 말했다. "부인, 당신이 저 미쇼노를 문밖으로 내쫓지 않는다면 우리 모두 당신의 너절한 집을 떠나겠소. 그리고 이 집에 밀정들과 도형수들만 우글거린다고 사방에 소문을 낼 거요. 우리 요구대로 한다면, 오늘 일에 대해서는 우리 모두 함구하리다. 결국, 오늘 같은 일은 언젠가 상류사회로까지 번질 가능성이 있어요. 갤리선 노예 죄수들의 어깨가 아니라 이마에 낙인을 찍음으로서 그들이 선량한 파리의 부르주아로 행세하며 어리숙한 척 짖고 까불고 다니는 것을 막지 않는 한 말이오."

이 연설에 보케르 부인은 거짓말처럼 기운을 되찾아 벌떡 일어나서는 팔짱을 낀 채 바늘로 찔러도 눈물 한 방울 흘리지 않을 듯 형형한 두 눈을 부릅떴다.

"하지만 이봐요, 당신은 그래서 우리 하숙집이 망하길 바라는 거요? 벌써 보트랭 씨가…… 오! 맙소사," 그녀가 말을 멈추고 혼잣말로 중얼거렸다. "내가 그 사람을 선량한 신사 행세를 할 때의 이름으로 부르는 버릇을 못 고치고 있네!" 그러고는 말을 이었다. "자, 벌써 방 하나가 비었어요. 그런데 당신은 아무도 움직이지 않는 비수기에 지금 나더러 방 두 개를 더 세놓으라는 거잖아요."

"여러분, 모자들 챙겨 쓰고 나갑시다. 소르본광장에 있는 플리코토 식당*에 가서 저녁을 먹읍시다." 비앙송이 말했다.

보케르 부인은 눈 깜짝할 새 어느 쪽이 자신에게 더 이득이 될지 계

---

* '인간극'에 자주 등장하는 유명한 식당. 가난한 대학생들이 즐겨 찾는 이 식당은 특히 『잃어버린 환상』에서 "허기와 가난의 전당"으로 불리며 길게 묘사된다.

산을 마치고 마드무아젤 미쇼노 쪽으로 황급히 내달았다.

"자, 어여쁜 내 친구, 내 사업체가 쫄딱 망하기를 바라는 건 아니겠죠. 저분들이 나를 벼랑 끝으로 내모는 꼴을 잘 보았을 테니 당신은 오늘밤 방에 올라가 쉬도록 해요."

"절대, 절대 안 돼!" 하숙인들이 소리쳤다. "우리는 저 여자가 즉시 나가길 촉구한다."

"하지만 이 가엾은 여인은 아직 저녁도 못 먹었잖소." 푸아레가 애처로운 목소리로 말했다.

"자기가 먹고 싶은 곳에 가서 먹으면 되지." 몇몇 사람이 대꾸했다.

"당장 쫓아내라, 끄나풀!"

"당장 쫓아내라, 끄나풀들!"

"여러분," 발정이 나 돌변한 숫양처럼, 푸아레가 평소 그답지 않게 갑자기 용기를 내어 분연히 외쳤다. "연약한 여성을 존중하시오."

"끄나풀에 성별은 따로 없지." 화가가 소리쳤다.

"성별라마 좋아하네!"

"당장 쫓아내라마!"

"여러분, 이건 무례한 짓이오. 사람을 내보낼 때도 지켜야 할 격식이 있는 법이거늘. 우리는 이미 하숙비를 냈고, 더 있을 자격이 있소." 푸아레가 제 분신 같은 작업모를 눌러쓰고는 보케르 부인이 붙잡아 어르고 있는 마드무아젤 미쇼노 곁의 의자에 가 앉았다.

"가증스럽긴." 화가가 익살스럽게 내뱉었다. "가증스러운 애송이, 꺼져라!"

"자, 나갑시다. 당신들이 나가지 않는다면 우리가 나가겠소." 비앙숑이 말했다.

하숙인들이 우르르 홀 쪽으로 몰려갔다.

"마드무아젤, 대체 어떻게 할 작정이오?" 보케르 부인이 소리쳤다.
"나는 다 망하게 생겼어. 당신은 여기 더 있을 수 없어요. 저 사람들이
폭력을 행사할 기세잖아요."

마드무아젤 미쇼노가 일어났다.

"저 여자는 나갈 거야! ―안 나갈걸! ―나갈 거야! ―안 나간다니
까!" 이렇게 번갈아가며 외쳐대는 말들에, 자신을 겨냥하기 시작한 뚜
렷한 적의에 떠밀린 마드무아젤 미쇼노는 하숙집 주인과 낮은 목소리
로 몇 가지 협상을 한 다음 하숙집을 떠나기로 할 수밖에 없었다.

"뷔노 부인의 하숙집으로 옮기겠어요." 그녀가 위협하듯 말했다.

"당신 좋을 대로 가요, 마드무아젤." 보케르 부인은 그녀가 자신과
경쟁 관계에 있는 하숙집을 선택했다는 사실에 심한 모멸감을 느껴 노
골적으로 불쾌감을 표출했다. "뷔노 여편네 집에 가서 시어터진 포도
주나 마시고, 싸구려 식품점에서 사 온 음식이나 먹으라지."

나머지 하숙인들은 입을 꾹 다물고 두 열로 늘어서 길을 터주었다.
푸아레가 마드무아젤 미쇼노를 너무나도 애처롭게 쳐다보는 바람에,
그녀를 따라가야 할지 그냥 머물러야 할지 결정을 못 내리고 바보처럼
갈팡질팡하는 바람에, 안 그래도 마드무아젤 미쇼노가 떠나서 기분이
좋아진 하숙인들은 서로 마주보며 웃음을 터뜨리기 시작했다.

"이랴, 이랴, 이랴, 푸아레." 화가가 그에게 외쳤다. "이봐, 저리로
훌쩍, 후울쩍!"

박물관 직원이 익히 알려진 어떤 연가의 초입부를 익살스럽게 불러

대기 시작했다.

시리아로 출정하며
젊고 멋진 뒤누아 청년은……*

"어서 가쇼. 그러고 싶어 죽겠으면서, 트라히트 수아 쿰케 볼룹타스."
비앙숑이 말했다.

"각자 자기 사정에 맞춰 사나니, 저 베르길리우스의 시구를 자유롭
게 번역하면 그런 뜻이지." 복습 교사가 덧붙였다.

마드무아젤 미쇼노가 푸아레를 바라보며 그의 손을 잡으려는 동작
을 취하자, 그는 이에 저항하지 못하고 다가가 그녀의 손을 잡았다. 요
란한 박수 소리와 함께 여기저기서 웃음이 터져나왔다. "브라보, 푸아
레!—노익장 푸아레!—아폴론 푸아레!—마르스 푸아레!—용맹한
푸아레!"

그때 심부름꾼이 들어와 보케르 부인에게 편지를 전했다. 편지를 읽
은 그녀는 의자에 무너져내렸다.

"내 집은 불타 없어질 일만 남았네, 날벼락이 떨어졌어. 아들 타유페
르가 세시에 죽었대요. 그 젊은 청년이 없어져 두 여자에게 좋은 일이
생기기를 바라다가 내가 천벌을 받은 게지. 쿠튀르 부인과 빅토린이

---

* 나폴레옹 제정 시대의 정치가인 알렉상드르 드 라보르드 백작이 노랫말을 쓰고, 나폴
레옹의 의붓딸이자 훗날 나폴레옹 3세가 되는 루이 보나파르트의 어머니인 오르탕스 드
보아르네가 곡을 붙인 연가 〈멋진 뒤누아 청년〉의 첫 소절. 보나파르트파의 찬가로 취급
되며 널리 애창되었다.

자기들이 쓰던 물건을 보내달라고 하네요, 아버지 집에서 살 거라고요. 타유페르 씨가 자기 딸에게 쿠튀르 부인과 벗처럼 함께 살아도 좋다고 허락했대요. 방 네 개가 한꺼번에 비고, 하숙인은 적어도 다섯 명이 나가버리고!" 털썩 주저앉은 그녀는 거의 울상이었다. "내 집에 불행이 들이닥쳤어." 그녀가 장탄식을 토해냈다.

그 순간 갑자기 마차가 다가와 멈추는 소리가 바깥에서 들려왔다.

"또 무슨 액운이 들이닥치는 거람." 실비가 말했다.

고리오가 행복감에 생기가 도는 밝은 표정으로 불쑥 나타났다. 누가 보면 회춘했다고 믿을 만했다.

"고리오가 마차를 다 타다니," 하숙인들이 웅성거렸다. "말세가 다가오는 모양이야."

노인은 구석에서 곰곰 생각에 잠겨 있는 외젠에게로 곧장 다가가 그의 팔을 잡아끌었다. "가세." 그가 흐뭇한 표정을 지으며 말했다.

"무슨 일이 벌어졌는지 모르시는 거예요?" 외젠이 노인에게 말했다. "보트랭이 도형수였대요, 조금 전 잡혀갔어요. 그리고 아들 타유페르가 사망했고요."

"아, 그래, 그게 우리와 무슨 상관인데?" 고리오 영감이 대꾸했다. "나는 내 딸과 함께 저녁식사를 하기로 했네, 자네 집에서 말이야. 무슨 말인지 알겠나? 내 딸이 거기서 자넬 기다리고 있어, 어서 가세!"

그가 라스티냐크의 팔을 어찌나 세게 잡아끌었는지 마치 자기 정부를 납치하는 모양새였고, 라스티냐크는 억지로 끌려가는 꼴이 되었다.

"식사나 합시다." 화가가 소리쳤다.

그 말에 모두 의자를 차지하고 식탁에 앉았다.

"이게 무슨 일이람." 뚱보 실비가 말했다. "오늘은 모든 게 망조가 들었네. 양고기 스튜가 눌어붙었어요. 흥! 그냥 탄 채로 잡수세요들, 할 수 없잖아요."

보케르 부인은 자신의 식탁에 평소처럼 열여덟 명이 아닌 열 명만 앉아 있는 것을 보고 무슨 말을 할 엄두조차 내지 못했지만, 그래도 남은 사람들은 모두 그녀를 위로하고 즐겁게 해주려고 애썼다. 처음엔 저녁만 먹는 외부 하숙인들끼리 보트랭과 그날 있었던 일을 화제로 이야기를 나누다가, 이내 꼬리에 꼬리를 물고 이어가는 예의 대화 방식으로 돌아가 결투며, 도형장이며, 재판이며, 바꿔야 할 법이며, 감옥 등등으로 끝도 없이 화제를 뻗어가, 결국 자크 콜랭과 빅토린과 그녀의 오빠와는 아득히 멀어졌다. 그들은 비록 열 명밖에 되지 않았지만 스무 명처럼 떠들어댔으며, 그래서 평소보다 사람이 더 많은 것처럼 느껴졌는데, 그걸 빼면 그날 저녁식사와 전날 저녁식사 사이에는 아무런 차이가 없었다. 하루만 지나면 파리에서 날마다 일어나는 무수한 사건들 중 새로운 먹잇감을 찾아내 뜯어먹는 이 이기적인 사회 특유의 무관심이 모든 걸 덮어버리자 보케르 부인도 일말의 희망을 품고 스스로 마음을 다독였으니, 주인의 기분에 민감한 뚱보 실비의 목소리가 그런 희망을 대변했다.

그날은 저녁까지 외젠에게 주마등처럼 지나갔다고 할 수밖에 없었으니, 마차 안에서 고리오 영감이 곁에 앉아 평소와는 달리 기쁨에 들떠 말을 쏟아내고 그 말들이 마치 꿈속에서 들리는 양 한껏 감정이 증폭되어 귓전을 울려대는 와중에 그는 강한 집중력과 명석한 두뇌에도 불구하고 도무지 생각의 갈피를 잡을 수가 없었다.

"오늘 아침에야 집 단장이 끝났다네. 우리는, 우리 셋 모두 함께, 함께 말이야, 저녁식사를 하는 거야! 무슨 말인지 알겠나? 델핀, 내 귀여운 델핀과 마지막으로 식사를 함께한 지 어언 사 년 만일세. 오늘밤 내내 개를 곁에 둘 작정이야. 우리는 오늘 아침부터 줄곧 자네 집에 있었어. 나는 옷을 벗어던지고 인부처럼 일했지. 가구들을 들여놓는 것을 도왔다네. 아! 아! 자넨 개가 식탁에서 얼마나 사근사근한지 모를 걸세. 그앤 나에게 정성을 다 쏟을 거야. '자, 아빠, 이것 좀 드셔보세요, 맛있는 거예요.' 이렇게 말이야. 그러면 난 목이 메어 먹을 수가 없겠지. 앞으로 우리는 오붓하게 지낼 걸세. 내가 그애와 그처럼 오붓하게 지낸 지가 얼마나 오랜만인지!"

"도대체," 외젠이 그에게 말했다. "오늘 세상이 뒤집히기라도 한 겁니까?"

"뒤집혔다고?" 고리오 영감이 말했다. "그렇고말고, 과거 그 어느 때도 세상이 이렇게 뒤집힌 적이 없다네. 오늘 내 눈에는 거리에 즐거운 사람들밖에 안 보이더군, 서로 악수를 주고받는 사람들, 서로 껴안는 사람들, 다들 딸 집에 저녁식사를 하러 가기라도 하는 것처럼 행복해 보이는 사람들뿐이더라고. 난 그애가 카페 데장글레*의 요리사에게 주문해 내 앞에 차려놓은 맛있고 조촐한 저녁식사를 애지중지 아껴 먹으러 가는 거고. 하지만 까짓것! 그애만 옆에 있으면 쓰디쓴 알로에즙도 꿀처럼 달 것이네."

"이제야 기운이 돌아와 살 것 같네요." 외젠이 말했다.

---

* 당시 센강 우안 번화가에 있던 고급 식당으로 주로 파리 상류사회의 엘리트들이 드나들었다.

"아니 빨리 달리지 않고 뭐하는 거지, 마부 양반?" 고리오 영감이 앞면 유리창을 열고 소리쳤다. "더 빨리 달려줘요. 십 분 안에 당신도 아는 그곳으로 우릴 데려다주면 100수를 더 얹어주리다." 그 약조를 듣자 마부는 전광석화 같은 속도로 파리를 가로질렀다.

"이 마부는 영 솜씨가 없군." 고리오 영감이 투덜거렸다.

"그런데 영감님, 대체 저를 어디로 데려가시는 겁니까?" 라스티냐크가 그에게 물었다.

"자네 집이지." 고리오 영감이 답했다.

마차가 다르투아가에 도착했다. 노인이 먼저 내려 마부에게 10프랑을 쾌척했는데, 그야말로 기쁨이 하늘을 찔러 아무것도 보이는 게 없는 홀아비다운 호기로운 씀씀이였다.

"자, 올라가세나." 노인이 그럴싸해 보이는 신축건물에 들어서서 라스티냐크에게 안마당을 건너라고 손짓한 다음 건물 뒷날개 4층에 있는 아파트 출입문으로 그를 안내했다. 고리오 영감은 초인종을 누를 필요가 없었다. 뉘싱겐 부인의 시녀인 테레즈가 기다리고 있다가 그들에게 문을 열어주었다. 외젠은 응접실과 아담한 거실, 그리고 침실 하나와 정원으로 창이 난 서재를 갖춘 독신자아파트에 들어섰다. 가구와 장식이 그 어떤 아름답고 우아한 거실에 비해도 손색없는 아담한 거실에 들어서자 은은한 촛불 빛 아래 델핀의 모습이 눈에 들어왔다. 벽난로 옆 이인용 안락의자에 앉아 있던 그녀는 일어나 앞에 놓인 불어리를 벽난로 위에다 치운 다음 다정함이 뚝뚝 묻어나는 목소리로 그를 반겼다. "당신을 데리러 가야만 했어요. 당신은 아무것도 모르고 있으니까요."

테레즈가 밖으로 나갔다. 대학생은 두 팔로 델핀을 끌어안고 으스러져라 힘을 주며 기쁨의 눈물을 흘렸다. 지금 눈앞에 펼쳐진 모습과 조금 전 겪은 일 사이의 이 극명한 대조가 그날 하루 종일 엄청난 압박과 흥분으로 마음과 정신이 몹시 지쳐 있던 라스티냐크의 감수성을 극도로 예민하게 만든 터였다.

"난 말이다, 벌써부터 잘 알고 있었단다. 그가 널 사랑한다는 사실을 말이야." 고리오 영감이 아주 낮은 목소리로 딸에게 속삭였다. 외젠은 한마디 말할 기력도 없이, 또 결정타로 작용한 이 요술 방망이의 조화가 대체 어떻게 일어났는지 이해하지 못한 채 안락의자에 잠시 쓰러져 있었다.

"그러지 말고 이리 와 살펴봐요." 뉘싱겐 부인이 라스티냐크의 손을 잡고 침실로 이끌었다. 카펫이며 가구들, 온갖 자질구레한 기물까지 그의 눈에는 델핀의 침실을 그대로 축소해 옮겨놓은 것처럼 보였다.

"침대만 빠졌군요." 라스티냐크가 말했다.

"그래요." 그녀가 그의 손을 잡은 채 얼굴을 붉혔다.

외젠은 그녀를 그윽이 바라보았다. 아직 젊은 그에게 이 사랑스러운 여인의 가슴속에 담긴 진솔한 부끄러움이 남김없이 그대로 전해졌다.

"당신은 영원히 사랑받아 마땅한 소중한 여인이에요." 그가 그녀의 귀에 대고 속삭였다. "그래요, 이 말은 당신께 감히 드려야겠군요, 우리는 서로를 잘 이해하는 사이니까요. 사랑이 깊고 진지할수록, 그 사랑은 신비롭게 감춰져야 해요. 우리의 비밀을 아무에게도 말하지 맙시다."

"오! 난 아무 존재감도 없는 사람이구면, 이 내가 말이야." 고리오 영감이 퉁명스럽게 말했다.

"잘 아시면서 그러세요, 영감님도 우리에 포함되잖아요. 영감님
은……"

"아! 그게 바로 내가 바라던 바일세. 자, 이제 당신이 내게 신경쓸
일은 없겠지? 난 가보겠네. 정령처럼, 보이지는 않지만 어디에나 있는
그런 정령처럼 오가도록 하지. 아! 델피네트, 니네트, 데델! 내가 너에
게 '다르투아가에 예쁜 아파트를 한 채 마련했단다, 그를 위해 그 집
을 꾸미자꾸나!'라고 제안했던 것, 정말 잘한 일 아니냐? 그때 너는 그
걸 원치 않았지. 아! 내가 너를 세상에 태어나게 한 당사자이듯이, 너
의 기쁨을 있게 한 당사자도 나다. 아버지란 스스로 행복해지기 위해
늘 주어야만 하는 존재지. 늘 주기만 하는 것, 그게 한 인간을 아버지
로 만들어준단다."

"뭐라고요?" 외젠이 물었다.

"그렇다네, 애초에 이애는 원치 않았어. 이렇게 사는 것을 두고 사람
들이 허튼소리를 하지 않을까 두려워했지, 마치 사교계의 평판에 자기
행복이 달린 듯이 말이야. 하지만 모든 여자는 내심 지금 얘가 사는 것
처럼 살기를 꿈꾸지……"

고리오 영감은 혼자 남아 주절거리는 꼴이 되었다. 그사이 뉘싱겐
부인이 라스티냐크를 서재로 끌고 가버린 것이다. 서재 안에서 둘이
입맞추는 소리가, 벽에 막혀 미약하긴 했지만 낭랑하게 들려왔다. 서
재 역시 아파트의 다른 방과 마찬가지로 우아하게 꾸며져 있었고, 게
다가 그 방에는 없는 게 없었다.

"내가 당신 소원을 제대로 알아맞혔나요?" 그녀가 식탁에 앉기 위

해 거실로 돌아오면서 말했다.

"그럼요." 그가 화답했다. "차고 넘칠 정돕니다. 아! 어디 하나 모자란 구석 없는 이 호사스러움, 꿈에 그리던 이 아름다운 광경, 젊고 우아한 삶이 추구하는 이 모든 시적 이상, 모든 것이 너무나 강렬하게 나를 사로잡아서 욕심을 내지 않을 수가 없네요. 하지만 당신한테서 이것들을 받을 수는 없어요. 난 아직 너무 가난해서……"

"벌써 나한테 반항부터 하려고 드네요." 여자들이 의도적인 조롱으로 상대의 망설임을 보다 효과적으로 불식시키고자 할 때 애용하는 뾰로통한 표정을 귀엽게 지어 보이며 그녀가 부러 엄한 척 짓궂고 앙증맞은 목소리를 냈다.

외젠은 그날 온종일 너무나도 심각하게 자문하고 또 자문했던 터라, 더하여 보트랭의 체포가 그에게 자칫 굴러떨어질 뻔했던 깊은 나락을 확인시켜주면서 그의 내면 한구석에 있던 고귀한 감정과 조심성을 호되게 일깨운 지 얼마 되지 않았던 터라, 자신의 고결한 생각을 향한 그녀의 애교 섞인 다정한 반박에 굴복할 수 없었다. 그는 깊은 슬픔에 사로잡혔다.

"뭐예요!" 뉘싱겐 부인이 말했다. "거부하는 거예요? 당신, 이런 식의 거부가 무슨 뜻인지 알고나 있는 거예요? 미래에 대해 겁이 나는군요. 나와 관계를 맺을 용기가 없는 거예요. 그러니까, 나의 애정을 배반하지나 않을까 두려운 거예요? 당신이 나를 사랑하고, 내가…… 당신을 사랑하는데, 당신은 왜 그 하찮은 의무 앞에서 달아나려는 거예요? 내가 이 독신자아파트를 전부 내 손으로 정성을 다해 꾸미면서 얼마나 기뻤는지 안다면, 당신은 머뭇거리지 못할 거예요, 나에게 용서를 빌어야 할 거예요. 내껜 당신에게 줄 돈이 있었고, 그 돈을 제대로 썼을 뿐이에요. 그게 다라고요. 당신은 스스로 대단한 사람이라고 생각하는가본데, 당신은 옹졸해요. 당신은 훨씬 더 큰 것을 요구해야 해요…… (아! 그녀가 외젠의 눈에서 열정이 이글거리는 것을 포착하고 말을 이었다.) 그런데 이런 하찮은 일을 가지고 점잖은 척 주저하잖아요. 만일 나를 조금도 사랑하지 않는다면, 오! 좋아요, 그럼 받지 말아요. 나의 운명은 당신의 말 한마디에 달렸어요. 말해줄래요?―아이참, 아버지," 그녀가 잠시 말을 멈추고 노인 쪽을 돌아보면서 덧붙였다. "이 사람이 알아듣게끔 뭐라고 충고 좀 해주세요. 이 사람은 내가 자기 못지않게 우리의 명예에 예민하다는 걸 모르는 걸까요?"

고리오 영감은 이 사랑싸움에 귀를 쫑긋 세우면서 아편쟁이처럼 입가에 머금은 미소를 지우지 못했다.

"어린애 같기는! 당신은 지금 인생의 관문에 서 있는 거예요." 그녀가 외젠의 손을 꼭 잡으며 말을 이었다. "당신 앞에 많은 사람이 넘을 수 없다고 여기는 그런 장벽이 서 있다고요. 여자의 손길이 당신을 위해 그 장벽을 열어줄 거예요. 그런데 포기하려 하다니! 하지만 당신은 결국 성공할 거예요. 눈부신 재산을 일굴 거고요. 성공이라는 글자가 당신의 아름다운 이마에 새겨져 있어요. 그런데도 내가 오늘 당신에게 빌려주는 것을 나중에 못 갚을 것 같아 이러는 거예요? 옛날 여인들은 자기를 섬기는 기사에게 자기 이름을 걸고 시합에 나가 싸워서 이기고 돌아오라고 철 갑옷이며, 그 위에 입는 쇠그물 옷이며, 칼이며, 투구며, 말 등등을 내렸잖아요. 아! 그래요, 외젠, 내가 오늘 당신에게 주는 것들은 우리 시대의 무기요, 뭔가가 되고자 하는 사람에게 필요한 도구들이에요. 당신이 지금 머무는 누추한 다락방이, 아빠의 방과 비슷한 그 방이 지내기엔 괜찮은가보군요. 자, 우리 저녁식사 안 할래요? 날 슬프게 만들고 싶어요? 대답 좀 해봐요." 그녀가 붙잡고 있던 그의 손을 흔들었다. "세상에, 아빠, 이 사람더러 마음을 좀 정하라고 해줘요. 아니면 전 당장 여기서 나가 이 사람을 다시는 보지 않을래요."

"내가 자네 마음을 정하게끔 해주겠네." 고리오 영감이 홀로 빠져있던 몽환상태에서 깨어나 말했다. "이보게, 외젠 씨, 자넨 유대인들에게라도 돈을 빌려야 할 처지 아닌가?"

"그렇지요." 그가 대답했다.

"좋아, 그러면 내가 자네를 담보로 잡지." 노인이 품에서 다 해진 허름한 가죽 지갑을 꺼내며 말을 이었다. "내가 유대인 노릇을 하겠다는 얘기야. 자, 여기, 이 모든 청구서에 대해 내가 돈을 냈네. 자네는 이 집에 있는 모든 것과 관련해서 한푼도 빚지지 않았네. 그렇다고 내가 낸 돈이 엄청난 금액도 아닐세, 기껏해야 5000프랑이지. 그 돈을 내가, 바로 내가 자네에게 빌려주는 거야! 나를 거부하지는 않겠지, 나는 여자가 아니니까. 자넨 그저 종이 쪼가리에 그에 대한 차용증만 써주면 되네. 그리고 그 돈은 나중에 나에게 갚으면 되고."

외젠과 델핀의 눈에서 동시에 눈물이 흘러내렸다. 둘은 놀란 표정으로 서로를 바라보았다. 라스티냐크가 손을 내밀어 노인의 손을 꽉 잡았다.

"아! 왜 이러나? 자네들 다 내 자식 아닌가?" 고리오가 말했다.

"그래도 그렇죠, 불쌍한 우리 아버지." 뉘싱겐 부인이 말했다. "대체 어떻게 하신 거예요?"

"아! 그게 이렇게 된 거다." 그가 대답했다. "네가 내 말을 받아들여 이 친구를 너와 가까운 곳에 두기로 마음먹고서 마치 신혼살림 장만하듯 이것저것 사는 모습을 지켜보며 난 '이애가 곧 난처한 처지에 빠지겠구나' 생각했지. 소송대리인에게 듣자니, 네 남편을 상대로 한 재산 반환 소송이 여섯 달 이상 걸릴 것 같았거든. 그래서 이렇게 했다. 내가 가지고 있던 연수익 1350프랑짜리 국채 기반 영구연금을 판 거야. 그러고서 1만 5000프랑을 가지고 연 1200프랑을 보장하는 수익률이 높은 종신연금에 가입했지.* 그런 다음 남은 자산으로 너희가 사들인 상품들을 결제한 거란다, 얘들아. 난 말이다, 이 위 지붕 밑 방을 연 50 에퀴를 내고 살기로 했다. 난 하루에 40수만 갖고도 왕자처럼 살 수 있단다. 아니, 그러고도 돈이 좀 남을 거다. 나는 아무것도 낭비하지 않는데다 옷도 거의 필요 없거든. 보름 전에 난 '개들이 곧 행복해지겠군!'이라고 중얼거리며 혼자 몰래 웃었는데, 자, 그래, 너희 지금 행복하지 않니?"

"오! 아빠, 아빠!" 뉘싱겐 부인이 아버지에게 달려가 안겼고, 아버지는 딸을 자기 무릎 위에 앉혔다. 그녀가 아버지에게 입맞춤을 퍼붓는 바람에 금발이 일렁이며 고리오 영감의 두 뺨을 어루만지듯 스쳤

---

* '영구연금'은 수익자의 죽음과 상관없이 지정 상속자에게 무기한 지급되는 연금으로 안정적이지만 수익률이 상대적으로 낮은 반면, '종신연금'은 수익자가 죽을 때까지만 지급되고 소멸하는 연금이지만 수익률이 상대적으로 높다. 당시 국채금리는 내내 5퍼센트였고 고리오 영감이 자신의 영구연금이 연 1350프랑이었다고 했으므로 당시 그의 총자산은 2만 7000프랑으로 추산된다. 그중 1만 5000프랑을 수익률 8퍼센트의 종신연금(연 1200프랑 지급)에 가입했고, 상품 대금으로 5000프랑을 지급했으므로 아파트 마련에 7000프랑이 든 것으로 추산된다.

다. 활짝 피어 광채가 나는 늙은 아버지의 얼굴에 그녀의 눈물이 뚝뚝 떨어졌다. "사랑하는 아버지, 정말 좋은 아버지세요! 아니, 아버지 같은 사람은 하늘 아래 둘도 없을 거예요. 외젠은 벌써부터 아버지를 무척 좋아했는데, 이제부터는 또 어떻게 생각할까요?"

"거참, 얘들아." 지난 십 년간 자신의 가슴 위에서 딸의 심장이 뛰는 것을 느껴보지 못한 고리오 영감이 말했다. "맙소사, 델피네트, 내가 기뻐서 정신 못 차리다가 죽는 걸 볼 작정이니? 내 연약한 심장이 터져버릴 것 같구나. 자, 외젠 씨, 우리 사이에 빚 같은 건 벌써 청산되고 없네." 그러면서 정신 나간 듯 너무도 난폭하게 딸을 껴안는 통에 그녀가 비명을 질렀다. "아! 아파요!"—"이런, 내가 널 아프게 했구나." 그의 낯빛이 창백해졌다. 그는 인간의 한계를 뛰어넘는 고통의 표정으로 딸을 바라보았다. 부성의 그리스도라 할 만한 그의 표정을 제대로 묘사하려면, 그동안 회화의 최고 거장들이 인류의 구원을 위해 구세주가 겪는 수난을 화폭에 담기 위해 창조했던 이미지들을 부지런히 참조해야 하리라. 고리오 영감은 자신의 손가락으로 세게 움켜쥐고 있던 딸의 허리에 부드럽게 입맞춤했다. "아니, 아니다. 내가 널 아프게 한 게 아니야." 그가 미소를 머금고 반문하듯 말을 이었다. "비명을 질러 나를 아프게 한 건 바로 너잖니. 사실은, 비용이 더 많이 들었단다." 그가 정성스럽게 딸의 귀에 입을 맞추며 속삭였다. "어쨌든 그를 꼭 붙들어야 하니까. 안 그러면 그는 못마땅하게 여길 거다."

외젠은 노인의 끝없는 헌신에 할말을 잃고, 젊은이의 신앙 표현이라 할 만한 꾸밈없는 찬탄을 드러내며 그를 응시했다.

"이 모든 것에 합당한 사람이 되도록 노력하겠습니다." 그가 목소리를 높였다.

"오, 나의 외젠, 방금 당신이 한 말, 정말 좋아요." 그러고서 뉘싱겐 부인은 대학생의 이마에 입을 맞추었다.

"이 사람은 너 때문에 마드무아젤 빅토린과 수백만의 지참금을 거부했단다." 고리오 영감이 말했다. "그렇지, 그 나이 어린 처자가 자네를 사랑했지. 그러다 오빠가 죽자 그녀는 크로이소스* 같은 갑부가 되었고."

"오! 왜 그런 이야기를 하세요?" 라스티냐크가 외쳤다.

"외젠," 델핀이 그의 귀에 대고 속삭였다. "지금 저 말, 나로선 오늘 밤 한 가지 섭섭한 점이네요. 아! 난 앞으로 당신을 정말 사랑할 거예요, 영원히요."

"네가 결혼한 이후 내겐 오늘이 가장 행복한 날이로구나." 고리오 영감이 감격한 어조로 말했다. "하느님 보시기에 그렇게 해야 시원하시다면 나에게 얼마라도 고통을 내리셔도 좋아. 그 고통이 자네로 인한 것만 아니라면 훗날 난 이렇게 술회할 걸세. 그해 2월, 그 짧은 순간 나는 사람들이 평생 경험하는 행복보다 더 많은 행복을 느꼈노라고. 고개 들어 날 봐라, 피핀!" 그가 딸에게 말했다. "내 딸 정말 예쁘지 않나? 이보게, 말해보게, 자네 많은 여자를 만나보았겠지만 이런 아름다운 피부 빛깔과 이런 보조개를 가진 여자를 본 적이 있나? 아니지, 못봤지? 여인으로 환생한 이 사랑을 빚어내 세상에 선보인 사람이 바로 나야. 이제부터는 자네의 사랑으로 행복해지면서 천배나 더 아름다워

---

* 기원전 5세기 무렵 소아시아에 있던 고대 리디아 왕국의 왕으로, 엄청난 부를 소유해 큰 부자의 대명사로 불린다.

질 걸세. 아, 나의 이웃, 나는 지옥에 가도 좋아." 그가 말했다. "자네에게 내 몫의 천당 자리가 필요하다면 내 기꺼이 그걸 자네에게 주겠네. 자, 식사하자고, 식사를." 이제 그는 자신이 무슨 말을 하는지도 모른 채 말을 이어가고 있었다. "이 모든 게 다 우리 거야."

"불쌍한 아버지!"

"네가 알아주었으면 좋겠구나, 애야." 노인이 일어나 딸에게 가더니 그녀의 머리를 붙잡고 땋아 늘인 머리 타래 한가운데에 입을 맞추었다. "넌 아주 손쉽게 나를 행복하게 만들어줄 수 있단다. 이따금 나를 보러 와주렴. 나는 바로 요 위에 있을 테니 넌 한 걸음만 옮기면 돼. 그렇게 하겠다고 약속해다오, 어서."

"예, 사랑하는 아버지."

"한 번만 더."

"예, 고마우신 나의 아버지."

"됐다. 내 욕심대로라면 너에게 백번이고 그렇게 말해달라고 하고 싶구나. 식사하자."

그날 밤 내내 셋은 어린애들 같았다. 들떠서 제정신이 아니기로는 고리오 영감도 나머지 둘에 뒤지지 않았다. 그는 딸의 발치에 엎드려 딸의 두 발에 입을 맞추는가 하면, 딸의 두 눈을 오랫동안 뚫어지게 마주보았으며, 자신의 얼굴을 딸의 드레스에 비벼대기도 했다. 요컨대 그는 그날 밤 내내 지극히 젊고 지극히 다감한 연인이 하는 식으로 광적인 애정을 딸에게 쏟아부었다.

"봤죠?" 델핀이 외젠에게 말했다. "아버지는 우리와 함께 있을 때 자신이 모든 걸 독차지해야 해요. 앞으로는 그게 가끔은 거추장스러울 것 같네요."

외젠은 이미 몇 차례 치밀어오르는 질투심을 느낀 터라 배은망덕의 요소들을 골고루 갖춘 그 말을 탓할 수 없었다.

"그런데 아파트 준비는 언제 다 마무리되나요?" 외젠이 침실을 둘러보며 물었다. "오늘밤은 여기서 나가야 하나요?"

"예, 하지만 내일 다시 와서 나와 함께 저녁식사를 하도록 해요." 그녀가 의미심장한 표정을 지으며 말했다. "내일은 이탈리아극장에 가는 날이에요."

"나는 바닥 층 입석 자리에 있겠네." 고리오 영감이 말했다.

자정이 되었다. 뉘싱겐 부인의 마차가 밖에서 기다리고 있었다. 고리오 영감과 대학생은 메종 보케르로 걸어가는 내내 델핀 이야기를 했는데, 그녀를 향한 애정 표현이 점점 더 열기를 더하면서 두 사람 사이에 흥미로운 경쟁이 펼쳐졌다. 외젠은 어떠한 타산에도 물들지 않은데다 집요하고 품이 넓은 아버지의 사랑이 자신의 사랑을 압도한다는 생각을 도저히 떨칠 수 없었다. 아버지에게 딸은 변함없이 순수하고 아름다운 우상이며, 우상에 대한 숭배는 과거 전체는 물론 미래를 자양분 삼아 계속 강해지지 않는가. 하숙집에서는 옆에 실비와 크리스토프만 남은 보케르 부인이 난롯가를 지키고 있었다. 늙은 하숙집 여주인은 카르타고의 폐허 위에 선 마리우스*처럼 넋이 나간 모습이었다. 그녀는 실비와 함께 신세를 한탄하며 자신에게 남은 마지막 두 하숙인을

---

* 실라에게 패한 마리우스가 로마에서 추방되어 아프리카로 가던 중 카르타고의 폐허에 잠시 멈춘 채로 자신의 운명을 생각한다는 고대 로마의 일화를 발자크는 작품 여러 곳에서 자주 언급한다. 발자크에게 실라는 귀족을, 마리우스는 평민을 상징한다.

기다리던 차였다. 일찍이 바이런 경이 타소의 탄식*에 대단히 감동적인 절창을 바친 바 있지만, 보케르 부인의 입에서 터져나오는 탄식에 비한다면 타소의 탄식은 심금을 울리는 깊이의 측면에서 한참 모자랄 것이다.

"실비, 내일 아침엔 석 잔의 커피만 준비하는 처지가 되었구나. 아이고! 내 하숙집이 이렇게 황폐해졌다니, 정말이지 가슴 미어지는 일 아니냐? 하숙인들 없는 삶이 무슨 의미가 있겠니? 전혀 없고말고. 사람들이 쓰던 가구가 다 빠져나가 텅 빈 하숙집이 되었구나. 가구가 들어 있어야 삶의 온기도 느껴지는 법이거늘. 내가 하늘에 무슨 죄를 지었기에 이런 재앙이 닥쳤을까! 강낭콩과 감자를 스무 명분이나 비축해놓았는데. 경찰이 내 집에 닥치다니! 우리는 이제 감자만 먹고 살아야 할 처지가 되었구나! 할 수 없이 크리스토프를 내보내야 할 판국이야!"

사부아 출신 사내아이가 졸고 있다가 화들짝 깨어나 말했다. "뭐라고요, 부인?"

"불쌍한 것 같으니! 집 지키는 강아지 같구나." 실비가 말했다.

"비수기라 아무도 움직이지 않는데, 어디서 하숙인들이 내 집에 굴러들어온단 말이냐? 내가 머리가 돌 지경이다. 그 신들린 무당 같은 미쇼노가 푸아레까지 달고 나가버리다니! 염병할 것, 그 남자를 어떻게 구워삶았기에 그자가 그렇게 착 달라붙어 강아지처럼 졸졸 따라가지?"

---

* 16세기 이탈리아의 시인이자 정치가인 타소는 뚜렷한 이유 없이 페라라 공국의 군주에 의해 오랜 기간 투옥되는 불운을 당하고, 칠 년 만에 풀려난 뒤에는 계관시인의 영광을 목전에 둔 채 사망한다. 훗날 바이런 경이 타소를 소재로 쓴 시편이 바로 「타소의 탄식」이다.

"아! 그러게 말이에요!" 실비가 고개를 끄덕이며 거들었다. "나이들도록 혼자 사는 그런 여자들은 교활한 구석이 있다니까요."

"그것들이 그 가엾은 보트랭 씨를 도형수로 만들어버린 거야." 과부가 말을 이었다. "아, 실비, 나로서는 어쩔 수 없는 일이 벌어졌어. 난 아직도 믿기지 않는구나. 그처럼 유쾌한 사람도 없는데, 매달 15프랑을 주고 글로리아를 주문해 마시며 밀린 적 한 번 없이 돈을 냈지!"

"게다가 심부름값은 얼마나 후했게요!" 크리스토프가 끼어들었다.

"뭔가 착오가 생긴 거예요." 실비가 대꾸했다.

"천만에, 그 사람이 자백했잖아." 보케르 부인이 말을 이었다. "어쨌거나 이런 일들이 고양이 한 마리 지나다니지 않는 동네에 있는 내 하숙집에서 한꺼번에 일어나다니! 정말이지 꿈을 꾸고 있는 것 같구나! 아닌 게 아니라, 너도 알다시피 우린 루이 16세가 변고를 당하는 것도 보았고, 황제가 권좌에서 굴러떨어지는 것도 보았고, 그 황제가 다시 돌아왔다가 다시 굴러떨어지는 것도 보았지만, 그 모든 게 얼마든지 일어날 만한 일들이었잖니. 그렇지만 서민 하숙집에서는 그런 일이 생길 가능성이 애당초 없지. 왕 없이야 살 수 있어도 먹지 않고는 살 수 없는 법이니까. 게다가 콩플랑 가문 태생인 정직한 여자가 아주 양질의 음식으로 식사를 내는 하숙집인데, 말세가 아니고서야 어디…… 아니지, 그래, 그거다, 말세다, 말세야."

"게다가 마님에게 이 모든 피해를 준 장본인인 마드무아젤 미쇼노는, 사람들이 그러는데, 조만간 1000에퀴의 연금을 받을 거라는데요." 실비가 목소리를 높였다.

"그 망할 여자 얘기는 꺼내지도 마라, 그 여자는 진짜 악당이야!" 보케르 부인이 말했다. "게다가 설상가상으로 뷔노네 하숙집으로 갔다고! 하지만 그 여자는 무슨 짓이든 할 수 있는 여자야. 분명 다른 끔찍한 일도 저질렀겠지. 한창땐 사람도 죽이고 도둑질도 했을 거야. 그 가엾고 소중한 사내 대신 그런 여자가 도형장에 갔어야 했는데……"

외젠과 고리오 영감이 초인종을 울린 것이 바로 그때였다.

"아! 나를 떠나지 않은 충직한 두 하숙인이로구나." 과부가 한숨을 쉬며 말했다.

서민 하숙집에서 일어났던 재앙에 대해서는 아주 희미한 기억밖에 남지 않은 두 충직한 하숙인은, 들어오자마자 다짜고짜 하숙집 주인에게 자기들은 쇼세당탱으로 거처를 옮길 거라고 알렸다.

"아! 실비!" 보케르 부인이 말했다. "마지막 결정타로구나. 이보시오, 당신들은 나에게 치명상을 안겼소! 내 속을 사정없이 뒤집어놓는구려. 뱃속에 경련이 일어나 죽을 판이오. 오늘 하루 만에 십 년 이상의 충격이 머리통을 강타하는군. 거짓말 하나 안 보태고 진짜로 미쳐버릴 지경이라고! 저 많은 강낭콩을 어이할꼬? 아! 제기랄, 이 집에 나 혼자 남았어, 크리스토프, 너도 내일 떠나거라. 아듀, 신사분들, 잘들 자요."

"왜 저러는 거죠?" 외젠이 실비에게 물었다.

"망했어요! 오늘 사건으로 사람들이 다 떠났어요. 그래서 마님 머리가 어떻게 되었나봐요. 에구, 마님이 우는 소리가 들리네요. 저렇게 펑펑 쏟아야 맺힌 속이 그나마 풀리겠지요. 내가 이 집에서 일하고 마님이 저렇게 눈이 빠지도록 우는 모습은 처음 봐요."

다음날 보케르 부인은 그녀 스스로 한 표현을 따르자면 마음을 고쳐

먹었다. 그녀는 하숙인들을 모두 잃고 인생이 엉망진창이 된 여자로서 비통해 보였지만, 그래도 다시 정신을 추스르고 방 밖으로 나와 진짜 고통이 무엇인지, 이를테면 심오한 고통이라 할 만한 것이 무엇인지, 수입의 손실과 일상의 파괴로 인한 고통이 무엇인지 하나하나 몸소 보여주었다. 단언컨대, 떠나보낸 정인情人이 머물렀던 곳을 바라보는 남자의 시선도 텅 빈 식탁을 바라보는 보케르 부인의 시선보다 더 구슬 프지는 않으리라. 외젠은 며칠 있으면 인턴 생활을 끝마치는 비앙숑이 모르긴 해도 자신의 방으로 들어올 것이고, 박물관 직원도 쿠튀르 부인이 썼던 두 칸짜리 숙소를 차지하고 싶다는 의사를 여러 차례 밝혔으며, 그런 식으로 머지않아 하숙인이 이전 수준으로 들어찰 것이라고 보케르 부인을 위로했다.

"하느님께서 당신 말을 들어주셨으면, 고마운 분! 하지만 불행은 이곳을 떠나지 않았어요. 두고 보면 알겠지만, 열흘도 안 돼 이 집에서 초상을 치를 거요." 그녀가 식당에 불길한 시선을 던지며 말했다. "저 승사자가 누구를 잡아가려나?"

"이사하기로 하기를 잘했어요." 외젠이 고리오 영감에게 나직이 말했다.

"마님," 실비가 질겁해서 들이닥쳤다. "미스티그리가 안 보인 지 벌써 사흘째예요."

"아! 고양이가 죽었다면, 내 고양이가 우리 곁을 떠났다면, 난……"

불쌍한 과부는 말을 맺지 못한 채 두 손을 맞잡았다. 그러더니 자신의 끔찍한 예감에서 오는 중압감을 이기지 못하고 안락의자 등받이로 널브러졌다.*

집배원들이 팡테옹 지구에 도착하는 정오 무렵, 외젠은 우아한 겉봉에 보제앙가의 문장으로 봉인된 편지 한 통을 받았다. 그 안에는 한 달 전부터 예고된, 자작부인 댁에서 열리기로 되어 있는 대규모 무도회에 뉘싱겐 부부를 초청하는 초대장이 들어 있었다. 초대장과 함께 외젠에게 전하는 메모도 첨부되어 있었다.

> 생각해보았는데, 당신이 뉘싱겐 부인에게 내 뜻을 전달해주면 좋을 것 같아서요. 부탁했던 초대장을 보냅니다. 레스토 부인의 여동생을 알게 된다니 설레는군요. 그 어여쁜 여인을 내게 데려오세요. 그렇지만 그녀가 당신의 애정을 독차지하는 일은 없도록 하세요. 내가 당신에게 기울이는 애정에 대한 보답으로 당신이 내게 돌려줘야 할 몫도 많으니까요.
>
> 보제앙 자작부인

'그런데,' 외젠은 그 쪽지를 되풀이해 읽으면서 생각했다. '보제앙 부인은 뉘싱겐 남작을 달가워하지 않는다는 점을 꽤나 분명하게 밝히는군.' 그는 델핀에게 선사할 기쁨이 생겼고, 그에 대한 보답을 받을 수 있으리라는 생각에 들떠 서둘러 델핀의 집으로 향했다. 뉘싱겐 부인은 목욕중이었다. 내실에서 기다리던 라스티냐크는, 이 년 동안 욕망해오던 여인을 마침내 손에 넣게 되어 몸이 달아오른 젊은 남자라면

---

* 1835년 초판본에서는 여기서 4장 '불사조'가 끝나고 5장 '두 딸'이 시작된다.

자연히 느낄 법한 초조함에 사로잡혔다. 이는 젊은 남자들의 삶에 두 번 다시 찾아오지 않는 감흥이다. 남자가 첫 만남에서부터 강하게 끌리는 정말로 여성스러운 여성, 다시 말해 파리 사교계가 원하는 휘황찬란한 차림새로 남자 앞에 등장하는 그런 여성에게는 결코 경쟁자가 없다. 파리의 사랑은 모든 면에서 다른 사랑들과 다르다. 하나같이 말로는 대가를 바라지 않는 순수한 애정이라 내세우며 점잖은 척 상투적으로 꾸민 외양을 펼쳐 보이지만, 남자건 여자건 거기에 속지 않는다. 이 지역에서 여자는 애정과 관능만 충족시킬 줄 알아서는 안 된다. 파리의 여자는 자신이 삶을 구성하는 수많은 허영심을 채워줘야 한다는 보다 큰 의무 역시 지고 있음을 완벽하게 터득하고 있다. 파리에서 특히 사랑은 본질적으로 허풍이요, 뻔뻔함이요, 헤픈 씀씀이요, 사기 협잡이요, 현란한 과시다. 루이 14세가 아들 베르망두아 공작이 세상에 태어날 때 기꺼이 자신의 양쪽 옷소매 레이스를 뜯어 산모를 도운 일이 있는데, 이 위대한 군주가 개당 1000에퀴나 나가는 레이스 장식을 아무렇지도 않게 찢어버리게 만든 애첩 마드무아젤 드 라발리에르의 강렬한 매력을 궁정 안 모든 여인이 하나같이 부러워했으니* 여느 사람들이야 말해 무엇하랴? 젊을 것, 부유할 것, 귀족 작위를 갖출 것, 할 수만 있다면 그 이상이 될 것. 당신이 우상 앞에 더 많은 향을 피우면 피울수록 우상은 당신에게 더 많은 호의를 베풀 것이다. 그러니까 섬

---

* 루이 14세의 애첩 드 라발리에르가 극심한 산통을 겪다 곁에서 출산을 지켜보던 루이 14세의 옷소매를 잡아뜯었다는 일화를 발자크가 각색하여 인용한 것이다. 그녀와 국왕 사이에 태어난 아들이 베르망두아 백작(공작이 아니라)이다. 드 라발리에르는 루이 14세의 총애를 받던 다른 애첩 마담 드 몽테스팡에 의해 궁정에서 쫓겨나 파리의 카르멜회 수녀원에서 일생을 마친다.

길 우상이 있다면 말이다. 사랑은 일종의 종교다. 그런데 사랑의 예배는 다른 어떤 종교의 예배보다 돈이 많이 든다. 사랑은 잠시 머물다 순식간에 사라지며, 마치 악동처럼 자기가 지나간 자리를 폐허로 만든다. 감정의 호사란 곳간에서 피어나는 시詩다. 곳간의 풍요로움이 없다면 사랑은 대관절 무엇이 될 수 있겠는가? 파리 법전에 규정되어 있는 이 추상같은 법칙에 예외적인 경우가 있다면, 그것은 고독한 삶이요, 덧없이 흘러 사라지지만 끊이지 않고 맑은 물이 샘솟는 수원지 곁에 살며 어떤 사회적 견해에도 결코 휩쓸리지 않는 영혼, 자신이 드리운 푸르른 그림자에 충실을 기하는 한편 모든 면에서 자신을 위해 쓰인 무한대의 언어를 내면에서 재발견하고 그것에 귀기울이며 행복한 몽상에 잠긴 영혼, 지상의 중생을 불쌍히 여기며 비상의 날갯짓을 끈기 있게 기다리는 그런 영혼에서 발견되리라. 하지만 라스티냐크는 대단한 영화를 이미 미리 맛본 터였기에, 그런 젊은이 대부분이 그렇듯 세상이라는 원형경기장에 완전 무장을 한 상태로 출정하고 싶었다. 그는 세상이 자신에게 보내는 열광을 경험했으며, 그래서 자신에게 어쩌면 세상을 지배하는 힘이 부여되었는지도 모른다고 느꼈지만 그 야망을 이룰 수단도, 그 궁극적 목표도 아직 알지 못하는 상태였다. 삶을 충만하게 만드는 순수하고 고귀한 사랑을 모르면 권력에 대한 갈망이 멋있어 보이게 되고, 사사로운 이익은 모두 내팽개치고 나라의 영광만을 목표로 삼는 삶에 만족한다. 그렇지만 이 대학생은 인생의 행로를 관조하고 판단할 수 있는 지점에 아직 이르지 못한 상태였다. 그때까지 그는 지방 출신들의 청춘을 우거진 나뭇잎처럼 뒤덮고 있는 풋풋하고 감미로운 관념의 매력을 완전히 떨쳐내지도 못한 터였다. 그는 파리의 루비콘강을 건너야 할지 말지 줄곧 망설이기만 했다. 호기심이 활활 타올랐지만, 그는 참다운 귀족이 자기 성에서 영위하는 평온한 삶을 마음속에 내내 간직하고 있었다. 그렇지만 전날 자신에게 새로 생긴 아파트를 본 뒤로 그에게 남아 있던 최후의 소심함이 사라져버렸다. 그때껏 오랫동안 출신 성분에서 비롯한 정신적 이점을 누려왔다면, 이 제부터는 돈이 제공하는 물질적 이점을 마음껏 누리며 지방 출신이라는 허물을 완전히 벗어버리고 찬란한 미래가 보이는 위치에 안착하기로 마음을 굳힌 것이다. 그렇게 이제는 어느 정도 자신의 공간처럼 익숙해진 그 예쁘장한 내실에 나른하게 앉아 델핀을 기다리는 동안, 자기 모습이 작년 파리에 상경할 당시의 자신과는 너무나도 동떨어진 듯 느껴져 그는 머릿속으로 그때의 모습을 떠올리며 지금 이 모습이 정말 자신이 맞는지 자문하고 또 자문했다.

"부인께서 침실에 계십니다." 테레즈가 와서 불쑥 그렇게 말하는 바람에 그는 소스라치게 놀랐다.

침실에 들어서자 난롯가의 이인용 안락의자에 누워 쉬고 있는 델핀의 싱그러운 모습이 들어왔다. 하늘거리는 흰색 모슬린 가운 차림으로 누운 그녀를 보자니 꽃에서 열매가 난다는 인도의 아름다운 식물에 그 모습을 비교하지 않을 수 없었다.

"아! 우리가 이렇게 함께 있네요." 그녀가 달뜬 표정으로 말했다.

"내가 무엇을 가져왔는지 맞혀봐요." 외젠이 곁에 앉아 그녀의 팔을 붙잡고 손에 입을 맞추며 말했다.

뉘싱겐 부인은 초대장을 읽으며 기쁨에 몸을 떨었다. 그러곤 몸을 돌려 촉촉한 두 눈으로 외젠을 바라보더니 두 팔로 그의 목을 껴안고 복받치는 만족감에 미친듯 그를 끌어당겼다.

"당신이로군요. (자기라고 하고 싶은데, 그녀가 그의 귀에 대고 속삭였다. 테레즈가 지금 갱의실에 있으니까 조심하기로 해요!) 당신이 내게 이 행복을 가져다준 거예요? 그래요, 나는 이것을 감히 행복이라 부르겠어요. 당신을 통해 얻었으니 내 자존심의 승리를 넘어서는 것 아니겠어요? 아무도 나를 그 세계로 초대하려고 하지 않았어요. 당신은 지금 내 모습을 보고 그냥 여느 파리 여인처럼 귀엽고 변덕스럽고 발랄하다고만 생각하겠죠. 그러나 생각해봐요. 나의 벗, 나는 당신을 위해 모든 걸 희생할 준비가 되어 있어요. 내가 그 어느 때보다 열렬하게 포부르 생제르맹에 가고 싶어하는 건, 거기 당신이 있기 때문이라고요."

"당신은 어떻게 생각해요?" 외젠이 말했다. "보제앙 부인이 자기 무도회에 뉘싱겐 남작이 참석하는 건 염두에 두지 않는다는 의사를 넌지시 밝히는 듯한데, 그렇지 않나요?"

"그렇고말고요." 남작부인이 외젠에게 쪽지를 돌려주며 대답했다. "그런 귀부인들은 남을 업신여기는 데 그야말로 천재예요. 하지만 상관없어요. 난 갈 거니까. 언니도 오겠죠. 아마 화사하게 치장하리라 벼르고 있을 거예요. 외젠." 그녀가 목소리를 낮춰 말을 이었다. "언니는 고약한 의혹을 잠재우기 위해 거기 가려는 거예요. 언니와 관련해서 떠도는 소문 몰라요? 오늘 아침 뉘싱겐이 와서 그러는데, 사람들이 어제 모임에서 공공연하게 그 소문을 입에 올리더래요. 맙소사! 그게 무슨 꼴이에요, 여자들의 명예와 집안의 명예가 걸린 문제잖아요! 불쌍한 내 언니 얘기로 나 자신이 공격받고 상처 입은 느낌이었어요. 몇몇 사람 얘길 듣자니, 드 트라유 씨가 모두 합하면 10만 프랑에 달하는 약속어음을 발행했는데 그 대부분이 만기 부도처리가 될 거라서 그것 때문에 그가 기소될 거래요. 이렇게 극한 상황에 몰리자 언니는 자기 다이아몬드들을 웬 유대인에게 팔았나봐요. 당신도 보았겠지만, 그 아름다운 다이아몬드들은 언니가 시어머니인 레스토 부인에게서 물려받은 거예요. 결국 이틀 전부터 온통 그 얘기뿐이에요. 그러니 아나스타지는 금박 장식이 달린 화사한 드레스 차림에 보란듯이 자기 다이아몬드로 치장한 눈부신 모습으로 보제앙 부인 댁에 나타나 뭇시선을 끌 계획일 거예요. 하지만 난 언니에게 꿀리고 싶지 않아요. 언니는 옛날부터 늘 나를 짓밟으려 했거든요. 언니가 해달라는 거라면 내가 다 해주고 돈이 없다고 하면 돈도 매번 내주었는데, 그런 나를 한 번도 살갑게 대해준 적이 없어요. 하지만 이제 다른 사람들 얘기는 그만하죠. 오늘 난 오롯이 행복을 만끽하고 싶거든요."

라스티냐크는 새벽 한시까지 뉘싱겐 부인 집에 머물렀다. 헤어질 때 그녀는 그에게 연인들의 인사, 곧 다시 만나자는 행복한 다짐이 넘치는 그런 작별인사를 거듭하다가 우울한 표정으로 말했다. "난 여전히 몹시 겁나고, 자꾸 불길한 미신이 떠오르고 그래요. 이 불길한 예감을 당신이 어떻게 부르든 상관없어요. 어쨌든 난 내게 찾아온 행복의 대가로 뭔가 끔찍한 재앙이 닥칠 거 같아서 두려워요."

"어린아이 같네요." 외젠이 말했다.

"아! 맞아요, 오늘밤 나는 어린아이처럼 다시 태어났어요." 그녀가 웃으며 화답했다.

외젠은 메종 보케르로 돌아오며 다음날 누추한 그 하숙집을 떠나겠노라 다짐했다. 걸어서 돌아오는 내내, 그는 젊은이들이 행복의 맛을 입안에 느꼈을 때 예외 없이 꾸게 되는 달콤한 몽상에 빠져 있었다.

"그래, 어땠나?" 라스티냐크가 방문 앞을 지나갈 때 고리오 영감이 물었다.

"아! 좋았어요." 외젠이 말했다. "내일 아침에 전부 말씀드릴게요."

"전부라고 했지? 그렇지?" 노인이 외쳤다. "가서 주무시게, 내일부터 우리의 행복한 삶을 시작하기로 하세."

다음날, 고리오와 라스티냐크는 서민 하숙집을 떠날 채비를 마치고 짐을 날라줄 심부름꾼이 오기만을 기다리고 있었는데, 정오 무렵 마차가 정확하게 메종 보케르의 대문 앞에 와 멈추는 소리가 요란스레 뇌브생트즈느비에브가에 울려퍼졌다. 뉘싱겐 부인이 마차에서 내리더니 자신의 아버지가 아직 하숙집에 있는지 물었다. 실비가 그렇다고 대답하자 그녀는 황급히 계단을 올라갔다. 라스티냐크는 자기 방에 있었는데, 그의 이웃 노인은 그 사실을 몰랐다. 아침식사를 할 때 그가 고리오 영감에게 오후 네시에 다르투아가에서 만나자면서 그때 자기 물품들을 그리로 가져다달라고 했던 것이다. 그러나 노인이 짐꾼들을 부르러 나간 사이, 외젠은 학교로 가서 출석만 확인하고 생각을 바꿔 보케르 부인에게 하숙비 정산을 하기 위해 돌아왔으니, 잔뜩 흥분해 독단에 빠진 노인이 정산 비용을 자기 돈으로 치르는 일만은 막고 싶어서였다. 그리하여 그가 하숙집에 들어오는 모습을 본 사람은 아무도 없었다. 하숙집 주인은 외출한 상태였다. 외젠은 혹시 빠뜨린 것이 없는지 확인하느라 자기 방으로 올라갔고, 책상 서랍 속에서 보트랭이 발행한, 수취인을 적는 부분을 공란으로 둔 어음을 발견하고는 다시 올라와보기를 잘했다고 생각했다. 서명하던 그날 아무 생각 없이 바로 거기에 처박아놓았던 어음이었다. 불을 피워놓지 않은 터라 그 어음을 막 갈기갈기 찢으려던 참이었는데, 그 순간 델핀의 목소리가 들려와 그는 동작을 멈추고 자신이 모르는 델핀의 비밀이 하나라도 있을 리 없다는 생각에 쥐죽은듯 서서 그녀의 소리를 좇았다. 그런데 아버지와 딸 사이의 대화가 첫마디부터 너무나도 흥미로워서 도무지 귀를 기울이지 않을 수 없었다.

"아! 아버지," 그녀가 말했다. "아버지는 제가 파산하지 않도록 때 맞춰 남편에게 재산의 반환을 요구할 생각이시죠? 정말 그렇게 된다면 얼마나 좋을까요! 그런데 이런 얘길 해도 돼요?"

"괜찮다, 하숙집은 텅 비었다." 고리오 영감의 목소리는 확 바뀌어 있었다.

"왜 그러세요, 아버지?" 뉘싱겐 부인이 물었다.

"네가," 노인이 대답했다. "내 머리를 도끼로 내려치는 것 같구나. 하느님께서 널 용서하시길, 얘야! 내가 널 얼마나 사랑하는지 넌 몰라. 안다면 갑자기 내게 이런 이야기를 꺼냈을 리 없지. 그것도 뭐 하나 절망스러운 구석 없이 잘 풀리는 마당에 말이다. 조금 있으면 우리가 다르투아가로 갈 텐데 이렇게 여기로 날 찾아오다니, 대체 얼마나 다급한 일이 일어난 것이냐?"

"아, 아버지, 재앙이 닥쳤는데 처음부터 어찌해야 할지 아는 사람이 어디 있어요? 저는 지금 미쳐버릴 것 같아요! 아버지의 소송대리인이 나중에 터질지도 모르는 불행을 조금이나마 일찍 발견하도록 해주었잖아요. 상거래를 하던 아버지의 오랜 경험이 우리에게 필요해질 것 같아서, 물에 빠진 사람이 지푸라기라도 잡는 심정으로 아버지를 찾아 달려온 거예요. 데르빌 씨가 지난번 뉘싱겐을 만나 소송절차가 복잡하다는 그의 주장을 반박했을 때, 법원장의 허가가 신속하게 날 거라고 자신하며 소송을 하겠다고 그를 윽박질렀죠. 뉘싱겐이 오늘 아침 제 방에 찾아오더니, 자기도 망하고 나도 망하기를 원하는 거냐고 물었어요. 나는 그 일에 대해서는 아무것도 모른다고, 내가 아는 것은 내 재산이 있고, 나는 내 재산을 소유할 권리가 있으며, 그런 분쟁과 관련된 모든 일은 내 소송대리인과 말하라고, 나는 정말이지 그 일에 대해 누구보다 아는 것이 없으며 들은 얘기도 전혀 없다고 대답했죠. 아버지가 저에게 그렇게 말하라고 조언하셨잖아요."

"잘했다." 고리오 영감이 대답했다.

"아! 그런데," 델핀이 말을 이었다. "남편이 자기가 지금 벌이고 있는 일에 대해 설명하는 거예요. 자기 재산 전부와 제 재산 전부를 이제 막 시작한 투자사업에 몽땅 쏟아부었다고요. 그 사업을 위해 외국에서도 거액을 끌어와야만 한대요. 그래서 제가 법을 들이대 지참금을 제 명의로 돌려놓으라고 몰아세우면 자기로서는 파산선고를 할 수밖에 없다는 거예요. 반대로 일 년만 기다려주면 제 재산을 택지개발 사업에 투자해서 두 배나 세 배로 불려 돌려주겠노라고 자기 명예를 걸고 약속하겠대요. 그 사업만 끝나면 내가 그 모든 재산을 맘대로 쓰게 될 거라면서요. 사랑하는 아버지, 그는 진지했어요. 그래서 전 와락 겁이 났죠. 그는 그간의 자기 행위에 대해 용서를 구한다고, 나에게 자유를 돌려준다고, 내가 하고 싶은 대로 해도 된다고 했어요. 다만 자기가 전적으로 재량권을 가지고 내 이름으로 사업을 운영해도 절대 간섭하지 않는다는 조건을 붙여서 말이에요. 자기 말이 진심임을 입증하기 위해 그가 나를 소유주로 지정한 문서들이 적절하게 작성되었는지 확인하고 싶을 땐 언제든 데르빌 씨를 부르기로 약속한대요. 요컨대 자신은 손발이 묶인 채로 내 손아귀에 있는 셈이라는 거예요. 앞으로 이 년만 더 이런 식으로 가계 운용을 하자고, 그동안은 자기가 허용한 액수 이상 지출하지 말아달라고 간청했어요. 자기가 할 수 있는 건 오로지 우리 관계의 외양을 지금처럼 유지하는 것이라면서, 자신이 데리고 있던 무희는 이미 돌려보냈노라고 확인해주더라고요. 그리고 자기는 더이상 신용을 악화시키지 않고 금융거래 만기에 도달하기 위해 극도로 엄격한, 완전히 지독한 내핍생활에 돌입하겠노라고도 했어요. 저는 그를 끝까지 밀어붙일 목적으로, 더 많은 것을 알아낼 목적으로 일부러 어깃장을 놓기도 하고 못 믿겠다고도 하고 그랬죠. 그는 저에게 자기 장부까지 보여주다가 끝내 울음을 터뜨렸어요. 남자가 그런 상태가 된 건 이제까지 본 적이 없어요. 그는 제정신이 아니었고, 자살하겠다는 등 헛소리를 늘어놓기도 했어요. 측은한 생각이 들 정도였다니까요."

"그래서 너는 그 헛소리에 넘어갔구나." 고리오 영감이 소리쳤다. "그자는 연극배우야! 나는 사업을 하다가 독일인들을 많이 만났다. 그들 대다수는 정직하고 성실성 하나로 똘똘 뭉쳐 있는 사람들이다. 하지만 솔직하고 친절해 보이는 외면 뒤에서 그들이 교활하게 사기를 치기 시작할 땐 다른 나라 사람들보다 한술 더 뜬다고. 네 남편은 너를 갖고 노는 거야. 그자는 궁지에 몰렸다 싶으면 죽은 시늉이라도 할 자다. 자기 이름보다 너의 이름을 걸고 주인 행세를 하고 싶은 거지. 자기 사업에 도사리고 있는 온갖 불확실성을 피하려고 차명을 활용할 작정이라고. 그자는 신의도 없고, 또 그만큼 교활하기도 하다. 나쁜 놈이야. 안 되지, 안 되고말고, 난 내 딸들이 모든 것을 빼앗기게 놔둔 채 페르 라셰즈 묘지로 갈 생각이 없어. 나는 사업이 뭔지 여전히 얼마만큼은 아는 사람이다. 그자가 어떤 사업에 자금을 투자했다고? 아! 그렇다 면 그자의 이익은 유가증권이라든가 차용증이라든가 계약서 같은 것 들로 표시되겠군! 그에게 그것들을 제시하고 부부 재산권 문제를 정산 하자고 해라. 우리는 최선의 거래 방안을 선택할 것이고, 그 과정에서 모든 불확실성을 헤쳐나갈 것이고, 그리하여 마침내 델핀 고리오, 뉘싱 겐 남작과 자산을 분할한 그의 아내라는 우리의 명의로 작성된 법적 구속 력을 지닌 합의 각서를 손에 넣고 말 것이다.* 그런데 이런 우리를 그자 는 바보 취급하고 있다고? 네가 재산도 뺏기고 일용할 양식도 없는 처 지가 될 게 뻔한데 내가 이를 정도는 가만히 두고 볼 위인이라고 생각 하는 건가? 천만에, 나는 단 하루도, 아니 단 하룻밤도, 아니 단 한 시 간도 참지 못하는 사람이야! 만약 그런 짐작이 사실이라면, 난 더이상 살아갈 수 없을 거라고. 아! 뭐가 어째? 내가 이런 꼴을 보려고 인생의 사십 년을 뼈빠지게 일하고, 등에 무거운 자루를 지고 나르고, 땀을 비 오듯 흘리며 내 모든 것을 포기하고 살았단 말이냐? 다 너희를 위해서, 너희, 내 천사들을 위해서 그랬던 것인데, 그래서 내 모든 수고가, 그 모든 짐이 그나마 가벼워졌던 것인데, 오늘 나의 재산과 나의 인생이

---

* 이 부분은 고리오 영감의 착오이거나 희망사항일 뿐이다. 당시 법에 따르면 아내의 재 산권은 철저하게 남편의 후견을 받아야 한다. 아내는 자신의 재산을 남편의 동의 없이 처 분하거나 담보 잡힐 수 없는 반면, 남편은 아내의 동의 없이 아내의 재산을 쓸 수 있다고 규정되어 있었다.

연기처럼 사라질지도 모른다니! 그런 생각만으로도 광분해서 죽을 것
같구나. 하늘과 땅에 있는 더없이 거룩한 모든 것의 이름을 걸고 명명
백백히, 모든 장부와 금고와 투자사업을 철저히 밝히고 검사하자! 너
의 재산이 온전히 있다는 것을 확인하기 전까지는 잠을 자지 않을 것
이고, 자리에 눕지도 않을 것이며, 먹지도 않을 것이야. 감사하게도 넌
이미 남편과 재산분할을 했고, 유능한 데르빌 씨가 너의 소송대리인이
될 거다. 다행히 그는 정직한 사람이지. 하느님이 보우하사, 너는 너의
알토란 같은 100만 프랑 자본금을 지킬 뿐만 아니라 죽을 때까지 매년
5만 프랑의 연금도 확보할 거야. 그렇게 되지 않는다면 내가 파리 전역
에 요란하게 떠들고 다니겠다, 아무렴! 법원이 우리를 희생양으로 만
든다면, 의회건 귀족원이건 찾아가 청원할 거야. 네가 돈 문제에 관한
한 아무런 걱정이 없고 행복하다는 것을 확인하면 된다. 이제까지 그
러리라고 생각해서 내 모든 아픔이 가벼워지고 슬픔이 진정되었던 것
인데. 돈, 그것은 목숨과도 같다. 돈이면 뭐든 할 수 있다. 그 돼지 같은
알자스 놈은 대체 우리에게 무슨 수작을 부리는 거냐? 델핀, 그 짐승
같은 놈한테 반의반 푼도 양보해서는 안 된다. 그놈은 너에게 멍에를
씌운 놈이고, 너를 불행하게 만든 놈이야. 그놈이야 네가 필요하니까
그러겠지만, 우리는 몽둥이로 놈을 두들겨패서 허튼짓을 못하게 만들
어놓자. 이런 망할, 머리에서 열불이 나는구나. 뭔가 내 머릿속을 활활
불태우고 있어. 나의 델핀이 거적때기에서 자야 할 신세라니! 오! 나의
피핀! 네가 누군데! 빌어먹을! 내 장갑이 어디 있더라? 자! 가자, 가서
모든 것을 직접 봐야겠다, 장부도, 사업도, 금고도, 서신들도, 지금 당
장. 너의 재산이 위험에서 벗어났다는 걸 내 두 눈으로 똑똑히 확인해

야 안심할 수 있을 것 같구나."

"아버지! 신중히 생각하셔야 해요. 아버지께서 만약 이 일에 조금이라도 복수할 생각을 개입시켜 너무 적대적인 의도를 내비치신다면, 전 끝장이에요. 그는 아버지를 훤히 꿰고 있어요. 제가 재산에 대해 걱정하는 게 전부 아버지가 부추겨서라고 생각한다고요. 분명히 말씀드리지만, 제 재산은 지금 그의 손아귀에 있어요. 그는 그 재산을 계속 손에 쥐고 있으려 하고요. 그는 제 전 재산을 갖고 달아날 수도 있는 그런 위인이에요. 우리를 내팽개치고 말 극악무도한 자라고요! 그는 내가 자기를 고소해서 나 자신의 명예를 실추시키는 일은 하지 않으리라는 점을 잘 알아요. 그는 강하면서도 약한 사람이에요. 제가 모든 것을 곰곰이 따져보았어요. 만일 그를 막다른 골목으로 몰아붙이면, 결국 망하는 쪽은 저일 거예요."

"놈이 그 정도로 악당이란 말이야?"

"아! 맞아요, 아버지." 그녀가 의자에 쓰러지듯 몸을 던지며 울부짖었다. "저를 그런 저급한 인간과 결혼시킨 것을 두고 아버지가 크게 상심하실까봐 이제까지는 그런 말씀을 드리지 않으려 했어요! 은밀한 습성과 의식도 그렇고, 육체와 영혼도 그렇고, 모든 것이 맞아떨어져요. 끔찍하죠. 저는 그를 증오하고 경멸해요. 그래요, 저도 그 야비한 뉘싱겐이 한 말을 듣고서는 더이상 그를 존중할 수 없게 되었어요. 그가 말한 그런 음험한 사업에 뛰어들 정도이니 배려심이라고는 일절 없는 사람이겠죠. 그의 속셈을 뻔히 읽었기 때문에 전 두려운 거예요. 그런 그가, 남편이, 선뜻 내게 자유를 주겠다고 제안하다니, 그게 무슨 의미인지 아세요? 일이 잘못될 경우 자기 방패막이가 되어라, 자기를 위해 명의 대여인이 되어 법적 책임을 대신 져라, 이거죠."

"하지만 법이라는 게 있다! 그레브광장은 그런 악질 사위를 처형하라고 있는 거야." 고리오 영감이 외쳤다. "그런 놈의 목을 벨 사형집행인이 없다면 내가 직접 그놈을 단두대에서 처형하겠다."

"아니에요, 아버지, 그에게는 법이 안 통해요. 그가 완곡하고 장황하게 표현했지만, 그 요지를 간추려 그가 말한 그대로 전하면 이거예요. '나는 당신 말고는 다른 사람을 공범으로 선택할 수 없는 형편이오. 나를 방해해 모든 걸 잃고 땡전 한푼 못 챙긴 채 폭삭 망하겠소, 아니면 내가 사업을 계속하도록 가만히 내버려두겠소?' 뻔하지 않나요? 아직은 그에게 제가 필요해요. 아내로서 저의 성실성이 그를 안심시키는 거죠. 그는 내가 자기 재산은 안 건드리고 내 재산만으로 만족하리라는 사실을 잘 알아요. 불순하고 사악한 의도가 빤히 보이는 협정이지만 저로선 동의할 수밖에 없는 게, 그러지 않으면 폭삭 망하니까요. 그는 그렇게 나의 양심을 매수하고, 그 대가로 내가 나 좋을 대로 외젠의 여자가 돼도 상관하지 않겠다는 거예요. '나는 당신이 부정한 행위를 저질러도 용인하겠소, 그 대신에 당신은 내가 불쌍한 인간들을 파산으로 내모는 범죄행위를 저지르든 말든 상관하지 마시오!' 그는 이렇게 말했는데, 그 뜻이 상당히 명확하지 않나요? 그가 작전이라고 부른 사업이 어떤 건지 아세요? 자기 명의로 나대지를 산 다음 하수인들을 내세워 거기다 집을 짓는 거예요. 그 하수인들은 각종 건축업자와 공사계약을 체결하고 업자들에게는 장기어음으로 결제한 다음, 남편에게 약소한 금액을 받고 영수증을 발급하죠. 그렇게 남편은 집들의 소유주가 되고, 하수인들은 고의로 파산함으로써 사기당한 건축업자들에 대한 대금 지급 의무가 없어지는 거예요. 뉘싱겐 은행이라는 번듯한 이름이 그 불쌍한 건축업자들의 판단력을 흐리게 하는 데 쓰이는 거라고요. 제가 알기론 그래요. 제가 아는 또하나는, 뉘싱겐이 공사대금으로 거액을 지급했다는 사실을 증명해야 할 경우를 대비해 엄청난 액수에 해당하는 유가증권을 암스테르담, 런던, 나폴리, 빈 등지로 이미 빼돌려 놓았다는 거예요.* 그 증권들을 우리가 어떻게 회수할 수 있겠어요?"

외젠의 귀에 바닥에 뭔가 부딪치는 둔탁한 소리가 들렸다. 아마도 노인이 무릎을 꿇고 방바닥에 털썩 주저앉은 모양이었다.

"맙소사, 내가 너에게 무슨 짓을 한 거냐? 내 딸을 그런 비열한 놈에게 넘겼다니, 필요하다면 내 딸에게 뭐든지 요구할 놈한테! 미안하다, 얘야!" 노인이 울부짖었다.

"맞아요, 제가 이렇게 곤경에 빠진 것은 어쩌면 아버지 탓일지도 몰라요." 델핀이 말했다. "결혼할 당시 우리는 거의 철도 들지 않은 상태였어요! 우리가 세상을 알았겠어요, 사업을 알았겠어요, 남자를 알았겠어요, 관습을 알았겠어요? 아버지들이 마땅히 우리 딸들을 대신해 생각이란 걸 해야죠. 사랑하는 아버지, 아버지를 비난하는 건 전혀 아니에요. 방금 한 그 말에 대해서는 저를 용서해주세요. 제 얘긴, 그러니까 온전히 제 잘못이라는 뜻이에요. 제발요, 울지 말아요, 아빠." 그녀가 아버지의 이마에 입을 맞추며 말했다.

"너도 울지 말아라, 내 어여쁜 델핀. 눈을 들어봐라, 내가 네 눈에 입을 맞추어 눈물을 씻어주마. 자! 내가 얼른 정신을 차려 네 남편이 엉

---

* 뉘싱겐이 엄청난 금액을 빼돌리고 그것을 자신의 하수인들에게 공사대금으로 지급한 금액인 양 허위로 장부 정리를 해놓았다는 뜻이다.

킨 실타래처럼 만들어놓은 일을 해결해야겠다."

"아니에요, 제가 해결할 테니 아버지는 가만히 계세요. 그 사람을 다룰 방안이 있을 거예요. 그는 나를 사랑하니까, 그래요, 그 사람에 대한 저의 지배력을 이용해 그가 하루속히 나에게 얼마간의 자산 소유권을 넘기도록 만들겠어요. 알자스에 있는 뉘싱겐 영지를 내 명의로 되사라고 할까봐요, 그도 그곳에 애착을 느끼고 있거든요. 다만 아버지는 내일 와서 그 사람의 장부와 사업을 검토해주세요. 데르빌 씨는 상업 거래에 대해 아무것도 몰라요. 아니, 내일은 오지 마세요. 그런 일로 혈압이 오르는 건 싫거든요. 보제앙 부인이 여는 무도회가 모레인데, 거기서 아름답고 평온하게 보이게끔 공을 들여 사랑하는 외젠의 자랑거리가 되고 싶어요! 자, 그의 방이 어떤지 보러 가요."

그 순간 또 한 대의 마차가 뇌브생트즈느비에브가에 와서 멈춰 섰고, 이어서 실비에게 "아버지 위에 계시지?"라고 묻는 레스토 부인의 목소리가 계단을 통해 들렸다. 다행히 이 뜻밖의 상황이 외젠을 구해주었다. 그는 이미 침대에 황급히 몸을 던지고 자는 척 누워 있었다.

"아! 아버지, 사람들이 아나스타지에 대해 하는 말 들으셨어요?" 델핀이 언니의 목소리를 알아듣고 말했다. "아나스타지 부부 사이에도 심상치 않은 일이 생긴 것 같아요."

"대체 무슨 말이냐!" 고리오 영감이 말했다. "그렇다면 나는 끝이다. 내 이 가련한 머리로는 이중의 불행을 감당할 수 없어."

"안녕하세요, 아버지." 백작부인이 방으로 들어오며 말했다. "아! 너도 있었구나, 델핀."

레스토 부인은 동생과의 만남에 당혹스러워하는 것 같았다.

"안녕, 나지." 남작부인이 말했다. "내가 있어서 뜻밖인가보지? 나는 매일 아버지를 보러 오는데."

"언제부터?"

"언니도 나처럼 매일 와보면 알겠지."

"빈정대지 마, 델핀." 백작부인이 침통한 목소리로 말했다. "저는 지금 엄청 불행해요. 도무지 어찌할 바를 모르겠어요, 불쌍한 우리 아버지! 이번에는 진짜 가망이 없어요!"

"무슨 일이냐, 나지?" 고리오 영감이 소리쳤다. "얘야, 우리에게 다 말하렴. 언니가 창백하구나, 델핀, 자, 어서 언니를 부축하고 다정하게 대하렴, 그러면 내가 널 훨씬 많이 사랑해주마, 그럴 기력만 있다면 말이다, 얘야!"

"불쌍한 나지." 뉘싱겐 부인이 자기 언니를 자리에 앉히며 말했다. "어서 말해, 무슨 짓을 해도 다 용서할 만큼 늘 언니를 사랑할 단 두 사람이 여기 있다는 거 잘 알잖아. 가족애야말로 가장 확실한 것이지." 그녀가 언니의 코밑에 소금을 갖다대 호흡하도록 했고, 그러자 백작부인의 정신이 돌아왔다.

"이번 일로 난 죽을 것 같구나." 고리오 영감이 말했다. "자," 그가 토탄 난로를 뒤적이며 말을 이었다. "둘 다 이리 가까이 오너라. 날이 차. 그래, 무슨 일이냐, 나지? 어서 말하거라. 너 나를 죽일 셈……"

"아!" 가엾은 여인이 입을 열었다. "남편이 전부 알아버렸어요. 생각나세요, 아버지? 얼마 전 막심의 그 어음 말이에요. 아, 그게 처음이 아니었답니다. 전 이미 그의 어음을 여러 차례 막아주었어요. 1월 초였나, 드 트라유 씨가 아주 우울한 표정으로 제게 오더군요. 그는 아무

말 하지 않았지만, 사랑하는 사람의 마음을 읽기는 너무 쉽잖아요. 아주 사소한 낌새만으로도 충분하죠. 그리고 예감이라는 것도 있고요. 아무튼 그 사람은 제가 보아온 그 어느 때보다 더 사랑스러웠고, 더 정다웠어요. 저는 그를 볼수록 더 행복해졌고요. 가여운 막심! 그는 머릿속으로 내내 작별인사를 되뇌고 있었다고 말했어요. 권총으로 머리를 쏴서 자살하고 싶다고도 했어요. 저는 그가 진저리를 낼 정도로 사정하고 애원도 했어요. 그의 앞에 무릎을 꿇고 두 시간 동안이나 빌었다고요. 그러자 그가 말하길, 자기한테 10만 프랑의 빚이 있다는 거예요! 오! 아빠, 10만 프랑이라니! 저는 미칠 것 같아요. 아버진 그만한 돈이 없겠죠, 제가 이미 다 가져갔으니……"

"없지," 고리오 영감이 말했다. "내가 어디서 훔치지 않고서야 그만한 돈을 어떻게 마련할 수 있겠니. 그러나 방법이 있을 거다. 나지! 내가 마련해보마."

죽어가는 사람의 마지막 호흡처럼 불길하게 던져진 이 말, 무력해진 아버지의 심정이 토해내는 단말마와도 같은 이 말에 두 딸은 잠시 얼어붙었다. 제아무리 이기적인 존재라 할지라도, 심연에 던져진 돌처럼 가늠하기 어려운 바닥의 깊이를 알려주는 그 절망의 외침에 어찌 냉담할 수 있겠는가?

"저는 제 것이 아닌 것을 팔아서 그 돈을 마련했어요, 아버지." 백작 부인이 눈물범벅이 되어 말했다.

델핀도 울컥하여 언니의 목에 머리를 기대고 눈물지었다.

"모든 게 사실이었구나." 델핀이 언니에게 말했다.

아나스타지가 고개를 떨구자 뉘싱겐 부인은 온몸으로 그녀를 끌어안고 부드럽게 입을 맞춘 뒤, 가슴을 맞댄 채 마주보고 말했다. "여기선 누구도 언니를 탓하지 않아. 언니는 언제나 사랑받을 거야."

"나의 천사들," 고리오가 힘없는 목소리로 말했다. "너희 둘의 결합은 왜 불행으로 인해서야 가능해졌단 말이냐?"

"막심의 목숨을 구하기 위해, 다시 말해 저의 행복을 온전히 구하기 위해," 뜨겁고 감동적인 애정의 표현에 고무된 백작부인이 다시 말을 이어갔다. "전 아버지도 아는 그 고리대금업자에게, 어떤 일에도 눈 하나 깜짝하지 않는 지옥의 사신 같은 그 곱세크 씨라는 자에게 레스토 씨가 애지중지하는 가보인 다이아몬드며, 그의 패물과 저의 패물까지 가리지 않고 몽땅 들고 가서 팔아넘겼어요. 팔아넘겼다고요! 아시겠어요? 그래서 막심은 목숨을 구했어요! 하지만 정작 저는, 저는 죽은 목숨이 되었어요. 레스토가 그 모든 것을 알아버렸거든요."

"누가 알려줘서? 어떻게? 내가 그자를 죽여버리겠다!" 고리오 영감이 외쳤다.

"어제 남편이 저를 자기 방으로 부르더라고요. 그래서 갔지요…… '아나스타지,' 그가 물었어요, 심상치 않은 목소리로…… (오! 그 목소리만으로도 전 모든 것을 예감했어요.) '당신 다이아몬드는 어디 있소?' '내 방에 있지 어딨어요.' '아니야,' 그가 저를 빤히 보며 말하더군요, '그건 여기, 내 서랍장 위에 있소.' 그러고서 자기 손수건으로 덮어두었던 보석상자를 가리키는 거예요. '이것을 어디에서 가져왔는지 아시오?'* 그가 다시 물었어요. 저는 그의 앞에 무릎을 꿇었죠…… 눈물

---

* 레스토 부인이 다이아몬드를 곱세크에게 팔고, 레스토 백작이 그것을 다시 되산 연유는 '인간극'의 다른 중편 『곱세크』에 자세히 언급된다.

을 쏟으면서, 그가 보는 앞에서 내가 어떤 식으로 죽길 바라느냐고 물었어요."

"네가 그런 말을 했다니!" 고리오 영감이 외쳤다. "거룩하신 하느님의 이름으로 말하건대, 너희 둘 중 누구에게든 괴로움을 안기는 자는, 내가 살아 있는 한 그자를 서서히 고통을 주면서 불태워 죽이리라는 사실을 명심해야 할 거야! 오냐, 내가 그자를 갈가리 찢어 죽이겠다, 흡사……"

고리오 영감은 입을 다물었다. 내뱉을 말이 목구멍 속으로 잦아들었다.

"사랑하는 내 동생, 끝내 그는 죽기보다 어려운 것을 나에게 요구했단다. 하늘이시여, 이 세상 모든 여인이 내가 들었던 말을 듣지 않게 해주소서!"

"내가 그자를 없애버리겠다." 고리오 영감이 힘없이 웅얼거렸다. "그자는 목숨이 하나뿐이지만, 내게 두 번 죽어 마땅하다. 그래, 뭐라더냐?" 그가 아나스타지를 바라보며 물었다.

"아, 그게," 백작부인이 하던 말을 계속했다. "조금 뜸을 들이더니 저를 빤히 쳐다보는 거예요. '아나스타지.' 그가 말하더군요. '나는 이 모든 것을 영원히 불문에 부치겠소. 우리는 계속 함께 사는 거요, 우리에겐 자식들이 있잖소. 드 트라유 씨에게 결투를 청해 그를 죽일 생각은 없소. 내가 그를 못 맞힐 수도 있으니까. 그렇다고 결투 말고 다른 식으로 그를 없애버리면 법의 심판에 직면하겠지. 당신의 품에 안겨 있는 그를 죽이는 것*은 아이들에게 불명예를 안기는 꼴이오. 하지만 당신의 자식들도, 그들의 아버지도, 그리고 나도 죽는 일이 없도록 당신에게 두 가지 조건을 제시하겠소. 대답하시오. 당신 자식 중에 내 자식이 있소?' 저는 있다고 대답했지요. '그게 누구요?' 그가 재차 묻더군요. '우리의 장남, 에르네스트예요.' '좋소,' 그가 말하더군요. '그러면 이제부터 단 한 가지에 대해서만은 나에게 절대복종하겠다고 맹세하시오.' 저는 그러겠다고 했죠. '내가 당신에게 요구하면 언제든 당신 명의의 재산을 팔겠다는 데 서명하시오.' 그는 이렇게 말했어요."

"서명하지 마." 고리오 영감이 소리쳤다. "절대 서명해선 안 돼. 아! 아! 레스토 씨, 당신은 여자를 행복하게 해주는 것이 무엇인지 아직 모르고 있네그려. 여자는 행복을 찾아 행복이 있는 곳으로 가는 법인데, 당신은 당신의 무능력으로 여자를 벌주는 건가?⋯⋯ 알겠다, 이제 그만해라! 그자는 인생행로에서 언젠가 이런 내 말을 떠올리게 될 거다. 나지! 진정해라. 아, 그자가 제 상속인에게 집착한다 이거지! 좋다, 좋아. 내가 그자의 아들을 빼앗아오지. 그 아이는, 빌어먹을, 내 손자이기도 하니까. 내가 내 새끼를 만나겠다는데 누가 뭐래? 그 아이를 내가 아는 시골로 데려가 거기서 보살피겠다. 그러니 진정해. 내가 그자의, 그 괴물 같은 놈의 항복을 받아낼 거다. 이렇게 선언하는 거지. 우리 둘이 붙자! 네가 네 아들을 원한다면, 내 딸에게서 뺏어간 재산을 돌려

---

* 1804년 제정된 나폴레옹법전은 왕정복고 시기에도 크게 변함이 없이 이어졌는데, 당시 법에 따르면 남편은 아내의 간통을 적발했을 경우 아내를 교화소에 보내 석 달에서 이 년까지 구금할 수 있었으며, 특히 부부의 거처에서 아내가 정부와 간통했을 경우 아내나 아내의 정부를 그 자리에서 죽여도 면소 처분을 받았다. 반면, 남편은 자신의 정부를 집 안에 끌어들였을 때만 간통 혐의를 받았고, 그 경우에도 100에서 2000프랑의 벌금만 내면 되었다. 그런 사정이 있어서 당시 파리에 독신자 숙소(고리오 영감이 자기 딸 델핀과 라스티냐크를 위해 마련해준 다르투아가의 아파트)가 번성했던 것이다.

줘, 그리고 내 딸이 자기 마음대로 살게 두고 건드리지 마."

"아버지!"

"그럼, 네 아비고말고! 아! 나는 진정한 아버지야. 제아무리 대단한 영주라 해도 내 딸들을 함부로 대하진 못해. 제기랄! 내 혈관에서 흐르는 것이 무엇인지 모르겠군. 피라면, 그건 호랑이의 피일 거야. 난 두 사위 놈을 잡아먹고 싶은 심정이다. 오, 내 자식들! 그러면 너희 목숨은 무사하겠지? 하지만 그건 내 죽음의 대가일 거다. 내가 이 세상에서 사라지고 없으면 너희는 과연 어떻게 될까? 그래서 아버지라는 존재는 자식들이 살아 있는 한 죽지 말아야 하거늘. 하느님 아버지, 당신이 만든 세상은 왜 이리 엉망진창이란 말입니까! 사람들 말마따나 당신에게도 외아들이 있지 않습니까. 그렇다면 우리가 자식들 일로 고통받지 않도록 해주셔야 하는 것 아닙니까. 나의 소중한 천사들아, 이게 뭐냐! 너희가 고통스러워야만 내가 너희 모습을 볼 수 있다니. 너희는 내게 너희 눈물만 보여주는구나. 아, 그래도 괜찮다, 너희는 나를 사랑하니까, 내가 잘 알지. 오너라, 이리 와서 마음껏 슬퍼하렴! 내 가슴은 한없이 넓어 모든 것을 다 받아들일 수 있단다. 그래 좋다, 너희가 내 가슴을 갈기갈기 찢어놓아도 상관없어. 그렇게 찢긴 누더기 조각들이 이어져 다시 아버지의 가슴을 만들어내지. 너희의 고통을 내가 거두어주고, 너희 대신 내가 괴로움을 당하고 싶구나. 아! 어렸을 때 너희는 정말 행복했었는데……"

"우리에겐 그때밖에 좋은 시절이 없어요." 델핀이 말했다. "널찍한 다락방에 쌓인 밀가루 자루 위에서 굴러떨어지며 놀던 그 시절은 다 어디로 갔을까요."

"아버지, 그게 다가 아니에요." 아나스타지가 고리오의 귀에 대고 말하자 그는 펄쩍 뛰었다. "다이아몬드는 10만 프랑에 팔리지 않았어요. 그래서 막심은 기소되었죠. 그 사람과 나, 우리는 1만 2000프랑을 더 갚아야 해요. 그 사람은 앞으로는 얌전히 살겠다고, 다시는 도박을 하지 않겠다고 저와 약속했어요. 이 세상에서 제게 남은 것이라곤 그 사람의 사랑밖에 없어요. 그리고 그 사람 빚을 갚아주느라 너무 출혈이 컸기에, 만일 그 사람이 제 곁을 떠난다면 전 죽을 수밖에 없어요. 저는 그 사람을 위해 재산도, 명예도, 안식도, 아이들도 다 버렸답니다. 오! 적어도 막심이 자유로워지고 명예를 회복할 수 있게만 해주세요, 그가 앞으로 자기 경력을 쌓아갈 세계에 머물 수 있게만요. 지금 그 사람에게 제 행복만 달린 것이 아니에요. 그 사람과 저 사이엔 재산 한푼 물려받지 못할지도 모르는 자식들이 있어요. 그 사람이 생트펠라지 감옥*에 갇힌다면 모든 것이 끝장이에요."

"나에겐 그만한 돈이 없다, 나지. 이젠 한푼도 안 남았어, 한푼도! 말세로구나. 오! 틀림없이 세상이 곧 망하려나보다. 이제 다들 그만 가보거라, 여기서 나가란 말이다! 아! 내가 쓰던 은제 버클 여섯 개와 식기 여섯 벌이 아직 있구나. 내가 살면서 처음으로 마련했던 것들이다. 그것들과 연 1200프랑의 종신연금밖에 내게 남은 거라곤 없다……"

"갖고 계셨던 영구연금에 묻어둔 돈은 어떻게 하셨길래요?"

"내 생활비를 위해 그 쥐꼬리만한 연금 수익만 남기고 다 팔아버렸다. 피핀에게 독신자아파트를 하나 마련해주느라 1만 2000프랑이 필

---

* 당시 파리 시내에 있던 여러 감옥 중 하나로, 주로 채무자들을 가두었다.

요했거든."

"너한테, 델핀?" 레스토 부인이 동생에게 물었다.

"오! 어디에 썼건 그게 뭐가 문제냐?" 고리오 영감이 말을 이었다. "아무튼 1만 2000프랑은 쓰고 없다."

"어떻게 된 건지 알겠네요." 백작부인이 말했다. "라스티냐크 씨를 위해서군요. 아! 불쌍한 델핀, 당장 그만둬. 내 꼴이 어떤지 안 보이니?"

"언니, 라스티냐크 씨는 자기 애인을 파탄지경으로 내몰려야 내몰 수 없는 젊은이야."

"퍽이나 감사한 일이구나, 델핀. 내가 위기에 처하면 네가 날 더 잘 보살펴주리라 기대했어. 하지만 넌 나를 한 번도 사랑한 적이 없지."

"아니다, 나지, 얘는 너를 사랑한단다." 고리오 영감이 소리쳤다. "조금 전 나에게 말했어. 우리는 네 이야기를 하고 있었는데, 얘는 네가 아름답다고, 그런데 자기는 그냥 예쁘장하기만 할 뿐이라고 하더구나. 얘가 말이다."

"얘가요!" 백작부인이 따라 말했다. "얘는 차가운 아름다움을 지녔죠."

"내가 그랬다면," 델핀이 얼굴을 붉히며 대꾸했다. "언니는 어떤데? 그동안 어떻게 나한테 그럴 수 있었지? 언니는 나를 부인했잖아. 그리고 내가 가고 싶어하는 귀족들의 집마다 내 접근을 모조리 차단했지. 한마디로, 나에게 고통을 주는 일이라면 조금의 여지가 보여도 절대 놓치지 않았어. 내가 언니처럼 이 불쌍한 아버지한테 1000프랑, 1000프랑씩 야금야금 돈을 뜯어내기 위해 왔어? 내가 언니처럼 아버지를 이

지경으로 만들었어? 이게 다 언니가 자초한 일이잖아. 난 내가 할 수 있는 한 아버지를 만났어, 언니처럼 아버지를 문전박대하지 않았고, 아버지가 필요할 때만 아버지의 손을 핥기 위해 오지도 않았어. 나는 아버지가 나를 위해 그 돈 1만 2000프랑을 썼는지도 몰랐어. 나는 경우가 바른 사람이야! 언니도 알잖아. 게다가 아빠가 나에게 선물을 줄 때 말인데, 내가 그 선물을 달라고 간청한 적은 단 한 번도 없어."

"너는 나보다 더 행복했잖아. 드 마르세 씨는 부자였고, 너도 그 점을 어느 정도 알았지. 넌 늘 황금처럼 비싸게 굴었어. 다시는 보지 말자, 난 이제 동생도 없고, 또……"

"닥쳐라, 나지!" 고리오 영감이 소리쳤다.

"세상 아무도 믿지 않는 말을 줄기차게 되풀이할 수 있는 사람은 언니밖에 없을 거야, 언닌 괴물이야." 델핀이 쏘아붙였다.

"얘들아, 얘들아, 입 다물어라, 안 그러면 난 너희 보는 앞에서 죽어 버릴 거다."

"가, 나지, 언닐 용서할게." 뉘싱겐 부인이 멈추지 않고 말했다. "언닌 참 안됐어. 어쨌든 내가 언니보다야 낫지. 언니를 돕는 일이라면 못할 것이 없겠다고 생각하던 차에, 심지어는 내 남편 방에 들어가 사정할 수도 있겠다고 생각하던 차에, 남편에게 사정하는 일은 내가 나 자신을 위해서도, 그 누구를 위해서도 안 하고 싶은 끔찍한 일인데, 그런데 나한테 그런 말을 하다니…… 그래, 이건 언니가 나한테 구 년 전부터 행한 온갖 못된 짓에 대해 치르는 죗값이야."

"얘들아, 얘들아, 서로 화해의 입맞춤을 하여라!" 아버지가 말했다. "너희 둘은 천사잖니."

"아니에요, 이거 놓으세요." 고리오에게 팔을 잡힌 백작부인이 아버지의 포옹을 뿌리치며 소리쳤다. "얘는 내 남편보다도 내게 무정해요. 이런 애가 무슨 여성이 갖추어야 할 모든 미덕의 표상이에요, 당치도 않죠!"

"나 같으면 드 트라유 씨를 붙잡느라 20만 프랑을 쏟아부었다고 실토하느니 차라리 드 마르세 씨에게 돈을 받은 여자로 통하는 편이 백배 천배 더 낫다 여겼을 거야." 뉘싱겐 부인이 쏘아붙였다.

"델핀!" 백작부인이 그녀에게 한 걸음 다가서며 소리쳤다.

"언니는 나에 대한 험담이나 늘어놓지만, 난 언니한테 진실을 말하는 거야." 남작부인이 다시 싸늘하게 쏘아붙였다.

"델핀! 너 정말……"

고리오 영감이 달려들어 백작부인을 붙잡고 손으로 그녀의 입을 막아 더는 말을 못하게 했다.

"세상에, 아버지, 오늘 아침 손으로 대체 무얼 만졌던 거예요?" 아나스타지가 말했다.

"아! 그렇지, 내가 잘못했다." 불쌍한 아버지가 자기 바지에 두 손을 문지르며 말했다. "너희가 올 줄 몰라서. 이사 준비중이거든."

그로서는 이렇게 딸의 분노가 자기 쪽으로 향하게 되어 다행스러울 뿐이었다.

"아!" 그가 자리에 앉으며 말을 이었다. "너희 때문에 가슴이 미어지는구나. 난 죽을 거 같다, 얘들아! 머릿속에 불이 난 것처럼 뜨거워. 제발 둘 다 진정하고, 서로 사랑하려무나! 너희는 나를 죽일 참이냐? 델핀, 나지, 자, 너희 둘 다 옳기도 하고 틀리기도 해. 보자, 데델," 그가 눈물이 그렁그렁한 눈으로 남작부인을 바라보며 말을 이었다. "언니에게 1만 2000프랑이 필요하단다. 그 돈을 마련할 방도를 찾아보자. 서로 그렇게들 노려보지 마라." 그가 델핀 앞에 무릎을 꿇었다. "나를 봐서라도 언니에게 사과하렴." 그러곤 델핀의 귀에 대고 속삭였다. "언니가 더 불행하잖니, 응?"

"불쌍한 나지 언니," 극심한 고통으로 인해 광인처럼 험상궂게 일그러진 아버지의 얼굴을 보고 델핀이 소스라치게 놀라 입을 열었다. "내가 잘못했어, 내 입맞춤을 받아줘……"

"아! 너희가 상처 난 내 가슴에 향유를 발라주는구나." 고리오 영감이 기뻐하며 외쳤다. "그런데 1만 2000프랑은 어디서 구한다니? 내가 돈을 받고 대리 복무자 자리*라도 지원해야 할까?"

"아! 아버지!" 두 딸이 아버지를 에워싸며 말했다. "안 돼요, 안 돼."

"그런 생각을 하신 것만으로도 하느님께서 아버지께 보상을 내리실 거예요. 우리 목숨으로도 아버지의 그런 뜻을 다 갚지 못할 거예요! 그렇지 않아, 나지 언니?" 델핀이 말했다.

"근데, 불쌍한 아버지, 그래봐야 그 돈은 메마른 땅에 떨어지는 물 한 방울에 지나지 않아요." 백작부인이 입바른 소리를 하고 나섰다.

"피를 바쳐도 아무것도 할 수 없단 말이냐?" 절망한 노인이 부르짖었다. "널 구해줄 사람에겐 내 몸을 바칠 텐데, 나지! 그 사람이 시키면 살인도 하겠다. 나도 보트랭처럼 하고 도형장에 가겠다! 나는……" 그가 벼락을 맞은 양 돌연 말을 멈추었다. "도무지 방도가 안 보이는구

---

* 당시 징병제도는 추첨제였다. 징집 번호표를 뽑은 청년은 일정한 금액을 대리 복무 지원자에게 주고 합법적으로 병역을 면제받을 수 있었다.

나!" 그는 자기 머리카락을 쥐어뜯었다. "어딜 가야 도둑질을 할 수 있는지 알기라도 했으면, 하지만 어떤 걸 도둑질해야 하는지 찾는 일이 더 어렵겠군. 게다가 은행이라도 털려면 사람도 필요하고 시간도 필요할 테니. 아, 나는 죽어야 해, 죽는 수밖에 없다고. 그래, 난 이제 아무 쓸모도 없구나, 더는 아버지 자격이 없구나! 내 딸이 나에게 부탁하는데, 내 딸이 필요하다는데! 그런데 나는, 비참한 나는 아무것도 가진 게 없다니. 아! 너란 작자는 너 쓴다고 종신연금이나 들었지, 빌어먹을 늙은이, 딸들이 뻔히 있었는데! 그러니까 너란 작자는 딸들을 사랑하지 않는다는 거잖아? 나가 죽어라, 너 같은 개는 나가 죽어야 해! 맞다, 나는 개만도 못해, 개도 그렇게 처신하진 않을 거다! 오! 내 머리가 어떻게 된 거냐! 머리가 펄펄 끓어오르는구나!"

"왜 그래요, 아빠!" 그가 자기 머리를 벽에 찧으려 하자 두 젊은 여인이 그를 에워싸고 소리쳤다. "정신 차리세요."

그는 흐느껴 울었다. 외젠은 화들짝 놀라 보트랭이 발행한 어음을 꺼내들었다. 어음의 액수를 적고 인지를 붙인 난에는 문제의 금액보다 더 큰 액수가 적혀 있었다. 그는 숫자를 고쳐쓰고 수취인 난에 고리오를 적어넣어 정액 1만 2000프랑짜리 어음으로 만든 다음 고리오 영감의 방으로 들어갔다.

"여기 당신에게 필요한 액수 전액이 있습니다, 부인." 그가 어음을 내밀며 말했다. "저는 자고 있었는데, 여러분의 대화가 저를 깨웠어요. 그러다 제가 고리오 씨에게 진 빚이 있다는 생각이 떠올랐죠. 이건 부인이 거래해도 되는 증서입니다. 제가 이 증서의 금액을 성실히 변제하겠습니다."

백작부인은 얼어붙은 상태로 그 증서를 받았다.

"델핀," 그녀가 파리한 낯빛으로 흥분과 분노와 경악에 몸을 떨었다. "난 너를 다 용서했어, 하느님이 아실 거야. 그런데 이런 식이라니! 어떻게 이럴 수 있어, 이 사람이 방에 있었고, 너는 그 사실을 알고 있었잖아! 나한테 복수하려고 저 사람이 듣고 있는 줄 알면서도 내 비밀을 모두 털어놓게 하다니. 나의 삶, 내 아이들의 삶, 나의 치부, 나의 명예 모두를! 꺼져버려! 넌 이제 나한테 아무것도 아니야, 난 널 증오해, 너를 망가뜨릴 수 있는 일이라면 뭐든 하겠어, 난……" 치밀어오르는 분노로 그녀는 목이 메고 말이 꺾였다.

"그렇지만 이 친구는 내 아들이고, 우리 혈육이며, 너의 형제, 너의 구세주잖니." 고리오 영감이 외쳤다. "이 사람에게 입을 맞추어라, 나지! 자, 나도 입을 맞추련다." 그가 외젠을 보란듯 열렬히 껴안으며 말을 이었다. "오! 내 아들! 나는 자네에게 아버지 이상의 존재가 되겠어, 자네와 일가를 이룰 생각이네. 내가 하느님이 되어 자네 발 앞에 지구를 통째로 던져주면 좋으련만. 뭐하고 있니, 나지? 이 친구에게 와서 입을 맞추라니까. 이 친구는 인간이 아니야. 천사지. 진정한 천사이고말고."

"언니를 그냥 내버려두세요, 아버지. 언니는 지금 제정신이 아니에요." 델핀이 말했다.

"제정신이 아니라고! 제정신이 아니라니! 그런 너는 어떻고?" 레스토 부인이 반박했다.

"얘들아, 너희가 계속 이러면 난 죽는다." 노인이 마치 총이라도 맞은 사람처럼 침대로 털썩 쓰러지며 부르짖었다. "얘들이 기어이 나를 죽이려 드는구나!" 그가 중얼거렸다.

백작부인이 외젠에게 눈길을 돌렸다. 외젠은 이 난폭한 광경에 어안이 병병해져 우두커니 서 있었다. "이보세요." 그녀의 동작이며 목소리며 시선에서 추궁하는 기색이 노골적으로 드러났다. 델핀이 황급히 고리오 영감의 조끼 단추를 풀고 있는 상황인데도 아버지의 상태는 아랑곳없는 듯했다.

"부인, 나는 그 어음을 결제할 것이고, 이 일에 대해서는 일체 함구할 생각입니다." 그가 백작부인의 질문을 더 기다리지 않고 대답했다.

"네가 아버지를 죽였어, 나지!" 델핀이 혼절한 아버지를 가리키며 달아나듯 나가버리는 언니를 향해 소리쳤다.

"나는 나지를 용서한다, 용서하고말고." 노인이 눈을 뜨며 말했다. "너무나 심각한 상황에 처해 있잖니. 정신이 멀쩡한 사람도 제대로 버티기 힘들 거다. 나지를 위로하고 따뜻하게 대해주렴. 다 죽어가는 이 불쌍한 아비에게 그러겠다고 약속해다오." 노인이 델핀의 손을 꼭 잡고 당부했다.

"왜 그러세요, 어디가 안 좋으세요?" 델핀이 놀라 물었다.

"아니다, 아무것도 아니야." 아버지가 대답했다. "금방 괜찮아질 거다. 이마가 지끈거리는구나, 편두통인가보다. 불쌍한 나지, 앞날이 어찌 될는지!"

그때 백작부인이 다시 들어오더니 아버지 앞으로 달려와 쓰러졌다. "용서해주세요." 그녀가 울부짖었다.

"이러지 마라." 고리오 영감이 말했다. "네가 이러면 내 마음이 더 아프잖니."

"미안해요." 백작부인이 라스티냐크 쪽으로 몸을 돌려 눈물이 그렁그렁해서는 말을 이었다. "조금 전엔 너무 괴로운 나머지 해서는 안 되는 행동을 했어요. 당신, 나의 형제가 되어줄 거죠?" 그녀가 그에게 손을 내밀며 물었다.

"나지," 델핀이 그녀를 끌어안았다. "사랑하는 나지, 다 잊어버리기로 해."

"아니야!" 아나스타지가 말했다. "난 내 잘못을 영원히 기억할 거야, 그래야 해!"

"나의 천사들," 고리오 영감이 외쳤다. "너희가 내 눈을 덮은 캄캄한 장막을 치워주는구나. 너희의 다정한 목소리를 들으니 힘이 난다. 그래, 그렇게 다시 한번 서로 안아주고 입맞춤하렴. 아! 나지, 그래, 그 어음이면 네 일이 잘 수습될 수 있는 거냐?"

"그러길 바라야죠. 그런데 아빠, 여기에 서명을 해주시겠어요?"

"이런, 그걸 잊다니 내가 바보로구나! 아까는 아파서 정신이 없었어, 나지, 날 탓하지 마라. 네가 곤경에서 벗어나면 벗어났다고 내게 사람을 보내 알려주려무나. 아니, 내가 가마. 아니, 가지 않겠다. 내가 네 남편을 다시는 보지 않는 게 좋을 거야. 보면 그 자리에서 죽여버릴 것 같거든. 재산을 네 단독 명의로 변경할 때는 가보마. 자, 이제 어서 가라, 애야. 막심에게서 앞으로는 현명하게 처신하겠다는 다짐을 받도록 해."

외젠은 어이가 없었다.

"불쌍한 아나스타지는 하는 짓이 늘 거칠었어요." 뉘싱겐 부인이 말했다. "하지만 속마음은 착하죠."

"그녀는 아버지에게 배서인背書人 서명을 받기 위해 다시 온 거예요." 외젠이 델핀의 귀에 대고 작게 말했다.

"그렇게 생각해요?"

"그렇지 않다고 생각하고 싶지만, 그녀를 믿지 마세요." 그가 감히 입 밖으로 낼 수 없는 생각을 하느님께 고백하는 양 위를 쳐다보며 말했다.

"알았어요, 언니는 늘 조금은 연극배우 같았죠. 아버지는 그 연기에 매번 속아넘어가고요."

"좀 어떠세요, 너그러우신 고리오 영감님?" 라스티냐크가 노인에게 물었다.

"자고 싶군." 노인이 대답했다.

외젠은 고리오를 부축해 자리에 눕혔다. 이윽고 노인이 잠들자 델핀은 노인의 손에 꼭 쥐여 있던 자기 손을 살그머니 뺐다.

"오늘밤 이탈리아극장에서 만나요." 그녀가 외젠에게 말했다. "아버지 상태가 어떤지 그때 내게 말해줘요. 내일이면 이사하네요. 당신 방에 한번 가봐요. 오! 이게 뭐예요!" 그녀가 그의 방에 들어서며 말을 이었다. "아버지 방도 그렇지만 당신 방은 더 형편없었군요. 외젠, 아까의 행동은 아주 훌륭했어요. 내 온 마음을 다해, 아니 그 이상으로 당신을 사랑해요. 하지만, 사랑하는 당신, 성공하고 싶다면 아까처럼 1만 2000프랑을 창밖으로 내던져버리는 짓을 해서는 안 돼요. 드 트라유 백작은 노름꾼이라고요. 언니는 그걸 애써 외면하고 싶은 거예요. 그는 순식간에 거금을 잃거나 딸 수 있는 도박판을 찾아가 그 1만 2000프랑을 구하려던 참이었을 거예요."

고리오의 신음이 들려오는 바람에 그들은 다시 노인의 방으로 돌아갔다. 두 연인이 방에 들어섰을 때 고리오는 여전히 잠든 모습이었지만 가까이 다가가자 이런 말이 들렸다. "걔들은 행복하지 않구나!" 잠꼬대로 하는 말이건 깨어서 하는 말이건, 그 어조가 딸의 가슴에 너무도 사무치게 다가왔기에, 그녀는 아버지가 누워 있는 초라한 침대로 다가가 그의 이마에 입을 맞추었다. 그가 눈을 뜨며 말했다. "델핀이로구나!"

"아! 좀 어때요?" 그녀가 물었다.

"괜찮다." 그가 답했다. "걱정하지 마라, 금방 일어날 테니. 자, 어서 가거라, 얘들아, 행복하게 지내거라."

외젠은 델핀을 집까지 바래다주었다. 그러나 홀로 남겨두고 온 고리오의 상태가 걱정되어 함께 저녁식사를 하자는 제안을 사양하고 메종 보케르로 돌아왔다. 고리오 영감이 엉거주춤 서서 식탁에 앉을 채비를 하고 있었다. 비앙숑이 제면업자의 얼굴을 자세히 살펴볼 요량으로 자세를 고쳐 앉았다. 노인이 빵을 집어들고 원료인 밀가루의 품질을 판단하기 위해 냄새를 맡는 모습을 유심히 지켜보던 의과대학생은 그 기계적인 동작에서 행동 의식이라고 명명할 만한 모습이 전혀 관찰되지 않자 불길하다고 느끼는 듯한 몸짓을 지어 보였다.

"코솅병원의 인턴 선생, 이리 좀 와봐." 외젠이 말했다.

비앙숑은 늙은 하숙인을 가까이서 살펴보려던 참이었기에 더욱 기꺼워하며 자리를 옮겼다.

"노인 상태가 어때 보여?" 라스티냐크가 물었다.

"내가 잘못 보지 않았다면 기력이 완전히 소진된 것 같아! 뭔가 특별한 충격을 받은 게 틀림없어. 보아하니 대뇌의 지주막하출혈이 일어나기 직전인 모양인데. 얼굴 아랫부분은 가만히 있는데 윗부분이 본인도 모르게 이마 쪽으로 일그러지고 있는 걸 보라고! 그리고 두 눈은 뇌막에서 일어나는 혈청 삼출을 드러내는 특유의 징후를 보이지. 왜, 두눈 가득 미세한 먼지가 차 있는 것 같다고들 하는 현상 말이야. 내일 아침이면 더 분명하게 알 수 있을 거야."

"치료 방법이 있을까?"

"전혀 없어. 다만 사지 말단, 특히 다리 쪽에 자극을 일으킬 방도를 찾아내면 죽음을 지연시킬 수는 있을 거야. 하지만 내일 밤까지도 징후가 멈추지 않는다면 저 불쌍한 노인네는 가망이 없어. 어떤 일이 있었길래 저런 병이 생겼는지 넌 알아? 어떤 극심한 충격을 받고 그의 의식이 급격히 무너진 게 틀림없어."

"그래, 알지." 두 딸이 쉴 틈도 주지 않고 아버지의 심장을 강타한 사실을 떠올리며 라스티냐크가 말했다.

'그러나 적어도,' 외젠은 속으로 생각했다. '델핀은 자기 아버지를 사랑한다, 그녀만은!'

그날 밤 이탈리아극장에서 라스티냐크는 뉘싱겐 부인을 너무 놀라게 하지 않으려고 얼마간 주의를 기울였다.

"걱정하지 말아요." 외젠이 첫마디를 꺼내자마자 그녀가 대답했다. "아버지는 워낙 강인한 분이거든요. 오늘 아침엔 언니와 내가 그분에게 충격을 좀 주었지만요. 우리 재산이 걸려 있잖아요. 그 불행의 크기가 얼마나 되는지 알아요? 당신의 애정이 있어서 둔감해질 수 있었지, 그게 아니었다면 내가 한때 치명적인 고통이라 여겼던 그 모든 일로 인해 난 살 수 없었을 거예요. 지금은 내게 단 하나의 두려움만이, 단 하나의 불행만이 있으니, 그건 나에게 삶의 희열을 느끼게 해준 그 사랑을 잃지나 않을까 하는 두려움이에요. 내가 느끼는 그 희열감이 아닌 다른 모든 것에 대해 난 아무 관심도 없어요. 이제 세상 그 어떤 것도 사랑하지 않아요. 내겐 당신이 전부예요. 내가 돈이 많아 행복하다면, 그건 돈으로써 당신을 흡족하게 해줄 수 있기 때문이에요. 나는, 부끄러운 이야기지만, 딸이기에 앞서 당신을 사랑하는 연인이에요. 왜냐고요? 나도 몰라요. 내 삶은 전부 당신에게 있어요. 아버지는 내게 심장을 주었지만, 당신은 그 심장을 고동치게 해주었어요. 온 세상이 날 비난해도 좋아요, 무슨 상관이에요! 당신이, 날 원망할 권리가 없는 당신이, 거역할 수 없는 사랑의 감정으로 저지른 나의 죄과를 사해 줄 텐데요. 내가 천륜을 저버린 딸로 보이나요? 오, 아니에요, 우리 아버지같이 좋은 아버지를 사랑하지 않는다는 건 있을 수 없는 일이죠. 우리의 통탄할 결혼의 필연적인 귀결이라 할 수밖에 없는 그 고초들을 아버지가 겪지 않게끔 막을 방도가 내게 있었을까요? 아버지는 왜 우리의 결혼을 막지 않았을까요? 우리를 대신해 사려 깊게 따지는 일이 바로 아버지가 해야 했던 일 아닌가요? 지금 나는 아버지의 심정을 알아요. 아버지는 우리만큼 고통을 겪고 계시죠. 하지만 그에 대해 우리가 뭘 할 수 있었겠어요? 아버지를 위로한다고요! 우리는 어떻게 해도 아버지를 위로할 수 없어요. 우리가 포기하고 체념하면, 우리의 비난과 우리의 불평이 아버지에게 일으킬 아픔보다 더 많은 고통을 아버지에게 안겨주곤 했어요. 인생에는 모든 게 쓰디쓴 고통뿐인 상황이 있는 법이에요."

외젠은 진솔한 감정의 꾸밈없는 표출이 일으키는 따뜻한 감동에 사로잡혀 아무 말 없이 듣고만 있었다. 파리의 여인들이 종종 가식적이고, 허영에 도취하고, 자기만 알고, 경박하게 교태를 부리고, 매몰찬 것은 사실이나, 진짜 사랑에 빠졌을 때는 정념에 사로잡힌 다른 어떤 여자들보다 사랑을 위해 여타의 감정을 더 많이 포기하는 것 또한 사실이다. 파리의 여인들은 그들이 지닌 왜소함을 이겨내고 위대하게 성장하며 끝내 숭고해진다. 외젠은 여자가 특별한 애정에 빠져 지극히 자연스러운 다른 감정들에서는 벗어나 거리를 두게 되었을 때 그 보통의 감정들을 냉철하게 판단하기 위해 발휘하는 심오한 통찰력과 적확한 분별력에 충격을 받고 할말을 잊은 상태였다. 뉘싱겐 부인은 외젠이 계속 침묵을 지키자 기분이 언짢아졌다.

"대체 무슨 생각을 그렇게 하는 거예요?" 그녀가 물었다.

"당신이 나에게 한 말을 아직도 곱씹고 있어요. 지금까지 나를 향한 당신의 사랑보다 당신을 향한 나의 사랑이 더 크다고 생각했거든요."

뉘싱겐 부인은 미소를 짓더니 대화가 예법에 따라 정해진 테두리를 벗어나지 않게끔 자신이 느꼈던 희열감을 억누르며 마음을 다잡았다. 젊고 진지한 사랑에서 나오는 그런 가슴 떨리는 표현을 그녀는 이제까지 들어본 적이 없었다. 몇 마디만 더 나누었다가는 도저히 참을 수 없을 것 같았다.

"외젠," 그녀가 화제를 바꾸어 말했다. "당신은 지금 무슨 일이 벌어지고 있는지 모르나요? 파리 전체가 내일 보제앙 부인 댁에 모일 거예요. 로슈피드 집안과 다주다 후작은 어떤 사실도 누설하지 않기로 합의를 보았대요. 국왕이 내일 그 결혼계약에 서명할 거래요. 당신의 불쌍한 사촌은 아직 아무것도 모르고 있다네요. 그 사실을 알더라도 무도회를 열지 않을 수 없을 테고요. 열더라도 후작은 그녀의 무도회에 오지 않을 거래요. 다들 온통 그 이야기뿐이에요."

"게다가 사람들은 그 치욕적인 추문을 은근히 고소해하며 거기에 푹 빠져 있고요! 보제앙 부인이 그 일 때문에 죽을지도 모른다는 생각은 안 드나요?"

"안 들어요." 델핀은 미소를 지었다. "당신은 그런 여자들을 잘 모르는군요. 아무튼 파리 전체가 그 댁에 모일 거예요. 나도 그 자리에 있을 거고요! 이 행복은 다 당신 덕분이에요."

"그런데," 라스티냐크가 말했다. "그 소문도 사람들이 아무렇게나 지어내 파리에 퍼뜨리는 숱한 소문처럼 허무맹랑한 것 아닐까요?"

"내일 진실이 밝혀지겠죠."

그날 밤 외젠은 메종 보케르로 돌아가지 않았다. 자신의 새 거처에서 누릴 희열을 도저히 뿌리칠 수 없었던 것이다. 전날 밤에는 자정을 넘겨 새벽 한시에 델핀을 남겨둔 채 떠날 수밖에 없는 처지였지만, 이번에는 델핀이 집으로 돌아가야 해서 새벽 두시경 그를 남겨두고 떠났다. 그는 그곳에서 꽤 늦은 시간까지 잠을 잤고, 정오 무렵 뉘싱겐 부인이 그와 함께 식사를 하러 다시 올 때까지 기다렸다. 젊은 남녀는 단둘이 누리는 살가운 행복감에 탐닉하느라 고리오 영감을 거의 까맣게 잊었다. 이제 자신의 것이 된 그 기품 있고 세련된 물건들 하나하나에 정을 붙이는 일이 외젠에게는 끝날 줄 모르는 축제 같았다. 게다가 뉘싱겐 부인이 함께 있어 그 모든 것에 전에 없는 새로운 가치를 부여했다. 그러다 오후 네시경에야, 두 연인은 고리오 영감이 이곳에 들어와 살게 되었다는 기대감으로 행복해하던 모습을 떠올리곤 그가 혼자 있다는 사실을 생각해냈다. 외젠은 노인이 분명히 아파 누워 있을 테니 얼른 이리로 옮겨와야 한다고 말한 뒤 델핀과 헤어져 메종 보케르로 달려갔다. 고리오 영감도 비앙숑도 식탁에 없었다.

"아!" 화가가 그에게 말했다. "고리오 영감은 영 못쓰게 되었소. 비앙숑이 위에서 그를 돌보고 있지. 노인네가 자기 딸 중 하나를 만났나 보오, 레스토라마 백작부인이라나 뭐라나. 그러고 나서 외출을 하려다가 그만 병세가 악화한 거지. 이 사회는 조만간 아름다운 장식물 하나를 잃게 생겼소."

라스티냐크는 계단으로 달려갔다.

"이봐요, 외젠 씨!"

"외젠 씨! 주인마님이 부르잖아요." 실비가 소리쳤다.

"이봐요." 보케르 부인이 그에게 말했다. "고리오 씨와 당신은 원래 2월 15일에 방을 빼기로 했잖우. 그런데 벌써 15일 하고도 사흘이 지났소, 오늘이 18일이니까. 당신도 그렇고 저 사람도 그렇고, 한 달 치 하숙비를 먼저 내야 할 거요. 하지만 당신이 고리오 영감의 보증을 선다면, 일단 그 말로 갈음해주지."

"왜죠? 신뢰가 안 가나요?"

"신뢰라! 만약 저 노인네가 정신을 잃고 죽어버리면 그의 딸들은 한 푼도 안 내놓을 텐데, 게다가 노인네의 유품이라 해봐야 10프랑도 안 나갈 테고. 오늘 아침엔 마지막 남은 은식기 세트를 챙겨 나가더구먼. 그걸로 무엇을 하려고 그랬는지는 모르겠지만. 젊은이처럼 차려입었더라고요. 어이없게도 나는 그 노인네가 루주를 바른 줄 알았다니까.

아주 회춘한 듯 보여서 말이지."

"내가 다 책임지죠." 외젠이 그 추악한 언사에 치를 떠는 한편 자신을 기다리는 파국을 두려워하며 대꾸했다.

그는 고리오 영감의 방으로 올라갔다. 노인은 침대에 누워 있었고, 비앙숑이 그의 옆을 지키고 있었다.

"괜찮으신가요. 영감님." 외젠이 노인에게 말했다.

노인이 온화한 미소를 지어 보이곤 외젠 쪽으로 뿌옇게 흐린 눈을 돌리며 대답했다. "그 아이는 잘 있는가?"

"잘 있어요. 영감님은요?"

"견딜 만하네."

"노인에게 말을 시켜 힘들게 만들지 마." 비앙숑이 외젠을 방구석으로 데려가며 말했다.

"아! 상태가 어때?" 라스티냐크가 물었다.

"기적이 일어나지 않는 한 살아날 가망이 없어. 이미 뇌정맥 울혈이 일어났거든. 겨자찜질을 통한 발적發赤 요법을 수차례 시행했지. 다행히 노인이 반응을 좀 보이니 효과가 나타나고 있는 셈이야."

"병원으로 옮길 순 없나?"

"불가능해. 노인을 움직여선 안 돼. 일체의 육체적 움직임을 피해야만 하지. 감정적 동요도……"

"나의 좋은 친구 비앙숑," 외젠이 말했다. "우리 둘이 노인을 보살피자고."

"내가 근무하는 병원의 의료부장에게 와달라고 부탁해놓았어."

"아! 그래?"

"그분이 내일 저녁에 더 확실한 진단과 처방을 내릴 거야. 일과를 마친 뒤 오겠다고 약속했지. 불행하게도 저 못 말리는 노인이 오늘 아침 하지 말았어야 할 경솔한 짓을 저지른 모양인데, 구체적으로 무슨 일이었는지 도통 설명을 안 하려 드네. 노인네가 아주 고집불통이야. 내가 말을 걸면 일부러 안 들리는 척 대답을 피하려고 자버려. 그게 아니면 눈을 뜬 채 앓는 소리를 내기 시작하지. 아침나절에 외출해 걸어서 파리를 쏘다녔나본데, 어디 갔었는지 모르겠어. 그는 남아 있던 기력을 모두 끌어 쓴 거야. 어떤 거룩한 거래라도 하려 했던 거겠지. 그러느라 자기 한계치를 벗어나버렸고! 딸 중 하나가 왔었어."

"백작부인?" 외젠이 물었다. "키가 크고, 갈색 머리칼에, 눈이 맑고 깊으며, 발이 예쁘고, 허리는 날씬한 여자?"

"맞아."

"노인과 나만 있게 잠시 자리를 비켜주면 좋겠어." 라스티냐크가 말했다. "내가 그의 입을 열게 하지, 나한테는 다 털어놓을 거야."

"그러면 그동안 난 저녁이나 먹을게. 다만 노인이 너무 흥분하지 않도록 주의하라고. 아직 얼마간 희망은 있으니까."

"걱정하지 마."

"걔들은 내일 아주 즐거울 거야." 단둘이 남자 고리오 영감이 외젠에게 말했다. "성대한 무도회에 간다지."

"오늘 아침 대체 무슨 일을 하신 거예요, 아버님? 저녁에 침대에 이렇게 누워 계셔야만 할 정도로 편찮으시니 말이에요."

"아무것도 안 했네."

"아나스타지가 왔다 갔죠?" 라스티냐크가 물었다.

"그렇네." 고리오 영감이 대답했다.

"아! 저한테는 아무것도 숨기지 마세요. 따님이 아버님께 또 무엇을 요구했나요?"

"아!" 노인이 남은 기력을 끌어모아 입을 열었다. "그 아이는 아주 비참했다네. 이보게! 그 다이아몬드 사건 이후 나지는 손에 쥔 게 한 푼도 없다네. 내일 있을 무도회를 위해 개한테 보석처럼 딱 어울리는 금박 장식이 달린 화사한 드레스를 주문했다는군. 그런데 개와 거래가 잦았던 양재사가 치사하게도 외상을 거부했다네. 그래서 그애 시녀가 대신에 옷값 1000프랑을 결제했다는 거야. 불쌍한 나지, 어쩌다 그런 지경까지 갔는지! 그 말을 듣고 내 가슴이 찢어졌다네. 게다가 시녀는 그 레스토랑 놈이 나지에게 등을 돌리는 걸 보고 자기 돈을 떼일까봐 걱정돼서 양재사한테 가서는 자기가 1000프랑을 돌려받지 않는 한 드레스를 내주지 말라고 합의했다는구먼. 무도회는 내일이고, 드레스도 준비되었는데. 나지는 절망에 빠졌지. 그애가 내 마지막 은식기 세트를 빌려달라고 간청했네. 그걸 전당포에 맡겨 돈을 구하려고 말이야. 개 남편은 개가 그 무도회에 가기를 바라지, 그녀가 팔아넘겼다고 사람들이 떠들어대는 그 다이아몬드로 치장한 모습을 온 파리에 과시하라는 거야. 나지가 그 괴물 같은 놈에게 '1000프랑을 빚졌어요. 그걸 갚아줘요'라고 말할 수 있을까? 못하지. 난 그 사정을 충분히 이해했다네. 제 동생 델핀은 화려하게 성장하고 나타날 텐데. 아나스타지는 죽었다 깨어나도 자기 동생 밑에는 있을 수 없는 아이야. 그래서 개는 눈물을 철철 흘렸네. 불쌍한 내 딸! 어제 나는 1만 2000프랑도 없는 내 신세가 정말 부끄러웠다네. 내 비참한 여생을 바쳐서라도 그 죗값

을 치를 수만 있다면 그러고 싶었지. 이해하겠나? 나에겐 모든 걸 이겨
낼 강인한 힘이 있었어. 하지만 말년에 돈이 궁한 신세가 되면서 완전
히 무너져버렸다네. 오! 오! 우물쭈물하고 있을 겨를이 없었네. 그럭저
럭 기운을 되찾아 대충 차려입고 나섰지. 파파 곱세크에게 은식기 세
트와 버클 장식들을 600프랑에 팔고, 내 종신연금 증서를 일 년 만기
로 저당잡혀 400프랑을 일시불로 받았다네. 휴! 이제부터는 빵만 먹고
살아야겠지! 젊었을 때 그걸로도 충분했으니 지금도 버틸 수 있을 거
야. 이로써 그애, 내 딸 나지는 적어도 내일 밤만큼은 멋진 시간을 보
내게 되었어. 거기서 맵시를 한껏 뽐낼 걸세. 1000프랑짜리 은행권이
여기 내 머리맡에 있네. 불쌍한 나지를 즐겁게 해줄 것이 내 머리맡에
있다고 생각하니 기운이 나는군. 이제 그 못된 시녀 빅투아르*를 내쫓
을 수도 있게 되었네. 하인이 제 주인을 믿지 못하다니, 이제까지 그런
일은 없었어! 내일이면 난 괜찮아질 걸세. 나지가 열시에 오기로 했다
네. 나는 내 딸들에게 아픈 모습을 보이고 싶지 않아. 내가 아픈 줄 알
면 절대로 무도회에 가지 않겠다고 할 거거든, 나를 보살피겠다고 나
설 거란 말일세. 나지가 내일, 마치 자기 자식에게 하듯 내게 입을 맞
출 것이네. 걔가 어루만져주면 난 금방 나을 것이고. 그런데 내가 약제
사에게 1000프랑을 허비하면 되겠나? 차라리 나의 만병통치약, 나의
나지에게 그 돈을 줘야지. 그러면 적어도 비탄에 잠긴 나의 나지를 위
로할 수 있으니까. 그러면 나 혼자 쓰겠다고 종신연금에 가입한 나의
잘못을 벌충할 수 있으니까. 그앤 지금 절망의 구렁텅이에 빠져 있네.

---

* 앞에서 발자크는 아나스타지의 시녀 이름이 콩스탕스라고 했다. 이런 착오는 발자크의
작품에서 종종 눈에 띈다.

내겐 그애를 거기서 꺼내줄 만한 기력이 남지 않았고. 오! 다시 장사에 뛰어들어야겠어. 곡물을 사러 오데사*에 가겠네. 그곳의 밀 가격은 여기 가격의 3분의 1밖에 안 될 정도로 싸다네. 곡물을 현물 그대로 수입하는 것은 금지되어 있지만, 법을 제정하는 똑똑한 인간들도 밀을 원료로 하는 가공품을 금지할 생각은 하지 못했지. 헤헤!…… 내가 오늘 아침 그걸 생각해냈다네, 이 내가 말이야! 전분 교역의 경우에는 좋은 수가 꽤 있다네."

'이 사람은 미쳤다.' 외젠은 노인을 바라보며 생각했다. "자, 이제 안정을 취하세요, 말씀하지 마시고요."

비앙숑이 올라와 외젠은 저녁식사를 하러 내려갔다. 두 친구는 번갈아 병자를 지키며 밤을 지새웠다. 그렇게 병간호를 하면서 한 명은 틈틈이 의학서를 읽고, 다른 한 명은 어머니와 두 누이에게 편지를 썼다. 다음날, 병자에게 발현된 증세들은 비앙숑이 판단하기에 호전의 조짐이라고 볼 만했다. 그렇지만 여전히 지속적인 처치가 필요했고, 두 대학생만이 그 처치를 할 수 있었는데, 다만 그 방법을 구체적으로 이야기하면 민감한 신체부위의 언급을 극도로 회피하는 이 시대의 어법을 어기게 되므로 여기서는 밝힐 수 없다. 노인의 빈약한 몸에 거머리를 얹어놓는 사혈 요법과 함께 찜질, 족욕 등 두 젊은이의 힘과 헌신이 절대적으로 필요한 의료 기술들이 뒤따랐다. 레스토 부인은 오지 않았

---

* 당시 러시아에 병합되어 있던 우크라이나는 지금처럼 유럽의 주요 곡창지대였으며 흑해 연안의 오데사 항구는 우크라이나산 밀의 최대 수출기지였다. 발자크는 이 작품을 쓸 무렵 우크라이나 대지주의 안주인이었던 한스카 부인과 왕성한 서신 교환을 하는 한편 스위스의 뇌샤텔과 제네바, 오스트리아 빈에서 세 차례 직접 만나기도 했다.

다. 그녀는 심부름꾼을 보내 돈을 찾아갔다.

"나는 그애가 직접 올 줄 알았는데. 하지만 그걸 잘못이라고 할 수는 없지. 나지가 내 모습을 봤으면 많이 걱정했을 거야." 아버지는 그 상황을 긍정적으로 받아들이며 밝게 말했다.

저녁 일곱시에 테레즈가 델핀의 편지를 가지고 왔다.

대체 지금 뭘 하고 있지요, 내 사랑? 나는 간신히 사랑받자마자 벌써 버려진 건가요? 우리가 서로 마음과 마음을 주고받으며 털어놓은 그 깊은 속 이야기를 통해 당신은 내게 너무나도 아름다운 영혼의 소유자로 각인되었어요. 감정이 얼마나 미묘한 변화투성이인지 아는 그런 사람이구나, 그러기에 이이의 사랑은 영원히 변치 않겠구나, 그렇게 느꼈지요. 당신이 극장에서 아리아 〈모세의 기도〉*를 들으며 했던 말처럼요. 그때 당신은 이렇게 말했죠. "어떤 사람들에게는 그저 똑같은 음으로 들리겠지만, 어떤 사람들에게는 음악의 무한함을 느끼게 해주지요." 오늘 저녁 내가 당신이 오기를 기다리고 있다는 사실을, 당신은 이리 와서 나와 함께 보제앙 부인의 무도회에 가야 한다는 사실을 유념해줘요. 다주다 씨의 결혼계약이 정말로 오늘 아침 왕실에서 재가되었다네요. 불쌍한 자작부인은 그 사실을 두시가 돼서야 알았대요. 파리 전체가 부인의 저택으로 몰릴 거예요, 사형집행이 예정된 날 군중이 그레브광장으로 쇄도하듯 말예요. 부인이 자신의 고통을 끝내 감출지 아니면 장렬하게 산화하

---

* 1822년 파리에서 초연된 로시니의 오페라 〈이집트의 모세〉에 나오는 아리아. 발자크는 이탈리아극장에서 재공연된 이 오페라를 여러 번 관람하며 높이 평가했다.

는 길을 택할지 구경하러 가다니, 끔찍하지 않나요? 내 사랑, 내가 이미 그 댁에 초대받아 가본 적이 있다면 단언코 오늘 거기 가지 않을 거예요. 하지만 그녀가 다시는 무도회를 열지 않을지도 모르잖아요. 그러면 그동안 내가 들였던 모든 노력이 물거품이 되는 셈이에요. 내 입장은 다른 사람들의 입장과 아주 다르답니다. 게다가 내가 거기 가는 건 당신을 위해서이기도 해요. 당신을 기다립니다. 만약 당신이 두 시간 안으로 내 곁에 와 있지 않다면, 그런 배신을 용서할 수 있을지 나 자신도 장담할 수 없어요.

라스티냐크는 펜을 들고 다음과 같이 답장했다.

　　나는 지금 당신 아버지가 더 살 수 있을지 알아보기 위해 의사의 방문을 기다리고 있습니다. 당신 아버지는 지금 죽어가고 있어요. 당신에게 판정 결과를 가지고 가리다. 그게 사망 판정이 아닐까 두렵습니다. 당신이 무도회에 갈 수 있을지는 두고 봐야 할 것 같군요. 무한한 애정을 담아, 이만 줄입니다.

의사는 여덟시 반에 왔다. 그는 호전되리라는 의견을 내놓진 않았지만 그렇다고 죽음이 임박한 것 같지도 않다고 했다. 한동안 병세의 호전과 악화가 번갈아 나타날 텐데, 거기에 노인의 의식과 목숨의 회복 여부가 달렸다는 것이었다.

"지금 바로 사망하는 게 차라리 더 나을지도 모르겠소." 의사의 최종 진단은 그랬다.

외젠은 고리오 영감의 간호를 비앙숑에게 맡기고 뉘싱겐 부인에게 슬픈 소식을 전하러 가기로 했다. 그의 마음은 아직 가족에 대한 의무감에 젖어 있어서 슬픈 소식을 전하러 가는 마당에 어떤 기쁨이든 미뤄두는 것이 마땅하다고 생각했다.

"그 아이에게 어쨌든 재밌게 즐기라고 전해주게." 선잠이 든 것 같았던 고리오 영감이 라스티냐크가 나가는 순간 자리에서 일어나 앉더니 그의 등에 대고 소리쳤다.

젊은이는 착잡한 마음에 무거워진 표정으로 델핀 앞에 나타났다. 그녀는 이미 머리단장을 마친 뒤 구두까지 신고 이제 무도복만 입으면 되는 상태였다. 하지만 한 편의 그림을 완성하는 화가의 붓질이 그렇듯, 마지막 단계의 채비에 밑그림 자체를 준비할 때보다 더 많은 시간이 걸렸다.

"아니, 뭐예요, 당신 아직 옷도 안 챙겨 입었어요?" 그녀가 말했다.

"하지만 부인, 아버님께서……"

"또 아버지 얘기." 그녀가 그의 말을 자르며 외쳤다. "나더러 아버지께 어째야 한다고 가르치지 말아요. 나는 오래전부터 내 아버지를 잘 알아요. 한마디도 하지 말아요, 외젠. 당신이 무도회에 갈 채비를 끝내면 그때 가서 당신 말을 귀담아들을게요. 테레즈가 당신 아파트에 모든 것을 준비해놨어요. 내 마차가 대기중이니 그걸 타고 갔다가 얼른 돌아와요. 아버지 얘기는 무도회에 가면서 하기로 해요. 여기서 일찍 출발해야 해요. 그리로 엄청나게 몰릴 마차 행렬을 고려하면 열한시에 무도회에 입장만 해도 천만다행일 거예요."

"부인!"

"자, 어서요! 한마디도 하지 말고요." 그녀가 목걸이를 차기 위해 서둘러 내실로 자리를 뜨면서 말했다.

"자, 어서 출발하셔야죠, 외젠 씨, 마님이 또 역정내시겠어요." 그 우아한 부친 살해에 충격을 받아 우두커니 서 있는 젊은이를 떠밀며 테레즈가 말했다.

그는 한없이 슬픈 상념에 사로잡혀 완전히 맥이 풀린 채 옷을 챙겨 입으러 갔다. 그에게 세상은 한번 발이 빠지면 목까지 잠기는 깊고 드넓은 진흙 수렁처럼 보였다. "세상에는 온통 추악한 범죄뿐이다!" 그는 중얼거렸다. "보트랭이 더 위대하다." 그는 사회를 요약하는 주된 세 표현, 곧 순종과 대결과 반항을 직접 눈으로 확인한 터였다. 순종은 가족으로, 대결은 사교계로, 반항은 보트랭으로 각각 대표된다. 그는 그 중 어느 편을 택할지 결단을 못 내리고 있었다. 순종은 따분했고, 반항은 불가능했으며, 대결은 불확실했다. 그의 머릿속 생각은 그를 가족의 품 쪽으로 기울게 했다. 그 잔잔한 삶이 주는 순수한 감흥이 되살아났고, 그에게 사랑을 듬뿍 쏟는 가족들에 둘러싸여 보내던 나날들이 떠올랐다. 그 소중한 존재들은 자연법칙에 순응하듯 가정 규범을 따르며 그 테두리 안에서 아무 걱정 없이 충만하게 지속되는 행복감을 맛본다. 마음속 선한 생각에도 불구하고, 그는 델핀에게 다가가 사랑의 이름으로 덕성을 요구하며 순수한 영혼의 맹세를 고백할 용기가 나지 않았다. 그가 받기 시작한 교육은 열매를 맺은 터였다. 그는 이미 이기적으로 사랑하고 있었다. 그가 배운 타산은 델핀의 본바탕 심성을 인정하는 자신을 합리화했다. 그는 그녀가 무도회에 가기 위해서는 아버지의 시신이라도 밟고 갈 여자임을 직감했다. 그녀에게 바른말로 타이르는 역할을 할 능력도, 그녀의 뜻을 거스를 용기도, 그녀와 헤어질 결심을 할 떳떳함도 그에겐 없었다. '내가 시시비비를 따져 자기를 가르치려 들면 그녀는 날 절대 용서하지 않을 거야.' 그는 생각했다. 그런 다음 의사들의 소견을 되새기면서 고리오 영감이 생각보다는 그리 위중하지 않은 것 같다고 스스로 위안을 삼았다. 마침내 그는 델핀을 정당화하기 위해 살해의 고의성이 없음을 입증하는 논거들을 차곡차곡 쌓아갔다. 델핀은 지금 자기 아버지의 상태가 어떤지 모른다고, 설사 델핀이 노인을 보러 간다 해도 노인 자신이 그녀를 무도회에 가라고 돌려보낼 거라고 말이다. 사회가 제정한 법은 그 가차없는 조문으로 범죄를 적시하고 처벌하지만, 실제로는 가족들 간에 성격 차이가 크고 저마다 이해득실과 처지도 각양각색인지라 그 법의 적용 과정에 수많은 변경이 개입되기 마련이어서 명백한 범죄도 용서받는 경우가 비일비재하다고. 외젠은 자기 자신을 속이기로, 애인을 위해 자기 양심을 저버리기로 마음먹었다. 이틀 사이 그의 삶에서 모든 게 바뀌었다. 여자라는 존재가 들어와 혼란 속으로 그를 몰아넣고, 가족을 희미하게 지워버리고, 모든 걸 빼앗아 자기 멋대로 이용했다. 라스티냐크와 델핀이 서로를 만났을 때, 두 사람은 상대를 통해 극치의 희열감을 얻기에 아주 적합한 조건을 갖춘 상태였다. 완전히 준비되어 있던 그들의 타오르는 열정은 정염을 불사르는 그것, 바로 쾌락을 향유하며 한층 거세졌다. 그녀의 육체와 영혼을 온전히 소유하고 나서 외젠은 자신이 그때까지는 그녀를 육욕의 대상으로만 갈망했음을 깨달았다. 그녀를 통해 행복감을 느낀 다음날 그는 비로소 그녀를 사랑했다. 그러고보면 사랑은 어쩌면 쾌락에 뒤따르는 보상에 불과한 것인지도 모른다.

비열하든 숭고하든, 그는 자신이 그녀에게 지참금처럼 안겨준 관능적 쾌락에 대한 자부심으로, 그리고 자신이 그녀에게서 받은 관능적 쾌락에 대한 보답으로 그녀를 열렬히 사랑했다. 마찬가지로 델핀도, 탄탈로스가 제 허기를 달래주거나 타는 목마름을 풀어주러 온 천사를 사랑했을 그만큼의 열렬함으로 라스티냐크를 사랑했다.

"아, 참! 아버지는 좀 어때요?" 그가 무도회 차림을 하고 돌아오자 뉘싱겐 부인이 물었다.

"아주 안 좋아요." 그가 대답했다. "당신의 애정을 내게 증명해 보일 뜻이 있다면, 지금 당장 아버지를 뵈러 달려갑시다."

"아, 그래요." 그녀가 말했다. "하지만 무도회가 끝난 다음에요. 착한 나의 외젠, 내 말 잘 들어요, 훈계하지 말고요. 자, 가요."

그들은 출발했다. 외젠은 가는 내내 입을 다물었다.

"대체 왜 그러고 있어요?" 그녀가 말했다.

"내 귀엔 지금 당신 아버지의 숨넘어가는 소리가 들려요." 그가 못마땅해하는 어조로 답했다. 이어 젊은이다운 열띤 웅변으로 레스토 부인이 허영심에 떠밀려 벌인 과격한 행동과 아버지의 마지막 헌신이 결정타로 작용한 치명적인 위기, 그리고 아나스타지의 금박 드레스에 들어간 비용 등에 대해 이야기하기 시작했다. 델핀은 눈물을 흘렸다.

'눈물 때문에 얼굴이 엉망이 되겠구나.' 그녀는 속으로 그렇게 생각했다. 눈물은 곧 말라붙었다. "내가 가서 아버지를 돌보겠어요. 아버지의 머리맡을 한시도 떠나지 않을 거예요." 그녀가 말했다.

"아! 이게 바로 내가 그대에게 원하던 모습이야." 라스티냐크가 외쳤다.

오백 대의 마차에 달린 무수한 등으로 보제앙 저택 주변이 불야성을 이루었다. 환하게 불이 밝혀진 정문 양옆에서는 기마 헌병이 서성이고 있었다. 수많은 사람이 구름처럼 몰려들었고, 모두 이 귀부인이 몰락하는 순간을 구경하기 위해 혈안이 되어 있었기에 뉘싱겐 부인과 라스티냐크가 들어섰을 때 저택 1층의 접견실은 이미 발디딜 틈이 없을 정도였다. 옛날에 루이 14세가 그랑드 마드무아젤*과 그녀의 애인을 강제로 떼어놓았을 때 왕실 사람들이 전부 그녀의 처소로 몰려갔던 일 이후로, 그 어떤 연애 대참사도 보제앙 부인의 경우보다 더 요란하지 않았다. 이런 상황에 직면했어도 왕실 가문에 뒤지지 않는 부르고뉴 가문의 마지막 후손인 그녀는 자신의 불행에 초연한 모습을 보이며 마지막 순간까지 사교계를 압도했으니, 그녀가 사교계의 허영심을 용인한 까닭은 오로지 그 허영심을 이용해 자기 열정의 승리를 이루어내기 위해서였다. 파리에서 가장 아름다운 여인들이 화려하게 꾸미며 입고 만면에 미소를 지은 채 방마다 북적거렸다. 저마다 십자 훈장, 금장, 다채로운 색깔의 휘장 따위를 주렁주렁 매단 궁정의 최고위 인사들이며 각국 대사들이며 장관들을 비롯해 각 분야의 유명인들이 자작부인 주위로 앞다퉈 몰려들었다. 오케스트라 연주곡의 선율이 이 궁전의 황

---

* 앙리 4세의 손녀이자 루이 13세의 조카딸이며 루이 14세의 사촌인 안 마리 루이즈 도를레앙, 곧 몽팡시에 공작부인을 가리키는 별명. 엄청난 왕실 재산을 상속받았으며, 일찌감치 독립적이고 개성이 강했던 그녀는 유럽 여러 왕실의 갖은 구애를 받으나 모두 거절하다가 마흔셋이라는 늦은 나이에 로쟁 공작과 결혼하기로 했다. 재산이 없는 로쟁 공작과의 결혼을 왕실 전체가 반대하지만, 루이 14세는 사촌누이의 간청에 결혼을 비밀리에 허락했다. 그러나 결혼 허락 사실이 드러나 문제가 되자 사흘 만에 철회하고 두 사람을 떼어놓기 위해 로쟁 공작을 십 년간 감옥에 가두었다.

금빛 대리석 벽을 타고 울려퍼졌다. 궁전의 여왕에게 그곳은 사막이었겠지만 말이다. 보제앙 부인은 친구를 자처하며 찾아온 방문객들을 맞이하기 위해 접견실 앞에 서 있었다. 흰색 드레스 차림에 머리는 아무 장식도 없이 땋아 올리기만 한 그녀는 침착해 보였으며, 괴로움도, 도도함도, 가식적인 기쁨도 드러내지 않았다. 아무도 그녀의 마음속을 읽을 수 없었다. 대리석상으로 변한 니오베*의 모습이 그러했으리라. 절친한 친구들에게 지어 보이는 미소에 간혹 조롱이 묻어나긴 했지만 그녀는 모두에게 본래의 모습으로 비쳤고, 겉으로는 행복감에 젖어 환하게 빛나던 예전 모습 그대로인 듯 보여서, 둔감하기 짝이 없는 이들은 어리숙한 로마인들이 검투사가 숨을 거두기 직전 지어 보이는 미소에 환호하듯이 그녀에게 찬사를 바쳤다. 마치 파리의 사교계가 저를 주름잡던 여제 중 한 명에게 영원한 작별을 고하는 의식을 치르는 것 같았다.

"당신이 오지 않을까봐 걱정했어요." 그녀가 라스티냐크에게 말했다.

"부인." 그가 이 말을 책망으로 듣고 떨리는 목소리로 답했다. "저는 이곳에 맨 마지막까지 남기 위해 왔습니다."

"좋아요." 그녀가 그의 손을 잡았다. "당신은 아마도 이곳에서 내가 믿을 수 있는 유일한 사람일 거예요. 친구여, 한 여자를 영원히라도 사랑할 것처럼 사랑하세요. 사랑한 여인을 절대로 버리지 말아요."

---

* 그리스신화 속 인물로. 탄탈로스의 딸이자 테베의 왕 암피온의 아내. 니오베는 일곱 아들과 일곱 딸을 낳고는 자신이 제우스와의 사이에서 두 아들만 낳은 레토보다 더 훌륭하다고 뽐냈다. 이에 진노한 레토가 두 아들을 시켜 니오베의 자식 여섯을 죽이자, 제우스는 극도의 절망감에 빠진 니오베를 안쓰러워해 돌기둥으로 변화시켰다고 전해진다.

그녀는 라스티냐크의 팔을 잡고 카드놀이가 벌어지고 있는 방의 장의자로 데려갔다.

"후작에게 다녀오세요." 그녀가 말했다. "내 전담 하인 자크가 당신을 그가 있는 곳으로 안내할 거예요. 그리고 내가 그에게 보내는 편지한 통을 당신에게 건넬 거예요. 내가 보낸 서신을 돌려달라고 요청하는 내용이죠. 그가 당신에게 내 서신 전부를 돌려줄 거예요. 그러리라믿어요. 편지들을 다 건네받아 돌아오면 내 침실로 올라와요. 하인이내게 미리 귀띔할 거예요."

그렇게 말한 그녀는 자리에서 일어나 랑제 공작부인 쪽으로 갔다. 그녀의 단짝인 공작부인도 당연히 무도회에 참석했다. 라스티냐크는자리를 떠나 후작이 그날 밤을 보낼 예정이었던 로슈피드 저택에 도착해서 그를 찾았다. 후작은 그곳에 있었다. 후작은 대학생을 데리고 자기 집으로 가서는 상자 하나를 건네주며 말했다. "편지들은 이 상자에다 들어 있소." 그는 외젠과 대화를 나누고 싶어하는 눈치였는데, 무도회에서 무슨 일이 일어났는지 자작부인은 어떤지 궁금해서인 것 같기도 했고, 아니면 벌써 결혼이 후회스럽다는 것을 고백하고 싶어서인 것 같기도 했다. 아닌 게 아니라, 그 결혼은 결국 파국을 맞을 터였다.* 하지만 그의 눈에 순간적으로 자존심이 반짝 스치고 지나갔다. 그는 비통한 심정이었지만 자신의 가장 고귀한 감정에 대해서는 함구하

---

* '인간극'은 어느 작품에서도 다주다 후작이 무슨 까닭에서 이런 반응을 보였는지 구체적으로 다루지 않는다. 다만 『베아트리체』에서 1833년 아내를 여읜 후작이 1841년 '인간극'의 또다른 전통 귀족 가문의 규수인 조제핀 드 그랑리외와 재혼했다는 사실이 간단하게 언급된다.

기로 간신히 용기를 냈다. "자작부인에게 나에 대해서는 아무 말도 전하지 않기를 바라오, 친애하는 외젠." 그러곤 다정하면서도 침울한 동작으로 라스티냐크의 손을 꼭 잡더니 그만 가보라는 몸짓을 보였다. 보제앙 저택으로 돌아온 외젠은 자작부인의 침실로 안내되었다. 부인은 떠날 채비를 하고 있었다. 그는 난롯가에 앉아 작은 삼나무 상자에 시선을 주다가 이내 깊은 우울감에 빠져들었다. 그에게 보제앙 부인은 『일리아스』에 나오는 여신들에 비견할 만한 존재였던 것이다.

"아! 다정한 내 친구." 자작부인이 들어와 라스티냐크의 어깨에 손을 얹었다.

어깨 위에 놓인 손의 떨림으로 그는 사촌이 울고 있다는 것을 알아차렸다. 그녀는 고개를 들어 다른 한 손으로 눈물을 훔쳤다. 그러다가 갑자기 그가 가져온 상자를 들어 불속에 던진 뒤 상자가 타는 모습을 물끄러미 바라보았다.

"다들 춤을 추고 있어요! 저들 모두 시간에 맞춰 정확하게 왔어요. 그러나 죽음은 늦게 찾아올 거예요. 쉿!" 그녀가 말을 꺼내려는 라스티냐크의 입에 손가락을 갖다댔다. "나는 파리에도, 사교계에도 절대 돌아오지 않을 거예요. 새벽 다섯시에 떠나 노르망디 깊숙한 곳에 파묻힐 작정이에요.* 오늘 오후 세시부터 짐을 꾸리고, 각종 증서에 서명하고, 남은 일들을 정리하느라 조금도 쉴 틈이 없었어요. 그래서 아무도 보낼 수가 없었죠, 거기 그 집에……" 그녀는 말을 잇지 못했다. "그 사람이 거기, 그 집에 있는 줄 뻔히 알면서도……" 그녀가 괴로움

---

* '인간극'의 중편 『버림받은 여인』이 바로 노르망디의 쿠르셀에 은거한 보제앙 부인 이야기다.

에 짓눌려 다시금 말을 멈추었다. 그런 순간에는 모든 게 고통이며, 어떤 단어들은 입에 올리는 것 자체가 불가능한 법이다. "결국엔," 그녀가 입을 떼었다. "오늘밤 나를 위해 이 마지막 일을 해줄 사람으로 당신을 선택했어요. 당신에게 내 우정의 증표를 보여주고 싶었거든요. 종종 당신 생각이 날 거예요. 선하고 고귀하고 젊은이답고 성실해 보이던 사람, 이곳 사교계에는 그런 자질이 아주 드물지요. 당신도 가끔 내 생각을 해주길 바라요. 이거 받아요." 그녀는 주변을 둘러보며 말을 이었다. "내 장갑을 넣어두던 함이에요. 무도회나 극장에 가기 전 장갑을 낄 때마다 나는 내가 아름답다고 느꼈어요. 그땐 행복했으니까요. 내가 이 함을 여닫는 건 늘 여기 뭔가 행복한 추억을 담아두기 위해서였어요. 이 안엔 나의 많은 부분이 담겨 있어요. 더는 세상에 존재하지 않는 보제앙 부인이 거기 들어 있는 거예요. 받아요, 다르투아가의 당신 집에 이걸 가져다놓으라고 일러둘게요. 뉘싱겐 부인은 오늘밤 아주 멋지네요. 그녀를 많이 사랑해주세요. 우린 다시 만나지 못하겠지만, 친구여, 내가 당신의 행복을 위해 늘 기도할 거라는 점만은 꼭 알아줘요. 당신은 내게 참 좋은 사람이었어요. 이만 내려갑시다, 저들이 내가 울고 있다고 생각하도록 내버려두고 싶지 않아요. 내 앞에는 새롭게 펼쳐질 영원한 삶이 놓여 있어요. 거기선 나 혼자일 거고, 아무도 내 눈물의 까닭을 묻지 않을 거예요. 이 정든 방을 마지막으로 한 번만 더 보고 싶네요." 그녀가 멈춰 섰다. 이어 손을 들어 눈을 잠시 가렸다가 눈물자국을 닦아내고 맑은 물로 눈을 가신 다음 대학생의 팔을 잡았다. "갑시다!" 그녀가 말했다.

라스티냐크는 기품 있게 절제된 그 고통의 장면을 접하고 깊은 감명을 받았으니, 지금껏 그렇게 강렬히 감동한 적이 없었다. 무도회장에 돌아온 외젠은 보제앙 부인을 수행해 한 바퀴 돌았다. 그것은 이 우아한 여인이 무도회에 베푸는 마지막 섬세한 배려였다.

이내 그는 두 자매, 레스토 부인과 뉘싱겐 부인을 알아보았다. 자신의 다이아몬드를 과시하듯 하나도 빠짐없이 착용하고 온 백작부인의 모습은 눈부셨다. 이후 다시는 그 다이아몬드들을 착용할 수 없는 운명이었으니, 그녀로서는 아마도 그것들이 뜨겁게 달궈진 쇠 같았으리라. 그녀의 자존심과 사랑이 제아무리 강하다 해도 그녀는 자기 남편의 시선을 피하지 않고 정면으로 마주할 수가 없었다. 이 광경이 라스티냐크의 마음을 조금이나마 덜 우울하게 만들지는 못했다. 이탈리아 대령의 모습에서 보트랭을 다시 보았다면,* 두 자매의 다이아몬드를 통해서는 고리오 영감이 누워 있는 허름한 침대를 다시 떠올리지 않을 수 없었기 때문이다. 그의 우울함이 자기 때문이라고 여긴 자작부인은 그에게서 팔을 빼냈다.

"그만 가봐요, 당신이 누려야 할 즐거움을 빼앗고 싶진 않으니까요."

델핀이 외젠을 지켜보고 있다가 곧바로 불렀다. 자신이 일으킨 효과에 한껏 고무된 그녀는 그토록 편입되고 싶었던 이 세계에서 받은 찬사를 대학생에게 늘어놓고 싶어 안달이 난 상태였다.

---

* 초판에서 발자크는 보제앙 부인과 라스티냐크가 함께 무도회장을 한 바퀴 돌았다는 언급에 이어 무도회에 참가한 몇몇 인물을 길게 서술했는데, 수정 퓌른판에서 그 부분을 모두 삭제한다. 삭제된 내용에는 이탈리아 대령, 곧 보트랭의 사주를 받고 아들 타유페르를 결투에서 죽인 프란체시니 대령이 등장하자 라스티냐크가 경악하며 등에 식은땀을 흘린다는 서술이 포함된다. 발자크는 삭제된 부분에 맞추어 이 대목("이탈리아 대령의 〔……〕 보았다면")도 삭제해야 했지만 잊은 것으로 보인다.

"나지는 어때 보여요?" 그녀가 물었다.

"그녀는," 라스티냐크가 대답했다. "자기 아버지의 죽음까지 할인해서 당겨쓴 여자입니다."

새벽 네시경이 되자 각방을 가득 메우고 있던 사람들이 빠져나가기 시작했다. 곧이어 음악소리도 끊겼다. 랑제 공작부인과 라스티냐크, 둘만이 대연회실에 남았다. 자작부인은 그곳에 대학생만 있는 줄 알고, 보제앙 씨에게 마지막 작별인사를 건넨 뒤 내려왔다. 보제앙 씨는 그녀에게 "여보, 당신 나이에 세상을 등지고 칩거하겠다니, 잘못 생각했소! 여기 남아 우리와 함께 지내도록 해요"라고 거듭 만류하다가 결국 잠자리에 든 참이었다.

공작부인을 보고 보제앙 부인은 탄성을 지르지 않을 수 없었다.

"이럴 줄 알았어, 클라라," 랑제 부인이 말했다. "당신은 떠나서 다시는 돌아오지 않겠지. 하지만 내 말도 안 들어보고, 아무런 상의도 없이 이렇게 떠날 수는 없어." 그녀는 친구의 허리에 팔을 둘러 옆방으로 데리고 갔다. 방에 들어서자 랑제 부인은 친구의 눈에 글썽이는 눈물을 보고 두 팔로 그녀를 끌어안아 양볼에 입을 맞추었다. "사랑하는 친구, 당신을 이렇게 아무 일도 아닌 양 무덤덤하게 떠나보내고 싶지 않아. 그랬다가는 나중에 후회가 막심할 거야. 당신 자신을 믿듯이 나를 믿어도 좋아. 당신은 오늘밤 위대했어, 나는 당신이 자랑스러웠어. 그걸 당신에게 알려주고 싶어. 나는 때로 당신에게 못된 짓을 저지르기도 했어, 항상 잘했던 것은 아니지. 사랑하는 친구, 날 용서해줘. 당신에게 상처 입혔을 그 모든 말을 철회하겠어. 내가 했던 말들을 주워 담고 싶어. 똑같은 불행이 우리 둘의 영혼을 하나로 묶어주었고, 우리 둘 중 앞으로 누가 더 불행할지 나로서는 장담할 수 없어. 몽리보 씨는 오늘밤 여기 오지 않았어. 그게 무슨 뜻인지 알아? 오늘 무도회에서 당신을 본 사람이라면, 클라라, 누구라도 당신의 모습을 영원히 잊지 못할 거야. 난 말이지, 지금 최후의 노력을 하는 중이야. 만약 실패한다면 수녀원에 들어갈 거야!* 당신은 어디로 가는 거지?"

"노르망디로, 쿠르셀이라는 곳이야. 거기서 하느님이 나를 불러 이 세상에서 데려가시는 날까지 사랑하고 기도하며 살 거야."

"이리 와요. 라스티냐크 씨," 자작부인은 젊은이가 기다리고 있다는 생각에 울컥한 목소리로 그를 불렀다. 대학생은 사촌 앞에 무릎을 꿇고 그녀의 손을 잡아 입을 맞추었다. "앙투아네트, 아듀!" 보제앙 부인이 말을 이었다. "행복하기를. 그리고 당신도요, 당신도 행복하길 바라요. 당신은 젊고, 무엇이든 믿을 수 있어요." 그녀가 대학생을 향해 말했다. "내가 이 세상을 떠나는 날, 특별히 은혜받은 몇몇 사람이 죽을 때 그러하듯 경건하고 진지한 애도의 물결이 나를 감싸주겠지."

라스티냐크는 눈물 젖은 마지막 작별인사를 건네고 장거리 여행용 사륜마차에 올라 떠나는 보제앙 부인을 배웅한 뒤 새벽 다섯시 무렵에야 하숙집으로 향했다. 그녀의 눈물은, 선동가들이 민중의 마음에 퍼뜨리고자 하는 편견과 달리, 제아무리 사회적 지위가 높은 이라 해도 마음의 법칙에서 벗어나 있거나 슬픔 없이 사는 존재는 아니라는 사실을 증명해주는 것이었다. 걸어서 메종 보케르로 돌아가는 외젠의 얼굴에 습하고 차가운 공기가 스쳤다. 그의 교육은 그렇게 완성되어가고

---

* 『고리오 영감』보다 한 해 전에 발표된 『랑제 공작부인』에 이 내용이 전개된다.

있었다.

"불쌍한 고리오 영감을 살릴 수 없을 것 같아." 라스티냐크가 이웃의 방에 들어서자 고리오 영감을 지키고 있던 비앙숑이 말했다.

"이봐." 외젠은 잠든 노인을 바라보다가 비앙숑에게 말했다. "넌 이만 가서 욕망을 억제하는 겸허한 운명을 따라 살도록 해. 나는, 난 지옥에 있고, 이 지옥에 갇혀 살아야만 해. 세상의 악에 대해 무슨 말이 들리거들랑, 그게 맞는 말이라고 생각하길. 그 끔찍함을 금은보화로 치장해 그릴 수 있는 유베날리스는 없어."*

다음날, 라스티냐크는 비앙숑이 깨워 오후 두시에 일어났다. 비앙숑이 나가봐야 해서 그에게 고리오 영감의 간호를 부탁한 것인데, 노인의 상태는 아침나절에 이미 극도로 악화되어 있었다.

"노인은 이제 살날이 이틀, 아니 여섯 시간도 남지 않았어." 의과대학생이 말했다. "그렇더라도 우리는 계속해서 병마와 맞서 싸우지 않을 수 없지. 이제부터 영감님에게 돈이 많이 드는 치료를 해야 할 거야. 우리가 물론 영감님의 간병인이 되는 거고. 그런데 난 수중에 돈이 없어. 영감님의 호주머니란 호주머니는 다 뒤집어보고 옷장도 죄다 뒤져보았지. 나오는 게 하나도 없었어. 영감님이 잠시 정신을 차렸을 때 물어보았는데 수중에 한푼도 없다고 대답하시더군. 너는? 가진 돈 좀 있나?"

"20프랑밖에 없어." 라스티냐크가 대답했다. "하지만 도박장에 가

---

* 1835년 초판본에서는 여기서 5장 '두 딸'이 끝나고 마지막 6장 '아버지의 죽음'이 시작된다.

면 돈을 딸 수 있을 거야."

"만약 잃으면?"

"두 사위와 두 딸에게 돈을 내놓으라고 하지."

"그들이 내놓지 않으면?" 비앙숑이 대꾸했다. "지금 당장 시급한 일은 돈을 구하는 게 아니야. 우선 노인의 발에서부터 허벅지 중간까지 뜨거운 겨자찜질 붕대를 칭칭 감아놓아야 해. 노인이 비명을 지르면 기력이 돌아온다는 뜻이야. 어떻게 준비해야 하는지는 너도 잘 알겠지. 크리스토프가 도울 거고. 난 약재상에 가서 구할 수 있는 약품들을 모두 구해올게. 저 불쌍한 노인을 우리 병원 병동으로 옮기지 못하는 게 안타깝군. 그랬다면 이보단 나았을 텐데. 자, 어떻게 해야 하는지 알려줄 테니 가보자고. 내가 돌아오기 전까지는 절대 노인 곁을 떠나지 마."

두 젊은이는 노인이 누워 있는 방으로 들어갔다. 외젠은 완전히 탈진해서 창백하게 변한 채 경련을 일으키는 노인의 얼굴을 보고 깜짝 놀랐다.

"아, 어르신, 괜찮으세요?" 허름한 침대로 몸을 숙이며 그가 노인에게 말했다.

고리오는 외젠을 향해 흐릿한 눈을 뜨고 안간힘을 쓰며 주의 깊게 바라보려 했지만 그를 알아보지 못했다. 도무지 감당하기 어려운 이 모습에 대학생의 눈시울이 축축해졌다.

"비앙숑, 창문에 커튼을 쳐야 하지 않을까?"

"아니야. 외부 대기 상황은 노인에게 더이상 영향을 미치지 못해. 더위나 추위를 느끼면 오히려 너무나 다행인 상황이지. 그래도 불이 필요하긴 한데, 우린 각종 탕약을 달이는 등 아주 많은 것을 준비해야 하거든. 일단 내가 너에게 장작개비 묶음을 보낼게. 땔나무를 구할 때까지 쓸 수 있을 거야. 어제 온종일, 그리고 지난밤에는 네 땔나무와 이 가여운 노인의 남은 토탄을 싹싹 긁어모아 불을 피웠지. 습도가 높아 벽을 타고 물이 방울져 떨어졌거든. 겨우 방을 말릴 수 있었지. 크리스토프가 방을 청소했어. 여긴 그야말로 마구간이야. 노간주나무를 땠더니 냄새가 너무 심하군."

"하느님 맙소사!" 라스티냐크가 말했다. "그런데도 이분 딸들은!"

"자, 영감님이 물을 달라고 하면 여기 있는 것을 드려." 인턴이 라스티냐크에게 커다란 흰색 단지를 가리키며 말을 이었다. "영감님 신음이 들리기 시작하면, 그리고 배가 뜨겁고 딱딱하면, 크리스토프의 도움을 받아 영감님에게 마지막 준비를…… 무슨 뜻인지 알겠지. 혹시라도 영감님이 굉장히 흥분하거나, 말을 많이 하거나, 나아가 얼마간 착란 증세를 보일 경우엔 그냥 내버려둬. 불길한 징조는 아니니까. 그래도 크리스토프를 바로 코섕병원으로 보내도록 해. 우리 병원 의사가, 내 동료든 나든, 뜸시술을 하러 달려올 테니까. 오늘 오전, 네가 자고 있을 때, 갈 박사의 제자와 시립병원의 의료부장, 그리고 우리 병원의 의료부장이 와서 함께 합동 진찰을 했어. 세 의사가 모두 상당히 흥미로운 징후들을 보인다는 점에 동의했지. 그와 관련된 상당히 중요한 몇몇 과학적 측면을 명확하게 밝히기 위해 우린 이 병의 진행 과정을 자세히 지켜보기로 했어. 그중 한 의사는 혈청의 압력이 특정 장기에 유독 과도하게 집중되면 특이한 증상들을 일으킬 수 있다고 주장하더군. 그러니 만약 노인이 말을 한다면 그 내용을 잘 들어봐, 그가 하는 말이 어떤 종류에 속하는지 확인해야 하니까. 단순한 기억의 산물인지, 아니면 사태를 파악하고 판단을 내린 결과인지, 노인이 구체적 물질에 집착하는지, 아니면 감정에 집착하는지 말이야. 그리고 노인이 계산은 할 수 있는지, 과거로 돌아가지는 않는지도 잘 살펴보도록 하고. 그래서 그 결과를 우리에게 정확히 알려줄 수 있으면 좋겠어. 병세 악화가 한꺼번에 닥칠 수도 있는데, 그럴 경우 노인은 지금처럼 의식을 회복하지 못한 채 사망할 거야. 이런 종류의 병은 하나같이 종잡을 수가 없어! 만약 포탄이 이 부근에서 터지면," 비앙숑이 환자의 후두부를 가리켰다. "특이한 현상을 보이는 임상 사례들이 나타나지. 뇌가 기능의 일부를 회복하고, 사망선고가 더 늦어질 수도 있어. 장액이 뇌에서 방향을 틀어 해부를 해봐야 알 수 있는 경로로 흐르기도 하고. 구빈원에 식물인간으로 누워 있는 노인이 하나 있는데, 그 사람의 경우 장액이 척추를 타고 유출되었어. 그 사람은 끔찍하게 고통을 겪으면서도 아직 살아 있지."

"걔들은 즐거워하던가?" 고리오 영감이 외젠을 알아보고 물었다.

"오! 그저 딸들 생각뿐이군." 비앙숑이 말했다. "노인은 지난밤 백 번도 넘게 걔들이 춤을 춘다느니, 그애가 드레스를 입었다느니 읊조렸어. 그리고 딸들 이름을 불러댔지. 그 바람에 난 눈물이 났지, 제기랄! 처연한 어조로 '델핀! 나의 귀여운 델핀, 나지!' 이러는데 정말이지," 의과대학생이 말했다. "눈물을 안 흘리고 배기겠나."

"델핀." 노인이 말했다. "걔가 여기 왔군, 그렇지? 내 그럴 줄 알았어." 이 말을 하는 노인의 두 눈이 미친듯 생기를 되찾더니 사방 벽과 문을 두리번거렸다.

"난 내려가서 실비에게 찜질 준비를 해달라고 할게." 비앙숑이 큰 소리로 말했다. "지금이 찜질하기 딱 좋은 때야."

라스티냐크만 홀로 남아 노인 곁을 지켰다. 그는 침대 발치에 앉아 끔찍하고 고통스러워 보이는 노인의 얼굴에서 눈을 떼지 못했다.

"보제앙 부인은 쫓기듯 멀리 갔고, 이분은 다 죽어가는구나." 그가 중얼거렸다. "아름다운 영혼은 이 세계에 오래 머물 수가 없는 거야. 아닌 게 아니라, 위대한 감정이 비루하고 왜소하며 천박한 사회와 어찌 어울릴 수 있겠어?"

그동안 참석했던 축제의 모습들이 그의 머릿속에 주마등처럼 스치며 이 빈사의 침대 장면과 대조를 이루었다. 그때 비앙숑이 불쑥 다시 들어왔다.

"이봐, 외젠, 방금 우리 병원 의료부장을 만나고 한달음에 돌아왔어. 노인이 의식이 돌아온 징후를 보이거나 말을 하면, 그를 기다란 찜질 붕대 위에 눕히고 겨자를 목덜미에서 요추 부위까지 바른 다음 붕대로 둘둘 감도록 해. 그러고서 우리에게 사람을 보내라고."

"소중한 내 친구 비앙숑." 외젠이 말했다.

"오! 지금 중요한 건 과학적 사실이야." 의과대학생은 초심자다운 열의에 가득차 대꾸했다.

"그래, 알았어," 외젠이 말했다. "그러니까 이제부터 내가 이 불쌍한 노인 양반을 정성껏 보살필 유일한 존재로군."

"오늘 아침 내가 어땠는지 보았다면 넌 그렇게는 말 못할걸." 비앙숑이 그 말에 언짢은 내색은 하지 않고 대꾸했다. "경험 많은 의사들이야 질병만을 보지. 난 아직 환자가 보이는 수준이거든, 친구."

386

그가 떠나자 노인 곁에 홀로 남은 외젠은 고비가 지체 없이 닥치리라는 불길한 예감에 사로잡혔다.

"아! 자네로군, 내 사랑하는 아들." 고리오 영감이 외젠을 알아보고 입을 열었다.

"좀 나아지셨어요?" 대학생이 그의 손을 잡고 물었다.

"그래, 머리가 바이스에 낀 것처럼 아팠는데 지금은 벗어난 것 같네. 내 딸들을 만났나? 걔들도 곧 이리로 올 걸세. 내가 아프다는 걸 알자마자 즉시 달려올 거야. 쥐시엔가에 함께 살 때 걔들이 날 얼마나 끔찍이 보살펴주었는데! 하느님 아버지! 내 방이 걔들을 맞이할 수 있을 만큼 깨끗했으면 좋겠는데. 어떤 젊은이가 내 토탄을 모두 써버렸어."

"크리스토프 소리가 들리네요." 외젠이 노인에게 말했다. "영감님 토탄을 써버린 그 젊은이가 영감님 앞으로 온 땔나무를 가지고 올라오나봅니다."

"그럼 됐네! 하지만 땔나무값은 어떻게 치르지? 이보게, 난 수중에 한푼도 없다네. 난 모든 걸 다 주었어, 모든 걸 말이야. 이제 동냥으로 먹고살아야 하는 처지가 되었어. 그래도 금박 드레스만큼은 예뻤겠지? (아! 다시 아프군!) 고맙네, 크리스토프. 하느님께서 자네에게 보답하실 것이네, 착한 친구. 난 이제 아무것도 가진 게 없다네."

"너와 실비에겐 내가 값을 치르지." 외젠이 급사의 귀에 대고 작게 말했다.

"내 딸들이 온다고 하지 않았나, 크리스토프? 다시 한번 가보게, 내가 수고비로 100수를 주지. 가서 내가 지금 몸이 안 좋다고, 걔들을 안아보고 싶다고, 죽기 전에 한 번만 더 걔들을 보고 싶다고 전해줘. 하지만 너무 놀라게 하지는 말고."

크리스토프가 그렇게 하라는 라스티냐크의 신호를 보고 출발했다.

"걔들은 올 거야." 노인이 되풀이했다. "나는 걔들을 잘 알아. 그 착한 델핀, 내가 죽으면 그애는 얼마나 슬퍼할지! 나지도 마찬가지야. 걔들 눈에 눈물 흐르지 않게 하기 위해서라도 나는 죽고 싶지 않아. 내게 죽는다는 것은 말일세, 이보게 외젠, 걔들을 다시는 보지 못한다는 뜻이라네. 죽으면 가는 그곳은 아주 지루할 거야. 아버지에게 지옥이란 자식 없이 지내는 것이니, 나는 걔들이 결혼하고 나서 이미 그 사실을 체득했다네. 나의 천국은 쥐시엔가였어. 이보게, 내가 죽어 천국에 간다면 걔들 주위를 도는 정령으로 지상에 다시 돌아올 수 있을 걸세. 그럴 수 있다는 이야기를 들은 적이 있어. 그게 사실일까? 지금 이 순간, 걔들이 쥐시엔가에서 나와 함께 살던 때의 모습이 눈에 선하네. 아침이면 걔들은 나 있는 곳으로 내려왔지. 안녕, 아빠, 그렇게 인사를 했어. 나는 걔들을 무릎 위에 앉히고 정겨운 말들을 수없이 퍼부으며 온갖 장난을 쳤다네. 걔들도 나를 귀엽게 어루만져주었고. 우리는 매일 아침 함께 식사했고, 저녁도 함께 먹었다네. 요컨대 나는 아버지로서, 내 아이들을 마음껏 누렸지. 쥐시엔가에 살 때 걔들은 이치를 따지려 들지 않았고, 세상 물정이라곤 전혀 모르는 채 그저 나만 열렬히 사랑했다네. 하느님, 어쩌자고 그애들은 영원히 귀여운 아이들로 머물러 있지 않는 겁니까? (오! 다시 아프군. 머리가 날 잡아끄는 것 같아.) 아! 아! 미안하구나, 내 아이들! 나는 말도 못하게 아프단다. 진짜 고통이란 이런 것임이 틀림없어. 너희가 일찍이 나를 아픔에 단련시켜놓았지. 하느님! 지금 내 손으로 걔들 손을 부여잡을 수만 있다면 이 고통을 전혀 느끼지 않을 텐데. 자네 생각엔 걔들이 올 것 같은가? 크리스토프는 도무지 미덥지가 않아! 차라리 내가 직접 걔들 집으로 갔어야 했는데. 아무튼, 크리스토프가 걔들을 곧 만나겠지. 그런데 자네 어제 무도회에 있었잖나. 걔들이 어땠는지 내게 말해주겠나? 걔들은 내 병에 대해 아무것도 모르고 있었겠지? 알았다면 춤도 제대로 못 췄을 거야, 불쌍한 아이들! 오! 그만 아팠으면 좋겠어. 걔들에겐 아직 내가 너무나도 필요하거든. 걔들 재산이 지금 위태롭다네. 걔들이 도대체 어떤 남편들에게 팔려갔단 말인가! 날 치료해주게, 날 치료해줘! (오! 너무 아프구나! 아! 아! 아!) 이보게, 난 나아야만 하네, 걔들에겐 아직 돈이 필요하고, 난 어딜 가야 돈을 버는지 아니까. 난 오데사에 가서 건조 녹말을 제조할 거야. 난 수완가야, 수백만 프랑을 벌 걸세. (오! 너무 아프다!)"

고리오는 잠시 침묵을 지켰는데, 고통을 견디려고 남은 기력을 모으기 위해 필사적인 노력을 하는 것 같았다.

"걔들이 여기 있다면 난 고통스럽지 않을 텐데." 그가 말을 이었다. "대체 내가 왜 고통스러워하겠나?"

가벼운 마비 증세가 뒤따랐고 그 상태가 오래 지속되었다. 크리스토프가 돌아왔다. 라스티냐크는 고리오 영감이 잠들었다고 생각했기에 급사가 심부름 가서 겪은 일을 큰 목소리로 보고해도 제지하지 않았다.

"선생님," 급사가 말했다. "백작부인 댁에 먼저 갔는데, 부인께 직접 말씀드릴 수가 없는 상황이었어요. 남편분과 크게 다투고 있다는 거예요. 제가 계속 드릴 말씀이 있다고 하니까 레스토 씨가 직접 나오더니 이렇게 말씀하시더군요. '고리오 씨가 죽는다고. 아! 그거 잘됐군. 그 양반이 해야 하는 일 중 그나마 괜찮은 선택이지. 부인은 지금 나와 중요한 일을 매듭지어야 하니, 모든 게 정리되면 갈 거라고 전하게.' 그분은 화가 난 표정이었어요. 제가 막 떠나려는데, 부인이 비밀 문을 통해 응접실로 들어와 말씀하셨어요. '크리스토프, 나는 남편과 할 이야기가 있다고 아버지께 전해주게. 지금은 남편 곁을 떠날 수가 없다고, 내 자식들의 생사가 달린 문제라고 말이야. 하지만 모든 게 정리되는 대로 즉시 가겠다고 말씀드리게.' 이렇게요. 남작부인의 경우는 얘기가 또 달라요! 전 부인을 아예 만나지도 못했어요. 그래서 말을 전할 수도 없었고요. '아!' 시녀가 이렇게 말하더라고요. '부인은 다섯시 십오분에야 무도회에서 돌아와 주무시고 계세요. 정오 전에 깨우면 나를 엄청나게 꾸짖을 거예요. 나중에 부인이 날 찾으면 그때 부인 아버님이 더 안 좋아지셨다고 전할게요.' 궂은 소식은 부인께 언제든 전할 수 있어야 하는데 말이에요. 제가 아무리 간청해도 소용없었어요! 나 원! 제가 남작 나리께라도 말씀드리겠다고 했는데, 남작은 외출하고 집에 없다는군요."

"딸 중 아무도 오지 않을 모양이군!" 라스티냐크가 외쳤다. "내가 두 딸 모두에게 편지를 써야겠어."

"안 올 거야." 노인이 몸을 일으켜 앉은 자세로 말했다. "둘 다 일이 있거나 자거나 하겠지. 걔들은 오지 않을 거야. 난 그 사실을 이미 알고 있었어. 자식들이 어떤 인간들인지 알려면 부모가 죽어봐야 하네. 아! 이보게, 자네는 결혼하지 말게, 자식도 두지 말고! 자넨 자식들에게 생명을 주지만, 자식들은 자네에게 죽음을 준다네. 자네는 자식들을 세상 속으로 들어오게 하지만, 자식들은 자네를 세상 밖으로 내쫓는다네. 그래, 걔들은 오지 않을 걸세! 나는 십 년 전부터 그걸 알고 있었네. 가끔은 혼잣말로 걔들이 그럴 거라고 중얼거렸지. 하지만 실제로 그러리라고는 감히 믿고 싶지 않았다네."

그의 두 눈에서 눈물 한 방울이 샘솟아 불그스레한 눈자위를 적셨지만 굴러떨어지지는 않았다.

"아! 만일 내가 지금도 부자였다면, 내 재산을 그대로 간직하고 있었다면, 걔들에게 내 재산을 물려주지 않았다면, 걔들은 지금 여기 내곁에 있을 텐데, 내 두 뺨에 키스를 퍼부을 텐데! 나는 근사한 저택에 살고 있을 텐데, 아름다운 방들도 여러 개 있고, 하인들도 거느리고, 난방도 잘되어 있을 텐데. 그리고 걔들은 자기 남편과 아이들을 데리고 와서 눈물범벅이 되었겠지. 나는 그 모든 것을 누리고 있을 텐데. 하지만 실제론 아무것도 없는 신세야. 돈이 모든 것을 갖다주지, 심지어는 딸들까지도. 오! 내 돈, 내 돈은 다 어디로 갔을까? 내게 물려줄 금은보화가 있다면 걔들이 나를 치료해주고 보살펴줄 텐데. 나는 걔들 목소리를 듣고, 걔들 모습을 볼 수 있을 텐데. 아! 나의 소중한 아들, 나의 유일한 자식, 나는 버림받은 내 처지가, 가난한 내 처지가 차라리 더 좋네! 적어도 비참한 처지에 있음에도 사랑받는다면, 사람들이 그를 사랑하는 것이 정말 확실하니까. 아닐세, 난 부자였으면 좋겠네, 부자라면 걔들을 볼 수 있을 테니까. 솔직히 말해 누가 알까? 걔들은 둘 다 마음이 목석같아. 나는 걔들을 너무나도 사랑했지, 걔들이 날 사랑하는 것과는 비교가 안 될 정도로. 아버지라면 늘 부자여야만 하고, 엉큼한 말을 조련하듯 자식들에게 굴레를 씌워 조종해야만 하네. 그런데 난 걔들 앞에서 무릎을 꿇었던 거야. 가엾은 것들! 자기들이 지난 십 년 동안 나에게 해온 행위에 이런 식으로 보란듯이 정점을 찍는 구먼. 결혼 초기에 걔들이 나에게 얼마나 세심하게 정을 베풀었는지 자넨 모를 것이네! (오! 혹독한 고문을 당하는 듯 아프구나!) 내가 걔들 각각에게 거의 80만 프랑씩 준 참이었거든. 그땐 걔들도, 걔들 남편들도 나에게 못되게 굴지 않았다네. 오히려 앞다투어 나를 환대했지. '훌륭한 우리 아버지, 이리로 오세요, 사랑하는 우리 아버지, 저쪽으로 가세요.' 이런 식으로 말이야. 그때 걔들 집에는 내 전용 식기 세트가 늘 갖춰져 있었어. 심지어 나는 걔들 남편들과도 함께 식사했다니까, 그땐 그자들이 날 존중했거든. 아마 그자들 보기에 내가 아직 얼마간 재산을 가지고 있는 것 같았던 모양이야. 왜 그랬을까? 내가 내 사업에 대해 일절 말한 적이 없었는데. 자기 딸들에게 80만 프랑씩 나눠준 사람이니 공경받아 마땅했던 게지. 아무튼, 그땐 다들 내게 세심하게 정성을 다했네. 하지만 그건 내 돈 때문이었어. 세상은 절대 아름답지 않다네. 내가 직접 겪은 일이야! 그땐 걔들이 나를 자기들 마차에 태워 극장에 데려갔고, 걔들 저녁 파티에 난 내가 있고 싶은 만큼 있었지. 요컨대 걔들은 내 딸임을 스스럼없이 밝혔고, 나를 자기들 아버지라고 자랑스럽게 인정했어. 보다시피 난 아직 총기를 잃지 않았다네, 무엇 하나 내 눈을 피해 가지 못한다 이 말이지. 모든 게 적중했고, 내 가슴을 관통했다네. 그것이 겉치레에 불과하다는 사실을 난 잘 알고 있었네. 하지만 악행에는 치료제가 없지. 걔들 집에서 식사할 때 난 저 아래층 누추한 식탁에 앉았을 때만큼도 편하지 않았어. 무슨 말을 해야 할지 모르겠더군. 거기 모인 사람 중 몇몇은 내 사위들과 자기들끼리 귓속말로 묻고 답하더군. '저 양반은 누구죠?' '돈주머니 장인입니다. 아주 부자지요.' '아, 대단하군!' 그렇게 자기들끼리 수군거리더니 돈을 경배하는 시선으로 나를 쳐다보는 거지. 하지만 가끔 내가 그들을 조금이라도 성가시게 하면 내 잘못의 대가를 제대로 치렀다네! 하기야, 대체 어느 누가 완벽할 수 있겠는가? (머리가 깨질 것 같군!) 친애하는 나의 외젠, 나는 지금 너무 아프다네. 얼마나 더 아파야 죽는단 말인가. 아! 그래도 이 아픔은 아무것도 아니라네, 내가 엉뚱한 말을 하자 아나스타지가 창피스러워하며 나를 나무라는 눈치를 주었을 때, 그런 시선을 처음으로 받고 내가 느꼈던 고통에 비한다면 말일세. 그 시선에 내 온몸의 핏줄이 다 터져버렸다네. 나는 상황을 완전히 파악하고 싶었지만 알아낸 것이라곤 나 자신이 이 지상의 잉여 존재라는 사실뿐이었지. 다음날 나는 위로받고 싶어서 델핀의 집으로 갔다네. 하지만 거기서도 엉뚱한 말을 해서 분노의 대상이 되었어. 나는 미쳐버릴 것 같았다네. 일주일 동안 어찌할 바를 몰랐지. 개들의 비난이 두려워 개들을 보러 갈 엄두가 더는 나지 않더군. 그렇게 내 딸들의 집 문 앞을 서성이는 존재가 된 걸세. 오, 하느님! 내가 감내했던 비참과 수모를 잘 아시면서, 내가 부쩍 늙고, 급변하고, 파리해지고, 죽음으로 내몰리던 그 시절, 내가 받았던 그 무수한 난도질을 하나하나 다 아시면서 대체 왜 오늘 나에게 이토록 고통을 주십니까? 나는 그애들을 너무 사랑한 죗값을 다 치렀잖습니까. 개들이 내 애정을 그런 식으로 배은망덕하게 갚았고, 형리처럼 나를 불로 지져 고문했잖습니까. 아, 아버지들이란 그렇게 어리석기만 한 존재지! 난 도박장을 못 끊는 노름꾼처럼 개들에게로 다시 발길을 돌렸으니, 그만큼 개들을 사랑했다네. 내 딸들이 내 악폐의 근원이었어. 나를 지배한 주인, 나의 모든 것이었지. 걔들은 둘 다 항상 뭔가가, 장신구들이 필요한 상태였다네. 걔들 시녀들이 수시로 나한테 와서 그렇게 전했지. 그때마다 난 걔들의 환대를 받기 위해 그것들을 구할 돈을 주었다네! 아무튼, 걔들이 세상을 사는 내 방식에 대해 몇 가지 소소한 교훈을 안겨준 셈이지. 오! 그렇게 돈을 받은 다음날에도 걔들은 날 기다리지 않았다네. 나를 부끄럽다고 여기기 시작했던 게야. 정성을 다해 자식들을 키운 결과가 이런 것이라네. 그렇지만 그 나이에 다시 학교에 다닐 수도 없으니. (말도 못하게 아프구나, 맙소사! 의사들을 불러줘! 의사들을! 차라리 내 두개골을 열어주면 그나마 고통이 덜할 텐데.) 나의 딸들, 나의 딸들, 아나스타지, 델핀! 걔들이 보고 싶군. 경찰을 불러 강제로라도 걔들을 데려와주게! 정의는 내 편이야. 모든 게 내 편이지, 자연법도, 민법도. 나는 항의하네. 아버지들이 짓밟히면 조국은 멸망하는 거야. 불을 보듯 뻔한 일이지. 사회는, 세상은 아버지의 권위를 바탕으로 굴러가는 법이니, 자식들이 자기 아버지를 사랑하지 않는다면 모든 게 붕괴하고 말고. 오, 걔들 얼굴을 보면, 걔들 목소리를 들으면, 걔들이 내게 무슨 말을 하든 그 목소리를 들을 수만 있다면 내 고통이 잠잠해질 텐데, 특히 델핀 말이야. 나중에 걔들이 여기 오면 평소처럼 그렇게 나를 냉랭하게 바라보지는 말라고 말해주게나. 아, 내 친구, 외젠, 금빛 시선이 느닷없이 칙칙한 납빛으로 변하는 모습을 보는 게 어떤 건지 자넨 잘 모를 걸세. 걔들의 눈이 더는 나를 따뜻하게 비추지 않고부터 내가 사는 곳은 언제나 겨울이었다네. 내겐 삼킬 우울밖에 남은 게 없었고, 난 그 우울을 삼켰지! 수모와 모욕을 당하려고 그렇게 살아온 셈이야. 걔들은 내 돈을 받은 대가로 하찮고 초라하고 부끄럽기만 한 기쁨을 내게 판 것인데, 그 모든 수모조차도 꾹 참았을 만큼 난 걔들을 사랑한다네. 아버지란 존재가 자기 딸들을 보기 위해 스스로 모습을 감춰야 하다니! 나는 걔들에게 내 삶을 모두 바쳤는데, 오늘 걔들은 내게 한 시간도 할애하지 않을 셈이구나! 목이 타고, 배가 고프고, 가슴에 열불이 나지만 걔들은 내 단말마의 고통을 덜어주러 오지 않을 것이다, 나는 죽어가는데, 그게 느껴지는데. 걔들은 자기 아버지의 시신을 밟고 가는 것이 무슨 의미인지 도통 모르겠지! 하늘엔 하느님이 계시지, 그 하느님이 우리가 원하지 않아도 우리 아버지들 대신 복수해주실 거야. 오! 아니야, 걔들은 올 거야! 어서 오너라, 내 사랑스러운 딸들, 와서 내게 다시 한번 키스해다오. 너희 아버지의 저승행 노잣돈인 마지막 키스를. 너희 아버지는 저승에 가서 하느님께 너희를 위해 간청하겠다, 너희는 좋은 딸들이었다고 말씀드리겠다. 너희를 변호하겠다! 따지고 보면 너희는 순진무구한 애들인데. 이보게, 걔들은 순진무구하다네! 세상 모두에게 꼭 좀 그렇게 말해주게나, 사람들이 나 때문에 걔들을 비난하고 힘들게 하지 않았으면 좋겠어. 모두 내 잘못이네, 내가 걔들이 나를 발로 짓밟도록 버릇을 들여놓았지. 나는 되레 그걸 좋아했으니까. 걔들이 그렇게 한 건 그 무엇과도 상관없는 일이라네, 인간의 도리와도, 하느님의 정의와도 상관없지. 하느님이 만약 나에게 잘못했다고 걔들을 벌하신다면, 그건 하느님의 부당한 처사일 걸세. 내가 처신을 잘못한 거네, 스스로 나의 권리를 포기하는 어리석은 짓을 한 거야. 걔들을 위해서라면 난 어떤 치욕도 감수하겠네! 어쩔 수 없지 않나! 제아무리 아름다운 천성을 가졌더라도, 제아무리 훌륭한 영혼이라도 아버지라서 쉽게 빠지게 되는 그 무분별한 타락에 속절없이 굴복하고 마는 것을. 나는 아주 비루한 존재네, 벌을 받아도 싸지. 오로지 내가 딸들을 버릇없이 키워 걔들을 망가뜨린 걸세. 걔들은 옛날에 사탕을 탐했듯이 오늘 쾌락을 탐한다네. 걔들이 젊은 아가씨의 환상을 만족시키려 할 때마다 나는 늘 허락했다네. 걔들은 열다섯 살에 이미 마차를 소유했지! 걔들에겐 아무런 걸림돌도 없었네. 오로지 내가 죄인이야. 하지만 사랑했기에 지은 죄지. 걔들 목소리를 들으면 내 마음이 속절없이 열렸거든. 걔들 목소리가 들리는구나, 걔들이 오는가보다. 오! 그렇지, 걔들은 꼭 올 거야. 법은 누구라도 아버지의 임종을 지키라고 권장하지, 법은 내 편이야. 게다가 마차 타고 한 번 오는 비용밖에 안 드는 일이잖나. 마차삯은 내가 내지. 걔들에게 편지를 써주게, 내가 걔들에게 물려줄 유산 수백만 프랑을 갖고 있다고 말이야! 이건 진심으로 하는 말일세. 나는 오데사로 가서 이탈리아 파스타를 제조할 거니까. 어떻게 해야 하는지는 내가 잘 알지. 내 머릿속에는 수백만 프랑을 벌 계획이 들어 있다네. 파스타 제조는 아무도 생각하지 못한 방법이야. 그건 밀이나 밀가루처럼 운송중에 상할 위험이 전혀 없어. 아, 아, 전분도 있지? 그것으로도 수백만 프랑을 벌 수 있네! 자네더러 거짓말을 하라는 것이 아니야, 걔들에게 수백만 프랑이라고 쓰게, 그러면 어찌됐든 탐욕 때문에라도 올 거야. 걔들이 돈 때문에 오더라도 나는 차라리 속고 싶네, 걔들을 볼 수 있을 테니까. 나는 내 딸들을 원하네! 내가 걔들을 만들었다네! 걔들은 내 것이네!" 노인이 앉은 자세로 몸을 곧추세우고 외젠에게 흰 머리카락이 흩어져내린 얼굴을 들이밀었는데, 위협을 표현할 수 있는 모든 표정을 담고자 한 노력만으로도 그 얼굴은 가히 위협적이었다.

"자," 외젠이 말했다. "다시 자리에 누우세요, 존경하는 고리오 영감님. 제가 따님들에게 편지를 쓸게요. 따님들이 안 온다면, 비앙숑이 돌아오는 대로 제가 직접 가보겠습니다."

"걔들이 안 온다고?" 노인이 흐느끼며 그의 말을 반복했다. "그러면 난 죽고 말 걸세, 분노가 치밀어 죽고 말 거야! 분노! 분노가 나를 집어삼키는구나! 지금 눈앞에 내 인생 전체가 보인다. 나는 속은 거야! 걔들은 날 사랑하지 않아, 한 번도 사랑한 적이 없지! 그건 분명해. 걔들이 이제까지 오지 않았다면 앞으로도 오지 않을 거야. 걔들이 늦으면 늦을수록 걔들은 그만큼 더 나를 기쁘게 해주길 주저하는 거야. 나는 걔들을 잘 알지. 걔들은 이제까지 내 슬픔에 관해, 내 고통에 관해, 내 욕구에 관해 조금이라도 눈치챈 적이 한 번도 없었어. 내 죽음 역시 눈치채지 못하겠지. 걔들이 내 애정의 비밀만 모르는 게 아닐세. 그렇다네, 나는 훤히 알고 있어. 걔들은 내가 늘 자기들에게 오장육부를 다 내어주니 거기 익숙해져서 내가 자기들을 위해 한 모든 일이 얼마나 값진지 모르지. 걔들이 만일 내 눈을 파내라고 요구한다면 난 걔들에게 '그래 파내라!'라고 말할 그런 위인일세. 너무도 어리석지. 걔들은 세상 모든 아버지가 자기 아버지 같은 줄 안다네. 항상 제 권리를 당당히 내세워야 하는 법인데. 걔들 자식들이 날 위해 복수해주겠지. 하지만 여기 오는 것이 걔들한테도 이익이 될 텐데 그걸 모르는군. 그러니까 자네가 걔들 스스로 자신들의 고통을 자초하는 것이라고 알려주게나. 걔들은 일거에 모든 죄를 저지르는 셈이야. 그래도 어서 가주게, 가서 오지 않는다면 그건 부친 살해나 마찬가지라고 말해주게나! 하기야 이번 일 말고도 걔들은 그동안 꽤 많이 부친 살해를 저질렀지!

그러니 나 대신 이렇게 외쳐주게나. '어이, 나지! 어이, 델핀! 당장 당신들 아버지에게 가요, 당신들에게 그토록 잘해주었던 그분이 지금 몹시 고통스러워하고 있소!' 아무것도 남은 게 없고, 아무도 오지 않는구나. 나는 이렇게 개처럼 비참하게 죽는 건가? 이게, 버림받음이, 내 삶의 보상이로구나. 내 딸들은 파렴치한 것들이다, 흉악한 범죄자들이다. 나는 걔들을 증오한다, 걔들을 저주한다. 나는 밤마다 걔들을 되풀이하여 저주하기 위해 관에서 벌떡 일어날 거다. 나의 친구들이여, 내가 잘못하는 건가? 내 딸들이 정말 못되게 구는 걸 보란 말이야! 내가 지금 무슨 말을 하는 거지? 자네, 델핀이 와 있다고 내게 알려주지 않았나? 걔가 둘 중 더 낫지. 자네, 자네는 내 아들이네, 외젠! 걔를 사랑해주게, 걔의 아버지가 되어주게. 다른 애는 아주 불행해, 걔들의 재산도 그렇고! 아, 하느님 아버지! 숨이 끊어질 것 같군요. 너무나도 아픕니다! 내 머리를 부숴버리고 심장만 남겨주십시오."

"크리스토프, 어서 가서 비앙숑을 데려오게. 그리고 마차 한 대 불러줘." 노인의 한탄과 비명이 심상치 않아 외젠은 겁에 질려 소리쳤다.

"제가 가서 따님들을 불러오겠습니다, 존경하는 영감님, 따님들을 영감님 앞에 데려올게요."

"억지로라도, 억지로라도 데려오게! 경비대를 부르게, 최전선 보병대를 부르게, 모두! 모두 부르게." 노인이 외젠에게 의식이 살아 번득이는 마지막 시선을 던지며 말을 이었다. "정부에, 검사장에게 소청해 걔들을 내 앞에 데려와달라고 하게, 내가 그걸 원하네!"

"하지만 따님들을 저주하셨잖아요."

"누가 그런 말을 했단 말인가?" 노인이 아연실색하여 물었다. "내가 개들을 얼마나 사랑하는지, 얼마나 떠받드는지 자네도 잘 알지 않나! 개들을 보면 난 곧 나을 걸세…… 자, 나의 착한 이웃, 나의 사랑하는 아들, 자, 어서, 자네는, 자네는 정말 선한 사람이네. 자네에게 고마움을 표시하고 싶은데, 하지만 내겐 다 죽어가는 자의 축원 말고 줄 것이 하나도 없군. 아! 적어도 델핀만은 꼭 보고 싶은데, 나 대신 자네에게 진 빚을 갚아달라고 당부해야 하니까. 다른 애는 오지 않더라도 개만은 내게 데려와주게. 개가 오고 싶지 않다고 하면 자네는 개를 더는 사랑하지 않겠노라고 말하게. 개는 자네를 너무나도 사랑하니 꼭 올 걸세. 마실 것 좀 주게, 뱃속이 타들어가는 것 같아! 내 머리 위에 뭐라도 좀 올려놓아주게. 내 딸들의 손, 그러면 나를 구할 수 있을 텐데, 그럴 텐데…… 맙소사! 내가 가버리면 누가 개들 재산을 복원시켜준단 말인가? 난 개들을 위해 오데사에 가고 싶네, 오데사에, 거기서 파스타를 만들 거야."

"이거 마시세요." 외젠이 빈사의 노인을 일으켜세운 뒤, 왼팔로는 노인을 붙들고 오른팔로는 탕약이 가득 든 잔을 내밀었다.

"자넨 틀림없이 자네 아버지와 어머니를 공경하겠군!" 노인이 쇠약한 두 손으로 외젠의 손을 꼭 잡고 말했다. "개들, 내 딸들을 보지 못하고 죽는 내 심정이 어떤지 이해하겠나? 늘 갈증을 느끼고, 그런데도 한 모금도 안 마시고, 그렇게 지난 십 년을 살았는데…… 내 두 사위가 내 두 딸을 죽인 셈이네. 그래, 개들이 결혼한 이후로 내겐 딸이 사라져버렸네. 세상의 아버지들이여, 의회에 결혼에 관한 법률을 제정하라고 요구하시오! 그러니까 자넨, 나중에 딸들을 사랑한다면 개들을 절대 결혼시키지 말게. 사위란 딸의 모든 것을 망가뜨리고 모든 것을 오염시키는 흉악한 자일세. 이 세상에서 결혼은 사라져라! 결혼은 우리 아버지들에게서 딸들을 빼앗아가는 제도일 뿐, 우리는 죽을 때조차도 딸들을 되찾지 못하지. 아버지의 죽음에 관한 법률을 제정하라. 무시무시한 법률을! 복수를! 내 딸들을 오지 못하게 가로막는 자들은 바로 내 사위들이야. 그들을 죽여라! 레스토 그놈에게 사형을, 알자스 놈에게 사형을, 그놈들이 나를 살해한 자들이야! 그들을 사형시키거나, 아니면 내 딸들을 돌려달라! 아! 다 끝났어, 난 내 딸들을 보지 못하고 이렇게 죽는구나! 내 딸들! 나지, 피핀, 어서, 어서 오너라! 너희 아빠가 지금……"

"존경하는 고리오 영감님, 진정하세요. 자, 안정을 취하셔야죠. 움직이지 마세요, 생각도 하지 마시고요."

"걔들을 보지 못하다니, 그게 극도의 고통일세!"

"따님들을 보게 되실 겁니다."

"정말인가!" 노인이 혼미한 정신으로 소리쳤다. "오! 걔들을 보게 된다니! 내가 걔들 얼굴을 보게 된다니, 걔들 목소리를 듣게 된다니. 이제 죽어도 여한이 없겠군. 아! 그래, 난 더 살기를 바라지 않아. 삶에 집착하지 않는다고. 고통은 점점 더 커질 뿐이니까. 하지만 걔들을 본다니, 걔들 드레스를 만진다니, 아! 걔들 드레스만 있으면 다른 건 필요 없어. 사실 그건 별거 아니지. 하지만 그걸 만지며 걔들의 일부를 느끼고 싶구나! 내게 걔들 머리카락을, 머리……"

노인은 흡사 몽둥이에 맞은 듯이 베개 위로 머리를 툭 떨어뜨렸다. 그의 두 손이 딸들의 머리카락을 잡으려는 듯 이불 위에서 꿈지럭거렸다.

"걔들을 위해 신의 가호를 비노니," 그가 안간힘을 쓰며 말을 이었다. "신의 가호를."

노인이 갑자기 무너졌다. 그때 비앙숑이 들어왔다. "오다가 크리스토프를 만났어." 비앙숑이 말했다. "크리스토프가 마차를 불러올 거야." 이어 그는 환자를 살피고 눈꺼풀을 억지로 열어보았다. 두 대학생의 눈에 온기도 생기도 잃은 노인의 눈동자가 들어왔다. "노인은 회복되지 못할 것 같아." 비앙숑이 말했다. "가망이 없어 보여." 그는 노인의 맥박을 재고, 몸을 만져보고, 가슴 위에 손을 얹었다.

"생체는 여전히 작동하는군. 하지만 이런 상태라면 아주 안 좋아. 차라리 죽는 편이 더 낫지!"

"내 생각에도 그래." 라스티냐크가 말했다.

"너 무슨 일이야? 시신처럼 창백해."

"친구, 나는 방금 노인의 비명과 한탄을 들었어. 하느님은 존재하지! 오! 맞아! 하느님은 존재해, 그분이 우리를 위해 더 나은 세상을 만들어주셨어, 그렇지 않다면 우리가 사는 이 세상은 무의미하겠지. 비명과 한탄이 그만큼이나 비극적이지 않았다면 난 그저 눈물만 쏟았을 거야, 하지만 지금은 오장육부가 처절하게 터져나가는 느낌이 들어."

"이봐, 앞으로 더 많은 것이 필요할 텐데, 돈은 어디서 구하지?"

라스티냐크는 회중시계를 꺼냈다.

"자, 받아, 이걸 어서 전당포에 맡겨줘. 난 가는 도중에 멈출 수 없어. 일 분이라도 지체할까봐 겁이 나거든. 지금은 크리스토프가 오길 기다리는 중이야. 난 지금 수중에 한푼도 없어. 그러니 마차삯은 여기로 돌아와 치러야 해."

라스티냐크는 쏜살같이 계단을 내려가 뒤엘데가의 레스토 부인 댁을 향해 출발했다. 가는 동안, 조금 전 눈으로 직접 본 끔찍한 광경에 충격을 받은 그의 상상력은 분노로 발전했다. 대기실에 도착해 레스토 부인을 찾자, 하인은 부인이 어디 있는지 모른다고 대답했다.

"이보시오." 그가 하인에게 말했다. "난 지금 사경을 헤매는 부인의 부친이 보내서 왔소."

"선생님, 우린 백작 나리로부터 지엄한 분부를 받고……"

"레스토 백작이 안에 있으면, 그분 장인이 지금 어떤 상태인지 전하고 내가 지금 당장 그분께 할 말이 있다고 알리시오."

외젠은 한참을 기다렸다.

'노인은 지금 죽었을지도 모른다.' 그는 생각했다.

하인이 돌아와 그를 부속 응접실로 안내했다. 레스토 씨는 자리에 앉으라고 권하지도 않고 불기 없는 벽난로 앞에 선 채로 그를 맞았다.

"백작님," 라스티냐크가 말했다. "당신 장인께서 지금 말도 못하게 누추한 방에서, 땔나무 살 돈도 없이 다 죽어가고 있습니다. 지금 임종을 앞두고 딸을 보기를 바라세요……"

"이보시오, 선생," 레스토 백작이 차갑게 대꾸했다. "당신은 내가 고리오 씨에게 큰 관심이 없다는 것을 이미 간파했을 텐데요. 그 양반은 레스토 부인도 망가뜨리고 자기 자신도 스스로 망가뜨린 거요. 그 양반이 내 인생을 불행하게 만든 장본인이지. 나는 그가 내 안식의 적이라고 생각하오. 그 양반이 죽든 살든 나하고는 전혀 상관없는 일이오. 이상이 그 양반에 대한 내 감정이오. 세상 사람들이 날 비난해도 좋소, 난 여론을 경멸하거든. 난 지금 얼간이들이나 나랑 무관한 사람들이 나를 어떻게 생각할지 걱정하는 일보다 훨씬 더 중요한 사안을 매듭지어야 하오. 레스토 부인에 대해 말하자면, 그 여자는 지금 외출할 상황이 아니오. 게다가 난 그 여자가 집을 비우는 것을 원치 않소. 그 여자 아버지에게 가서 전하시오. 그 여자가 나와 내 자식에 대해 해야 할 의무를 다하면, 그땐 즉시 그 양반을 보러 갈 거라고. 만일 자기 아버지를 그렇게 사랑한다면, 그 여자는 조만간 자유로워질 수 있겠지……"

"백작님, 당신 행위에 대해 왈가왈부하는 것은 내 소관이 아닙니다. 당신이 당신 아내의 주인이니까요. 하지만 내가 당신의 품격에 기대를 걸 수는 있지 않나요? 아, 좋습니다. 부인에게 부인 아버지께서 살날이 하루도 남지 않았다고, 그리고 병상에 부인의 모습이 보이지 않자 부인을 저주했다고 전하겠다는 것만 약속해주십시오!"

"당신이 직접 전하시오." 레스토 씨는 외젠의 어조에서 드러나는 분노의 감정에 놀라 대답했다.

라스티냐크는 백작의 안내를 받아 백작부인이 평소 머무는 거실로 들어갔다. 눈물범벅이 된 채 마치 죽음을 기다리는 사람처럼 안락의자에 파묻혀 있는 그녀의 모습이 눈에 들어왔다. 외젠은 연민에 휩싸였다. 라스티냐크에게 눈길을 주기 전에 그녀는 두려움 가득한 눈길로 남편을 쳐다보았는데 정신적, 육체적 폭력을 당해 기가 완전히 죽은 모습이었다. 백작이 고개를 까딱이자, 그 동작에 부인은 허락이 떨어졌다고 생각한 듯 입을 열었다.

"다 들었습니다. 아버지께 말씀드려주세요, 제가 지금 처한 상황을 아신다면 절 용서하시리라 믿는다고요. 이런 형벌을 당할 줄 꿈에도 생각하지 못했어요. 저로서는 어쩔 수 없는 일이죠. 하지만 끝까지 버틸 겁니다." 그녀가 자기 남편을 향해 말을 이었다. "난 엄마니까요. 아버지께 말씀드려주세요, 겉보기와는 달리, 난 아버지께 못된 짓이나

하는 딸이 아니라고요." 자포자기의 심정으로 그녀는 대학생에게 소리
쳤다.

외젠은 이 여인이 끔찍한 위기에 처해 있음을 직감하고 참담한 심정
으로 부부에게 인사한 뒤 물러났다. 레스토 씨의 어조로 보아 자신의
방식이 통하지 않는다는 것을 깨달았으니, 아나스타지의 처지도 자유
롭지 않을 터였다. 그는 뉘싱겐 부인 댁으로 달려갔다. 부인은 침대에
서 일어나지 않은 상태였다.

"나는 지금 아파요, 내 가엾은 친구." 그녀가 외젠에게 말했다. "무
도회에서 돌아오는 길에 감기에 걸렸어요. 폐렴일지도 몰라 걱정돼요.
의사를 기다리고 있는데……"

"죽음이 당신의 입술 위에 어른거릴지라도," 외젠이 그녀의 말을 끊
고 입을 열었다. "기어서라도 지금 당장 아버지 곁으로 가야 합니다.
아버지가 당신을 부르고 있어요! 그분의 외침이 당신 귀에 아주 조금
이라도 들린다면 당신 몸이 아프다는 생각은 절대 안 들 겁니다."

"외젠, 모르긴 해도 아버지 상태가 당신 말처럼 그렇게 나쁘지는 않
을 거예요. 그렇지만 당신 눈에 내가 조금이라도 잘못한 것으로 보인
다면 난 절망스럽겠죠. 그러니 당신이 하라는 대로 하겠어요. 아버지
는, 내가 아버지를 잘 아는데, 이번 외출의 여파로 내 병세가 치명적으
로 악화하면 아마 상심해서 돌아가실지도 몰라요. 아! 알았어요, 의사
가 오는 대로 곧 가죠. 아! 그런데, 당신 왜 시계를 안 차고 있죠?" 시
곗줄이 보이지 않자 그녀가 물었다. 외젠은 얼굴을 붉혔다. "외젠, 시
계를 벌써 팔았거나 잃어버렸다면…… 오! 그렇다면 너무 나빠요."

대학생은 델핀의 침상으로 몸을 굽혀 그녀의 귀에 대고 말했다. "그

404

이유를 알고 싶어요? 아! 그래요, 알아야죠! 당신 아버지는 오늘밤 돌아가셔도 몸을 감쌀 수의조차 살 돈이 없는 형편이에요. 당신이 준 시계는 전당포에 잡혔어요. 나도 수중에 한푼도 없었거든요."

델핀이 갑자기 침대에서 뛰쳐나와 자기 서랍장으로 달려가더니 들고 온 돈주머니를 라스티냐크에게 건넸다. 그런 뒤 시녀를 부르고 소리쳤다. "갈게요, 갈게요, 외젠. 옷을 갈아입어야겠어요. 하지만 아마 괴물처럼 보이겠죠. 당신은 어서 가요, 내가 당신보다 먼저 도착할 거예요! 테레즈," 그녀가 시녀에게 외쳤다. "뉘싱겐 씨에게 얘기할 게 있으니 지금 바로 올라오시라고 전해줘."

죽음을 앞둔 노인에게 두 딸 중 하나라도 온다는 소식을 알리게 되어 다행이라고 생각하며 외젠은 얼마간 신이 난 채로 뇌브생트즈느비에브가에 도착했다. 그는 마부에게 곧장 삯을 치르기 위해 돈주머니를 뒤졌다. 그토록 부유하고 우아한 젊은 부인의 돈주머니에는 고작 70프랑밖에 들어 있지 않았다. 계단을 오르자 비앙숑이 고리오 영감을 꽉 붙들고, 의료부장의 감독 아래 외과의사가 시술을 진행중인 모습이 눈에 들어왔다. 노인의 등에 뜸을 뜨고 있었는데, 이는 과학에 입각한 최후의 치료이자 사실상 무의미한 치료였다.

"느낌이 오나요?" 의료부장이 물었다.

고리오 영감은 대학생을 힐끗 보더니 대답했다. "걔들이 온다지? 그렇지?"

"최악의 상태는 벗어난 것 같습니다." 외과의사가 말했다. "말을 하네요."

"예," 외젠이 대답했다. "델핀이 제 뒤를 따라오고 있습니다."

"이봐!" 비앙숑이 말했다. "영감님이 자기 딸들 이야기를 하더니, 말뚝에 묶여 화형을 당하는 사형수가 물을 찾아 부르짖듯 딸들을 찾아 부르짖었어."

"그만 멈추시오." 의료부장이 외과의사에게 말했다. "더는 어찌할 방도가 없군, 이 사람을 살릴 수 없소."

비앙숑과 외과의사가 죽어가는 노인을 악취나는 침상 위에 다시금 눕혔다.

"그래도 시트는 갈아야 하겠는데." 의료부장이 말했다. "아무 희망이 없더라도 환자의 품위는 존중해야 하니까. 난 갔다가 다시 오겠네, 비앙숑." 그가 의과대학생에게 말했다. "환자가 계속 고통을 호소하면 횡격막 부위에 아편을 투여하게."

외과의사와 의료부장이 떠났다.

"자, 이봐, 외젠, 힘을 내자고!" 둘만 남자 비앙숑이 라스티냐크에게 말했다. "우선 노인에게 흰 내의를 입히고 시트도 갈아야 해. 가서 실비에게 시트를 가져와 우리를 도와달라고 전해줘."

외젠은 아래로 내려갔다. 보케르 부인은 실비와 함께 식탁을 차리느라 분주했다. 라스티냐크가 입을 열자마자 그녀는 그에게 다가와 돈도 잃고 싶지 않고 손님의 기분도 거스르고 싶지 않은 의심 많은 상인이 보여줄 법한 들척지근하면서도 신랄한 표정을 지었다.

"친애하는 외젠 씨," 과부가 응대했다. "나와 마찬가지로 당신도 고리오 영감에게 돈이 한푼도 남지 않았다는 사실을 잘 알잖소. 눈을 까뒤집고 있는 사람에게 시트를 내준다는 건 그걸 다 버린다는 뜻이지. 게다가 수의용으로 한 장이 더 필요할 테고. 그렇게 따지면, 당신은 내게 빚진 돈이 이미 144프랑인데다. 시트값으로 40프랑을 치고, 각종 소소한 물건들, 예컨대 실비가 당신에게 갖다줄 촛대 같은 것을 다 합치면 적어도 200프랑에 육박해요. 나 같은 가난한 과부에게 그 정도면 무시할 수 없는 액수죠. 망할 것! 외젠 씨, 내 집에 액운이 닥친 지난 닷새 동안 난 상당히 큰 손해를 입었어요. 당신이 말했던 대로 저 노인네가 요 며칠 사이 이 집을 떠났으면 10에퀴라도 쥐여 보냈을 텐데. 이번 일 때문에 내 하숙인들도 충격이 크잖아요. 이럴 줄 알았으면 저 노인네를 빈민구호소로 보냈을 거라고요. 요컨대 내 입장이 돼봐요. 내 하숙집이 내겐 최우선이고, 내 목숨 같은 거예요."

외젠은 급히 고리오 영감의 방으로 올라왔다.

"비앙숑, 시계 잡힌 돈은?"

"저기 탁자 위에. 360하고 몇 프랑 정도 남아 있어. 외상으로 구매한 물품들 값을 갚았지. 전표는 돈 밑에 있고."

"여기 있소, 부인," 라스티냐크는 혐오감이 치밀어 구를 듯이 계단을 내려가 쏘아붙였다. "이걸로 우리 계산을 끝냅시다. 고리오 씨는 당신 집에 오래 머물 필요가 없을 거요. 나도 그렇고⋯⋯"

"알았소. 그 양반, 두 발을 앞으로 내민 채 집을 떠나게 생겼군, 불쌍한 양반 같으니라고." 과부가 반은 흐뭇하고 반은 구슬픈 표정으로 200프랑을 헤아리며 말했다.

"이걸로 끝난 거요." 라스티냐크가 재차 말했다.

"실비, 시트를 내드리고 올라가서 저분들을 도와라."

"실비를 잊어서는 안 돼요." 보케르 부인이 외젠의 귀에 대고 덧붙였다. "쟤는 이틀 밤을 꼬박 새우며 시중을 들었소."

외젠이 돌아서자마자 보케르 부인은 자기 식모에게 득달같이 달려가 귀에 대고 속삭였다. "7번 칸에 있는, 재활용하려고 뒤집어놓은 시트를 가져가거라. 말이야 바른 말이지, 그 정도면 죽은 사람에겐 과분하고말고."

외젠은 층계를 이미 몇 단 올라간 뒤라 늙은 하숙집 주인의 말을 듣지 못했다.

"자," 비앙숑이 외젠에게 말했다. "노인에게 내의를 갈아입히자고. 몸을 똑바로 세워봐."

외젠이 침대맡에 서서 빈사 상태의 병자를 붙잡고 비앙숑이 내의를 벗기는 순간, 노인이 가슴을 움켜쥐고 뭔가를 지키려는 듯한 동작을 취하더니 엄청난 고통을 호소하는 짐승처럼 무슨 말인지 알아들을 수 없는 깊고 큰 탄식을 내뱉었다.

"오! 오!" 비앙숑이 말했다. "조금 전 우리가 뜸을 뜨느라 벗겨놓았던, 머리칼을 꼬아 만든 작은 사슬과 거기 달린 메달을 찾는가봐. 가엾은 사람! 그걸 다시 걸어줘야겠군. 저기 벽난로 위에 있어."

외젠은 아마도 고리오 부인의 것인 듯싶은, 잿빛 금발 머리칼로 꼬아만든 사슬을 가지러 갔다. 메달 한쪽 면에는 아나스타지의 이름이, 다른 면에는 델핀의 이름이 새겨져 있었다. 그것은 항상 노인의 가슴 위에 놓여 거울처럼 노인의 마음을 비추었으리라. 둥글게 말린 채로 메달 안에 들어 있는 머리카락은 아주 가느다래서, 두 딸이 어렸을 때 뽑아 간직해온 것이 틀림없었다. 메달이 가슴에 닿자 노인의 입에서 섬뜩할 정도의 만족감을 드러내는 탄성이 길게 흘러나왔다. 노인의 감각에서 울려 나온 이 마지막 메아리가, 우리의 공감이 시작되고 귀착되는

408

깊은 미지의 중심부로 다시 빨려들어가 소멸하는 것만 같았다. 그의 안면에 일어난 경련은 일종의 병적인 쾌감의 표현이었다. 두 대학생은 사유가 멈춘 뒤에도 여전히 남아 있는 감정능력으로부터 섬광처럼 터져나온 그 끔찍한 반응에 충격을 받고 흘러나오는 눈물을 주체할 수 없었으니, 다 죽어가면서도 쾌감을 느끼는 듯 날카로운 외마디 비명을 내지르는 노인의 몸 위로 그들의 뜨거운 눈물이 뚝뚝 떨어졌다.

"나지! 피핀!" 노인이 웅얼거렸다.

"아직 살아 있어." 비앙숑이 말했다.

"왜 저러는 거죠?" 실비가 물었다.

"고통스러우니까." 라스티냐크가 대답했다.

친구에게 자기를 따라 하라는 신호를 보낸 비앙숑이 병자의 오금 밑으로 두 팔을 집어넣기 위해 무릎을 꿇었고, 라스티냐크는 침대 맞은편에서 같은 동작을 취하며 병자의 등 밑으로 두 손을 넣었다. 실비는 시체 같은 병자가 들어올려지는 즉시 헌 시트를 빼내고 자기가 가져온 시트를 새로 깔 채비를 했다. 아마도 눈물 때문에 자기 딸들로 착각했는지 고리오가 마지막 남은 힘을 모아 두 팔을 뻗다가 침대 양쪽에 있는 두 대학생의 머리에 손이 닿자 격렬하게 그들의 머리카락을 움켜쥐었다. 이어 희미한 목소리가 들렸다. "아! 나의 천사들!" 이 말 위로 증발해버린 영혼으로 인해 유난히 두드러지는 두 단어, 두 어절의 중얼거림이었다.

"가엾은 분." 환각 중에서도 가장 소름 끼치는 환각, 가장 깊은 무의식에서 비롯한 환각이 지고의 감정을 여실히 드러냈으니, 그 소리에 뭉클함을 느낀 실비가 말했다.

이 아버지가 뱉은 최후의 탄식은 말 그대로 환희의 탄식이었다. 그 탄식이야말로 그의 전 생애를 요약한 표현이었다. 노인은 여전히 환각에 빠져 있었다. 고리오 영감이 자신의 초라한 침상 위에 조심스럽게 다시 눕혀졌다. 그 순간부터, 노인의 얼굴에는 인간으로 하여금 쾌락과 고통을 느끼게 하는 두뇌의 의식활동이 멈춘 기계장치 속에서 벌어지는, 생사를 넘나드는 싸움의 고통스러운 흔적이 고스란히 나타났다. 그 기계장치의 완전한 와해는 시간문제였다.

"몇 시간 동안 이렇게 버티다가 아무도 눈치채지 못하는 사이 슬그머니 숨을 거두겠지. 헐떡거림조차 없을 거야. 뇌가 완전히 침식되었어."

그때 계단에서 가쁘게 숨을 몰아쉬며 올라오는 젊은 여자의 발소리가 들렸다.

"너무 늦었군." 라스티냐크가 중얼거렸다.

그러나 그 여자는 델핀이 아니라 시녀 테레즈였다.

"외젠 씨," 시녀가 말했다. "불쌍한 마님이 아버지를 위해 요구한 돈을 두고 마님과 나리 사이에 격렬한 싸움이 벌어졌어요. 마님은 혼절했고, 의사까지 왔어요. 사혈 요법까지 써야 했어요. 마님은 울부짖었죠. '내 아버지가 죽어가고 있어. 아빠를 보고 싶어!' 영혼을 짓이기는 울부짖음이었어요."

"알았소, 테레즈. 부인이 온다 해도 지금은 소용이 없어. 고리오 씨는 의식이 없으니까."

"불쌍하신 분, 이토록 아프시다니요!" 테레즈가 말했다.

"이젠 제가 필요 없을 테니 전 저녁을 먹으러 가봐야겠어요. 네시 반이에요." 실비가 이렇게 말하고 나가다가 층계 맨 위에서 레스토 부인과 부딪칠 뻔했다.

백작부인의 등장은 침울하고 섬뜩한 느낌을 자아냈다. 부인은 촛불 하나로 겨우 희미하게 불을 밝힌 죽음의 병상으로 눈길을 주더니 생명의 마지막 떨림이 아직 불규칙하게 팔딱이고 있는 아버지의 얼굴을 발견하고 울음을 터뜨렸다. 비앙숑이 조심스럽게 자리를 비켜주었다.

"일찍 빠져나올 수 있는 형편이 안 되었어요." 백작부인이 라스티냐크에게 말했다.

대학생은 슬픔이 가득한 표정으로 고개를 끄덕여 이해한다는 뜻을 표했다. 레스토 부인이 아버지의 손을 잡고 입을 맞추었다.

"저를 용서해주세요, 아버지! 아버진 제 목소리가 아버지를 무덤에서라도 불러낼 거라고 말씀하시곤 했죠. 아! 잠시라도 의식을 회복하시어 잘못을 뉘우친 당신의 딸을 축복해주세요. 제 말 들리세요? 무서워요! 아버지의 축복이 이제부터 제가 지상에서 받을 수 있는 유일한 축복이에요. 세상 사람들 모두 저를 증오해요, 오직 아버지만이 절 사랑하죠. 제 자식들조차 나중에 절 증오할 거예요. 아버지, 저도 데려가주세요, 거기서 제가 아버지를 사랑하고 보살필게요. 아무 소리도 안 들리시나봐, 미쳐버릴 것 같아." 그녀는 아버지의 무릎에 쓰러져 정신나간 사람처럼 잔해 같은 아버지의 몸을 응시했다. "내 불행은 뭐 하나 비껴가는 게 없군요." 그녀가 외젠을 바라보고 말했다. "드 트라유 씨가 내게 엄청난 빚만 남기고 떠났어요. 나는 그가 날 속였다는 것을 마침내 깨달았죠. 남편은 날 절대로 용서하지 않을 거예요. 그래서 난 남편이 내 재산을 마음대로 처분하게 했어요. 내 모든 환상을 잃어버린 셈이에요. 아, 슬프구나! 난 대체 누구를 위해 나를 진정 사랑했던 유일한 마음(그녀는 자신의 아버지를 가리켰다)을 배반했단 말인가! 난 그 마음을 무시하고, 물리치고, 온갖 못된 짓을 다 했구나, 얼마나 가증스러운 존재인가."

"아버님은 그 사실을 다 알고 있었어요." 라스티냐크가 말했다.

그때 고리오 영감이 두 눈을 떴지만 그건 발작으로 인한 경련에 불과했다. 기대에 들뜬 백작부인의 몸짓은 죽어가는 노인의 눈 못지않게 보기에 섬뜩했다.

"아버지가 제 말을 들었을까요?" 백작부인이 소리쳤다. "그럴 리가." 그녀가 아버지 곁에 주저앉으며 중얼거렸다.

레스토 부인이 아버지 곁을 지키고 싶다고 해서 외젠은 요기를 할까 하고 밑으로 내려왔다. 하숙인들이 이미 다 모여 있었다.

"아!" 화가가 외젠을 향해 말했다. "조만간 저 위에서 소소한 사망라마가 한 건 생길 모양이지요?"

"이봐, 샤를," 외젠이 화가에게 말했다. "농담은 이보다 덜 비통한 일을 두고 했으면 좋겠는데."

"그러면 앞으로 이 집에서는 웃을 수도 없단 말인가?" 화가가 대꾸했다. "무슨 상관이야? 비앙숑한테 듣기론 노인은 이제 의식도 없다면서."

"아!" 박물관 직원이 말을 받았다. "이제까지 살아왔던 대로 죽을 모양이군."

"아버지가 돌아가셨어요." 위에서 백작부인이 소리쳤다.

이 소름 끼치는 고함에 실비와 라스티냐크와 비앙숑이 뛰어올라갔다. 레스토 부인은 기절한 상태였다. 부인을 정신 차리게 한 다음 그들은 그녀를 기다리고 있던 삯마차로 옮겨 태웠다. 외젠은 테레즈에게 부인을 맡기며 뉘싱겐 부인 댁으로 모시고 가도록 부탁했다.

"오! 노인이 진짜 사망했네." 비앙숑이 아래로 내려오면서 말했다.

"자, 여러분, 식사들 하세요." 보케르 부인이 말했다. "수프가 다 식겠어요."

두 대학생은 나란히 앉았다.

"이제 무엇을 해야 하지?" 외젠이 비앙숑에게 물었다.

"내가 일단 두 눈을 감기고 단정하게 눕혀드렸어. 시청에서 나온 의사가 사망을 확인하면 우린 사망신고를 하고, 그런 다음에 망자에게 수의를 입혀 봉합하고 매장하는 거지. 너는 노인에게 더 해주었으면 하는 게 있어?"

"그 노인네, 이제 더는 이렇게 빵 냄새를 맡지 못하겠군." 한 하숙인이 노인의 찡그린 얼굴을 흉내내며 말했다.

"이런 제길," 복습 교사가 말했다. "고리오 영감은 이제 그만 내버려둡시다. 그 사람 얘기로 우리 입맛을 망치지 말자고요. 한 시간 내내 소스란 소스에 죄다 그 사람 얘기를 가미했잖소. 파리라는 이 훌륭한 도시에 산다는 특권 중 하나가 여러분이 여기서 태어나고 살고 죽어도 아무도 관심 두지 않는다는 거 아니요. 그러니 문명의 이점을 누리고 삽시다. 오늘만 해도 사망자가 예순 명은 될 거요. 파리에서 발생하는 그 무수한 죽음 하나하나에 우리가 연민을 느끼길 바라는 거요? 고리오 영감이 죽은 건 그로서는 오히려 잘된 일이오! 영감을 칭송하려거든 올라가서 그 양반 곁이나 지키고 나머지 사람들은 편안히 식사나 하게 놓아두라고요."

"오! 맞아요." 과부가 거들었다. "그 양반으로선 죽은 것이 오히려 잘된 일이지! 그 불쌍한 양반이 사는 내내 근심거리를 상당히 많이 짊어졌던 모양이니."

이상이 외젠에게는 부성을 대표하는 한 인물의 죽음에 바쳐진 애도 표현의 전부였다. 하숙인 열다섯 명은 평소와 다름없이 떠들어대기 시작했다. 식사를 하는 동안 포크와 스푼 따위가 부딪치며 내는 소리, 대화 사이에 터지는 웃음소리, 남을 아랑곳하지 않고 게걸스럽게 먹어대며 짓는 갖가지 표정, 그리고 그들의 무심함까지, 그 모든 것이 외젠과 비앙숑을 혐오감으로 얼어붙게 했다. 둘은 망자 곁에서 밤새워 기도해 줄 사제를 구하기 위해 하숙집을 나섰다. 그들로서는 쓸 수 있는 돈이 얼마 안 되었기에 그 액수에 맞춰 장례 수준을 조율해야만 했다. 밤 아홉시 무렵, 휑한 방, 두 자루의 촛대 사이, 간이침대 위에 시신이 안치되었고, 사제 한 명이 도착해 그 곁을 지켰다. 잠자리에 들기 전, 라스티냐크는 사제에게 수고비로 얼마를 줘야 하고 운구 비용은 얼마나 드는지 물은 뒤 뉘싱겐 남작과 레스토 백작에게 그들 장인의 장례에 드는 비용 일체를 결제할 대리인을 보내달라고 요청하는 짧은 편지를 썼다. 이어 크리스토프를 그들에게 급히 보내고서 자리에 누웠는데 피곤한 나머지 이내 곯아떨어졌다. 다음날 아침, 비앙숑과 라스티냐크는 직접 사망신고를 하러 가야 했고, 정오 무렵 증명서가 발급되었다. 그런 뒤 두 시간이 지날 때까지 두 사위 중 누구도 돈을 보내오지 않았고, 그들을 대신해 나타난 사람도 없었다. 라스티냐크는 사제의 수고비를 이미 자기 돈으로 치러야만 했던 터였다. 실비가 노인에게 수의를 입히고 봉합하는 비용으로 10프랑을 요구하자, 외젠과 비앙숑은 망인의 가족들이 결국 장례에 전혀 관여하지 않는다면 그들이 가진 돈으로는 모든 비용을 감당할 수 없으리라고 계산했다. 그래서 의과대학생은 자신이 근무하는 병원에서 아주 헐값으로 극빈자용 관을 구해 가져오도록 했고, 입관하는 일도 직접 맡았다.

"그 웃기는 자들에게 한 방 먹이지 그래." 비앙숑이 외젠에게 말했다. "페르라셰즈 묘지에 오 년 만기 못자리를 하나 사고 성당과 장의사에 3등급 서비스*를 주문하도록 해. 사위들과 딸들이 네가 쓴 돈을 갚지 않으면 묘비에다 이렇게 새기는 거야. '레스토 백작부인과 뉘싱겐 남작부인의 부친 고리오 씨, 두 대학생이 치른 비용으로 여기 매장돼고이 잠들다.'"

외젠은 뉘싱겐 부부와 레스토 부부의 집을 직접 찾아갔지만 아무런 소득을 얻지 못하자 친구의 제안을 따르기로 했다. 그는 두 집의 문 앞에서 한 발짝도 안으로 더 들어갈 수 없었다. 문지기들마다 지엄한 명령을 받은 터였다.

"나리와 마님께서는," 그들은 한결같이 말했다. "아무도 접견하지 않으십니다. 두 분 아버님께서 별세하셨거든요. 두 분은 지금 이루 말할 수 없는 고통에 잠겨 있습니다."

외젠은 파리 사교계에 대한 경험이 충분했기에 더 우겨봐야 소용없다는 사실을 알았다. 델핀마저도 만날 수 없는 처지임을 알게 되자 유난히 가슴이 메었다.

"목걸이라도 하나 팔아요." 그는 문지기실에서 델핀에게 편지를 썼

---

* 관청의 관리하에 운영되던 당시 프랑스 장의사는 장례 서비스를 아홉 단계로 나눠 비용을 매겼다.

고리오 영감 415

다. "당신 아버지께서 그래도 쓸쓸하지는 않게 마지막 안식처로 가셔야죠."

그는 편지를 봉한 뒤 남작의 문지기에게, 남작부인에게 보내는 편지이니 테레즈에게 전해달라고 부탁했다. 그러나 문지기는 편지를 뉘싱겐 남작에게 전했고, 남작은 그것을 난롯불 속에 던져버렸다. 그렇게 필요한 모든 조치를 마친 외젠은 세시경 서민 하숙집으로 돌아왔는데, 하숙집 출입문 앞 황량한 거리에 검은 천으로 겨우 덮인 관이 두 개의 의자 위에 괴어 덩그러니 놓여 있는 모습이 눈에 들어오자 어쩔 수 없이 한 방울 눈물이 비어져 나왔다. 아직 아무도 손대지 않은 허름한 성수채 하나가 축성받은 물이 가득한 은도금 구리 그릇에 담겨 있었다. 출입문에는 상중임을 표시하는 검은색 휘장도 걸리지 않았다. 호사는 커녕 따르는 사람도, 친구도, 친척도 없는 가난한 사람의 죽음이었다. 병원에 가봐야 했던 비앙숑이 라스티냐크에게 메모를 남겨 성당에서 알아본 사실을 알렸다. 인턴 말로는, 장례미사는 말도 못하게 비싸니 비용이 덜 드는 만종 기도로 만족할 수밖에 없으며, 크리스토프에게 이런 내용을 담은 쪽지를 들려 장의사에 보냈다는 것이었다. 비앙숑이 휘갈겨쓴 메모를 다 읽고 고개를 돌리니 보케르 부인의 손에 들려 있는 물건이 눈에 들어왔다. 노인이 갖고 있던, 두 딸의 머리카락이 들어 있는 금테두리를 두른 메달이었다.

"어떻게 감히 그걸 챙길 생각을 한 겁니까?" 그가 보케르 부인에게 물었다.

"그러면 이것도 관에 넣어 매장해야 하나요?" 실비가 대답했다. "금인데."

"당연히 그래야지!" 외젠이 분개하여 쏘아붙였다. "그분의 두 딸을 대신하는 유일한 물건인데, 적어도 그것만은 그분이 가져가셔야지."

영구차로 쓸 수레가 도착하자 외젠은 거기에 관을 싣게 하고 관뚜껑에 박힌 못을 뽑은 다음, 델핀과 아나스타지가 풋풋하고 순수했던 시절, 결혼하지 않았던 시절, 그러니까 노인이 죽기 직전 울부짖으며 언급했듯이 두 딸이 아직 이치를 따지지 않았던 시절과 결부된 표상인 그 메달을 노인의 가슴 위에 경건하게 올려놓았다. 불쌍한 노인의 시신을 뇌브생트즈느비에브가에서 그리 멀지 않은 생테티엔뒤몽성당으로 싣고 가는 수레를 뒤따르는 사람은 라스티냐크와 크리스토프, 그리고 장의 인부 둘뿐이었다. 성당에 도착해서 노인의 시신은 높이가 낮고 어두운 조그만 안치소에 내려졌다. 대학생은 안치소 주변을 두리번거리며 혹시 고리오 영감의 두 딸이나 사위가 왔는지 찾았으나 허사였다. 그와 크리스토프 둘밖에 없었는데, 크리스토프는 자신에게 가끔 쏠쏠한 수고비를 안겨주었던 사람에게 마지막 예의를 갖추는 것이 온당하다고 생각한 터였다. 두 사제와 복사 아이, 그리고 성당지기가 오기를 기다리며 라스티냐크는 한마디 말도 꺼낼 수 없는 기분으로 크리스토프의 손만 꼭 잡았다.

"맞아요, 외젠 씨," 크리스토프가 입을 열었다. "정말 친절하고 정직한 분이셨어요. 다른 사람보다 언성을 높인 적이 한 번도 없었고, 누구한테 해를 끼치거나 그릇된 일을 하지도 않으셨죠."

두 사제와 복사 아이, 그리고 성당지기가 와서, 종교가 무료로 기도를 드려줄 만큼 부자가 아닌 시대이다보니 딱 70프랑을 내고 받을 수 있는 의식에 한해서 빠짐없이 치러주었다. 두 사제와 복사 아이와 성당지기가 시편 중 〈저를 구하소서〉와 〈깊은 구렁 속에서〉*를 낭송했다. 의식은 이십 분 동안 진행되었다. 영구 마차는 사제 한 명과 복사 아이를 태우고 갈 한 대밖에 없었다. 사제와 복사 아이는 외젠과 크리스토프가 합승하는 것에 동의했다.

"뒤따르는 사람이 하나도 없으니." 사제가 말했다. "빨리 갈 수 있겠군요. 늦게 끝나지 않겠어요. 지금이 다섯시 반이니까."

그런데 시신을 영구 마차에 옮겨 실을 때, 가문으로 장식되어 있지만 정작 안에는 아무도 타지 않은 마차 두 대가, 그러니까 레스토 백작의 마차와 뉘싱겐 남작의 마차가 나타나 페르라셰즈 묘지까지 장례 행렬을 따라왔다. 여섯시에 고리오 영감의 시신은 미리 파놓은 구덩이에 내려졌다. 노인의 두 딸 쪽 사람들은 묘혈 곁에 서 있다가 대학생의 돈으로 치러진 노인을 위한 짧은 기도가 끝나자마자 성당 사람들과 함께 사라졌다. 묘지 인부 두 명은 흙을 몇 삽 뿌려 관을 덮고서 이내 허리를 펴더니, 그중 한 명이 라스티냐크에게 수고비를 요구했다. 외젠은 호주머니를 뒤졌지만 아무것도 나오지 않아 크리스토프에게 20수를 빌릴 수밖에 없었다. 이 일이, 그 자체로는 너무나도 사소하지만 라스티냐크에게 끔찍한 슬픔을 안겨주었다. 날이 저물고 있었다. 황혼녘의 축축한 습기가 신경을 자극했다. 그는 무덤을 바라보다가 젊은이로서의 마지막 눈물을 떨구었다. 순수한 마음에서 일어난 거룩한 감동이자아낸 눈물, 떨어진 땅에서 다시 하늘로 솟구치는 그런 눈물이었다. 그는 팔짱을 낀 채 자욱한 구름을 응시했다. 그가 그러고 있자 크리스

---

* 각각 구약성서의 「시편」 31편과 130편을 가리킨다.

토프는 자리를 떠났다.

　홀로 남은 라스티냐크는 묘지 위쪽으로 몇 걸음 옮겼다. 센강 양안을 따라 똬리를 틀고 누운 파리, 이제 막 불빛이 반짝이기 시작한 파리가 한눈에 들어왔다. 그의 두 눈은 방돔광장의 원주와 앵발리드의 돔 사이, 그가 뚫고 들어가려 했던 눈부신 상류 사교계의 본거지에 탐욕스럽게 붙박였다. 윙윙거리는 그 벌집을 향해, 미리 꿀을 빨아먹을 기세로 눈길을 주던 그는 웅장하게 울리는 이 한마디를 내뱉었다. "이제 우리 둘의 대결이다!"

　그러고서 라스티냐크는 자신이 사회를 향해 선포한 도전의 첫번째 행위로, 뉘싱겐 부인 집을 향해 저녁식사를 하러 갔다.

　사셰, 1834년 9월

초판 서문(1835)

이 조촐한 스케치 같은 작품의 저자는, 작가라면 누구나 가지는 자기 자신에 대해 말할 권리, 옛날에는 작가마다 그 권리를 내키는 대로 하도 빈번히 사용해 지난 두 세기 동안 나온 작품 중엔 짧은 서문이라도 붙지 않은 작품이 없을 정도인데, 아무튼 그 권리를 한 번도 남용해 본 적이 없는 사람이다. 저자가 자기 작품에 붙였던 유일한 서문은 삭제된 지 오래다.* 이 서문도 언젠가는 삭제될 가능성이 농후하다. 그렇다면 왜 이 서문을 굳이 쓰려 하는가? 이하는 그에 대한 답변이다.

저자가 작업한 이 작품은 언젠가 거기 담긴 디테일의 가치보다는 아마도 그 방대한 규모 때문에 훨씬 더 후한 평가를 받을 것이다. 그것은,

---

* 1831년 발표된 『나귀 가죽』에 붙인 서문을 말한다. 그 서문은 1833년 재판을 찍을 때 삭제된다.

최근 한 비평에서 언급된 한심한 평가를 빌리자면, 오로지 병사들의 수가 많아서 승리했던 과거의 야만스러운 군대 같은 정치 저작물에 비견될지도 모르겠다.* 각자는 자신이 할 수 있는 방식으로 승리를 거두는 법이니, 무능력한 자들만이 한 번도 승리하지 못한다. 그러므로 저자로서는 그 자신도 하루 중 어떤 시점에, 예컨대 날이 저물 무렵에, 에스파냐에 근사한 성이나 지을까 공상에 빠질 무렵에, 요컨대 누군가 "무슨 생각을 그리 골똘하게 하시오?"라고 묻는 순간에, 그리고 그 물음에 "아무것도요!"라고 답하는 순간에 이르러서야 겨우 어렴풋이 짐작하는 전체 구상을 독자 대중더러 단번에 파악하고 속속들이 꿰뚫어보라고 요구할 수는 없는 노릇이다. 따라서 저자는, 아직 근거도 미흡하고, 윤곽도 충분히 드러나지 않았으며, 배치 도면**이 파리의 어떤 구청에도 제출된 바가 없는 이 작품의 여러 세세한 부분에 대한 평가에서 비평계의 부당함이나 대중의 희박한 관심을 두고 불평할 생각이 추호도 없었다. 그런 연유로 저자는 어쩌면 원로 작가들이 보여주는 소박함을 따라 도서 대여점의 구독자들에게 이러저러한 책이 이러저러한 의도를 가지고 출판되었다고 알려야 하지 않았을까, 하는 의구심을 종종 떠올린 것도 사실이다. 그러나 『풍속 연구』와 『철학 연구』의 저자는 여

---

* 당대 최고 비평가로서 발자크를 내내 혹평했던 샤를 오귀스탱 생트뵈브를 겨냥한 대목이다. 생트뵈브는 1834년 발표된 글에서 발자크의 『절대의 탐구』에 대해 이렇게 쓴다. "그에게 선별하고 자제하라는 충고를 건넬 필요가 없다. 그냥 하던 대로 죽 직진하라고 놔두면 된다. 그처럼 양으로 승부를 보는 사람들이 있다. 그는, 어떻게 보면 오로지 병사들의 피를 아낌없이 낭비해(그가 낭비한 것은 잉크뿐이지만) 엄청난 병력을 잃고서 겨우 그 알량한 자리를 보전하는 장군들과 흡사하다."
** '인간극'의 전체 구상을 의미한다. 그 구상은 이 서문이 쓰이고 한 달 후 발자크의 대리인인 펠릭스 다뱅에 의해 「19세기 풍속 연구에 붙이는 서문」으로 발표된다.

러 이유로 그러질 않았다. 우선 그 하나를 꼽자면, 문학작품 대여점의 단골들이 정말 문학에 관심이 있는 사람들일까? 그들은 대학생들이 여 송연을 대하듯 그렇게 문학을 대하는 것이 아닐까? 하나의 작품 속에 는 인간을 위한 혁명들이 들어 있기도 하고 그렇지 않기도 하다는 사실 을, 작가는 이제까지 없었던 위대한 인간인 동시에 영원히 미완에 그치 는 호메로스라는 사실을, 신과 함께 세상을 조직하는 수고나 기쁨을 나 누어 지는 존재라는 사실을 그들에게 설명할 필요가 있을까? 그들이 문학이라는 꾸며낸 이야기에 신뢰를 보낼까? 그들은 작가들이 절름발 이 체제나 내세우고 지키지 못하는 약속들이나 남발한다고, 작가라면 이미 염증이 났다고 하지 않는가? 게다가 저자로서도, 길모퉁이에서 라이터 줍듯 싸구려 문학이나 찾아다니며 저렴한 가격에 손쉽게 벤베 누토 첼리니의 작품 같은 것을 구매하기를, 정찰제로 재능을 구매하기 를 바라고, 다른 한편 시인들에게는 민법의 권리를 박탈한 채 그들의 생전에는 그들을 착취하고 그들이 죽어서는 그들 가족의 상속 지분을 빼앗으며 그 옛날 하느님을 상대로 벌였던 싸움을 시인을 상대로 벌이 는, 그런 비열하고 도둑놈 심보 같은 시대가 자기에게 혜택을 베풀거 나 관심을 주리라고는 기대도 하지 않는다.[*] 그리고 오랫동안 책들을 출간해오면서 저자가 했던 단 하나의 다짐은 하늘이 우리에게 내린 운 명과는 종종 정반대되는 그 후천적인 운명에, 각종 사회적인 사건들에 의해 빚어져 우리에게 작용하는, 우리가 저속하게 생계에 얽매인 삶이 라 부르는 그 운명에, 채권자라는 이름이 붙은, 그 이름이 우리를 신뢰

[*] 이 부분은 1834년 발자크가 저작권 보호를 강력하게 주장하는 내용으로 발표한 팸플 릿인 「19세기 프랑스 작가들에게 보내는 공개서한」 속 문제의식과 궤를 같이한다.

하고 돈을 빌려주었다는 의미를 지니니만큼 우리에게는 귀인이라 할 사람들을 집행자로 부리는 그 운명에 순종하자는 것뿐이었다. 아무튼 자잘한 것을 두고 이렇게 구구절절 일러두는 일이 저자 생각엔 졸렬하고 쓸데없다고 느껴졌던 것도 사실이다. 졸렬하다 함은 비평에나 맡겨야 할 자질구레한 사항들을 건드려야 하니 그렇고, 쓸데없다 함은 언젠가 작품 전체가 완성되면 사라져버려야 할 지적들이기에 그렇다.

저자가 이 자리에서 자신의 기획에 관해 이야기하는 까닭은 말도 안 되는 어이없는 비난을 받았기 때문이다. 그 비난은, 모든 것이 시간이 지나면 사라지는 나라이니만큼 분명 어김없이 사라지고 말 것이다. 그런고로 애시당초 큰 의미도 없는 서문이니 이후 아무런 의미도 가지지 못할 것이다. 그럼에도 질문을 받았으면 답은 해야만 하는 법, 저자는 답을 하고자 한다.

얼마 전부터 저자는 사교계에 참으로 덕성스러운 여인들, 덕성스러워서 행복해하는 여인들의 수가 상상을 초월할 정도로 많다는 사실을 알고 깜짝 놀랐다. 그들은 행복하므로 덕성스럽고, 아마도 덕성스러우므로 행복한 그런 여인들이다. 며칠간 흥미롭게 지켜보는 동안, 사방에서 저자의 눈에 들어오는 모습은 활짝 펼쳐진 순백색 나래의 펄럭임, 정결한 드레스를 입고 하늘로 날아오를 듯한, 정말 천사 같은 여인들뿐이었다. 게다가 모두 결혼한 그 여인들로 말하자면, 저자가 아내들을 두고 부부간 위기(저자는 다른 작품에서 부부간 위기를 학술용어로 미노타우로스 현상이라 명명한 적이 있다)*에서 파생된 불륜의 행복을 탐

---

* 해당 작품은 1829년 발표된 『결혼 생리학』을 가리킨다. 미노타우로스는 크레타의 왕 미노스의 부인 파시파에 왕비가 포세이돈이 보낸 황소와 불륜에 빠져 낳은, 몸은 인간이

하는 무절제한 취향을 가진 이들이라 규정한 적이 있는데, 그 여인들은 그런 저자 나름의 규정을 비난했다. 그 비난에는 저자에 대한 어느 정도의 아첨이 없다고 할 수 없는바, 타고나기를 천상의 쾌락을 좇도록 점지된 그 여인들은 모든 풍자시문 중에서 가장 큰 미움을 받는 그 지독하기 짝이 없는 『결혼 생리학』을 소문으로 알고 있다고 자백한 셈이기 때문이고, 점잖은 언어에서 추방된 간통이라는 단어를 피하기 위해 그 표현을 비난하면서도 결과적으로 그것을 이용했기 때문이다. 어떤 여인은 저자에게 말하길, 저자의 책에서 여자는 자발적이거나 좋아서가 아니라 마지못해서거나 어쩌다보니 덕성스러울 뿐인 존재로 묘사되었다는 것이었다. 또다른 여인들은 저자의 작품에 등장하는, 미노타우로스에 탐닉하는 여자들이 매혹적인 존재로 그려지며 그들의 잘못도 그저 세상에 횡행하는 다른 모든 불쾌한 일처럼 묘사될 뿐이어서 오히려 구미를 당기게 만든다고, 또 그런 여자들이 어떤 점에서는 불행하긴 하지만 그들의 운명을 부러워하게 조장한다면 미풍양속을 저해할 위험이 있다고 말하기도 했다. 덕성을 갖춘 여자들은 그와 반대로 볼품없고 버림받은 여인들처럼 그려진다는 얘기였다. 요컨대 그런 비난들이 하도 많아서 저자로서는 여기서 일일이 거론할 수도 없을 정도다. 어떤 화가가 젊은 여자를 똑 닮게 그려주었다고 생각했는데 정작 그 여자가 초상화 속 여인이 너무 못생겼다는 구실로 그림을 반품했다고 한번 상상해보시라. 미칠 노릇이 아니겠는가? 세상은 늘 그런 식이었다. 말하자면 이런 것이다. "우리 얼굴은 새하얗고 발그레하다. 그런

지만 머리는 황소인 괴물이다.

데 당신은 우리를 아주 상스러운 색조로 그렸다. 나는 날 사랑하는 사람들을 위해 티끌 하나 없는 고운 얼굴을 지키고 있는데, 당신은 그런 내 얼굴에 내 남편만 알고 있는 작은 사마귀를 그려넣었다."

저자는 그러한 비난에 적잖이 두려움을 느꼈다. 몽티용상*을 받아 마땅한 고결한 품성의 여인들이 그토록 엄청나게 많은데 저자가 경솔하게도 그들을 여론이라는 경범죄 재판소로 보내 질타를 받게끔 한 꼴이니, 이는 저자에게 장차 무슨 일이 닥칠지 몰랐기 때문이다. 혼란에 빠진 초기에는 달아날 생각밖에 안 나는 법이다. 아무리 용감한 사람이라도 두려움에 휩쓸릴 수밖에 없다. 그 바람에 저자는 자기가 변덕스러운 자연이 하는 일을 본받아 죄지은 여인들 못지않게 매력적이고 덕성스러운 여인들도 간간이 보여주길 마다하지 않았다는 사실도 떠올리지 못할 정도였다. 하지만 사람들은 저자의 그런 예의바름을 알아보지 못한 채 진실을 말하는 것을 두고 규탄했다. 『고리오 영감』은 이처럼 절망스러운 상태의 초기에 쓰이기 시작했다. 저자는 자신의 허구 세계에 간통과 관련된 이야기를 더이상 넣지 않고자 그 세계에서 가장 악독한 여성 인물 중 몇몇을 골라 등장시킬까 생각하기도 했는데, 그 것은 이 심각한 문제와 관련해 일종의 현상유지 전략을 쓰기 위함이었다. 그런데 그 신사협정을 체결하고 나서도 뺨을 얻어맞을지 모른다는 두려움이 엄습했고, 따라서 저자는 이 자리를 빌려 자신이 느낀 공포감을 피력하며 저자의 다른 작품들인 『버림받은 여인』『라 그르나디

---

* 자선사업가인 장바티스트 몽티용이 1782년 제정한 상으로 미덕을 실천한 인물에게 주어졌다. 발자크를 비롯해 많은 19세기 작가가 그 상의 위선적인 성격에 대해 비판을 거두지 않았다.

에르』*『파파 곱세크』**『도끼를 들지 마시오』에 이미 등장했던 마담 드 보제앙, 레이디 브랜던, 마담 드 레스토, 마담 드 랑제를 재등장시킨 까닭을 스스로 변호할 필요성을 느낀다.*** 그러나 비난받아 마땅한 여인들에 대해 저자가 언급을 삼가고 있다는 점을 세상이 알아만 준다면 저자는 비평의 공격에 맞설 용기를 얻을 것이다. 비평이라는 이 문학판의 늙은 식객은 살롱에서 한참 더 추락해 부엌까지 내려가 눌러앉아 아직 다 만들어지지도 않은 소스를 퍼 나르면서, 독자 대중을 위한다는 명분을 내세워 그런 인물들에 이미 진력이 났다고 말할 것이 틀림없다. 또한 그 늙은 식객은, 저자가 새로운 인물들을 창조할 능력이 있었다면 예전 인물들을 굳이 다시 돌아오게 할 필요가 없었을 텐데 그럴 능력이 없으니 그랬다고 떠들 것이다. 모든 혼령 중에서 최악이 문학에 다시 등장시켜 써먹는 인물들이라는 논거를 내세우면서 말이다. 『나귀 가죽』에 등장했던 '라스티냐크'라는 인물의 초반 인생을 제공하지 못했던 점에 대해서는 저자로서도 변명의 여지가 없다. 그렇지만, 그 참담한 실패로 인해 세상 모두가 저자에게 등을 돌릴지언정, 저자는 아마 비중 있고 믿을 만한 사람, 곧 출판업자(출판업자야말로 대다수 저자에겐 세상 전체다)를 자기편으로 얻을지도 모른다. 출판업자라는 그 문예의 보호자로서는 그처럼 재등장하는 인물들이 나왔던 이전 책들의 제목을 처음 들어보는 사람들의 수가 많으면 많을수록 좋을 것

---

* 『풍속 연구』 제6부(『지방 생활 장면』 제2권) ― 원주.
** 『풍속 연구』 제9부(『파리 생활 장면』 제1권, 인쇄중).『도끼를 들지 마시오』는 『풍속 연구』 제11권(『파리 생활 장면』 제3권) ― 원주.
*** 언급된 네 작품 중 『파파 곱세크』는 나중에 『곱세크』로,『도끼를 들지 마시오』는 『랑제 공작부인』으로 제목이 바뀐다.

이다. 그들에게 그 책들을 많이 팔 수 있을 테니까. 저자로서는 인정하고 받아들일 수밖에 없었던 쓰라리면서도 동시에 감미로운 여론의 실상이 그렇다. 어떤 사람들은 아무런 저의도 없는 이 말을 두고도 책을 팔려는 일종의 광고라고 헐뜯으려 할 것이다. 하지만 누구나 알듯이 프랑스에서는 비난을 감수하지 않는 한 아무런 말도 할 수 없다. 저자의 몇몇 친구는 저자를 위하는 마음에 벌써 이 서문의 경솔함을 나무라고 나섰는데, 저자가 자기 작품을 진지하게 다루지 않는 듯하니 마치 웃자고 하는 얘기에 심각하게 응수하는 꼴이요, 파리를 잡는답시고 도끼를 드는 꼴로 보일 수 있다는 염려였다.

이 작품이 발표되는 지금, 저자를 두고 죄지은 여인들에 집착하는 문학적 취미를 가졌다고 비난하고 나섰던 사람 중 일부는 저자가 마담 드 뉘싱겐이라는, 종전보다 한술 더 뜨는 못된 여자를 형상화해 책으로 유포시키는 만행을 저지른다고 공격하기에 이르렀는데, 저자는 치마를 입은 그 아름다운 검열관들에게 이번의 안쓰러운 잘못에 대해서도 다시 한번 너그럽게 넘어가달라고 말씀드리고 싶다. 그분들의 참을성에 대한 보답으로 저자는 자발적으로 덕성스러워진 여인의 모델을 부지런히 찾아내서 그분들 앞에 그려내 보여주겠다고 굳게 약속하는 바이다. 저자는 별로 매력이 없는 남자와 결혼한 그런 덕성스러운 여자를 재현하려고 한다. 만일 아주 멋진 남자와 결혼한 덕성스러운 여자를 그리면, 그 여자의 덕성스러움이 너무 지당하게 여겨지고 말지 않겠는가? 또한 저자는 자식을 낳아 기르는 덕성스러운 여자*는 그리지

***

* 그러나 발자크는 이듬해인 1836년 발표된 『골짜기의 백합』에서 '자식을 낳아 기르는 덕성스러운 여인'의 전형으로 앙리에트 드 모르소프 부인을 창조한다.

않을 참인데, 자식을 기르는 어머니는 몇몇 비평가가 지나치게 덕성스럽다고 평한 후아나 만치니 같은 주인공*처럼 자신이 낳은 사랑하는 천사들에 대한 집착으로 인해 덕성스러울 수도 있기 때문이다. 저자는 자신의 임무가 무엇인지 잘 이해하며, 따라서 약속한 작품에서 세공되지 않은 금과도 같은 덕성, 엄격한 화폐주조국의 검인이 찍힌 금화 같은 덕성을 어떻게 살려내느냐가 관건이라는 점을 안다. 그러니 저자가 재현하려는 여인은, 범접할 수 없는 고고한 감각 능력의 소유자이지만 못된 남편을 둔, 그래도 너그러운 마음을 발휘해 스스로 행복한 여인이라 되뇌는, 기도할 때마다 남편으로부터 말할 수 없을 정도로 무례하게 괴롭힘을 당했던 그 옛날 훌륭한 기용 부인**처럼 수난을 당하며 사는, 그런 아름답고 우아한 어떤 여인이 될 것이다. 하지만 애석하도다! 이 일에서 저자는 해결해야 할 심각한 문제에 봉착한 상태이니, 그리하여 여성 독자들이 만족할 수 있는 여인의 초상을 그려내고자, 여성 전문가가 직접 작성한 학술논문이 여러 편 답지하기를 기대하며 그 문제들을 이 자리에서 밝히는 바이다.

우선, 그런 불사의 독보적인 여성이 만일 천국의 존재를 믿는다면, 그녀는 노리는 바가 있어 타산적으로 덕성스러워질 것이 아닌가? 왜냐하면, 위대한 우리 시대에서 가장 뛰어난 정신을 갖춘 한 사람이 갈파했듯이, 지옥이 있다는 걸 확실히 알면서 인간이 어떻게 죽을 생각

---

* 발자크가 전해에 발표한 중편 『마라나 가문의 여인들』 속 주인공의 결혼 전 이름. 결혼 후 디아르 부인으로 불리는 주인공은 두 아이의 어머니로서 헌신적인 모성을 보여준다.
** 본명은 잔마리 부비에 드 라모트로, 신비주의에 심취해 여러 저작을 남긴 프랑스 작가. 신심이 깊었던 것으로 알려져 주변의 박해를 받는 동시에 조롱의 대상이 되기도 했다.

을 할 수 있겠는가 이 말이다. 그 사람이 했던 말은 이렇다. "군주가 자기에게 '자네, 나의 하렘에서 나의 여자들에게 둘러싸여 있군. 지금 당장 오 분 동안만 그 어떤 여자와도 가까이하지 말고 떨어져 있어보게. 내가 자넬 지켜보겠네. 그 짧은 시간 동안 자네가 충실히 내 말을 따른다면 이 모든 쾌락을 위시해 다른 모든 쾌락이 자네에게 삼십 년 동안 변함없이, 그리고 아낌없이 허락될 것이네'라고 말할 때, 제정신을 가진 신하라면 그 군주의 명령을 거역하고 나설 자가 어디 있겠는가? 그 신하가 제아무리 불같은 기개가 넘치는 자라는 평을 듣는다 할지라도, 그리고 그처럼 짧은 시간 동안이라 할지라도, 그는 저항할 힘조차 한번 써보지 못하리라는 것을 누가 모르겠는가? 그 신하는 군주의 말을 믿을 도리밖에 없다. 분명히 말하건대 기독교도가 받는 유혹은 그보다 강하지 않다. 게다가 인간의 삶은 영원을 앞에 두고 있다기보다는 삼십 년과 견주어진 그 오 분에 달려 있다. 기독교도에게 약속된 행복과 그 신하에게 제안된 쾌락 사이에는 무한한 거리가 놓여 있다. 그리고 군주의 말은 의심스러운 구석이 있지만 하느님의 말은 그런 구석이 조금도 없다."(『오베르만』*) 그런 식으로 덕성스러운 여인이라면 그 여인의 행위는 이를테면 고리대금업을 하는 행위와 같지 않은가? 그러므로 여인이 덕성스러운지 알기 위해서는 그녀가 유혹받게끔 해야 한다. 그녀가 유혹받고도 덕성스럽다면 그녀를 죄지을 생각은 추호도 없는 여인으로 재현해야 논리적으로 마땅하리라. 하지만 그녀가 죄지을 생각이 없다면 그 죄가 주는 쾌락도 모른다는 뜻이고, 죄가 안겨주는 쾌락

---

* 프랑스 초기 낭만주의 작가인 에티엔 피베르 드 세낭쿠르의 서한체 소설. 해당 대목은 예순네번째 서한에 들어 있다.

을 모른다면 그녀가 받는 유혹은 턱없이 불충분할 뿐 아니라 그녀로서는 유혹에 저항하는 미덕을 갖추지 못한 셈이다. 알지도 못하는 것을 어떻게 욕망한단 말인가? 그러니 유혹받지 않는 덕성스러운 여인을 그린다는 것은 일종의 난센스다. 뛰어난 외모를 지녔으나 결혼을 잘못했고, 유혹을 받아 정염의 행복을 알아버린 여인을 상정해보라. 그런 작품을 창작하기란 쉽지 않으나 여전히 가능하다. 그 정도를 가지고 어려움이라고 하지는 않는다. 여러분은 그 상황에 놓인 여자가 천사도 틀림없이 용서해줄 그런 죄를 자주 꿈꾸는 일이 일어날 리 없다고 생각하시는가? 그녀가 그런 죄를 한두 번쯤 생각한다면, 그녀는 생각으로나 마음속으로나 작은 죄를 범하는 셈이니 덕성스럽다는 뜻일까? 그렇게들 생각하시는가? 모든 사람이 죄에 대해서는 의견의 일치를 보인다. 하지만 덕성이 문제가 되는 순간 합의를 보는 일은 거의 불가능하다는 것이 내 생각이다.

저자는 비평가들 때문에 어쩔 수 없이 수행한, 저자가 그동안 문학판에 내놓은 덕성스러운 여성의 수와 죄지은 여성의 수에 관련된 사심 없는 조사 결과를 공표하고 서문을 마치고자 한다. 비평가들의 비난을 받고 놀란 나머지 얼마간 생각해본 뒤 저자가 첫번째로 신경쓴 것은 저자 자신이 그간 창조한 인물 군단을 모으는 일이었는데, 그것은 글로 창조된 그의 세계 속에 나타나는 그 두 유형 사이의 비율이 현실 풍속에서 선과 악이 차지하는 구성 비율에 비추어볼 때 얼마나 정확한지 보여주기 위함이었다. 저자의 작품 속 덕성스러운 여성의 수는 서른여덟 명이 넘을 정도로 풍부했지만 죄지은 여성의 수는 기껏해야 스무 명 정도에 지나지 않을 정도로 빈약했으니, 저자는 자신이 시작한

덕성스러운 여성들	죄지은 여성들
『풍속 연구』	『풍속 연구』
1-2. 마담 드 퐁텐, 마담 드 케르가루에, 『쏘의 무도회』, t. I.	1. 카리글리아노 공작부인, 『영광과 불행』(『샤키플로트 상회』), t. I.
3-4-5. 마담 기용, 마담 드 소메르비외, 마담 르바, 『영광과 불행』(『샤키플로트 상회』), t. I.	2-3. 마담 데글몽, 『똑같은 이야기』(『서른 살 여인』), t. IV.
6. 지네브라 디 피옴보, 『라 방데타』, t. I.	4-5-6. 마담 드 보제앙, 『버림받은 여인』 ; 레이디 브랜던, 『라 그르나디에르』 ; 쥘리에트, 『전언』, t. VI.
7. 마담 드 스퐁드, 『사교계의 총아』*, t. II(출판 준비중).	7. 마담 드 메레, 『라 그랑드 브르테슈』(『속 여인 연구』 후반부), t. VIII(출판 준비중).
8. 마담 드 술랑쥬, 『부부 생활의 평화』, t. II.	8-9-10. 마드무아젤 드 벨푀유, 『덕성스러운 여인』(『두 집 살림』) ; 마담 드 레스토, 『파파 곰세크』 ; 파니 베르메이***, 『라 토르피유』(『행복한 에스테르』, 『매춘부의 영광과 비참』 제1부), t. IX(출판 준비중).
9-10. 마담 클라에스, 마담 드 솔리스, 『절대의 탐구』, t. III.	
11-12-13-14. 마담 그랑데, 외제니 그랑데, 나농, 마담 데 그라생, 『외제니 그랑데』, t. V.	
15-16. 소피 가마르, 리스토메르 남작부인, 『독신자들』(『투르의 사제』), t. VI.	11. 라 마라나, 『마라나 가문의 여인들』, t. X.
17-18-19. 마담 드 그랑빌, 『덕성스러운 여인』(『두 집 살림』) ; 아델라이드 드 루빌, 마담 드 루빌, 『돈주머니』, t. IX.	12. 이다 그뤼제, 『페라귀스, 데보랑의 우두머리』(『13인당 이야기』), t. X.
20-21. 후아나(마담 디아르), 『마라나 가문의 여인들』 ; 마담 쥘, 『페라귀스, 데보랑의 우두머리』(『13인당 이야기』), t. X.	13. 마담 드 랑제, 『13인당 이야기』, 『도끼를 들지 마시오』(『랑제 공작부인』), t. XI.
22-23-24. 마담 피르미아니, 리스토메르 후작부인, 『후작부인 프로필』(『여인 연구』) ; 마담 샤베르, 『남편이 둘인 백작부인』(『샤베르 대령』), t. XII.	14-15. 외페미, 곧 산레알 후작부인, 파키타 발데스, 『황금 눈의 여인』, t. XII.
25-26. 마드무아젤 타유페르, 마담 보케르**, 『고리오 영감』	16-17. 마담 드 뉘싱겐, 마드무아젤 미쇼노, 『고리오 영감』
27-28. 에블리나, 라 포쇠즈, 『시골 의사』	
『철학 연구』	『철학 연구』
29. 페도라, 『나귀 가죽』, t. IV.	18-19. 폴린 드 비츠노, 아퀼리나, 『나귀 가죽』, 『회개한 멜모스』, t. I-IV, XXI.
30. 방디에르 백작부인, 『아듀』, t. IV.	20. 마담 드 생발리에, 『재판관 코르넬리우스』, t. V.
31. 마담 드 데이, 『징집 군인』, t. V.	21-22. 마드무아젤 드 베르뇌유, 마담 뒤 귀아, 『올빼미당』
32-33. 마담 비로토, 세자린 비로토, 『세자르 비로토의 영화와 몰락의 역사』, t. VI-X.	
34-35. 잔 데루빌, 마리 수녀, 『저주받은 아이』, 『마리데장주 수녀』****, t. V, XVII, XVIII, XIX.	
36-37. 폴린 드 빌누아, 『루이 랑베르』 ; 마담 드 로슈카브, 『이 사람을 보라』*****, t. XXIII, XXIV.	
38. 프랑신, 『올빼미당』.******	

* 나중에 『노처녀』가 되는 작품의 초고본 제목. 초판본 제목이 역시 『사교계의 총아』였던 『결혼계약』과는 무관한 작품이다. 그러니까 마담 드 스퐁드는 『노처녀』의 로즈 코르몽, 나중에 결혼하여 마담 뒤 부스키가 되는 인물이다.

** 보케르 부인의 경우 의심스럽긴 하다 — 원주.

*** 작가의 머릿속에 있었던 이 이름은 최종적으로는 어느 인물에게도 붙여지지 않는다.

**** 제목만 언급될 뿐 끝내 쓰이지 않은 작품. 발자크는 마리 수녀를 여자 루이 랑베르, 곧 수녀원에서 박해받는 신비주의 영성가로 구상했다.

***** 당시 미완성 발표작이었던 이 작품은 훗날 『잊힌 순교자들』에 편입된다.

****** 저자는 독자들이 싫증을 낼까봐 부러 십여 명의 덕성스러운 여성을 생략했다. 그러나 혹시라도 이 문학적 통계에 이의가 제기된다면 저자는 그 생략된 여성들의 이름을 거명하겠다 — 원주.

풍속 묘사만으로도 이미 충분히 드러나는 그 엄청난 결과에 대해 반박의 여지를 주지 않기 위해 저자 나름대로 자유롭게 그 모든 여성을 전투대형으로 배열해볼 생각이다. 그래도 사람들은 저자에게 어떤 식으로든 억지를 부릴 터, 그걸 미연에 방지하기 위해 음지에 머물러 돋보이지 않는 수많은 덕성스러운 여성은 일부러 셈에서 뺐는데, 이는 현실에서도 그런 처지의 덕성스러운 여성들이 종종 당하는 취급이다.

앞으로 죄지은 여성의 경우를 더 계획하고 있긴 하지만, 덕성스러운 여성의 경우도 그에 못지않게 상당수 출간 준비중이기 때문에, 예순 명 중 서른여덟 명이 덕성을 현양하는 그 비율은 유지될 것이고, 그렇기에 저자가 기왕에 보여준 세상에 대한 묘사 그대로의 상태에서도 사회가 볼 때는 흡족한 결과가 되레 강화될 것이 틀림없다. 아마 이 상태에서 그냥 멈추더라도 사회는 흡족해하지 않을까? 몇몇 인사는 결과가 저자가 밝힌 것과는 반대라고 지레짐작하고 오해했던 셈인데, 아마도 그들의 실수는 악이 그 속성상 눈에 더 잘 띄기에 창궐하는 듯 보이는 착시현상에서 기인했지 싶다. 그리고 장사꾼들이 숄 하나를 두고도 애용하는 표현을 빌리자면, 악을 보여주는 편이 훨씬 더 남는 장사이긴 하다. 이와 달리 덕성은 붓으로 묘사된다고 해도 극도로 가는 선으로만 표현되는 법이다. 덕성은 공화국이 그렇듯이 절대적이고, 하나이며, 나뉠 수 없는 속성을 지닌 반면에 악은 형태도 다양하고, 색깔도 다양하며, 현란하고 변화무쌍하다. 결국 저자가 믿기지 않을 정도로 덕성스러운 여성을 찾아서 유럽 전역의 모든 규방을 뒤지고, 그렇게 찾아낸 여성들을 그려낸 뒤에야 비로소 사람들은 저자가 옳았음을 인정할 테고, 비난은 제풀에 지쳐 사그라들 것이다.

　세련된 척 뽐내며 술수에 능한 몇몇 사람이 저자가 흠결 없는 여성들보다 죄지은 여성들을 훨씬 더 사랑스럽게 묘사했다고 떠들어낸 결과, 그게 기정사실로 받아들여지는 분위기가 저자가 볼 때는 너무도 널리 퍼진 상태라 저자로서는 비평을 언급한 것인데, 이는 오로지 비평의 터무니없음을 밝히기 위해서다. 악이 흉측하게 보일 땐 악을 좋아하지 않고, 덕성이 두렵게 느껴질 땐 덕성을 피해 달아나는 성향이 불행하게도 남성의 속성이라는 것쯤은 누구나 너무도 잘 알고 있는 사실이다.

파리, 1835년 3월 6일

재판 추가 서문(1835)

　『고리오 영감』은 단행본 형태로 재발간된 이후, 그러니까 출판계 셈법으로 두번째 판이 나온 이후, 존엄하신 신문 폐하 나리의 강압적인 검열의 대상이 되고 있다. 왕들 위에 군림하고 왕들을 자기 뜻대로 조종하며 왕들을 즉위시키기도 하고 폐위시키기도 하는, 스스로 국가의 종교를 철폐해놓고는 그 자신은 심심하면 도덕을 감시할 의무가 있다고 여기는 19세기의 독재자가 자행하는 검열 말이다. 저자는 자신의 문학적 삶을 영위해오며 현실의 삶에서 내내 수난을 당했던 고리오 영감의 운명을 따르고 말리라는 점을 익히 예상하긴 했다. 불쌍한 사람! 고리오 영감의 두 딸은 그가 재산이 없다는 이유로 그를 아버지로 인정하지 않았다. 그리고 각종 신문과 잡지도 저자가 부도덕하다는 구실을 내세워 저자의 존재를 부인했다. 제대로 된 저자라면, 저널리즘의

탈을 쓴 거룩한지 가증스러운지 모를 그 이단 심판소가 자신의 머리에 부도덕이라는 딱지를 붙이고 강제로 덮어씌운 불명예스러운 죄수복에서 벗어나기 위해 어떻게 안간힘을 쓰지 않을 수 있겠는가? 저자가 그린 장면들이 거짓일 경우, 비평은 저자가 현대사회를 비방하고 있다고 지적하며 그 장면들에 대해 저자를 비난하면 그만이다. 비평이 그 장면들을 사실이라고 여길 경우, 부도덕한 것은 저자의 작품이 아니다. 고리오 영감이라는 인물은 충분히 이해되지 못했다. 보트랭이 사람들은 잘 모르는 제 막강한 힘을 통해, 그리고 본능적인 성격을 통해 사회의 법칙에 반기를 들었다면 그 노인은 자기가 뭘 하는지도 모른 채 감정에 사로잡혀 반기를 들었던 셈이요, 어째서 그러한지 저자가 그렇게 공을 들여 설명했는데도 말이다. 몇몇 인사가 자신들이 비판하던 것을 이해해야만 하는 처지에 몰리자 갑자기 태도를 바꾸어 고리오 영감이 워낙에 예의범절을 지키는 인물이라 평하는 것을 보고 저자는 가소로움을 금치 못했다. 제분업계의 일리노이족이자 곡물 시장의 휴런족* 인 그 노인을 두고 말이다. 사람들은 왜 그가 볼테르도 모르고 루소도 알지 못하며, 살롱의 법도와 프랑스어에 무지하다고 비난하지 않았는가? 고리오 영감이라는 인물은 살인자가 키우는 개 같은 존재, 자기 주인의 피 묻은 손을 핥는 그런 존재다. 그는 토론도 못하고 판단도 못하며 그저 사랑만 한다. 고리오 영감은 스스로 밝혔듯이 자기 딸과 가까

---

* 미국 작가 제임스 페니모어 쿠퍼가 영국과 프랑스의 아메리카 식민지 쟁탈전인 18세기 후반의 이른바 '프렌치 인디언 전쟁'을 무대로 쓴 역사소설에 등장하는 북아메리카 원주민 부족. 본문 속 보트랭의 연설에서도 "신세계 대륙의 숲을 할거하고 있는 야만인들"이라는 표현으로 등장한다. 발자크가 자기 소설에서 쿠퍼의 작품 속 메타포들을 즐겨 차용했다는 점을 보여준다.

워질 수만 있다면 라스티냐크의 장화를 혀로 핥아 광을 내라면 낼 그런 인물이다. 게다가 그는 자기 딸들이 돈이 궁해지면 그들을 위해 기꺼이 은행이라도 털 그런 위인이 아닌가? 사위가 자기 딸들을 행복하게만 해준다면 불한당 같은 사위들이지만 그들에 대해 분개하지 않을 그런 위인이 아닌가? 그는 라스티냐크를 사랑한다, 왜냐하면 그의 딸이 그를 사랑하니까. 각자 자기 주위를 둘러보기를 바란다. 그리고 우리 모두 솔직해지자, 치마를 입은 고리오 영감이라 할 만한 존재들이 우리 주변에 그 얼마나 많은가? 고리오 영감의 감정은 모성을 포함한다. 하지만 이런 구구절절한 설명은 거의 불필요하다.『고리오 영감』을 소리 높여 비난하는 사람들도 막상 그런 작품을 직접 써본 적이 있다면 이 작품을 침이 마르도록 변호하고 나설 것이다! 게다가 저자는, 저자를 비판하는 측에서 들이대는 터무니없는 표현을 빌리자면, 무슨 저의를 가지고 도덕입네 부도덕입네 내세우는 사람이 아니다. 저자는 저자의 작품들을 서로 연결해주는, 최근 저자의 친구 중 하나인 펠릭스 다뱅이 소개한 바 있는 그 전체 구상*에 따라서 모든 것을 그려낼 뿐이다. 그러니까 저자는 고리오 영감과 라 마라나*, 바르톨로메오 디 피옹

---

* 발자크는 같은 해 5월에 펠릭스 다뱅의 이름을 빌려 자신이 구상하는 전집의 당시 제목인『19세기 풍속 연구』에 붙이는「서문」을 발표한다.
*『풍속 연구』제10권 ─ 원주.
**『풍속 연구』제1권,『라 방데타』─ 원주.
***『풍속 연구』제9권,『덕성스러운 여인』(『두 집 살림』) ─ 원주.
****『철학 연구』제5권,『엘 베르뒤고』─ 원주.
*****『철학 연구』제5권,『바닷가의 비극』─ 원주.
******『풍속 연구』제10권 ─ 원주.
*******『풍속 연구』제1권,『쏘의 무도회』─ 원주.

보**와 과부 크로샤르 부인***, 레가네스 후작****과 캉브르메르*****, 페라귀스******와 드 퐁텐 씨******* 등 저자의 마음속 구석구석을 뒤져 부성을 찾아내 그 완전한 모습을 그려내려 노력할 뿐이며, 이는 저자가 인간의 여러 감정, 사회의 여러 위기 양상, 악과 선, 뒤죽박죽 얽힌 문명의 전모를 재현하려는 노력의 일환이다.

몇몇 신문이 저자를 몰아세워 공격한 것은 사실이지만 저자를 옹호한 다른 신문들도 있다. 자기 일에만 파묻혀 홀로 지내다보니 저자는 저자와 오랜 우정을 나누고 재능도 뛰어나 그런 권리로 능히 저자를 꾸짖어도 되는 동료들에게, 그래서 저자로서는 더더욱 빚을 지고 있다고 할 그 동료들에게 그간 고마움을 표시할 수 없었지만, 이 자리를 빌려 그들이 저자에게 베푼 유익한 도움에 대해 한꺼번에 몰아 감사를 드리는 바이다.

도덕을 애호하는 인사들, 그래서 저자가 지난 서문에서 완벽하게 덕성스러운 여성의 초상을 그려내겠노라고 했던 약속을 진지하게 받아들였던 인사들은 지금 그 그림에 광택제가 입혀지고 청동 액자가 마련되었다는 사실을 알면, 아니 에둘러 말할 것 없이 엄청난 노고가 들어간 『골짜기의 백합』이라는 작품이 한 잡지를 통해 조만간 발간될 예정*이라는 사실을 알면 아마도 만족스러워들 하시리라 믿는다.

뫼동, 1835년 5월 1일

---

* 실제로 『골짜기의 백합』은 1835년 11월 22일과 29일, 그리고 12월 27일, 세 차례에 걸쳐서 〈르뷔 드 파리〉라는 잡지를 통해 발표되기 시작한다. 그러나 원고의 불법 유출과 관련해서 발행인과 발자크의 분쟁이 일어나 단행본 출판은 1836년 6월로 미뤄진다.

『인간극』이라는 "거대한 건물"의 현관,
『고리오 영감』

1. "여기서부터 시작해야 한다"

발자크의 '인간극La Comédie humaine'은 모두 아흔한 편의 작품(개별 작품의 제목과 출간 연도는 연보 참조)이 실린 총서의 제목인 동시에 저자가 그 총서의 서문에서 밝힌 바와 같이 "구성의 통일성"(앞으로 발자크의 다른 작품이나 서신, 그리고 발자크 연구서 등을 인용할 경우엔 간략히 출처를 밝히기로 한다. 따로 출처를 밝히지 않은 인용은 모두『고리오 영감』의 인용이다)을 실현하려는 의지를 담은 제목이다. 발자크는 소설작품 안에서든, 작품 바깥에 붙인 서문에서든, 지인들에게 보낸 편지에서든 기회 있을 때마다 그 의지를 표명한다. 그에 따르면『인간극』은, "사회의 역사와 사회에 대한 비판, 사회의 악에 대한 분석, 사회의 원칙에 대한 논의, 이 모든 것을 동시에 포괄하는 방대한 기획"(『인간극』서문)에 따라, 저자 앞에 놓인 "19세기라는 모델", "극도로 요동치는, 정지시키기는 너무 어려운 모델"(『이브의 딸』 서문)을, "19세기 프랑스 사회에 대한 완전한 역사라면 그래야 하듯이 방대한 규모이면서 세심하게 디테일을 살린 이야기"(『사촌 퐁스』) 형태로 재현한 것으로서, "인간과 사회와 인간성이 중복 없이 묘사되고 평가되며 분석될 단 한 권의 작품, 서양의 『천일야화』가 될 작품"(한스카 부인에게 보내는 편지)이다. 무엇보다 『인간극』은 죽음 이후의 세계를 망라하는 신성한 이야기인 단테의 『신곡 La Divine Comédie』을 본받아 지금, 여기의 인간 삶을 망라하고자 하는 이야기라고 작가 스스로 밝히고 있지 않은가.

"구성의 통일성"은 "체계 정신"의 다른 말이기도 하다. 발자크는 1842년 선을 보인 『인간극』에 앞서 그 전신이라 할 『19세기 풍속 연구』(1833~1837)라는 모음집에 붙인 서문에서 "뛰어난 인물이 되는 것으로는 충분하지 않다. 체계가 되어야 한다"라고 선언한다. 볼테르는 하나의 사상을 정립했고, 월터 스콧은 개별적으로 뛰어난 여러 작품을 썼지만 거기엔 "종합"의 의지가 없다고 지적하며 "천재는 창조력만이 아니라 자신의 창조 작업을 조정하고 배열하는 능력을 겸비해야 비로소 완전하다고 할 수 있다. 관찰하고 묘사하는 것만으로는 충분하지 않다. 어떤 목표를 가지고 묘사하고 관찰해야 한다"라고 강조한 것이다. 사실 개별 작품들을 하나의 체계 속에 집대성하려는 시도는 1842년 『인간극』을 선보이기 이전에 이미 여러 형태로 이루어졌다. 1830년 여섯 편의 중편을 묶은 『사생활 장면』, 1831년 열한 편을 묶은 『철학 소설과 콩트』, 위에 언급한 것처럼 1833년부터 1837년까지 이어진 총 열두 권에 스물일곱 편의 작품을 수록한 『19세기 풍속 연구』,

그리고 1834년부터 1840년까지 스물다섯 편을 묶어 출판한『철학 연구』등이 그런 시도들이다.

『인간극』의 작품 배열은 그 체계 정신을 적용한 것이다. 맨 앞에 놓인 '풍속 연구'에는 인간사의 다양하고 특수한 면모들, 곧 '사회적 결과'를 보여주는 작품들이 '사생활' '파리 생활' '지방 생활' '정치계' '군대' '농촌 생활' 등 여섯 개의 하위 '장면'으로 배분되어 모두 예순여섯 편이 실리고, 그다음에 결과의 '원인'을 탐구하는 작품들을 모은 '철학 연구'에 스무 편이 실리며, 마지막 '분석 연구'에는 결과와 원인을 종합하여 '원칙'을 세우는 작품들 다섯 편이 실린다. 물론『인간극』의 개별 작품들이 그러한 기획의 부속품처럼 미리 주도면밀하게 설계되어 생산된 것은 아니며, 결과-원인-원칙이라는 테두리는 작품들이 빈번히 넘나들 정도로 느슨한데다 개별 작품들의 이해에 결정적인 작용을 하는 것도 아니다. 발자크의 열렬한 애독자였던 마르셀 프루스트의 지적처럼『인간극』의 통일성은 "나중에 오는 통일성, 인위적이지 않은 통일성 〔……〕 자기가 통일성인 줄도 몰랐던 통일성, 그러므로 활기차고 비논리적이며, 다양성을 배격하지도 않았고, 창작 작업을 얼어붙게 만들지도 않았던 통일성"(『잃어버린 시간을 찾아서』중「갇힌 여인」)이다. 일단『인간극』의 통일성을 발자크가 품었던, 19세기 전반 프랑스 사회라는 고정하기 너무 어려운 혼돈의 현실세계를 이해가 가능한 질서의 세계라는 가상의 등가물로 바꾸려던 의지라고 받아들이기로 하자.

『인간극』이 단순한 작품 모음집이 아니라면, 그 총체적인 세계, 저자가 "낱낱의 작품은 건물의 재료인 하나의 돌로서 그 돌들이 모여 언젠가 이룰 하나의 거대한 건물"(『잃어버린 환상』 첫번째 서문)이라 비유한 그 세계로 들어가는 관문으로는 어떤 작품이 적당할까? 그 건물의 안내자들로부터 가장 많은 지지를 받을 작품이 아마도 『고리오 영감』일 것이다. 이 작품을 소개할 때 관성처럼 따라붙는 "발자크의 모든 것이 여기 들어 있다", "여기서부터 시작해야 한다"는 수식어는 다소 과장된 점이 없진 않지만, 그 점을 잘 보여준다. 그 말이 아흔한 편의 작품이 모두 이 작품에서 가지를 치거나 이 작품으로 수렴된다는 뜻은 아니겠지만, 그리고 저자의 바람대로라면 아흔한 개의 현관을 거느린 그 건물은 어느 현관으로 들어가느냐에 따라 아흔한 개의 형태로 변모하는 요술 같은 건물이겠지만, 『고리오 영감』에서부터 그 총체성의 의지가 뚜렷하게 드러나고 확산해나갔다는 점에서 보자면 이 작품이 그 건물로 들어가는 가장 크고 가장 화려하며 가장 중요한 현관임이 틀림없을 것이다.

1829년 『마지막 올빼미당』으로 시작된 『인간극』의 여정은 발자크 생전에는 1847년 '가난한 친척들' 연작인 『사촌 베트』와 『사촌 퐁스』가 추가되는 것을 끝으로 일단 진행을 멈추었다가, 목록에는 있었으나 미완인 채 남아 있던 세 편(『농민』 『아르시의 국회의원』 『프티부르주아』)과 완결되었으나 편제가 불분명했던 네 편(『부부 생활의 작은 불행』, '사회생활의 병리학' 연작인 『우아한 삶 개론』 『걸음걸이론』 『현대의 흥분제 개론』)이 발자크 사후 간행된 전집 판본에 순차적으로 추가되어 오늘날 우리가 알고 있는 아흔한 편으로 확정된다. 『고리오 영감』은 이 여정의 방향을 정립하고 가속도를 붙인 작품이다. 『고리오 영감』이 쓰인 시기는 1834년 9월 말에서 1835년 1월 26일까지이다(발자크는 지인들에게 보내는 편지에, 특히 한스카 부인에게 보내는 편지에 자신의 작업 일정을 소상히 밝히는 편이다. 그가 작품 끝에 기록해놓은 "사셰, 1834년 9월"은 작품 집필을 시작한 장소와 시점이다). 발자크의 소설 기술의 형성 과정을 연구한 『소설가 발자크』(1943)의 저자 모리스 바르데슈는 이 시기를 이렇게 말한다. "1835년 발자크는 갖출 수 있는 모든 능력을 갖춘다. 소설가로서의 형성 과정이 마무리되는 것이다. 『고리오 영감』은 그때까지 기울인 노력이 집약된 결과이고, 앞으로 쓰일 작품의 토대이다."『발자크의 정치·사회 사상』(1947)의 저자 베르나르 기용 역시 "원숙한 경지에 도달한 사람이 위에서 굽어보듯 자신의 사상을 명료하고 단호하게 인식하며 명실상부한 하나의 체계로 조직하는 모습. 〔……〕 발자크의 이력에서 이 특별한 시기, 이른바 '정점'에 이른 시기는 1834년 언저리인 것으로 보인다"라고 말한다. 1985년 『고리오 영감』 발간 150주년을 기념해 '국제 발자크 연구회'가 '청년기 작품에서부터 『고리오 영감』까지'라는 주제로 파리에서 개최한 학술대회는 발자크 연구의 기틀을 닦은 위 두 연구자의 견해를 재확인하는 절차였다고 할 수 있다.

『고리오 영감』이 이전 작품의 종합이고 이후 작품의 토대라는 점은 등장인물이나 주제나 구성이나 기법 등의 측면을 비교 분석해야 구체적으로 증명되겠지만, 굳이 그러지 않더라도 바로 이 작품에서부터 본격적으로 적용되기 시작한 '인물의 재등장 기법'을 통해 확연하게 드러난다. 발자크가 이 기법을 최초로 고안한 작가는 아니다. 그가 자기 작품에서도 종종 인용하는 동시대 미국 작가 제임스 페니모어 쿠퍼(1789~1851)는 그에 앞서 『가죽 스타킹 이야기』 연작 다섯 편에 '호크아이'라는 중심인물을 재등장시키는 수법을 썼고, 18세기 프랑스 극작가 보마르셰도 『세비야의 이발사』『피가로의 결혼』『죄 있는 어머니』로 이루어진 3부작에서 피가로를 비롯한 몇몇 인물을 재등장시킨다. 그러나 이 기법을 체계적이고 광범위하게 적용한 작가는 발자크가 최초이고 유일하다. 발자크의 영향을 받아 인물을 재등장시키는 에밀 졸라의 '루공마카르' 총서와 마르셀 프루스트의 『잃어버린 시간을 찾아서』 연작도 체계와 규모 면에서는 발자크에게 미치지 못한다.

　인물의 재등장 기법이 적용되는 양상을 『고리오 영감』의 주요인물인 라스티냐크의 경우를 예로 들어 설명해보자. 발자크는 애초에 하숙집의 가난한 대학생을 '외젠 드 마시아크'로 설정한다. 그리고 보제앙 부인 댁의 무도회에 첫발을 디딘 그 햇병아리를 "당대의 이름난 무뢰한들"로서 "하늘을 찌를 듯한 오만한 자의식으로 똘똘 뭉친" 일군의 젊은이들 곁에 세운다. 그런데 열거된 그 무뢰한 중에는 1831년 발표된 『나귀 가죽』에서 "1829년 12월 초순"(『고리오 영감』의 시간 배경인 1819년에서 십 년가량이 흐른 후) 평온하고 근면한 삶을 영위하던 라파엘 드 발랑탱을 사교계로 인도해 페도라 백작부인에게 소개해준 인물, 호사스러운 옷차림에 호언장담을 일삼으며 세상 경험이 많고 수완이 보통이 아닌 멋쟁이 젊은이였던 라스티냐크도 섞여 있었다. 그후 레스토 백작부인 댁에서 큰 실수를 저지르고 사촌인 보제앙 자작부인 댁을 찾아간 대학생은 자작부인이 그를 랑제 공작부인에게 소개하는 장면에서 이름이 '마시아크'에서 '라스티냐크'로 수정된다("이분은 외젠 드 라스티냐크 씨, 내 사촌"). 그렇게 마시아크라는 젊은이는 『인간극』의 세계에서 사라지고 『나귀 가죽』의 한량이 십 년 전 메종 보케르의 4층 월 45프랑짜리 하숙방에서 살던 가난한 대학생이었던 것으로 설정된다. 이에 맞추어 대학생의 수련 기간, 곧 현란한 변신의 시간을 충분히 확보하기 위해 초고에서 1824년이었던 『고리오 영감』의 시간 배경도 1819년으로 오 년 앞당겨진다. 『고리오 영감』의 마지막 장면에서 파리와의 대결을 선언하고 "뉘싱겐 부인 집을 향해 저녁식사를 하러〔간〕" 라스티냐크는 이후 작품들에서 비중 있는 인물로 등장하지는 않지만, 여러 작품(『뉘싱겐 은행』『금치산 선고』『아르시의 국회의원』『본의 아닌 코미디언들』 등)에 빈번히 등장하거나 언급되며 변모해가는 모습(정부의 남편인 은행가 뉘싱겐의 투기사업에 가담해 큰돈을 벌고, 1830년 7월혁명 후 드 마르세 내각의 장관을 역임하고, 1838년 정부 델핀과 결별하고 나서 그녀의 딸 오귀스타와 결혼하고, 고향집의 두 여동생에게 막대한 지참금을 마련해주어 귀족 가문으로 출가시키고, 두 남동생은 성직자로 출세의 길을 밟도록 밀어주고, 1845년 백작의 작위를 받고 프랑스 귀족원 의원이 되며, 마침내 법무부 장관 자리에 오르는, 30만 리브르의 연금소득을 지닌 막강한 인물)을 보여준다.

몇몇 인물을 조금 더 언급해보자. 『고리오 영감』에서 처음 등장한 불사조 보트랭은 경찰에 체포되어 사라지지만 그후 도형장을 탈출해 『잃어버린 환상』 끝부분에서 에스파냐 신부 카를로스 에레라로 완벽히 변장한 모습으로 다시 등장하고, 자살 직전의 뤼시앵 드 뤼방프레와 일종의 영혼 매매계약을 맺고, 그와 함께 파리에 재진출해 활약을 펼치다가 도형수 신분에서 파리 경찰청 치안대장의 자리에 오른다(『매춘부의 영광과 비참』). 보제앙 자작부인은 『버림받은 여인』(1833)에 등장했던 인물인데, 파리의 사교계를 영원히 등지고 노르망디 쿠르셀에 은거하며 "하느님이 나를 불러 이 세상에서 데려가시는 날까지 사랑하고 기도하며〔사는〕" 삶을 보여주는 그녀는 다시는 남자를 사랑하지 않겠다고 결심했음에도 거기서 사랑하게 된 젊은이 가스통 드 뉘엘에게 또 한번 버림을 받는다. 그 버림은 (첫번째 버림을 받기 전 쓰였지만) 두번째 버림이었는지라 그녀에게 결정적인 충격을 안긴다. 랑제 공작부인은 『랑제 공작부인』(1834)에서 주인공으로 등장했던 인물이다. 공작부인은 『고리오 영감』에서 연인인 "〔몽리보 장군을 상대로〕 최후의 노력을 하는 중"이며 "만약 실패한다면 나는 수녀원에 들어갈 거야"라고 자작부인에게 말하는데, 『랑제 공작부인』에서 그녀와 몽리보 장군 사이의 그 사랑과 갈등, 그리고 그녀의 수녀원 은둔과 최후를 담은 이야기가 펼쳐진다.

위에 언급한 작품들을 읽지 않더라도 『고리오 영감』을 한 편의 독립된 작품으로 감상하는 데는 아무런 지장이 없을 것이다. 그러나 인물이나 주제에 대한 이해는 폭과 깊이에서 어느 정도의 손실을 감수하지 않을 수 없다. 예컨대 레스토 부인과 막심 드 트라유의 관계, 그리고 아내의 불륜에 대한 레스토 백작의 대응이 펼쳐지는 『곱세크』를 읽지 않은 독자는 『고리오 영감』 속 인물이나 사건의 개연성에 대해 다소 상투적인 인식에 머무를 가능성이 높다. 마찬가지로 『황금 눈의 여인』에서 그려지는 드 마르세의 복합적이고 복잡한 성정체성을 알지 못하는 독자라면 델핀의 심리와 행동을 제대로 이해하기 어려울 테고, 그녀의 선택을 포부르 생제르맹 입성을 갈망하는 부르주아 여성의 욕망에서 비롯된 것일 뿐이라고 기계적이고 피상적으로 해석하고 말 공산이 크다. 그리고 빅토린의 매정한 아버지가 『붉은 여인숙』(1832)에서 과거한 여인숙에 함께 투숙했던 부유한 상인을 살해하고 거금을 강탈한 인물로서『나귀 가죽』(1831)에서 신문사를 창설한 탐욕스럽고 죄의식에 시달리는 은행가로 등장한다는 사실을 접하지 않은 독자라면『고리오 영감』의 상황은 그저 그렇고 그런 멜로드라마의 소재 정도로 치부할 것이고, 반대로『고리오 영감』에서 펼쳐지는 빅토린의 삶을 접하지 않은 독자는『붉은 여인숙』의 끝부분에 소개되는 후일담에서 막대한 재산을 상속받고 아버지처럼 탐욕스러운 모습을 보이는 그녀에 대해서 '변모'라는 요인을 뺀 채 평면적이고 상투적인 이해에 그칠 가능성이 높다.

이렇게 '인물의 재등장 기법'은『인간극』의 통일성을 가시적으로 확인시켜주며, 동시에 그 통일성을 작가가 왜 '모자이크'의 성격을 가진 통일성이라고 부르는지 알려준다. 인물의 재등장과 관련된『인간극』의 통일성에 대한 발자크의 설명을 직접 들어보자.

"요컨대 독자는 한 인생의 중반기를 초반기보다 먼저 접하게 될 것이고, 말기를 먼저 접한 다음 초반기를 접하기도 할 것이며, 죽음의 이야기를 출생의 이야기보다 먼저 접하기도 할 것이다. 우선, 실제 사회에서 일어나는 일이 그렇다. 당신은 어떤 살롱의 정중앙에서 우연히 한 남자를 만난다. 당신은 그 남자를 십 년 전에 보고 못 본 상태다. 그는 지금 신분이 수상이거나 자본가다. 당신이 그를 안 것은 그가 프록코트도 입을 형편이 못 되고, 공적이든 사적이든 잘나 보이지도 않을 때였다. 그런데 지금 당신은 그의 출세에 찬사를 보내고 그의 재산과 재능에 놀라움을 금치 못한다. 그러고 나서 당신은 살롱의 한구석으로 자리를 옮긴다. 거기서 사교계의 솜씨 좋은 이야기꾼이 삼십 분에 걸쳐 당신이 모르고 있던 십 년 내지 이십 년 동안의 이야기를 생생하게 들려준다. 그런 일은 종종 일어난다. 불미스러울 수도 있고 영예로울 수도 있으며, 아름다울 수도 있고 지저분할 수도 있는 그런 이야기는 하루가 지난 후, 혹은 한 달이 지난 후 가끔가끔 부분적으로 당신에게 전해질 것이다. 이 세계에서 한덩어리로 이루어진 것은 아무것도 없다. 모든 것은 모자이크다. 당신은 과거의 이야기만 시간의 흐름을 따라 이야기할 수 있다. 그것은 진행형인 현재에는 적용할 수 없는 체계다. 저자는 자기 앞에 19세기라는 모델을 두고 있다. 극도로 요동치는, 정지시키기는 너무 어려운 모델을"(『이브의 딸』서문, 1839년).

발자크는 이렇게 잡다하고 극도로 동요하는 사실들을 정묘히 해석하고 선별한 다음 숙련된 모자이크 제작자의 기술과 경탄할 만한 인내로 그것들을 한군데에 모아서 통일성과 독창성과 참신성으로 가득찬 하나의 세계를 구성하게 된다.

2. "이 드라마는 허구도 아니요, 소설도 아니다"

『고리오 영감』을 펼치자마자 독자가 첫 문단 끝에서 접하는 위 문장은 다소 뜻밖이다. 그 뒤에 바로 이어지는, 굳이 영어로 표기한 "모든 것은 사실이다"(발자크는 주간 문예지〈르뷔 드 파리〉에 이 작품 1회분을 실을 때 제목 밑에 제사로 "All is true(Shakespeare)"라고 붙인다. 실제로 그것은 윌리엄 셰익스피어의 『헨리 8세』를 지칭하는 다른 제목으로 알려져 있다)라는 말을 강조하기 위한 수사일 뿐일까? 허구도 아니고 소설도 아닌 이 '드라마'라는 말은 무슨 뜻일까? 그리고 스스로 소설이 아니라고 부정해야만 정립될 수 있는 '소설'이란 무엇을 말하는 것일까? 이 물음에 답하기 위해서는 우선 『고리오 영감』이 무엇보다 작가 발자크의 문학에 대한 진지한 성찰의 산물이라는 점에 주목해야 한다.

1830년부터 쉼없이 이어온 집필로 인해 건강을 잃은 발자크는 1834년 9월 25일부터 보름 정도 투렌 지방의 사셰성에 휴양차 머문다. 그러나 그곳에서도 일찌감치 구상해놓았던 작품을 집필하기 시작한다. 발자크의 창작 준비 노트 모음집인 『구상, 주제, 단장斷章』(흔히 '앨범'이라고 불리는 노트)에 "선량한 남자―서민 하숙집―600프랑의 연금소득―두 딸에게 가진 재산을 다 털려 빈털터리가 되고 두 딸은 각자 5만 프랑의 연금소득을 갖게 됨―개처럼 비루하게 죽음"이라고 얼개를 밝혔던 작품이 바로 그것이다. 발자크는 파리에 돌아와 10월 중순부터 이듬해 1월 말까지 작품 속 메종 보케르가 있는 뇌브생트즈느비에브가 인근 카시니가의 집에 틀어박혀 집필에 몰두한다. 그즈음 한스카 부인에게 보내는 편지로 상상할 수 있는 발자크의 모습은 그 자신의 말마따나 "문학의 도형수"라 할 만하다. 1834년 10월 18일 편지에서 그는 『고리오 영감』의 원고를 앞에 두고 "당신도 잘 아는 그 샤르트뢰즈 은둔 수도회의 수사복을 입고 시력을 잃을 정도로 작업에 전념하고 있다"고 전한다. 12월 14일과 28일, 전체의 절반 분량을 탈고해 〈르뷔 드 파리〉에 두 차례에 걸쳐 게재하고 나서 이듬해 1월 4일에 부친 편지에서는 전설처럼 회자하는 그의 작업 일과표를 적어 보낸다. "나는 자정에 일어나 저녁 여섯시에 자리에 누울 때까지 열여덟 시간을 꼬박 작업에 매달렸습니다. 이렇게 보름간 강행하다가 불면증에 걸릴 위기에도 처했지요. 지금 열일곱 시간 자고 일어난 참입니다. 이런 패턴을 반복하며 버텨나갑니다." 이 초인적인 작업은 『고리오 영감』 집필 초기인 1834년 10월 26일 한스카 부인에게 보낸 장문의 편지(앞서 인용한 "서양의 『천일야화』"라는 말이 들어 있는 편지)에서 최초로 상세하게 언급된 총서의 계획, 그러니까 '사회 연구'(아직은 '인간극'이 아님)라는 전체 제목 아래 인간사의 '결과'와 '원인'과 '원칙'에 해당하는 '풍속 연구' '철학 연구' '분석 연구'의 세 틀 안에 작품들을 배치하려는 계획과 당연히 밀접하게 연관되어 있다. 독자에게 당혹감을 안기는 "이 드라마는 허구도 아니요, 소설도 아니다"라는 위의 대목은 『고리오 영감』이 발자크의 소설 시학을 전하는 역할도 맡는다는 것을 보여준다.

　발자크 시대에 '소설'은 17세기 고전주의 시학이 규정한 대로 홀대받는 마이너 장르를 벗어나지 못한 상태였다. 문학의 정수는 여전히 시와 비극이었다. 발자크가 1819년 문학 공화국에 입성하고자 할 때 들고 나온 『크롬웰』이 주제 면에서는 당시 유행하던 역사물이었지만 형식은 운문 비극이었던 점도 이런 사정과 무관하지 않다. 당시 '드라마'라는 말은 연극작품 일반을 가리키기보다는 주로 18세기에 피에르 마리보, 드니 디드로, 보마르셰 등 계몽주의 작가들이 주창한 '부르주아 드라마'나 대혁명 이후 빅토르 위고나 스탕달이 주창한 '낭만주의 드라마'를 의미했다. 두 경우 모두 고전주의의 원칙에 반대하여 장르의 혼합과 소재의 확대를 내세운다. 고전극의 이른바 '삼단일 규칙'을 거부하고 신화의 주인공이나 귀족이 아닌 부르주아계급에 속하는 인물들이 현재를 무대로 활동하는 일상적인 이야기가 주된 소재로 다뤄진다. 이러한 점은 바로 발자크가 꿈꾸는 새로운 소설의 문제의식과 맥락을 같이 하는 것이다. 일찍이 1833년 『외제니 그랑데』를 발표하고 거기에 붙인 서문에서 "환관들로 우글대는 비평계에 의해 이미 오래전부터 그 어떤 형태를, 그 어떤 장르를, 그 어떤 행동을 새로 만들어내는 것이 금지된 이 잘난 공화국"이라고 당시 문학계를 질타한 발자크는, 1842년 『인간극』에 붙인 서문에서는 자기 작품이 "우리 주변에 상존하는, 감춰져 있기도 하고 명백히 드러나 있기도 한 일상적인 사실들, 개인의 삶이 빚는 행동들, 그리고 그것들의 원인과 원칙들"을 다루고 그것들에 역사가들이 역사적인 사건들에 부여하는 만큼의 중요성을 부여할 것이라고 천명한다. 그렇게 새로 만들어내야 할 장르가 『고리오 영감』에서 하숙인들을 하나하나 지면에 올릴 때 언급하는 다음과 같은 드라마이다. "이 하숙인들은 저마다 삶의 드라마를 겪었거나 겪는 중이라는 걸 온몸으로 드러내 보여주었다. 다만 그 드라마는 다채로운 무대장식 위에서 휘황한 조명을 받고 공연되는 그런 것이 아니라, 소리 없는 웅변의 살아 있는 드라마, 서늘하지만 가슴을 뜨겁게 울리는 드라마, 결코 막을 내리지 않는 그런 드라마다."

　흥미롭게도 근대소설의 창시자라고 평가받는 발자크는 자기 작품을 '소설'이라고 부르는 경우가 거의 없다. 성실한 상인의 파산을 그린 『세자르 비로토』는 "한 편의 아름다운 상업 드라마"이고, 『결혼계약』은 "모든 부부 생활이 이루어지기에 앞서 펼쳐지는 거창한 코미디"이며, 『투르의 사제』는 "한 편의 부르주아 드라마", 『외제니 그랑데』는 "한 편의 부르주아 비극"이다. 그리고 『인간극』 서문은 널리 인용되는 것처럼 "한 사회가 보여주는 삼사천 명의 인물로 이루어진 드라마를 어떻게 흥미롭게 만들 것인가?"라고 묻는다. 한사코 '소설'이라는 용어를 삼간 까닭을 짐작하기란 그리 어렵지 않다. 여전히 마이너 장르로 취급받는 소설은 당시 대중적인 인기를 누리던 '암흑 소설'과 거의 동의어로 취급되었다. 『인간극』 이전에 쓰인 발자크의 청년기 소설은 '암흑 소설'의 속성이 다분하고, 『인간극』의 몇몇 소설도 여전히 암흑 소설의 요소를 담고 있다고 평가받는 게 사실이다.

그러나 발자크는 『인간극』의 작품들을 생산하던 초기부터 매우 의식적으로 당시 유행하던 '암흑 소설'의 경향들을 맹비난한다. 1831년 『나귀 가죽』 서문에서 "요즘의 저작물들을 핏빛으로 온통 벌겋게 물들이는 경향에 대한 불만이 도처에서 터져나오고 있다. 잔인한 장면, 처형 장면, 바다에 수장된 사람들, 교수형당한 자들, 교수대, 죄인들, 격렬하고도 냉혹한 잔혹상들, 사형집행인들, 이 모든 것이 우스꽝스럽게 활개를 치고 있는 것이다! 오늘날 대중은 문학의 병실에 갇힌 병든 젊은이들과 회복기의 환자들과 달콤한 우울의 보석들을 더이상 원치 않는다. 대중은 슬픔에 빠진 자들과 문둥이들, 번민하는 비가悲歌 따위와 작별을 고했다. 대중은 흐리멍덩한 음유시인과 공기의 요정에 식상했듯이 오늘날에는 에스파냐와 오리엔트, 처형 장면과 해적들, 그리고 월터 스콧 풍의 프랑스 역사에 물려버렸다. 그렇다면 이제 우리에게 무엇이 남았는가?"라고 물었던 것이 대표적인 예다. 『고리오 영감』의 첫머리에서 "고통의 신음을 뱉는 문학이 판치는 이 시대에 드라마라는 말이 무분별하고 잔혹한 방식으로 헤프게 쓰여서 본래의 뜻을 잃고 만 것도 사실이지만, 그래도 여기서는 그 말을 써야겠다"라고 특별히 단서를 단 것은 그런 복잡한 심사가 개입된 결과다.

요컨대 발자크는 19세기 전반 문학 혁신운동으로서 낭만주의가 한 창이던 때, 소설과 드라마 사이에 펼쳐진 전선에서 새로운 길을 모색하고 있었던 것이라 해석할 수 있다. 발자크는 낭만주의 드라마의 전도사인 위고가 「크롬웰 서문」에서 피력한 이론에는 동의하지만 19세기 신구논쟁을 불러온 위고의 〈에르나니〉 공연에 대해서는 이론을 배반한 실패작이라고 비판한다. 발자크가 볼 때 그것은 연극이라는 표현 형식의 한계였다. 발자크는 보다 유연한 형식을 가지는 소설만이 위고가 「크롬웰 서문」에서 주장한 이론을, 현실세계의 복잡한 진실을 표현할 수 있는 장르라고 생각한다. 발자크는 한스카 부인에게 보낸 본격적인 첫 편지에서 "내 작품 전체로 문학 전체를 대변하겠다는 무모할지도 모르는" 결심을 피력한다. 그렇게 그는 『인간극』이 호적부와 경쟁하듯 자기 소설이 문학 자체에 내민 도전이라고 선언한다. 동시에 그는 자신이 독자에게 가장 많이 읽히는 작가이기를 꿈꾼다. 저명한 발자크 연구자 니콜 모제는 이런 발자크의 모습을 가리켜 "단테이면서 동시에〔당시 암흑 소설의 최고 인기 작가인〕피고 르브룅이 되기를 선택했던 것"이라고 말한다. 발자크의 소설은 소설이되 다른 소설이 되기를 원한다.

사실 "모든 것은 사실이다"라는 말은 '이것은 왜 사실이 아니란 말인가'라는 반문의 다른 표현이라고 할 수 있다. 기존에 인정받던 문학 소재나 주제, 그리고 그것을 추인하는 해석 기제에서 벗어나는 것들이 내는 권리청원의 목소리인 것이다. 발자크는 새로운 시대에 부응하는 새로운 문학을 원했고, 독자가 그 뜻을 제대로 읽어내주기를 원했다. 그래서 그는 "새하얀 손으로 이 책을 집어들고 푹신한 안락의자에 몸을 파묻은 채 '이거 재밌겠는걸'이라고 중얼거릴" 당시의 독자에게, 그리고 오늘날의 독자에게 이 소설이 "[독자의] 마음속에서도 벌어지는 일", 즉 삶의 진실을 담은 이야기임을 환기한다. 발자크는 『인간극』에서 두번째로 발표된 작품인 『결혼 생리학』에서 "읽는다는 것은 어쩌면 [저자와 독자] 둘이 함께 창조하는 것인지도 모른다"라고 적는다. 『고리오 영감』은 발자크의 작품 중 가장 많은 양의 해석과 재해석을 낳아 작가의 이런 바람을 가장 만족스럽게 충족시켜왔고, 이 책을 집어든 독자에게 또하나의 창조적인 독서를 권유한다.

3. "여기까지가 [……] 파리를 무대로 펼쳐지는 이 비극의 도입부다"

소설 시학의 측면에서 보자면 '드라마'는 새로운 소설을 향한 발자크의 복안이 담긴 용어이지만, 『고리오 영감』을 한 번에 통독하고 마지막 페이지를 넘긴 독자라면 잘 짜인 한 편의 연극을 보고 극장을 나서는 듯한 느낌을 강하게 받을 것이다. 아닌 게 아니라 이 작품에는 연극적 요소가 곳곳에 포진되어 있다. 보트랭은 등장할 때마다 마치 무대 위의 배우처럼 유명한 아리아 한 소절을 부른다. 외부 하숙인들까지 모이는 저녁식사 자리에서 하숙인들끼리 서로 짧고 경쾌하게 주고받는 대화들은 무대 위에서 여러 배우가 속사포처럼 대사를 주고받을 때 발생하는 익숙한 희극적 효과를 안겨준다. 그런 생생한 대화와 장광설(보트랭의 세 번에 걸친 긴 연설과 보제앙 부인의 설교), 그리고 독백(고리오가 죽음을 앞두고 내뱉는 긴 탄식)은 이 소설의 연극적 면모를 극대화한다. 아울러 화자의 개입과 부수적인 인물들의 추임새는 고전극의 코러스가 맡는 역할을 떠올리게 한다. 이 밖에도 당시 인기를 끌며 공연되던 여러 연극이 언급되고, 이탈리아, 바리에테, 부퐁, 개테 극장 등 파리의 유명 극장들이 소설에 등장하는 점도 연극적 효과를 보조하는 정황적인 요소이다. 연극 관람은 상류 사교계 주민이나 라스티냐크 같은 대학생이나 보케르 부인 같은 소시민들을 가리지 않고 모두의 선망이며, 극장은 많은 사연이 엮이고 엉키고 풀리는 공간이다. 흔히 언급되듯 셰익스피어의 『리어왕』을 떠올리게 하는 인물들이나 모티프도 이 작품의 연극적 효과를 언급할 때 빼놓을 수 없는 곁가지 요소일 것이다(『리어왕』과 이 작품은 그러나 유사점보다는 차이점이 훨씬 많다. 게다가 『고리오 영감』은 아버지와 딸의 관계에만 집중된 이야기가 아니다. 그리고 당시 『리어왕』과의 관련성을 처음 언급한 비평은 사실 발자크의 작품이 고전인 『리어왕』에 못 미친다고 깎아내리기 위한 목적을 가졌다. 당시나 지금이나 고전과의 연관성을 어떻게든 찾아내려고 하는 경향은 비평의 한 습속이기도 하다).

그렇지만 『고리오 영감』이 보여주는 연극적 효과의 백미는 바로 그 연극적 구성이다. 『고리오 영감』은 1844년 퓌른판 『인간극』 전집에 편입되기 전까지는 장 구분이 되어 있었다. 퓌른판은 전집의 무게감도 살리고 제작비도 줄일 겸 매우 압축된 판형을 취한다. 따라서 그전에 단행본으로 발간된 개별 작품에 붙었던 서문들은 모두 없애고 『인간극』 서문 하나로 대체했으며, 장 구분이 있었던 작품들도 그 구분과 장 제목을 모두 없앤다. 『고리오 영감』은 〈르뷔 드 파리〉에 네 차례에 걸쳐 나뉘어 게재될 때마다 제목('서민 하숙집' '사교계 입성' '불사조'

'두 딸')이 붙었는데 첫번째 부분은 다시 '서민 하숙집'과 '두 번의 방문'이라는 두 장으로, 네번째 부분은 '두 딸'과 '아버지의 죽음'이라는 두 장으로 나누었다. 이어 단행본으로 출간될 때는 첫번째 부분과 네번째 부분에 나뉘어 있던 하위의 장을 상위로 끌어올려 모두 여섯 개의 장으로 편성했다. 이처럼 소설의 구성은 그 자체로 6막 극을 연상시킨다. 인물관계, 사건, 시간 등과 관련하여 각 장의 내용을 간단하게 소개하면 연극적 구성의 특징이 두드러지게 나타날 것이고 소설의 흐름을 일목요연하게 파악할 수도 있을 것이다.

1장 '서민 하숙집'(9쪽~84쪽)은 '제일 도입부'이다. 메종 보케르가 있는 뇌브생트즈느비에브가와 하숙집 내외부 묘사, 하숙집 주인과 일곱 명의 내부 하숙인 소개 등으로 이루어진, "1819년 11월 말, 그 서민 하숙집의 전반적인 상황"이 길게 펼쳐진다. 사건으로만 보자면 라스티냐크가 보제앙 부인의 무도회에 갔다가 새벽에 돌아와 보트랭과 고리오 영감의 수상한 행동을 목격한 하루 이야기이다.

2장 '두 번의 방문'(84쪽~138쪽)은 '제이 도입부'이다. 라스티냐크가 레스토 부인 댁과 보제앙 부인 댁을 연이어 방문한 하루, "파리라는 낯선 문명의 전쟁터에서 [보낸] 첫날"의 이야기이다. 라스티냐크는 고향집 어머니와 누이에게 돈을 요구하는 편지를 쓴다. 그후 일주일 사이에 일어난 일이 짧게 요약되고 난 뒤 "파리를 무대로 펼쳐지는 이 비극의 도입부"라는 연극 용어로 마무리되는 이 두 '도입부'는 주된 활동이 이틀에 걸쳐 전개되나 소설 전체의 3분의 1 분량을 차지할 정도로 느리게 진행된다.

3장 '사교계 입성'(138쪽~243쪽)은 "12월 첫 주가 끝나갈 무렵"

목요일에서 다음주 월요일까지 닷새에 걸친 '전개부'로서 연극 용어를 빌리자면 '결정화 국면'이 펼쳐진다. 라스티냐크는 고향에서 돈을 받고 본격적인 사교계 입성을 채비한다. 보트랭이 라스티냐크에게 하는 긴 연설이 이어지고, 라스티냐크와 델핀의 관계가 급속도로 가까워진다. 보트랭이 라스티냐크에게 빅토린과 결혼할 것을 제안한다. 그로부터 두 달 반 정도의 시간에 걸친, 사교계에 입성한 라스티냐크의 방탕한 생활이 짤막한 설명으로 언급되고, 어느 날 보트랭과 라스티냐크 간에 돈거래가 이루어진다.

4장 '불사조'(243쪽~324쪽)는 이른바 '위기부'이다. 3장에서 이틀이 지난 12월 14일에서 15일 늦은 밤(16일 새벽)까지 이틀에 걸친 이야기이다. 미쇼노와 푸아레가 공뒤로를 만나고, 보트랭이 꾸민 술판이 펼쳐진다. 그리고 이튿날, "메종 보케르 역사상 유례없이 특별한 날", 아들 타유페르가 결투로 사망하고 보트랭이 경찰에 체포된다. 고리오가 델핀과 라스티냐크를 위해 독신자아파트를 마련하고 세 사람이 그곳을 방문한다. 이 위기부터 시간은 라스티냐크라는 인물이 체험한 내면의 통합된 시간이 아니라 각 인물의 시간으로 쪼개지고 나누어진다.

5장 '두 딸'(325쪽~382쪽)은 다음 6장과 함께 '결말부'를 이룬다. 보제앙 부인이 자신의 고별 무도회에 델핀을 초대한다. 라스티냐크는 델핀을 앞에 두고 "파리의 루비콘강을 건너야 할지 말지 줄곧 망설이기만 했다". 2월 16일 밤 라스티냐크는 델핀의 집에서 새벽까지 머문다. 델핀이 라스티냐크에게 "오늘밤 나는 어린아이처럼 다시 태어났어요"라고 고백한다. 17일 아침 델핀과 아나스타지가 차례로 하숙집을 방문해 돈 문제로 고리오에게 큰 충격을 안기고 고리오의 병세가 악화하기 시작한다. 2월 18일 아침 아나스타지가 다시 고리오 영감에게 돈을 요구하러 오고 이 일로 고리오 영감은 급속도로 위독해진다. 2월 19일 라스티냐크는 보제앙 부인의 고별 무도회에 참석하고 20일 새벽 걸어서 병석의 고리오 영감을 보살피러 하숙집으로 귀가한다. "그의 교육은 그렇게 완성되어가고 있었다."

6장 '아버지의 죽음'(383쪽~419쪽)은 2월 20일과 21일 이틀에 걸친 이야기로서 대단원의 막이 내리는 부분이다. 20일, 고리오가 마지막으로 긴 탄식과 함께 세상에 대한 항변을 쏟아내다 숨을 거둔다. 초라한 장례식. 21일 오후 여섯시 고리오의 시신이 페르라셰즈 묘지에 묻히고, 라스티냐크가 파리를 굽어보며 "이제 우리 둘의 대결이다!"라고 선언하고, "뉘싱겐 부인 집을 향해 저녁식사를 하러" 간다.

이상이 1819년 11월 말에서 이듬해 2월 21일까지 약 세 달간에 걸쳐 파리의 변두리 포부르 생마르셀에 있는 서민 하숙집을 무대로 펼쳐지는 드라마의 요약이다. 도입부와 전개부에서는 짧은 기간 동안 큰 사건 없이 느리게 전개되는 이야기가 많은 분량을 차지한다. 반면에 위기부와 결말부는 진행될수록 밀도가 높아지고 가속도가 붙은 흐름을 보여주면서 독자의 감흥을 가파르게 끌어올린다. 책장을 덮은 독자는 그 전형적인 극적 구성의 효과로 고조된 감흥에 휩싸여 "잘 알려지지 않은, 그러나 놀랄 만큼 끔찍한" 드라마의 의미를 곱씹게 된다.

4. "이 이야기가 파리 성벽 바깥에서도 이해될 수 있을까?"

『고리오 영감』은 『인간극』에서 '사생활 장면'으로 분류되어 있다. 그러나 그 분류는 발자크가 '퓌른판'의 재판을 준비하기 위해 작성한 '1845년의 카탈로그'에서 자리를 재배치함에 따라 발자크 사후 간행된 전집에 적용된 것으로, 1844년 '퓌른판' 『인간극』에 처음 수록될 때는 '파리 생활 장면'으로 분류되어 있었다. '수정 퓌른판'의 발자크는 아마도 이 작품의 무게중심을 파리의 드라마보다는 고리오를 위시한 인물들의 드라마로 옮기는 편이 적당하다고 생각을 바꾸었던 것 같다. 아울러 거의 중편들로 이루어진 '사생활 장면'에 두툼한 분량의 작품을 배치함으로써 장면 간의 불균형을 어느 정도 해소하려는 의도도 작용한 것으로 보인다. 『고리오 영감』 이전에 발표된 '사생활 장면'의 중편들이나 '철학 소설'에 속하는 작품들에서 파리가 단순한 배경을 넘어 이야기와 밀접한 관련을 맺는 요소로 등장한 작품은 없다고 보아도 무방하다. 『나귀 가죽』에서 펼쳐지는 라파엘의 모험은 배경을 파리가 아닌 다른 곳으로 바꾼다고 해서 성격이 바뀌는 건 아니다. 파리가 작품의 주요 인자로 등장한 것은 『고리오 영감』이 발표되기 한 해 전인 1834년에 발표된 '13인당 이야기' 연작('파리 생활 장면'에 분류되어 있다)에 속하는 세 편의 소설 『페라귀스』 『랑제 공작부인』 『황금 눈의 여인』이다. 『페라귀스』의 파리는 아직 이야기 안으로 깊숙이 들어가지는 않지만 "괴물 같은 수수께끼의 도시"를 인상적으로 묘사한다. 『랑제 공작부인』에서는 포부르 생제르맹의 파리가 이야기를 이끄는 중심축이 된다. 랑제 공작부인은 개인이 아니라 포부르 생제르맹의 전통 대귀족 계급을 대표한다. 『황금 눈의 여인』이 파리의 이야기인 것은 무엇보다도 작품 서두에 길게 서술되는 그 유명한 '파리의 지옥도' 때문이다. 『고리오 영감』은 '13인당 이야기'의 파리를 종합함으로써 실질적인 첫 '파리 생활 장면'의 면모를 갖춘다.

『황금 눈의 여인』 서두에 펼쳐지는 '파리의 지옥도'에 거주하는 인간들은 모두 황금과 쾌락을 좇아 자기 생명력을 마멸시키고 파괴하는 존재들이다. 이는 발자크가 분류한 다섯 계급, 즉 노동자, 프티부르주아, 사업가, 예술가, 상류 사교계에 예외 없이 적용된다. 발자크는 황금과 쾌락을 좇는 파리 사람들의 상승 운동을 『신곡』의 그것에 비유하면서 "언젠가는 그 지옥을 그려줄 그들의 단테가 탄생하리라"라고 덧붙인다. 『고리오 영감』에서 발자크는 파리 사람들의 단테를 자처한다. '앨범'의 얼개대로 처음 중편으로 시작했던 『고리오 영감』은 집필 과정에서 주제와 인물과 줄거리가 확대된다. 그즈음 한스카 부인에게 보낸 편지에는 이 작품이 '아버지의 이야기'를 넘어 '파리의 이야기'로 확장되는 것을 확인할 수 있다. "사셰에서 나는 대단한 작품, 『고리오 영감』을 시작했습니다. 〔……〕 으뜸가는 걸작! 너무나 위대해서 그 어떤 것도, 알력도 고통도 불의도 거꾸러뜨릴 수 없는 감정을 그려내는 일, 성자이자 순교자 같은 아버지인 사람, 그리스도의 정신을 실천하는 사람"(1834년 10월 18일)이라고 썼던 발자크는 한 달 후, "『고리오 영감』은 아름다운 작품이지만 끔찍이도 슬픕니다. 완벽함을 도모하기 위해서는 도덕의 차원에서 파리의 하수구를 보여주어야만 했습니다. 그것은 몹시 역겨운 상처 같은 효과를 자아냅니다"(11월 22일)라고 밝히며 스스로 파리라는 지옥의 단테, 파리라는 대양의 "문학 잠수사"가

되기로 방향을 정한다.

『고리오 영감』에서 파리는 황금과 권력의 추구로 인해 도덕과 심성의 타락이 만연한 "진흙구덩이"다. 화려한 외양 뒤에 감춰진 누추한 실상을 폭로하는 보트랭의 설교에 라스티냐크는 "당신이 말하는 파리는, 그러니까 진흙구덩이란 거군요"라고 되묻고, 고리오의 두 딸이 보여주는 배은망덕을 비판하는 랑제 공작부인은 보제앙 자작부인에게 계급적 자존심과 돈 때문에 버림받을 위기에 처한 둘의 운명을 암시하면서 "세상은 진흙구덩이가 맞아. 그러니 우린 거기에 발이 빠지지 않게끔 최선을 다해 높은 곳에 머물러 있자고" 말한다. 그런가 하면 무도회에 가기 위해서라면 아버지의 시신이라도 밟고 갈 기세인 델핀을 지켜보는 라스티냐크에게 "세상은 한번 발이 빠지면 목까지 잠기는 깊고 드넓은 진흙 수렁처럼" 보인다. 누추한 하숙집과 화려한 사교계를 걸어서 오갈 때마다 라스티냐크가 장화와 옷에 진흙이 묻지 않도록 노심초사하는 대목은 진흙구덩이에 발을 딛되 진흙을 묻히지 않으려는 그의 복잡한 심리, 더 나아가 사라져가는 전통적인 가치관과 새로운 세상의 논리 사이에서 주저하는 대혁명 이후 19세기 초반 젊은이의 갈등, "이전에 있었던 것은 이제 하나도 남아 있지 않으며, 앞으로 와야 할 것은 아직 하나도 이루어진 것이 없다"라고 동시대의 시인 알프레드 드 뮈세가 『세기아의 고백』에서 토로한 심정을 함축적으로 표현한다.

그러나 진흙구덩이에는 어찌 보면 해독이 필요 없는, 명확히 의미가 드러나는 기호, 또는 관성에 지배되는 기호인 측면이 있다. 더 나아가 그것은 라스티냐크가 사용할 때와 랑제 공작부인이 사용할 때 그 지시 대상이 같다고 볼 수 없고, 사용자의 자의에 따라 반대되는 대상을 지칭할 수도 있다는 점에서 오히려 오염된 기호일 수도 있다. 그런 점에서 『고리오 영감』의 파리는 그 깊은 속을 알 수 없는, 심해에 닿을수록 깊어지는 "대양"("파리는 말 그대로 하나의 대양이다. 거기에 수심 측정기를 던져보라. 그래도 그 대양의 깊이는 도무지 알 수 없을 것이다. 파리를 남김없이 답사하고 묘사하겠다고? 파리를 답사하고 묘사한다고 제아무리 공을 들인들 [……] 나중에 항상 또다른 신천지가, 또다른 미지의 존재가, 꽃들이, 진주들이, 괴물들이, 문학의 잠수사들이 잊고 있던 엄청난 어떤 것이 눈앞에 떡하니 나타날 것이다.")에 더 가까우며, 들어가기는 쉽되 빠져나오기는 불가능한 "미궁"이 더 적절한 비유라고 할 수 있다. 대양이자 미궁인 파리는 해독해야 할 일종의 기호이다. 우선 보케르 하숙집과 그 위치가 그렇다. 큰 건물에 둘러싸이고 경사가 급한 내리막에 위치해 통행하는 이가 드물어 음울하게 가라앉았고 늘 정적이 감도는 그곳은 파리에서 가장 끔찍한 곳인 동시에 가장 은폐된 곳이다. 하숙집 면면을 보더라도 그곳은 겉으로는 투명해 보이지만 실은 모든 것이 불투명한 곳, 겉으로는 조화로워 보이지만 실은 모든 것이 착잡하게 얽힌 곳, 묘한 냄새가 나지만 마땅히 붙일 이름이 없어 그냥 "하숙집 냄새"라고 해야 할 그런 냄새가 밴 곳이다. 그 유명한 구절, "그녀[보케르 부인]의 모든 면면은 하숙집을 드러내 보여주고, 하숙집은 그녀의 됨됨이를 내포해 보여준다"라는 말은 보케르 부인과 하숙집이 모두 해독이 필요한 기호라는 측면에서 『고리오 영감』의 파리 묘사가 정확하게 기호학의 범주에 속한다는 점을 보여준다.

　호기심 가득한 시선으로 하숙집의 수수께끼 같은 인물들과 그들이 벌이는 수상한 일들을 해독하는 임무를 부여받은 라스티냐크는, 보제 앙 부인의 무도회에서 대귀족의 살롱을 피상적으로 경험한 이후 처음 으로 방문한 레스토 부인 댁에서 길을 잃고 헤매듯이, 그에게는 낯설 뿐 아니라 출구를 알 수 없는 미로 같은 귀족의 살롱에 진입해야 하는 임 무를 스스로 걸머진다. 그러나 전통 귀족의 거점인 포부르 생제르맹의 보제앙 저택이든, 전통 귀족 구역이기도 하지만 주로 신흥 귀족과 승리 한 부르주아지의 거점이 된 쇼세당탱의 레스토 저택이든, 쇼세당탱 인 근 생라자르가의 뉘싱겐 저택이든, 그 집들은 화려함만 강조될 뿐 구체 적으로 묘사되지 않는다. 그것들은 쾌락과 황금이 변형된 형태이지 해 독해야 할 기호가 아닌 까닭이다. 물론 세 집 중 뉘싱겐의 집은 두 집에 비해 "파리에 전에 없던 예쁘장한 면모를 선보이는 어딘지 좀 경박해 보 이는 집들" 중 한 집이라고 해서 상대적으로 조금은 구체적인 묘사를 얻는다. 아마도 전통 귀족의 지위를 갈망하는 신흥 귀족의 심리를 그렇 게 따로 특정해야 했던 것으로 보인다. 라스티냐크가 그곳에서 해독해 야 할 기호는 귀족의 살롱이라는 물리적인 대상이 아니라 사교계의 논 리와 그곳 사람들의 심리라는 무형의 대상이다. 그것을 해독하려면 다 른 무기가 필요하다. 라스티냐크는 보제앙 부인의 이름을 "아리아드네 의 실"로 삼아 파리의 상류 사교계라는 그 "미궁"으로 진입한다.

『고리오 영감』에서 "호기심 어린 관찰과 파리의 살롱을 드나들 수 있던 수완"으로 이야기에 "진실한 색조"를 부여하는 라스티냐크는 파 리의 거리들을 부지런히, 그리고 참 많이도 걷는다. 그는 이해해야 했 고, 이해하기 위해 비교해야 했고, 비교하기 위해 곰곰이 생각하며 걸 어야 했다. 그가 서너 번의 경우를 제외하고 거의 마차를 타지 않는 것

『고리오 영감』 속 주요 장소(19세기 초 파리)

① 파리식물원
② 생테티엔뒤몽성당
③ 팡테옹
④ 데그레가
⑤ 소르본대학
⑥ 생자크가
⑦ 뤽상부르공원
⑧ 코셍병원
⑨ 발드그라스병원
⑩ 라부르브
⑪ 앵발리드
⑫ 샹젤리제 거리
⑬ 방돔광장
⑭ 오페라(살 루부아)
⑮ 팔레루아얄
⑯ 프랑스은행
⑰ 대로(카퓌신, 이탈리아, 몽마르트르……)
⑱ 공예학교
⑲ 탕플대로
⑳ 페르라셰즈 묘지
㉑ 파리경시청
㉒ 징세 청부인의 벽(파리성벽)
㉓ 포부르 생제르맹
㉔ 포부르 생마르셀
㉕ 쇼세당탱

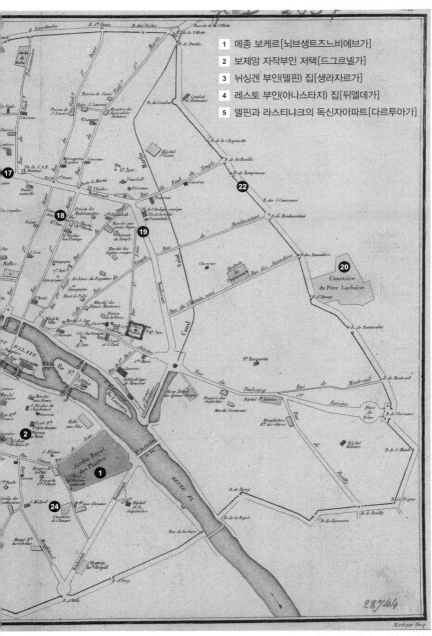

1	메종 보케르[뇌브생트즈느비에브가]
2	보제앙 자작부인 저택[드그르넬가]
3	뉘싱겐 부인(델핀) 집[생라자르가]
4	레스토 부인(아나스타지) 집[뷔엘데가]
5	델핀과 라스티냐크의 독신자아파트[다르투아가]

지도 출처: Aristide–Michel Perrot, 〈Panorama de la ville de Paris〉, 1826(프랑스국립도서관 소장)

은 물론 마차삯이 없기 때문이다. 어쩔 수 없이 마차를 탔을 때는 치러야 할 돈 때문에 고민과 후회에 휩싸인다. 그런데 걸을 수밖에 없는 처지가 라스티냐크를 뛰어난 관찰자로, 암호 해독자로 만든다. 마차는 대상의 표면을 스쳐지나가지만 걸음은 대상 속으로 스며들기 때문이다. 라스티냐크는 파리에서 수평적인 이동을 반복하지만 그가 이루어내는 진정한 진전은 수직적인 이동이다. 보케르 하숙집과 앙굴렘 인근 시골 고향집으로 대변되는 "시적 정취라고는 아예 없는 궁핍함", "쩨쩨하고 남루하기 그지없는 농축된 궁핍함", "머지않아 썩어 문드러질 그런 궁핍함", "아무리 형편없는 포도라도 남김없이 쥐어짜고, 압착기에 남은 찌꺼기마저 식구들이 마실 음료로 활용하는" 궁핍함, "흰 빵을 먹을 때보다는 밤으로 쑨 죽을 먹을 때가 더 많〔은〕" 궁핍함에서 벗어나기 위해, "사치의 악마가 그의 가슴을 물어뜯었고, 성공의 열망이 그를 사로잡았으며, 황금에 대한 목마름으로 그의 목이 타들어〔가면서〕", "평행하게 놓인 두 개의 참호를 열어젖히겠노라고, 학문과 사랑에서 동시에 성공하겠노라고, 박식한 학자인 동시에 유행의 첨단을 걷는 인물이 되겠노라고 결심"하는 라스티냐크는 마침내 페르라셰즈 묘지의 높은 곳에 올라 이 소설의 명실상부한 또하나의 주인공임이 분명하게 드러난 "센강 양안을 따라 똬리를 틀고 누운 파리"라는 인물을 굽어보며 "이제 우리 둘의 대결이다!"라고 외친다. 그것은 단순한 사회적 신분 상승만을 의미하지는 않는다. 『고리오 영감』은 "가난한 대학생이 파리와 대결하는 모습"을 통해 '파리-지옥'의 시인 단테가 그려낸, 이전에도 있었고 앞으로도 있을 그 영원한 인류의 상승 의지에 바치는 한 편의 근대 서사시이다.

5. "부성의 그리스도"?

고리오를 "부성의 그리스도"라고 규정하는 대목은 작품 후반, 그가 마지막 남은 재산을 긁어모아 델핀과 라스티냐크를 위해 다르투아가의 독신자아파트를 마련해준 장면에 들어 있다. 감격한 딸이 아버지를 껴안고 키스를 퍼붓자 아버지도 덩달아 딸을 미친 듯이 난폭하게 껴안았고, 그 바람에 딸이 비명을 지르자 깜짝 놀란 아버지는 고통스러운 표정으로 딸을 바라본다. 그 순간 화자가 개입하여 "부성의 그리스도라 할 만한 그의 표정을 제대로 묘사하려면, 그동안 회화의 최고 거장들이 인류의 구원을 위해 구세주가 겪는 수난을 화폭에 담기 위해 창조했던 이미지들을 부지런히 참조해야 하리라"라고 부연하는 것이다. '앨범'에서 구상했던 "선량한 남자", 딸들에게 전 재산을 주고 빈털터리가 되어 "개처럼 비루하게 죽〔는〕" 남자는 집필 과정에서 "성자이자 순교자 같은 아버지, 그리스도의 정신을 실천하는 사람"(한스카 부인에게 보내는 편지)으로 숭고한 성격이 입혀진다. "부성의 그리스도"라는 강렬한 규정은 자식을 위해 무한히 헌신한 아버지를 버린 딸들과 사위들의 배은망덕, 자식들이 저지른 그 "부친 살해", 그리고 도덕이 땅에 떨어진 "진흙구덩이" 파리의 참담한 세태와 선명한 대조를 이루며 '19세기를 대표하는 사실주의 소설'『고리오 영감』의 주제로 등극한다. 게다가 발자크는『인간극』서문에서 "작가란 도덕과 정치에서 확고한 견해를 지녀야 한다"라고 주장하며 "그래서 나는 개인이 아니라 가족이 사회의 진정한 기본 요소라고 생각해왔다"라고 선언하지 않던가. 이렇게 작가의 사상과 작품이 완벽하게 일치하는 모범적인 작품이 탄생한다.

"부성의 그리스도"는 의과대학생 비앙숑의 진단으로 한번 더 되풀이된다. 고리오가 하숙인들로부터 늙은 호색한 취급을 받는 상황에서 라스티냐크가 고리오를 찾아온 여인들이 그의 딸들이라고 변호하자, 골상학을 신봉하는 라스티냐크의 친구 비앙숑은 고리오의 두개골을 관찰하고 "농담"삼아 그가 "부성의 돌기" 하나만 지닌 인물, "영원한 아버지의 표본"이라고 진단한다. 곡물 거래로 엄청난 부를 축적한 사업가, 아내를 지극히 사랑하던 애처가, 아내와 사별한 뒤 홀로 어린 두 딸을 물심양면으로 사랑하며 지극정성으로 키우는 것 말고는 존재 이유가 없기에 쏟아지는 재혼 제의를 단호하게 거절하는 아버지, "아버지란 스스로 행복해지기 위해 늘 주어야만 하는 존재"라고, "늘 주기만 하는 것"이 "한 인간을 아버지로 만들어준"다고 굳게 믿는 인물, 서민 하숙집에서 월 45프랑을 내고 연명하는 신세로 전락했으면서도 딸들에게 끝까지 자신을 내어주다가 비참하게 죽음을 맞이하는 인물. 마음 한구석에 "순수하고 숭고한 가족의 정"을 간직하고 있는 가난한 대학생 라스티냐크는 "고리오 영감은 숭고하구나!"라고 경외심을 품는다. 하지만 "부성의 그리스도"나 "영원한 아버지의 표본"이라는 언급이 나온 맥락을 유심히 살펴보면 발자크가 대단히 의도적으로 아이러니의 효과를 노렸다는 점을 알 수 있다. 고리오는 여러 겹을 가진 인물인 것이다. 발자크는 하나의 독트린이 인물과 서사를 지배하는 '테제 소설'의 작가가 아니라, "이 세계에서 한덩어리로 이루어진 것은 아무것도 없다. 모든 것은 모자이크다"라고, 자기 앞에 놓인 "19세기라는 모델"이 "극도로 요동치는, 정지시키기는 너무 어려운 모델"이라고 생각하는 작가이며, 또한 "예술가가 고이 간직하고 있는 사상과 그의 작품 속에 나타난 기발한 상상 사이의 관련 정도를 단정할 수 있는 원칙이란 있을 수 없〔는데도〕", "문학 관상학을 지배하는 법칙이 불확실함에도 독자들은 책과 그 책의 지은이 중 어느 한 편을 들지 않고는 못 배〔긴〕"(『나귀 가죽』 서문)다며 일의성의 지배에 대항해 모호성의 인정을 촉구한 작가다. 니콜 모제의 말을 다시 빌리자면, 발자크는 작품활동 내내 "독자들에게 제대로 이해되지 못한다는 유령에 시달리고 있었다". 그가 1835년 『고리오 영감』 초판에 붙인 서문에서 "언젠가는 삭제될 가능성이 농후〔한〕 서문을 굳이 쓰려 〔한〕" 이유가 거기에 있다.

사실 소설엔 '영원한 아버지의 표본'에 부합하는 고리오의 모습은 그리 많지도 않거니와 그마저도 화자나 일부 인물들에 의해 '설명'될 뿐 고리오 자신의 말이나 행동으로 구체화하지는 않는다. 오히려 그가 말과 행동으로 보여주는 구체적인 모습은 흔들리는 모호한 정체성, 바로 그것이다. 그가 공포정치 시대인 "93년의 주역"이고 혁명기의 혼란상을 적극 이용해 투기로 자본을 축적한 사업가라는 점은 전통 귀족의 시각이기도 하고 그의 부성애와 직접 관련되는 요소도 아니기에 논란거리는 아니다. 하지만 딸을 위해서라면 사위를 자기 손으로 죽여버리겠다고 할 정도로 맹렬한 공격성을 보이거나, 죽음이 임박한 병상에서도 오데사에 가서 전분을 제조해 수입하면 수백만 프랑을 벌 수 있노라고 여러 번 되뇌는 모습은 숭고한 아버지의 통념과는 거리가 멀다. 딸들을 향한 그의 절대적인 사랑은 오로지 돈과 페티시즘으로 표현된다. "돈, 그것은 목숨과도 같다. 돈이면 뭐든 할 수 있다"는 그에게 돈은 "모든 것을", 심지어는 "딸들까지도" 갖다주는 요술 방망이다. 그의 부성은 늘 '존재의 문제'와 '소유의 문제'를 혼동한 형태로, 전자를 후자로 치환한 형태로 표출된다. 그런 도착적 욕망이 극명하게 드러나는 부분이 그의 페티시즘이다. 라스티냐크가 자기 조끼 가슴팍에 델핀이 얼굴을 파묻고 울었다고 전하자, 고리오는 새 조끼를 사줄 테니 그 조끼를 자기에게 달라고 간청한다. 딸의 발치에 엎드려 딸의 두 발에 입을 맞추고 얼굴을 딸의 드레스 자락에 비벼대는 모습에 딸은 아버지가 "가끔은 거추장스러울 것 같[다]"라고 말하며, 딸의 애인은 치밀어 오르는 질투심을 감추지 못한다. 비유하자면 고리오의 욕망은 '오이디푸스의 이면', 오이디푸스와는 방향이 뒤집힌 욕망이다. 죽음을 앞둔 고리오가 마침내 자신이 "지상의 잉여 존재"임을, 자기 딸들이 자신이 저지른 "악폐의 근원"임을, 자신이 "딸들을 버릇없이 키[웠]"음을 고백하며 자책하지만, 그것은 돈으로 치환된 사랑이 다시 사랑으로 돌아오지 않는다는 냉엄하고 씁쓸한 확인일 뿐이다. 타자에 대한 욕망이 타자의 욕망을 실현해주는 방향으로 발현되지 않고 나의 욕망을 타자에 기대 실현하려는 의지로 변형되는 현상은 인간사에서 자주 일어나곤 한다. 고리오는 그런 욕망의 대리만족이 빚어내는 드라마를 온몸으로 보여주는 하나의 전형이다.

발자크가 이 소설에서 부성 혹은 부권의 문제를 제기한 좀더 현실적인 이유를 살펴볼 필요가 있다. 고리오는 자책을 토해내는 병상에서 실정법에 이렇게 호소한다. "경찰을 불러 강제로라도 걔들을 데려와주게! 정의는 내 편이야, 모든 게 내 편이지. 자연법도, 민법도. 나는 항의하네. 아버지들이 짓밟히면 조국은 멸망하는 거야. 불을 보듯 뻔한 일이지. 사회는, 세상은 아버지의 권위를 바탕으로 굴러가는 법이니,

자식들이 자기 아버지를 사랑하지 않는다면 모든 게 붕괴하고 말고."

이 호소는 사실 당시 첨예한 대립을 보였던 사회문제와 관련이 있다. 1804년 발효된 '민법Code civil' 혹은 '나폴레옹 법전Code Napoléon' 371조는 "자식은 나이를 불문하고 자기 아버지와 어머니를 공경하고 존중해야 한다"라고 규정하고 있다. 제정 당시 이 조항에 대해서는 찬반양론이 첨예하게 부딪쳤다고 전해진다. 찬성파는 그 조항이 자연(인간의 본성)과 도덕에 기반을 두는 것이라 강조했고, 반대파는 그 조항이 어떠한 입법 조치(위반 시 처벌 규정)도 담을 수 없으므로 철회해야 한다고 주장했다. 논란 끝에 이 조항은 채택되었지만, 법 조항의 근거를 오로지 도덕성에만 둠으로써 모든 실질적 사법 조치를 취약하게 만들 소지가 다분하다는 비판은 여전했다. 고리오의 항의는 죽음의 병상에서 겪는 착란이 아니라, 바로 민법 371조의 난맥상을 젊은 시절 법률가가 될 뻔했던 발자크가 상기시키는 맥락에서 나온 것이다. 나름 민법을 꿰고 있는 고리오는 뉘싱겐 부부의 재산분할권 문제나 레스토 부부의 재산상속 문제에서 당연히 델핀과 아나스타지에게 권리가 있어야 한다고 믿지만, 그래서 "법이라는 게 있다! 그레브광장은 그런 악질 사위를 사형하라고 있는 거야"라고 외치지만, 결과는 실정법에 대한 고리오의 완전한 오해를 확인해줄 뿐이다. "하느님 아버지, 당신이 만든 세상은 왜 이리 엉망진창이란 말입니까!"라는 고리오의 하소연은 법과 도덕 사이에 놓인 근원적인 문제를 환기한다.

법은 도덕을 구할 수 있을까? 아니면 반대로, 도덕은 법을 구할 수 있을까? 전통적인 질서가 무너지고 종교는 무력해졌지만, 새로운 질서는 아직 정착되지 않은 시점에서 이는 대단히 심각한 질문이었다. 왕정복고 시대의 가정에는 그곳을 굽어보는 신의 눈도 양심의 눈도 없어진 지 오래다. 무엇이 그 눈을 대신할 것인가? 사실 이 문제는 이미 18세기 사상가들의 핵심 문제였다. 데이비드 흄, 애덤 스미스 등이 제기했던 질문을 거칠게 요약하자면 이렇다. 사적인 이익을 규제하고 공공의 이익을 만들기 위해 법이 필요한가, 아니면 사적인 이익 그 자체가 사람들이 더불어 살게 해주는 법을 만들어낼 수 있을까? 스코틀랜드의 사상가들은 후자를 믿었다. '보이지 않는 손'으로 표현되는 '자기조정 시장'에 대한 믿음이 자본주의의 융성을 이끌었다는 것은 주지의 사실이다. 발자크는 『인간극』의 여러 작품이 보여주듯 '유동성'을 만들어내는 돈의 위력, 근대 상업 사회에 기대를 건다. 그는 이익 추구라는 합리적이고 합리화할 수 있는 열정을 가장 덜 나쁜 열정으로 여긴다. 그러나 동시에 그는 이익이 다른 모든 열정을 지배하는 것에 대해 두려움을 느낀다. 발자크는 아무리 합리적인 이익 추구라도 사회를 형성할 수 없다고 본다. 개인주의 성향을 제어할 수 있는 외적인 원칙의 필요성에 공감한 그는 '도덕'과 '정치'라는 '보이는 손'이 제어장치가 될 수 있으리라고 기대한다. 고리오의 부성에 얽힌 드라마는 자신의 문학작품으로 세계와 맞서고자 했던 19세기 초의 한 인간 발자크가 던지는, 21세기의 인간이 아직도 답을 찾지 못한 그 어려운 질문을 반영하고 있다.

'부성'은 『인간극』의 핵심 모티프이다. 『철학 소설과 콩트』에 묶인 초기의 중편들은 거의 모두 아버지의 문제를 중요한 모티프로 다루고 있다. 『고리오 영감』 직전에 발표한 본격적인 장편소설 속의 아버지, 『외제니 그랑데』의 수전노 펠릭스 그랑데, 『절대의 탐구』의 연금술사

발타자르 클라에스, 『페라귀스』의 비밀결사 우두머리 페라귀스는 모두 문제적인 아버지들이다. 말년의 작품들인 『사촌 베트』 『현대사의 이면』 『매춘부의 영광과 비참』에서도 아버지의 문제는 여전히 중요한 주제이다. 대혁명 이후 전통의 권위가 사라지고 개인주의가 발흥하는 프랑스 사회에 대두된 위기의식은 『인간극』에서 부권의 문제에 자연스럽게 투영된다. 당연히 『인간극』의 아버지들은 하나의 모습만을 보여주지 않는다. 예컨대 라스티냐크의 고향집 아버지는 아들의 의식 속에서는 '부재하는 아버지'다. 그 아버지들은 '부재'를 포함한 저마다의 다양한 모습으로 전통적인 부권의 요구는 여전히 가능하고 유효한지, 그렇지 않다면 새롭고 진정한 부권은 어떻게 실현될지 묻는다. 반항인 보트랭은 시대가 요구하는 또 한 명의 아버지이다. 고리오가 부성이라는 동전의 앞면이라면 보트랭은 그 뒷면이라고 할 수 있다.

6. "나는 누구인가? 보트랭. 나는 무엇을 하는가? 내 마음에 드는 일"

이 발언은 은퇴한 도매상인을 자처하며 하숙집 3층에 사는 사십대 남자, 건장한 체격에 쾌활하면서도 냉혈한 인상으로 상대를 두려움에 떨게 만드는 사나이, 세상사 모르는 게 없어 보이지만 정작 자신의 속은 잘 드러내지 않는 수상한 사나이, 그렇지만 가끔 사회에 대해 원한의 독설을 퍼붓고 법을 비웃으며 상류사회의 위선을 질타하는 인물이 하숙집 앞마당 보리수나무 아래에서 라스티냐크를 상대로 펼치는 기나긴 연설 초반에 나온다. 보트랭은 "결코 서로 만날 수 없는 점근선"

인 "사랑과 학문" 사이에서 갈등하는 라스티냐크의 속내를 간파하고 "그 누구도 거부할 수 없을 제안"을 한다. 보트랭은 스스로 라스티냐크를 만든 장본인, 곧 그의 아버지 혹은 멘토임을 자처하며 "당신이 나의 제자가 되고자 한다면 나는 당신이 무엇이든 이루게 해줄" 것이라고 유혹한다. 물론 그 계약은 "족장 같은 삶, 군주처럼 하고 싶은 대로 다 하〔는 삶〕"을 향한 자신의 욕망을 타자의 삶을 통해 대리로 충족시키려는 방편이다. 그것은 『나귀 가죽』에서 골동품상의 백 살 노인이 라파엘 드 발랑탱에게 제안했던 그 악마와의 영혼 거래의 세속적 버전이며, 『잃어버린 환상』에서 카를로스 에레라 신부로 변신한 보트랭이 뤼시앵 드 뤼방프레에게 다시 제안할 그 영혼 거래 계약이다.

백 살 노인이 욕망의 무한함과 삶의 유한함에 대한 철학적 알레고리인 '나귀 가죽'을 통해 제시하는 것이 '삶 속의 죽음'과 '죽음 속의 삶'이라는, 사실상 선택이 불가능한 두 가지 선택지라면, 보트랭이 제안하는 "100만 프랑의 지참금이 나올 만한 자리"는 "승자를 환대하는 이 친절한 땅"에 가로놓인 "어리석은 복종" 아니면 "반항"이라는, 제삼의 선택지가 없는 두 길 중 하나다. 백 살 노인이 라파엘의 선택을 촉구하기 위해 '바람'과 '행함'과 '앎'의 관계를 추상적 관념으로 설파한다면, 보트랭은 라스티냐크의 선택을 촉구하기 위해 "당신네 무질서한 사회의 현재 구조"를 경험적 논증으로 설파한다. 원칙이란 없고 사건만 있다. 법이란 없고 상황만 있다. 인간을 믿지 말라. 요컨대 도덕도 법도 견해도 고정불변인 것은 없다. 이상이 보트랭이 설파하는 논지의 요약이다.

도형수 출신 보트랭의 유혹 논리는 자신과 자신이 구상하는 범죄의

합리화를 위한 강변에 지나지 않는 것일까? 발자크는 이른바 '보트랭 삼부작'(『고리오 영감』『잃어버린 환상』『매춘부의 영광과 비참』)에서 범죄자 보트랭의 거듭되는 변신 과정(『매춘부의 영광과 비참』 마지막 4부 제목이 '보트랭의 마지막 현현'이다)을 보여주는데, 이 과정에서 그가 집중적으로 탐구하는 주제 중 하나가 바로 '범법'의 의미, 다시 말해 법에 대한 문제 제기이다. 범죄는 천 년이 넘게 지속해온 봉건제도가 흔들리던 18세기 후반부터 문학과 사상에서 즐겨 다루어지기 시작한 주제였다. 특히 자유주의적인 개혁 성향을 보였던 당시의 부르주아 작가들은 자신들이 타도하려는 체제의 법과 질서에 저항하는 '숭고한 악당'과 자신들을 동일시하고 범죄자의 반란을 정당화하는 경향을 보여준다. 반항인 보트랭은 그런 계몽주의 작가와 사상가의 후예를 자처한다. 그는 본래의 자연과 비이성적인 사회질서가 드러내는 모순에서 후자에 책임을 묻는 18세기 철학자들의 사상체계를 자신의 논거로 삼는다. 스스로 장자크의 제자임을 자랑스럽게 여긴다며 자신을 "사회계약의 그 뿌리 깊은 기만성에 항거하는 사람", "정부와 맞서 홀로 싸우는 존재, 정부가 거느린 사법, 공권력, 조세 기구 무리에 홀로 대적하는 존재"라고 규정하는 것이다. 그런가 하면 보트랭의 연설은 디드로의 『라모의 조카』(발자크는 보트랭 식의 범죄를 금융 세계에서 합법적으로 저지르는, 이를테면 은행계의 자크 콜랭이라고 할 인물인 뉘싱겐을 다루는 『뉘싱겐 은행』에서 『라모의 조카』를 가리켜 "디드로가 써놓고도 출판할 엄두를 내지 못했던, 인간을 고발하는 풍자 팸플릿"이라고 언급한다)에서 라모의 조카인 '그'가 철학자인 '나'에게 펼치는 사회 관습과 제도들의 기만성에 대한 통렬한 비판과 놀라울 정도로 유사한 발언과 행동을 한다.

　계몽주의의 아들을 자처하는 보트랭의 논지는 상황 논리나 상대주의의 답습이 아니라 그가 인정하지 않는 "부동의 견해"에 바탕을 둔 선악 구분에 대한 문제 제기, 또는 그 선악 이원론에 기반을 둔 어떠한 금기도 인정하지 않는 삶의 에너지에 대한 예찬이다. 그래서 보트랭은 스스로 세상을 새로 창조하는 "위대한 시인", 그러나 "글"이 아니라 "행동과 느낌으로" 그 창조의 시를 쓰는 시인이라고 선언한다. 그가 생각하는 시의 속성은 경계를 넘는, 무한을 향한 질주이다. 그는 신의 의지가 세운 세계의 질서를 교란하는 인간의 힘을 인정하고 예찬한다. 신의 질서는 그 힘을 악마의 힘이라 부른다. 이 악의 화신은 경찰에 체포된 상태에서도 인자한 미소로 라스티냐크를 바라보며 "우리의 조그마한 거래는 여전히 유효하오, 나의 천사여"라고 말한다. "덕성에 충실한 삶을 살자, 숭고한 순교자가 되자!"라고 되뇌며 선의 힘으로 보트랭의 유혹을 떨치려 했던 라스티냐크에게 보이는 보트랭의 그 모습은 이렇다. "더이상 하나의 개인이 아니라 몰락하는 어떤 민족 전체, 야만적이면서도 논리적이고, 난폭하면서도 온순한 종족 전체의 전형이었다. 순식간에 콜랭은 단 하나의 감정, 그러니까 뉘우침을 제외한 인간의 온갖 감정이 담긴 지옥의 시편이 되었다. 그의 시선은 영원한 전쟁을 벌이고자 하는 타락한 대천사의 그것이었다." 라스티냐크와는 달리 『잃어버린 환상』 끝부분에서 카를로스 에레라로 변장한 자크 콜랭과 악마의 계약을 맺었던 또다른 젊은이 뤼시앵 드 뤼방프레는『매춘부의 영광과 비참』에서 자살하기 직전 콜랭에게 보낸 편지에서 콜랭을 "카인의 후예", "악의 시"라고 칭할 것이다. 절대적인 것, 영원한 것에 대립하는 일시적이고 덧없고 우연적인 것이 현대성의 요체라고 말한 시인 샤를 보들레르는 평문 「1846년 살롱」에서 "위대한 전통은 사라졌고 새로운 전통은 아직 이루어지지 않은" 시대지만 "현대적인 아름다움인 새로운 요소"는 마치 공기처럼 우리를 감싸고 있으나 우리가 그것을 보지 못할 뿐임을 지적하면서, 바로 발자크와 발자크의 인물들이 우리 곁에 숨쉬는 위대한 현대성의 전사라고 예찬한다. "왜냐하면,『일리아스』의 영웅들도 그대의 발치에나 겨우 미치는 정도이기 때문이니, 오, 보트랭이여, 오 라스티냐크여, 오 비로토여, 〔……〕 그리고 그대, 그대가 그대의 가슴속에서 꺼내 보여주었던 그 어떤 인물들보다 가장 영웅적이고 가장 독창적이며 가장 낭만적이고 가장 시적인 그대, 오, 오노레 드 발자크여!" 지금이야 현대시의 비조로 추앙받지만 당시에는 시의 이단아 취급을 받던 보들레르는 그렇게 보트랭과 발자크를 예찬하며 1857년 현대시의 문을 열어젖힌 시집 『악의 꽃』을 세상에 내놓고 종교와 도덕과 미풍양속을 심각하게 저해했다는 혐의로 현실의 법정에 선다.

발자크가 보트랭을 등장시킨 이유는, 고대 그리스에서부터 18세기 계몽주의를 거쳐 19세기 내내 문제가 되었던 선과 악의 문제, 합법과 불법의 문제, 그리고 법집행의 공정성, 분배의 공정성, 기회의 공정성 등과 같은 법과 정의의 문제에 대해 좀더 근원적인 질문을 던지려는 의도에 있다고 생각된다. 인간과 인간이 구축한 제도는 그 자체로 완벽한 것이 아니라 완벽을 향해 끊임없이 변해가는 도정에 있는 것인지 모른다. 보트랭의 말대로 "인간은 불완전한 존재"이기 때문이다. 원칙은, 그것이 도덕률이든 법률이든, 변하지 않아야 논리적이고, 형식적으로도 맞다. 하지만 그것이 절대적 불변을 고수할 때 그 원칙과 현실의 괴리는 점점 더 커지며, 그 결과 원칙이 현실을 제멋대로 주무르며 그 적합성을 점점 상실해가기 마련이다. 다시 보트랭의 말처럼 그래서 "도덕군자들도 세상을 절대로 바꾸지 못〔한다〕". 보트랭이라는 존재는 바로 그 역설을 다시 한번 생각하게 만드는 장치라고 볼 수 있다. 그래서 보트랭은 독자 모두에게 온전히 찬탄을 받지는 않겠지만 적어도 혐오감을 불러일으키지는 않는다. 단순한 악의 교사자가 아니라 존재하는 제도나 도덕적 판단에 비판을 가하며 선과 악의 관계를 끊임없이 돌아보게 만들고 인간의 가능성을 최대한도로 끌어올리도록 일깨우는 존재임을 어렴풋하게나마 느낄 수 있기 때문이다. 반면 소설 속에서 보트랭을 밀고하는 인물들은 준법을 입에 달고 살며 국가와 교회에 봉사해야 한다고 떠벌리지만(푸아레에게 보트랭을 밀고하는 일은 "범죄자로부터, 그 범죄자가 얼마간 훌륭할 수는 있겠지만, 사회를 구하는 일"로서 "나라의 법을 따르는 훌륭한 행위"이다), 하숙인들은 물론 독자에게도 강한 혐오감을 불러일으킬 뿐이다.

7. "이제 우리 둘의 대결이다!"

고리오를 페르라셰즈에 묻고 라스티냐크는 묘지 위쪽으로 몇 걸음 올라가 "센강 양안을 따라 똬리를 틀고 누운 파리"를 굽어본다. 그의 눈은 "방돔광장의 원주와 앵발리드의 돔 사이"에 붙박인다. 잠시 후 그의 입에서 저 웅장한 말이 터져나온다. 방돔광장의 원주는 나폴레옹이 오스테를리츠 전투 승리를 기념하여 1810년에 세운 전승탑이다. 원래 루이 14세의 동상이 서 있던 자리를 대신한 그 원주의 꼭대기에는 나폴레옹 동상이 올려져 있다. 전투에서 노획한 적군의 대포를 녹여서 세웠다는 전설이 입혀졌고, 젊은 시절의 발자크가 그 기둥에 '나폴레옹이 검으로 이룩한 것을 나는 펜으로 이룩하겠다'라고 새겼다는 전설이 추가되었다. 앵발리드는 루이 14세가 부상병들의 치료를 위한 병원으로 건립한 것이다. 나폴레옹은 그 웅장한 돔을 인 건물을 군인들의 '팡테옹'으로 만들었으며, 1821년 대서양의 고도에서 사망한 그의 유해는 1840년 그 돔을 정면으로 우러러보는 지하 자리로 옮겨졌다. 두 건축물은 오롯이 나폴레옹의 영광을 상징한다. 작품 초반 포부르 생마르소의 저지대, 마치 카타콤으로 내려가듯 '하강'하면 만나는 뇌브생트즈느비에브가의 메종 보케르에서 파리 생활을 시작한 라스티냐크는 부지런히 수평 운동을 거듭한 끝에 마침내 작품 종반 방돔의 원주와 앵발리드의 돔 사이, 포부르 생제르맹과 쇼세당탱이라는 "눈부신 상류 사교계의 본거지"로 '상승'한다. 남프랑스 시골의 영락한 귀족 가문 출신에서 이제 사교계의 총아로, 정치계의 막강한 실력자로 활약할 그는 식민지 코르시카 출신에서 일약 프랑스 황제로 등극한 나폴레옹의 그 시대 그 숱한 에피고넨 중 하나로 기록될 것이다. 발자크는 "가난한 대학생이 파리와 대결하는 모습이 성공적으로 그려지기만 한다면, 그것은 우리 현대문명에서 극적 흥미가 가장 풍부한 그런 주제 하나를 제시하는 것"이라고 적는다. 『고리오 영감』은 라스티냐크라는 인물의 '성장소설' 혹은 '교육소설'이다.

작품 초반 메종 보케르의 응접실 겸 식당의 벽에 발린 유광 벽지엔

17세기 프랑스의 대주교이자 문인이었던 페늘롱이 왕세자를 위해 쓴 교육소설 『텔레마코스의 모험』의 주요 장면 중 칼립소가 율리시스의 아들 텔레마코스에게 베푼 성대한 잔치를 재현한 그림이 들어 있다. 그 그림은 칼립소의 산해진미와 하숙집의 거칠고 메마른 음식을 대비하려는 장치이지만, 이 작품이 페늘롱 소설의 패러디로서 앞으로 펼쳐질 라스티냐크의 교육이 텔레마코스의 교육과 상반된 결과를 낳을 것이라는 암시로도 읽힌다. 미네르바의 아바타인 텔레마코스의 스승 멘토르는 현명하고 온유하며 도덕적인 군주의 덕목을 가르친다. 반면 라스티냐크의 명시적인 멘토르인 보트랭과 보제앙 부인, 그리고 간접적인 멘토르 역할을 하는 고리오 영감과 델핀은 텔레마코스에게 제시되는 길, 라스티냐크가 인식하고 있는 식으로 고쳐 말하자면 "박식한 학자"와 "숭고한 순교자"의 삶, 곧 "덕성에 충실한 삶"과는 정반대의 길을 가르친다. "카인의 후예"인 보트랭의 가르침 말고도, 라스티냐크에게 아리아드네의 실이 되어주겠노라고 한 보제앙 부인은 "추악하고 적의로 가득[찬]" "세상을 불신하는 법"을 배워야 한다고, "성공이 전부"인 파리에서는 "냉철하게 계산하면 할수록" 앞으로 나아간다고 가르친다. 더 나아가 그녀는 추악하고 적의로 가득찬 그 세상을 쫓기듯 등짐으로써 본의 아니게 자신의 가르침을 행동으로 실천하는 멘토르가 된다. 그리고 고리오는 딸들에게 버림받고 비참하게 죽는 자신의 운명으로써, 델핀은 "민법에 의해 고삐가 매이고 멍에를 짊어진" 신세인 여자가 "현재의 사회구조 때문에 어쩔 수 없이 저지르게 되는 잘못"을 보여줌으로써 보트랭과 보제앙 부인의 가르침을 뒷받침하는 경험적 사례를 제공한다.

라스티냐크는 "레스토 부인의 푸른 내실과 보제앙 부인의 분홍빛 응접실 사이에서 〔……〕 잘만 배우고 실천한다면 성공을 확실히 보장하는 사회의 최고 판례집을 구성하지만 학교에서는 가르쳐주지 않는 파리의 법률에 대해 삼 년 치 과정을 단숨에 이수"한다. 내면에서 들려오는 "양심의 부름"을 듣고 "평생 정직한 사람으로 살 거"라고 여러 차례 다짐하지만, 그는 학교와 양심이 가르쳐주지 않는 파리의 법률에 쓰인, "재산이야말로 울티마 라티오 문디"요, "재산이 곧 미덕"이라는 조항을 체득한다. 그리고 그 조항에 "권력의 표상"이라고 명시된 애인의 정복을 행동강령으로 정하고, "엄청난 돈벌이를 한다"고 알려진 델핀의 남편 뉘싱겐을 통해 "일확천금"을 할 실천 계획을 수립한다. 그리고 마침내 아버지를 죽음의 병상에 방치하고 무도회에 갈 채비에 여념이 없는 델핀의 "부친 살해" 행위 앞에서 "세상에는 온통 추악한 범죄뿐이다!"라고 중얼거리며 "사회를 요약하는 주된 세 표현", 곧 가족으로 대표되는 "순종"과 사교계로 대표되는 "대결", 그리고 보트랭으로 대표되는 "반항" 중 "보트랭이 더 위대하다"라고 결론짓는다. 그러나 그 순간에도 라스티냐크는 불가능한 반항과 불확실한 대결 대신에 따분하나 잔잔한 감흥을 주는 '순종', 곧 가족의 품으로 마음 한구석이 기울며 마지막 순간까지 주저하는 상태였다. 그 망설임은 보제앙 부인의 고별 무도회를 마치고 걸어서 메종 보케르로 돌아가는 그의 얼굴에 차가운 공기가 스치는 순간 모종의 결심에 이른다. "그의 교육은 그렇게 완성되어가고 있었다." 그 결과, 라스티냐크의 의식은 '보트랭-반항'이 '가족-순종'과 '사교계-대결'보다 더 옳다고 판단하지만, 그의 현실감각은 결국 대결이라는 절충안을 선택한다.

라스티냐크의 선택이 파리의 법률에서 익힌 타산의 산물 못지않게 델핀을 향한 사랑의 산물이라고, 다시 말해 '감정 교육'(라스티냐크는 귀스타브 플로베르의 『감정 교육』(1869)의 젊은 주인공 프레데리크 모로를 떠올리게 하는 부분이 없지 않다. 흔히 프레데리크는 반_反 라스티냐크, 『감정 교육』은 반_反『고리오 영감』이라고 불린다)의 산물이라고 볼 여지는 충분하다. 이 점에서 델핀이 라스티냐크에게 적극적인 관심을 두는 까닭이 포부르 생제르맹에 진출하고자 하는 숙원에만 있지 않다고 암시하는 소설 속 정황에 주목할 필요가 있다. 딸의 내밀한 부부 생활은 물론 딸과 드 마르세가 맺은 내연관계의 실상까지 소상히 알고 있는 고리오는 라스티냐크에게 그동안 깊이 감춰온 아버지로서 "가슴 아프게 생각하는 사실 하나"를 털어놓는다. 델핀이 "이제까지 사랑의 감미로움을 한 번도 경험해본 적이 없다"라는 것이다. 딸을 맹목적으로 사랑하는 고리오는 그래서 라스티냐크가 "그동안 쾌락이 무엇인지 모르고 살아온 딸에게 그 모든 쾌락을 안겨줄 적임자"라고 생각해 그와 델핀이 자유롭게 만날 공간, 다르투아가의 독신자아파트를 마련해준다. 고리오가 딸과 나이 차가 많이 나는 뉘싱겐을 가리켜 "돼지 같은 알자스 놈"이라고 말하는 까닭은 어렵지 않게 짐작이 되지만, 드 마르세를 가리켜 "나는 그애의 시녀를 통해 그 드 마르세라는 오종종한 자가 아주 못된 개자식이라는 걸 알게 되었다오. 그 말을 듣고 그 자의 목을 비틀어 죽이고 싶은 충동을 느꼈었지"라며 격렬하게 분노하는 까닭은 모호하다. 『황금 눈의 여인』의 드 마르세가 이성애자이면서 동성애자이고, 사디스트이면서 마조히스트라는 사실을 모른다면『고리오 영감』의 화자가 델핀을 "한 젊은 이기주의자에게 몸과 마음을 다해 바친 정성이 무참하게 무시당한" 여인, "진짜 괴물인 젊은 호색한의 치욕스러운 성 노리개 취급을 당〔한〕" 여인이라고 지칭한 부분을 그냥 예사롭게 넘길지도 모른다. 그 부분을 예사롭게 넘겼다면 작품 후반 델핀과 아나스타지가 말다툼을 벌이는 장면에서 아나스타지가 드 마르세를 언급하자 델핀이 "나한테 그런 말을 하다니……"라며 폭발하는 모습도, 라스티냐크가 처음으로 델핀의 집에 새벽 한시까지 머물렀던 날 델핀이 "오늘밤 나는 어린아이처럼 다시 태어났어요"라고 라스티냐크에게 화답하는 모습도 예사로이 넘길 것이다. 소설의 화자는 다시 라스티냐크가 델핀에게 품은 사랑에 대해 "그녀를 통해 행복감을 느낀 다음날 그는 비로소 그녀를 사랑했다. 그러고 보면 사랑은 어쩌면 쾌락에 뒤따르는 보상에 불과한 것인지도 모른다"라고 덧붙이고, 델핀이 라스티냐크에게 품은 사랑에 대해서는 "탄탈로스가 제 허기를 달래주거나 타는 목마름을 풀어주러 온 천사를 사랑했을 그만큼의 열렬함으로 라스티냐크를 사랑했다"라고 평한다.

그러나 『고리오 영감』은 결국 '감정 교육'이 라스티냐크의 선택에 결정적인 영향을 미친 요소가 아니라고 결론짓는다. 작품의 마지막 문장에서 발자크는 그 점을 두고 몇 번 망설인다. 1835년 1월 26일 마침표를 찍은 원고에서 발자크는 마지막 문장을 "그러고 나서 그는 걸어서 다르투아가로 돌아갔다"라고 적는다. 그러다가 2월 1일 〈르뷔 드 파리〉에 실린 네번째 게재본에서는 "그는 걸어서 다르투아가로 돌아갔다가 뉘싱겐 부인 집을 향해 저녁식사를 하러 갔다"고 고친다. 그 상태 그대로 퓌른판 전집에 실린 그 문장은 '수정 퓌른판'에서 "그는 걸어서 다르투아가로 돌아갔다가" 부분을 지우고 "그러고 나서 라스티냐크는 자신이 사회를 향해 선포한 도전의 첫번째 행위로"를 넣어 지금 우리가 읽고 있는 문장으로 최종 마무리를 짓는다. 라스티냐크가 델핀과 외젠의 사적인 공간이 있는 장소인 "다르투아가"로 가는 설정은 '감정 교육'의 마무리일 것이다. "다르투아가"에 들렀다가 "뉘싱겐 부인 집"으로 가는 설정은 이도 저도 아닌 설정이다. 마침내 "다르투아가"를 완전히 지우고 "뉘싱겐 부인 집"만 살려둔 설정은 라스티냐크가 사랑하는 애인의 집으로 가는 것이 아니라 부유하고 영향력 있는 남자의 아내 집으로 간다는 걸 의미한다. 그렇게 델핀이 얻은 자유가, 라스티냐크에게 남편의 투기사업에 가담해 재산을 일굴 기회를 부여한 대가로 주어진 자유라는 측면이 더 강조된다. 화자가 "감정의 호사란 곳간에서 피어나는 시詩다. 곳간의 풍요로움이 없다면 사랑은 대관절 무엇이 될 수 있겠는가?"라고 개입한 이유다. 사실 뉘싱겐은 라스티냐크라는 젊은 귀족 청년을 자기 사업에 이용하겠다는 복안이 있었기에 델핀이 "외젠의 여자가 돼도 상관하지 않[는다]". "뉘싱겐 부인 집을 향해 저녁식사를 하러 [간]" 라스티냐크의 멘토르 자리는 이제 거물 은행가 뉘싱겐의 차지가 될 것이다. 라스티냐크를 주인공으로 한 교육소설은, 다시 말해 "돈의 원칙이 명예의 원칙을 대체한 우리 문명"(『회개한 멜모스』)의 교육소설은, 현실의 모순에 저항하거나 환멸을 느끼는 주인공의 성장을 통해 그 현실을 고발하는 『텔레마코스의 모험』으로 대표되는 전통적인 교육소설과는 다르게 현실 논리에 편승해 자기실현에 이르는 주인공의 편력을 다루는 방향으로 전개된다.

라스티냐크를 현실에 순응하고 물질적인 욕망에 함몰된 인물이라고 마냥 비난할 수 있을까? 발자크는 문제가 그리 단순하지 않다는 것을 보여주려고 이처럼 긴 서사를 빚어냈겠지만, 노파심에서인지 이렇게 덧붙인다. "〔몰리에르나 월터 스콧의 작품처럼 놀라운 성실성과 정직의 표상들을 다룬 작품들과〕 반대되는 작품이라고 해서, 그러니까 사교계의 야심가가 겉으로는 안 그런 척하며 자기 목표에 도달하기 위하여 악과 접촉을 시도하면서 자신의 양심을 저버리며 겪는 이런저런 우여곡절을 그린 작품이라고 해서 덜 아름답거나 덜 감동적이지는 않을 것이다." 이 말은 세태가 바뀌었고 작품은 그런 바뀐 세태를 충실하게 반영했을 뿐이라는 변명이 아니다. 고리오와 보트랭에게서도 확연히 드러나는 모습이지만, 라스티냐크 역시 여러 겹의 인간, 흔들리는 정체성을 가진 인간이다. 뉘싱겐 부인이 라스티냐크를 "정념의 노예"로 만들 수 있었던 것은 "파리 젊은 남자 한 명 속에 들어앉은 두세 사람분의 감정을 좋은 것이든 나쁜 것이든 죄다 들쑤셔놓는 수법"을 본능적으로 알고 있었기 때문이다. 발자크는 프로이트 이전에 자아가 여러 겹을 가졌다는 사실을 익히 알고 있었던 작가였다. 『인간극』의 철학자 랑베르는 인간이 "드러난 감각과 숨은 감각"을 지닌 이중적인 존재, "호모 두플렉스homo duplex!"(『루이 랑베르』)임을 간파한다. "세상엔 악마의 꽃과 하느님의 꽃이 있어요! 악마와 하느님이 세상을 절반씩 창조했다는 사실을 알려면 우리 내면으로 들어가보기만 하면 돼요"(『베아트리체』에서 브르타뉴의 화석화된 귀족 집안의 바람난 상속자의 아내가 된 사빈이 파리의 포부르 생제르맹의 대귀족 어머니 그랑리외 공작부인에게 보낸 편지). 그 여러 자아 사이의 격차가 구체적 삶의 움직임과 동력을 만들어낸다. 그 격차가 만들어내는 다양한 움직임이 라스티냐크와는 여러모로 다른, "고르디우스의 매듭을 단칼에 베어버[릴]" 수는 없고 "일 년에 100만 프랑을 쓰든 100루이를 쓰든, 그 것으로 우리가 얻는 내적 만족도는 똑같은 법"이라는 걸 알고 "나중에 고향으로 내려가 아무 욕심 없이 아버지의 가업이나 이으며 조촐하게 살면 그것으로 행복하다고 생각"하는 비앙숑 같은 인물도 만들어내고, 발자크와 동시대 작가 스탕달의 널리 알려진 소설 『적과 흑』의 젊은 주 인공 쥘리앵 소렐처럼 타고난 자신의 순수성을 끝까지 간직하고 실패 속에서 진정한 위대함을 보여주는 인물도 만들어낸다. 『고리오 영감』 의 라스티냐크가 공감을 불러일으키는 것은 그가 내면에서 갈등하는 인물이기 때문이다. 『고리오 영감』 이후의 라스티냐크가 화려한 편력 을 보이지만 더이상 그만의 서사를 만들어내지 못하는 것은 그 갈등이 해소되었기 때문이다.

8. "내가 만일 부자라면……" : 『고리오 영감』과 『21세기 자본』

"내가 만일 부자라면……", 현대인의 습관이 된 이 읊조림은 이 작 품에 두 번 나온다. 한 번은 고향에서 보내온 군자금으로 마련한 댄디 복장을 근사하게 차려입고 첫 전투지인 레스토 부인 댁으로 걸어가다 가 달리는 마차가 퍼부은 흙탕물 세례를 받고 복장을 정비하느라 비용 을 치르는 라스티냐크의 입에서고, 다른 한 번은 오지 않는 딸들을 기 다리며 딸들에게 재산을 다 물려준 것을 후회하는 고리오의 입에서다. 소설 속 모든 인물은 하나도 예외 없이, 그악스러운 보케르 부인은 물 론이고 부엌데기 실비도, 포부르 생제르맹의 귀부인도, 시골에 사는 라스티냐크의 당고모도, 장례를 집전하는 사제도, 묘지의 인부도, 열거하자면 정말 등장인물을 빠짐없이 거명해야 할 정도로 모두 돈에 민감하다. 소박한 비앙숑도 돈에 초연한 것은 아니다.

『인간극』은 한 연구자의 비유를 빌리자면 "피 대신 돈이 순환하는 육체"다. 돈이 "소설 공장의 주인이요 사업가인 발자크의 감정적, 정치적, 상업적 활동, 무엇보다도 문학적 활동의 열쇠"(앙드레 뷔름제, 『비인간극』)라는 것이다. 이런 점에 대해 당대는 거의 비난 일색이었고, 오늘날의 독자 상당수도 발자크 작품에 등장하는 돈과 관련된 대목을 건너뛰고 읽어도 작품을 이해하는 데 아무런 문제가 없다고 생각하거나, 더 나아가 문학을 저해하는 요인으로 여겨 매우 언짢아할지도 모른다. 사회심리학자 모스코비치에 따르면 "돈은 인간을 다루는 여러 학문 분야에서 커다란 공백으로 남아 있다". 현대는 물론 발자크의 시대에 돈이 이미 "경제학의 방언"에서 말 그대로 "진짜 언어", "보편 언어"(세르주 모스코비치, 『신들을 만들어내는 기계』)로 탈바꿈한 점을 고려하면 그 공백은 유감스러운 일이다. 메종 보케르의 층별 하숙비(고리오는 입주 세 해째 2층에서 4층으로 올라감으로써 '추락'한다), 국채증권, 연금, 쿠페와 카브리올레와 틸버리 마차의 차이와 삯마차 비용, 아내의 지참금, 상속과 재산분할, 고리오가 최후의 자금 조달처로 이용한 영구연금과 종신연금의 차이, 이자율, 보트랭이 라스티냐크에게 돈을 주고 차용증으로 받는 약속어음, 은행권 지폐에서부터 리아르 동전에 이르는 복잡한 화폐들, 그리고 보트랭의 연설에서 길게 나열되는 각종 법조인의 수입과 신부 지참금의 비교…… 이 모든 정보를 건너뛰고, 모스코비치의 말마따나 그 "진짜 언어"를 모른 채, 인물들의 심리나 상황의 전개를 과연 제대로 읽어내고 따라갈 수 있을까? 이미 길어진 옮긴이의 뒷얘기 자리에 '발자크와 돈'의 관계가 얼마나 중요한지 연구서들을 인용하며 길게 늘어놓는다면『고리오 영감』의 저자가 우려했듯 "성미 급한 독자들은 그런 장황한 묘사를 용납하지 않을 것이[니]", 한때 전 지구적으로『고리오 영감』의 판매 부수를 덩달아 늘리는 데 이바지한 토마 피케티의 두툼한 경제학책『21세기 자본』(2013)을 잠깐 언급하는 것으로 발자크와 돈의 문제를 마무리짓도록 하자.

『21세기 자본』은 그 두꺼운 부피만큼이나 방대하게 집적된 자료를 통해 부의 분배라는 민감하고도 중요한 문제를 다루어 전 세계적으로 큰 반향을 일으켰다. 피케티는 자본주의의 현 동태가 19세기 초의 상황으로 회귀한다고 분석한다. 그는 19세기 초 노동소득과 자산소득의 현격한 격차를 보여주기 위해 그가 보기에 "19세기 사회의 불평등 구조와 19세기 초반 프랑스에서 상속과 세습 자산이 차지하는 중요한 역할을 가장 뛰어나게 묘파한 문학작품"인『고리오 영감』속 한 장면을 인용하는데, 바로 보트랭이 하숙집 앞마당 보리수나무 아래로 라스티냐크를 데려가 설파하는 일장 연설의 한 부분("서른 살 무렵, 아직 법복을 벗지 않았다면 연 1200프랑을 버는 판사가 되어 있겠지. 마흔 언저리가 되어서는 6000리브르가량의 연금소득을 상속받은 어떤 제분업자의 딸과 결혼하겠고, 고마운 일이지. 그런데 후원자를 물어보시게, 그러면 서른 살에 1000에퀴의 봉급을 받는 검사 자리를 꿰차고 시장의 딸과 결혼하겠지. 〔……〕")이다. 당시 사법계의 요직에 앉은 검사는 1000에퀴, 곧 5000프랑의 연수익을 올리고 수입이 다섯 손가락

안에 드는 최고로 성공한 변호사의 연수익은 5만 프랑인데, 고리오가 두 딸에게 준 지참금은 말할 때마다 다르지만 대략 70만 프랑, 곧 이자율 5퍼센트로 계산해 국채에 투자하면 연 3만 5000프랑의 연금을 가져다주는 액수다. 빅토린이 상속받게 될 세습재산은 100만 프랑, 곧 파리에서 다섯도 안 되는 변호사의 최고 연소득인 5만 프랑의 연금을 가져다주는 액수로 제시된다. 그러니까 이 두 세습재산의 경우 당시 상위 수준의 노동소득에 비해 다섯 배 내지 열 배나 많은 것이다. 지속 가능한 사회라고 하기는 어려운 비율이다.

당시 프랑스 사회는 대혁명의 주된 이념인 평등이 맹렬한 구호로 외쳐졌지만, 실제로는 세습재산과 노동소득 사이에 극심한 격차가 벌어진 사회, 분배의 불평등이 만연한 사회였던 것이다. 피케티는 라스티냐크가 처한 현실, 곧 그가 알아챈 현실의 작동 원리를 두고 "라스티냐크의 딜레마"라고 말한다. 그런 현실에서 선택의 딜레마를 느끼지 않을 개인은 드물다. 요컨대 라스티냐크 개인의 의지나 성향의 문제만이 아닌 것이다. 개인의 문제에 사회구조의 문제가 결부되지 않은 고찰은, 모든 문제를 구조의 문제로 치부하는 것만큼이나 반쪽짜리 판단이 될 수밖에 없다. 『고리오 영감』의 한 대목에 대한 피케티의 설명은 이런 식으로 독서의 지평을 넓혀줄 수 있다. 같은 맥락에서 영국 작가 서머싯 몸은 『고리오 영감』을 세계 10대 소설 중 하나로 꼽으며 "사회의 초상화를 그리는 작가로서 발자크는 사람들을 서로의 관계뿐 아니라 그들이 몸담은 세계와의 관계 속에서도 파악했다는 데에서 두드러진 재능을 보인다"라고 평했다.

여담이지만 경제학과 문학은 원래 별로 사이가 좋지 않다. 돈과 마음의 관계이니까. 그래서 『21세기 자본』에 『고리오 영감』이 인용된 것을 두고 전자가 후자를 그저 하나의 충실한 역사적 자료로만 활용했다는 문학 애호가의 불만이 제기될 수도 있겠다. 그러나 후자가 전자의 인식을 이끌거나 만들었다고 할 수도 있지 않을까? 오스카 와일드의 말대로 "예술이 삶을 모방한다기보다는 삶이 예술을 모방"하기 때문일 수도 있지만, '사회비평'을 창안한 문학비평가 클로드 뒤셰의 말대로 발자크가 19세기를 모방한 것이 아니라 "발자크가 없었더라면 19세기는 존재하지 않았을 것"이기 때문이기도 하다. 발자크는 19세기 전반 프랑스라는 격변기 사회가 어디서 어떻게 생겨났고 어디로 흘러갈지 도무지 알 수 없어서, 그리고 인간과 세계를 설명해온 이전의 공식에 더는 기댈 수 없고 새로 만들어지는 공식도 선뜻 수긍할 수 없어서 『인간극』이라는 가상의 현실을 구축하는 방식으로 자기 시대의 정체를 파악해보려 했다. 우리가 19세기 프랑스라고 알고 있는 그것은 원래부터 그렇게 있는 객관적 현실이 아니라 그것을 이해할 수 있는 구조로 만들어놓으려는 발자크의 분투로, 물론 발자크만의 분투는 아니었겠지만, 형상화된 것이라고 해야 더 맞는 말일 듯하다.

다시 이 장 처음의 읊조림으로 돌아가보자. 발자크는 1830년 말 풍자 전문지인 〈라 카리카튀르〉에 가명으로 느낌표가 세 개나 붙은 「내가 만일 부자라면!!!」이라는 짤막한 글을 발표한다. 그 글에는 "젊든 늙었든, 잘생겼든 못생겼든, 부자든 가난하든, 모든 개인이 하루에 적어도 스무 번은 반복했고, 반복하고 있고, 반복해야만 하는" 질문인 "내가 만일 부자라면!"이라는 질문에 대답하는 인물 군상이 열거된다. "여기 있는 남자들을 하나도 받지 않을 거야"는 매춘부의 대답이다.

"빚을 갚지"는 1830년 7월혁명의 주역인 젊은 애국자의 대답이다. 죽 이어지던 대답은 열다섯 명의 고전주의 작가와 열일곱 명의 낭만주의 작가가 이구동성으로 외치는 "더이상 글을 쓰지 않을 거네"라는 대답에 이른다.

발자크는 평생 빚에 쫓겨 살았던 작가다. 그가 그 빚을 갚으려고 맹렬하게 소설을 썼다는 전설은 반은 맞고 반은 틀렸다.『고리오 영감』이 단행본으로 꾸준히 잘 팔리자 발자크가 그 작품의 퓌른판『인간극』전집 수록을 최대한 늦추는 모습과, 한스카 부인에게 보낸 편지에서 그 일면을 살펴보았듯 구도자적인 자세로『고리오 영감』을 비롯한『인간극』의 작품들을 집필하는 모습을 분리해서 생각할 수 없다. 발자크가 만일 부자였다면 글을 안 썼을 가능성이 커 보인다. 썼다면 적어도『인간극』과 같은 소설이 아니라 다른 글을 썼을 것 같다. 그는『나귀 가죽』에서 라스티냐크가 라파엘에게 전수해주려고 했던 이른바 '영국식 제도'(신용 제도)의 전문가처럼, 출판사에 써야 할 소설을 담보로 약속하고 돈을 받았으며, 약속한 소설을 쓰고 나서 또 써야 할 소설을 담보로 약속하고 돈을 받는, 죽을 때까지 끊어내지 못한 사슬을 몸에 걸치고 글을 썼다. 그것은 멍에이고 족쇄였을까? 사실 19세기 이후 현대인의 삶은 중세인처럼 신에게 진 빚을 갚아나가는 것이 아니라 자신이 미래에 투사한 모습을 따라 가능한 자원을 당겨써서(빚내서!) 현재를 살아가는 것이지 않은가? 부자가 아니었던 발자크는 그런 삶을 사는 현대인에게 욕망의 실현이 무엇인지 자신의 글쓰기 방식으로 보여준 게 아닐까?

발자크는 모든 생이 그렇듯 본질적으로 미완성으로 남을 수밖에 없는 『인간극』을 남기고 세상을 떠났다. 그리고 우리 앞에는 그가 없었다면 몰랐을 인간과 세계에 관한 무수한 이야기가 담긴 책이 비록 완제되지는 않았지만 성실하게 변제된 채무의 결과로 남았으니, 발자크는 그런 식으로 한스카 부인에게 보낸 첫 편지에서 한 약속, "내 작품 전체로 문학 전체를 대변하겠다는 무모할지도 모르는" 그 약속을 지킨 셈이다.

***

『고리오 영감』은 문예 주간지인 〈르뷔 드 파리〉에 1834년 12월 14일, 28일, 1835년 1월 18일, 2월 1일, 이렇게 네 차례에 걸쳐 나뉘어 게재된다. 이를 흔히 '최초 인쇄본publication préoriginale'이라고 부른다. 이 네 게재본에는 각각 제목이 붙어 있고, 1부 '서민 하숙집'은 다시 두 개의 장 '서민 하숙집'과 '두 번의 방문'으로 나뉜다. 2부 제목은 '사교계 입성', 3부 제목은 '불사조'이다. 4부 '두 딸'은 2부와 마찬가지로 다시 두 개의 장, '두 딸'과 '아버지의 죽음'으로 나뉜다. 그래서 실제로는 모두 여섯 개의 장으로 나뉘었다고 볼 수 있다. 그리고 다음 호인 3월 8일에 '서문'이 실린다. 이 연재분은 1835년 3월 14일 베르데-스파크만 출판사에서 두 권의 단행본으로 출판된다. 이 두 권짜리 단행본을 '베르데-스파크만 제1판'(흔히 '초판'이라 불린다)이라 부른다. 이 판본은 최초 인쇄본에서 나뉜 여섯 개의 장 제목을 유지한다. 다만 두 권의 분량을 동등하게 하느라 3장 '두 번의 방문'은 첫 권에 반, 두번째 권에 반이 실리는데 이 부분에도 4장 '두 번의 방문'이라고 제목을 다는 바람에 실제로는 여섯 장인데 일련번호로는 마지막 장이 일곱번째 장이 된다. 이 '초판'에 주간지에 따라 발표했던 서문이 수록된다. 같은 해 5월 같은 출판사에서 여섯 장을 네 장으로 재편성한 '제2판'(흔히 '재판'이라 불린다)이 출간되고 두번째 서문이 실린다. 이후 다른 출판사에서 두 번 더 출간되다가 마침내 1844년 퓌른판 『인간극』 전집 '파리 생활 장면'에 수록된다. 퓌른판에는 조프루아 생틸레르에게 바치는 헌사를 추가하고, 장 구분을 없애며 두 개의 서문도 삭제한다. 발자크가 퓌른판 재판을 준비하며 작성한 '1845년의 카탈로그'에는 『인간극』 전집에 앞으로 추가될 작품들 목록이 수록되고 기존 편제가 일부 바뀌는데, 여기서 『고리오 영감』은 '사생활 장면'으로 자리를 옮긴다.

발자크는 재판 발간을 준비하며 자신이 소장한 퓌른판 『인간극』에 수정 사항을 기록해놓는다. 저자의 마지막 손길이 닿은 이 발자크 소장본을 '수정 퓌른판'이라고 부르는데, 이번 번역은 발자크가 "『인간극』의 최종 원고"라고 선언한 '수정 퓌른판'을 따랐다. 다만 이 작품의 연극적 구성이 거두는 효과를 느낄 수 있도록 '수정 퓌른판'을 존중하되 최초 인쇄본에서 구분된 그 여섯 개의 장을 빈 줄 삽입 방식으로 구분하고 장 제목은 각주로 돌렸다. 그리고 '퓌른판'에서 삭제된 두 개의 서문도 작품 뒤에 붙였다. 앞서 말했듯이 발자크는 작품활동 내내 "독자들에게 제대로 이해되지 못한다는 유령에 시달리고 있었다". 그래서인지 여러 작품에 서문을 붙인다. 작가는 서문이 아니라 작품으로 말해야 한다고 하지만, 발자크의 서문들은 단순한 자기변호를 넘어 그의 문학관을 살펴보게 해주는 매우 중요한 의미를 담고 있다. 더구나 흔히 발자크의 대표작으로 꼽혀 프랑스에서도 대학은 물론 중등학교에서 필수 도서 목록에 오르는 『고리오 영감』은 교과서에 실린다는 바로 그런 이유로 유독 관습적이고 관례적인 해석이 지배하는 작품이기도 하다. 그래서 피에르 바르베리스 같은 발자크 연구계의 생쥐스트는, 생쥐스트처럼 근원적이고 비타협적인 문학 혁명을 견결하게 주창했던 비평가는 『고리오 영감』이 발자크의 작품 중 "이제까지 가장 오독됐고, 가장 잘못된 방향으로 독서 안내가 된 작품"이라고 비판한다. 두 개의 서문은 이 작품의 이해를 돕는 것은 물론 새로운 해석의 마중물이 될 수도 있을 것이다.

번역 대본으로는 '수정 퓌른판'에 기반한 *Le Père Goriot*, Texte présenté, établi et annoté par Rose Fortassier, in *La Comédie humaine*(Nouvelle édition publiée sous la direction de Pierre-Georges Castex, [Bibliothèque de la Pléiade], Paris, Editions Gallimard, t. III, 1976)를 사용했다. 그리고 작품 곳곳에 포진한, 먼 옛날 먼 곳의 정황을 알지 못하면 상형문자 같을 수밖에 없는 수많은 인명이나 사건명이나 용어들을 이해하기 위해 많은 판본의 주석을 참고했는데, *Le Père Goriot*, Introduction, Notes et Dossier de Stéphane Vachon, [Le Livre de Poche](Librairie Générale Française, 1995)가 많은 도움을 주었다.

무릇 옮긴이의 해설은 불필요한 '가이드라인'이 될 공산이 다분하다. 그런 위험을 무릅쓰고 옮긴이는 독자에게 『고리오 영감』을 되도록 『인간극』의 틀 안에 넣어 안내하고 싶었다. 무엇보다 저자 발자크는 『인간극』의 개별 작품들이 자신이 구축한 '체계' 안에서 읽히기를,

그 '체계'가 완결되면 그때 판단해주기를 원했기 때문이다. 그것이 『인간극』 서문의 마지막 문장이 담은 뜻이기도 하다. "내 작품은 사회의 역사와 사회에 대한 비판, 사회의 악에 대한 분석, 사회의 원칙에 대한 논의, 이 모든 것을 동시에 포괄하는 방대한 기획이기에 나로서는 오늘 출간한 내 작품 전집에 '인간극'이라는 제목을 붙일 자격이 충분하다고 믿는다. 지나친 야심인가? 정당한 작명인가? 작품이 완결되면 독자 제위께서 판단해주시리라." 『고리오 영감』에서 처음 적용된 '인물의 재등장 기법'은 발자크가 품은 계획을 알 리가 없는 당시의 독자들에게는 낯설고 불편하고 어설프게만 느껴졌다. 거창하게 등장하여 활약하던 보트랭이 작품 중간에 돌연 사라진다거나, 주인공 같은 라스티냐크가 제대로 된 결말도 안 보여주고 어정쩡하게 수수께끼 같은 말이나 던지고 소설이 끝나니 그럴 만도 했을 것이다. 작가가 배면에 깔아놓은 아이러니는 외면한 채, 고리오 같은 인물이 왜 부성의 '그리스도'냐고 부르대거나, 포부르 생제르맹의 대귀족 부인은 저런 식으로 말하지 않는다고 작가의 무능을 탓하거나, 델핀 같은 비도덕적인 여자가 어찌 소설의 인물이 될 수 있냐고 못마땅해하던 참인데, 그들이 보기에 너무 허술한 인물 처리는 작가에 대한 자신들의 비난을 정당화해주었을 것이다. 『고리오 영감』을 한 편의 독립된 작품으로 읽으려는 독자에겐 이 해설이 되레 불친절하고 성가시게 느껴질지 모르겠다. 변명을 하자면, 옮긴이의 해설은 원래 굳이 찾아 읽어야 하는 것은 아니다.

고전의 번역에서 늘 고민이 되는 일 중 하나는 오늘날 이른바 '차별어'라 불리는 단어들을 어떻게 옮기느냐 하는 문제다. 이 작품에서는 특히 vieille fille(노처녀), fille(처녀, 아가씨), veuve(과부),

courtisane(창녀) mademoiselle(……양) 같은 용어들이 그랬다. 괄호 속 번역어는 사전에도 나오고(그 표현이 옳다는 뜻은 아니다) 그간 관습적으로 써오던 말이기도 하다. 어떤 언어든 옛날의 세계관과 인간관이 내포되어 있다. 그런데 차별 의식이 들어간 단어를 의식적이든 무의식적이든 계속 쓰면 차별 의식이 확대재생산되고 그로 인한 상처도 깊어진다. 잘못은 바로잡아야 한다. 그리고 지금 이 책을 읽는 독자는 옛날의 독자가 아니다. 이 번역서는 그 점을 적극 고려했다. 19세기 작가 발자크의 작품에는 오늘날 '차별어'라 볼 수 있는 단어들이 무수하다. 발자크는 당시 여성문제를 진지하게 다루고, 여성의 발언을 적극 지면에 옮긴 작가지만, 그래서 여성 독자에게 큰 호응을 받은 작가지만, 그런 차별어들은 오늘의 시각으로 볼 때 문제가 없다 할 수 없다. 그런데 『인간극』에는 'La Vieille Fille'라는 제목의 작품이 있다. 그 제목을 중요한 모티프로 삼아 시대의 여러 상징을 발굴해서 변혁기의 인간사를 그려내는 작품이다. 그 작품의 제목을 어떻게 옮겨야 할까? 발자크의 작품에서 차별어들을 다 제거하면 작품이 너무 미끈한 텍스트가 되고 마는 것은 아닐까? 그 미끈함은 해석의 발길을 미끄러지게 하지 않을까? 쉽지 않은 일이지만 일본의 유명한 통번역가 요네하리 마리의 지적처럼 "차별어를 금기시하는 이유가 본래 차별 의식과 차별 현상의 극복이라면 그 방법이 잘못되어 있다"는 고민도 새겨들을 필요가 있겠다.

그 외에 우리말의 특성으로 고민이 되었던 부분은 인물 간에 주고받는 대화에서 호칭과 톤을 어떻게 설정하느냐의 문제였다. 프랑스어에도 대화 상대의 신분을 의식하는 어법이 없는 건 아니지만, 대화 상대의 성별과 나이와 신분과 지위를 고려하지 않고는 한마디도 하기 어려운 우리말에 비하면 거의 아무런 구별이 없는 편이다. 보트랭과 라스티냐크의 대화, 라스티냐크와 고리오의 대화, 라스티냐크와 보제앙 부인의 대화, 보제앙 부인과 랑제 부인의 대화, 라스티냐크와 델핀의 대화, 라스티냐크와 친구 비앙숑의 대화 등에서 어떤 '호칭'과 어떤 '톤'을 선택하느냐는 그야말로 골칫거리였다. 옮긴이가 선택한 호칭과 톤이 웬만큼 수긍이 되기를 바랄 뿐이다.

『고리오 영감』은 이미 우리말 번역본을 가장 많이 거느린 작품이다. 발자크 작품에서 옮겨진 작품보다 아직 옮겨지지 않은 작품이 훨씬 더 많은 형편이니, 옮긴이는 되도록 한 번도 옮겨지지 않은 작품을 우선 번역하는 편이 맞는다고 생각하지만, 세상일은, 옮긴이가 알기로는, 원래 마음먹은 대로 잘 안 되는 법이다. 이 번역본이 그저 숫자의 누적이지만 않았으면 좋겠다.

갈수록 세상사는 왜 자꾸 어려워지는지 모르겠는데, 녹록지 않은 출판 환경임에도 오래전의 소설을 내준 문학동네에 깊은 감사를 드린다. 꼼꼼한 제안으로 옮긴이의 실수와 무지와 무감각을 일깨워준 문학동네 편집부에도 각별한 고마움을 전한다.

2025년 1월 15일
이철의

발자크 시대의 화폐

라스티냐크는 하숙비로 식대와 방세를 포함해 월 45 '프랑'을 낸다. 보케르 하숙집에 처음 들었을 때 고리오는 1만 '리브르'의 연금 수익자이다. 그런 그에게 5 '루이'는 푼돈이다. 라스티냐크는 크리스토프에게 20 '수'를 빌려 묘지 인부에게 수고비로 준다. 보케르 하숙집에서 아침식사에 내놓는 싸구려 구운 배는 개당 1 '리아르'짜리다. 서른 살 검사의 봉급은 1000 '에퀴'이다. 델핀은 라스티냐크가 도박장에서 딴 돈 7000프랑 중 액면가 1000프랑짜리 '은행권' 여섯 장만 챙기고 나머지는 돌려준다. 고리오는 1350프랑의 연수익을 주는 '국채' 기반 '영구연금'을 팔고 마련한 1만 5000프랑을 가지고 연 1200프랑을 보장하는 '수익률'이 좀 높은 '종신연금'에 가입한다. 라스티냐크는 금액란을 빈칸으로 비워둔 '약속어음'에 서명한 다음 그것을 보트랭에게 주고 은행권과 교환한다. 이렇듯 『고리오 영감』에는 여러 종류의 화폐 단위와 유가증권, 그리고 이자율이 나온다. 그런가 하면 빅토린의 아버지 자산이 300만 프랑이면 어느 정도의 거금인지 궁금하기도 하다.

1) 당시 프랑스의 공식 화폐 단위는 앙시앵레짐의 명목 화폐 단위인 '리브르'(투르에서 주조되었다고 해서 '리브르 투르누아livre tournois'라고 불리기도 한다)를 1 대 1의 비율로 대체한 '프랑', 정확하게 말하자면 혁명력 11년 제르미날 17일(1803년 4월 7일)에 발효된 법에 따라 제정된 '프랑 제르미날'이다. 유통 화폐 단위이기도 한 프랑은 금과 은에 기반한 복본위제에 기반했고 단위는 십진법을 따랐다. 금과 은의 교환 비율은 1 대 15.5였고, 주화의 기본은 은이었다.

2) 1프랑은 순은 4.5g 혹은 순도 90% 은 5g의 은전을 가리킨다. 주화는 1/4, 1/2, 1, 2, 5프랑 등 모두 다섯 가지가 주조되었으나 **1프랑 은화**와 **5프랑 은화**가 주종이었다. 이중 5프랑짜리 은화는 옛 화폐 단위인 6리브르에 해당하는 은화인 에퀴라고도 불렸다. 그러므로 **1에퀴는 5프랑 은화**다. 금화는 **20프랑 금화** 하나였고 '나폴레옹 금화' 또는 그냥 '나폴레옹'이라고 불렸다.

3) 1프랑의 1/100인 단위인 '상팀'은 구리나 교회의 청동 종을 녹여 주조되었다. **1상팀, 5상팀, 10상팀**('데심'이라고 불렸다) 등이 있었는데 1815년 왕정복고 이후에는 주조되지 않았다.

4) **지폐(은행권)**는 1800년 설립된 프랑스은행에서 발행했으나 500 프랑과 1000프랑 두 종류의 고액권뿐이었다. 혁명 초기 휴짓조각이 된 '아시냐assignat'의 트라우마로 프랑스인들에게 지폐는 의구심의 대상이었다. 더구나 고액권이라 일상생활에서는 거의 쓰이지 않고 상업 결제에 주로 사용했다. 라스티냐크가 고향에서 받은 돈 1550프랑은 주로 은화로서 돈 자루에 담겨 배달된 것이다.

5) 그러나 금과 은의 부족으로 '프랑 제르미날'의 주화는 통화량이 요구하는 만큼 주조되지 못했다. 앙시앵레짐의 명목 화폐 단위였던 '리브르 투르누아' 기반의 주화들(드니에, 수, 에퀴, 루이)이 함께 유통되었다. 리브르 체제에서 주화의 교환 비율은 1리브르＝20수＝240드니에였다. 앙시앵레짐의 주화는 3드니에에 해당하는 최소 단위 주화인 **1리아르 동전**, **12수 동전**, 3리브르에 해당하는 **1에퀴블랑 은화**, 6리브르에 해당하는 **1더블에퀴 은화**, 그리고 24리브르에 해당하는 **루이 금화**(그냥 **루이**라고도 불렀다)였다. 이중 대혁명 이후에도 계속 쓰인 주화는 1루이＝20프랑 금화, 1에퀴＝5프랑 은화였고, '수'나 '드니에' 동전도 계속 쓰였다. 『고리오 영감』 시대의 서민들에게는 '상팀'이 아니라 '수'나 '리아르'가 익숙했다. 그래서 1프랑 미만의 동전 중 5상팀(1/20프랑) 동전을 1수라고 불렀고, 소설에서 주화의 대명사처럼 언급되는 **"100수짜리 동전"**이란 쓰임이 많았던 '프랑 제르미날'의 5프랑짜리 은화나 '리브르 투르누아'의 1더블에퀴를 가리킨다. 당시 금화와 은화는 '부자들의 주화', 상팀이나 수나 드니에는 '빈자들의 주화'라고 불렀다. 부자는 빈자의 주화를 몰랐고, 빈자에게는 부자의 주화가 그림

의 떡이었다.

6) 당시 국채, 연금 등에서는 관습적으로 프랑이라는 단위를 쓰지
않고 앙시앵레짐의 명목 화폐 단위인 '**리브르**'를 썼다. 가치는 1리브르
=1프랑이다. 그러므로 1만 리브르 연금이란 1만 프랑 연금과 같은 말
이다.

7) 은행권이 신용도가 낮고 발행량도 적었으므로 고액의 금전거래
는 **약속어음**이나 **환어음**의 형태로 이루어졌다. 어음은 화폐로 유통되
었고, 은행이나 대금업자 등을 통해 할인되어 현금으로 교환되었다.

8) 19세기 전반 **이자율**은 파리에서는 보통 11% 이상이었고, 지
방에서는 7~15%, 농촌에서는 15~20%, 노동자를 상대로 해서는
20~30%였다.

9) '**국채 등록 장부**Le Grand Livre de la Dette publique'는 혁명 전 다
양한 형태로 이루어진 국가 채무를 혁명정부가 단일화하면서 붙인 이
름이다. 국채 증서는 현금처럼 교환할 수 있고 국가가 보증하기에 인
기가 높은 안전한 투자 대상이었다. 국가의 신용도가 낮으면 국채 금
리가 오르고 높아지면 국채 금리가 내렸는데 19세기 전반에는 연리
3~5% 수준을 유지했다. 국채 증서(연금증서) 하나는 액면가 100프
랑이었다. **연금소득**이란 국채 투자 연 수익금을 가리킨다. 국채 증서
는 당시 파리 증권시장의 주요 상장 품목이었다. 17세기 문을 열어 동

인도회사 주식 등이 거래되던 파리 증권시장은 1816년에는 상장 종목이 국채 등 다섯 가지밖에 되지 않았다. 그후 철도회사 등 상장주식이 늘어 2월 혁명 직전인 1847년에는 198개로 급증한다. 국채 기반인 연금은 수익자의 죽음과 상관없이 무기한 지급, 곧 상속되는 '영구연금'과 수익자가 살아 있을 때까지만 지급되는 '종신연금'으로 나뉜다. 영구연금은 안정적이지만 금리가 낮고 종신연금은 이자율이 상대적으로 높지만 안전성이 떨어진다.

10) 당시 화폐 가치는 오늘날과 단순 비교하면 1프랑=3유로, 원화로는 5000원으로 계산하면 편리하다. 라스티냐크가 일 년에 집에서 받는 생활비 1200프랑은 현재 원화로 환산하면 대략 600만 원이다. 고리오는 두 딸에게 재산을 다 물려주고 자기 몫으로 1만 리브르 연금 수익 국채 증서를 가졌다고 추정되는데 그 금액은 대략 5000만 원이다. 정확히 환산하려면 두 시대의 화폐간 구매력 차이까지 고려해야 하는데 거의 불가능한 일이다. 참고로 당시 부유층의 연소득은 15만 프랑에서 30만 프랑이었고, 부유한 부르주아 집안 신부의 지참금 역시 그 수준이었다. 지방의 중산층 가정의 평균 연수익은 1만 2000프랑이었고, 중하급 공무원은 연 1000에서 3000프랑의 봉급을 받았다. 농민과 노동자의 연수익은 보통 300프랑을 넘지 못했으며, 그중 집세로 100프랑, 빵 등의 주식비로 100프랑, 소금, 채소 등의 부식비로 50프랑을 소비했다. 기타 당시의 생활비, 물건값 등 다양한 비용을 알려주는 가장 풍부한 자료가 바로 발자크의 소설이다.

『인간극』에 속하는 아흔한 편의 작품은 초판본 출간 연도를 기준으로 배열해 볼드체로 표기했다.

1799년   5월 20일(혁명력 7년 프레리알 1일) 투르에서 오노레 출생. 아버지 베르나르 프랑수아(1746~1829)는 프랑스 남부 타른현의 농촌에서 태어나 대혁명 이전에 일찍이 파리로 상경해 자수성가한 인물로, 당시 프랑스 공화국 군대 투르 주둔군의 식량 담당 주무관이었다. 어머니 안 샤를로트 로르 살랑비에(1778~1854)는 파리 마레 지구에 터를 잡은 탄탄한 부르주아 집안 출신으로 파리 시료원 관리국 국장의 딸이었다. 1797년 결혼한 부부의 나이 차는 서른둘. 오노레가 태어나기 전 이들 사이에 첫아들 루이 다니엘이 태어나 어머니가 직접 수유해 키웠으나 33일 만에 죽는다. 그런 연유로 오노레는 출생 직후 유모가 맡아 양육한다. 1800년 첫째 누이 로르(1800~1871), 1802년 둘째 누이 로랑스(1802~1825) 출생. 1807년에는 아버지가 다른 남동생 앙리(1807~1858) 출생. 앙리의 생부는 발자크 집안의 친구인 사셰 성주城主 장 드 마르곤이다.
          오노레는 유소년 시절, 어머니가 혼외자인 동생 앙리를 편애하자 깊은 상처를 입었으며, 이런 정황은 『골짜기의 백합Le Lys dans la vallée』에 변용되어 나타난다. 그러나 동생 앙리는 범용한 인물이어서 오노레의 일생에 별다른 작용을 하지는 않는다. 후일 발자크는 어머니의 정부였던 장 드 마르곤과 깊은 교분을 나누고 그가 소유한 사셰성에 자주 머물며 작품활동을 한다. 루아르강 유역에 있는 사셰성은 현재 발자크 기념관으로 활용되고 있다.

1807년   오라토리오 재속 수도회가 운영하는 방돔의 기숙학교에 입학하여 1813년 퇴교할 때까지 6년 동안 생활한다. 후일『루이 랑베르Louis Lambert』에 변용되어 나타나듯이 엄격한 훈육을 특징으로 하는 이 학교는 자유분방한 독서와 상상을 즐기던 발자크에게 그리 행복한 기억을 남기지 않는다. 1813년 심각할 정도로 건강을 잃어 퇴교하고 집으로 돌아와 잠시 요양하다. 부모가 투르를 떠나 파리에 정착할 계획을 세우고 있던 상황이라 파리 마레 지구의 기숙학교로 보내진다.

1814년   4월 나폴레옹 제정이 몰락하고 왕정복고가 되기 직전의 혼란을 피해 파리를 떠나 투르로 돌아와 중등교육 과정을 이수. 11월 아버지가 파리 주둔군의 식량 담당 주무관으로 자리를 옮기면서 온 가족이 투르를 떠나 파리 탕플 지구에 정착.

1816년   파리에서 중등교육을 마치고 9월 아버지의 친구인 변호사 기요네 메르빌의 사무실에서 견습 서기로 잠깐 일을 배우다. 11월 소르본 법과대학 등록. 대학에서 프랑수아 기조, 아벨 프랑수아 빌맹, 빅토르 쿠쟁을 비롯한 여러 교수의 강의를 듣고, 자연사박물관에서 조프루아 생틸레르의 강의를 듣는다. 후일 발자크는 이들에게서 영향을 받은 사상을 작품에 자주 언급한다.

1818년   아버지의 권유로 공증인인 빅토르 파세의 사무실에서 일하기 시작. 그 사무실은 발자크의 집과 같은 건물에 있었기에, 청소년기의 발자크는 집안의 통제를 많이 받는다. 이 무렵을 전후로, 미완에 그치긴 하나「철학과 종교에 관한 소고

Notes sur la philosophie et la religion」「영혼의 불멸성에 관한 소고Discours sur l'immortalité de l'âme」를 집필. 이 시기는 향후 발자크 세계의 주요한 한 흐름으로 자리잡는 철학적 사변 취향의 시발점이 된다. 르네 데카르트, 니콜라 말브랑슈, 스피노자, 돌바크 등을 읽기 시작하다.

1819년   아버지가 현역에서 은퇴하여 파리 북쪽 근교 빌파리지로 이사. 1월 법과대학 수료. 부모는 공증인이 되기를 바랐으나 작가가 되기로 결심. 8월 작가의 재능을 입증하기 위해 부모에게서 2년의 유예 기간을 얻어 파리 바스티유광장 인근 레디기에르가街 소재의 다락방에 홀로 칩거하면서 작품 집필에 몰두. 이때의 궁핍한 수련 생활은 이후 여러 소설 속 주인공들의 이력에 녹아드는데 특히 『파시노 카네Facino Cane』 앞부분이 유명하다. 그즈음 누이 로르에게 보낸 편지에서 "아무것도, 사랑과 명예 말고는 아무것도 내 가슴속에 펼쳐진 이 드넓은 벌판을 채울 수 없다"고 토로.

1819~1823년   작가로서의 재능을 입증할 작품으로 운문 비극 『크롬웰 Cromwell』 집필 착수. "나는 내 비극작품이 모든 왕과 민중의 애독서가 되기를 희망한다. 나는 걸작으로 등단하고 싶다. 그러지 못하면 내 목을 비틀리라"(편지). 1820년 봄 5막짜리 『크롬웰』을 완성하지만 주변은 한결같이 부정적인 반응을 보인다. 특히 콜레주드프랑스의 교수이자 작가인 프랑수아 앙드리외는 이 작품에 대해 발자크는 문학만 아니라면 어떤 분야에서도 성공을 거두리라고 에둘러 비판하며 작가의 길을 포기할 것을 권고한다. 1820년 9월 당시의 징병 방식이었던 제비뽑기에서 운좋게 병역을 면제받는다.

데뷔작의 참담한 실패, 부모의 재정 지원 중단 등으로 인해 1821년 1월 다시 본가에 들어간다. 그러나 문학을 향한 뜻을 굽히지 않고 『팔튀른*Falthurne*』(1820) 『스테니 혹은 철학적 오류*Sténie ou les Erreurs philosophiques*』(1821) 등 철학적 사변이 두드러지는 소설과 종교적이고 신비주의적인 영감이 진하게 나타나는 『기도론祈禱論*Traité de la prière*』 『팔튀른 II*Falthurne II*』 등을 계속 집필한다.

1822~1825년 발자크 스스로 나중에 '상업 문학'이라 부른 작품을 양산한 시기. 3년에 걸쳐 발자크는 처음에는 다른 사람과 공동 작업으로, 나중에는 혼자서 모두 여덟 편의 작품을 발표하는데, 본명이 아닌 '로르 훈'과 '오라스 드 생토뱅'이라는 가명을 사용한다. 『비라그 집안의 상속녀*L'Héritière de Birague*』 (1822) 『클로틸드 드 뤼지냥*Clotilde de Lusignan*』(1822) 『아르덴의 보좌신부*Le Vicaire des Ardennes*』(1822) 『최후의 요정*La Dernière Fée*』(1823) 『아네트와 살인범*Annette et le criminel*』(1824) 『완클로르*Wann-Chlore*』(1825) 등 이른바 '청년기 작품' 발표.

1822년 빌파리지에 사는 이웃인 로르 드 베르니 부인과 내밀한 관계를 맺기 시작. 발자크는 자신보다 스물두 살이나 많고 어머니와 이름이 같은 이 여인을 '딜렉타'라는 애칭으로 부르기도 한다. 발자크에게 부인은 연인이자 모성애를 느끼게 해주는 또하나의 어머니라는 이중적 의미를 지닌다. 이 관계는 1836년 부인이 죽을 때까지 지속되며 부인은 발자크의 조언자와 후원자 역할을 겸한다.

1824~1825년 〈푀유통 리테레르〉라는 신문과 관계를 맺어 저널리스트로서의 첫걸음을 내딛는다. 이후 발자크는 1830년 무렵까지 간간이 저널리즘에 관여해 기사를 작성한다. 익명으로 몇 편의 에세이를 소책자로 출판. 「장자 상속권에 대하여*Le Droit d'aînesse*」(1824) 「예수회파에 대한 불편부당한 역사

	Histoire impartiale des Jésuites」(1824) 「신사들의 규범 Code des gens honnêtes」(1825).
1825년	다브랑테스 공작부인과 사귀기 시작. 부인은 나폴레옹시대 최고위 장군이었던 쥐노 다브랑테스 공작을 여읜 부인으로 발자크를 레카미에 부인의 살롱 등 파리의 고급 사교계에 입문시키는 한편, 그에게 나폴레옹에 관한 정보들을 세세히 알려준다. 두 사람은 문학 분야에서도 서로 교감해 발자크는 후일 공작부인의 자서전을 공동 집필하기도 한다.
1825~1828년	문학판을 떠나 인쇄업, 출판업, 활자주조업 등에 투신. 자본금은 가족과 베르니 부인에게서 충당. 몰리에르와 라퐁텐의 작품 축쇄판 발간. 그러나 결국 사업 실패로 6만 프랑(오늘날의 화폐 가치로 약 3억 원)의 빚을 진다. 베르니 부인의 아들과 동업하다 운영권을 넘긴 활자주조 업체는 이후 프랑스에서 가장 유명한 업체가 된다. 동시에 그는 이 시기에 엄청난 양의 독서를 하고 지방 여행을 다닌다. 사업, 돈, 지방 탐사 등에 관련된 당시의 체험은 후일 『인간극La Comédie humaine』의 작가에게 무엇과도 비견할 수 없는 풍부한 자산을 남겨준다.
1828년	다시 문학으로 돌아와 역사물에 관심을 보인다. "나는 다시 펜을 잡을 것이다. 한 달 전부터 나는 아주 흥미로운 역사물에 착수했다"(편지). 소설 모음집 『그림같이 생생한 프랑스 역사Histoire de France pittoresque』 기획. 브르타뉴 지방의 푸제르성에 머물며 그곳을 무대로 하는 역사소설 구상.
1829년	3월 『마지막 올빼미 당원 혹은 1800년 브르타뉴Le Dernier Chouan ou la Bretagne en 1800』 출간(1845년 전집으로 묶이면서 『**올빼미 당원 혹은 1799년 브르타뉴**Les Chouans ou la Bretagne en 1799』로 제목이 바뀜). 나중에 『인간극』

을 이루는 최초의 소설로 기록되는 이 작품은 그의 이름으로 출판한 최초의 소설이기도 하다. 12월 지은이를 '한 젊은 독신 남성'이라고 표기한 『결혼 생리학*Physiologie du mariage*』발표. 6월 아버지 베르나르 프랑수아 사망. 여동생 로르를 통해 쥘마 카로 부인과 친분을 맺는다. 카로 부인은 오로지 진지한 문학의 조언자 역할을 하며 발자크에게 상당한 영향을 끼친다.

1830년 저널리즘을 통해 왕성하게 시사 논평문을 발표하는 한편, 본격적인 문학작품 생산에 돌입하다. 이 시기 그가 관여한 신문은 〈푀유통 데 주르노 폴리티크〉〈라 카리카튀르〉〈르 탕〉〈라 실루에트〉〈라 모드〉〈르 볼뢰르〉 등이다. 특히 7월혁명 직후인 9월 30일부터 이듬해 3월 31일까지 〈르 볼뢰르〉에 열흘 간격으로 모두 19차례에 걸쳐 게재된 『파리 통신*Lettres sur Paris*』은 이른바 '부르주아지의 승리'라 불리는 7월혁명 이후 체제에 대한 발자크의 신랄한 비판을 담는다. 이후 발자크는 저널리즘을 떠나 본격적인 소설 창작으로 돌아온다. 소설은 잡지나 단행본을 통해 개별적으로 발표하기도 하고, 몇 편의 소설을 묶어 총서 형태로 발표하기도 한다.

'사생활 장면Scènes de la vie privée'이라는 제목 아래 처음으로 여섯 편의 단편—「**라 방데타**La Vendetta」, 「**불륜의 위험**Les Dangers de l'inconduite」(1842년 전집으로 묶이면서 「**곱세크**Gobseck」로 제목 변경), 「**쏘의 무도회**Le Val de Sceaux」, 「**영광과 불행**Gloire et malheur」(1842년 「**샤 키 플로트 상회**La Maison du chat-qui-pelote」로 제목 변경), 「**덕성스러운 여인**La Femme vertueuse」(1842년 「**두 집 살림**Une double famille」으로 제목 변경), 「**가정의 평화**La Paix du ménage」—을 두 권으로 묶어 발표. 이어 『**우아**

한 삶 개론_Traité de la vie élégante_」 발표.

1831년   4월 정치 논평「두 내각의 정치에 관한 앙케트Enquête sur la politique des deux ministères」 발표가 보여주듯이 7월 혁명 직후 현실 정치에 참여하려는 야심 표명. 이해와 이듬해에 국회의원 선거 출마를 계획하나, 재산에 따라 선거권과 피선거권을 부여하는 당시 제한선거에서 피선거권 자격을 갖추지 못해 무위에 그치다.

8월 '철학 소설'이라는 부제가 붙은『**나귀 가죽**_La Peau de chagrin_』을 발표해 작가의 명성을 얻는다. 이 작품과『**사라진**_Sarrasine_』『**엘 베르뒤고**_El Verdugo_』『**저주받은 아이**_L'Enfant maudit_』『**불로장생의 영약**_L'Elixir de longue vie_』『**추방자들**_Les Proscrits_』『**알려지지 않은 걸작**_Le Chef-d'œuvre inconnu_』『**징집 군인**_Le Réquisitionnaire_』『**여인 연구**_Etude de femme_』『**두 개의 꿈**_Les Deux Rêves_』(1844년『**카트린 드 메디치에 대하여**_Sur Catherine de Médicis_』3부로 편입),『**플랑드르의 예수그리스도**_Jésus-Christ en Flandre_』등을 묶어 총 세 권으로『**철학 소설과 콩트**_Romans et contes philosophiques_』라는 모음집을 내다. 이 모음집에 붙은 서문의 작성자는 P. Ch.(필라레트 샤슬)로 서명되어 있지만 실은 발자크 자신이 작성한 것으로 알려져 있는데, 이 서문을 통해 '철학 소설'에 대한 발자크의 견해를 엿볼 수 있다. "개인이자 사회적 존재인 인간의 머릿속 생각이 불러오는 혼란과 참화, 이것이 발자크 씨가 이 콩트들에 담아낸 기본적인 관점이다." "인간은 자기 두뇌에 세계를 불러들이는 힘을 가지고 있지 않은가, 다른 말로 하면 인간의 두뇌는 시공의 법칙을 초월할 수 있게 도와주는 하나의 부적이 아닌가?"

1832년   정통주의로의 정치적 전향을 표방. "내 정치적 견해가 형성 되었고, 내 신념이 완결되었다. 나는 한 인간이 자신의 나라 와 그 법률, 그 풍속들을 판단할 수 있는 나이에 이른 것이 다"(편지). 포부르 생제르맹의 대귀족 카스트리 공작부인과 관계를 맺기 시작해, 그녀와 함께 엑스레뱅, 제네바 등지에 체류하고 구애를 하지만 버림받는다. 그 쓰라린 경험이 이 듬해 발표되는 『랑제 공작부인 *La Duchesse de Langeais*』의 모티프가 된다. 2월 발신지가 오데사이고 발신인은 '외국 여 인'이라고만 서명된 편지를 출판사를 통해 받는다. 이에 잡 지 〈가제트 드 프랑스〉를 통해 광고 형식으로 답신함으로써 나중에 그와 정식으로 결혼하게 될 한스카 부인과 서신을 주 고받기 시작. 3월 발자크가 '외국 여인'에게 보낸 본격적인 첫 편지에는 이런 대목이 있다. "다들 동경하는 작가와는 형 편이 아주 다른 불행한 나는 정치와 문학이 하루 스물네 시 간 중 열다섯 시간에서 열여섯 시간을 잡아먹는 이 격동의 파리에서 힘든 집필 작업과 끊임없는 공부에 매진하며 싸움 을 벌이고 있는데, 당신 덕분에 매혹적인 시간을 보낼 수 있 었습니다." 작품활동이 왕성해지는 동시에 사교계 출입도 활발해지고 호사스러운 생활을 영위하다.

『돈주머니 *La Bourse*』 『여인의 의무 *Le Devoir d'une femme*』 (1834년 『아듀 *Adieu*』로 제목 변경) 『독신자들 *Les Célibataires*』 (1843년 『투르의 사제 *Le Curé de Tours*』로 제목 변경) 『재판 관 코르넬리우스 *Maître Cornélius*』 『마담 피르미아니 *Madame Firmiani*』 『타협 *La Transaction*』(1844년 『샤베르 대령 *Le Colonel Chabert*』으로 제목 변경) 『붉은 여인숙 *L'Auberge rouge*』 등과 『루이 랑베르』 초고본 발표.

1833~1837년 몇 차례의 모음집 발간에서 보듯이 자기 작품들을 하나의

512

체계 속에 집대성하려는 계획을 구체화하다. 이 기간에 『사생활 장면』『지방 생활 장면 Scènes de la vie de province』『파리 생활 장면 Scènes de la vie parisienne』의 세 부분으로 이루어진 『19세기 풍속 연구 Etudes de mœurs aux XIXe siècle』를 여섯 차례에 걸쳐 열두 권으로 발표하는데, 모두 스물일곱 편의 작품을 수록한다. 1835년 네번째 판에 작가이자 언론인 펠릭스 다뱅의 이름을 빌려 붙인 서문에는 '풍속 연구'의 취지가 담겨 있다. "천재는 창조력만이 아니라 자신의 창조 작업을 조정하고 배열하는 능력을 겸비해야 비로소 완전하다고 할 수 있다. 관찰하고 묘사하는 것만으로는 충분하지 않다. 어떤 목표를 가지고 묘사하고 관찰해야 한다. 〔……〕 그의 정복은 예술에서의 진실이다. 늘 어렵지만 특히 문예와 풍속에서 개인성이 사라진 오늘날 특히 어려워진 그 정복을 완수하기 위해서는 새로워야 했다. 발자크 씨는 문학이 작품보다 이론을 더 양산하며 등한시하는 모든 것을 끌어모음으로써 새로워질 수 있었다."

1833년 소설가 아델 다미누아의 딸로서 유부녀인 마리아 뒤 프레네와 비밀리에 관계를 맺다. 발자크는 1834년 6월 그 사이에서 딸을 얻지만 둘의 관계는 오래가지 않는다. 그 딸은 마리 카롤린 뒤 프레네란 이름으로 1930년까지 살지만 후손을 남기지 않는다. 9월에는 서신 교환만 하던 한스카 부인과 스위스 뇌샤텔에서 처음으로 상면한다. 발자크는 이어 1834년 제네바에서, 그리고 1835년 빈에서 부인을 만나지만 이후 1843년 그가 상트페테르부르크로 찾아가 재회할 때까지 8년 동안 두 사람은 서로 만나지 못하며 서신만 주고받게 된다. 그사이 1839년 『외제니 그랑데 Eugénie Grandet』 2판을 발간할 때 앞머리에 마리아 뒤 프레네를 가리키는 '마리아에게'라는 헌사를 붙인다.

『시골 의사*Le Médecin de campagne*』『걸음걸이론*Théorie de la démarche*』, 『외제니 그랑데』『전언傳言*Le Message*』『버림받은 여인*La Femme abandonnée*』『라 그르나디에르 *La Grenadière*』『명사 고디사르*L'Illustre Gaudissart*』발표.

1834~1840년 이 기간에 네 차례에 걸쳐 총 스무 권 분량에 스물다섯 편의 작품을 묶어 『철학 연구*Etudes philosophiques*』간행. 1834년 첫번째 판에 펠릭스 다뱅의 이름을 빌려 붙인 서문에서 발자 크는 『풍속 연구』가 "모든 사회적 결과"를 담아낸다면 『철학 연구』는 그 결과의 "원인"을 규명한다고 구분하면서 전자가 "전형화된 개인들"을 그린다면 후자는 "개인화된 전형들"을 제시한다고 밝힌다. 이어 『철학 연구』의 주제를 이렇게 갈무 리한다. "우리가 볼 때 발자크 씨는 생각이 인간의 와해와 그 로 인한 사회의 와해를 불러오는 가장 강한 요인이라고 여기 는 게 분명하다. 〔……〕 그는 생각이란 열정에 의해 부여받은 일시적인 힘으로 부풀려지기 마련이고, 또 사회가 생각을 원 래 그렇게 유도하기에 필연적으로 인간에게는 독으로, 비수 로 변할 수밖에 없다고 생각한다. 장자크 루소의 공리를 빌려 그의 생각을 다르게 표현하자면 이렇다. '생각하는 인간은 타 락한 동물이다.'"

1834년 제네바에서 가족과 함께 체류중이던 한스카 부인을 만나기 위해 1833년 12월 24일 도착해 45일간 머물며 서로 깊은 교 분을 나누다. 특히 1월 26일 한스카 부인과 단둘이 보낸 날 을 기념하기 위해 이듬해 5월 빈에서 그녀와 재회할 때 자기 작품의 원고에 그날을 가리켜 "잊을 수 없는 날"로 기념하 는 헌사를 써서 선물로 바친다. 10월 한스카 부인에게 보내 는 편지에서 자신의 작품세계 전체의 구상을 밝히다. 이 편지에서 아직 '인간극'이라는 전체 제목은 등장하지 않지만, 인간사의 모든 결과를 담은 『풍속 연구』, 그 결과의 원인에 대한 탐구인 『철학 연구』, 결과와 원인의 탐구에 이은 원칙의 수립인 『분석 연구Etudes analytiques』라는 큰 틀이 언급되고, 그 총서가 완성되면 "서양의 천일야화"가 될 것이라고 말한다. 「19세기 프랑스 작가들에게 보내는 공개서한Lettre adressée aux écrivains français du xixe siècle」을 통해 작가의 권리에 대한 각성을 촉구하다.

『마라나 가문의 여인들Les Marana』 『페라귀스Ferragus』 『도끼를 들지 마시오 Ne touchez pas la bache』(1840년 『랑제 공작부인』으로 제목 변경) 『절대의 탐구La Recherche de l'Absolu』 『바닷가의 비극Un drame au bord de la mer』 『똑같은 이야기Même histoire』(1842년 『서른 살 여인La Femme de trente ans』으로 제목 변경) 발표.

1835년   5월 오스트리아 여행, 메테르니히 공 접견. 빈에서 한스카 부인과 재회.

『고리오 영감Le Père Goriot』 『황금 눈의 여인La Fille aux yeux d'or』 『사교계의 총아La Fleur des pois』(1842년 『결혼계약Le Contrat de mariage』으로 제목 변경) 『세라피타Séraphîta』 『회개한 멜모스Melmoth réconcilié』 발표.

1836년   독자적인 발표 지면의 확보를 목적으로 정치 문예지 성격의 〈크로니크 드 파리〉를 거의 혼자서 발행하며 많은 양의 평문과 소설을 발표. 그러나 6개월 정도 운영 후 파산해, 다시 한 번 4만 6000프랑에 달하는 거액의 금전적 손실을 본다. 7월 베르니 부인 사망. "그녀는 나에게 신과 같았습니다. 그녀는 어머니였고, 여자친구였고, 가족이었으며, 동시에 남자친구였고, 조언자였습니다. 그녀는 작가를 키워냈으며, 젊은이에게 위안을 안겨주었고, 취향을 깨닫게 해주었으며, 누이처럼 울고 웃었습니다. 그녀는 고마운 잠처럼 매일 찾아와 고통을 잠재웠습니다. 그녀는 그 이상을 해주었습니다. 그녀가 없었더라면 분명 난 죽었을 것입니다"(한스카 부인에게 보내는 편지). 7~8월 이탈리아 토리노 여행, 스위스를 거쳐 귀국. 『골짜기의 백합』『금치산 선고L'Inter-diction』 발표.

1837년　　자신의 전 작품을 총괄하는 제목으로 '사회 연구Etudes sociales'를 생각하나 실행에는 옮기지 못함. "내 작품 전체를 아우르는, 나로서는 거대한 과업을 준비중입니다. [⋯⋯] 그 과업은『풍속 연구』『철학 연구』『분석 연구』 전체를 '사회 연구'라는 총괄적인 제목으로 묶을 것입니다"(한스카 부인에게 보내는 편지). 2~3월 두번째로 이탈리아 여행 중에 제노바에서 사르데냐의 은광산 개발을 구상하고 이듬해 현지를 직접 방문하나 다른 회사가 선점한다. 후일 사르데냐의 은광산은 엄청난 매장량을 가진 것으로 판명된다. 활자주조업과 함께 리얼리스트 사업가 발자크의 혜안과 한계를 동시에 보여주는 일화다.

『노처녀La Vieille Fille』(프랑스 최초의 연재소설), 『잃어버린 환상Illusions perdues』 1부 「두 시인」, 『무신론자의 미사La Messe de l'athée』『파시노 카네』『사막에서 피어난 열정Une passion dans le désert』『세자르 비로토César Birotteau』 발표.

1838년　　2월 말~3월 초, 노앙에 있는 조르주 상드의 저택에 머물며 문학적 교분을 나눈다. 상드는 발자크에게 『베아트리체Béatrix』의 주제를 제공한다. "나는 조르주 상드를 동지로 여겼습니다. [⋯⋯] 우리는 사흘 내내 저녁식사를 마치고 오후 다섯시부터 다음날 새벽 다섯시까지 이야기를 나누었

습니다. 〔……〕 그녀는 남자이고, 예술가며, 위대하고 통이
크며, 헌신적입니다"(한스카 부인에게 보내는 편지).

7월 채권자들의 추적과 국민방위대의 검거를 피해 파리 근
교 세브르에 있는 '레 자르디'라 불리는 집을 사서 정착. 발
자크는 인근의 땅을 매입하여 농장으로 만드는 작업에 착수
하나 다시 막대한 비용만 탕진하고 물러난다. 그는 이때 진
빚 역시 평생 갚지 못한다.

『**뉘싱겐 은행**La Maison Nucingen』『**탁월한 여인**La Femme
supérieure』(1844년 『**하급 관리들**Les Employés』로 제목 변
경) 발표.

<table>
<tr><td>1839년</td><td>10월 작가회의 의장을 맡아 저작권 보호를 위해 맹렬한 활
동을 펼치다. 12월 아카데미 프랑세즈 회원직에 처음 출마
하나 고배를 마신다(발자크는 이후 1842년 두 차례, 1848년
한 차례 등 세 차례에 걸쳐 다시 도전하나 모두 실패한다).

『**골동품 진열실**Le Cabinet des Antiques』『**감바라**Gambara』
『**현대의 흥분제 개론**Traité des exitants modernes』『**잃어버
린 환상**』 2부 「파리에 온 지방의 위인」, 『**이브의 딸**Une fille
d'Eve』『**마시밀라 도니**Massimilla Doni』『**베아트리체**』 1부와
2부, 『**피에르 그라수**Pierre Grassou』 발표.</td></tr>
<tr><td>1840년</td><td>3월 야심차게 준비한 5막 산문극 〈보트랭Vautrin〉이 초회
공연 후 공연 금지 처분을 받다. 〈크로니크 드 파리〉의 실
패 이후 다시 월간지 〈르뷔 파리지엔〉을 오로지 혼자 힘으
로 발간하나 7∼9월 세 호를 끝으로 중간. 발자크의 스탕달
론論인 「벨 연구Étude sur M. Beyle」가 이 잡지에 실린다.
9월 마침내 '레 자르디'를 압류당하고 채권자들을 피해 자신
의 시녀이자 정부인 '브뢰뇰 부인'의 이름으로 구한 파시 지
구의 바스가(현재 파리의 레누아르가 47번지)에 있는 언덕</td></tr>
</table>

배기 집으로 도피하듯 이주한다. 발자크는 그 집에서 '브뢰 놀 씨'라는 가명으로 신분을 감추고 1847년까지 지낸다. 이 집은 오늘날 발자크 기념관인 '메종 드 발자크'로 쓰이고 있다. 1840년은 발자크로서는 여러모로 위기의 한 해였다. "프랑스를 떠나 브라질에 내 뼈를 묻으러 가야 할 것 같습니다. [……] 쓸모없는 작업들은 이제 진력이 납니다. 나의 모든 편지와 모든 원고를 불태우겠습니다. [……] 이건 아주 단호한 결정입니다"(한스카 부인에게 보내는 편지).

『파리의 대공부인*Une princesse parisienne*』(1844년 『**카디냥 대공부인의 비밀***Les Secrets de la princesse de Cadignan*』로 제목 변경)『**피에레트***Pierrette*』발표.

1841년   9월 작가회의 의장 사임. 10월 '인간극'을 제목으로 하는 작품 전집 출판 계약을 퓌른 출판사와 체결. 11월 한스카 부인의 남편인 한스키 백작 사망. 발자크는 이듬해 1월에야 그 소식을 듣는다.

『**마을의 사제***Le Curé de village*』『**제드 마르카스***Z. Marcas*』발표.

1842년   6월 『인간극』 첫 권이 발매된 이후 1846년 8월까지 총 열여섯 권으로 일차 완간. 이른바 '퓌른판' 『인간극』은 이 열여섯 권 전집을 가리킨다. 발자크는 재판을 염두에 두고 자신이 소장한 '퓌른판'에 수정 사항을 기록하는 한편 일부 작품의 배치도 바꾸겠다는 기록을 남긴다. 이 작가 소장본을 '수정 퓌른판'이라고 부르는데 1847년 작성된 유서에서 발자크는 그것을 "『인간극』의 최종 원고"라고 선언한다. 1846년 이후 발표된 작품들을 추가해 1848년 제17권 출간. 작가가 죽은 뒤인 1853~1855년 미수록 작품들을 추가해 총 열여덟 권으로 완간. 미완으로 남아 있던 『프티부르주아*Les*

518

Petits Bourgeois』와『아르시의 국회의원 *Le Député d'Arcis*』 두 편은 발자크 사후 그의 동료였던 샤를 라부가 완성해 1869~1876년에 발간된 미셸 레비 출판사의『인간극』전집 에 실리지만 정식 판본으로 인정받지 못한다. 두 작품이 미 완인 상태 그대로『인간극』전집에 실리는 것은 20세기 들어 서다.

한스키 백작의 사망 소식을 듣고 한스카 부인과 결혼을 성 사시키는 데 몰두한다. 7월과 12월 아카데미 프랑세즈 회원 직에 출마하나 두 번 다 낙선한다.『인간극』서문 집필. 일과 사랑에 몰두. "이제까지 늘 그래왔듯이 아무 준비도 없는 상 태에서 일주일이나 열흘, 아니면 보름 만에 작품을 완성하기 위해 한밤중인 두시에 일어나 쉬지 않고 열다섯 시간을 일해 야 합니다. 짬짬이 줄거리와 장면들을 구상하고 배치도 생각 해야 하지요. 세상에서 가장 사랑하는 여인에게 편지를 쓰기 위해서는 문학적 사유와 극적 구성이라는 무거운 짐을 내려 놓아야만 합니다"(한스카 부인에게 보내는 편지).

『두 젊은 부인의 서간 *Mémoires de deux jeunes mariées*』 『위르쥘 미루에 *Ursule Mirouët*』『가짜 애인 *La Fausse maîtresse*』『알베르 사바뤼스 *Albert Savarus*』『속續 여인 연 구 *Autre étude de femme*』『라 라부이외즈 *La Rabouilleuse*』 발표.

1843년   여름, 상트페테르부르크를 방문하여 두 달간 체류하며 8년 만에 한스카 부인을 다시 만나다. 과로로 손상된 건강이 오 랜 여행의 여파로 악화되다.

『미제未濟 사건 *Une ténébreuse affaire*』『지방의 뮤즈 *La Muse du département*』『잃어버린 환상』3부「발명가의 고 뇌」(완간) 발표.

1844년	파리에 머물면서 집필에 몰두해 비교적 많은 작품을 생산. 한스카 부인과 결혼하여 파리에서 살 집을 마련하는 데 골몰하다.

1844년 파리에 머물면서 집필에 몰두해 비교적 많은 작품을 생산. 한스카 부인과 결혼하여 파리에서 살 집을 마련하는 데 골몰하다.

『인생의 첫출발 Un début dans la vie』**『매춘부의 영광과 비참**Splendeurs et misères des courtisanes』1부와 2부, **『카트린 메디치에 대하여』『오노린**Honorine』**『떠돌이 왕자**Un prince de la bohème』**『고디사르 II**Gaudissard II』**『모데스트 미뇽**Modeste Mignon』**『농민**Les Paysans』(미완. 발자크 사후 한스카 부인이 미발표 원고를 덧붙이고 일부 누락된 부분을 가필해 1855년 『인간극』에 편입) **『프티부르주아』**(미완) 발표.

1845년 창작에 대한 부담을 토로. "참 딱한 일입니다. 나는 하루에 열여섯 시간을 일합니다만 아직도 빚이 10만 프랑이 넘습니다. 그리고 나이는 마흔다섯 살이고요! 슬프기 그지없는 일입니다"(편지). 그러나 정작 많은 일은 하지 못한다. 이해는 한스카 부인과 프랑스, 독일, 네덜란드, 벨기에, 이탈리아 등 각지를 여행하는 데 몰두한다. 레지옹 도뇌르 훈장 서훈.
『인간극』전집 발간과 쥐른판 수정이 진행되는 중에 '1845년의 카탈로그'라 불리는, "앞으로『인간극』이 포함할 작품들 목록"을 작성, 총 26권 분량에 137편의 작품 목록 제시.
『베아트리체』3부(완간), **『부부 생활의 작은 불행**Petites Misères de la vie conjugale』발표.

1846년 한스카 부인과 이탈리아, 스위스 등지에서 생활. 쥐른 출판사에서『인간극』열여섯 권 출간. "6년 전부터 나는 내 시간의 반 이상을『인간극』을 교정하는 데 매달려왔습니다. 이제 새로운 작품 생산에 몰두할 수 있으니까 아주 굉장할 것입니다"(한스카 부인에게 보내는 편지). 그러나 실제로 창작활동은 지지부진하게 진척된다. 한스카 부인과 결혼 후 살 집으로 샹젤리제 인근 포르튀네가(현재 발자크가)의 집을 막대한 빚을 내서 매입하고 꾸민다. 한스카 부인의 임신 소식을 알고 결혼을 앞당길 수 있다는 기대에 부풀었지만 11월 사산 소식을 접하고 낙담한다.

『본의 아닌 코미디언들 *Les Comédiens sans le savoir*』 『매춘부의 영광과 비참』 3부. 『사업가 *Un homme d'affaires*』 『현대사의 이면 *L'Envers de l'Histoire contemporaine*』 1부 발표.

1847년   한스카 부인이 비밀리에 파리에 체류하다(2~5월). 창작 능력의 고갈과 자신의 작품에 대한 대중의 무관심에 고뇌하다. "생의 초기에는 모든 창조를 사랑하고 모든 것을 소중히 여기는 힘이 느껴지죠. 하지만 나이를 먹어갈수록 행동반경은 얼마나 좁아지는지요! 자기가 탄 배의 물을 퍼내야 하고 물건들을 물속에 던져버려려 하지요!"(한스카 부인에게 보내는 편지). 발자크는 6월에 자신의 유서를 작성한다. 9월 한스카 부인의 집이 있는 우크라이나의 비에르초브니아로 떠나다.

『사촌 베트 *La Cousine Bette*』 『사촌 퐁스 *Le Cousin Pons*』 『아르시의 국회의원』(미완) 『매춘부의 영광과 비참』 4부 (1~4부가 한 작품으로 묶인 것은 발자크 사후 1869년 발간된 미셸 레비 출판사의 전집에서다) 발표.

1848년   우크라이나에서 6개월간 체류한 후 2월 파리로 귀환. 2월혁명을 접하고 국회의원 선거 출마를 고려하기도 하나, 혁명 후의 정세는 그의 이념과 멀어져감을 절감하며 불안에 휩싸인다. 9월 다시 우크라이나로 떠나 1850년 4월까지 그곳에 체류. 아카데미 프랑세즈 회원직에 네번째로 도전하나 이듬해 1월 선거에서 빅토르 위고의 적극적인 지지에도 실패. **『현대사의 이면』** 2부 발표.

1849년 1년 내내 우크라이나 비에르츠브니아의 한스카 부인 집에 체류. 건강 악화. "나는 지금 여기서 병에 걸려 꼼짝도 못하고 있다. 아아! 나는 1848년에 이런 식으로 공물을 바친 것이다. 그때 죽은 모든 사람처럼, 혹은 그것 때문에 앞으로 죽을 모든 사람처럼. 다만 나의 황소 같은 기질이 존귀한 인류를 당혹하게 하리라. 나는 삶이라 불리는 반대파의 편에 선다"(누이동생에게 보낸 편지). 한스카 부인은 러시아의 황제에게 발자크와의 결혼을 청원하여 막대한 상속재산을 포기하는 조건으로 허락을 받는다.

1850년 3월 한스카 부인과 결혼. 5월 한스카 부인과 함께 파리로 돌아와 포르튀네가 집에서 신혼살림을 차리지만 내내 와병중이던 발자크는 여러 날 의식불명인 상태로 있다가 8월 18일 세상을 뜬다. 페르라셰즈 묘지에 안장. 위고의 유명한 조사. "그 자신도 모르는 사이에, 그가 원했건 원하지 않았건, 그가 동의했건 동의하지 않았건, 『인간극』이라는 이 방대하고 비범한 작품의 저자는 혁명적인 작가들의 강력한 혈족에 속합니다." 쥘 바르베 도르비이는 8월 24일자 신문 기고에서 "그의 죽음은 정녕 지성사의 대재앙으로서 바이런 경의 죽음 말고는 그 어떤 것도 거기에 비할 수 없다"고 애도한다. 한스카 부인은 발자크 사후 홀로 파리에서 살다가 1882년에 죽는다.

한스카 부인, 곧 마담 드 발자크는 죽기 얼마 전 포르튀네가의 집을 이웃인 로스차일드 가문에 종신연금을 받는 조건으로 넘기고 거주한다. 오늘날 그 자리 일대에는 대부호 살로몽 드 로스차일드 기념관이 들어서 있다. 발자크의 빚은 유령처럼 한스카 부인에게도 따라붙는다. 그녀가 사망하자 채권자들이 그 집에 들이닥쳐 거의 약탈하다시피 값비싼 물건들을 가져간다. 한스카 부인에게 보낸 서신을 포함해 그 양이 어마어마한 발자크의 원고들은 고물상으로 팔려 나갈 운명이었다. 발자크를 비롯한 19세기 작가들을 사랑하던 벨기에 작가이자 수집가인 스폴베르크 드 로방줄 자작 덕분에 폐지로 팔릴 운명을 피한 그 방대한 원고들은 조르주 상드와 귀스타브 플로베르 등 다른 작가들의 원고와 함께 파리 북쪽 샹티이 수도원에 있는 자작 가문의 도서관에 소장되어 있다가 1987년 프랑스 학술원 도서관으로 이관된다.

세계문학은 국민문학 혹은 지역문학을 떠나 존재하는 문학이 아니지만 그것들의 총합도 아니다. 세계문학이라는 용어에는 그 나름의 언어와 전통을 갖고 있는 국민문학이나 지역문학의 존재를 인정하면서 그것을 넘어서는 문학의 보편적 질서에 대한 관념이 새겨져 있다. 그 용어를 처음 고안한 19세기 유럽인들은 유럽문학을 중심으로 그 질서를 구축했지만 풍부한 국민문학의 전통을 가지고 있는 현대의 문학 강국들은 나름의 방식으로 세계문학을 이해하면서 정전(正典)의 목록을 작성하고 또 수정한다.

한국에서도 세계문학 관념은 우리 사회와 문화의 변화 속에서 거듭 수정돼왔다. 어느 시기에는 제국 일본의 교양주의를 반영한 세계문학 관념이, 어느 시기에는 제3세계 민족주의에 동조한 세계문학 관념이 출현했고, 그러한 관념을 실천한 전집물이 출판됐다. 21세기 한국에 새로운 세계문학전집이 필요하다는 것은 명백하다. 우리의 지성과 감성의 기준에 부합하는 세계문학을 다시 구상할 때가 되었다.

문학동네 세계문학전집은 범세계적으로 통용되는 고전에 대한 상식을 존중하면서도 지난 반세기 동안 해외 주요 언어권에서 창작과 연구의 진전에 따라 일어난 정전의 변동을 고려하여 편성되었다. 그래서 불멸의 명작은 물론 동시대 세계의 중요한 정치·문화적 실천에 영감을 준 새로운 작품들을 두루 포함시켰다.

창립 이후 지금까지 한국문학 및 번역문학 출판에서 가장 전문적이고 생산적인 그룹을 대표해온 문학동네가 그간 축적한 문학 출판 경험을 바탕으로 새로운 세계문학전집을 펴낸다. 인류가 무지와 몽매의 어둠 속을 방황하면서도 끝내 길을 잃지 않은 것은 세계문학사의 하늘에 떠 있는 빛나는 별들이 길잡이가 되어주었기 때문이다. 우리가 자부심과 사명감 속에서 그리게 될 이 새로운 별자리가 독자들의 관심과 애정에 힘입어 우리 모두의 뿌듯한 자산이 되기를 소망한다.

문학동네 세계문학전집 편집위원
민은경, 박유하, 변현태, 송병선, 이재룡, 홍길표, 남진우, 황종연

세계문학전집 259
고리오 영감

초판 인쇄 2025년 2월 14일
초판 발행 2025년 2월 27일

지은이 오노레 드 발자크 | 옮긴이 이철의

책임편집 이단네 | 편집 홍상희
디자인 김문비 유현아 | 저작권 박지영 형소진 오서영
마케팅 정민호 서지화 한민아 이민경 왕지경 정유진 정경주 김수인 김혜원 김예진
브랜딩 함유지 박민재 김희숙 이송이 김하연 박다솔 조다현 배진성
제작 강신은 김동욱 이순호 | 제작처 영신사

펴낸곳 (주)문학동네 | 펴낸이 김소영
출판등록 1993년 10월 22일 제2003-000045호
주소 10881 경기도 파주시 회동길 210
전자우편 editor@munhak.com
대표전화 031) 955-8888 | 팩스 031) 955-8855
문학동네카페 http://cafe.naver.com/mhdn
인스타그램 @munhakdongne | 트위터 @munhakdongne
북클럽문학동네 http://bookclubmunhak.com

ISBN 979-11-416-0187-4 04860
      978-89-546-0901-2 (세트)

* 이 책은 2023년 상명대학교 교내연구비 지원을 받아 출간되었습니다.

www.munhak.com

● 문학동네 세계문학전집은 계속 출간됩니다